Das Buch
Ein Strikers-Team des OP-Centers wird unter General Rodgers nach Kaschmir entsandt, um Informationen über die dort vorhandenen Atomwaffen zu sammeln.
Kaschmir steht zwar unter indischer Oberherrschaft, wird aber wegen seiner vorwiegend islamischen Bevölkerung von Pakistan beansprucht. Vor Ort soll das Strikers-Team mit einem zwielichtigen NSA-Agenten zusammenarbeiten.
Während Rogers und seine Leute noch unterwegs sind, kommen in Kaschmir bei einem Bombenanschlag auf einen Hindutempel und einen Bus zahlreiche Zivilisten ums Leben. Eine Untergrundorganisation zur Befreiung Kaschmirs übernimmt für die Anschläge die Verantwortung. Sie will die indische Bevölkerung gegen Pakistan aufbringen, umso einen Atomschlag Indiens zu rechtfertigen. Als an der Grenze zwischen Indien und Pakistan Unruhen ausbrechen, gerät das Team mitten in ein explosives Pulverfass, das jederzeit in die Luft zu fliegen droht.

Die Autoren
Tom Clancy, geboren 1947 in Baltimore, begann noch während seiner Tätigkeit als Versicherungskaufmann zu schreiben und legte schon mit seinem ersten Roman *Jagd auf Roter Oktober* einen Bestseller vor. Mit seinen realitätsnahen und detailgenau recherchierten Thrillern hat er Weltruhm erlangt. Tom Clancy lebt mit seiner Familie in Maryland.

Steve Pieczenik ist von Beruf Psychiater. Er arbeitete während den Amtszeiten von Henry Kissinger, Cyrus Vance und James Baker als Vermittler bei Geiselnahmen und als Krisenmanager.

Von Tom Clancys Jack-Ryan-Romanen liegen bei Heyne im Taschenbuch vor: *Gnadenlos* (01/9863), *Ehrenschuld* (01/10337), *Befehl von oben* (01/10591), *Operation Rainbow* (01/13155), *Im Zeichen des Drachen* (01/13423).
Von Tom Clancy und Steve Pieczenik sind als Heyne Taschenbücher die Serien *OP-Center* und *Net Force* lieferbar.
Von Tom Clancy und Martin Greenberg stammt die Serie *Power Plays*, die ebenfalls im Heyne Taschenbuch lieferbar ist.

TOM CLANCY UND STEVE PIECZENIK

Tom Clancy's OP-Center 8 Jagdfieber

Roman

entworfen von
Tom Clancy und Steve Pieczenik
geschrieben von Jeff Rovin

Aus dem Amerikanischen
von Heiner Friedlich

WILHELM HEYNE VERLAG
MÜNCHEN

HEYNE ALLGEMEINE REIHE
Band Nr. 01/13201

Titel der Originalausgabe
TOM CLANCY'S OP-CENTER
LINE OF CONTROL

Umwelthinweis:
Dieses Buch wurde auf
chlor- und säurefreiem Papier gedruckt.

Redaktion: Verlagsbüro Oliver Neumann

Deutsche Erstausgabe 05/2002
Copyright © 2001 by Jack Ryan Limited Partnership and
S & R Literary Inc.
Copyright © der deutschsprachigen Ausgabe 2002
by Wilhelm Heyne Verlag GmbH & Co. KG, München
Printed in Denmark 2002
Umschlagillustration: IFA-Bilderteam/Photam
Umschlaggestaltung: Nele Schütz Design, München
Satz: hanseatenSatz-bremen, Bremen
Druck und Bindung: Nørhaven, Viborg

ISBN: 3-453-17740-1

http://www.heyne.de

Danksagung

Wir bedanken uns für die freundliche Unterstützung bei Martin H. Greenberg, Larry Segriff, Robert Youdelman, Esq. und Tom Colgan, Lektor bei Berkley Books. Vor allem sollen aber unsere Leser bestimmen, wie erfolgreich wir mit unserem Unternehmen waren.

Tom Clancy und Steve Pieczenik

Prolog

Siachin-Basis 3, Kaschmir – Mittwoch, 5 Uhr 42

Major Dev Puri konnte nicht schlafen. Er hatte sich noch nicht an die wackligen Feldbetten der indischen Armee gewöhnt, und die dünne Gebirgsluft und die Stille machten ihm zu schaffen. Vor seiner alten Kaserne in Udhampur rauschte ständig der Verkehr, und man hörte die Soldaten draußen. Hier dagegen herrschte eine Stille, die ihn an ein Krankenhaus erinnerte. Oder an eine Leichenhalle.

Er legte die olivgrüne Uniform und den roten Turban an, verließ das Zelt und machte sich auf den Weg zu den Gräben an der Frontlinie, um sich umzusehen. Hinter ihm ging die Sonne auf. Ein strahlendes Orange kroch durch das Tal und legte sich langsam über die ebene entmilitarisierte Zone. Die dürftigen Grenzbefestigungen vor ihm würden im Ernstfall nur wenig Schutz bieten, und das an einem der gefährlichsten Orte der Erde.

Hier in Kaschmir, im Vorgebirge des Himalaja, war das menschliche Leben ständig bedroht. Das zerklüftete Gelände und die extremen Wetterbedingungen stellten ein ständiges Risiko dar. In den niedrigeren Hügeln, wo es wärmer war, bestand immer die Gefahr, dass man eine tödliche Königskobra oder eine Naja-Naja, eine indische Kobra, übersah, die sich im Unterholz verborgen hielt. Es konnte lebensgefährlich sein, einen infizierten Moskito oder eine Braune Witwe nicht rechtzeitig zu erschlagen. Ein paar Kilometer weiter nördlich, auf dem grausamen Siachin-Gletscher, war die Gefahr noch größer. An den steilen, blendend weißen Hängen gab es kaum genug Luft zum Atmen; Lawinen und eisige Temperaturen bedrohten die zu Fuß patrouillierenden Soldaten.

Doch es war nicht die Natur, die diesen Ort zum gefährlichsten Fleck der Erde machte. All diese Risiken verblassten im Vergleich zu der Bedrohung, die die Menschen füreinander darstellten und die nicht von der Tages- oder Jahreszeit abhing. Seit fast sechzig Jahren war sie konstant vorhanden, jede Minute, jede Stunde, jeden Tag.

Puri stand an einer Aluminiumleiter in einem Graben mit Wellblechwänden. Direkt vor ihm lagen eineinhalb Meter hoch Sandsäcke aufgestapelt, die durch straff zwischen Eisenpfosten gespannten Bandstacheldraht geschützt wurden. Etwa zehn Meter rechts von ihm stand im Schutz der Sandsäcke eine kleine Holzhütte für den Wachtposten. Darüber hing zur Tarnung ein Hanfnetz mit belaubten Zweigen. Ungefähr vierzig Meter rechts von ihm befand sich ein weiterer Beobachtungsposten.

Hundertzwanzig Meter vor ihm, in Richtung Westen, lag ein nahezu identischer Graben der Pakistaner.

Betont langsam holte der Offizier einen Beutel Ghutka-Kautabak aus seiner Hosentasche. Plötzliche Bewegungen waren hier draußen nicht ratsam, weil jemand glauben konnte, man würde zur Waffe greifen. Er öffnete das Paket und schob einen kleinen Pfriem in seine Wange. Die Soldaten sollten möglichst nicht rauchen, da eine glimmende Zigarette die Position eines Kundschafters oder einer Patrouille verraten konnte.

Während er seinen Tabak kaute, beobachtete Puri, wie sich Schwärme schwarzer Fliegen auf ihre morgendliche Patrouille begaben. Sie suchten nach den Ausscheidungen der roten Eichhörnchen, der ziegenähnlichen Markhors und anderer Pflanzenfresser, die vor dem Morgengrauen ästen. Es war früher Winter, aber Puri hatte gehört, dass die Insekten im Sommer in dichten Wolken über Felsen und Büschen schwebten.

Der Major fragte sich, ob er dann noch am Leben sein und sie sehen würde. In manchen Wochen wurden Tausende von Menschen auf beiden Seiten getötet. Das war unvermeidlich, wenn sich mehr als eine Million fanatischer Soldaten zu beiden Seiten einer extrem schmalen, dreihundertzwanzig Kilometer langen Waffenstillstandslinie gegenüberstanden. Major Puri konnte jetzt hinter dem sandigen Streifen zwischen den Gräben einige dieser Soldaten sehen. Sie hatten sich schwarze Musselinschals vor den Mund gebunden, um sich gegen die westwärts wehenden Winde zu schützen. Doch die Augen in ihren vom Wind verbrannten Gesichtern glühten vor Hass.

Dieser Hass ging auf das 8. Jahrhundert zurück. Damals gerieten Hindus und Moslems zum ersten Mal aneinander. Die alten Bauern und Kaufleute griffen zu den Waffen und kämpften um Handelswege, Land, Wasserrechte und für ihre Religion. Als die Briten 1947 ihr Reich auf dem Subkontinent aufgaben, wurde der Kampf noch erbitterter. Großbritannien wies den rivalisierenden Hindus und Moslems die Nationen Indien und Pakistan zu, doch Indien erhielt bei dieser Teilung die Kontrolle über das vorwiegend islamische Kaschmir. Seit jener Zeit betrachten die Pakistaner die Inder in Kaschmir als Besatzungsmacht. Der Kampf beider Seiten um diesen symbolischen Kern des Konflikts tobt praktisch ohne Unterlass.

Und ich befinde mich mittendrin, dachte Puri.

Basis 3 war die befestigte Zone, die sowohl Pakistan als auch China am nächsten lag, und galt als Punkt, an dem sich ein eventueller Konflikt entzünden konnte. Welche Ironie, dachte der Berufssoldat. Dieses Zentrum des Konflikts sah genau aus wie Dabhoi, die kleine Stadt am Fuße der Satpura-Berge in Zentralindien, in der er aufgewachsen war. Dabhoi besaß keinen besonderen Wert, außer für die Einheimischen, die zumeist Händler waren, und für Reisende, die nach Broach an der Bucht von Cambay wollten, wo der Fisch billig war. Es war beunruhigend, dass Hass und nicht Zusammenarbeit einen Ort wertvoller machten als einen anderen. Anstatt die Gemeinsamkeiten zu verstärken, versuchte jeder, den anderen zu zerstören, weil er in manchen Bereichen nicht war wie man selbst.

Der Offizier starrte auf die Waffenstillstandszone. Entlang der Sandsäcke waren auf kleinen Eisenpfosten orangefarbene Ferngläser montiert. Das war das Einzige, worauf sich Inder und Pakistaner je hatten einigen können: die Ferngläser farbig zu lackieren, damit sie nicht mit Gewehren verwechselt wurden. Aber Puri brauchte sie jetzt nicht. Als hinter ihm die strahlende Sonne in die Höhe stieg, sah er deutlich die dunklen Gesichter der Pakistaner hinter ihren Barrikaden aus Betonsteinen. Die Gesichter sahen genau aus wie indische Gesichter, der einzige Unterschied war, dass sie sich auf der falschen Seite des Korridors befanden.

Puri atmete bewusst ganz gleichmäßig. Die Waffenstillstandslinie bestand aus einem Landstreifen, der an einigen Stellen so schmal war, dass man in der kalten Luft den Atem der Wachtposten zu beiden Seiten sah. An den Dampfwölkchen konnten die Soldaten der einen Seite erkennen, ob die der anderen nervös waren und hastig atmeten oder ob sie ruhig schliefen. Ein einem Kameraden zugeflüstertes falsches Wort konnte, wenn es die andere Seite hörte, das Ende des brüchigen Waffenstillstands bedeuten. Wer einen Nagel einschlagen wollte, umwickelte den Hammer mit einem Tuch, damit das Geräusch nicht für einen Schuss gehalten wurde, der Gewehrfeuer, Artilleriebeschuss und schließlich gar den Einsatz von Atomwaffen auslösen konnte. Der endgültige Schlagabtausch würde so schnell erfolgen, dass die verbarrikadierten Stützpunkte pulverisiert werden würden, bevor noch das Echo der ersten Schüsse zwischen den hohen Bergen verhallt war.

Die Umgebung stellte geistig und körperlich solche Anforderungen, dass jeder Offizier, der hier ein Jahr lang Dienst geleistet hatte, automatisch Anspruch auf einen Schreibtischjob in einer »sicheren Zone« wie Kalkutta oder Neu-Delhi hatte. Darauf arbeitete der 41-jährige Puri ebenfalls hin. Vor drei Monaten war er von dem Hauptquartier des Nordkommandos der Armee, wo er Grenzpatrouillen ausgebildet hatte, hierher versetzt worden. Noch neun Monate als Leiter des kleinen Stützpunkts, wo man »mit Stolperdrähten Drachen fliegen lässt«, wie es sein Vorgänger genannt hatte, und er konnte den Rest seines Lebens in Ruhe verbringen. Endlich würde er Zeit für sein Hobby, die Archäologie, haben. Er liebte Ausgrabungen, bei denen er mehr über die Geschichte seines Volkes erfuhr. Die Zivilisation im Industal war über 4500 Jahre alt. Damals waren Pakistaner und Inder ein Volk gewesen. Tausend Jahre lang hatte Frieden geherrscht, bis die Religion das Land erreichte.

Major Puri kaute seinen Tabak. Aus dem Messezelt drang der Duft von frisch gebrühtem Tee. Es war Zeit für das Frühstück. Danach würde er sich mit seinen Männer zum morgendlichen Briefing treffen, doch er nahm sich noch einen Augenblick Zeit, um den Tagesanbruch zu genießen. Nicht, dass der neue Tag neue Hoffnung gebracht hätte; das einzige Positive war, dass die Nacht ohne Zwischenfall vergangen war.

Puri wandte sich ab und stieg die Leiter hinunter. Es war unwahrscheinlich, dass es in den vor ihm liegenden Wochen viele Morgen wie diesen geben würde. Wenn die Gerüchte stimmten, die er von seinen Freunden im Hauptquartier hörte, legte jemand gerade eine neue Zündschnur an dieses Pulverfass.

Eine sehr kurze, sehr heiße Zündschnur.

1
Washington, D. C. – Mittwoch, 5 Uhr 56

Die Luft war ungewöhnlich kühl für die Jahreszeit. Dicke graue Wolken hingen tief über der Andrews Air Force Base, doch Mike Rodgers fühlte sich trotz des trüben Wetters großartig.

Der 47-jährige Zwei-Sterne-General stellte seinen schwarzen Mustang Baujahr 1970 auf dem für Offiziere reservierten Parkplatz ab. Dann ging er mit flottem Schritt über den sorgfältig gepflegten Rasen zu den Büros des Op-Centers. Dabei funkelten seine hellbraunen Augen so, dass sie geradezu golden wirkten, während er das letzte Stück summte, das er auf seinem CD-Player im Auto gespielt hatte. Es war Victoria Bundonis Version von David Sevilles »Witch Doctor« aus den Fünfzigerjahren. Die tiefe, gefühlvolle Stimme der jungen Sängerin war für ihn eine erfrischende Art, den Tag zu beginnen. Wenn er sonst den Rasen überquerte, war er gewöhnlich nicht so guter Stimmung. Seine frisch polierten Schuhe wurden vom Morgentau feucht und versanken im weichen Boden. Der Wind zerrte an seiner sauber gebügelten Uniform und an dem kurzen, grau melierten Haar. Doch Erde, Wind und Wasser – drei der Elemente – waren Rodgers normalerweise gleichgültig. Ihn interessierte nur das vierte Element, das Feuer, weil es in ihm selbst brannte. Er ging damit so vorsichtig um, als handelte es sich um Nitroglycerin: eine plötzliche Bewegung, und er explodierte.

Doch heute war das anders.

In der Zelle aus kugelsicherem Glas direkt hinter der Tür stand ein junger Wachtposten, der Rodgers militärisch zackig grüßte.

»Guten Morgen, Sir.«

»Guten Morgen. ›Vielfraß‹.«

Das war sein persönliches Passwort für diesen Tag, das der Op-Center-Chef für innere Sicherheit, Jenkin Wynne, am Vorabend auf seinem GovNet-E-Mail-Pager hinterlassen hatte. Hätte das Passwort nicht dem entsprochen, das der Posten auf seinem Computer hatte, wäre Rodgers der Zutritt verwehrt worden.

»Danke, Sir.« Der Posten salutierte erneut, drückte einen Knopf, und die Tür sprang auf. Rodgers trat ein.

Direkt vor ihm befand sich ein einzelner Aufzug. Während er darauf zuging, fragte er sich, wie alt der Airman First Class wohl war. 22? 23? Noch vor wenigen Monaten hätte Rodgers seinen Rang, seine Erfahrung, alles, was er besaß und wusste, dafür gegeben, an der Stelle des jungen Postens zu sein. Gesund und clever, die ganze Zukunft noch vor sich. Das war nach dem katastrophalen Ausgang der Erprobung des ROC – des Regionalen Op-Centers – im Mittleren Osten gewesen. Die mobile HiTech-Einheit war gekapert, Rodgers und seine Leute gefangen genommen und gefoltert worden.[1] Nach ihrer Freilassung hatten Senatorin Barbara Fox und der für die Überwachung der Geheimdienste zuständige Kongressausschuss das ROC-Programm neu überdacht. Sie waren zu dem Schluss gekommen, dass eine amerikanische Geheimdienstbasis, die offen von fremdem Boden aus operierte, eher eine Provokation darstellte, als dass sie abschreckend wirkte. Da Rodgers für das ROC verantwortlich gewesen war, hatte er das Gefühl, das Op-Center im Stich gelassen zu haben. Außerdem glaubte er, seine letzte Chance, im Feld eingesetzt zu werden, vertan zu haben.

Er sollte sich getäuscht haben. Die Vereinigten Staaten benötigten Informationen über die Situation in Kaschmir, und zwar vor allem darüber, ob Pakistan hoch in den Bergen der Region atomare Gefechtsköpfe stationiert hatte. Indische Agenten waren für diesen Einsatz ungeeignet, denn wenn sie von den Pakistanern entdeckt werden wür-

---

[1] s. *Tom Clancys Op-Center 4: Sprengsatz*

den, konnte dies eben den Krieg auslösen, den die USA vermeiden wollten. Dagegen würde eine amerikanische Einheit über einen gewissen Bewegungsspielraum verfügen, besonders wenn sie Informationen über das indische Atomwaffenprogramm für die Pakistaner im Gepäck hatte. Diese Daten würde Rodgers in Srinagar von einem Verbindungsmann der National Security Agency erhalten. Davon wusste natürlich das indische Militär wiederum nichts. Das Ganze lief wie ein großes gefährliches Drei-Karten-Monte. Wer die Karten verteilte, musste nur genau wissen, wo jede Einzelne war, und durfte sich nicht erwischen lassen.

Rodgers stieg in den kleinen, hell erleuchteten Aufzug und fuhr damit ins Untergeschoss.

Das Op-Center – offiziell NCMC, Nationales Krisenzentrum, genannt – war in einem zweistöckigen Gebäude in der Nähe der Flight-Line der Marineflugzeuge untergebracht. Während des Kalten Krieges befanden sich in dem unauffälligen, elfenbeinfarbenen Bauwerk Bereitschaftsräume für Piloten und Besatzungen, die im Falle eines Atomangriffs wichtige Beamte aus Washington evakuieren sollten. Als nach dem Zerfall der Sowjetunion die Luftstreitkräfte für Gegenmaßnahmen im Falle eines Atomschlags reduziert wurden, ging das Gebäude in den Besitz des neu entstandenen Krisenzentrums über.

In den Büros des oberen Stockwerks waren Abteilungen untergebracht, deren Arbeitsgebiete nicht der Geheimhaltung unterlagen, wie Nachrichtenüberwachung, Finanz und Personal. Im Untergeschoss arbeiteten Hood, der Direktor des Op-Centers, Rodgers, Bob Herbert, der Leiter der Aufklärungsabteilung, sowie das übrige Personal, das mit dem Sammeln und der Verarbeitung von geheimdienstlichen Informationen befasst war.

Rodgers erreichte das Untergeschoss und ging durch die in der Mitte des Stockwerks abgeteilten Räume zu seinem Büro, wo er seine alte Lederaktentasche unter dem Schreibtisch hervorholte. Er packte seinen Laptop ein und begann die, Disketten zusammenzusuchen, die er für seine Reise benötigen würde. Die Dateien enthielten Geheimdienstberichte aus Indien und Pakistan, Karten von Kaschmir und die Namen von Kontaktleuten sowie Aufzeichnungen über sichere Häuser in der Region. Während er sein Handwerkszeug packte, fühlte sich Rodgers in seine Kindheit in Hartford, Connecticut, zurückversetzt. Im Winter hatten in Hartford Stürme getobt, die feuchten Schnee mit sich brachten. Bevor er seinen Schneeanzug angelegt hatte, hatte Rodgers Eimer, Seil, Spaten und Schwimmbrille geholt und in seine Sporttasche geworfen. Seine Mutter bestand auf der Schwimmbrille. Sie wusste, dass sie ihren Sohn nicht daran hindern konnte, sich mit anderen zu prügeln, aber sie wollte nicht, dass er durch einen Schneeball ein Auge verlor. Während draußen im Freien alle anderen Kinder Festungen aus Schnee bauten, kletterte Rodgers auf einen Baum und errichtete auf einer Sperrholzplatte ein Baumhaus aus Schnee. Niemand hatte mit dem Hagel von Schneebällen gerechnet, den er von seinem dicken Ast aus niedergehen ließ.

Sobald er seine Aktentasche gepackt hatte, würde er sich zu dem »Golfwagen« begeben, der an der Hintertür parkte. So hatten die Militärs die motorisierten Wägelchen getauft, die die Offiziere während der Operationen Desert Shield und Desert Storm von einer Besprechung zur anderen brachten. Das Pentagon hatte Tausende dieser Fahrzeuge gekauft, die jedoch kurz darauf überflüssig geworden waren, weil sichere Videokonferenzen die persönliche Anwesenheit bei Strategiebesprechungen ersetzten. Danach waren die Gefährte als Weihnachtsgeschenke an hohe Offiziere auf den Stützpunkten im gesamten Land verteilt worden.

Weit musste der Golfwagen nicht fahren. In einer Entfernung von kaum einem halben Kilometer parkte eine C-130 Hercules im Wartebereich der Start- und Landepiste, die direkt hinter dem Gebäude des Krisenzentrums verlief. In knapp einer Stunde würde sich die über dreißig Meter lange Transportmaschine auf einen NATO-Versorgungsflug begeben und dabei als heimliche Fracht Rodgers und seine Strikers-Truppe von Andrews nach Alconbury in Großbritannien, wo die Royal Air Force stationiert war, und von dort weiter zu einer NATO-Basis bei Ankara in der Türkei bringen. Dort würde das Team von einer AN-12-Transportmaschine der indischen Luftstreitkräfte erwartet werden, die zum Geschwader der Himalayan Eagles gehörte. Diese würde sie zu dem hoch gelegenen Stützpunkt Chushul in der Nähe der chinesischen Grenze fliegen. Von dort aus sollte sie ein Hubschrauber nach Srinagar bringen, wo sie von ihrer Kontaktperson erwartet wurden. Es würde eine lange und beschwerliche Reise werden, die gut 24 Stunden dauern würde. Auch in Indien würde es keine Zeit zur Erholung geben. Das Team musste sofort nach der Landung einsatzbereit sein.

Für Mike Rodgers war das völlig in Ordnung. Er war schon seit Jahren einsatzbereit. Nie hatte er vorgehabt, auf irgendeinem Posten der zweite Mann zu sein. Während des Spanisch-Amerikanischen Kriegs hatte sein Ururgroßvater, der zuvor selbstständig eine Einheit geführt hatte, unter dem aufsteigenden Lieutenant Colonel Teddy Roosevelt dienen müssen. »Es gibt nichts Besseres, als selbst das Kommando zu führen«, schrieb dieser Vorfahr damals an seine Frau. »Und es gibt nichts Schlimmeres, als an zweiter Stelle zu stehen, selbst wenn der Vorgesetzte jemand ist, den man respektiert.«

Malachai Rodgers hatte Recht gehabt. Mike Rodgers hatte den Posten als stellvertretender Leiter des Op-Centers nur angenommen, weil er nie geglaubt hätte, dass Paul Hood dabeibleiben würde. Für ihn war der frühere Bürgermeister von Los Angeles im Herzen immer ein Politiker gewesen, der in den Senat oder ins Weiße Haus strebte. Rodgers hatte sich getäuscht. Als Hood von seinem Posten zurücktrat, um mehr Zeit mit seiner Familie zu verbringen, hatte Rodgers geglaubt, das Op-Center gehörte endlich ihm. Doch Paul und Sharon Kent Hood waren nicht in der Lage gewesen, ihre Eheprobleme zu lösen. Sie trennten sich, und Hood kehrte ins Op-Center zurück. Damit war Rodgers erneut die Nummer zwei.

Rodgers musste befehlen. Vor wenigen Wochen hatten

er und Hood eine Geiselnahme beendet. Rodgers hatte die Operation geleitet. Das hatte ihn daran erinnert, wie sehr er es genoss, alles daran zu setzen, schneller und besser zu sein als der Gegner. Ein sicherer Schreibtischjob war einfach nicht das Gleiche.

Schon einen Augenblick, bevor Bob Herbert in der offenen Tür erschien, hatte sich Rodgers umgewandt. Der dritte Mann des Op-Centers wurde stets durch das leise Surren seines motorisierten Rollstuhls angekündigt.

»Guten Morgen«, begrüßte Herbert ihn, als er in Sicht kam.

»Guten Morgen, Bob.«

»Was dagegen, wenn ich reinkomme?«

»Ganz im Gegenteil.«

Herbert fuhr mit seinem Rollstuhl in das Büro. Das 39-jährige Geheimdienst-Genie mit der beginnenden Glatze konnte seit dem Bombenanschlag auf die Botschaft in Beirut seine Beine nicht mehr benutzen. Die Terrorattacke hatte seiner geliebten Frau das Leben gekostet. Matt Stoll, der Computercrack des Op-Centers, hatte ihm geholfen, den hochmodernen Rollstuhl zu entwerfen. Er war mit einem Computer ausgestattet, der aus der Armlehne geklappt werden konnte, sowie mit einer kleinen Satellitenantenne, die sich aus einem hinten am Rollstuhl angebrachten Kasten ausfahren ließ.

»Ich wollte Ihnen nur viel Glück wünschen.«

»Danke.«

»Paul lässt fragen, ob Sie vor Ihrer Abreise bei ihm vorbeischauen können. Er telefoniert gerade mit Senatorin Fox und wollte Sie nicht verpassen.«

Rodgers sah auf die Uhr. »Die Senatorin ist aber früh auf. Irgendein besonderer Anlass?«

»Nicht dass ich wüsste, aber Paul sah nicht besonders glücklich aus. Vielleicht noch Nachwehen des Angriffs auf die Vereinten Nationen.«[2]

---

[2] s. *Tom Clancys Op-Center 6: Ausnahmezustand*

Wenn das stimmte, hatte es doch seine Vorteile, der zweite Mann zu sein. Zumindest musste Rodgers sich diesen Schwachsinn nicht gefallen lassen. Sie hatten bei den Vereinten Nationen genau das Richtige getan: die Geiseln gerettet und die Verbrecher getötet.

»Wahrscheinlich werden sie auf uns eindreschen, bis die Generalsekretärin ›Aufhören‹ schreit«, meinte Rodgers.

»Senatorin Fox wird da allmählich richtig gut drin«, erklärte Herbert. »Sie schlägt einem kräftig auf den Rücken und nennt das unseren Feinden gegenüber Prügel und unseren Freunden gegenüber Schulterklopfen. Nur der Betroffene selbst weiß, woran er ist. Na, Paul wird damit fertig werden.« Er reichte Rodgers die Hand. »Ich wollte Ihnen nur alles Gute wünschen. Das ist eine isolierte, feindselige Gegend, in die Sie sich da begeben.«

Grinsend ergriff Rodgers die ausgestreckte Hand. »Ich weiß, aber ich bin auch ein isolierter, feindseliger Typ. Kaschmir und ich sind wie füreinander geschaffen.«

Als er seine Hand zurückziehen wollte, hielt Herbert sie fest.

»Da wäre noch etwas.«

»Was denn?«, wollte Rodgers wissen.

»Ich kann nicht herausfinden, wer Ihr Kontaktmann da drüben ist.«

»Ein Offizier des Armee-Direktorats für militärische Aufklärung, Oberst Madhav Ramath, wird uns in Empfang nehmen. Das ist nicht ungewöhnlich.«

»Für mich schon. Einige Telefonate, ein paar Versprechungen, ein kurzer Informationsaustausch, das genügt normalerweise, damit ich bekomme, was ich will. Auf diese Weise kann ich die Leute überprüfen, um sicherzugehen, dass wir uns nicht mit Doppelagenten herumschlagen müssen. Diesmal nicht. Ich kann nicht einmal etwas über Oberst Ramath herausfinden.«

»Ehrlich gesagt, bin ich erleichtert, dass wenigstens einmal strenge Sicherheitsvorkehrungen getroffen werden«, lachte Rodgers.

»Strenge Sicherheitsvorkehrungen bedeuten, dass der

Gegner nicht weiß, was los ist. Wenn unsere eigenen Leute mir nicht sagen können, was vor sich geht, beunruhigt mich das.«

»Nicht können oder nicht wollen?«

»Nicht können.«

»Warum rufen Sie nicht Mala Chatterjee an?«, schlug Rodgers vor. »Die würde uns sicher mit Vergnügen behilflich sein.«

»Das ist nicht witzig.«

Chatterjee war die junge Generalsekretärin der Vereinten Nationen und eine Berufspazifistin. Sie hatte ihre Kritik am Op-Center und der Art, wie es das Geiseldrama beendet hatte, sehr deutlich zum Ausdruck gebracht.

»Ich habe mit meinen Leuten bei der CIA und an unseren Botschaften in Islamabad und Neu-Delhi gesprochen. Sie wissen nicht das Geringste über die Operation. Das ist ungewöhnlich. Und die National Security Agency hat die Dinge nicht gerade unter Kontrolle. Der Plan hat die übliche Com-Sim nicht durchlaufen, weil Lewis zu sehr damit beschäftigt ist, bei sich im Haus aufzuräumen.«

»Ich weiß«, sagte Rodgers.

»Die übliche Com-Sim« war eine Computersimulation, die jeder genehmigte Einsatzplan durchlaufen musste. Die federführende Agency verbrachte normalerweise Tage mit diesen Simulationen, um Fehler im Gesamtplan aufzudecken und den Agents, die ins Feld geschickt wurden, alternative Optionen anzubieten. Aber die National Security Agency war erst vor kurzem durch den Rücktritt ihres Direktors Jack Fenwick erschüttert worden. Dieser erfolgte, nachdem Hood Fenwick als Anführer einer Verschwörung zum Sturz des Präsidenten entlarvt hatte.[3] Sein Nachfolger, Hank Lewis, der frühere Assistent des Präsidenten und Koordinator für strategische Planung, war damit beschäftigt, Fenwicks Anhänger von ihren Posten zu entfernen.

»Es wird schon gut gehen«, beruhigte ihn Rodgers. »Da-

---

[3] s. *Tom Clancys Op-Center 7: Feindbilder*

mals in Vietnam waren meine Pläne auch Meisterwerke der Improvisation.«

»Ja, aber zumindest wussten Sie damals, wer der Feind war. Ich möchte Sie nur bitten, mit mir in Verbindung zu bleiben. Wenn mir etwas verdächtig erscheint, möchte ich Sie warnen können.«

»Werde ich«, versprach Rodgers. Sie würden das TAC-SAT-Telefon dabei haben, über dessen abgeschirmte Uplink-Verbindung die Strikers-Truppe das Op-Center praktisch von überall in der Welt aus anrufen konnte.

Als Herbert das Büro verlassen hatte, suchte General Rodgers die letzten Akten und Disketten zusammen, die er mitnehmen wollte. Der Gang vor seiner Tür belebte sich allmählich: Die Tagschicht traf ein, die fast dreimal so stark war wie die auf eine Notbesetzung reduzierte Nachtschicht. Doch Rodgers fühlte sich seltsam abgeschnitten von dieser Aktivität. Das lag nicht nur daran, dass er bereits voll auf seine Mission konzentriert war, wie immer, unmittelbar bevor er seine Basis verließ. Es war etwas anderes, eine Wachsamkeit, als stünde er bereits im Einsatz. Und da er sich in Washington befand, war das gar nicht so weit von der Wahrheit entfernt.

Obwohl er sich Herbert gegenüber gelassen gegeben hatte, waren dessen Worte nicht ohne Wirkung geblieben. Herbert neigte nicht zur Panikmache, und seine Bedenken beunruhigten Rodgers ein wenig. Nicht seinetwegen und auch nicht wegen seines alten Freundes Colonel Brett August, der die Strikers, die Eliteeinheit des Op-Centers, befehligen würde. Rodgers sorgte sich um die jungen Leute der Strikers-Truppe, die aus den verschiedensten Organisationen kamen und sich ihm für den Einsatz in Kaschmir anschließen würden. Besonders lagen ihm diejenigen am Herzen, die Familie hatten. Jeder Kommandeur kannte diese Gedanken, und Herbert hatte ihnen noch mehr Gewicht verliehen.

Aber das Risiko gehörte ebenso zur Uniform wie die großzügigen Pensionsansprüche. Rodgers würde alles tun, um die Sicherheit von Leuten und Mission zu gewährleisten. Am Ende stand hinter den Handlungen von Männern wie Mike Rodgers und Brett August eine unausweichliche Wahrheit.

Das Ziel war das Risiko wert.

2

Srinagar, Indien – Mittwoch, 15 Uhr 51

Fünf Stunden, nachdem er den Beamten der Einwanderungsbehörde am Flughafen von Srinagar einen falschen Namen angegeben hatte, ging Ron Friday durch die Straßen der Stadt, die ihm für die nächsten ein bis zwei Jahre zur Heimat werden sollte – zumindest hoffte er das. Er war in einem kleinen, billigen Hotel in einer Seitenstraße der Shervani Road abgestiegen. Zum ersten Mal hatte er bei seinem letzten Aufenthalt vom Binoo's Palace gehört. Im Hinterzimmer befand sich ein Spielsalon, was bedeutete, dass die örtliche Polizei dafür bezahlt wurde, dass sie für dessen Sicherheit garantierte. Und das wiederum hieß, er würde gleichzeitig Anonymität und Sicherheit genießen.

Der Agent der NSA war froh, das aserbaidschanische Baku hinter sich gelassen zu haben. Nicht nur, weil er der früheren Sowjetrepublik entronnen war, sondern auch, weil er gern hier in Srinagar war, weniger als vierzig Kilometer von der Waffenstillstandslinie entfernt. Er kannte die Hauptstadt des nördlichen Bundesstaates von früher und fand sie belebend. In der Ferne war ständig Artilleriefeuer zu vernehmen, und in den Bergen explodierten immer wieder mit einem gedämpften Knall Landminen. In den frühen Morgenstunden war die Luft vom Kreischen der Jets, dem charakteristischen Donnern ihrer Streubomben und dem lauten Krachen ihrer Lenkraketen erfüllt.

Tag und Nacht lag Furcht in der Luft. Die alte Sommerfrische wurde von indischen Hindu-Soldaten kontrolliert, die auf den Straßen patrouillierten, während die Geschäfte im Besitz von Moslems aus Kaschmir waren. Keine Woche verging, ohne dass vier oder fünf Menschen bei terroristischen Bombenanschlägen, Schießereien oder Geiselnahmen ums Leben kamen.

Friday liebte das. Nie war jeder Atemzug so süß, wie wenn man sich in einem Minenfeld bewegte.

Der 47-jährige Agent aus Boca Raton in Florida schlenderte über den größten offenen Markt der Stadt. Er befand sich am Ostende des Ortes, dort, wo die Hügel einst von saftigen Weiden bedeckt gewesen waren. Das war, bevor das Militär die Hügel beschlagnahmt hatte, von denen aus nun Hubschrauber und Konvois zur Waffenstillstandslinie aufbrachen. Etwas weiter nördlich lag das Centaur Lake View-Hotel, in dem die meisten ausländischen Touristen abstiegen. Es befand sich in der Nähe des gepflegten Uferbereichs, der allgemein als »Mogulgärten« bekannt war. Diese natürlichen Gärten trugen ihren Teil dazu bei, dass die Region den Namen Kaschmir erhalten hatte, der in der Sprache der Mogulsiedler »Paradies« bedeutete.

Ein kühler Nieselregen fiel, der jedoch die üblichen Menschenmassen ebenso wenig fern gehalten hatte wie die Ausländer. Der Markt roch wie kein anderer Ort, an dem Friday je gewesen war. Es war eine Kombination aus Moschus – von den Schafen und den feuchten Rattandächern der Stände –, Lavendelräucherstäbchen und Diesel. Der Kraftstoffgestank stammte von den Taxis, Minibussen und Motorroller-Rikschas, die als Transportmittel dienten. Frauen in Saris bewegten sich zwischen jungen Studenten in westlichen Shorts und T-Shirts. Alle drängten sich an den kleinen Holzständen, um das frischeste Obst und Gemüse und die knusprigsten Backwaren zu erstehen. Händler hieben mit kleinen Gerten nach Schafen, die von abgefressenen Weiden oder vor Soldaten, die sie als Zielscheibe benutzten, geflüchtet waren und nun versuchten, Karotten oder Kohl zu stehlen. Andere Kunden, hauptsächlich arabische und asiatische Geschäftsleute, schlenderten auf der Suche nach Schals, Kästchen aus Pappmaschee und Ledertaschen über den Markt. Da sowohl das amerikanische und das britische Außenministerium als auch andere europäische Regierungen von Reisen nach Srinagar und Kaschmir abrieten, waren nur wenige Besucher aus westlichen Staaten zu sehen.

Händler boten Teppiche feil, während Bauern, die ihre Lastwagen und Karren am Rand des Marktes abgestellt hatten, Körbe mit frischen Feldfrüchten oder Brot zu den verschiedenen Ständen trugen. Und dann waren da die Soldaten. Außer in Israel hatte Friday niemals einen öffentlichen Platz gesehen, an dem es fast so viele Soldaten wie Zivilisten gab. Und das waren nur die, die auf Anhieb zu erkennen waren, weil sie Uniform trugen. Er war sicher, dass auch die Special Frontier Force, eine gemeinsame Gründung der CIA und des indischen Auslandsgeheimdienstes Research and Analysis Wing, vertreten war. Aufgabe der SFF war es, die Versorgung der feindlichen Stellungen mit Material und Informationen zu stören. Ebenso überzeugt war er davon, dass sich Angehörige der pakistanischen Special Services Group unter die Menge gemischt hatten. Diese Unterabteilung des pakistanischen Geheimdienstes Inter-Services Intelligence steuerte Aktionen hinter den feindlichen Linien und arbeitete mit freien Agenten zusammen, die Terroranschläge gegen das indische Volk verübten.

In Baku, wo die Märkte ruhig und organisiert waren und sich die kleine einheimische Bevölkerung relativ gesittet verhielt, gab es nichts dergleichen. Friday gefiel es hier besser. Auch wenn man nur die Lebensmitteleinkäufe für die Familie erledigte, galt es, ständig vor Feinden auf der Hut zu sein.

Sein Bürojob an der Botschaft in Baku war interessant gewesen, allerdings nicht wegen seiner Arbeit für Dorothy Williamson, der stellvertretenden Botschafterin. Friday war jahrelang als Anwalt für Mara Oil tätig gewesen; deswegen hatte er auch die Stelle bei Williamson bekommen. Offiziell sollte er Positionspapiere entwerfen, um die aserbaidschanischen Ansprüche auf das kaspische Öl zu mäßigen. Richtig aufregend war sein Posten allerdings durch die Undercover-Arbeit geworden, die er für Jack Fenwick, den früheren Berater des Präsidenten, zu Fragen der nationalen Sicherheit, erledigte.

Der breitschultrige Friday war noch während seines Jurastudiums von der NSA rekrutiert worden. Einer seiner Professoren, Vincent van Heusen, hatte während des Zweiten Weltkriegs als Agent für das Office of Strategic Services, einen der amerikanischen Geheimdienste, gearbeitet. Van Heusen erkannte in Friday Eigenschaften, die er selbst als junger Mann besessen hatte. Eine davon war sein Unabhängigkeitsdrang, den er bereits in seiner Kindheit erworben hatte. Damals war er mit seinem Vater in den Wäldern Michigans auf die Jagd gegangen – und zwar nicht nur mit dem Gewehr, sondern auch mit Pfeil und Bogen. Nach dem Abschluss seines Studiums an der New York University ging Friday als Trainee zur NSA. Als er ein Jahr später eine Stelle in der Ölindustrie annahm, war er bereits als Spion tätig. Er war nicht nur damit befasst, Kontakte in Europa, dem Mittleren Osten und am Kaspischen Meer zu knüpfen, sondern erhielt auch eine Liste der CIA-Agenten in diesen Ländern. Von Zeit zu Zeit wurde er mit ihrer Überwachung beauftragt. Er spionierte sozusagen die Spione aus, um sicherzugehen, dass sie ausschließlich für die Vereinigten Staaten arbeiteten.

Vor fünf Jahren hatte er schließlich die Privatindustrie verlassen, weil es ihn langweilte, Vollzeit für die Ölindustrie und Teilzeit für die NSA zu arbeiten. Außerdem frustrierte es ihn zuzusehen, wie Geheimdienstoperationen in Übersee schief liefen. Viele Agenten vor Ort waren unerfahren, ängstlich oder verweichlicht. Das galt vor allem für die Dritte Welt und Asien. Die Geheimdienstler dort waren weich geworden und genossen das gute Leben. Nicht so Friday. Er wollte Unbequemlichkeit, wollte frieren, Schmerz spüren, aus dem Gleichgewicht sein.

Er brauchte die Herausforderung, um sich lebendig zu fühlen.

Das andere Problem war, dass elektronische Überwachung in zunehmendem Maß direkte menschliche Spionage ersetzt hatte. Das Ergebnis war eine wesentlich weniger effiziente, massenhafte Ansammlung von Informationen. Für Friday war das, wie das Fleisch aus dem Schlachthaus zu holen, anstatt danach zu jagen. Massenware schmeckte eben nicht so gut, und die Befriedigung blieb aus. Mit der Zeit verweichlichte der Jäger.

Friday hatte nicht geringste Absicht, jemals ein Weichling zu werden. Als Jack Fenwick ihn damals hatte wissen lassen, dass er mit ihm sprechen wollte, war Friday sofort bereit gewesen. Sie trafen sich in der Bar des Hay-Adams-Hotels. Da es die Woche der Amtseinführung des Präsidenten war, war die Bar voller Menschen, und kaum jemand nahm von den beiden Notiz. Fenwick rekrutierte Friday für sein »Unternehmen«, wie er seine Operation zum Sturz des Präsidenten nannte. Ziel war es, eine neue, aktive Persönlichkeit ins Oval Office zu bringen. Eines der größten Sicherheitsprobleme, mit denen sich Amerika konfrontiert sah, war die Bedrohung durch den Terrorismus. Vizepräsident Cotten hätte dieses Problem entschlossen angegangen. Nationen, die Terroristen beherbergten, hätte er mitgeteilt, dass ihre Hauptstädte in Grund und Boden gebombt würden, falls sie Angriffe gegen amerikanische Einrichtungen unterstützten. Damit hätte es für Amerikaner im Ausland keinen Grund mehr gegeben, um ihre Sicherheit zu fürchten. Das wiederum hätte zu einem Aufschwung des freien Handels und des Tourismus geführt, der es den Geheimdiensten erleichtert hätte, nationalistische Organisationen, religiöse Gruppierungen und andere extremistische Vereinigungen zu infiltrieren.

Doch die Verschwörer waren aufgehalten worden. Die Welt war wieder sicher für Kriegsherren, Anarchisten und internationale Banditen.

Glücklicherweise hatte die Tatsache, dass der Vizepräsident, Fenwick und andere hochrangige Verschwörer zurückgetreten waren, wie das Ausbrennen einer Wunde gewirkt. Die Regierung hatte die Hauptschuldigen und stoppte den Aderlass, sodass die Aufmerksamkeit vorübergehend von anderen eventuell Beteiligten abgelenkt war. Welche Rolle Friday beim Engagement des Terroristen mit dem Beinamen Harpooner und der Ermordung eines CIA-Agenten gespielt hatte, war unentdeckt geblieben. Hank Lewis ging es darum, so viel Information wie möglich für die Zukunft zu sammeln, die Erforschung der Vergangenheit war für ihn zweitrangig. Die NSA-Agenten außerhalb Washingtons wurden an Krisenherde geschickt, wo sie bei Geheimdienstoperationen Unterstützung leisten und gleichzeitig Informationen aus erster Hand liefern sollten. Aus diesem Grund war auch Friday nach Indien gegangen. Hier war er bereits für Mara Oil tätig gewesen, um die künftige Produktivität in dieser Region und entlang der Grenze zwischen der Großen Indischen Wüste in der Provinz Rajasthan und dem pakistanischen Teil der Wüste Tharr zu bewerten. Er kannte Land und Leute und sprach Kaschmiri.

Die Ironie dabei war, dass er bei seinem ersten Auftrag eine Einheit des Op-Centers bei einer Mission unterstützen sollte, die für den Frieden in der Region von ausschlaggebender Bedeutung war. Ausgerechnet das Op-Center, das den Plan der Verschwörer zum Scheitern gebracht hatte!

Wenn die Politik merkwürdige Allianzen hervorbrachte, dann galt das umso mehr für Geheimdienstaktionen. Allerdings gab es zwischen beiden Gruppen einen Unterschied. Die Diplomatie verlangte, dass Politiker ihre Differenzen begruben, wenn es nötig war. Agenten im Einsatz taten dies nicht; sie pflegten und hegten ihren Groll.

Bis in alle Ewigkeit.

3

Washington, D. C. – Mittwoch, 6 Uhr 32

Mike Rodgers ging den Gang zu Paul Hoods Büro entlang. Seine Aktentasche war gepackt, und er summte immer noch »Witch Doctor« vor sich hin. Die bevorstehende Herausforderung, die Abwechslung von der täglichen Routine, ja einfach die Aussicht, seinem fensterlosen Büro zu entrinnen, belebten ihn.

Hoods Assistent Stephen »Bugs« Benet war noch nicht eingetroffen. Rodgers ging durch den kleinen Empfangsbereich zu Hoods Büro und klopfte an der Tür. Als er sie öffnete, sah er, dass der Direktor des Op-Centers im Raum auf und ab lief. Er trug Kopfhörer und beendete gerade sein Telefonat mit Senatorin Fox. Hood winkte den General herein, und Rodgers ging zu der Couch am anderen Ende des Büros, wo er seine Aktentasche abstellte, sich jedoch nicht setzte. In den nächsten Tagen würde er noch genug sitzen müssen.

Obwohl Hood 45 Jahre alt war, also fast so alt wie Rodgers, wirkte er wesentlich jünger. Vielleicht lag das daran, dass er viel lächelte und generell ein Optimist war. Rodgers dagegen war Realist, ein Ausdruck, den er wesentlich treffender fand als Pessimist. Sein alter Freund Layne Maly, Abgeordneter aus South Carolina, hatte einmal gesagt: »Niemand bläst mir Sonnenschein in den Hintern, also strahlt er mir auch nicht aus dem Gesicht.« Rodgers fand, dem war nicht viel hinzuzufügen.

Nicht, dass Hood selbst viel Grund zum Lächeln gehabt hätte. Seine Ehe war gescheitert, und seine Tochter Harleigh litt an einem posttraumatischen Stress-Syndrom, nachdem sie bei dem Überfall auf die Vereinten Nationen ebenfalls als Geisel genommen worden war. Hood selbst war in der internationalen Presse und von den liberalen amerikanischen Medien wegen des blutigen Ausgangs der Geiselnahme heftig kritisiert worden. Rodgers wäre keineswegs überrascht gewesen, wenn Senatorin Fox ihm deswegen gerade die Leviten las. Dabei konnte den Rivalen der Amerikaner gar nichts Besseres passieren, als dass diese sich gegenseitig bekämpften. Rodgers konnte den Jubel der Japaner, Franzosen, Deutschen und des übrigen eurozentrischen Blocks geradezu hören. Wir streiten uns, nachdem wir ihren Botschaftern das Leben gerettet haben, dachte er.

Es war eine verkehrte Welt. Genau deswegen brauchte man vermutlich einen Mann wie Paul Hood als Leiter des Op-Centers. Wäre es nach Rodgers gegangen, hätte er auf dem Rückzug aus dem Gebäude der Vereinten Nationen auch ein paar Botschafter erledigt.

Hood nahm die Kopfhörer ab und blickte Rodgers an. In seinen dunkelbraunen Augen stand blanke Frustration. Sein welliges schwarzes Haar war ungekämmt, was für ihn völlig untypisch war, und er lächelte keineswegs.

»Wie geht's?«, erkundigte Hood sich. »Alles bereit?«

Rodgers nickte.

»Gut.«

»Wie stehen die Dinge hier?«

»Nicht so besonders. Senatorin Fox meint, wir stünden zu sehr im Licht der Öffentlichkeit. Das möchte sie ändern.«

»Und wie?«

»Indem sie unseren Personalbestand reduziert. Sie wird den anderen Mitgliedern des Kongressausschusses vorschlagen, das Op-Center künftig als kleinere, geheimere Organisation weiterzuführen.«

»Da steckt doch Kirk Pike dahinter«, meinte Rodgers.

Pike war der neue Chef der Central Intelligence Agency. Der ehrgeizige frühere Leiter des Geheimdienstes der Marine erfreute sich im Kongress großer Beliebtheit und hatte seinen Posten mit dem erklärten Ziel angetreten, so viele amerikanische Geheimdienste wie möglich unter einem Dach zu vereinen.

»Ich glaube auch, dass Pike in die Sache verwickelt ist, aber er steht nicht allein«, erwiderte Hood. »Fox sagt, Generalsekretärin Chatterjee habe sich entschieden, uns wegen Mordes und unbefugten Eindringens vor den Internationalen Gerichtshof zu bringen.«

»Clever. Mit dem einen Vorwurf wird sie nicht weit kommen, aber bei dem zweiten könnten ihr die Juristen Recht geben.«
»Genau. Das lässt sie stark wirken und bestätigt den souveränen Status der Vereinten Nationen. Außerdem sammelt sie damit Punkte bei Pazifisten und antiamerikanisch eingestellten Regierungen. Fox scheint zu glauben, das Problem ließe sich dadurch lösen, dass man unsere Satzung widerruft und in aller Stille neu schreibt.«
»Ich verstehe. Eine vorbeugende Maßnahme des Ausschusses, damit Chatterjees Aktion schikanös und überflüssig wirkt.«
»Bingo.«
»Und wird es so laufen?«
»Das weiß ich nicht. Fox hat die Angelegenheit noch nicht mit den übrigen Ausschussmitgliedern diskutiert.«
»Aber sie will, dass es so läuft.«
Hood nickte.
»Dann wird es auch so laufen.«
»Damit will ich mich nicht abfinden. Hören Sie, ich wollte Sie nicht mit diesem politischen Zeug belästigen. Sie müssen unbedingt diesen Job in Kaschmir erledigen. Chatterjee ist zwar Generalsekretärin, aber sie ist immer noch in erster Linie Inderin. Wenn Sie für ihre Seite einen Punkt erzielen, dürfte es ihr schwer fallen, uns in die Pfanne zu hauen.«
»Nicht, wenn sie das Pike überlässt.«
»Warum sollte sie das tun?«
»Eine Hand wäscht die andere. Ein Großteil meiner Geheimdienstinformationen über Kaschmir stammt von der CIA, die sehr eng mit dem indischen Geheimdienst zusammenarbeitet.«
»Die Gruppe für Überwachung im Inland«, warf Hood ein.
»Richtig.«
Nach dem indischen Telegrafengesetz besitzt der indische Geheimdienst das gesetzliche Recht, alle Formen der elektronischen Kommunikation abzufangen. Das gilt auch

für zahlreiche Faxe und E-Mails aus Afghanistan und anderen islamischen Staaten. Das Indian Intelligence Bureau hatte im Jahre 2000 den Arzneimittelbetrug des Irak auffliegen lassen. Aus humanitären Gründen fielen Arzneimittel nicht unter die von den Vereinten Nationen verhängten Sanktionen. Diese gingen jedoch nicht an die irakischen Krankenhäuser und Kliniken, sondern wurden vom Gesundheitsminister gehortet. Als der Nachfragedruck aufgrund des künstlich erzeugten Mangels immer stärker wurde, wurden die Medikamente gegen harte ausländische Währung auf dem Schwarzmarkt verkauft. Den Erlös setzten Regierungsbeamte unter Umgehung der Sanktionen in Luxusgüter um.

»Das IIB gibt die gesammelten Informationen zur Analyse an die CIA weiter«, fuhr Rodgers fort. »Wenn Pike Chatterjee unterstützt, werden die Inder weiterhin ausschließlich mit ihm arbeiten.«

»Von mir aus kann sich Pike mit den Lorbeeren schmücken, solange wir die Informationen bekommen.«

»Aber das wird ihm nicht reichen. In Washington wollen die Leute nicht nur gewinnen, sie wollen ihre Rivalen vernichten. Und wenn das nicht klappt, nehmen sie sich deren Freunde und Familien vor.«

»Na, bei mir bräuchten sie dafür im Augenblick eine ganze Taskforce«, gab Hood mit leiser Stimme zurück. »Wir Hoods sind im Moment ziemlich weit verstreut.«

Rodgers kam sich vor wie ein Idiot. Paul Hood lebte von seiner Familie getrennt, und seine Tochter Harleigh war häufig in Therapie. Wie gedankenlos von ihm, davon zu sprechen, dass sie bedroht sein könnten.

»Tut mir Leid, Paul, ich habe das nicht so wörtlich gemeint.«

»Ist schon in Ordnung, ich weiß, was Sie sagen wollten. Ich glaube allerdings nicht, dass Pike so weit gehen wird. Unsere eigenen Leute wissen ebenfalls, wie man im Schmutz wühlt, und unsere Pressesprecherin ist erstklassig. Er wird unsere Rivalität nicht in der Öffentlichkeit breittreten wollen.«

Rodgers war sich da nicht so sicher, denn Hoods Pressesprecherin war die geschiedene Ann Farris. In den letzten Tagen hatte die Gerüchteküche im Büro gebrodelt; es hieß, die beiden hätten eine Affäre. Ann hatte bis spät abends gearbeitet, und die beiden waren gesehen worden, wie sie eines Morgens gemeinsam Hoods Hotel verließen. Rodgers war das völlig egal, solange es die Arbeit des Nationalen Krisenzentrums nicht beeinträchtigte.

»Wo wir gerade von Familie reden, wie geht es Harleigh?« Bevor er seine Reise nach Indien antrat, wollte Rodgers von dem Thema Pike loskommen. Der Gedanke, gegen seine eigenen Leute kämpfen zu müssen, war ihm zuwider. Obwohl er und Hood außerhalb der Arbeit nur wenig Kontakt hatten, standen sie sich doch so nahe, dass es ihm angebracht erschien, sich nach Hoods Familie zu erkundigen.

»Es fällt ihr schwer, mit den Ereignissen von New York und mit meinem Auszug von zu Hause fertig zu werden. Aber sie hat Menschen, die sie unterstützen, und ihr Bruder hat sich als echter Fels in der Brandung erwiesen.«

»Alexander ist ein guter Junge. Es freut mich zu hören, dass er seiner Aufgabe gerecht wird. Was ist mit Sharon?«

»Sie ist wütend, und das ist ihr gutes Recht.«

»Das wird sich schon wieder geben.«

»Liz sagt, möglicherweise nicht.«

»Liz« war Liz Gordon, die Psychologin des Op-Centers, die zwar nicht Harleighs Therapeutin war, aber Hood beratend zur Seite stand.

»Hoffentlich lässt Sharons Wut bald nach«, fuhr Hood fort. »Aber ich glaube nicht, dass wir je wieder Freunde sein können. Mit etwas Glück wird es uns gelingen, zivilisiert miteinander umzugehen.«

»Sie werden es schon schaffen. Zum Teufel, ich habe in meinem ganzen Leben nicht einmal das hinbekommen.«

Hood überlegte kurz und grinste dann. »Stimmt. Das fing schon mit Ihrer Freundin Biscuit in der fünften Klasse an, nicht wahr?«

»So ist es. Sie sind eben ein Diplomat, und ich bin ein

Soldat, der nicht von seiner Natur der verbrannten Erde loskommt.«

Hoods Grinsen wurde zu einem Lächeln. »Wenn ich es mit Senatorin Fox zu tun habe, könnte ich gut etwas von Ihrer Kämpfernatur gebrauchen.«

»Halten Sie sie bis zu meiner Rückkehr hin. Sie kümmern sich um Fox, und ich befasse mich mit Pike.«

»Abgemacht. Passen Sie auf sich auf, okay?«

Rodgers nickte, und die beiden Männer schüttelten einander die Hände.

Dem General war nicht recht wohl zumute, als er sich auf den Weg zum Aufzug begab. Er ließ nicht gern ungelöste Probleme zurück, vor allem, wenn das Ziel der Attacken so verwundbar war wie Hood. Rodgers sah das an seinem Verhalten. Er kannte diese merkwürdige Ruhe aus der Schlacht. Es war fast, als weigerte sich Hood einzusehen, dass der Druck auf ihn zunahm. Doch genau das war der Fall. Hood war bereits durch seine bevorstehende Scheidung, Harleighs Probleme und die täglichen Anforderungen, die sein Job an ihn stellte, abgelenkt. Rodgers hatte das Gefühl, dass sich der Druck von Seiten der Senatorin nach dem Treffen des Ausschusses noch wesentlich verstärken würde. Er würde Bob Herbert von der C-130 aus anrufen und ihn bitten, den Direktor des Op-Centers im Auge zu behalten.

Der Beobachter, der den Beobachter überwacht, dachte er. Der Leiter der Aufklärungsabteilung des Op-Centers kümmerte sich um den Direktor des Op-Centers, der sich wiederum mit Kirk Pike befasste. Bei all den menschlichen Dramen, die um ihn herum tobten, kam es dem General fast wie Routine vor, nach Atomraketen zu suchen.

Aber seine Sichtweise wurde schnell wieder zurechtgerückt. Als er auf das Rollfeld trat, sah er, wie sich das Strikers-Team neben der Hercules-Transportmaschine versammelte. Sie trugen Uniform, standen aber bequem. Zu ihren Füßen lagen ihre Waffen und Taschen. Colonel August ging mit Lieutenant Orjuela, seinem neuen Stellvertreter, eine Checkliste durch.

Hinter Rodgers, im Untergeschoss des Nationalen Krisenzentrums, standen Karrieren auf dem Spiel. Hier aber riskierten Männer und Frauen für den Einsatz in Indien ihr Leben.

An jenem Tag, an dem das für ihn zur Routine wurde, würde Rodgers seine Uniform an den Nagel hängen, schwor er sich.

Mit flottem, stolzem Schritt trat er in den Schatten des Flugzeugs, wo ihn das wartende Team mit einem disziplinierten Gruß empfing.

4

Kargil, Kaschmir – Mittwoch, 16 Uhr 11

Apu Kumar saß auf dem alten, durchgelegenen Bett, das schon seiner Großmutter gehört hatte, und starrte auf die vier nackten Wände seines kleinen Schlafzimmers. Sie waren nicht immer nackt gewesen. Früher hatten dort gerahmte Bilder seiner verstorbenen Frau, seiner Tochter und seines Schwiegersohns sowie ein Spiegel gehangen. Aber ihre Hausgäste hatten sie entfernt, weil Glas als Waffe verwendet werden konnte.

Das Bett stand in einer Ecke des Raums, den er mit seiner 22-jährigen Enkelin Nanda teilte. Im Augenblick säuberte die junge Frau draußen den Hühnerstall. Wenn sie damit fertig war, würde sie in dem kleinen Verschlag hinter dem Haus duschen und dann in ihr Zimmer zurückkehren. Sie würde einen kleinen Kartentisch aufklappen, ihn neben das Bett ihres Großvaters stellen und einen Holzstuhl heranziehen. Die Schlafzimmertür würde offen bleiben, und ihre vegetarischen Mahlzeiten würden in kleinen Holzschalen serviert werden. Dann würden Apu und Nanda Radio hören, Schach spielen, lesen, meditieren und beten. Sie würden um Erleuchtung beten, aber auch für Nandas Mutter und Vater, die beide in der Hölle ums

Leben gekommen waren, welche vor knapp vier Jahren in Kargil getobt hatte. Irgendwann gegen zehn oder elf Uhr würden sie einschlafen. Mit etwas Glück würde Apu die Nacht durchschlafen, doch das leiseste Geräusch konnte ihn wecken und die Erinnerung an die Flugzeuge und die Wochen endlosen Bombardements zurückbringen.

Gegen Morgen würden die Gäste den in Kargil geborenen Bauern herauslassen, damit er nach seinen Hühnern sehen konnte. Dabei ging immer einer von ihnen mit, um sicherzugehen, dass er nicht zu fliehen versuchte. Apus Lastwagen parkte noch neben dem Hühnerstall. Auch wenn ihm die Pakistaner die Schlüssel abgenommen hatten, konnte Apu leicht die Zündung kurzschließen und davonfahren. Natürlich würde er das nur tun, wenn seine Enkelin Nanda bei ihm war; deshalb durften sie auch nie zusammen nach draußen. Der schlanke, silberhaarige Mann fütterte seine Hühner, sprach mit ihnen und sah nach, ob sie Eier gelegt hatten. Dann wurde er wieder in seinen Raum geführt. Am späten Nachmittag war Nanda an der Reihe, den Hühnerstall zu reinigen. Das war die schwerere Arbeit. Obwohl Apu sie durchaus hätte erledigen können, bestanden ihre Gäste darauf, dass Nanda das übernahm, weil es die eigenwillige junge Frau ermüdete. Wenn sie genügend Eier hatten, um sie zum Markt zu bringen, fuhr stets einer ihrer Hausgäste für sie nach Srinagar. Das Geld gaben sie immer Apu. Die Pakistaner waren nicht des finanziellen Profits wegen da. So sehr sich Apu auch bemühte, ihre Gespräche zu belauschen, er war immer noch nicht sicher, was der Grund für ihre Anwesenheit war. Sie taten nicht viel, außer zu reden.

Seit das Quartett vor fünf Monaten mitten in der Nacht aufgetaucht war, war das Leben des 63-jährigen Bauern von dieser Routine geprägt. Obwohl sich seine körperliche Betätigung auf die täglichen Ausflüge zum Hühnerstall beschränkte, hatte Apu seinen Verstand, seinen Geist und, was das Wichtigste war, seine Würde bewahrt. Das war ihm gelungen, weil er, seiner hinduistischen Überzeugung folgend, viel meditiert und gelesen hatte. Er tat das für sich selbst, aber auch um seinen islamischen Gefängniswärtern zu zeigen, dass sein Glaube und seine Überzeugung ebenso stark waren wie die ihren.

Apu griff hinter sich und zog das Kissen etwas nach oben. Es war alt und klumpig, denn es hatte bereits drei Generationen von Kumars gedient. Auf seinem runzligen, ledernen Gesicht spielte ein Lächeln. Die Daunen hatten genug gelitten, vielleicht würde die Ente in einer anderen Inkarnation glücklich werden.

Das Lächeln verschwand sofort wieder. Der Gedanke war ein Sakrileg und klang wie etwas, das seine Enkelin gesagt haben könnte. Er hätte es besser wissen müssen. Vielleicht hatten die Monate der Gefangenschaft seinen Verstand beeinträchtigt.

Er sah sich um. Nanda schlief in einem Schlafsack am anderen Ende des Zimmers. Manchmal wachte Apu in den frühen Morgenstunden auf und lauschte auf ihren Atem. Er genoss das. Zumindest hatte ihre Gefangenschaft bewirkt, dass sie mehr über einander erfahren hatten. Auch wenn ihn ihre unkonventionellen religiösen Überzeugungen beunruhigten, war er froh, darüber Bescheid zu wissen. Einen Feind konnte man nur bekämpfen, wenn man sein Gesicht kannte.

In dem kleinen Steinhaus gab es noch zwei weitere Räume. Die Tür zum Wohnzimmer stand offen. Dort hielten sich die Pakistaner tagsüber auf. Nachts schliefen sie in dem Zimmer, das früher ihm gehört hatte. Alle, bis auf die Wache. Einer von ihnen war immer wach. Das war auch notwendig, denn sie hatten nicht nur dafür zu sorgen, dass Apu und Nanda das Haus nicht verließen, sondern mussten auch darauf achten, ob sich jemand näherte. Zwar wohnte niemand in der Nähe, aber die indische Armee patrouillierte gelegentlich in den niedrigen Hügeln. Nachdem die Pakistaner bei ihrem Haus aufgetaucht waren, hatten sie ihren unfreiwilligen Gastgebern versprochen, nicht länger als sechs Monate zu bleiben. Wenn Apu und Nanda taten, wie ihnen geheißen wurde, würde ihnen danach nichts geschehen. Apu war nicht sicher, ob er ihnen glauben sollte, aber er war bereit, ihnen die Zeit zuzugestehen, die sie verlangten. Welche Wahl blieb ihm schließlich?

Allerdings hätte er nichts dagegen gehabt, wenn die Behörden eingegriffen und die Gruppe erschossen hätten. Solange er selbst ihnen keinen Schaden zufügte, würde das weder seine Zukunft in diesem noch im nächsten Leben beeinträchtigen. Das Traurige an der Sache war, dass sie als Menschen gut miteinander ausgekommen wären. Aber Politik und Religion sorgten für Aufruhr. Das war die Geschichte dieser Gegend, seit Apu ein junger Mann gewesen war. Nachbarn waren nur Nachbarn, bis sie von Fremden zu Feinden gemacht wurden.

Der Raum besaß ein kleines Fenster, aber die Läden waren zugenagelt worden. Die einzige Lichtquelle war eine kleine Lampe auf dem Nachttisch. Ihr Schein fiel auf eine schmale, alte, in Leder gebundene Ausgabe der Upanischaden, der mystischen Texte, die den Abschluss der Veden bilden, der heiligen Schriften der Hindus.

Apu richtete seine Aufmerksamkeit erneut auf den Text. Er las die früheste der Upanischaden, die Verse, die sich mit der Lehre vom Brahman, der universalen Seele, dem alles durchdringenden Seinsgrund, befassen. Das Ziel des Hinduismus war wie bei anderen östlichen Religionen das Nirwana, die endgültige Freiheit vom Kreislauf der Wiedergeburt und von dem Schmerz, der durch eigene Handlungen oder Karma über den Menschen kommt. Dies ließ sich nur durch spirituellen Yoga erreichen, der zur Einheit mit Gott führt. Apu war entschlossen, dieses Ziel zu verfolgen, auch wenn sein Erreichen ein Traum blieb. Zudem studierte er die nach den Veden entstandenen Puranas, die sich mit der Struktur des Lebens im individuellen und gesellschaftlichen Sinne befassen und den Leser durch den sich wiederholenden Kreislauf von Schöpfung und Tod des Universums führen, der durch die göttliche Dreifaltigkeit von Brahma, dem Schöpfer, Wischnu, dem Bewahrer, und Schiwa, dem Zerstörer, verkörpert wird. Sein Leben war hart gewesen, wie es der Kaste der Bauern zukam, doch er musste daran glauben, dass er nur ein Wimpernschlag im kosmischen Kreislauf war. Ansonsten hätte es nichts gegeben, auf das er hinarbeiten konnte, kein endgültiges Ziel.

Nanda war anders. Sie vertraute mehr auf die heiligen Dichter, die die religiösen Lieder und Epen verfasst hatten. Zwar stellte Literatur ein wesentliches Element des Hinduismus dar, aber seine Enkelin sprachen die Werke der Menschen mehr an als die Lehren, die sie beschrieben. Nanda hatte immer Helden geliebt, die ihre Meinung sagten. Ihre Mutter war genauso gewesen. Sie sagte, was sie dachte, kämpfte, leistete Widerstand.

Und das war es letztendlich gewesen, was Apus Tochter und seinem Schwiegersohn das Leben gekostet hatte. Als die ersten pakistanischen Eindringlinge auftauchten, hatten die beiden Schafzüchter Molotow-Cocktails für den eilig organisierten Widerstand gefertigt. Nach zwei Wochen wurden Savitri und ihr Ehemann Manjay dabei erwischt, wie sie diese in Wollsäcken transportierten. Die beiden wurden gefesselt in die Kabine ihres Lastwagens gesetzt, während die Ladung in Brand gesteckt wurde. Am nächsten Tag fanden Apu und Nanda ihre Leichen in dem verkohlten Wrack. Für Nanda waren die beiden Märtyrer, während Apu fand, dass sie leichtsinnig gewesen waren. Apus kranke Frau Pad hatte diesen Schlag nicht überlebt, sie starb acht Tage später.

»Alle menschlichen Irrtümer sind Ungeduld«, stand geschrieben. Wenn Savitri und Manjay ihn nur gefragt hätten, dann hätte Apu ihnen geraten zu warten. Die Zeit brachte die Dinge stets ins Gleichgewicht.

Das indische Militär vertrieb schließlich die meisten Pakistaner. Für seine Kinder hätte es keinen Grund gegeben, zur Gewalt zu greifen. Sie hatten andere verletzt und damit eine spirituelle Last auf sich geladen.

Tränen stiegen ihm in die Augen. Was für eine sinnlose Verschwendung! Doch merkwürdigerweise wusste er deswegen Nanda umso mehr zu schätzen. Sie war alles, was ihm von seiner Frau und seiner Tochter geblieben war.

Plötzlich wurde es in dem anderen Raum laut. Apu

schloss sein Buch und legte es auf den wackligen Nachttisch. Dann schlüpfte er in seine Pantoffeln und ging leise über den Holzfußboden zur Tür. Durch den Spalt sah er alle vier Pakistaner, die offenbar an etwas arbeiteten. Sie hatten die Köpfe zusammengesteckt und gestikulierten mit den Armen. Da sie ihm den Rücken zuwandten, konnte er nicht sehen, was sie taten. Nur die Frau blickte in seine Richtung. Sie war schlank, sehr dunkel, trug das schwarze Haar kurz geschnitten und zeichnete sich durch ihren ernsten, intensiven Gesichtsausdruck aus. Die anderen nannten sie »Sharab«, aber Apu wusste nicht, ob das ihr wirklicher Name war.

Sie schwenkte ihr Gewehr in seine Richtung. »Zurück!«

Apu blieb noch einen Augenblick länger stehen. Soweit er wusste, hatten seine Hausgäste noch nie etwas Ähnliches getan. Sonst kamen und gingen sie und sahen sich höchstens gelegentlich Landkarten an. Irgendetwas war im Gange. Er schob sich ein wenig weiter vor. Auf dem Boden zwischen ihnen schien ein Sack aus grober Leinwand zu liegen, neben dem einer der Männer hockte. Offenbar arbeitete er an etwas im Inneren des Sacks.

»Zurück!«, rief die Frau erneut.

In ihrer Stimme lag eine Spannung, die Apu noch nie gehört hatte. Er gehorchte.

In seinem Zimmer kickte er die Pantoffeln von seinen Füßen und legte sich wieder auf das Bett. In diesem Augenblick hörte er, wie sich die Vordertür öffnete. Es war Nanda, das hörte er an dem lauten Quietschen der Tür. Die junge Frau öffnet sie immer mit einem kühnen Schwung, als wollte sie jeden, der eventuell dahinter stand, damit treffen.

Apu lächelte. Er freute sich immer darauf, seine Enkelin zu sehen, selbst wenn sie nur für ein oder zwei Stunden fort gewesen war.

Doch diesmal kam es anders. Er hörte ihre Schritte nicht. Stattdessen vernahm er leise Stimmen. Mit angehaltenem Atem versuchte er zu verstehen, was gesagt wurde. Doch sein Herz schlug lauter als sonst, sodass er nichts hörte. Ganz leise erhob er sich von seinem Bett und schlich zur Tür. Er beugte sich vor, immer darauf bedacht, dass ihn niemand sah, und lauschte.

Nichts.

Langsam schob er die Tür auf. Einer der Männer stand am Fenster und blickte hinaus. Der Pakistaner hatte seine silberne Handfeuerwaffe gezogen und rauchte eine Zigarette. Er warf Apu über die Schulter einen Blick zu.

»Gehen Sie in Ihr Zimmer zurück!«, befahl er leise.

»Wo ist meine Enkelin?« Apu gefiel die Sache gar nicht. Etwas stimmte nicht.

»Sie ist mit den anderen weggefahren.«

»Weggefahren? Wohin denn?«

Der Mann sah erneut aus dem Fenster und zog an seiner Zigarette. »Zum Markt.«

5

Washington, D. C. – Mittwoch, 7 Uhr 00

Colonel Brett August konnte schon gar nicht mehr zählen, wie oft er in den gewaltigen Bäuchen von C-130-Transportmaschinen durchgeschüttelt worden war. Eines jedoch wusste er noch sehr gut: Jeder Einzelne dieser Flüge war eine absolute Tortur gewesen.

In diesem Fall handelte es sich um eine neuere Version der Hercules, eine SAR HC-130H für Langstreckenflüge, deren besondere Stärke der geringe Kraftstoffverbrauch war. Colonel August war in verschiedenen Sondermodellen der C-130 geflogen: einer C-130D mit Landungsski bei einem Trainingseinsatz in der Arktis, einem KC-130R Tankflugzeug, einer C-130F Angriffs-Transportmaschine und vielen anderen. Erstaunlicherweise bot nicht ein Einziges dieser Modelle auch nur den geringsten Komfort. Die Rumpfauskleidung war jeweils auf das Allernotwendigste reduziert, um Gewicht zu sparen und so die Reichweite der Maschinen zu erhöhen. In diesem Fall betrug sie etwa 4800 Kilometer. Das hieß, dass es praktisch kaum Wärme- und Schalldämmung gab. Der Lärm der vier mächtigen Turboprop-Triebwerke, die darum kämpften, das massige Flugzeug in die Luft zu bringen, war ohrenbetäubend. Die Vibrationen waren so stark, dass die Kette, an der Colonel Augusts Kennmarken hingen, an seinem Hals auf und ab hüpfte.

Bequemlichkeit war ein Wort, das im Lastenheft des Originalentwurfs offenbar nicht vorgekommen war. Die Sitze in dieser Maschine waren gepolsterte Plastikkübel, die nebeneinander an den Wänden angebracht waren. Sie besaßen hohe, dick gepolsterte Rückenlehnen und Kopfstützen, die die Passagiere warm halten sollten. Theoretisch hätte das auch funktioniert, wäre die Luft selbst nicht so kalt gewesen. Es gab keine Armlehnen und nur wenig Raum zwischen den Sitzen, unter denen die Seesäcke verstaut wurden. Wer auch immer für diese Konstruktion verantwortlich war, war vermutlich dem gleichen Irrtum erlegen wie die Burschen, die Schlachtpläne entwarfen. Auf dem Papier sah alles wunderbar aus.

Nicht, dass Colonel August sich hätte beklagen wollen. Er erinnerte sich an eine Geschichte, die ihm sein Vater einmal aus seiner eigenen Militärzeit erzählt hatte. Sid August hatte zur US 101 Airborne Division gehört, die kurz vor der Schlacht in den Ardennen von der 15. Panzergrenadierdivision der Deutschen eingeschlossen worden war. Die Männer hatten nur K-Rationen zum Essen. Diese von einem offenbar sadistisch veranlagten Physiologen namens Ancel Benjamin Keys erfundenen Notrationen bestanden aus fade schmeckenden, gepressten Keksen, einer Scheibe Trockenfleisch, Würfelzucker, löslicher Bouillon, Kaugummi und konzentrierter Schokolade. Der Codename für die Schokolade lautete D-Ration. Warum Schokolade einen Codenamen benötigte, wusste kein Mensch, aber die Männer vermuteten, die ausgehungerten Deutschen würden noch erbitterter kämpfen, wenn bekannt wurde, dass in den Schlupflöchern des Feindes mehr zu holen war als Trockenfleisch und wie Pappe schmeckende Kekse.

Die Airmen gingen sparsam mit den K-Rationen um und verhielten sich so ruhig wie möglich. Nach ein paar Tagen gelang es der Air Force, während der Nacht Kisten mit C-Rationen und zusätzlicher Munition für die Soldaten abzuwerfen. Die C-Rationen enthielten Fertigmahlzeiten mit Fleisch und Kartoffeln. Doch die Nahrung belastete das Verdauungssystem der Soldaten so sehr, dass viele unter Übelkeit und Blähungen litten. Lärm und Gestank verrieten einer deutschen Patrouille ihre Position, sodass die Männer sich den Weg freikämpfen mussten. Angesichts dieser Geschichte wurde es Brett August bei dem Gedanken an zu viel Komfort immer unbehaglich zumute.

Rechts von ihm saß Mike Rodgers. August lächelte in sich hinein. Rodgers hatte eine große, gebogene Nase, die er sich im College beim Basketball viermal gebrochen hatte, und kannte nur eine Richtung: vorwärts. Obwohl sie gerade erst abgehoben hatten, steckte diese Nase bereits in einer Aktentasche, die mit Ordnern voll gestopft war. August war so oft mit Rodgers geflogen, dass er die Routine genau kannte. Sobald der Pilot die Erlaubnis gab, elektronische Geräte zu verwenden, würde Rodgers einige dieser Ordner hervorholen und sie auf sein linkes Knie legen, während er auf dem rechten seinen Laptop balancierte. Sobald er mit dem Material fertig war, würde er es an August weitergeben. Mitten über dem Atlantik würden sie dann beginnen, offen und ohne Vorbehalte über das Gelesene zu sprechen. So hatten sie es in den über vierzig Jahren, die sie einander kannten, immer gehalten. Oft waren Worte überflüssig, weil jeder wusste, was der andere dachte.

Brett August und Mike Rodgers waren seit ihrer Kindheit befreundet. Sie hatten sich mit sechs Jahren in Hartford, Connecticut, kennen gelernt. Beide liebten Baseball und begeisterten sich für Flugzeuge. An Wochenenden radelten die beiden kleinen Jungen acht Kilometer entlang der Route 22 zum Flugplatz von Bradley Field. Dort saßen sie dann in einem brachliegenden Feld und sahen zu, wie die Flugzeuge starteten und landeten. Sie waren alt genug, um sich zu erinnern, wie Jets die Propellermaschinen abgelöst hatten. Beide waren sie völlig aus dem Häuschen gewesen, wenn eine der neuen 707 über ihre Köpfe donnerte. Während das Brummen der Propellermaschinen beruhigend vertraut klang, schüttelten die neuen Dinger die Jungen bis ins Innerste durch. August und Rodgers genossen es in vollen Zügen.

Nach der Schule machten die beiden gemeinsam Hausaufgaben, wobei immer einer die Matheaufgaben übernahm, während der andere die naturwissenschaftlichen Fächer erledigte, damit sie schneller fertig wurden. Danach bauten sie Modellflugzeuge aus Plastik, wobei sie darauf achteten, dass der Anstrich genau stimmte und die Abziehbilder am richtigen Platz saßen.

Als es Zeit war, sich freiwillig zu melden – Männer wie die beiden warteten nicht, bis sie eingezogen wurden –, ging Rodgers zur Army, während sich August für die Air Force entschied. Beide landeten in Vietnam. Während Rodgers seine Pflicht auf dem Boden erfüllte, übernahm August Aufklärungsflüge über Nordvietnam. Bei einem Flug nordwestlich von Hue wurde seine Maschine abgeschossen. Als Pilot trauerte er um sein Flugzeug, das inzwischen geradezu ein Teil von ihm geworden war. Er wurde gefangen genommen und verbrachte fast ein Jahr in einem Lager für Kriegsgefangene, bevor ihm 1970 gemeinsam mit einem anderen Gefangenen die Flucht gelang. Er brauchte drei Monate, bis er sich nach Süden durchgeschlagen hatte, wo er dann schließlich von einer Patrouille der US-Marines entdeckt wurde.

Bitter stimmte August damals nur der Verlust seiner Maschine. Ansonsten fand er die Courage der amerikanischen Kriegsgefangenen höchst ermutigend. Er kehrte in die USA zurück, um sich zu erholen. Sobald er bei Kräften war, ging er wieder nach Vietnam, wo er ein Spionagenetzwerk organisierte, das nach anderen Kriegsgefangenen suchte. Nach dem Rückzug der Amerikaner tauchte er unter und blieb noch ein Jahr im Land. Als er alles getan hatte, was ihm aufgrund seiner Kontakte möglich war, um vermisste US-Soldaten aufzuspüren, wurde August auf die Philippinen versetzt. Drei Jahre lang schulte er dort die Piloten von Präsident Ferdinand Marcos für den Kampf gegen die Moro-Rebellen. Danach arbeitete er vorübergehend als Verbindungsoffizier der Air Force zur NASA, wobei er die Sicherheitsmaßnahmen für den Einsatz von Spionagesatelliten organisierte. Allerdings konnte er in dieser Position nicht fliegen, und die Arbeit mit den Astronauten ließ sich nicht mit der Zeit vergleichen, in der er sich als Junge mit Ham, dem Astroschimpansen, befasst hatte. Es war frustrierend, mit Männern und Frauen zu tun zu haben, die tatsächlich in den Weltraum reisen sollten. Also wechselte August zum Special Operations Command der Air Force, wo er zehn Jahre lang blieb, bevor er zur Strikers-Truppe ging.

In den Jahren nach dem Vietnamkrieg hatten Rodgers und August sich nur sporadisch getroffen. Aber immer, wenn sie miteinander sprachen oder sich sahen, war es, als hätte die Zeit stillgestanden. Als sich Rodgers dem Op-Center anschloss, bat er August, die Führung der Strikers zu übernehmen. Zweimal lehnte August ab. Er hatte keine Lust, einen Großteil seiner Zeit auf einem Stützpunkt zu verbringen und dort mit jungen Spezialisten zu arbeiten. Daher erhielt Lieutenant Colonel Squires die Stelle. Nachdem dieser bei einer Mission in Russland getötet worden war, wandte sich Rodgers erneut an seinen alten Freund. Zwei Jahre waren seit Rodgers' erstem Angebot vergangen. Aber die Situation hatte sich gewandelt. Das durch den Verlust erschütterte Team brauchte einen Kommandeur, der es so schnell wie möglich wieder in Form brachte.

Diesmal konnte August nicht ablehnen. Dabei ging es nicht nur um alte Freundschaft: Nationale Fragen standen auf dem Spiel. Das NCMC war eine wichtige Kraft in Fragen des Krisenmanagements geworden, und das Op-Center brauchte die Strikers.

Der Colonel blickte auf die Gruppe, die hinten im Flugzeug schweigend den langsamen, lärmenden Aufstieg abwartete. Die schnelle Einsatztruppe hatte seine Erwartungen bei weitem übertroffen. Jedes ihrer Mitglieder war schon für sich allein außergewöhnlich. So hatte sich zum Beispiel Sergeant Chick Grey auf zwei Gebieten besondere Fähigkeiten angeeignet, bevor er zu den Strikers stieß. Eine seiner Spezialitäten war das HALO-Fallschirmspringen, bei dem in großer Höhe abgesprungen, der Fallschirm jedoch erst sehr spät geöffnet wird. »Der Mann kann fliegen«, hatte sein Kommandeur in Bragg es genannt, als er Grey für den Posten empfahl. Grey zog seine Reißleine später und legte exaktere Landungen hin als je ein Soldat in der Geschichte der Delta Force. Er schrieb diese Fähigkeit einer seltenen Sensibilität für Luftströmungen zu. Auch seine Treffsicherheit, seine zweite große Stärke, führte er darauf zurück. Nicht nur, dass er alles traf, was er aufs Korn nahm, er hatte sich zudem selbst beigebracht, ohne Lidschlag auszukommen, solange es notwendig war. Diese Fähigkeit hatte er entwickelt, als ihm klar wurde, dass es häufig nur eines Wimpernschlags bedurfte, um das »Schlüsselloch« zu verpassen, wie er es nannte – den Augenblick, in dem sich das Ziel in der optimalen Position für den Schuss befand.

August fühlte sich Grey besonders verbunden, weil der Corporal wie er in der Luft »zu Hause« war, doch im Grunde standen ihm alle seine Leute nahe. Die Privates David George, Jason Scott, Terrence Newmeyer, Walter Pupshaw, Matt Bud und Sondra DeVonne ebenso wie der Sanitäter William Musicant und Corporal Pat Prementine. Sie waren mehr als Spezialisten, sie waren ein Team. Und sie besaßen mehr Mut, mehr Herz als jede andere Einheit, mit der August je gearbeitet hatte.

Links von August saß Ishi Honda, der erst vor kurzem zum Corporal befördert worden war, ein weiteres Genie. Der Sohn einer hawaiischen Mutter und eines japanischen Vaters war ein Elektronik-Wunderkind und der Kommunikationsexperte der Einheit. Er hielt sich nie weit entfernt von dem TAC-SAT-Telefon auf, über das Colonel August und General Rodgers mit dem Op-Center in Verbindung blieben. Sein Rucksack, in dem das Gerät steckte, war mit kugelsicherem Kevlar ausgekleidet, damit es bei einem

Feuergefecht nicht beschädigt wurde. Da es in der Kabine so laut war, hielt Honda das Telefon auf dem Schoß, um keinen Anruf zu überhören. Im Einsatz trug er einen Spezialkragen mit Klettverschluss und von ihm selbst entworfene Kopfhörer, die im Rucksack eingesteckt wurden. Wenn der Kragen angeschlossen war, wurde der Klingelton automatisch deaktiviert; eingehende Anrufe wurden durch ein Vibrieren des Kragens gemeldet. So vermied Honda bei Aufklärungsmissionen die verräterischen Geräusche. Außerdem war der Kragen mit kleinen Kondensatormikrofonen ausgestattet, die es Honda ermöglichten, im Flüsterton zu sprechen, während der Gesprächspartner am anderen Ende der Leitung seine Stimme laut und deutlich hörte.

Aber die Strikers-Truppe war mehr als eine Ansammlung von Elitesoldaten verschiedener Waffengattungen. Lieutenant Colonel Squires hatte hervorragende Arbeit geleistet und die Gruppe zu einer intelligenten, disziplinierten Kampfeinheit zusammengeschmiedet. Es war mit Sicherheit das eindrucksvollste Team, mit dem August je gearbeitet hatte.

Die Maschine kippte nach Süden weg, und Augusts alte Ledermappe rutschte unter seinem Sitz hervor. Mit der Ferse stieß er sie zurück. Die Tasche enthielt Landkarten und Weißbücher über Kaschmir, die der Colonel bereits mit seinem Team durchgegangen war. In wenigen Minuten würde er sie sich erneut ansehen. Im Augenblick wollte er jedoch das tun, was er zu Beginn jeder Mission tat: analysieren, warum er hier war, warum er den Auftrag übernommen hatte. Seit seiner Zeit als Kriegsgefangener überprüfte er jeden Tag seine Beweggründe für alles, was er tat. Im Lager des Vietkong ebenso, wie wenn er morgens aufstand, um sich zum Stützpunkt der Strikers zu begeben, und natürlich auch, wenn er auf eine Mission ging. Dass er seinem Land diente oder die von ihm gewählte Laufbahn verfolgte, war ihm nicht genug. Er brauchte einen Grund, besser zu sein als am Vortag. Ansonsten hätten sowohl die Qualität seiner Arbeit als auch die seines Lebens gelitten.

Allerdings war er zu dem Schluss gekommen, dass es möglicherweise keinen anderen Grund gab. War er optimistischer Stimmung, schienen ihm Stolz und Patriotismus besonders motivierend. An dunkleren Tagen entschied er, dass der Mensch ein territorialer Fleischfresser war und seiner Natur nicht entrinnen konnte. Der Kampf ums Überleben war genetisch vorprogrammiert. Dennoch wollte er nicht glauben, dass das der einzige Antrieb hinter seinen Taten war. Es musste etwas Einzigartiges an jedem Menschen geben, etwas, das politische und berufliche Grenzen überstieg.

In diesen ruhigen Augenblicken suchte er daher nach dem fehlenden Beweggrund, dem Schlüssel, der ihn in einen besseren Soldaten, einen besseren Führer, einen stärkeren und besseren Mann verwandeln würde.

Auf diesem Weg entdeckte er viele Dinge, verfolgte er zahlreiche interessante Gedankengänge. So begann er sich zu fragen, ob der Weg selbst nicht die Antwort war. Nachdem er zu einer der Geburtsstätten der östlichen Religionen unterwegs war, schien ihm das eine passende Erkenntnis. Vielleicht war das alles, was er finden würde. Anders als bei seiner Mission gab es keine Karten, die ihm das Gelände zeigten, keine Flugzeuge, die ihn dorthin brachten.

Doch für den Augenblick würde er weitersuchen.

6

Srinagar, Indien – Mittwoch, 16 Uhr 22

Zwischen Baku und Kaschmir betrug der Zeitunterschied zweieinhalb Stunden. Ron Friday, der noch auf aserbaidschanische Zeit eingestellt war, kaufte sich an einem der Stände ein paar Lammspießchen. Dann ging er zu einem überfüllten Café, das unter freiem Himmel Tische aufgestellt hatte, und bestellte Tee zu seinem Essen. Er würde sich beeilen müssen. Von Sonnenuntergang bis Sonnenaufgang herrschte für Ausländer eine Ausgangssperre, deren Einhaltung von Soldaten, die in kugelsicherer Ausrüstung und mit Automatikgewehren bewaffnet in den Straßen patrouillierten, streng überwacht wurde.

Obwohl der Regen aufgehört hatte, waren über den Tischen immer noch große Schirme aufgespannt, sodass Friday sich ducken musste. Er teilte seinen Tisch mit zwei Hindu-Pilgern, die lesend Tee tranken. Die beiden trugen überlange weiße Baumwollkutten, die in der Mitte von einem braunen Gürtel gehalten wurden. Es war das Gewand der heiligen Männer aus den Vereinigten Provinzen in der Nähe von Nepal, am Fuße des Himalaja. Neben ihnen standen Taschen, die dem Aussehen nach ein beträchtliches Gewicht haben mussten. Vermutlich befanden sich die Männer auf dem Weg zum Schrein von Pahalgam, etwa neunzig Kilometer südlich von Srinagar. Die Taschen deuteten darauf hin, dass sie vorhatten, einige Zeit am Schrein zu verbringen. Die Männer grüßten Friday nicht, als er sich zu ihnen setzte. Das war kein Zeichen mangelnder Höflichkeit, sondern bedeutete nur, dass sie seine Ruhe nicht stören wollten. Einer der beiden hielt die *International Herald Tribune* in der Hand. Das erschien Friday merkwürdig, obwohl er nicht recht wusste, warum. Selbst Heilige mussten sich auf dem Laufenden halten. Der andere, der direkt neben Friday saß, las in einem Band mit Gedichten in Sanskrit und Englisch. Friday warf einen Blick über seinen Unterarm.

Vishayairindriyagraamo na thrupthamadhigachathi ajasram pooryamaanoopi samudraha salilairiva, hieß es da auf Sanskrit. Die Übersetzung lautete »Die Sinne können selbst durch die ständige Versorgung mit Sinnesobjekten nicht zufrieden gestellt werden, so wenig wie der Ozean durch die ständige Versorgung mit Wasser gefüllt werden kann.«

Friday zweifelte nicht daran. Ein Mensch, der lebendig war, musste alles um sich herum in sich aufnehmen. Er konsumierte Erfahrungen und Dinge und verwandelte diesen Brennstoff in etwas Neues, etwas, das seinen persönlichen Stempel trug. Wer das nicht tat, lebte vielleicht, war aber nicht lebendig.

Ein Muslim richtete das Wort an die am Tisch sitzenden Pilger und bot ihnen eine günstige Übernachtungsmöglichkeit in seinem Haus an. Häufig besaßen Pilger weder die Zeit noch das Geld, in einem Gasthaus abzusteigen. Die Männer lehnten höflich ab und erklärten, sie wollten den nächsten Bus nehmen und sich dann am Schrein ausruhen. Darauf entgegnete der Muslim, für den Fall, dass es mit dem Bus nicht klappe, könne sein Schwager sie am nächsten Tag zum Schrein fahren. Er gab ihnen eine handgeschriebene Karte mit seiner Adresse. Sie bedankten sich, und der Mann verabschiedete sich mit einer Verbeugung. Es ging alles sehr zivilisiert vonstatten. Normalerweise verliefen Kontakte zwischen Muslims und Hindus durchaus herzlich. Es waren die Generäle und Politiker, die Kriege provozierten.

Hinter Friday tranken zwei weitere Männer Tee, deren Gespräch er entnahm, dass sie zur Nachtschicht in eine nahe gelegene Ziegelei unterwegs waren. Links von ihm standen drei Männer in der khakifarbenen Uniform der Polizei von Kaschmir und beobachteten die Menge. Anders als im Mittleren Osten waren in Kaschmir Basare keine typischen Ziele für Terroranschläge. Das lag daran, dass sich Moslems ebenso wie Hindus auf den Märkten aufhielten. Normalerweise richteten sich die Angriffe gegen Ziele, wo nur Hindus getroffen wurden, wie die Häuser örtlicher Beamter, Geschäfte, Polizeistationen, Finanzinstitute und Militärstützpunkte. Selbst militante, gewalttätige Gruppierungen wie die Guerillakämpfer der Hezb-ul-Mudschaheddin griffen normalerweise keine Orte an, an denen sich Zivilisten versammelten, vor allem nicht während der Verkehrsstoßzeiten. Sie wollten das Volk nicht gegen sich aufbringen. Ihr Krieg galt den Führern der Hindus und denen, die sie unterstützten.

Die beiden Pilger tranken eilig ihren Tee aus, denn ihr Bus war dreihundert Meter rechts von ihnen vorgefahren. Er bremste quietschend an der kleinen Haltestelle am äußersten Westrand des Marktes, die aus einem kleinen Raum bestand. Es handelte sich um ein zwar altes, aber sauberes grünes Vehikel, das mit einem Dachgepäckträger ausgestattet war. Der uniformierte Fahrer kam heraus und half den Passagieren beim Aussteigen, während der für das Gepäck zuständige Angestellte aus dem Raum an der Bushaltestelle eine Trittleiter holte. Während er anfing, die Taschen der aussteigenden Passagiere abzuladen, stellten sich diejenigen, die bereits einen Fahrschein besaßen, in einer überraschend ordentlichen Schlange auf. Als die beiden Männer fertig waren, verschwanden sie in dem kleinen Holzhäuschen.

Unterdessen hatten die beiden Pilger an Fridays Tisch ihr Lesematerial verstaut und nach ihren großen, unhandlichen Taschen gegriffen. Mühsam hievten sie diese auf ihre Schultern und bahnten sich einen Weg auf die überfüllte Straße. Während er ihnen nachsah, überlegte Friday, wie Diebstahl hier wohl bestraft wurde. Bei der dicht gedrängten Menschenmenge, die sich vor allem auf ihre Einkäufe konzentrierte, musste der Markt ein Paradies für Taschendiebe sein. Vor allem, wenn sie danach einen Bus bestiegen und die Gegend schnell verließen.

Friday nippte weiter an seinem Tee, während er das auf Holzspießchen gefädelte Lammfleisch verzehrte. Dabei beobachte er, wie weitere Pilger an ihm vorübereilten. Einige von ihnen trugen weiße oder schwarze Kutten, während andere westlich gekleidet waren. Die Männer und Frauen, die nicht die traditionellen Gewänder angelegt hatten, durften zwar am Schrein ihre Verehrung bezeugen, wurden aber nicht in die Höhle selbst gelassen. Einige zogen Kinder hinter sich her. Friday fragte sich, ob ihr Gesichtsausdruck auf religiösen Eifer zurückzuführen war oder darauf, dass sie fürchteten, den Bus zu verpassen. Wahrscheinlich ein wenig von beidem.

Einer der Polizeibeamten ging auf die Bushaltestelle zu, um sicherzustellen, dass das Einsteigen geordnet verlief. Dabei passierte er die Polizeistation zu seiner Linken. Es handelte sich um ein zweistöckiges Holzhaus mit weißen

Wänden und grüner Dachrinne. Die beiden Fenster an der Vorderseite waren verbarrikadiert. Unmittelbar hinter der Polizeistation erhob sich ein Jahrzehnte alter Hindutempel. Friday fragte sich, ob die örtliche Regierung die Polizeistation direkt neben dem Tempel errichtet hatte, um sie vor Terroristen zu schützen. Er hatte den Tempel einmal besucht. Es handelte sich um ein Dvi-Bheda, ein zweigeteiltes Gotteshaus, in dem sowohl Schiwa, der Gott der Zerstörung, als auch Wischnu, der Bewahrer, verehrt wurden. Das Hauptportal befand sich im fünfstöckigen Rajagopuram, dem Königlichen Turm. Seitlich davon krönten kleinere Türme die Seiteneingänge. Die zu Ehren beider Gottheiten errichteten Bauwerke aus weißen Ziegeln waren mit grünen und goldenen Fliesen verziert; Vordächer, brüllende Löwen, menschenähnliche Torwächter in Tanzhaltung und andere Figuren schmückten die Wände. Obwohl Friday nicht viel von der Ikonografie verstand, erinnerte er sich, dass das Innere des Tempels so gestaltet war, dass es eine ruhende Gottheit darstellte. Der erste Raum verkörperte ihren Scheitel, gefolgt von Gesicht, Bauch, Knie, Bein und Fuß. Für die Hindus war der gesamte Körper wichtig, nicht nur die Seele oder das Herz. Jeder Teil des menschlichen Wesens blieb ohne den anderen Teil unvollständig, und ein unvollständiges Individuum konnte niemals die höchste Vollkommenheit erreichen, die der Glaube verlangte.

So eilig die Pilger es auch hatten, jeder von ihnen nahm sich die Zeit, sich umzuwenden und sich leicht vor dem Tempel zu verneigen. Ihre individuellen Ziele mochten wichtig sein, aber jeder Hindu wusste, dass es etwas Größeres gab als ihn selbst. Weitere Pilger verließen den Tempel, um den Bus zu nehmen, während andere Hindus, Einheimische ebenso wie Touristen, durch den Torbogen des Portals ein und aus gingen.

Einen Block hinter dem Tempel befand sich ein Kino mit einer altmodischen Anzeigetafel. Indien produzierte mehr Filme als jedes andere Land der Welt. Friday hatte mehrere davon auf Video gesehen, unter anderem *Fit to Be a King* und *Flowers and Vermilion*. Er war davon überzeugt, dass sich die Träume eines Volkes und damit auch seine Schwächen in den Storys, Themen und Figuren der beliebtesten Filme widerspiegelten. Die Inder begeisterten sich besonders für dreistündige moderne Action-Musicals. In diesen Filmepen wurden die attraktiven Hauptdarsteller schlicht als »Held« und »Heldin« bezeichnet. Sie standen stellvertretend für alle Frauen und Männer und trugen trotz der Kämpfe epischen Ausmaßes, die sie zu bestehen hatten, stets Musik im Herzen. So sahen sich die Inder selbst. Die Realität war für sie eine unangenehme Störung, über die sie elegant hinwegblickten – wie zum Beispiel über das häufig grausame Kastensystem. Friday hatte seine eigene Theorie dazu: die Kasten verkörperten für ihn die religiöse Überzeugung der Inder. Wie der einzelne Mensch, so bestand auch die Gesellschaft aus Kopf, Füßen und den Teilen dazwischen. Jeder davon war notwendig, um ein Ganzes zu schaffen.

Friday richtete seine Aufmerksamkeit erneut auf den Markt selbst, auf dem das Gedränge keineswegs nachgelassen hatte. Es herrschte eher noch mehr Leben, weil Leute zum Abendessen kamen oder auf dem Weg von der Arbeit nach Hause ihre Einkäufe erledigten. Kunden bahnten sich zu Fuß oder auf Fahrrädern ihren Weg zu den Ständen. Immer noch trafen Körbe, Schubkarren und gelegentlich sogar ganze Lastwagen mit Waren ein. Üblicherweise blieben die Märkte bis nach Sonnenuntergang geöffnet. In Srinagar und Umgebung standen die Arbeiter sehr früh auf, weil Arbeitsbeginn in den Fabriken, auf den Feldern und in den Geschäften bereits um sieben Uhr morgens war.

Friday beendete sein Mahl und warf einen Blick auf den Bus. Der Fahrer war zurück und half Leuten beim Einsteigen, während der andere Mann wieder auf die Trittleiter geklettert war, um Taschen auf dem Dach zu verstauen. Trotz des scheinbaren Chaos herrschte eine innere Ordnung, die Friday erstaunlich fand. Jedes einzelne System funktionierte perfekt, von den Verkaufsständen über die

Einkäufer bis zu Polizei und Bus. Selbst die angeblich miteinander im Widerstreit liegenden religiösen Fraktionen kamen hervorragend miteinander aus.

Der feine Nieselregen hatte erneut eingesetzt und Friday beschloss, zur Bushaltestelle zu gehen. Es sah aus, als würde dort gebaut, und ihn interessierte, was dahinter lag. Während er den letzten Pilgern folgte, beobachtete er, wie der Busfahrer die Fahrscheine entgegennahm und den Leuten beim Einsteigen half.

Doch irgendetwas hatte sich verändert.

Der Fahrer ... Das war nicht der untersetzte Bursche von vorhin, sondern ein viel schlankerer Mann, vielleicht ein neuer Fahrer. Möglich war es, schließlich trugen alle die gleiche Jacke. Dann fiel Friday noch etwas auf. Der Angestellte, der die Taschen verstaute, ging extrem vorsichtig damit um. Friday hatte ihn vorhin nicht genau sehen können, weil ihm die aussteigenden Passagiere die Sicht versperrten, daher konnte er nicht sagen, ob es sich um dieselbe Person handelte.

Der Bus war immer noch etwa zweihundert Meter von ihm entfernt, als der Amerikaner seinen Schritt beschleunigte.

Plötzlich verschwand die Welt zu seiner Linken, wurde von einem weißen Blitz, höllischer weißer Hitze und einem ohrenbetäubend grellen Lärm verschlungen.

7

Washington, D. C. – Mittwoch, 7 Uhr 10

Paul Hood saß allein in seinem Büro. Mike Rodgers und die Strikers waren unterwegs, und es stand nichts Dringendes auf seiner Tagesordnung. Die Tür war geschlossen, und er hatte am Computer eine Datei mit dem Namen »Arbeitskopie OCIS« geöffnet. OCIS war ein anklickbarer Chart mit der internen Struktur des Op-Centers. Unter jedem Bereich war eine Liste der Abteilungen und Angestellten aufgeführt. An jeden Namen war eine Unterdatei angehängt, die Eintragungen zu den Aktivitäten der einzelnen Personen enthielt. Nur Hood, Rodgers und Herbert hatten Zugriff auf diese Dateien, die es den Direktoren des Op-Centers erlaubten, die Aktivitäten des Personals zu verfolgen und mit Telefonaufzeichnungen, E-Mail-Listen und anderen Eintragungen abzugleichen. Falls jemand gegen das Team arbeitete – zum Beispiel für eine andere Behörde oder gar eine ausländische Regierung –, war dies die erste Sicherheitsebene. Der Computer markierte automatisch jede Aktivität, die keine Eintragung mit einem Befehl oder einer Bestätigung dafür enthielt.

Im Augenblick suchte Paul Hood jedoch nicht nach Maulwürfen, sondern nach Opferlämmern. Wenn Senatorin Fox und der Kongressausschuss einen Personalabbau verlangten, musste er darauf vorbereitet sein. Die Frage war nur: an welcher Stelle?

Hood klickte auf Bob Herberts Aufklärungsabteilung und ließ die Namen durchlaufen. Reichte es aus, wenn Herbert die E-Mail-Kommunikation in Europa nur tagsüber überwachte? Kaum, Spione arbeiteten rund um die Uhr. Und wenn nur ein einziger Verbindungsmann den Kontakt zu CIA und FBI hielt, anstatt wie jetzt zwei? Das war vermutlich machbar. Er würde Herbert fragen, auf welchen der beiden er verzichten konnte. Hood bewegte den Cursor zur Technik-Abteilung. Was war mit Matt Stoll? Kam er ohne eine Schnittstelle für Satellitenverbindungen oder einen Mann für Computer-Upgrades aus? Wenn er ausländische Kommunikationssatelliten abhören oder Hardware und Software erneuern wollte, konnte Matt die Arbeit immer noch extern vergeben. Das war zwar umständlich, würde seine Leistungsfähigkeit aber nicht wirklich beeinträchtigen. Mit einem Doppelklick auf den Upgrade-Experten ließ er die Position verschwinden.

Sein Herz schlug schneller, als er die nächste Abteilung durchging: das Pressebüro. Brauchte das Op-Center tatsächlich jemanden, der Pressemitteilungen verfasste und

Pressekonferenzen organisierte? Wenn die Senatorin Fox meinte, das NCMC stünde zu sehr im Licht der Öffentlichkeit, waren die Pressesprecherin und ihre Assistentin als Erste entbehrlich.

Hood starrte auf den Computer und zwang sich zu vergessen, was die Senatorin dachte. Was glaubte er selbst?

Er sah die Liste nicht. Vor ihm stand das Gesicht von Ann Farris. Nachdem sie jahrelang miteinander geflirtet hatten, hatten sie nun endlich eine gemeinsame Nacht verbracht. Es war eine der schönsten und gleichzeitig problematischsten Erfahrungen seines Lebens gewesen. Schön, weil er und Ann einander viel bedeuteten, problematisch, weil er sich eingestehen musste, dass zwischen ihnen eine Bindung bestand. Eine Bindung, die noch stärker war als seine Gefühle für seine alte Liebe Nancy Jo Bosworth, der er in Deutschland wiederbegegnet war. Aber er war noch mit Sharon verheiratet und musste an das Wohl seiner Kinder denken, ganz zu schweigen von seinem eigenen. Wenn Sharon von dieser Sache erfuhr, musste er sich auch noch mit ihren Empfindungen auseinander setzen. So sehr er die Nähe zu Ann auch genoss, dies war nicht die Zeit für eine neue Beziehung.

Was würde Ann selbst denken? Nach ihrer hässlichen Scheidung war ihr Selbstbewusstsein stark erschüttert. Der Presse gegenüber trat sie sehr gelassen auf, und als allein erziehende Mutter war sie hervorragend. Aber das gehörte zum »Reaktionsvermögen«, wie es die Psychologin Liz Gordon einmal auf einem Seminar mit dem Titel »Beruf und Elternschaft« genannt hatte. Auf externe Reize reagierte Ann mit einem gut funktionierenden, natürlichen Instinkt. In ihrem tiefsten Inneren, zu dem sie Hood Zugang gewährt hatte, war sie ein verschüchtertes, kleines Mädchen. Wenn Hood sie entließ, würde sie denken, er wollte sie von ihm fern halten. Behielt er sie, hieß das für sie, dass er sie protegierte, um sie zu schützen.

Privat wie beruflich stand er auf verlorenem Posten. Und dabei hatte er noch keinen Gedanken darauf verschwendet, wie der Rest des Op-Centers reagieren würde. Mit Sicherheit wussten alle, was zwischen ihm und Ann lief. Die Zusammenarbeit im Büro war sehr eng, und außerdem gehörten sie schließlich zum Geheimdienst. Wahrscheinlich pfiffen die Spatzen ihr Geheimnis bereits von den Dächern.

Er starrte immer noch auf den Bildschirm, aber er sah Anns Gesicht nicht mehr, sondern nur noch ihren Namen. Schließlich und endlich musste er seine Arbeit tun, ungeachtet der Folgen. Wenn er persönlichen Gefühlen den Vorrang einräumte, würde ihm das nicht mehr gelingen.

Er klickte zweimal mit der Maustaste. Nicht auf einen Namen, sondern auf die gesamte, aus zwei Personen bestehende Abteilung.

Einen Augenblick später war die Presseabteilung verschwunden.

8

Srinagar, Indien – Mittwoch, 16 Uhr 41

Ron Friday fühlte sich, als hätte man ihm Stimmgabeln in die Ohren gerammt. Seine Gehörgänge und sein Schädelinneres schienen zu vibrieren. Gleichzeitig übertönte ein hohes Klingeln jedes andere Geräusch, sodass er nichts anderes mehr hörte. Obwohl seine Augen geöffnet waren, hatte er keine Ahnung, was er sah. Weißer Dunst schien sich über die Welt gelegt zu haben, als wäre plötzlich Nebel heraufgezogen.

Er blinzelte. Schmerzhaft brennender weißer Staub, rieselte ihm in die Augen. Er blinzelte erneut und rieb sich mit den Handflächen nacheinander über beide Augen. Dann riss er sie weit auf und sah sich erneut um. Immer noch war ihm nicht klar, was er da sah, aber eines wusste er nun. Er lag auf dem Bauch und hielt das Gesicht zur Seite gedreht. Sich mit den Händen aufstützend, drückte er sich hoch. Weißer Staub fiel von seinen Armen, seinem

Haar, seinem Körper. Er blinzelte erneut, spürte einen kalkigen Geschmack im Mund und spuckte aus. Sein Speichel war dick und zäh, aber der Kalkgeschmack war immer noch da. Er spie erneut aus.

Dann zog er die Knie an. Sein Körper schmerzte von dem Sturz, aber zumindest hörte er wieder. Besser gesagt, das Klingeln ließ nach, ansonsten drang nämlich gar nichts zu ihm durch. Allmählich setzte sich der Staub, den er von seinem Körper geschüttelt hatte. Nun sah er, was er vor einem Moment vor Augen gehabt hatte, die Szene, in der er keinen Sinn hatte entdecken können.

Trümmer. Wo Tempel und Polizeistation gestanden hatten, erhob sich nun zwischen zerklüfteten Mauern ein Schutthaufen. Durch den in der Luft hängenden Staub sah er den blauen Himmel.

Dann ließ das Klingeln allmählich nach, und er hörte Stöhnen. Eine Hand auf das Knie gestützt, drückte er sich nach oben, um aufzustehen. Sein Rücken schmerzte, und er zitterte am ganzen Körper. Plötzlich wurde ihm schwindlig und schwarz vor Augen, sodass er sich für einen Augenblick auf die Knie zurücksinken ließ. Vor sich sah er durch den Staubnebel den Bus und Leute, die auf ihn zukamen.

Plötzlich färbte sich der Bereich um den Bus, hinter den Leuten, gelbrot. Die Zeit schien stillzustehen, als der Farbkranz in alle Richtungen explodierte. Es folgte erneut ein lautes Krachen, das sich schnell in ein Donnergrollen verwandelte. Der Bus dehnte sich aus wie ein Ballon, auf den man trat, und platzte dann. Überall flogen Teile herum. Einige Trümmer schlitterten wie Schlangen über den Boden, während größere Stücke wie Sitze und Reifen sich immer wieder überschlugen. Die direkt neben dem Bus Stehenden wurden mit Haut und Haar vom Feuer verschlungen, während Menschen, die sich in größerer Entfernung aufgehalten hatten, wie die Wrackteile in alle Richtungen durcheinander geworfen wurden.

Vor seinen Augen erhob sich eine dunkelgraue Wolke und rollte auf ihn zu, in der Blitze aus Blut und Flammen zuckten.

Friday nahm die Hände von den Ohren und erhob sich langsam. Er blickte an sich herab, überprüfte Beine und Rumpf, um sicherzugehen, dass er nicht verletzt war. Bei einem starken Schock ließ der Körper Schmerz oft nicht zu. Seine Seite und sein rechter Arm, mit denen er auf den Asphalt gestürzt war, schmerzten; die Augen waren von Staub verklebt, und er musste immer wieder blinzeln, um sie zu säubern. Abgesehen von dem Staub, der sich nach der Explosion des Tempels in einer dicken Schicht über ihn gelegt hatte, schien er unversehrt zu sein.

Papiere aus Büchern und Büros, die durch die Explosion in die Luft gewirbelt worden waren, sanken allmählich zur Erde zurück. Viele waren zerfetzt, die meisten verkohlt. Einige bestanden nur noch aus Asche. Manche Seiten schienen zu Gebetbüchern gehört zu haben. Vielleicht waren sie Teil des Sanskrit-Textes, den die Pilger wenige Minuten zuvor studiert hatten.

Die über drei Meter hohe graue Wolke hatte Friday erreicht und hüllte ihn ein. Sie brachte den charakteristischen, giftigen Gestank von verbranntem Gummi mit sich. Darunter lag ein süßlicherer, weniger erstickender Geruch: verkohltes menschliches Fleisch und verbrannte Knochen. Er zog ein Taschentuch hervor und hielt es sich vor Mund und Nase. Dann wand er sich von der stechenden Wolke ab. Im Basar hinter ihm herrschte Stille. Die Leute hatten sich in Erwartung weiterer Explosionen zu Boden geworfen, lagen unter Ständen oder hinter Karren. Als sein Gehör langsam zurückkehrte, hörte Friday Schluchzen, Gebete und Stöhnen.

Er wandte sich zu den Überresten von Tempel und Polizeistation um. Der Nieselregen sorgte dafür, dass sich die Rauchwolke schnell auflöste, und löschte die wenigen Feuer, die sich entzündet hatten. Inzwischen konnte Friday wieder klar denken. Er ging auf den Schutthaufen zu. Erst jetzt bemerkte er, dass die Polizeibeamten, die vor dem Gebäude gestanden hatten, tot waren. Die Rücken ihrer Uniformen waren blutdurchtränkt und von Schrapnells durchlöchert. Es war keine Brandbombe gewesen, sondern eine Sprengbombe.

Seltsam. Abgesehen von dem Bus schien es noch zwei Explosionen gegeben zu haben, darauf deutete zumindest die fächerförmige Verteilung der Trümmer vom Epizentrum der Explosion aus hin. Eine der Linien ging von der Vorderseite der Polizeistation aus, die andere kam tief aus dem Inneren des Tempels. Friday konnte nicht verstehen, warum es an dieser Stelle zwei getrennte Explosionen gegeben hatte. Es war ungewöhnlich genug, dass Anschläge auf religiöse Ziele verübt wurden, den Tempel und einen Bus mit Pilgern. Warum war auch noch die Polizeistation angegriffen worden?

Sirenen schrillten durch die gedämpfte Stille: Polizeiwagen, die auf Streife gewesen waren, trafen ein. Andere Beamte, die zu Fuß unterwegs gewesen waren, rannten auf das eingestürzte Gebäude zu. Immer mehr Menschen erhoben sich und verließen den Basar. Keiner wollte hier bleiben, falls es weitere Explosionen gab. Nur wenige gingen auf die Trümmer zu, um nach Überlebenden zu suchen.

Ron Friday gehörte nicht zu ihnen.

Stattdessen trat er den Rückweg zu dem Hotel an, in dem er abgestiegen war, um sich mit seinen Kontaktleuten in Indien und Washington in Verbindung zu setzen. Möglicherweise besaßen sie Informationen zu den Vorgängen von eben.

Ein Geräusch, das ihn an fallende Kegel erinnerte, wurde laut. Als er sich umsah, stürzte gerade eine der noch stehenden Rückwände des Tempels in sich zusammen. Dicke Staubwolken stiegen aus dem neuen Schutthaufen auf und zwangen die Helfer zurückzutreten. Als die Steine zum Stillstand gekommen waren, rückten sie erneut vor. Viele von ihnen wirkten wie Gespenster, weil eine weiße Staubschicht Gesicht und Hände bedeckte.

Friday ging weiter, wobei sein Gehirn auf Hochtouren arbeitete.

Eine Polizeistation, ein Hindutempel und ein Bus voller

Pilger. Zwei religiöse Ziele und ein weltliches. Er konnte sich vorstellen, dass der Tempel bei dem Anschlag auf die Polizeistation irrtümlich zerstört worden war. Viele terroristische Bombenbauer besaßen nicht genügend Erfahrung, um die Sprengladung richtig zu kalkulieren, und vielen war es auch egal, wenn sie eine halbe Stadt in Schutt und Asche legten. Aber hier gab es zwei Explosionslinien, die auf gleichzeitige Detonationen hindeuteten. Und der Bus bewies, dass es sich um einen gezielten Angriff auf Hindus, nicht nur auf Inder allgemein gehandelt hatte. Friday konnte sich nicht erinnern, jemals von einem solchen Vorfall gehört zu haben, und ganz sicher nicht in dieser Größenordnung.

Wenn die Hindus das Ziel des Angriffs waren, warum dann der Anschlag auf die Polizeistation? Bei einem Schlag gegen zwei religiöse Ziele konnten sie kaum ihre Absichten verschleiern wollen.

Friday blieb stehen.

Oder doch? Was, wenn es sich bei den Anschlägen auf Tempel und Bus nur um Ablenkungsmanöver handelte? Vielleicht war hier etwas anderes im Gange.

Explosionen zogen Menschenmassen an. Vielleicht war das die Absicht? Sollten Menschen an einen Ort gelockt oder von einem anderen fern gehalten werden?

Friday wischte sich die Augen sauber und ging weiter. Dabei sah er sich ständig um. Die Menschen eilten entweder an den Ort der Katastrophe oder entfernten sich davon. Im Unterschied zu vorher bildeten sich dabei keine Strudel. Die Wahl war einfach geworden: helfen oder fliehen. Er blickte in Seitenstraßen, in Fenster hinein auf der Suche nach Menschen, die nicht in Panik geraten waren. Vielleicht würde er jemanden entdecken, vielleicht auch nicht. Die Tasche auf dem Bus war möglicherweise schon bei einem früheren Halt dort verstaut worden. Der Sprengstoff konnte mit einem Zeitzünder versehen und in einem Koffer oder gut gepolsterten Rucksack, der die Unebenheiten der Straße abfederte, versteckt worden sein. Vielleicht war der Passagier, der das Gepäck bei sich geführt hatte, hier ausgestiegen, hatte zusätzliche Sprengladungen im Tempel und an der Polizeistation angebracht und war davonspaziert. Möglicherweise hatte sich der Attentäter als Pilger oder Polizist verkleidet. Vielleicht steckte einer der Männer, die bei Friday am Tisch gesessen oder die er vorhin beobachtet hatte, hinter dem Anschlag. Vielleicht waren einer oder mehrere Terroristen durch die Explosion getötet worden. Alles war möglich.

Friday sah sich weiter um, allerdings ohne große Hoffnung. Nach der Zeitrechnung der Terroristen waren Jahre vergangen. Wer auch immer das Attentat verübt hatte, war tot oder hatte sich längst abgesetzt. Auf jeden Fall entdeckte er niemanden, der die Vorgänge von der Straße, einem Fenster oder einem Dach aus beobachtete.

Das Wichtigste war nun, sich Informationen zu besorgen, Daten von außerhalb des Zielgebiets, die auf die möglichen Urheber des Attentats hinwiesen, und dann zuzuschlagen. Denn so viel war klar: Jetzt, wo hinduistische Ziele angegriffen worden waren, würde sich die Lage in Kaschmir sehr schnell dramatisch verschlechtern, es sei denn, die Schuldigen wurden gefunden und bestraft. Das hieß, dass ein Atomkrieg nicht nur möglich war, sondern zunehmend wahrscheinlich wurde.

9

Srinagar, Indien – Mittwoch, 16 Uhr 55

Sharab war auf dem Beifahrersitz des alten Pritschenwagens ganz nach vorn gerutscht, während der Fahrer das Lenkrad fest umklammert hielt. Schwitzend chauffierte er sie über die Route 1A, die Straße, die auch der Bus auf seinem Weg zum Basar genommen hatte. Zwischen den beiden saß Nanda, deren rechter Knöchel mit einer Handschelle an eine Eisenfeder unter dem Sitz gefesselt war. Zwei weitere Männer hatten sich zwischen den Wollsäcken auf der offenen Ladefläche niedergelassen und lehnten mit dem Rücken an der Trennwand zur Fahrerkabine. Unter eine Plane gekauert, versuchten sie, sich vor dem zunehmend stärker werdenden Regen zu schützen.

Die Scheibenwischer fuhren wie wild über das Glas vor Sharabs dunklen Augen, und die Lüftung brüllte – genau wie die junge Frau. Zuerst hatte sie ihrem Team lautstark befohlen, das Auto vom Markt wegzuschaffen und den Plan wie vorgesehen auszuführen, zumindest bis sie über weitere Informationen verfügten. Jetzt schrie sie Fragen in ihr Handy. Die Lautstärke hatte nichts damit zu tun, dass sie den Lärm übertönen wollte, aber sehr viel mit ihrer Frustration.

»Ishaq, hast du den Anruf bereits erledigt?«, wollte sie wissen.

»Natürlich, so wie immer«, erklärte der Mann am anderen Ende der Leitung.

Sharab hieb so plötzlich mit dem Handballen gegen das gepolsterte Armaturenbrett vor ihr, dass Nanda zusammenfuhr. Wortlos schlug die Pakistanerin erneut zu. Sie fluchte nicht, denn das wäre eine Sünde gewesen.

»Gibt es ein Problem?«, wollte Ishaq wissen.

Sharab antwortete nicht.

»Du hast mir doch genaue Anweisungen gegeben. Ich sollte genau zwanzig Minuten vor fünf telefonieren. Ich tue immer, was du sagst.«

»Ich weiß«, gab sie mit leiser, monotoner Stimme zurück.

»Irgendetwas stimmt nicht. Ich kenne diesen Ton. Was ist los?«

»Wir reden später darüber. Ich muss nachdenken.«

Sharab lehnte sich zurück.

»Soll ich das Radio einschalten?«, meinte der Fahrer betreten. »Vielleicht gibt es irgendwelche Neuigkeiten, die das erklären.«

»Nein«, gab Sharab zurück. »Ich brauche kein Radio, ich kenne die Erklärung selbst.«

Der Fahrer verstummte, und Sharab schloss die Augen.

Das Atmen fiel ihr schwer, denn durch die Lüftungsschlitze drang der beißende Rauch der Explosion. Sie hätte nicht sagen können, ob ihr rauer Hals auf die schlechte Luft oder ihr Geschrei zurückzuführen war. Vermutlich beides. Sie schüttelte den Kopf. Am liebsten hätte sie ihrer Frustration freien Lauf gelassen und aus vollem Halse weitergebrüllt.

Der Fehlschlag war gar nicht das Schlimmste. Viel mehr litt sie unter dem Gedanken, dass sie und ihr Team benutzt worden waren. Bereits vor fünf Jahren, noch während ihrer Ausbildung an der Kampfakademie in Sargodha in Pakistan, hatte man sie davor gewarnt. Ihre Lehrer, Agenten der Special Services Group, hatten ihr geraten, Erfolg stets mit Misstrauen zu begegnen. Wenn eine Zelle wieder und wieder erfolgreich war, dann vielleicht nicht, weil sie so gut war, sondern weil das Land, das sie beherbergte, sie arbeiten ließ, um sie zu beobachten und zu einem späteren Zeitpunkt für seine eigenen Zwecke zu benutzen.

Seit Jahren hatte Sharabs Gruppe, die von Pakistan finanzierte Free Kashmir Militia, Anschläge auf ausgewählte Ziele in der Region verübt. Die Vorgehensweise war dabei stets die gleiche: Sie besetzten ein Haus, planten ihren Angriff und schlugen zu. Im Augenblick des Anschlags rief ein Mitglied der Zelle, das zurückgeblieben war, das regionale Hauptquartier von Polizei oder Militär an und übernahm im Namen der Free Kashmir Militia die Verantwortung für den Anschlag. Danach zog die FKM weiter zu einem anderen Haus. Den Bauern auf den abgeschiedenen Gehöften, deren Häuser und Leben sie für kurze Zeit ausborgten, war ihr Überleben wichtiger als die Politik. Zudem waren viele von ihnen ohnehin Moslems. Selbst wenn sie nicht mit der FKM zusammenarbeiten und dadurch ihre Verhaftung riskieren wollten, leisteten sie doch zumindest keinen Widerstand.

Die Anschläge, die Sharab und ihre Leute verübten, richteten sich ausschließlich gegen Militär-, Polizei- und Regierungsgebäude, niemals gegen zivile oder religiöse Ziele. Auf keinen Fall wollten sie die hinduistische Bevölkerung Kaschmirs und Indiens gegen sich aufbringen und ins Lager ihrer erbitterten Gegner treiben. Ihnen ging es nur darum, Kraft und Entschlossenheit der indischen Führung zu unterminieren, damit sie Kaschmir verließ.

Genau das hatten sie auch auf dem Markt vorgehabt: die Polizei schädigen, aber die Händler schonen. Die Leute verschrecken und die lokale Wirtschaft gerade so weit beeinträchtigen, dass Bauern und Käufer anfingen, sich gegen die ständig für Unruhe sorgende Anwesenheit der indischen Regierungsbehörden aufzulehnen.

Sie hatten sich größte Mühe gegeben, das zu erreichen. Während der vorangegangenen Nächte hatte jeweils ein Mitglied der Gruppe den Basar in Srinagar aufgesucht. In Mönchsgewänder gehüllt, betrat der Betreffende den Tempel, verließ ihn durch den Hintereingang und kletterte auf das Dach der Polizeistation. Dort hob er dann systematisch Dachziegel an und versteckte Plastiksprengstoff darunter. Da es in diesem Bereich der Stadt in der Nacht normalerweise ruhig blieb, ließ die Aufmerksamkeit der Polizisten entsprechend nach. Außerdem waren nächtliche Aktionen von Terroristen ungewöhnlich, denn deren Ziel war ja, die tägliche Routine zu stören, damit ganz gewöhnliche Menschen sich nicht mehr auf die Straße wagten.

An jenem Morgen hatten sie lange vor der Dämmerung die letzten mit einem Zeitzünder versehenen Sprengstoffladungen auf dem Dach angebracht. Dieser war so eingestellt, dass die Explosion genau um zwanzig vor fünf nachmittags erfolgte. Sharab und die anderen kehrten um halb fünf zurück, um sich vom Straßenrand aus zu vergewissern, dass der Sprengstoff hochging.

Das tat er, und zwar mit solcher Gewalt, dass es sie fast von den Füßen riss.

Schon bei der ersten Detonation wusste Sharab, dass etwas nicht stimmte. Der von ihnen angebrachte Sprengstoff war nicht stark genug für den Schaden, den diese Explosion anrichtete. Bei der zweiten Explosion war ihr dann klar, dass sie hereingelegt worden waren. Allem Anschein nach hatten Moslems einen hinduistischen Tempel und einen Bus voller Pilger angegriffen. Das würde fast eine Milliarde Menschen gegen sie und das pakistanische Volk aufbringen.

Dabei hatte die FKM keinen Terrorakt gegen hinduistische Ziele verübt, dachte sie bitter, sondern eine Polizeistation angegriffen. Dahinter musste eine andere Gruppe stecken, die den Zeitpunkt so abgestimmt hatte, dass er genau mit dem Anschlag der FKM zusammenfiel.

Sie konnte sich nicht vorstellen, dass ein Mitglied ihrer Zelle sie verraten hatte. Die Männer im Lastwagen arbeiteten schon seit Jahren mit ihr zusammen. Sie kannte ihre Familien, ihre Freunde, ihren Hintergrund. Es waren Leute mit einem unerschütterlichen Glauben, die niemals etwas getan hätten, das der Sache schadete.

Was war mit Apu und Nanda? Im Haus waren sie niemals außer Sichtweite gewesen, außer wenn sie schliefen. Selbst dann stand die Zimmertür immer einen Spaltbreit offen, und einer ihrer Leute hielt ständig Wache. Der alte Mann und seine Enkelin besaßen weder einen Sender noch ein Handy, das wusste sie, weil sie das Haus durchsucht hatten. Es gab auch keine Nachbarn, die sie hätten sehen oder hören können.

Sharab holte tief Atem und öffnete die Augen. Für den Augenblick spielte das keine Rolle; die Frage war, was sie jetzt tun sollten.

Der Wagen fuhr an schwarzbärtigen Pilgern in weißen Gewändern und Leuten aus den Bergen vorbei, die ihre Ponys vom Markt wegführten. In der Ferne waren am nebelverhangenen Fuß des Himalaja Reisfelder zu erkennen. Lastwagen mit Soldaten rasten an ihnen vorbei in Richtung Basar. Vielleicht wussten sie nicht, wer für den Anschlag verantwortlich war. Möglicherweise wollten sie sie aber auch nicht sofort festnehmen. Wer auch immer ihnen diese Falle gestellt hatte, wartete vielleicht ab, ob sie mit anderen Terroristen in Kaschmir Kontakt aufnahmen, bevor er zuschlug.

Falls es so war, würde er eine Enttäuschung erleben.

Sharab öffnete das Handschuhfach und nahm eine Karte der Gegend heraus, auf der siebzehn nummerierte und mit Buchstaben versehene Gitterfelder eingezeichnet waren. Aus Sicherheitsgründen waren Zahlen und Buchstaben vertauscht worden.

»Also gut, Ishaq«, sagte sie ins Telefon. »Ich will, dass du jetzt das Haus verlässt und dich zu Position 5B begibst.«

Was sie in Wirklichkeit meinte, war der Bereich 2E. Das E stand für die 5 und die 2 für B. Falls sich jemand eine Kopie ihrer Karte besorgt hatte und jetzt ihr Gespräch belauschte, musste er sie am falschen Ort vermuten. »Kannst du uns dort um sieben Uhr treffen?«

»Ja. Was geschieht mit dem alten Mann?«

»Lass ihn zurück.« Sie warf Nanda, die mit herausforderndem Gesichtsausdruck neben ihr saß, einen Seitenblick zu. »Erinnere ihn daran, dass wir seine Enkelin haben. Falls er von den Behörden befragt wird, darf er nichts sagen. Sag ihm, sobald wir die Grenze sicher erreicht haben, lassen wir sie frei.«

Ishaq erklärte, er werde ihren Befehl ausführen und sich später mit ihnen treffen.

Sharab beendete die Verbindung, klappte das Telefon zu und ließ es in die Tasche ihrer blauen Windjacke gleiten.

Später würde noch genug Zeit sein, um die Vorfälle zu analysieren und sich erneut zu sammeln. Im Moment zählte nur eines.

Sie mussten das Land verlassen, bevor die Inder sie fassen und der Welt als Sündenböcke vorführen konnten.

10

Siachin-Basis 3, Kaschmir – Mittwoch, 17 Uhr 42

Major Dev Puri hängte das Telefon ein. Ein kalter Schauer lief ihm von den Schultern über den gesamten Rücken herunter.

Er saß in seiner unterirdischen Kommandozentrale hinter einem kleinen Schreibtisch aus Geschützmetall. An der Wand vor ihm hing eine detaillierte Karte der Region. Rote Fähnchen markierten die Standorte der Pakistaner, grüne die der Inder. Hinter ihm befand sich eine Karte von Indien und Pakistan, links von ihm ein schwarzes Brett, an dem Anweisungen, Dienst- und Zeitpläne sowie Berichte hingen. Rechts öffnete sich in der nackten Wand eine Tür.

Für den scherzhaft »Loch« genannten Unterstand hatte man eine dreieinhalb mal vier Meter große Öffnung in die harte Erde und den Granit des Untergrunds geschlagen. Verzogene Holzplatten, die mit dicker Plastikfolie hinterlegt waren, hielten Feuchtigkeit und Schmutz ab, nicht aber die Kälte. Wie auch?, fragte sich der Major. Die Erde war immer kühl wie ein Grab, und die Berge der Umgebung sorgten dafür, dass kein direkter Sonnenstrahl je das Loch traf. Es gab weder Fenster noch Oberlichter, und die einzige Lüftung bestand aus der offenen Tür und dem sich schnell drehenden Ventilator an der Decke.

Eigentlich war es nur die Illusion einer Lüftung, dachte Puri, ein Schwindel, wie fast alles an diesem Tag.

Doch es war nicht die Kälte in der Kommandozentrale, die Major Puri frösteln ließ, es waren die Worte, die der Verbindungsmann der Special Frontier Force am Telefon gesagt hatte. Der in Kargil stationierte Mann hatte nur ein Wort gesprochen, doch es besaß eine ungeheuerliche Bedeutung.

»Ausführen.«

Operation Regenwurm war angelaufen.

Andererseits musste der Major die Nerven der SFF bewundern. Er hatte keine Ahnung, wie hoch in der Regierung die Verantwortlichen für diesen Plan angesiedelt waren und wo er entstanden war. Wahrscheinlich bei der SFF selbst, möglicherweise auch im Außenministerium oder im Parlamentsausschuss für Verteidigungsfragen. Beide besaßen Kontrollfunktionen bezüglich der Aktivitäten nichtmilitärischer Geheimdienstorganisationen. Für eine Aktion dieser Größenordnung benötigte die SFF mit Sicherheit ihre Zustimmung. Sollte die Wahrheit allerdings jemals ans

Licht kommen, würde man der SFF die Schuld geben und die Verantwortlichen exekutieren.

Allerdings wurde er das Gefühl nicht los, dass die Leute hinter diesem Komplott möglicherweise ihre Strafe verdienen würden.

»Impfung« – so hatte der Verbindungsmann der SFF Operation Regenwurm genannt, als er sie ihm drei Tag zuvor zum ersten Mal erläuterte. Sie verabreichten Indien eine kleine Dosis der Krankheitserreger, um zu verhindern, dass es zu einer schweren Erkrankung kam. In seiner Kindheit waren Pocken und Kinderlähmung gefürchtete Seuchen gewesen. Seine Schwester hatte die Pocken zwar überlebt, blieb jedoch für ihr Leben von den Narben gezeichnet. Damals hatte das Wort »Impfung« einen wunderbaren Klang besessen.

Das hier dagegen war eine verzerrte Fratze davon. Welche Gründe auch immer den Anschlag rechtfertigen sollten, es war verbrecherisch und gottlos gewesen, Bus und Tempel zu zerstören.

Major Puri griff nach den Marlboros auf seinem Schreibtisch, schüttelte eine aus dem Päckchen und zündete sie an. Dann inhalierte er langsam und lehnte sich zurück. Das war besser als Kautabak, es half ihm, klarer, weniger emotional zu denken, keine vorschnellen Urteile zu fällen.

Alles war relativ, sagte er sich.

Seine Eltern waren in den Vierzigerjahren Pazifisten gewesen. Ihnen hatte es gar nicht gefallen, dass ihr Sohn Soldat wurde. Lieber hätten sie es gesehen, wenn er wie sie selbst und andere Bürger von Haryana das neu entstandene Programm der Regierung zur Förderung der unteren Kasten wahrgenommen hätte, das den unterprivilegierten Einheimischen von 17 Bundesstaaten schlecht bezahlte Ämter im Staatsdienst garantierte. Dev Puri hatte abgelehnt, er wollte es aus eigener Kraft schaffen.

Das war ihm auch gelungen.

Puri zog stärker an der Zigarette. Plötzlich schienen ihm seine eigenen Werturteile absurd. Offenkundig betrachtete die SFF diese Aktion als notwendige Erweiterung ihrer

Arbeit. Die sowohl von der amerikanischen CIA als auch vom indischen Militärgeheimdienst RAW, dem Research and Analysis Wing, geschulten SFF-Leute waren Meister im Aufspüren und Ausspionieren von ausländischen Agenten und Terroristen. Zumeist wurden feindliche Spione und der Kollaboration Verdächtige ohne großes Aufsehen und ohne den Einsatz schwerer Waffen eliminiert. Gelegentlich jedoch benutzte die SFF ausländische Agenten, um gezielt Fehlinformationen nach Pakistan gelangen zu lassen. Dabei bediente sie sich eigens rekrutierter Civilian Network Operatives.

Für Sharab und ihre Gruppe hatte die SFF über Monate hinweg einen wesentlich raffinierteren Plan erarbeitet. Man war zu dem Schluss gekommen, dass es nötig war, einer pakistanischen Zelle die Schuld an einem Mordanschlag auf Dutzende unschuldiger Hindus in die Schuhe zu schieben. Wenn die Terroristen dann gefangen genommen wurden – was natürlich der Fall sein würde –, würde man dank der CNO-Agentin in ihrer Begleitung Dokumente und Geräte bei ihnen finden. Diese würden zeigen, dass die Gruppe durch das Land gereist war und Ziele für Atomschläge gegen indische Städte markiert hatte. Damit war das indische Militär sozusagen moralisch verpflichtet, einen vorbeugenden Schlag gegen die pakistanischen Raketensilos zu führen.

Major Puri sog erneut an seiner Zigarette. Dann blickte er auf die Uhr. Es war fast Zeit.

In den vergangenen zehn Jahren hatte über eine Viertelmillion Hindus das Kaschmirtal verlassen und war in andere Teile Indiens gezogen. Angesichts der wachsenden Mehrheit der Muslime wurde es für die indische Regierung immer schwieriger, die Region vor Terroristen zu schützen. Zudem hatte Pakistan vor kurzem mit der Stationierung von nuklearen Waffen begonnen und arbeitete intensiv an einer möglichst schnellen Aufstockung seines Atomwaffenarsenals. Puri war klar, dass dem ein Ende gesetzt werden musste, nicht nur, damit Indien Kaschmir behielt, sondern auch damit der Flüchtlingsstrom versiegte, der Hunderttausende in die benachbarten Provinzen Indiens trieb.

Vielleicht hatte die SFF Recht. Vielleicht war dies die Zeit und der Ort, die pakistanischen Aggressoren aufzuhalten. Er wünschte sich nur, es hätte einen anderen Weg gegeben, die Ereignisse auszulösen.

Er zog noch einmal lang und fest an seiner Zigarette und drückte sie dann in dem Blech-Aschenbecher neben dem Telefon aus, der fast überquoll von halb gerauchten Zigaretten. Es waren die Hinterlassenschaften dreier Nachmittage voller Angst, Zweifel und wachsendem Druck angesichts seiner Rolle bei der Operation. Sein Adjutant hätte ihn mit Sicherheit geleert, hätte ihm nicht eine pakistanische Artilleriegranate während einer sonntäglichen Damepartie den rechten Arm abgerissen.

Der Major erhob sich. Es war Zeit für den abendlichen Aufklärungsbericht von den anderen Außenposten der Basis. Die Besprechung, die stets im Offiziersbunker des Grabens stattfand, würde sich diesmal in einer Hinsicht von den vorangegangenen unterscheiden. Puri würde die anderen Offiziere auffordern, eine nächtliche Evakuierung der Codestufe Gelb einzuleiten. Falls die indischen Luftstreitkräfte die Berge mit Atomraketen beschießen wollte, mussten die Frontlinien bereits lange vor dem Angriff geräumt werden. Das musste nachts geschehen, wenn die Gefahr, dass die Pakistaner etwas merkten, geringer war. Der Feind würde ebenfalls eine Warnung erhalten, allerdings erst wesentlich später. Es hatte keinen Sinn, die Standorte zu beschießen, wenn die Pakistaner Zeit hatten, mobile Raketen zu verlegen.

Gegen sieben Uhr, nach dem Ende der Besprechung, würde der Major zu Abend essen, dann schlafen gehen und früh aufstehen, um die nächste Phase der Operation vorzubereiten. Ein amerikanisches Team war unterwegs nach Kaschmir, um das indische Militär beim Aufspüren der Raketensilos zu unterstützen. Das indische Direktorat für Luftaufklärung, das für die Atomschläge verantwortlich sein würde, kannte den ungefähren Standort der Silos, benötigte aber genauere Informationen. Wahllos Bomben über dem Himalaja abzuwerfen wäre eine Verschwendung militärischer Ressourcen. Und nachdem die Silos vermutlich tief in der Erde vergraben waren, reichten konventionelle Waffen möglicherweise für einen solchen Schlag nicht aus. Auch das musste Indien wissen.

Natürlich ahnten ihre unfreiwilligen Komplizen bei diesem Komplott nichts von diesem Plan.

Die USA brauchten die Informationen über Pakistans nukleare Kapazitäten ebenso dringend wie Indien, weil sie wissen wollten, wer Islamabad bei der Aufrüstung unterstützte, und ob die Raketen andere nichtislamische Länder erreichen konnten. Washington und Neu-Delhi war klar, dass die Entdeckung einer amerikanischen Einheit in Kaschmir zwar zu einem diplomatischen Zwischenfall, nicht aber zu einem Krieg führen würde. Daher hatte die US-Regierung die Entsendung eines Teams angeboten, das vom normalen Radar der Militärs nicht erfasst wurde. Anonymität war von größter Bedeutung, weil Russland, China und andere Länder in amerikanischen Militäreinrichtungen Maulwürfe platziert hatten. Diese Spione behielten die Bewegungen der Navy SEALS, des 1st Special Forces Operational Detachment-Delta der US Army – kurz Delta Force genannt – und anderer Elitetruppen genau im Auge. Die von ihnen gesammelten Informationen wurden sowohl intern genutzt als auch an andere Nationen verkauft.

Das Team, die Strikers des NCMC, war bereits von Washington nach Indien unterwegs. Schon vor Jahren hatten diese Leute in den nordkoreanischen Diamantbergen wertvolle Erfahrung bei der Überwachung von Raketensilos gesammelt. Ihr Verbindungsmann war ein CIA-Agent, der schon mit der SFF zusammengearbeitet hatte und das Gebiet, das sie durchkämmen würden, kannte.

Major Puri hatte nach dem Eintreffen der Amerikaner für den reibungslosen und schnellen Ablauf der Such- und Identifizierungsmission zu sorgen. Von der Gefangennahme der pakistanischen Zelle und dem bevorstehenden Militärschlag würden die Amerikaner erst erfahren, wenn Indien der internationalen Verurteilung seiner Aktion begegnen musste. Wenn nötig, würde dann auch die Rolle des Strikers-Teams enthüllt werden. Damit bliebe den Vereinigten Staaten keine Wahl mehr: Sie müssten den indischen Militärschlag unterstützen.

Puri zupfte am Saum seiner Jacke, um sie gerade zu rücken. Dann griff er nach seinem Turban, setzte ihn auf und ging zur Tür. Zumindest eines war erfreulich. Sein Name konnte auf keinen Fall mit der SFF-Aktion in Verbindung gebracht werden. Was die offiziellen Verlautbarungen anging, war er schlicht angewiesen worden, den Amerikanern bei der Suche nach den Silos zu helfen.

Er tat lediglich seine Arbeit.

Er führte nur Befehle aus.

11

Washington, D. C. – Mittwoch, 8 Uhr 21

»Das gefällt mir gar nicht«, murmelte Bob Herbert, während er auf seinen Computermonitor starrte. »Ganz und gar nicht.«

Der Leiter der Aufklärungsabteilung hatte sich die neuesten Satellitenbilder von den Bergen rund um Kaschmir angesehen, als plötzlich eine Meldung des Außenministeriums über den Bildschirm getickert war. Herbert hatte auf die Überschrift geklickt und gerade zu lesen begonnen, da klingelte das Telefon auf seinem Schreibtisch. Irritiert blickte er auf die kleine schwarze Konsole: ein externer Anruf. Er drückte den Knopf und griff nach dem Hörer, ohne die Augen von dem Text auf seinem Monitor zu wenden.

»Herbert.«

»Bob, hier spricht Hank Lewis.«

Der Name war ihm zwar vertraut, aber aus irgendeinem

Grund konnte Herbert ihn nicht recht einordnen. Allerdings gab er sich auch nicht allzu viel Mühe, weil er sich auf die Meldung konzentrierte. Danach hatte es in Srinagar zwei mächtige Explosionen gegeben, von denen hinduistische Ziele betroffen gewesen waren. Das würde entlang der Waffenstillstandslinie für neue Spannungen sorgen. Er brauchte unbedingt mehr Informationen und musste so schnell wie möglich Paul Hood und General Rodgers informieren.

»Seit ich die NSA übernommen habe, wollte ich Sie anrufen«, begann Lewis, »aber ich hatte alle Hände voll damit zu tun, mich hier einzuarbeiten.«

Du großer Gott, dachte Herbert. Natürlich, Hank Lewis war Jack Fenwicks Nachfolger bei der National Security Agency. Da Lewis für die Beteiligung der NSA an der Strikers-Mission verantwortlich zeichnete, hätte Herbert den Namen auf Anhieb erkennen müssen. Allerdings fand er seinen Fehler verzeihlich. Schließlich waren seine Leute zu einem Krisenherd unterwegs, an dem sich die Lage gerade noch einmal deutlich verschlechtert hatte. Sein Gehirn hatte auf Autopilot geschaltet.

»Sie brauchen mir nichts zu erklären, ich weiß, wie überlastet Sie sind. Ich nehme an, Sie rufen wegen der Meldung des Außenministeriums zu Kaschmir an?«

»Den Bericht habe ich noch nicht gesehen, aber ich habe einen Anruf von Ron Friday erhalten, dem Mann, der ihr Strikers-Team in Empfang nehmen soll. Er hat mir vermutlich dasselbe berichtet, was in der Info steht. Vor einer Stunde explodierten auf einem Basar in Srinagar drei starke Bomben.«

»Drei? Das Außenministerium spricht nur von zwei Explosionen.«

»Mr. Friday befand sich in Sichtweite des Detonationsnullpunkts«, informierte ihn Lewis. »Er sagte, im Tempel und in der Polizeistation sei es gleichzeitig zu zwei Explosionen gekommen, denen eine dritte in einem Bus voller hinduistischer Pilger folgte.«

Als er die Beschreibung der Ereignisse hörte, fühlte sich

Herbert an das Bombenattentat auf die Botschaft in Beirut erinnert. Am stärksten hatte sich ihm nicht der Augenblick der Explosion eingeprägt – das war ein Gefühl gewesen, als wäre er mit dem Auto gegen eine Wand geprallt. Viel besser erinnerte er sich noch an das entsetzliche Gefühl, als er in den Trümmern aus seiner Bewusstlosigkeit erwacht war und begriffen hatte, was geschehen war.

»Wurde Ihr Mann verletzt?«

»Wie durch ein Wunder nicht. Mr. Friday meinte, die Explosionen hätten noch größeren Schaden angerichtet, wären nicht High-Impact-Sprengbomben verwendet worden, deren Zerstörungsradius begrenzt ist.«

»Da hat er Glück gehabt.« Solche HiCon-Sprengstoffe zeichneten sich durch ein großes Erschütterungszentrum, schwache Schockwellen und geringe Kollateralschäden aus. »Wieso ist Friday so sicher, dass es sich bei den ersten beiden Explosionen um voneinander unabhängige Detonationen handelte? Möglicherweise ist ja ein Öl- oder Propangastank in die Luft geflogen, solche Sekundärexplosionen sind bei diesen Anschlägen keine Seltenheit.«

»Mr. Friday sagte, die Explosionen seien gleichzeitig, nicht nacheinander erfolgt. Nach dem Angriff fand er außerdem zwei sehr ähnliche, aber voneinander getrennte Trümmerspuren, die von den Gebäuden wegführten. Das legt den Schluss nahe, dass es sich um identische Bomben handelte, die an verschiedenen Stellen angebracht worden waren.«

»Möglich.«

Herbert kam ein Spruch aus seiner Kindheit in den Sinn. »Der Koch riecht den Braten zuerst«, hatte es damals oft geheißen. Für einen Augenblick fragte er sich, ob Friday selbst hinter den Explosionen stecken konnte, doch ihm fiel kein Grund dafür ein. Und so zynisch, dass er gezielt nach einem Motiv gesucht hätte, war er nicht. Zumindest noch nicht.

»Gehen wir einmal davon aus, dass es drei Explosionen gab«, begann Herbert. »Was meint Ihre Intuition dazu?«

»Zunächst kam mir natürlich der Gedanke, dass die Pakistaner die Auseinandersetzung verschärfen wollen, indem sie religiöse Ziele angreifen. Aber wir haben nicht genügend Informationen, die diese These stützen.«

»Wenn es ihnen darum ging, die Hindus direkt zu treffen, warum dann der Anschlag auf die Polizeistation?«

»Um die Einsatzfähigkeit eventueller Verfolger zu beeinträchtigen, nehme ich an.«

»Möglich.«

Alles, was Lewis sagte, schien sinnvoll zu sein. Das konnte zweierlei bedeuten. Entweder hatte er Recht, oder die Täter wollten, dass die Ermittler genau das glaubten.

»Ihre Strikers werden erst in zweiundzwanzig Stunden oder so eintreffen«, gab Lewis zu bedenken. »Ich werde Mr. Friday in das Zielgebiet zurückschicken und sehen, was er herausfinden kann. Haben Sie irgendwelche Ressourcen, auf die Sie zurückgreifen können?«

»Ja. Das indische Intelligence Bureau und das Verteidigungsministerium haben uns bei der Organisation der Strikers-Mission unterstützt. Ich werde sehen, was die wissen, und melde mich dann wieder bei Ihnen.«

»Danke. Übrigens, ich freue mich auf die Zusammenarbeit mit Ihnen. Ich verfolge Ihre Karriere nämlich schon, seit Sie sich in Deutschland mit diesen Neonazis angelegt haben.[4] Männer, die nicht sklavisch an ihrem Schreibtisch kleben, sind für mich immer vertrauenswürdig, weil ihre Aufgabe und ihr Land für sie wichtiger sind als ihre persönliche Sicherheit.«

»Entweder das, oder sie sind schlicht verrückt. Trotzdem vielen Dank. Wir bleiben in Kontakt.«

Nachdem Lewis versprochen hatte sich zu melden, legte Herbert auf.

Es war erfrischend, mit jemandem aus der Welt der Geheimdienste zu reden, der tatsächlich bereit war, Informationen weiterzugeben. Geheimdienstchefs waren berüchtigt für ihre Geheimniskrämerei. Sie glaubten, Menschen

---

[4] s. *Tom Clancys Op-Center 3: Chaostage*

und Institutionen kontrollieren zu können, wenn sie ihre Erkenntnisse für sich behielten. Herbert spielte da nicht mit. Diese Methode war vielleicht gut für die Arbeitssicherheit, aber nicht für die Sicherheit der Nation. Wie man am Beispiel von Jack Fenwick gesehen hatte, konnte ein Geheimdienstchef, der sein Wissen mit niemandem teilte, sogar einen Präsidenten manipulieren.

Auch wenn Ron Friday ein Agent mit langjähriger Erfahrung im Feld war, war Herbert nicht bereit, seinem Bericht blind zu vertrauen. Er glaubte nur an Menschen, mit denen er selbst zusammengearbeitet hatte.

Herbert rief Hood an, um ihn über die neueste Entwicklung zu informieren. Dieser bat um eine Konferenzschaltung, damit er an dem Anruf von Mike Rodgers teilnehmen konnte, wenn dieser sich meldete. Dann ließ sich Herbert mit dem indischen Intelligence Bureau verbinden. Sujit Rani, der stellvertretende Direktor für interne Angelegenheiten, sagte Herbert so ziemlich das, was dieser erwartet hatte. Das IB hatte die Untersuchungen wegen der Explosionen aufgenommen, besaß aber keine weiteren Informationen darüber. Auch das IB hatte gehört, dass es angeblich drei und nicht zwei Detonationen gegeben hatte, und ermittelte in diese Richtung. Das sprach immerhin für Friday. Herberts Kontaktperson im Außenministerium sagte in etwa das Gleiche. Gut, dass es noch dauerte, bis die Strikers Indien erreichten. Das gab ihnen Zeit, die Mission gegebenenfalls abzubrechen.

Herbert ging in die Dateien über Kaschmir, um sich andere Terroranschläge anzusehen, die sich in letzter Zeit in der Region ereignet hatten. Vielleicht fand er einen Hinweis, ein Muster, etwas, das diesen neuen Anschlag erklärte. Irgendetwas passte nicht. Wenn die Pakistaner wirklich die Spannungen in Kaschmir auf die Spitze treiben wollten, hätten sie sich doch einen Ort von großer religiöser Bedeutung ausgesucht, wie die Höhle von Pahalgam. Diese war nicht nur das wichtigste Heiligtum der Gegend, sondern auch sicherheitstechnisch völlig ungeschützt. Die Hindus vertrauten vollkommen auf ihre heilige Dreifaltigkeit. Wenn es der Wille Wischnus, des Bewahrers, war, würde ihnen nichts geschehen. Starben sie eines gewaltsamen Todes, würde Schiwa, der Zerstörer, sie rächen. Und wenn sie dessen würdig waren, würde Brahma, der Schöpfer, für ihre Wiedergeburt sorgen.

Nein. Bob Herberts Bauch sagte ihm, dass andere Gründe hinter dem Anschlag auf den Hindutempel, den Bus und die Polizeistation standen. Allerdings wusste er noch nicht, welche.

Aber er würde es herausfinden.

12

Kabine der C-130 – Mittwoch, 10 Uhr 13

Nachdem er zur Strikers-Truppe gestoßen war, hatte Corporal Ishi Honda schnell herausgefunden, dass am Boden wenig freie Zeit blieb, weil sie ständig gedrillt wurden. Das galt besonders für ihn. Honda war erst spät als Ersatz für Private Johnny Puckett, der auf einer Mission in Nordkorea verwundet worden war, zum Team gestoßen. Der damals 22-Jährige hatte viel nachzuholen gehabt.

Aber auch als er den Stand der anderen erreicht hatte, war Honda noch lange nicht zufrieden. Seine Mutter hatte ihm immer gesagt, sein Schicksal sei es, niemals Ruhe zu finden. Sie schrieb das den beiden verschiedenen Hälften seiner Seele zu. Ishis Großvater mütterlicherseits war ein ziviler Koch in Wheeler Field gewesen und bei dem Versuch ums Leben gekommen, während des japanischen Angriffs auf Pearl Harbor sein Heim und seine Familie zu erreichen. Ishis Großvater väterlicherseits war ein hoher Offizier im Stab von Konteradmiral Takajiro Onishi, dem Stabschef der 11. Luftflotte, gewesen. Onishi war die treibende Kraft hinter dem japanischen Angriff gewesen. Ishis Eltern waren Schauspieler, die sich auf einer Tournee kennen und lieben gelernt hatten, ohne etwas über den

Hintergrund des jeweils anderen zu wissen. Oft hatten sie darüber debattiert, ob das einen Unterschied gemacht hätte. Sein Vater meinte nein, während seine Mutter mit gesenkten Augen und einem leichten Kopfschütteln ihre Zweifel anmeldete.

Ishi kannte die Antwort nicht. Vielleicht trieb er sich deswegen selbst zu immer besseren Leistungen an, weil ein Teil von ihm glaubte, wenn er auch nur einen Augenblick innehielte, würde er sich fragen, ob er nie geboren worden wäre, wenn seine Eltern besser informiert gewesen wären. Und genau diese Frage wollte er sich nicht stellen, weil es keine Antwort darauf gab. Honda mochte keine Probleme ohne Lösung.

Dagegen gefiel ihm das Leben als Striker sehr gut, weil es nicht nur eine geistige, sondern auch eine körperliche Herausforderung bedeutete.

Seit er für die Eliteeinheit rekrutiert worden war, standen täglich Lauftraining, Hindernisrennen, Nahkampf, Übungen mit der Waffe, Überlebenstraining und Manöver auf der Tagesordnung. Für Honda waren die Einsätze im Feld immer härter als für die anderen, weil er nicht nur seine Überlebensausrüstung, sondern auch das TAC-SAT-Gerät tragen musste. Zudem gab es taktische und politische Seminare sowie Sprachkurse. Colonel August hatte darauf bestanden, dass jeder Striker mindestens zwei Fremdsprachen lernte, weil sie diese Kenntnisse mit großer Wahrscheinlichkeit brauchen würden. Zumindest auf diesem Gebiet war Honda im Vorteil. Da sein Vater Japaner gewesen war, besaß er bei einer der gewählten Sprachen bereits eine gewisse Grundlage. Als zweite wählte er Mandarin-Chinesisch. Sondra DeVonne hatte sich für Kantonesisch entschieden. Für Honda war es faszinierend, dass die Schriftsprache bei beiden identisch, die gesprochene Sprache jedoch völlig unterschiedlich war. Obwohl er und DeVonne dieselben Texte lasen, konnten sie sich verbal nicht verständigen.

Die Zeit am Boden war also prall gefüllt, was man von den Stunden, die sie in der Luft verbrachten, nicht behaupten konnte. Kurze Flüge waren selten und die endlosen Reisen konnten ungeheuer langweilig werden. Daher hatte er sich konstruktive Möglichkeiten ausgedacht, wie er die Zeit sinnvoll nutzen konnte.

Egal, wohin die Reise ging, Honda sorgte immer dafür, dass er über seinen PC Zugriff auf die Daten des Op-Center-Computerchefs Matt Stoll sowie auf die von Stephen Viens im National Reconnaissance Office, dem Nationalen Büro für Aufklärung, hatte. Dem NRO oblag die Verwaltung der meisten amerikanischen Spionagesatelliten. Da Viens und Stoll alte Collegefreunde waren, erhielt das Op-Center häufig bevorzugt Informationen, während sich etablierte Institutionen wie der militärische Geheimdienst, die CIA und die NSA um Satellitenzeit streiten mussten. Viens war beschuldigt worden, zwei Milliarden Dollar aus den Geldern des NRO in geheime Operationen umgeleitet zu haben. Mithilfe des Op-Centers hatte er sich rehabilitieren können und war vor kurzem auf seinen Posten zurückgekehrt.

Bevor die Strikers zu einem Ziel aufbrachen, reservierte Viens immer Satellitenzeit für die fotografische Aufklärung, die Colonel August benötigte. Diese Bilder galten als sehr wichtig und wurden in den Unterlagen des Colonels mit auf die Mission genommen. Unterdessen versuchte Stoll, auf elektronischem Wege so viel Informationen wie möglich über die Region zu sammeln. Polizei- und Militäreinheiten behielten gern Informationen für sich, auch wenn sie mit Verbündeten zusammenarbeiteten. In manchen Ländern, vor allem in Russland, China und Israel, wurden amerikanische Spione häufig ohne ihr Wissen von ausländischen Agenten beschattet. Sache des Op-Centers war es, möglichst viele Informationen zu sammeln und seine Leute entsprechend zu schützen. Dazu wichen sie von vereinbarten Routen und Zeitplänen ab, ließen »entbehrliche« Teammitglieder falsche Fährten legen und stellten gelegentlich auch einmal ihre Verfolger kalt. Ein Gastgeberland konnte sich kaum beschweren, wenn die Person, die seine Verbündeten ausspionieren sollte, gefesselt und geknebelt in einem Hotelschrank gefunden wurde.

Elektronische Aufklärung – kurz ELINT – umfasste von Faxnachrichten über E-Mails und Telefonnummern bis zu Funkfrequenzen alles, was offizielle Quellen oder bekannte Widerstandskämpfer und Oppositionelle empfingen oder versendeten. Diese Nummern, Frequenzen und Verschlüsselungscodes ließ man dann durch spezielle Programme laufen, die sie mit denen bekannter Terroristen und ausländischer Agenten verglichen. Falls es in der Region eventuelle »Wachhunde oder Störenfriede« gab, wie es die Planer der Missionen nannten, konnten sie durch diese Suchläufe gefunden und identifiziert werden. Auf keinen Fall wollten amerikanische Geheimdienstchefs, dass man ihre Agenten fotografierte oder ihre Arbeit von ausländischen Regierungen beobachtet wurde. Nicht nur, weil diese Informationen an Dritte verkauft werden konnten, sondern auch weil die Vereinigten Staaten nie wussten, welche befreundete Regierung eines Tages Ziel eines Geheimdiensteinsatzes werden würde.

»Denken Sie nur an den Iran«, erinnerte sie Colonel August bei jeder gemeinsamen Mission mit Verbündeten.

Honda hatte einen Strikers-Laptop mitgebracht, der mit einem drahtlosen High-Speed-Modem ausgestattet war, so dass er stets die neuesten von Stoll gesammelten Daten herunterladen konnte. Wichtige Informationen würde Honda auswendig lernen. Wenn die Strikers dann in Indien eintrafen, blieb der Laptop an Bord der Transportmaschine und kehrte zur Basis zurück. Colonel August würde seinen Laptop behalten, um weitere Daten herunterzuladen. Was immer ihr Ziel war: Corporal Honda war um jedes Gramm froh, das er nicht tragen musste.

Als die neuen Daten Hondas Computer erreichten, ertönte ein akustisches Signal. Es wies ihn auf eine Anomalie hin, die Stolls Programm im Op-Center aufgefallen war. Honda griff auf die markierten Daten zu.

Das Bellhop-Programm des Air-Force-Satelliten »Sanctity« scannte ständig die Handys und Funkgeräte, die die

Polizeifrequenzen nutzten. Das Op-Center und die anderen amerikanischen Geheimdienstorganisationen besaßen diese Nummern für ihre eigene Kommunikation mit ausländischen Büros. Man musste sich nur noch in die Computer einhacken und nach anderen eingehenden Anrufen suchen.

Bellhop hatte eine Reihe von Punkt-zu-Punkt-Anrufen entdeckt, die von einem bei der Polizei registrierten Handy aus getätigt worden waren. Im Bellhop-Lexikon erschien es unter dem Code »Feldtelefon«. Innerhalb eines Zeitraums von fünf Monaten waren die meisten der Anrufe von Kargil aus an das Distrikthauptquartier in Jammu erfolgt, das unter »Basistelefon« figurierte. Von der Basis war im gesamten Zeitraum nur ein einziger Anruf an das Feldtelefon gegangen. Stolls Programm, das die Integration von Op-Center-Aufklärung und NRO-Daten sicherstellte, wies darauf hin, dass dieser Anruf weniger als eine Sekunde, bevor der auf Kaschmir gerichtete Satellit Cluster Star 3 eine Explosion in einem Basar in Srinagar registrierte, erfolgt war.

»Verdammter Mist«, grummelte Honda vor sich hin.

Er fragte sich, ob Colonel August oder General Rodgers von dem möglichen Terroranschlag unterrichtet worden waren. Dass über ein Polizeihandy unmittelbar vor einer Explosion ein Anruf am Ort des Geschehens erfolgt war, konnte Zufall sein. Vielleicht hatte jemand einen Wachmann angerufen. Andererseits konnte durchaus eine Verbindung zwischen beiden Vorfällen bestehen. Honda schnallte sich von seinem unbequemen Sitz los und ging nach vorn, um seine vorgesetzten Offiziere zu informieren. Er bewegte sich langsam und vorsichtig, damit er in der immer noch im Steigflug begriffenen Maschine nicht gegen seine Kameraden geschleudert wurde.

Als er August und Rodgers erreichte, saßen beide über den Laptop des Generals gebeugt.

»Entschuldigung, Gentlemen«, brüllte Honda, um die kreischenden Triebwerke zu übertönen.

August blickte auf. »Was gibt es, Corporal?«

Honda berichtete den beiden Offizieren von der Explosion, worauf August ihm erklärte, dass sie gerade eine E-Mail von Bob Herbert läsen, in der dieser ihnen die wenigen bekannten Einzelheiten des Anschlags mitteile. Dann unterrichtete Honda seine Vorgesetzten über die Telefonanrufe. Das schien General Rodgers' Interesse zu wecken.

»Es gab fünf Monate lang täglich zwei Anrufe, und zwar immer zur gleichen Zeit«, erläuterte Honda.

»Wie bei einem Routinecheck«, kommentierte Rodgers.

»Ganz recht, Sir. Außer heute. Da gab es nur einen Anruf, und der ging an das Feldtelefon. Er erfolgte direkt, bevor die Explosion den Tempel zerstörte.«

Rodgers lehnte sich zurück. »Corporal, könnten Sie bitte die Datei durchgehen und überprüfen, ob sich das Muster wiederholt, und zwar wahrscheinlich von Feldtelefonen mit verschiedenen Codenummern aus? Ausgehende Anrufe an ein Basistelefon und nur einen oder keinen Anruf in die andere Richtung?«

»Ja, Sir.«

Honda hockte sich auf den kalten, vibrierenden Boden und zog ein Knie an, auf dem er den Laptop absetzte. Wonach genau die Offiziere suchten, war ihm nicht klar, aber es war nicht an ihm, Fragen zu stellen. Er gab die Codenummer des Basistelefons ein und forderte einen Bellhop-Suchlauf an. Rodgers' Ahnung erwies sich als richtig. Abgesehen von der einen Serie gab es noch Anrufe von einem anderen Feldtelefon in Kargil, die sich über sieben Wochen hinzogen und ebenfalls zweimal täglich zur gleichen Zeit erfolgten. Länger als 13 Wochen reichten die Bellhop-Aufzeichnungen nicht zurück.

»Neu-Delhi muss zivile Agenten im Einsatz haben, die eine Terrorzelle verfolgen«, meinte Rodgers.

»Wie wollen Sie das wissen?«, erkundigte sich August. »Vielleicht handelt es sich nur um Agenten im Einsatz, die Meldung erstatten.«

»Das glaube ich nicht«, erklärte Rodgers. »Zunächst einmal ging nur einer der Anrufe auf Corporal Hondas Liste vom Basistelefon an das Feldtelefon.«

»Und zwar zum Zeitpunkt der Explosion«, warf August ein.

»Korrekt«, bestätigte Rodgers. »Das würde darauf hindeuten, dass die für die Aufklärungstätigkeit verantwortlichen Offiziere vermeiden wollten, dass die Feldtelefone zum falschen Zeitpunkt klingelten.«

»Klingt einleuchtend«, gab August zu.

»Das ist aber noch nicht alles. Als Pakistan 1999 aus Kargil vertrieben wurde, war der indischen Special Frontier Force klar, dass feindliche Zellen zurückbleiben würden. Sie von Soldaten aufspüren zu lassen war unmöglich, weil die Einheimischen Fremde, die durch ihre Dörfer zogen, sofort bemerkt hätten. Und was die Einheimischen wussten, hätten auch die Terroristen erfahren. Also rekrutierte die SFF eine Reihe von Einheimischen als Civilian Network Operatives, also zivile Agenten.« Der General tippte mit dem Finger gegen seinen Laptop. »Das steht alles in dem Überblick zur Tätigkeit der Geheimdienste in meinem Computer. Allerdings konnten sie diesen Leuten keine normalen Miliz-Funkgeräte geben, weil diese Kanäle so nah an Pakistan routinemäßig von ELINT-Personal abgehört werden. Daher erhielten die Rekruten Handys. Die Agenten rufen ihr regionales Büro an und beschweren sich über Einbrüche, verschwundene Kinder, gestohlenes Vieh und Ähnliches. In Wirklichkeit handelt es sich dabei um verschlüsselte Nachrichten, um die SFF über vermutete Bewegungen und Aktivitäten von Terroristen zu informieren.«

»Alles schön und gut«, meinte August. »Aber warum glaubst du, dass es sich bei den Anrufen auf dieser Liste nicht um Routineberichte aus dem Feld handelt?«

»Weil sich CNO-Agenten nicht routinemäßig melden, sondern nur, wenn sie etwas zu sagen haben. Das verringert das Risiko, dass sie abgehört werden. Ich wette, dass am Ende jeder dieser Anrufserien Terroranschläge stehen. Ein Ziel wurde getroffen, die Zelle zog weiter, und damit hörten auch die Anrufe auf.«

»Vielleicht. Aber das erklärt noch nicht, warum unmittelbar vor der Explosion ein Anruf zum Tempel erfolgte.«

»Ich glaube schon.«

»Da kann ich dir nicht mehr folgen.«

Rodgers blickte zu Honda auf. »Corporal, würden Sie bitte das TAC-SAT holen?«

»Ja, Sir.«

Rodgers wandte sich erneut zu August um. »Ich werde Bob Herbert bitten, die Daten der Terroranschläge in der Region zu überprüfen. Ich will sehen, ob die Meldungen aus dem Feld nach Terroranschlägen aufhörten. Außerdem soll Bob noch etwas anderes für mich überprüfen.«

»Und das wäre?«

Honda schloss seinen Laptop und erhob sich, ging jedoch erst, nachdem er Rodgers' Antwort gehört hatte.

»Ich will wissen, welche Art von Zündvorrichtung die SFF für Schläge gegen Terroristen verwendet.«

»Warum?«

»Weil der Mossad, der irakische Al Amn al-Khas, die Gruppe von Abu Nidal und die spanische Grapo allesamt gelegentlich Zünder verwenden, die telefonisch aktiviert werden.«

13

Srinagar, Kaschmir – Mittwoch, 18 Uhr 59

Es war schon fast dunkel, als Ron Friday zum Basar zurückkehrte. Obwohl er neugierig war, wie die Behörden bei ihren Ermittlungen vorgingen, interessierte ihn mehr, was er selbst über den Angriff herausfinden konnte. Möglicherweise hing sein Leben davon ab.

Der Regen hatte aufgehört, aber von den Bergen fegte ein kalter Wind herab. Friday war froh, dass er Baseballmütze und Windjacke trug, obwohl der Temperatursturz nicht der Grund für beides war. Selbst von seinem Zimmer aus hatte er die Helikopter hören können, die über dem Gebiet kreisten. Als er am Markt eintraf, stellte er fest, dass zwei Polizei-Chopper in weniger als dreißig Meter Höhe über dem Ort des Anschlags in der Luft standen. Einerseits konnten sie so nach Überlebenden suchen, andererseits sorgte der Lärm dafür, dass Schaulustige nicht allzu lange auf dem Platz herumlungerten. Doch das war nicht der einzige Grund für die Anwesenheit der Helikopter. Friday ging davon aus, dass sie diese niedrige Höhe hielten, um die Menge zu fotografieren – für den Fall, dass sich die Terroristen noch in der Nähe befanden. Vermutlich waren die Cockpits mit GRR-Kameras ausgestattet – geometrischen Rekonstruktionsrekordern. Diese Digitalkameras waren in der Lage, bei aus einem Winkel aufgenommenen Bildern die Geometrie so zu rekonstruieren, dass exakte Frontalansichten entstanden. Interpol und die meisten nationalen Polizeibehörden besaßen Dateien mit Verbrecherfotos und Zeichnungen von bekannten und vermuteten Terroristen. Solche »Gesichtsabdrücke« konnten wie Fingerabdrücke per Computer mit den gespeicherten Bildern verglichen werden, wobei das Programm die Porträts sozusagen aufeinander legte. Wenn die Züge zu mindestens siebzig Prozent identisch waren, galt das als ausreichend, um die betreffende Person zu verhören.

Friday trug die Baseballkappe, weil er nicht wollte, dass man ihn vom Chopper aus fotografierte. Schließlich wusste er nicht, welche Regierung sein Bild gespeichert hatte und aus welchem Grund. Auf keinen Fall wollte er ein Foto liefern, auf dem sich eine Akte über ihn aufbauen ließ.

Die Explosionsorte waren mit rotem Band abgesperrt und rundherum auf drei Meter hohen Gestellen Scheinwerfer montiert worden. Friday fühlte sich an eine Turnhalle nach einer Tanzveranstaltung erinnert. Das Fest war vorüber, der Ort des Geschehens wirkte gespenstisch leblos, aber die Überbleibsel des wilden Treibens waren noch überall zu sehen. Allerdings handelte es sich hier nicht um Punsch-, sondern um Blutflecke, statt Girlanden hingen zerfetzte Markisen herab, und die Rolle der leeren Stühle hatten verlassene Karren übernommen. Wo die Händler ihre Wagen weggefahren hatten, zeichneten sich staubfreie Zonen in Form der Stände ab. In dem grellen Licht erinnerten sie an die schwarzen Silhouetten von Bäumen und Menschen, die das nukleare Feuer an die Wände von Hiroshima und Nagasaki gebrannte hatte. Andere Karren hatte man stehen gelassen, weil die Besitzer zum Zeitpunkt der Explosion nicht vor Ort gewesen waren und ihre Angestellten das Weite gesucht hatten. Vielleicht waren die Verkäufer auch verletzt oder getötet worden.

Rund um den Ort der Explosionen waren Milizsoldaten der regulären Armee postiert worden. Sie waren mit MP5K-Maschinenpistolen bewaffnet, die in dem grellen Licht nicht zu übersehen waren. Überall auf dem Platz patrouillierten Polizisten mit den charakteristischen Webley-Revolvern Kaliber 455. Wenn man nicht gerade Plünderer abschrecken wollte – und dazu mussten Feuerwaffen nicht unbedingt offen getragen werden –, gab es nur einen Grund dafür, nach einem Anschlag die Artillerie hervorzuholen. Es war ein Mittel, den verwundeten Stolz zu beschwichtigen und der Öffentlichkeit zu versichern, dass die Verantwortlichen immer noch eine Kraft waren, mit der man rechnen musste. Dieses Verhalten war so durchsichtig, dass es schon traurig war.

Reporter durften ihre Berichte senden und filmen oder fotografieren. Dann wurden sie aufgefordert, den Platz zu verlassen. Ein Offizier erklärte einer CNN-Crew, dass die Abwehr von Plünderern zu schwierig werden würde, wenn sich eine Menschenmenge bildete.

Vielleicht wollten sie auch selbst nicht bei ihren Diebstählen gefilmt werden, dachte Friday. Er hätte wetten können, dass viele zurückgelassene Waren am nächsten Tag verschwunden sein würden.

Ein paar Leute waren nur aus Schaulust zum Markt gekommen. Was immer sie erwartet hatten – zerfetzte Leichen, Zerstörung, Fernsehteams –, es schien sie nicht zu befriedigen. Die meisten wirkten enttäuscht. Die Orte von Bombenanschlägen und Autounfällen, aber auch Schlachtfelder, hatten häufig diese Wirkung auf Menschen. Sie fühlten sich erst angezogen und dann abgestoßen. Vielleicht waren sie von sich selbst enttäuscht, weil ihnen plötzlich klar wurde, wie blutgierig sie waren. Manche kamen und brachten Blumen, die sie hinter dem Band auf die Erde legten. Andere hinterließen nur Gebete für tote Freunde, Verwandte und Fremde.

In der Nähe der zerstörten Gebäude von Polizeistation und Tempel wurden die angrenzenden Häuser auf strukturelle Schäden durch die Explosionen untersucht. Friday erkannte die Inspektoren an ihren weißen Helmen und den Echometern, die nur die Größe einer Handfläche besaßen. Diese Geräte gaben Schallwellen, die je nach Objekt auf Stein, Beton oder Holz eingestellt werden konnten, wahlweise in eine oder mehrere Richtungen ab. Trafen die Schallwellen auf eine Stelle, die nicht mit der Zusammensetzung des Materials vereinbar war – was normalerweise auf einen Bruch hindeutete –, ertönte ein Signal, und die Beamten untersuchten den betreffenden Bereich näher.

Außer den Ingenieuren arbeiteten auch die üblichen Bergungstrupps der Polizei und medizinisches Personal an allen drei Katastrophenorten. Eines jedoch erschien Friday überraschend. Normalerweise ermittelten bei Terroranschlägen in Indien die Bezirkspolizei und die National Security Guard. Die NSG war 1986 zur Bekämpfung des Terrorismus gegründet worden. Die so genannten »Black-Cats-Kommandos« wurden bei Entführungen ebenso eingesetzt wie bei forensischen Aktivitäten nach Bombenanschlägen. Hier jedoch war nicht eine einzige schwarze Uniform zu entdecken, stattdessen wimmelte es nur so von den braunen Uniformen der Special Frontier Force. Da Friday noch nie einen Bombenanschlag in Srinagar erlebt hatte, war es durchaus möglich, dass die SFF in dieser Region direkt an der Waffenstillstandslinie bei Terrorattentaten für die Ermittlungen zuständig war.

Einer der Polizeibeamten drängte ihn weiterzugehen. An die Trümmer selbst war offenbar nicht heranzukommen, aber das hinderte ihn nicht daran, sich eine ziemlich genaue Vorstellung von der Vorgehensweise der Angreifer zu verschaffen. Während er auf die Stelle zuging, an der

der Bus explodiert war, rief er über sein Handy Samantha Mandor vom Fotoarchiv der NSA an. Er bat sie, die Dateien mit den digitalen Fotos von AP, UPI, Reuters und anderen Agenturen nach Bildern von Terroranschlägen in Kaschmir zu durchsuchen. Außerdem benötigte er alle Analysen, die eventuell zu den Fotos verfügbar waren. Vermutlich hatte er einige davon in seinen Computerdateien im Hotel, aber er brauchte spezifische Informationen zu den einzelnen Vorfällen. Sobald Fotos und Textdateien verfügbar waren, sollte Samantha ihn sofort zurückrufen.

Er näherte sich dem abgesperrten Bereich um den zerstörten Bus. Anders als bei den beiden Gebäuden, deren Mauern verhindert hatten, dass Menschen und Gegenstände auf die Straße geschleudert wurden, waren hier die Trümmer durch die gewaltige Explosion überall verstreut worden. Zwar waren die Leichen entfernt worden, doch die Straße war immer noch mit Metall, Leder und Glas aus dem Bus selbst übersät. Dazwischen lagen Bücher und Kameras, Reisegepäck, Kleidung und religiöse Ikonen, die sich in den Taschen und Koffern der Passagiere befunden hatten. Anders als bei den Gebäuden wirkte die Szenerie wie ein Schnappschuss des Augenblicks der Detonation.

Kurz bevor er das rote Band erreichte, klingelte sein Telefon. Er blieb stehen, um den Anruf entgegenzunehmen.

»Ja?«

»Mr. Friday? Hier Samantha Mandor. Ich habe die Fotos und Informationen, um die Sie mich gebeten hatten. Soll ich die Bilddateien irgendwohin schicken? Es handelt sich um etwa vier Dutzend Farbbilder.«

»Nein. Wann erfolgte der letzte Anschlag in Srinagar?«

»Vor fünf Monaten. Damals ging es um eine Ladung Artilleriegranaten, die sich auf dem Weg zur Waffenstillstandslinie befand. Es gab eine entsetzliche Explosion.«

»Ein Selbstmordattentat?«

»Nein. Ich habe hier eine Mikroskopaufnahme von Fragmenten eines LCD-Displays, die in der Nähe des Detonationsnullpunktes gefunden wurden. Der Laboranalyse nach gehörten sie zu einer Zeitschaltuhr. Außerdem wurde in den Trümmern offenbar ein Sensor für eine Fernbedienung gefunden, der jedoch nicht aktiviert worden war.«

Vermutlich ein Back-up-Plan, dachte Friday. Für den Fall, dass der Zünder nicht funktionierte oder die Vorrichtung entdeckt wurde, bevor sie durch die Zeitschaltuhr aktiviert werden konnte, verwendeten Profis häufig ein Gerät mit Sichtverbindung, um die Explosion auszulösen. Dass ein solcher Empfänger gefunden worden war, hieß, dass sich zumindest einer der Terroristen mit großer Sicherheit in der Nähe aufgehalten hatte, als die Bombe hochging.

»Was ist mit dem Personal an den Katastrophenorten?«, erkundigte er sich. »Welche Uniform tragen die Leute?«

»Es waren sowohl Soldaten der National Security Guard als auch Beamte der örtlichen Polizei.«

»Irgendwelche Angehörigen der Special Frontier Force?«

»Nicht einer. In Srinagar gab es noch weitere Anschläge auf militärische Ziele, die sich jeweils sechs und sieben Wochen vor dem erwähnten Attentat ereigneten. Auch dort war die National Security Guard vertreten.«

»Hat jemand die Verantwortung für die Anschläge übernommen?«

»Den Textdateien nach erklärte sich dieselbe Gruppe für alle drei Anschläge verantwortlich: die Free Kashmir Militia.«

»Danke.« Friday hatte von dieser Bewegung gehört, die angeblich von der pakistanischen Regierung unterstützt wurde.

»Brauchen Sie sonst noch etwas?«

»Im Moment nicht«, gab Friday zurück und brach die Verbindung ab.

Er hakte sich das Telefon an den Gürtel. Später, wenn er handfestere Informationen besaß, würde er seinen neuen Chef anrufen. Er sah sich um. Weit und breit war kein Black-Cats-Kommando zu sehen. Vielleicht war das von

Bedeutung, vielleicht aber auch nicht. Möglicherweise war es nur eine Frage der geografischen Zuständigkeit, oder der NSG war es nicht gelungen, den Terroristen das Handwerk zu legen, und die SFF hatte deshalb diese Aufgabe übernommen. Denkbar war auch, dass ein früherer SFF-Offizier ein hohes Regierungsamt übernommen hatte. Solche Ernennungen führten grundsätzlich zu Umorganisationen.

Allerdings bestand durchaus die Möglichkeit, dass dies nicht die übliche Verfahrensweise war. Unter welchen ungewöhnlichen Umständen würde man bestimmte Einheiten von den Ermittlungen ausschließen? Auf jeden Fall bei Sicherheitsproblemen. Friday fragte sich, ob die NSG von pakistanischen Agenten unterwandert worden war. Vielleicht wollte die SFF auch bewusst diesen Eindruck erwecken. Angesichts der schmalen Budgets war die Rivalität zwischen den verschiedenen Geheimdiensten hier noch erbitterter als in den Vereinigten Staaten.

Er drehte sich langsam um sich selbst. Rund um den Markt standen mehrere zwei- und dreistöckige Gebäude, die sich ausgezeichnet als Aussichtspunkt für die Terroristen geeignet hätten. Für den Fall, dass sie eine Fernbedienung verwenden mussten, hätten sich allerdings die Karren mit den hohen Transparenten, Markisen und Schirmen als Hindernis erweisen können. Bei Ständen, die warme Mahlzeiten anboten, konnte aufsteigender Rauch die Sicht blockieren. Außerdem hätten die Terroristen ein Zimmer mieten müssen. Alle schriftlichen Unterlagen stellten eine potenzielle Gefahr dar. Und nur Amateure zahlten bar für ein Zimmer, weil das ein Alarmsignal war, das sofort die Polizei auf den Plan rief. Nicht einmal der gierigste Hotelbesitzer wollte einen Bombenbastler in seinem Haus.

Zudem gab es hier keinen Grund, sich zu verstecken. Auf dem belebten Marktplatz konnte es kein Problem gewesen sein, anonym zu bleiben, selbst wenn die Terroristen jeden Tag hier aufgetaucht waren, um die Ziele zu inspizieren und den Sprengstoff anzubringen. Auch die Beobachtung der Explosion musste völlig problemlos gewesen sein. Allerdings fragte sich Friday, warum die Polizeistation und der Tempel zur gleichen Zeit in die Luft geflogen waren, während der Bus erst einige Sekunden später explodierte. Mit an Sicherheit grenzender Wahrscheinlichkeit standen die Angriffe miteinander in Verbindung. Vielleicht waren die Zeitschaltuhren nicht genau gleich eingestellt gewesen. Oder es gab einen anderen Grund.

Er ging zu der Stelle, an der der Bus geparkt hatte. Da der Verkehr von der Route 1A auf andere Straßen umgeleitet worden war, konnte er mitten auf der breiten Fahrbahn stehen und sich den Ort genau ansehen. Diese Straße führte auf dem direktesten Weg aus der Stadt hinaus und mündete in eine Reihe anderer Überlandstraßen. Eine Verfolgung wäre selbst dann extrem schwierig gewesen, wenn die Polizei gewusst hätte, nach welchem Fahrzeug sie suchte. Friday fand einen Platz mit ungehinderter Sicht auf das Ziel – für den Fall, dass die Zeitschaltung versagt hatte. Er stand auf dem Gehweg, ganz in der Nähe der Stelle, an der der Bus gehalten hatte. Die Entfernung zu Tempel und Polizeistation betrug etwa vierhundert Meter, das war die maximale Reichweite der meisten Fernzünder. Falls ein Terrorist dort die Explosion abgewartet hatte, hätte er natürlich nicht gewollt, dass der Bus sofort in die Luft flog, sondern gewartet, bis der Tempel explodiert war und er selbst sich in sicherer Entfernung befand. Den Zeitpunkt, zu dem der Bus explodierte, hatte er so gewählt, dass ihm Zeit zur Flucht blieb. Oder aber er löste die Explosion selbst aus, mit der Fernbedienung, die er auch für den Tempel benutzte.

Das erklärte aber immer noch nicht, warum es in Polizeistation und Tempel zu zwei getrennten Explosionen gekommen war. Eine große Detonation wäre ausreichend gewesen, um beide Gebäude zu zerstören.

Friday kehrte ans andere Ende des Marktes zurück. Sobald er wieder in seinem Zimmer war, würde er die NSA anrufen. Der Angriff auf den Markt beunruhigte ihn nicht. Im Grund war es ihm völlig egal, wer hier regiert. Viel mehr beschäftigte ihn die Rolle der Black Cats, weil sie Zugang zu Informationen über ihn und die Strikers haben würden, sobald sie in die Berge gingen. Wenn auch nur die geringste Möglichkeit bestand, dass es in der NSG ein Leck gab, dann wollte er sichergehen, dass es abgedichtet wurde.

14

Kargil, Kaschmir – Mittwoch, 19 Uhr 00

Während er mit seinem Motorrad durch die Ausläufer des Himalaja preschte, wünschte sich Ishaq Fazeli vor allem eins. Er hatte Apus Gehöft ohne Abendessen verlassen und war daher hungrig. Aber er wollte keine Nahrung. Er war mit offenem Mund gefahren – eine schlechte Angewohnheit –, und seine Zunge war ausgetrocknet, aber er wollte kein Wasser. Am dringendsten wünschte er sich einen Helm.

Die schmalen Räder der leichten Royal Enfield Bullet, mit der er über den Gebirgspass raste, schleuderten kleine flache Steine in die Höhe. Wenn sich die Straße verengte wie jetzt und Ishaq zu dicht am Hang fuhr, flog ihm der scharfkantige Schotter wie Kugeln um die Ohren. Selbst ein Turban wäre ihm recht gewesen, hätte er nur den Stoff, um ihn zu wickeln, und die Zeit für einen Halt gehabt. Stattdessen fuhr er mit dem Gesicht leicht nach links gewandt. Solange die Steine nicht seine Augen trafen, war alles in Ordnung. Und selbst wenn – er würde es gelassen nehmen. Schließlich bliebe ihm dann noch sein linkes Auge. Er war im Westen seines Landes, in der Nähe des Khyberpasses, aufgewachsen und hatte früh gelernt, dass die Berge des Subkontinents nichts für Schwächlinge waren.

Zum einen konnte das Wetter selbst bei einer zweistündigen Fahrt wie dieser hier abrupt umschlagen. Binnen Minuten konnten Schneeschauer das grelle Sonnenlicht ablösen. Noch schneller verwandelte sich Schneeregen in dichten Nebel. Unvorsichtige Reisende liefen Gefahr zu erfrieren, durch Austrocknung umzukommen oder sich zu verirren, bevor sie eine sichere Zuflucht erreichten. Sonne, Wind, Niederschläge, Hitze und die Kälte, die aus Rissen, Höhlen und von den hohen Felstürmen strömte, tobten hier um die ewigen Berggipfel, prallten aufeinander und verstrickten sich in Kämpfe von ungewissem Ausgang. In dieser Hinsicht erinnerten die Berge Ishaq an die alten Kalifen. Auch sie thronten majestätisch über allem und waren nur Allah verantwortlich.

Zum anderen war das Reisen in den Ausläufern des Himalaja selbst zu Fuß höchst beschwerlich, ganz zu schweigen von Motorrädern. Da das Gebirge noch relativ jung war, waren die Hänge steil und schroff. Die wenigen Pfade in Kaschmir waren von den Briten 1845 zu Beginn des Krieges gegen die Sikhs aus dem Fels geschlagen worden. Königin Victorias Elite-Gebirgstruppen nutzten diese Straßen, um die feindlichen Truppen zu umgehen, die ihre Lager weiter unten angelegt hatten. Da sie zu schmal für Lastwagen, Pkws und Artillerie und zu gefährlich für Pferde und andere Packtiere waren, wurden die Pfade im Ersten Weltkrieg aufgegeben. Bis zur Wiederentdeckung durch die Pakistaner im Jahre 1947 blieben sie weitgehend ungenutzt. Während die Inder Menschen und Material in dieser Gegend mit Helikoptern transportierten, bevorzugten die Pakistaner die langsameren, aber versteckteren Pfade. Die Wege führten auf eine Höhe von etwa 2700 Metern, wo es nachts zu kalt für ausgedehnte Märsche und das Kampieren mit einfachen Schlafsäcken war.

Nicht dass diese Gefahren und Unbequemlichkeiten Ishaq im Augenblick interessiert hätten. Er hatte eine Mission zu erfüllen und seiner Führerin zu folgen. Dabei würde ihn nichts aufhalten, weder der gähnende Abgrund noch die hornissenartigen Steine, die ihn in die Tiefe zu reißen drohten, noch der plötzliche Temperatursturz.

Glücklicherweise wurde das Motorrad seinem heldenhaften Ruf vollauf gerecht. Vor über einem Jahr hatte Ishaq die Royal Enfield Bullet hinter einer Kaserne entwendet. Es war eine wunderschöne Maschine, zwar nicht eines der gesuchten Sammlerstücke aus den Fünfzigern, als die Briten ihr indisches Werk eröffnet hatten, aber dafür gehörte sie hier in der Gegend zur Standardausrüstung von Militär und Polizei. Daher erregte sie auch keine unerwünschte Aufmerksamkeit. Außerdem hatte sie taktische Vorteile. Wie alle Royal Enfield Bullets war sie sehr sparsam im Verbrauch und erreichte trotzdem eine Höchstgeschwindigkeit von fast 130 Kilometer pro Stunde. Sie hielt einiges aus, und der 22-PS-Motor war relativ leise. Mit einem Gewicht von gerade einmal 180 Kilogramm war das Fahren auch auf dem in den Hang geschlagenen Pfad kein Problem, während die geringe Lärmbelastung weiter oben in den Bergen wichtig war, wo laute Geräusche Erdrutsche auslösen konnten.

In den Berghang waren kleine Zahlen eingeschlagen, denen er entnahm, dass er sich bei gut 1300 Metern befand. Der FKM-Mann war gegenüber seinem Zeitplan im Rückstand. Er gab noch ein wenig mehr Gas, bis der Wind so an seinen Wangen zerrte, dass sie zu flattern begannen. Das dabei entstehende Geräusch klang fast wie der Motor der Maschine. Durch die Gnade des Propheten waren er und sein Motorrad eins geworden. Er lächelte: Die Wege Allahs waren unerforschlich.

Abschnitt 2E befand sich in der Nähe des hoch gelegenen Schnittpunkts der Gebirgspfade. Die pakistanischen Truppen hatten Jahre damit verbracht, Karten von der Gegend zu erstellen. Als sie sich aus Kargil zurückzogen, hinterließen sie in einer Höhle am höchsten Punkt des Sektors ein großes geheimes Lager mit Waffen, Sprengstoff, Kleidung, Pässen und medizinischer Ausrüstung. Sharab und ihr Team zogen sich häufig dorthin zurück, um ihre Vorräte wieder aufzufüllen.

Mit einem Auge blickte Ishaq auf seinem Weg in die Berge immer wieder auf die Uhr. Auf keinen Fall wollte er Sharab warten lassen. Nicht, weil seine Führerin ungeduldig gewesen wäre, sondern weil er immer und jederzeit für sie da sein wollte, wenn sie ihn brauchte. Sharab, die Professorin für Politikwissenschaft ohne Einsatzerfahrung, hatte sich durch ihr leidenschaftliches Engagement und ihren taktischen Einfallsreichtum sehr schnell den Respekt und die vollständige Ergebenheit aller Teammitglieder erworben. Ishaq war zudem ein klein wenig in sie verliebt, obwohl er sich große Mühe gab, sich das nicht anmerken zu lassen. Er wollte nicht, dass sie dachte, er wäre deswegen bei ihrer Zelle. Sharab wollte mit Patrioten arbeiten, nicht mit Bewunderern. Dennoch fragte er sich oft, ob die Führung der Free Kashmir Militia ihr nicht das Kommando über die Gruppe übertragen hatte, weil sie eine Frau war. Wenn die Ärzte in alten Zeiten die Wunden der Krieger ausbrannten, brauchten sie fünf oder mehr Männer, um die Verletzten zu halten – oder eine Frau. Ob aus Liebe zu Sharab oder aus Angst davor, ihre männliche Ehre zu verlieren: Es gab nichts, das sie nicht getan hätten.

In dem Holster unter seinem Wollpullover steckte ein .38 Smith & Wesson. Die Handfeuerwaffe war über die Flughafenpolizei von Karatschi an die FKM gelangt; diese hatte vor nahezu dreißig Jahren fast tausend solche Waffen von den Vereinigten Staaten gekauft. Das Gewicht des geladenen Revolvers, das gegen seine Rippen drückte, wirkte beruhigend auf ihn. Ishaqs Glauben lehrte, dass ein Mann nur durch den Propheten und Allah stark wird. Davon war Ishaq leidenschaftlich überzeugt. Seine Stärke verdankte er dem Gebet und dem Koran. Aber eine Waffe zu tragen, verlieh einem ebenfalls eine gewisse Macht. Seine Religion war wie ein reiches Mahl, das den ganzen Tag vorhielt, während der Smith & Wesson wie ein Snack wirkte, der ihm über den Augenblick hinweghalf.

Die Straße wurde unebener, weil an dieser Stelle kurz zuvor Steinschlag niedergegangen war. Auch der äußere Rand des Weges wurde immer gefährlicher. Zu allem Überfluss hatte ein kühler Nieselregen eingesetzt, der wie vom Wind getriebener Sand gegen sein Gesicht schlug. Trotz allem gab er immer mehr Gas. Wenn der Regen anhielt und gefror, würde der Pfad zur Eisbahn werden. Außerdem musste er auch nach Hasen und anderen Tieren Ausschau halten. Ein Zusammenstoß mit ihnen konnte ihn ins Rutschen bringen. Aber er durfte das Tempo nicht verlangsamen, wenn er das Zielgebiet rechtzeitig erreichen wollte. Nach einer Mission trafen sie sich immer dort oben, aber noch nie hatten sie es so eilig gehabt. Sharab kehrte gern zu dem Haus, der Hütte oder der Scheune zurück, wo sie Unterschlupf gefunden hatten, um ein letztes Gespräch mit ihrem Gastgeber zu führen. Sie wollte sich vergewissern, dass diesem klar war, dass er nur überleben würde, solange er schwieg. Manche Teammitglieder fanden diese Schonung übertrieben, vor allem, wenn es sich um Hindus wie Apu und seine Enkelin handelte. Aber Sharab wollte die Bevölkerung nicht gegen sich aufbringen. Für sie waren diese Bauern, Schafhirten und Fabrikarbeiter unabhängig von ihrer Religion bereits Pakistaner, und sie wollte keine unschuldigen zukünftigen Landsleute töten.

Der Himmel war so düster, dass Ishaq den Scheinwerfer einschaltete. Die starke Lampe erleuchtete einen Bereich von fast zweihundert Metern vor dem Motorrad, aber das war bei seinem gegenwärtigen Tempo kaum ausreichend. Die Kurven tauchten so plötzlich auf, dass er zweimal fast geradeaus gefahren wäre. Hin und wieder reduzierte er das Tempo für einen Augenblick, um das Gefühl loszuwerden, er könne fliegen. Diese Illusion konnte in dieser Höhe und bei dieser Geschwindigkeit sehr schnell gefährliche Realität werden. Er nahm sich auch die Zeit zurückzublicken, um sicherzustellen, dass er nicht verfolgt wurde. Das Dröhnen des Motors, das von den Gipfeln und Tälern zurückgeworfen wurde, seine vibrierenden Wangen und das Klopfen der umherfliegenden Steine waren so laut, dass er ein verfolgendes Fahrzeug oder einen Hubschrauber nicht unbedingt gehört hätte. Er hatte Apu eindringlich ermahnt, im Haus zu bleiben, bevor er die Telefonleitung durchtrennt hatte. Aber man wusste nie, wie jemand reagierte, wenn einer seiner Angehörigen entführt worden war.

Am Straßenrand entdeckte er eine weitere Markierung.

Inzwischen befand er sich bei 1500 Metern. Wie weit Sharab und das Team mit dem Lieferwagen kommen würden, wusste er nicht genau. Sie fuhren einen anderen Weg hinauf. Vielleicht würden sie es bis 1700 Meter schaffen, bevor die Straße für das Fahrzeug zu schmal wurde. Wenige hundert Meter vor ihm trafen sich die Wege. Wenn er dort anlangte, würde er entweder ihre Reifenspuren sehen oder an der Höhle auf sie warten. Er hoffte, dass sie bereits eingetroffen waren, weil er dringend wissen wollte, was passiert, was schief gelaufen war.

Er betete, dass es nichts war, was sie daran hindern würde, ihn zu treffen. Falls die anderen aus irgendeinem Grund nicht innerhalb von 24 Stunden auftauchten, lautete sein Befehl für alle Fälle, sich zur Höhle zu begeben und das Funkgerät, das er in seinem kleinen Gerätekoffer mit sich führte, aufzustellen. Dann sollte er die FKM-Basis in Abbottabad, jenseits der Grenze in Pakistan, anrufen. Von dort würde er seine Anweisungen erhalten. Das bedeutete, dass er entweder auf Entsatz warten oder zur Berichterstattung nach Hause zurückkehren musste.

Falls es dazu kam, hoffte Ishaq, dass er den Befehl erhalten würde zu warten. Der Heimweg führte entweder über die Berge und den Siachin-Gletscher, oder er konnte versuchen, die Waffenstillstandslinie zu überschreiten. In keinem Fall waren seine Überlebenschancen gut; das FKM-Kommando konnte ihm genauso gut gleich befehlen, sich an der Höhle zu erschießen.

Als Ishaq sich der Stelle näherte, wo sich beide Straßen trafen, entdeckte er den Lastwagen, der mitten auf dem Weg abgestellt war. Die Ladefläche war mit einer erdfarbenen Plane abgedeckt, die sie stets bei sich führten, die Fahrerkabine unter Büschen verborgen. Auf seinem Gesicht erschien ein Lächeln, das sich jedoch nicht lange gegen den Wind hielt. Er war froh, dass sie es geschafft hatten. Doch seine Stimmung änderte sich sehr schnell, als das Team etwa zweihundert Meter vor ihm vom Lichtkegel des Scheinwerfers erfasst wurde. Wie ein Mann fuhr die Gruppe herum und ging geduckt in Feuerstellung.

»Nein, ich bin es, Ishaq! Ishaq!«

Sie senkten die Waffen und setzten ihren Weg fort, ohne auf ihren Kameraden zu warten. Sharab und das Mädchen gingen an der Spitze, wobei Sharab Nanda mit dem Gewehr vor sich hertrieb.

Das passte ganz und gar nicht zu ihr.

Es sah schlecht aus, sehr, sehr schlecht.

15

Washington, D. C. – Mittwoch, 10 Uhr 51

Normalerweise war Bob Herbert ein ziemlich zufriedener Mensch.

Er liebte seine Arbeit und arbeitete mit einem guten Team. Er war in der Lage, für das Op-Center gründliche Aufklärungsarbeit zu leisten – etwas, worauf er und seine Frau im Libanon hatten verzichten müssen. Auch mit sich selbst war er recht zufrieden. Er war kein Washingtoner Bürokrat; Ehrlichkeit war für ihn wichtiger als Diplomatie, und das Wohl des NCMC stand über seiner Karriere. Das hieß für ihn, dass er nachts ruhig schlafen konnte. Die Leute, die für ihn zählten, Menschen wie Paul Hood und Mike Rodgers, respektierten ihn.

Doch im Moment war Bob Herbert keineswegs glücklich.

Hank Lewis von der NSA hatte ihn angerufen, um ihm mitzuteilen, dass die letzten von Ron Friday per E-Mail übermittelten Informationen im Moment entschlüsselt und innerhalb weniger Minuten an Herbert weitergeleitet werden würden. Während er auf die Nachricht wartete, tat er etwas, das er vorgehabt hatte, seit die Aufklärungsmission der Strikers von dem Kongressausschuss genehmigt worden war: Er rief Ron Fridays NSA-Akte auf seinem Computer auf. Bis jetzt hatte er dazu keine Zeit gehabt, weil er damit beschäftigt gewesen war, Mike Rodgers und den Strikers bei der Vorbereitung der Mission zu helfen.

Was er in Fridays Dossier sah, gefiel ihm gar nicht. Besser gesagt: das, was er nicht sah.

Als Krisenzentrum unterhielt das Op-Center in seiner so genannten »Hotbox« nicht die volle Palette militärischer Karten und Informationen. Nur wenn amerikanische Staatsbürger oder amerikanische Interessen direkt betroffen waren, wurden Dateien viermal täglich überprüft und aktualisiert. Kaschmir war natürlich ein Krisengebiet, aber wenn es zu einem Ausbruch kam, hieß das nicht, dass das Op-Center automatisch involviert sein würde. Das war auch der Grund gewesen, warum die Strikers in dieser Gegend nach Atomwaffen suchen sollten: Die pakistanischen Geheimdienste rechneten dort nicht mit ihnen.

Fridays Beteiligung an der Mission war ganz neu. Seine Teilnahme war am Wochenende von Satya Shankar, dem Minister für Atomenergie, angefordert worden. Offiziell gehörte es zu Shankars Aufgaben, nukleare Technologie an Entwicklungsländer zu verkaufen. Inoffiziell half er dem Militär dabei, nukleare Technologie in feindlichen Staaten im Auge zu behalten. Shankar und Friday hatten bereits früher zusammengearbeitet, als Shankar noch Staatssekretär für Forschung im Ministerium für Erdöl und Erdgas war. Friday war von einem europäischen Mineralölkonzern hinzugezogen worden, um rechtliche Fragen bezüglich der Bohrungen in einem umstrittenen Gebiet zwischen der Großen Indischen Wüste in der Provinz Rajasthan und dem pakistanischen Teil der Wüste Tharr zu bewerten. Offenbar war Shankar von dem Anwalt beeindruckt gewesen.

Da sich das Op-Center ohnehin mit Friday abfinden musste, hatte die Lektüre von dessen Akte für Herbert bisher keine besondere Priorität genossen. Schließlich hatte der Kongressausschuss Fridays Beteiligung bereits genehmigt, weil dieser als »Blauer Schild« eingestuft war. Das hieß, dass Ron Friday für die sensibelsten Einsätze in ausländischen Staaten zugelassen war. »Roter Schild« bedeutete, dass ein Agent das Vertrauen einer ausländischen Regierung genoss, »Weißer Schild« stand für das Vertrauen der eigenen Regierung. Mit dem »Gelben Schild« wurden enttarnte Doppelagenten bezeichnet, die von ihrer eigenen Regierung zur Desinformation des Gegners benutzt wurden, häufig ohne ihr Wissen, manchmal jedoch auch als Gegenleistung für milde Behandlung. »Blauer Schild« bedeutete, dass beide Nationen dem Agenten vertrauten.

In Wirklichkeit hießen die Einstufungen Rot, Weiß und Blau nur, dass nie jemand auf Daten gestoßen war, die darauf hindeuteten, dass der Agent korrupt war. Für die Projektverantwortlichen reichte das normalerweise aus, um die Beteiligung an einem Einsatz zu genehmigen. Das galt besonders, wenn der Verantwortliche neu auf seinem Posten und überarbeitet war, wie Hank Lewis bei der NSA. Aber das Schild-System war keineswegs unfehlbar. Es konnte nur bedeuten, dass der Agent vorsichtig gewesen und daher nie erwischt worden war oder dass er einen Insider kannte, der dafür sorgte, dass seine Akte sauber blieb.

Fridays Akte war extrem dürftig und enthielt nur wenige Berichte aus Aserbaidschan, wo er bis vor kurzem als Assistent der stellvertretenden Botschafterin Dorothy Williamson beschäftigt gewesen war. Während der kürzlichen Krise in der ehemaligen Sowjetrepublik waren überhaupt keine Meldungen von ihm eingegangen. Das war ungewöhnlich, vor allem im Vergleich zu den Akten der beiden CIA-Agenten, die an der Botschaft stationiert gewesen waren und täglich Bericht erstattet hatten. Zufällig – wenn es denn ein Zufall gewesen war – waren beide ums Leben gekommen.

Fridays dünne Akte und sein Schweigen während der Krise waren höchst beunruhigend. Sein Vorgesetzter bei der NSA, Jack Fenwick, war der Mann gewesen, der den unter dem Namen Harpooner bekannten Terroristen angeheuert hatte, um den Konflikt zwischen Aserbaidschan, dem Iran und Russland am Kaspischen Meer eskalieren zu lassen. Herbert hatte nicht alle nachträglichen Bewertungen der Situation gelesen, weil ihm die Zeit dazu gefehlt hatte. Aber Fridays Schweigen vor und nach dem Show-down warf die Frage auf, ob er tatsächlich nicht aktiv geworden war oder ob die Berichte direkt an eine Person gegangen waren, die sie vernichtet hatte.

Zum Beispiel an Jack Fenwick.

Wenn das stimmte, konnte es bedeuten, dass Ron Friday mit Jack Fenwick und dem Harpooner daran gearbeitet hatte, einen Krieg auszulösen. Natürlich bestand die Möglichkeit, dass Friday Fenwick unterstützt hatte, ohne zu ahnen, was dieser im Schilde führte. Aber das schien unwahrscheinlich. Ron Friday war Anwalt und hatte auf höchster Ebene Verhandlungen über Ölbohrungsrechte geführt. Zudem war er als diplomatischer Berater tätig gewesen. Naiv war er bestimmt nicht, und das beunruhigte Herbert in höchstem Maße.

Die entschlüsselte NSA-Datei traf ein, und Herbert öffnete sie. Der Ordner enthielt Fridays Beobachtungen sowie relevante Daten zu den früheren Aufgaben der National Security Guard und der Special Frontier Force bei Einsätzen gegen Terroristen. Herbert schien es nicht weiter merkwürdig, dass die SFF nach dem letzten Angriff die Rolle der Black Cats übernommen hatte. Vielleicht war die SFF für Attentate auf religiöse Stätten zuständig, oder die Regierung hatte die Geduld mit den wenig erfolgreichen Black Cats verloren. Offenkundig trieb eine Terrorzelle in Kaschmir ihr Unwesen. Eine Organisation, die die Sicherheit garantieren sollte und dabei versagte, war ihren Auftrag bald los.

Er selbst oder Paul Hood konnten ihre Partner beim indischen Geheimdienst anrufen und sich die Veränderung erklären lassen. Herberts Zweifel an Ron Friday würden sich dagegen nicht so leicht zerstreuen lassen.

Er gab die Nummer 008 auf dem in seinem Rollstuhl integrierten Telefon ein: Paul Hoods Durchwahl. Kurz bevor das Op-Center seine Pforten geöffnet hatte, hatte sich Matt Stoll in das Computersystem eingehackt, um sicherzustellen, dass er die Durchwahl 007 bekam. Herbert war darüber nicht sehr glücklich gewesen, aber Hood fand, Stoll habe Initiative bewiesen. Solange sich seine interne Sabotage auf ein einmaliges Einhacken in das Telefonbuch beschränkte, wollte Hood darüber hinwegsehen.

Das Telefon piepste einmal. »Hood am Apparat.«
»Chef, hier ist Bob. Haben Sie eine Minute für mich?«
»Natürlich.«
»Ich bin gleich da.« Herbert gab eine E-Mail-Adresse in seinen Computer ein und drückte »Enter«. »Inzwischen würde ich Sie bitten, sich die Dateien kurz anzusehen, die ich Ihnen eben geschickt habe. Eine davon ist der NSA-Bericht über das Attentat von heute Morgen in Srinagar, die andere Ron Fridays erstaunlich dünne Akte.«
»Geht in Ordnung.«

Herbert hängte auf und rollte den Gang zu Hoods Büro hinunter. Unterwegs bekam er einen Anruf von Matt Stoll. »Ich habe nicht viel Zeit«, meinte Herbert.

»Ich habe mir eben die letzten Nummern angesehen, die Bellhop registriert hat. Diese Telefonnummer, die wir überwachen, das Feldtelefon in Srinagar, tätigt höchst merkwürdige Anrufe.«
»Was soll das heißen?«
»Das Feldtelefon ruft immer wieder das Basistelefon in Jammu an, also die Polizeistation, aber die Anrufe dauern nur eine Sekunde.«
»Das ist alles?«
»Das ist alles. Wir bekommen die Meldung, dass die Verbindung hergestellt ist, dann folgt eine Pause von einer Sekunde, und die Verbindung ist wieder beendet.«
»Und das geschieht in regelmäßigen Abständen?«
»Seit sechzehn Uhr Ortszeit, das ist sechs Uhr dreißig morgens unserer Zeit, hat es jede Minute einen Impuls gegeben«, erklärte Stoll.
»Das sind über vier Stunden. Kurze, regelmäßige Impulse über einen langen Zeitraum hinweg. Klingt wie ein Ortungssignal.«
»Könnte sein. Vielleicht hat aber auch nur jemand aus

Versehen die Taste für automatische Wiederwahl gedrückt. Anrufe, bei denen es nicht um Notfälle geht, werden bei der Polizeistation von einem automatischen Anrufbeantworter entgegengenommen. Vielleicht ist das Feldtelefon so programmiert, dass es denkt, die Verbindung sei beendet, und hängt deswegen auf und ruft erneut an.«

»Klingt nicht sehr wahrscheinlich«, meinte Herbert. »Lässt sich irgendwie feststellen, ob sich das Feldtelefon in Bewegung befindet?«

»Nicht direkt.«

»Und indirekt?« Herbert hatte inzwischen Paul Hoods Büro erreicht. Da die Tür offen stand, klopfte er an den Rahmen. Hood, der konzentriert auf seinen Monitor blickte, winkte ihn herein.

»Wenn es sich bei den Telefonanrufen um Ortungssignale handelt, werden sie mit größter Wahrscheinlichkeit von der Polizei verfolgt, vermutlich über bodengestützte Triangulation. All das würde über deren Computer laufen. Es wird eine Weile dauern, aber wir können in das System einbrechen.«

»Tun Sie's.«

»In Ordnung. Aber warum rufen wir nicht einfach an und fragen, was los ist? Sind die nicht unsere Verbündeten? Ich dachte, wir führen die Operation gemeinsam durch.«

»Stimmt, aber wenn es eine Möglichkeit gibt, dass sie nichts erfahren, wäre mir das lieber. Die Polizei wird wissen wollen, warum wir diese Fragen stellen. Dabei dürfen eigentlich nur die Black Cats und ausgewählte Regierungsbeamte von dem Einsatz der Strikers wissen.«

»Verstehe. Okay, wir versuchen, uns reinzuhacken.«

»Danke.« Herbert hängte auf und rollte in Hoods Büro. Dort blockierte er die Bremsen und schloss die Tür hinter sich.

»Viel los?«, erkundigte sich Hood.

»Erst seit irgendein Wahnsinniger das Feuerwerk in Srinagar gezündet hat.«

Hood nickte. »Ich bin mit diesen Dateien noch nicht fertig, aber Ron Friday findet es anscheinend nicht gut, dass wir mit den Black Cats arbeiten. Sie selbst halten offenbar Ron Friday für das Problem.«

Paul Hood war erst seit kurzem im Geheimdienstbereich tätig und hatte einige Schwächen. Einige seiner größten Stärken war es jedoch, dass er aufgrund seiner Jahre in Politik und Finanz gelernt hatte, die Sorgen seiner Mitarbeiter intuitiv zu erfassen, ganz gleich um welches Thema es ging.

»Das trifft es ziemlich gut«, gab Herbert zu.

»Erklären Sie mir die Geschichte mit den Impulsen über das Polizeitelefon«, bat Hood, der immer noch las.

»Die letzte Verbindung von der Basis zum Feldtelefon erfolgte einen Augenblick vor der Explosion, während unmittelbar danach die regelmäßigen Impulse vom Feldtelefon zur Basis begannen. Bei der elektronischen Aufklärung gehen wir von einer möglichen Verbindung zu einem Terroranschlag aus, sobald folgende drei Faktoren gegeben sind: Timing, örtliche Nähe und wahrscheinlicher Täter. Die haben wir.«

»Wahrscheinlicher Täter ist eine Zelle, die offenbar seit einer ganzen Weile in Srinagar arbeitet«, meinte Hood.

»Das ist korrekt. Ich habe gerade mit Matt gesprochen; er versucht, weitere Informationen zu den Impulsen zu bekommen.

Hood nickte und las weiter. »Das Problem mit Friday ist ein wenig heikler.«

»Warum?«

»Weil er ausdrücklich von der indischen Regierung angefordert wurde.«

»Das gilt für die Strikers genauso.«

»Ja, aber mit Friday haben sie bereits gearbeitet. Den Strikers wird ein besonderer Freiraum gewährt, weil man Friday vertraut.«

»Das klingt wie eine Ironie des Schicksals.«

»Hören Sie, ich verstehe Ihren Gedankengang. Friday war für Fenwick tätig, und der hat sein Land verraten.

Aber wir können jemanden nicht wegen seiner Bekanntschaften verurteilen.«

»Wie wäre es mit krimineller Aktivität? Was auch immer Friday in Baku getan hat, es wurde aus seiner Akte entfernt.«

»Immer vorausgesetzt, er war tatsächlich für die NSA tätig«, wandte Hood ein. »Ich werde Mrs. Williamson, die stellvertretende Botschafterin in Baku, anrufen. In ihrer Personalakte heißt es, Friday sei ihr persönlicher Assistent gewesen. Er wurde von der NSA ausgeliehen, um Informationen über die Situation bei den Erdölvorkommen zu sammeln. Es gibt keinen Grund zu der Annahme, dass er von der CIA bei der Jagd auf den Harpooner hinzugezogen wurde. Jack Fenwick spielte mit dem Feuer – vielleicht hat er Friday gar nicht mitgeteilt, was die NSA am Kaspischen Meer tatsächlich vorhatte.«

»Oder er hat ihn dorthin entsandt. Fridays Erfahrung im Ölgeschäft macht ihn zum perfekten Insider.«

»Das müssen Sie aber beweisen.«

Die Antwort gefiel Herbert ganz und gar nicht. Wenn sein Bauch ihm etwas sagte, dann hörte er auch zu. Die Angewohnheit, den Advokaten des Teufels zu spielen, gehörte für ihn zu Hoods größten Schwächen. Dennoch, als dem Kongress Verantwortlicher verhielt er sich richtig. Deshalb war auch Hood Direktor des Op-Centers und nicht Herbert. Sie konnten sich nicht vor den Ausschuss hinstellen und erklären, sie würden die Mission abbrechen oder Fridays Rolle überprüfen lassen, nur weil Herberts Intuition ihm das sagte.

Das Telefon klingelte, es war Dorothy Williamson. Hood schaltete das Gerät auf Lautsprecher, während er noch etwas auf der Tastatur eintippte, und stellte sich selbst und Herbert vor. Dann erklärte er, sie seien an einer gemeinsamen Operation mit Ron Friday beteiligt, und fragte sie, welchen Eindruck sie von dem Agenten hatte.

»Er arbeitete sehr effizient, war ein guter Anwalt und Verhandlungsführer. Ich habe seinen Weggang sehr bedauert.«

»Hat er intensiv mit den beiden CIA-Männern zusammengearbeitet, die von dem Killer des Harpooners ermordet wurden?«

»Mr. Friday verbrachte viel Zeit mit Mr. Moore und Mr. Thomas.«

»Ich verstehe.«

Herbert fühlte sich bestätigt. Fridays Kooperation mit den Agenten hätte in seinen Berichten an die NSA auftauchen müssen. Jetzt wusste er, dass die Akte gesäubert worden war.

»Nur zu Ihrer Information, Mr. Hood, möchte ich Sie darauf hinweisen, dass die CIA-Leute nicht von *einem* Killer, sondern von zwei verschiedenen Personen ermordet wurden«, fuhr Williamson fort.«

Das kam für Herbert überraschend.

»Im Krankenhaus gab es zwei Mörder«, ergänzte die Diplomatin. »Einer der beiden kam ums Leben, dem anderen gelang die Flucht. Die Polizei von Baku sucht immer noch nach ihm.«

»Davon hatte ich keine Ahnung«, gab Hood zurück. »Vielen Dank.«

Herberts Bauch grummelte ein wenig. Die beiden Geheimdienstleute waren getötet worden, als sie einen durchreisenden Agenten, der vom Harpooner vergiftet worden war, ins Krankenhaus brachten.

Fenwicks Plan, einen Krieg am Kaspischen Meer auszulösen, hatte sich auf die Ermordung aller drei Männer im Krankenhaus gegründet. Also hatte er Friday mit Sicherheit um Informationen über die Bewegungen der CIA-Agenten gebeten. Genauso sicher war, dass diese Informationen aus Fridays Akten gelöscht worden waren. Aber nach dem Tod der beiden Männer hätte Friday der Verdacht kommen müssen, dass etwas nicht stimmte. Er hätte sich Williamson anvertrauen oder sich ein besseres Alibi besorgen sollen.

Es sei denn, er hatte mit vollem Wissen für Fenwicks Team gearbeitet.

»Frau stellvertretende Botschafterin, hier spricht Bob

Herbert. Können Sie mir sagen, wo sich Mr. Friday in der Mordnacht aufhielt?«

»Wenn ich mich recht erinnere, in seiner Wohnung. Es war spät, und er war nicht besonders gesellig.«

»Was sagte Mr. Friday denn, als er von den Morden erfuhr?«, drängte Herbert.

»Nicht viel.«

»Sorgte er sich um seine eigene Sicherheit?«

»Zumindest äußerte er sich nie darüber. Aber wir hatten auch nicht viel Zeit zum Plaudern, weil wir versuchen mussten, einen Krieg zu verhindern.«

Hood warf Herbert einen Blick zu. Empört lehnte sich der Aufklärungschef zurück, als Hood ihr zu ihren Bemühungen während der Krise gratulierte.

Das war typisch Paul Hood. Egal, wie verfahren die Situation war, er blieb immer geistesgegenwärtig genug, um den Diplomaten zu spielen. Nicht so Herbert. Wenn der Harpooner US-Agenten abschlachtete, wollte er wissen, warum sich Mrs. Williamson nicht fragte, wieso es Friday nicht erwischt hatte.

Die stellvertretende Botschafterin hatte noch einiges über Friday zu sagen. Besonders lobte sie, dass er sich sehr schnell und umfassend über die Angelegenheiten, die Aserbaidschan und dessen Beziehung zu seinen Nachbarn betrafen, informiert hatte. Falls Hood mit Friday sprach, sollte er ihn bitte von ihr grüßen, meinte sie noch.

Das versprach Hood. Dann legte er auf und sah Herbert an. »Mit harten Bandagen wären Sie bei der nicht weit gekommen.«

»Woher wissen Sie das?«

»Während ich mit ihr sprach, habe ich mir ihren Lebenslauf angesehen. Williamson wurde aus politischen Gründen ernannt. Während des letzten Wahlkampfs war sie Imageberaterin von Senator Thompson.«

»Schmutzige kleine Tricks?«, meinte Herbert angewidert. »Darauf beschränkt sich ihre Geheimdiensterfahrung?«

»So gut wie. Nachdem in Baku ohnehin zwei CIA-

Agenten zum Botschaftspersonal gehörten, dachte der Präsident vermutlich, er könnte ohne großes Risiko ein paar Punkte beim Mehrheitsführer im Senat machen. Aber ich nehme an, Sie finden, die Sache klingt zu schön, um wahr zu sein.«

»Wie polierte Messingknöpfe bei der Inspektion.«

»Ich weiß nicht, Bob. Es ist ja nicht nur Williamson. Hank Lewis vertraut Friday immerhin genug, um ihn nach Indien zu schicken.«

»Das bedeutet gar nichts. Ich habe heute Morgen mit Hank Lewis gesprochen, er trifft seine Entscheidungen wie ein Affe in einem Raumschiff.«

Hood zog eine Grimasse. »Er ist ein guter Mann ...«

»Vielleicht, Chef, aber genauso läuft es nun mal. Lewis bekommt einen elektrischen Impuls und drückt einen Knopf. Er hat keine Zeit gehabt, über Ron Friday oder sonst jemanden nachzudenken. Aber Hank Lewis und Dorothy Williamson sollten im Moment nicht das Thema sein ...«

»Da haben Sie Recht. Also gut. Nehmen wir einmal an, Ron Friday ist kein Mann, den wir in unserem Team haben wollen. Wie werden wir ihn los? Jack Fenwick wird den Mund nicht aufmachen.«

»Warum nicht? Vielleicht redet die alte Ratte ja, wenn wir ihm Immunität zusichern.«

»Der Präsident hat erreicht, was er wollte. Fenwick und seine Mitverschwörer sind zurückgetreten. Er legt keinen Wert auf eine öffentliche Verhandlung, bei der die Frage aufgeworfen wird, ob er sich während der Krise tatsächlich am Rand eines Nervenzusammenbruchs befand. Da belässt er schon lieber ein paar kleine Fische im System. Und Fenwick ist gut weggekommen, der wird sich hüten, etwas zu sagen, was den Präsidenten dazu veranlassen könnte, seine Meinung zu ändern.«

»Na toll. Die Schuldigen gehen straffrei aus, und keiner kümmert sich um die Psyche des Präsidenten, obwohl die eine Untersuchung durchaus nötig hätte.«

»Dafür bricht der Aktienmarkt nicht zusammen, das Militär verliert den Glauben an seinen Oberkommandierenden nicht, und die Diktatoren der Dritten Welt bekommen keine Gelegenheit, ihre eigenen Ziele zu verfolgen, während die Vereinigten Staaten abgelenkt sind. Die Systeme sind viel zu eng miteinander verflochten, Bob. Richtig und falsch sind nicht mehr wichtig, es geht nur noch um das Gleichgewicht.«

»Ist das so? Nun, meines ist im Moment ein wenig erschüttert. Ich habe keine Lust, mein Team, meine Freunde, zu gefährden, nur damit ein indischer Nabob zufrieden ist.«

»Das werden wir auch nicht tun«, beruhigte ihn Hood. »Wir werden den Teil des Systems schützen, für den wir zuständig sind.« Er blickte auf die Uhr. »Ich weiß nicht, ob Ron Friday in Baku sein Land verraten hat. Selbst wenn, heißt das noch nicht, dass er in Indien eigene Interessen verfolgt. Auf jeden Fall bleiben uns noch achtzehn Stunden, bis die Strikers Indien erreichen. Wie kommen wir an weitere Informationen über Friday?«

»Ich kann mein Team seine Handy- und E-Mail-Aufzeichnungen überprüfen lassen und eventuell auch Videos von den Sicherheitskameras der Botschaft besorgen. Vielleicht stoßen wir ja auf etwas Verdächtiges.«

»Tun Sie das.«

»Alles erfahren wir so wahrscheinlich nicht.«

»Wir müssen gar nicht alles wissen. Wir brauchen nur einen plausiblen Fall, etwas mehr als die bloße Möglichkeit, dass Friday Fenwick geholfen haben könnte. Damit können wir zu Senatorin Fox und dem Kongressausschuss gehen und ihnen erklären, dass wir nicht wollen, dass die Strikers mit jemandem arbeiten, der des persönlichen Profits willen einen Krieg auslösen wollte.«

»Sehr zivilisiert«, grummelte Herbert. »Wir fassen einen Typen, der möglicherweise Hochverrat begangen hat, mit Samthandschuhen an.«

»Das stimmt nicht. Bis zum Beweis des Gegenteils gehen wir nur davon aus, dass er unschuldig ist. Besorgen Sie mir die Informationen, ich leite die Botschaft schon weiter.«

Widerstrebend stimmte Herbert zu.

Als er zu seinem Büro zurückrollte, sinnierte er darüber nach, dass Diplomatie das Unausweichliche immer nur hinausschob. Aber Hood war der Boss, und Herbert würde tun, was er wollte.

Zumindest für den Augenblick.

Denn über der Loyalität zu Paul Hood und dem Op-Center und auch über seiner eigenen Zukunft standen für Herbert die Sicherheit der Strikers und das Leben seiner Freunde. An dem Tag, an dem die Dinge so miteinander verflochten waren, dass er diesem Anspruch nicht mehr gerecht werden konnte, würde er zu einem höchst unglücklichen Menschen werden. Und dann bliebe ihm nur noch eins zu tun.

Seinen Beruf an den Nagel zu hängen.

16

Kargil, Kaschmir – Mittwoch, 21 Uhr 02

Sharab und ihre Gruppe ließen den getarnten Lastwagen zurück und gingen die restlichen beiden Stunden bis zu der Felswand, in der sich die Höhle befand, zu Fuß. Ishaq war auf seinem Motorrad vorgefahren, bis er nicht mehr weiterkam und dann ebenfalls zu Fuß weitergegangen. An der Höhle angelangt, holte er die kleinen Tarnlaternen hervor, die sie dort aufbewahrten, und stellte sie für die anderen auf. Die kleinen gelben Lichter halfen Sharab, Samuel, Ali und Hassan dabei, Nanda auf das Felsband unterhalb der Höhle zu hieven. Ihre Geisel unternahm zwar keine Anstalten zu fliehen, aber die Kletterei behagte ihr offensichtlich nicht besonders. Der Pfad hierher war schmal gewesen und führte an gähnenden Abgründen vorüber. Dieser letzte Abschnitt war zwar keine zwanzig Meter lang, stieg aber fast senkrecht an.

Ein feiner Nebel trieb über die Felsen und behinderte

die Sicht, was den Aufstieg zusätzlich erschwerte. Nanda ging zwischen den vier Männern, während Sharab die Nachhut übernommen hatte. Ihre rechte Handfläche war voll blauer Flecken und schmerzte an der Stelle, an der sie gegen das Armaturenbrett geschlagen hatte. Sharab verlor nur selten die Beherrschung, doch gelegentlich ließ es sich nicht vermeiden. Wie die Streitrösser des Koran, unter deren Hufen die Funken stoben, musste sie ihrem Ärger wohl dosiert Ausdruck verleihen, wollte sie nicht zum falschen Zeitpunkt explodieren.

Nanda musste allein nach den Griffstellen tasten, die Sharab und die anderen über ein Jahr zuvor in den Felshang geschlagen hatten. Die Männer halfen ihr, so gut sie konnten.

Sharab hatte darauf bestanden, die junge Frau aus Kaschmir mitzunehmen, allerdings nicht als Geisel. Männer, die ihre eigenen Landsleute in die Luft sprengten, hatten mit Sicherheit auch keine Skrupel, noch eine weitere Person zu erschießen, wenn es ihnen in den Kram passte. Es gab nur einen Grund, warum Sharab Nanda verschleppt hatte: Sie wollte sie befragen.

Bei den beiden anderen Explosionen auf dem Marktplatz von Srinagar hatte es sich keineswegs um einen Zufall gehandelt. Jemand musste die Pläne von Sharabs Gruppe gekannt haben. Vielleicht handelte es sich um eine Gruppe proindischer Extremisten. Wahrscheinlicher war, dass die Verantwortlichen in der Regierung saßen, denn die Koordination der verschiedenen Explosionen war ohne sorgfältige Planung nicht denkbar. Auf jeden Fall ging es darum, der Free Kashmir Militia die Schuld an den Angriffen auf die Hindus in die Schuhe zu schieben.

Es überraschte Sharab nicht weiter, dass die Inder ihre eigenen Leute töteten, um die Bevölkerung gegen die FKM aufzubringen. Schließlich errichteten manche Regierungen ihre Fabriken für biologische Kriegführung in Schulen und legten militärische Hauptquartiere unter Krankenhäusern an. Andere verhafteten wagonweise Dissidenten oder verseuchten bei ihren Experimenten Luft und Wasser mit Giftstoffen, ohne dass die Bevölkerung etwas davon ahnte. Die Sicherheit der Massen stand immer über dem Wohlergehen einiger weniger, die eben geopfert werden mussten. Wütend war sie vor allem, weil die Inder ihre Gruppe so wirkungsvoll für ihre eigenen Zwecke eingesetzt hatten. Die Inder hatten gewusst, wo und wann die FKM angreifen würde. Ihnen war bekannt gewesen, dass die Gruppe stets wenige Augenblicke nach einer Explosion die Verantwortung dafür übernahm. Für die Zelle war es unmöglich geworden, ihre Arbeit fortzusetzen. Selbst wenn die Behörden nicht wussten, wer ihre Mitglieder waren und wo sie sich aufhielten, sie hatten ihre Glaubwürdigkeit untergraben. Jetzt galten sie nicht länger als Gegenkraft zu Neu-Delhi, sondern als anti-indisch, als anti-hinduistisch.

Dagegen konnte Sharab im Augenblick nichts unternehmen. Für den Augenblick fühlte sie sich sicher. Hätten die Behörden von der Höhle gewusst, dann hätten sie dort schon auf sie gewartet. Sobald sich das Team bewaffnet und seine Winterausrüstung angelegt hatte, würde sie entscheiden, ob sie die Nacht dort verbrachten oder weitermarschierten. Der Weg durch die dunklen, kalten Berge war gefährlich. Wenn sie es jedoch riskierten, dass die Inder sie aufspürten, war das nicht minder bedrohlich. Sie durfte nicht zulassen, dass ihre Gruppe tot oder lebendig gefasst wurde. Noch ihre Leichen würden den indischen Radikalen ein Angriffsziel bieten, gegen das sie die zum Großteil gemäßigte Bevölkerung aufbringen konnten.

Sharab wollte noch aus einem anderen Grund überleben. Im Interesse künftiger Zellen musste sie herausfinden, woher die indischen Behörden so genau über ihre Aktivitäten Bescheid wussten. Es war denkbar, dass man sie auf dem Dach der Polizeistation hatte arbeiten sehen, aber dann hätte man sie verhaftet und verhört. Diesen ausgefeilten Plan erklärte das nicht. Sie hatte den Verdacht, dass sie bereits seit einiger Zeit beobachtet wurden. Da sich die FKM so gut wie nie über Telefon oder Computer mit anderen verständigte und niemand in Pakistan ihren genauen Aufenthaltsort kannte, musste diese Person sie ganz aus der Nähe ausspioniert haben.

Sie kannte jeden in ihrem Team und vertraute allen. Nur zwei andere Menschen hatten sich in der Nähe der Zelle aufgehalten: Nanda und ihr Großvater. Apu hatte zu viel Angst gehabt, um etwas gegen sie zu unternehmen, und Sharab sah keine Möglichkeit, wie Nanda mit einer dritten Person hätte sprechen können. Schließlich wurden die beiden rund um die Uhr bewacht. Trotzdem musste einer von ihnen die Gruppe verraten haben.

Drei Meter über ihnen beugte sich Ishaq aus der Höhle und reichte ihnen die Hand, um einen nach dem anderen hinaufzuhelfen. Sharab wartete, während Ishaq und Ali Nanda praktisch ins Innere hoben. Sie legte ihre Wange an den kühlen Fels und schloss die Augen. Obwohl sich der Stein angenehm anfühlte, war sie noch lange nicht zu Hause.

Als Sharab ein junges Mädchen gewesen war, war ihre Lieblingsgeschichte im Koran die von den sieben Schläfern in der Höhle. Besonders eine Stelle kam ihr jedes Mal, wenn sie diesen Ort aufsuchte, in den Sinn: »Wir ließen sie viele Jahre lang in der Höhle schlafen und weckten sie dann, um herauszufinden, wer von ihnen am genauesten die Dauer seines Aufenthalts angeben konnte.«

Sharab kannte dieses Gefühl der Desorientierung. Von allem, was sie liebte, was ihr vertraut war, abgeschnitten, hatte die Zeit für sie ihre Bedeutung verloren. Doch sie hatte nicht vergessen, was die Schläfer in der Höhle gelernt hatten: Gott der Herr wusste, wie lange sie geruht hatten. Wenn sie auf ihn vertrauten, konnten sie nicht verloren gehen.

Sharab hatte ihren Gott und ihr Land. Dennoch wollte sie nicht auf diese Weise nach Pakistan zurückkehren. Ihre Heimkehr hatte sie sich immer als Siegeszug und nicht als schmähliche Flucht vor dem Feind vorgestellt.

»Komm rauf!«, rief Samuel von oben.

Sie öffnete die Augen und kletterte das letzte Stück zur Höhle hinauf. Der Augenblick des Friedens war vorüber, und sie fühlte erneut die Wut in sich aufsteigen. Dann zog sie sich in die kleine Höhle hinein und stand auf. Heulend fegte der Wind an ihr vorbei in die flache Höhle, nur um sogleich wieder herauszuwirbeln. Zwei Laternen schaukelten an Haken an der niedrigen Decke. Darunter stapelten sich Kisten mit Gewehren, Sprengstoff, Konserven, Kleidung und anderen Ausrüstungsgegenständen.

Bis auf Ishaq, der die große Plane wieder am Höhleneingang befestigte, standen die Männer an den Seitenwänden. Der von außen in der Farbe der Felswand gestrichene Stoff diente nicht nur als Tarnung, sondern hielt auch die Wärme drin.

Nanda befand sich weiter hinten in der Höhle und blickte Sharab entgegen. Da sich die Decke stark senkte, musste sich die junge Frau aus Kaschmir leicht bücken, um noch stehen zu können. In Knöchelhöhe färbte ein blutiges Band den Stoff ihrer Hose. Die Fessel musste bis aufs Fleisch durchgeschnitten haben, aber Nanda hatte sich nicht beklagt. Ihre Mundwinkel zitterten, ihr Atem kam in mühevollen, kleinen Stößen, und sie hielt die Arme vor der Brust verschränkt. Sharab kam zu dem Schluss, dass diese Haltung vermutlich nicht als Herausforderung gedacht war. Wahrscheinlich wollte sie sich nur warm halten. Nach dem Aufstieg schwitzten sie alle, und in der kalten Luft wurde die durchnässte Kleidung schnell eiskalt.

Langsam ging Sharab auf ihre Gefangene zu.

»Heute sind unschuldige Menschen gestorben«, sagte sie dabei. »Es wird keine Vergeltung, keine weiteren Morde mehr geben, aber ich muss Bescheid wissen. Hast du oder hat dein Großvater jemandem von unseren Aktivitäten berichtet?«

Nanda schwieg.

»Du weißt, dass wir weder Tempel noch Bus zerstört haben. Du hast mit uns gelebt, du musst gehört haben, wie wir Pläne schmiedeten. Dir ist bekannt, dass wir ausschließlich Regierungseinrichtungen angreifen. Wer die Hindus angegriffen hat, ist dein Feind und muss bloßgestellt und seiner gerechten Strafe zugeführt werden.«

Nanda stand immer noch mit um den Körper geschlungenen Armen da. Dennoch hatte sich ihre Haltung, ihr Gesichtsausdruck verändert. Sie hatte die Schultern leicht zurückgenommen, und Augen und Mund hatten sich verhärtet.

Jetzt wirkte sie doch herausfordernd.

Warum?, fragte sich Sharab. Weil eine Pakistanerin es gewagt hatte anzudeuten, dass Inder Feinde von Indern sein konnten? So naiv war Nanda mit Sicherheit nicht. Und selbst, wenn sie nicht einverstanden war, ihre Landsleute verteidigte sie auf jeden Fall auch nicht.

»Samuel?«

Der bärtige junge Mann erhob sich. »Ja?«

»Bitte kümmer dich um das Abendessen, auch für unseren Gast. Sie wird ihre Kräfte brauchen.«

Samuel öffnete einen vereisten Pappkarton, der Militärrationen enthielt, und begann, Dosen mit Ringpulldeckel zu verteilen. Jeder der flachen, roten, fünfzehn mal zehn Zentimeter großen Behälter enthielt Basmati-Reis, gekochte Ziegenfleischstreifen und zwei Zimtstangen. In einem zweiten Karton befanden sich Packungen mit Milchpulver. Während Samuel diese den Männern reichte, holte Ali aus dem hinteren Teil der Höhle einen Krug mit Wasser. Er setzte es dem Milchpulver zu, wobei er immer nur kurz goss, um zu verhindern, dass das Eis, dass sich im Krug gebildet hatte, die Tülle blockierte.

Unterdessen ließ Sharab Nanda nicht aus den Augen. »Du kommst mit uns nach Pakistan«, teilte sie ihr mit. »Dort wirst du meinen Freunden erzählen, was du mir nicht sagen willst.«

Nanda antwortete immer noch nicht, was Sharab merkwürdig vorkam. Während der Monate auf dem Bauernhof hatte sich die junge Frau mit den dunklen Augen durchaus gesprächig gezeigt. Sie hatte sich über die Eindringlinge, die Beschränkungen, die sie ihr auferlegten, die Militärregierung Pakistans und die terroristischen Aktivitäten der FKM beschwert. Höchst eigenartig, dass sie nun kein Wort mehr hervorbrachte.

Vielleicht war sie nur erschöpft vom Aufstieg. Allerdings hatte sie auch im Lastwagen nichts gesagt. Oder sie fürchtete um ihr Leben. Und doch hatte sie weder versucht, auf dem Gebirgspfad zu entkommen, noch hatte sie nach einer der Waffen gegriffen, die nicht zu übersehen waren.

Da wurde ihr mit einem Schlag klar, warum Nanda nicht mit ihnen reden wollte. Sharab trat ganz dicht vor sie. »Du arbeitest mit ihnen zusammen. Entweder willst du, dass wir dich mit nach Pakistan nehmen, oder ...«

Abrupt rief sie nach Hassan. Der 36-Jährige hatte früher in einem Steinbruch gearbeitet und überragte mit einem Meter fünfundneunzig alle anderen in ihrem Team. In der Höhle konnte er nur geduckt stehen.

»Halt sie fest«, befahl Sharab.

Jetzt kam Leben in Nanda. Sie versuchte, Sharab zu umgehen, offenbar, um eines der Gewehre in der Kiste zu erreichen. Doch Hassan stand schon hinter ihr, packte ihre Arme direkt unterhalb der Schultern und hielt sie mit seinen gewaltigen Armen fest. Das Mädchen stöhnte und versuchte, sich zu befreien, doch der hoch gewachsene Pakistaner verstärkte seinen Druck, bis sie ihren Rücken durchbog und sich still verhielt.

Dann zerrte er sie zu Sharab, die zunächst die Taschen von Nandas Jeans untersuchte und dann unter den schweren Wollpullover griff.

Sie tastete Nandas Seiten und ihren Rücken ab. Fast sofort fand sie, was sie gesucht hatte, und zwar an Nandas linker Seite, knapp oberhalb der Hüfte. Während Nanda erneut Widerstand zu leisten begann, zog Sharab den Pullover in die Höhe, bis die Taille zu sehen war.

An einem schmalen Gummiband war eine kleine Ledertasche befestigt, in der ein Handy steckte. Sharab nahm es heraus und ging näher an eine der Hängelaternen heran, wo sie das Telefon, das nicht größer war als ihre Handfläche, eingehend untersuchte. Das LCD-Display zeigte nichts an, doch das Telefon selbst funktionierte. Es vibrierte schwach, sendete eine Sekunde lang einen Impuls aus und schaltete sich dann eine Sekunde lang ab. Dieser Vorgang wiederholte sich ununterbrochen. Außerdem befand sich am oberen Rand eine dunkle, konkave Plastikblase, die an das Auge einer Fernbedienung erinnerte.

»Ali, Samuel, packt Waffen und Vorräte zusammen«, befahl Sharab. »Beeilt euch.«

Die Männer setzten das Essen ab und führten die Anweisung aus. Hassan hielt weiterhin Nanda fest, während Ishaq die Szene von einer Seitenwand aus beobachtete und auf Sharabs Befehle wartete.

Sharab sah Nanda an. »Das ist doch kein einfaches Handy, oder? Das Gerät verrät ihnen, wo wir uns aufhalten.«

Als Nanda nichts sagte, nickte Sharab Hassan zu, der ihre Arme zusammenpresste. Das Mädchen rang nach Atem, antwortete jedoch nicht. Nach einem Augenblick bedeutete Sharab ihm, seinen Griff zu lockern.

»Wenn du mit deinen Komplizen gesprochen hättest, hätten wir dich gehört«, fuhr Sharab fort. »Du musst über die Tastatur Informationen eingegeben haben. Jetzt sind sie vermutlich schon zu unserer Basis unterwegs. Wer sind sie?«

Nanda antwortete nicht.

Sharab trat auf die Frau zu und schlug ihr mit dem Handrücken hart auf die Wange. »Wer steckt hinter dieser Sache?«, schrie sie. »Die SFF? Das Militär? Die Welt muss erfahren, dass wir es nicht waren!«

Nanda weigerte sich zu sprechen.

»Hast du überhaupt eine Ahnung, was du da angerichtet hast?«, fragte Sharab, während sie einen Schritt zurücktrat.

»Allerdings«, erwiderte die junge Kaschmiri endlich. »Ich habe deine Leute daran gehindert, Völkermord zu begehen.«

»Völkermord?«

»An der hinduistischen Bevölkerung in Kaschmir und im übrigen Indien. Seit Jahren hören wir im Fernsehen, wie vor den Moscheen Parolen gerufen werden, die mit unserer Auslöschung drohen.«

»Das sind Radikale, fundamentalistische Geistliche, die extremistische Ansichten vertreten. Wir wollen nur die Moslems in Kaschmir befreien.«

»Durch die Ermordung ...«

»Wir befinden uns im Krieg! Aber unsere Anschläge richten sich nur gegen militärische Ziele und polizeiliche Einrichtungen.« Sie hielt das Handy in die Höhe und tippte mit dem Finger gegen dessen Oberkante. »Möchtest du darüber sprechen, wer wen ermordet? Das hier ist ein Sensor für eine Fernbedienung, stimmt's? Nachdem wir dich nah genug an den Ort des Anschlags gebracht hatten, hast du damit den Sprengstoff gezündet, den deine Partner hinterlassen hatten.«

»Es war ein Akt der Liebe, um den Rest meines Volkes zu schützten.«

»Verrat war es«, erwiderte Sharab. »Diese Menschen bewegten sich frei und ohne Furcht, weil sie wussten, dass sie von uns nichts zu befürchten hatten. Du hast dieses Vertrauen missbraucht.«

Angriffe, bei denen eine Hand voll Menschen getötet wurden, um die Mehrheit zu retten, wurden als »Impfung« bezeichnet. Auch Sharabs Leute bedienten sich dieses Mittels, vor allem im Nahen Osten, wo sie ihre eigenen Körper als lebende Bomben einsetzten. Der Unterschied war, dass Nandas Leute dieses Opfer nicht freiwillig gebracht hatten; Nanda und ihre Partner hatten für sie entschieden.

Aber Moral und Schuld interessierten Sharab im Augenblick nicht. Nanda besaß nicht genügend Erfahrung für solch einen Plan. Die Männer, die hinter ihr standen, mussten bereits unterwegs sein und waren mit Sicherheit schwer bewaffnet. Sharab hatte nicht die Absicht, sie hier zu erwarten.

Sie wandte sich zu Ishaq um. Das jüngste Mitglied ihres Teams stand neben den Kartons und aß seinen Reis mit Ziegenfleisch. Seine Lippen war weiß von der Kälte, und der Wind, der während der Fahrt auf sein Gesicht eingehämmert hatte, hatte die Haut wie Leder gegerbt. Doch seine ausdrucksvollen Augen blickten wachsam und erwartungsvoll. Sharab versuchte, nicht daran zu denken, was sie ihm sagen musste. Auch dies war eine Art Impfung, aber es war unumgänglich.

Sie reichte Ishaq das Handy. »Ich muss dich bitten, mit dem Gerät hier zu bleiben.«

Der junge Mann hörte auf zu kauen.

»Du hast gehört, was passiert ist«, fuhr Sharab fort. »Wir brechen auf, aber ihre Komplizen müssen glauben, dass wir noch hier sind.«

Ishaq setzte die Konservendose ab und griff nach dem Telefon. Die anderen Männer hinter ihm wirkten wie erstarrt.

»Sehr schwer«, kommentierte er mit leiser Stimme. »Du hast Recht, ich glaube, die haben zusätzliche Funktionen eingebaut.« Dann sah er Sharab an. »Wenn ich richtig verstanden habe, sollen die Inder diesen Ort nicht lebend verlassen.«

»Das ist korrekt«, erwiderte Sharab mit versagender Stimme, ohne den Blick abzuwenden.

»Dann wird es so geschehen«, versprach er. »Aber ihr solltet besser aufbrechen.«

»Ich danke dir.«

Sharab wandte sich ab, um den anderen Männern zu helfen. Nicht, dass sie ihre Hilfe gebraucht hätten, aber sie wollte nicht, dass Ishaq ihre Tränen sah. Er sollte sie als starke Führerin im Gedächtnis behalten. Das war notwendig angesichts dessen, was ihm bevorstand. Dennoch konnte sie die Tränen nicht zurückhalten. Seit über zwei Jahren hatten sie in Pakistan und Kaschmir jeden Tag miteinander verbracht. Er war ihr und der Sache ergeben. Aber die anderen Männer beherrschten Kletter- und Überlebenskünste, die ihm fehlten. Ohne diese würden sie niemals über die Berge und die Waffenstillstandslinie zurück nach Pakistan gelangen.

Die verbleibenden Teammitglieder zogen die schweren Jacken an, die für längere Aufenthalte in der Höhle vorgesehen waren, hängten sich Automatikwaffen über die rechte und Seile über die linke Schulter. In ihre Taschen packten sie Taschenlampen und Streichhölzer. Ali nahm den Rucksack, den er mit Essen voll gestopft hatte. Hassan fesselte Nandas linkes Handgelenk mit Handschellen an das seine, während Samuel ihm den Rucksack mit Haken, Hammer, zusätzlichen Taschenlampen und Landkarten reichte.

Dann umarmte einer nach dem anderen Ishaq. Er lächelte, obwohl ihm die Tränen in den Augen standen. Sharab war die Letzte, die ihn in die Arme schloss.

»Ich bete, dass Allah dir fünftausend Engel zu Hilfe schickt«, flüsterte sie.

»Lieber wäre mir, er würde sie senden, um euch nach Hause zu bringen«, erwiderte er. »Dann wäre ich mir zumindest sicher, dass es nicht umsonst ist.«

Sie umarmte ihn noch inniger und klopfte ihm auf den Rücken. Dann wandte sie sich ab und schlüpfte durch die Plane.

17

Srinagar, Kaschmir – Mittwoch, 22 Uhr 00

Ron Friday hielt sich in seinem kleinen Hotelzimmer auf, als das Telefon auf dem wackligen Nachttisch klingelte. Er öffnete die Augen und blickte auf die Uhr.

Auf die Sekunde pünktlich.

Das Telefon stammte aus den Fünfzigerjahren; es war ein klobiges schwarzes Gerät mit einer dicken braunen Schnur, das tatsächlich noch klingelte und nicht piepte. Friday saß auf dem Bett; nachdem er die kodierte Nachricht an Hank Lewis abgesetzt hatte, hatte er den Schwarzweißfernseher eingeschaltet. Es lief ein alter Film, doch Friday hatte trotz der Untertitel Mühe, der Handlung zu folgen. Dass er immer wieder eindöste, trug auch nicht gerade zum besseren Verständnis bei.

Friday nahm weder beim ersten noch beim zweiten

Klingeln ab, sondern wartete bis zum zehnten Mal. So war er sicher, dass der Anrufer sein Verbindungsmann von den Black Cats war. Ein zehnfaches Klingeln zur zehnten Stunde.

Der Anrufer, Hauptmann Prem Nazir, sagte, er werde Friday in 15 Minuten draußen treffen.

Friday schlüpfte in seine Schuhe, griff nach seiner Windjacke und lief die kurze Treppe hinunter. Das Binoo's Palace verfügte über nur zwölf Zimmer, von denen die meisten von Marktarbeitern, Frauen von zweifelhaftem Ruf und Männern, die kaum jemals ihren Raum verließen, bewohnt wurden. Offenbar sah die Polizei nicht nur über den Spielsalon großzügig hinweg.

Mit der Eingangshalle des Hotels war nicht viel Staat zu machen. Links von der Treppe war die Rezeption untergebracht. Binoo selbst besetzte sie während des Tages, nachts übernahm seine Schwester diese Aufgabe. Auf dem Hartholzboden lag ein persischer Läufer, der von abgewetzten Sofas eingerahmt wurde. In der Luft hing der schwere Geruch der starken einheimischen Juari-Zigaretten. Der Spielsalon, der in einem Raum hinter der Theke untergebracht war, wurde durch den dichten Rauch hinter Binoos Schwester wie durch einen Theatervorhang abgeschirmt.

Die massige Frau hatte die Ellbogen auf die Theke gestützt und las in einer Klatschzeitung, ohne sich um ihre Umwelt zu scheren. Als Friday die Treppe herunterkam, blickte sie nicht einmal auf. Das gefiel ihm so an diesem Hotel: Jeder kümmerte sich um seine eigenen Angelegenheiten.

Die Eingangshalle war ebenso verlassen wie die Straße. Friday lehnte sich gegen die Wand und wartete.

Den 53-jährigen Hauptmann Nazir hatte er noch nie persönlich getroffen, aber Shankar, der Minister für Atomenergie, kannte ihn und vertraute ihm. Friday vertraute niemand, und das galt auch für Shankar. Aber Hauptmann Nazir besaß langjährige Geheimdiensterfahrung, die mit seiner Tätigkeit hinter den Linien in Pakistan in den Sechzigerjahren ihren Anfang genommen hatte. Später arbeitete er für die indische Armee, nun für die National Security Guard. Das ließ auf eine erfolgreiche Arbeitsbeziehung hoffen.

Allerdings galt das nur für den Fall, dass es keine Probleme zwischen NSG und SFF gab. Das war der erste Punkt der Tagesordnung, den Friday mit Nazir diskutieren wollte, noch bevor das Gespräch auf die Strikers und die geplante Suche nach pakistanischen Atomraketen kam. Friday hatte nichts dagegen, bei einer kritischen Mission mit den Black Cats zusammenzuarbeiten, selbst wenn diese Vertrauen und Unterstützung der Regierung nicht in vollem Umfang genossen. Beim Geheimdienst war es völlig normal, nicht immer die Genehmigung der Regierung einzuholen. Allerdings hatte er keine Lust, ins Feld zu ziehen, falls sich Black Cats und SFF gegenseitig bekriegten und einander blamieren wollten. Dass die NSG am Explosionsort düpiert worden war, musste noch nichts bedeuten, aber Friday wollte kein Risiko eingehen.

Hauptmann Nazir traf pünktlich ein. Er schlenderte lässig heran, offenbar ohne konkretes Ziel, und rauchte dabei eine Juari. Das war clever. Der Offizier stammte aus Neu-Delhi, rauchte aber nicht eine der milderen Marken, die in der Hauptstadt beliebt waren. Die einheimische Zigarette erleichterte es ihm, sich an die Umgebung anzupassen.

Der Offizier trug ein einfaches graues Sweatshirt, eine bequeme Khakihose und weiße Nikes. Er war knapp einen Meter siebzig groß, hatte kurzes schwarzes Haar und eine Narbe auf der Stirn. Seine Haut war dunkel und glatt. Alles in allem glich er genau den Fotos, die Friday gesehen hatte.

Offenbar sah auch Friday aus wie auf Fotos von ihm, denn Hauptmann Nazir stellte sich nicht einmal vor. Namen würden überhaupt nicht genannt werden, denn auf dem Basar waren mit Sicherheit noch Leute von der SFF am Werk. Möglicherweise wurde der Bereich elektronisch überwacht, weil man hoffte, so die Bombenleger zu finden. Wenn das der Fall war, konnte leicht jemand ihr Gespräch mithören.

Der Offizier reichte ihm nur die Hand und sagte mit leiser, rauer Stimme: »Gehen wir ein paar Schritte.«

Die beiden Männer wandten sich in die Richtung, in der Hauptmann Nazir unterwegs gewesen war. Dabei entfernten sie sich von der Hauptstraße, der Shervani Road. Die schmale Seitenstraße, in der sich das Hotel befand, war kaum mehr als eine Gasse. Zu beiden Seiten befanden sich Geschäfte, die Artikel verkauften, die normalerweise auf dem Basar nicht erhältlich waren, wie Fahrräder, Herrenanzüge und Kleingeräte. In etwa dreihundert Meter Entfernung endete die Straße an einer hohen Ziegelmauer.

Nazir zog an seiner zu einem Stummel geschrumpften Zigarette. »Der Minister hat eine sehr hohe Meinung von Ihnen.«

»Danke.« Friday hielt das Gesicht gesenkt und sprach extrem leise. »Sagen Sie mir eins. Was ist heute auf dem Markt passiert?«

»Da bin ich mir nicht sicher.«

»Würden Sie es mir sagen, wenn Sie es wären?«

»Da bin ich mir auch nicht sicher.«

»Warum kümmert sich die SFF um die Ermittlungen und nicht Ihre Leute?«

Nazir blieb stehen, holte ein Paket Zigaretten unter seinem Sweatshirt hervor und zündete eine davon mit der alten an. Im Schein der Glut blickte er Friday an.

»Ich kenne die Antwort darauf nicht«, erklärte er, während er weiterging.

»Vielleicht kann ich Ihnen da helfen. Fällt Srinagar in den besonderen Zuständigkeitsbereich der SFF, oder gilt das eventuell für religiöse Ziele?«

»Nein.«

»Aber deren Leute und nicht Ihre waren am Ort des Geschehens.«

»Ja.«

Das Gespräch wurde allmählich frustrierend. Friday blieb stehen und packte Nazir am Arm, doch der Offizier reagierte nicht.

»Bevor ich morgen nach Norden reise und mein Leben

riskiere, muss ich wissen, ob es in Ihrer Organisation ein Leck gibt«, sagte Friday.

»Und warum könnten Sie so etwas vermuten?«

»Weil kein einziger Black Cat am Ort des Geschehens war. Warum sonst sollte man Sie von den Ermittlungen ausschließen, wenn nicht aus Gründen der Sicherheit?«

»Um uns zu demütigen. Bei Ihnen existieren doch auch Konflikte zwischen den verschiedenen Geheimdiensten. Sie geben sich große Mühe, einander zu unterminieren, obwohl sie für dasselbe Ziel arbeiten.«

Dagegen gab es nicht viele Argumente, dachte Friday. Schließlich hatte er selbst erst vor kurzem einen CIA-Agenten getötet.

»Die Wahrheit ist, dass die SFF in letzter Zeit sehr verschwiegen war, was ihre Aktivitäten anging, und wir ebenfalls. Das gilt auch für diese Operation. Beide Gruppen haben ihre Verbündeten in Neu-Delhi, und am Ende gelangen alle Informationen, die wir zusammentragen, doch ins System und werden genutzt.«

»Wie in einem Schlachthof.«

»Ein Schlachthof.« Nazir nickte anerkennend. »Das gefällt mir. Das gefällt mir sogar sehr.«

»Freut mich. Wie wäre es, wenn Sie mir im Gegenzug etwas erzählen würden, das *mir* gefällt? Zum Beispiel, warum wir uns in die Hände eines Geheimdienstes begeben sollten, der möglicherweise unser Leben aufs Spiel setzt, um seine eigene Position in Neu-Delhi zu verbessern.«

»Rechnen Sie denn damit?«

»Ich weiß es nicht. Überzeugen Sie mich vom Gegenteil.«

»Wissen Sie irgendetwas über den Hinduismus?«

»Ich bin mit den Grundlagen vertraut.« Friday hatte keine Ahnung, worauf der andere hinauswollte.

»Wissen Sie, dass wir unseren Glauben gar nicht ›Hinduismus‹ nennen? Das ist ein Name, den der Westen erfunden hat.«

»Nein, das wusste ich nicht.«

»Unser Volk besteht aus zahllosen Sekten und Kasten,

von denen jede ihren eigenen Namen und ihre besondere Sichtweise der heiligen Schriften der Veda hat. Unser größtes Problem als Nation ist, dass wir diese Zersplitterung auch auf unsere Regierung übertragen. Jeder verteidigt seine eigene Abteilung oder Behörde, als ginge es um seinen persönlichen Glauben. Dabei denken wir nicht daran, wie sich unsere Handlungen auf das große Ganze auswirken. Auch ich begehe diesen Fehler. Mein ›Gott‹, wenn Sie es so nennen wollen, ist derjenige, der mir hilft, Dinge zu tun. Das ist nicht notwendigerweise der beste für Indien.« Er zog an seiner Zigarette. »Die Tragödie liegt darin, dass das Ganze nun von der Zerstörung bedroht ist und wir immer noch nicht zur Zusammenarbeit bereit sind. Wir müssen mehr über die nukleare Bedrohung durch Pakistan in Erfahrung bringen. Selbst können wir uns diese Informationen nicht besorgen, weil wir dabei eben den Atomkrieg auslösen könnten, den wir vermeiden wollen. Sie und Ihre Gruppe sind die Einzigen, die uns helfen können.« Nazir blickte Friday durch den Rauch seiner Zigarette an. »Wenn Sie immer noch bereit sind, diese Mission zu unternehmen, werde ich Sie mit Karten, Geleitbriefen und geografischen Informationen ausstatten, so weit es mir möglich ist. Der Minister und ich werden dafür sorgen, dass niemand Ihre Aktivitäten stört. Er kennt die Männer aus Washington zwar nicht, aber er respektiert Sie sehr und betrachtet Sie als Mitglied ›seiner‹ Sekte. Das ist nicht nur eine große Ehre, es bedeutet zudem, dass Sie sich in Zukunft auch bei Ihren eigenen Unternehmungen an ihn wenden können. Die Mitglieder seines Teams stehen für ihn stets an erster Stelle, aber wenn wir nicht die nötige Aufklärungsarbeit leisten, kann dieses Team nicht weiterarbeiten. Die amerikanische Truppe begibt sich auf jeden Fall in das Gebiet. Ich bin hier, um sicherzustellen, dass Sie mit ihnen gehen. Ich hoffe, dass ich das dem Minister berichten kann.«

Friday traute niemandem, für den angeblich das Wohl seines Teams über dem eigenen stand. Ein Minister, der bei einer geheimen Operation mit den Black Cats zusammenarbeitete, wollte Verbindungen zum Geheimdienst aufbauen und seine Machtbasis stärken. Wenn er heute Pakistan ausspionierte, so war es morgen vielleicht die SFF oder der Premierminister.

Dass ein Politiker persönlichen Ehrgeiz besaß, störte Friday nicht weiter. Er verstand, was Hauptmann Nazir wirklich sagen wollte. Minister Shankar legte Wert darauf, dass Friday die Strikers begleitete, um sicherzugehen, dass diese nicht nur für Washington, sondern auch für Indien arbeiteten. Falls Friday den Auftrag übernahm, konnte er in Zukunft auf einen Verbündeten an höchster Stelle in der indischen Regierung zählen.

Die Männer hatten die Ziegelmauer am Ende der Straße erreicht, und Nazir zündete sich eine weitere Zigarette an. Dann machten sie kehrt und begannen, wieder zum Hotel zurückzugehen. Nazir blickte zu Boden. Offenbar war für ihn alles gesagt. Nun war die Reihe an Friday.

»Noch haben Sie mich nicht davon überzeugt, dass es in Ihrer Organisation kein Leck gibt. Woher weiß ich, dass wir da draußen nicht auf ganze Heerscharen von Pakistanern stoßen?«

»Das ist durchaus möglich«, gab Nazir zu. »Deswegen können wir auch nicht selbst gehen. Was das Leck betrifft – ich kenne jeden einzelnen Black Cat. In der Vergangenheit hat es keine Verräter gegeben. Weitere Zusicherungen kann ich Ihnen leider nicht geben.« Nazir lächelte zum ersten Mal. »Es ist sogar möglich, dass jemand in Washington die Pakistaner informiert hat. Unser Beruf ist immer gefährlich. Die Frage ist nur, ob der Lohn das Risiko wert ist. Wir glauben, dass er das ist, und zwar sowohl für Sie als auch für uns.«

Das klang fast wie die Einführungsrede eines Gurus in einem Ashram. Nun, damit hätte Friday eigentlich rechnen müssen.

»In Ordnung. Ich bin dabei – unter einer Bedingung.«
»Und die wäre?«
»Ich will mehr über den Anschlag von heute wissen. Irgendetwas stimmt da nicht.«

»Können Sie mir sagen, was genau Sie stört?«

»Die Tatsache, dass der Attentäter zwei verschiedene Ladungen zündete, um Polizeistation und Tempel zu zerstören. Dafür gab es keinen Grund. Mit einer großen Explosion hätte man das gleiche Ziel erreicht, und sie wäre einfacher vorzubereiten gewesen.«

Nazir nickte. »Ich habe mich auch schon darüber gewundert. Also gut. Ich werde sehen, was ich herausfinden kann, und es Ihnen bei unserem nächsten Treffen mitteilen. Das ist morgen gegen Mittag. Wir können uns hier treffen und zum Essen gehen. Ich bringe dann das Material mit, das ich Ihrem Team übergeben werde.«

»Klingt gut.«

Die Männer hatten das Hotel erreicht. Friday blickte den Hauptmann an.

»Eine Frage hätte ich noch.«

»Nur zu.«

»Warum haben Sie mir keine Zigarette angeboten?«

»Weil Sie nicht rauchen.«

»Hat Ihnen der Minister das gesagt?«

»Nein.«

»Dann haben Sie mich also überprüft und Leute, die mit mir gearbeitet haben, über meine Gewohnheiten und mögliche Schwächen befragt.«

»Stimmt.«

»Sie haben sich also nicht allein auf die Meinung des Ministers verlassen, der mich unbedingt dabeihaben wollte?«

Nazir lächelte erneut. »Ich sagte, ich kenne jeden bei den Black Cats. Der Minister gehört nicht zu meinen Kommandosoldaten.«

»Verstehe. Trotzdem war es ein Fehler, mich wissen zu lassen, mit welchen Methoden Sie arbeiten, wem Sie vertrauen. Ein Profi sollte das nicht tun.«

»Da haben Sie Recht«, erwiderte Nazir gelassen. »Aber woher wissen Sie, dass es nicht ein Test war, um herauszufinden, ob Ihnen das auffällt?« Er streckte Friday die Hand hin. »Gute Nacht.«

»Gute Nacht.« Friday fühlte, wie ihm verlegene Röte ins Gesicht stieg. Leichte Zweifel befielen ihn, als er Nazirs Hand schüttelte.

Der Black Cat wandte sich ab und verschwand in der Nacht, wobei er eine dicke Rauchwolke hinter sich herzog.

18

Alconbury, Großbritannien – Mittwoch, 19 Uhr 10

Mike Rodgers sah sich gerade die Dateien an, die Bob Herbert aus dem Op-Center geschickt hatte, als die riesige C-130 auf dem Stützpunkt der Royal Air Force in Alconbury landete. Im Gegensatz zu dem langsamen Start schien die Landung das Flugzeug kaum zu belasten. Vielleicht lag es daran, das sie während des Transatlantikflugs so durchgeschüttelt worden waren, dass Rodgers gar nicht merkte, dass sie bereits gelandet waren. Sehr bewusst nahm er jedoch wahr, dass die Triebwerke abgeschaltet wurden. Die Maschine hörte auf zu vibrieren – im Gegensatz zu ihm. Nach über sechs Stunden hatte er das Gefühl, ein schwacher elektrischer Strom liefe von der Sohle bis zur Kopfhaut durch seinen Körper. Aus Erfahrung wusste er, dass es dreißig bis vierzig Minuten dauern würde, bis dieses Gefühl nachließ. Dann allerdings würden sie schon wieder in der Luft sein, so dass das Spiel von vorn begann. Irgendwo kamen in diesem Mikrokosmos auch die Höhen und Tiefen und Empfindungen des normalen Lebens vor, aber im Moment war er zu abgelenkt, um danach Ausschau zu halten.

Das Team stieg aus, allerdings nur, um auf dem Rollfeld herumzustehen. Sie würden kaum eine Stunde auf dem Boden bleiben, nur bis die wartenden Gabelstapler ein paar Kisten mit Ersatzteilen entladen hatten.

Die Offiziere der RAF nennen Alconbury das »Amerikanische Feld«, weil die Basis seit dem Ende des Zweiten

Weltkriegs als Drehscheibe für die Operationen der Vereinigten Staaten in Europa genutzt wird. Der große, moderne Flugplatz verfügt über hochmoderne Kommunikations- und Reparatureinrichtungen und Munitionslager. Da die Amerikaner jeder Basis, jedem Flugplatz, ja sogar ihren Kasernen Spitznamen verpassen, hatten sie den Stützpunkt »Al« getauft. Viele der amerikanischen Soldaten summten ständig den Paul-Simon-Song »You Can Call me Al« vor sich hin. Die Briten verstanden nicht so recht, wieso die Amerikaner vom Präsidenten über ihre Raumschiffe bis zu ihren Waffen allem einen Spitznamen geben mussten wie »Ehrlicher Abe«, »Freundschaft 7« oder »Alte Betsy«. Mike Rodgers jedoch war der Grund vollkommen klar. Respekt einflößende Geräte und Institutionen wirkten so etwas weniger bedrohlich. Außerdem wurde damit eine gewisse Vertrautheit geschaffen, eine Verwandtschaft mit Dingen und Orten, ein Gefühl, dass Mann, Objekt und Organisation irgendwie auf der gleichen Stufe standen.

Eine sehr amerikanische Denkweise.

Die Strikers marschierten die Laderampe hinunter auf das Rollfeld. Zwei von ihnen zündeten sich eine Zigarette an und blieben neben einer Wascheinrichtung stehen. Andere streckten sich, sprangen auf und ab oder legten sich nur auf den Rücken und blickten in den sich rasch verdunkelnden Himmel hinauf. Brett August benutzte eines der Feldtelefone draußen vor dem Lagerhaus. Vermutlich rief er ein Mädchen an, das in diesem Hafen auf ihn wartete. Vielleicht würde er sich auf dem Rückweg absetzen und sie besuchen. Genügend Urlaub hatte er bestimmt noch, wie sie alle.

Mike Rodgers wanderte allein zur Nase des Flugzeugs. Der Wind, der über das offene Rollfeld fegte, brachte die vertrauten Gerüche der Air Force Base mit sich: Diesel, Schmieröl und Gummi von den durch die Reibung erhitzten Reifen der Maschinen. Wenn die Sonne unterging und sich der Asphalt abkühlte und zusammenzog, schienen die Gerüche geradezu herausgepresst zu werden. Auf jedem Flugplatz der Welt war Rodgers diesen drei Gerüchen begegnet, sodass er das Gefühl hatte, zu Hause zu sein. Die kühle Luft und der feste Boden unter seinen Füßen fühlten sich großartig an.

Die Hände in den Taschen, die Augen auf das mit Ölflecken übersäte Rollfeld gerichtet, dachte er über die Daten, die Friday an die NSA geschickt hatte, und die Dateien, die Herbert an ihn weitergeleitet hatte, nach. Seine Gedanken beschäftigten sich auch mit Ron Friday selbst – und mit den vielen Ron Fridays, mit denen er im Laufe der Jahrzehnte zusammengearbeitet hatte.

Rodgers hatte immer ein Problem mit Missionen, an denen andere Regierungen oder andere Institutionen innerhalb seiner eigenen Regierung beteiligt waren. Die Information, die der Agent im Einsatz erhielt, wurde nicht immer ihrem Namen gerecht. Manchmal war sie falsch, was Zufall, mangelnde Effizienz, aber auch Absicht sein konnte. Sicher wusste man das erst, wenn man sich bereits im Einsatz befand. Dann jedoch konnten Fehlinformationen oder aufgrund unvollständiger Daten gezogene falsche Schlüsse tödliche Folgen haben.

Das andere Problem, das Rodgers mit Missionen hatte, an denen mehrere Organisationen beteiligt waren, war die Frage der Autorität und der Verantwortlichkeit. Agenten waren in mehrerer Hinsicht wie Kinder. Sie spielten gern draußen, und es gefiel ihnen gar nicht, wenn sie auf fremde »Eltern« hören sollten. Vielleicht war Ron Friday ja ein guter, verantwortungsbewusster Mann. Aber in erster Linie schuldete er dem Chef der NSA und möglicherweise auch seinem Gönner in der indischen Regierung Rechenschaft. Deren Bedürfnisse und Ziele mussten für ihn über der Unterstützung stehen, die er Rodgers gewährte, der die Mission leitete. Idealerweise hatten alle dieselben Ziele, sodass es nicht zu Konflikten kam. Leider war das nur selten der Fall. Manchmal wurden Agenten oder Offiziere einer Mission zugeteilt, um diese scheitern zu lassen und so eine Organisation zu blamieren, die ebenfalls um die Aufmerksamkeit des Präsidenten, die Gunst eines internationalen Politikers oder gar die gleichen begrenzten Mittel kämpfte.

In einer Situation, in der das Team ohnehin von Feinden umgeben war, hatte Mike Rodgers keine Lust mit Leuten zu arbeiten, auf die er sich nicht verlassen konnte. Vor allem, wenn das Leben der Strikers auf dem Spiel stand.

Natürlich kannte Rodgers weder Ron Friday noch Hauptmann Nazir, den Offizier der Black Cats, mit dem sie sich treffen sollten. Er würde vorgehen wie immer: sich ein Urteil bilden, nachdem er sie kennen gelernt hatte. Normalerweise wusste er sofort, ob er Menschen vertrauen konnte oder nicht.

Im Moment allerdings beunruhigte ihn vor allem ein Problem, das nichts mit Friday zu tun hatte, sondern mit der Explosion in Srinagar. Genauer gesagt, mit dem letzten Anruf vom Basis- zum Feldtelefon.

Andere Nationen benutzten Handys routinemäßig für Spionage- und Aufklärungszwecke. Nicht nur, dass Anrufe überwacht wurden, auch die Hardware selbst wurde genutzt. Die Elektronik löste an den Sicherheitskontrollen der Flughäfen keinen Alarm aus, und die meisten Regierungsbeamten, Militärs und Geschäftsleute besaßen Handys, die bereits teilweise mit den Schaltkreisen und Mikrochips ausgestattet waren, die ein Saboteur brauchte. Handys eigneten sich auch hervorragend als Mordwaffe. Ein in einem Telefon versteckter C-4-Keil riss der Zielperson den halben Kopf weg, wenn sie einen Anruf entgegennahm.

Rodgers erinnerte sich vor allem an einen Vorfall in der früheren portugiesischen Kolonie Timor, der Parallelen zu diesem hier aufwies. Er hatte in einem Weißbuch des australischen Militärs darüber gelesen, als er sich 1999 als Beobachter eines Marine-Manövers in der Timor-See auf Melville Island aufhielt. Als das indonesische Militär Ost-Timor besetzte, hatte es an arme Einheimische Handys verteilt: scheinbar eine Geste des guten Willens. Den Zivilisten wurde gestattet, für ihre Anrufe das Mobilfunknetz des indonesischen Militärs zu benutzen. Dabei handelte es sich bei den angeblichen Telefonen in Wirklichkeit um Funkgeräte. Zivilisten mit Zugang zu Gruppen, die dem gefangenen Anführer Xanana Gusmao treu waren, wurden so ohne ihr Wissen als Spione benutzt, um nationalistische Aktivisten auszuhorchen. Aus Neugier hatte Rodgers einen Kollegen im australischen Ministerium für Verteidigungsstrategie und Aufklärung gefragt, ob die Indonesier diese Methode selbst entwickelt hätten. Nein, lautete die Antwort, die Technologie stamme aus Moskau.

Auch Indien bezog einen Großteil seiner Technologie aus Russland.

Wichtig schien Rodgers vor allem, dass die Funkfunktion durch Signale des indonesischen Außenpostens in Baukau aktiviert wurde, wenn die Anrufe darauf hindeuteten, dass sich ein bestimmtes Individuum an einem strategisch wichtigen Ort aufhalten würde.

Rodgers fragte sich, ob das Basistelefon dem Feldtelefon irgendwie das Signal zur Zündung der Folgeexplosionen erteilt hatte. Der Zeitpunkt passte zu gut, als dass er an Zufall hätte glauben wollen. Und dass das Signal immer noch in regelmäßigen Abständen ausgesandt wurde, deutete darauf hin, dass die Terroristen mithilfe eines Ortungsgerätes verfolgt wurden.

Nein, es bedeutete noch viel mehr. Je mehr er darüber nachdachte, desto klarer wurde ihm, dass sie es mit einer höchst unangenehmen Situation zu tun bekommen könnten. Die Vordenker des Pentagons, die in einem Thinktank mit dem harmlos erscheinenden Namen Abteilung für theoretische Effekte arbeiteten, nannten diesen Prozess »Berechnungen mit blauem Dunst«. Rodgers war immer gut darin gewesen, schon als die Leute im Pentagon es noch »Dominodenken« nannten.

Er musste mit Herbert darüber sprechen.

Rodgers rief Ishi Honda zu sich, der auf dem Asphalt neben dem TAC-SAT gelegen hatte und sofort mit dem abhörsicheren Telefon angelaufen kam. Rodgers dankte ihm, hockte sich neben das längliche Gerät auf das Rollfeld und rief Bob Herbert an. Damit er bei dem Lärm der landenden und startenden Jets überhaupt etwas verstehen konnte, benutzte er die Ohrhörer.

Herbert nahm sofort ab.

»Bob, hier ist Mike Rodgers.«

»Schön, von Ihnen zu hören. Sind Sie in Al?«

»Gerade gelandet. Hören Sie, Bob, ich habe über die neuesten Daten nachgedacht, die Sie mir geschickt haben. Ich werde das Gefühl nicht los, dass jemand bei den Srinagar-Bombern ein Ortungsgerät versteckt hat, vielleicht ein Insider.«

»Ich habe das gleiche Gefühl. Vor allem, seit wir herausgefunden haben, von wo aus die früheren Anrufe des Feldtelefons zur Basis getätigt wurden. Sie erfolgten von einem Bauernhof in Kargil aus. Wir haben Ron Friday informiert, der seinen indischen Kontaktmann anrief. Als ein Polizist aus der Gegend das Gehöft überprüfte, weigerte sich der Bauer, irgendetwas zu sagen, und seine Enkelin war nicht aufzufinden. Ron und der Inder fliegen morgen in aller Frühe dorthin, um zu sehen, ob sie mehr aus ihm herausholen können.«

»Die Sache stinkt zum Himmel.«

»Kommt mir auch so vor. Und noch etwas: Tochter und Schwiegersohn des Bauern waren Widerstandskämpfer, die bei der pakistanischen Invasion ums Leben kamen.«

»Der Bauer hätte also gute Gründe, sich an einer Verschwörung gegen die Free Kashmir Militia zu beteiligen.«

»Theoretisch ja. Im Moment versuchen wir herauszufinden, ob es überhaupt eine Verschwörung gibt und welche Rolle die Bezirkspolizeistation spielt, in der sich das Basistelefon befand. Matt Stoll hat sich in ihre Personalakten eingehackt, und mein Team überprüft den Hintergrund der einzelnen Beamten. Wir wollen wissen, ob einer von ihnen Verbindungen zu Antiterror-Gruppen hat.«

»Bob, Ihnen ist doch klar, dass wir es mit einem internationalen Zwischenfall von ungeahntem Ausmaß zu tun bekommen, falls Sie wirklich auf eine Verbindung zwischen der Polizei und der pakistanischen Zelle stoßen sollten.«

»Ich kann Ihnen nicht folgen. Nur weil die möglicherweise von dem Angriff wussten und sich entschlossen, nichts dagegen zu unternehmen ...«

»Ich glaube, da steckt mehr dahinter. Es gab drei getrennte Angriffe. Nur einer davon passt zur Vorgehensweise der Free Kashmir Militia, nämlich der Anschlag auf die Polizeistation.«

»Moment mal, das ist ja ein gewaltiger Sprung. Wollen Sie damit sagen, die Polizei könnte diese Aktion selbst geplant haben? Die Inder sollen ihren eigenen Tempel angegriffen ...?«

»Und zwar zeitgleich mit dem Attentat der FKM, ja.«

»Aber eine solche Operation könnte die Polizei von Kaschmir gar nicht allein durchführen. Vor allem, wenn man die Zelle verfolgen und gefangen nehmen will, was ja offensichtlich der Fall ist.«

»Ich weiß. Ist es nicht möglich, dass sie Helfer haben? Eine Gruppe, die ein wenig präsenter ist als sonst?«

»Die SFF.«

»Warum nicht? Das würde erklären, warum sie den Basar abgeriegelt haben und warum keine Black Cats vor Ort waren.«

Herbert überlegte einen Augenblick. »Möglich wäre es. Aber vielleicht sind unsere Schlussfolgerungen übereilt.«

»Besser als hinterherzuhinken.«

»Touché. Hören Sie, lassen Sie uns abwarten, was Ron Friday und sein Partner morgen melden. Ich informiere Paul und lasse es Sie wissen, wenn es Neuigkeiten gibt.«

»In Ordnung. Aber wo wir schon dabei sind, lassen Sie uns noch eine letzte Möglichkeit in Erwägung ziehen.«

»Okay.« Herbert klang zögerlich.

»Die Strikers sollen in Pakistan nach Atomraketen suchen. Was, wenn wir nur ein paar oder gar keine finden? Nehmen wir einmal an, die indische Regierung hätte das Attentat von Srinagar zugelassen, um ihre eigene Bevölkerung in Aufruhr zu versetzen und einen Konflikt vom Zaun zu brechen. Einen Konflikt, den Pakistan unmöglich gewinnen kann.«

»Sie denken an einen Atomschlag?«

»Warum nicht?«

»Das würde die Welt niemals zulassen!«

»Und was könnte die Welt tun? Indien den Krieg erklären? Neu-Delhi mit Raketen beschießen? Sanktionen verhängen? Welche Sanktionen und zu welchem Zweck? Was würde geschehen, wenn die Inder zu Hunderttausenden verhungerten? Bob, wir sprechen hier nicht vom Irak oder von Nordkorea. Indien hat eine Milliarde Einwohner und ist die viertgrößte Militärmacht der Welt. Fast eine Milliarde Hindus, die Angst haben, Opfer eines heiligen islamischen Kriegs zu werden.«

»Mike, keine Nation der Welt wird einen Atomschlag gegen Pakistan stillschweigend dulden.«

»Darum geht es auch nicht. Die Frage ist, wie die Reaktion aussehen könnte. Was würden wir auf uns allein gestellt unternehmen?«

»Auf uns allein gestellt?«

»Mehr oder weniger. Ich wette, Moskau und Peking würden sich auf jeden Fall nicht allzu laut beschweren. Wenn Indien Pakistan mit Atomraketen angreift, dann gibt das Moskau freie Hand für einen begrenzten Atomschlag gegen aufmüpfige Republiken. Keine langen Kriege mehr wie in Afghanistan oder Tschetschenien. Und China würde den Mund halten, weil das einen Präzedenzfall für einen Angriff auf Taiwan schaffen würde.«

»Das würden die nie tun, das wäre Wahnsinn.«

»Nein, es ist der blanke Überlebenskampf. Israel hat für den Fall eines vereinten Angriffs der Araber einen fertigen Plan für einen Atomschlag in der Schublade. Und den würde es auch umsetzen, das wissen Sie. Was, wenn Indien auch so einen Plan hat? Die Argumente wären nicht weniger überzeugend, wenn ich das erwähnen darf. Religiöse Verfolgung.«

Herbert schwieg.

»Bob, ich will nur sagen, dass alles miteinander verkettet ist. Ein kleines Detail führt zum nächsten und übernächsten. Vielleicht gehen wir von falschen Voraussetzungen aus, aber die Sache sieht nicht gut aus.«

»Da haben Sie Recht. Ich hoffe immer noch, dass wir überreagieren, aber ich melde mich bei Ihnen, sobald wir mehr wissen. In der Zwischenzeit hätte ich nur einen Vorschlag für Sie.«

»Und der wäre?«

»Versuchen Sie, auf dem Flug nach Indien so viel wie möglich zu schlafen. So oder so, Sie werden es brauchen.«

19

Kargil, Kaschmir – Donnerstag, 6 Uhr 45

Ron ärgerte sich, weil der Anruf nicht von Hank Lewis kam, sondern von Hauptmann Nazir. Das hieß für ihn, dass er auf diesem Teil der Mission Neu-Delhi unterstellt war und nicht Washington. Die Black Cats wollten ihn offenbar genau im Auge behalten. Vielleicht wollte die indische Regierung nicht, dass er mit der NSA oder irgendjemand sonst über das sprach, was sie hier finden würden. Zumindest nicht, bevor die Gruppe unterwegs war.

Sie flogen zu einer Hühnerfarm in den Gebirgsausläufern von Kargil. Offenbar hatte ein Geheimdienstoffizier des Op-Centers eine mögliche Verbindung zwischen dem Gehöft und dem Attentat im Basar entdeckt. Das Op-Center hatte weder Hank Lewis noch den Verbindungsleuten bei den Black Cats mitgeteilt, warum es den Bauernhof für wichtig hielt und welcher Art diese Bedeutung war. Es hieß nur, die Situation im Basar wäre »atypisch«, und die Terroristen müssten lebend gefangen genommen werden. Für Friday bedeutete das im Klartext: »Wir sind nicht sicher, dass die Terroristen hinter dem Anschlag stecken und müssen sie befragen.«

Die beiden flogen mit einem schnellen, wendigen Helikopter vom Typ Kamow Ka-25, der von Hauptmann Nazir gesteuert wurde. Der kompakte himmelblaue Chopper gehörte zu den mehr als zwei Dutzend Ka-25, die Indien nach dem Zusammenbruch der Sowjetunion erstanden hatte, als das russische Militär dringend Geld brauchte.

Friday war nicht überrascht, dass sie einen Militärhubschrauber genommen hatten. Ein schwarzer Chopper der National Security Guard wäre aufgefallen, aber am Himmel über Indien wimmelte es nur so von Militärmaschinen. Ironischerweise war man daher mit einem Gerät der Luftstreitkräfte auf dem pakistanischen Radar so gut wie unsichtbar.

Die Männer flogen in knapp siebzig Meter Höhe nach Norden, wobei sie dem immer zerklüfteteren und steileren Gelände folgten. Obwohl ihre ungewöhnlich niedrige Flughöhe Schafe und Pferde in Aufruhr versetzte und ihnen die Flüche der aufgebrachten Besitzer eintrug, erklärte ihm Nazir über Kopfhörer, warum es nicht anders ging. Die Luftströmungen in dieser Gegend waren besonders am frühen Morgen sehr gefährlich. Wenn die Sonne aufging, erwärmten sich die niedrigeren Luftschichten. Durch den Zusammenprall mit der eisigen Luft, die von den Bergen herabströmte, entstand zwischen zweihundert und siebenhundert Meter Höhe ein Bereich, in dem die Navigation höchst schwierig war. Friday beunruhigte der Gedanke, dass ein einziger pakistanischer Agent mit einem Raketenwerfer auf der Schulter den Ka-25 ohne Probleme vom Himmel holen konnte. Er hoffte sehr, dass es sich bei der Information, die das Op-Center erhalten hatte, nicht um »taktische Irreführung« handelte, wie man es in der Welt der Geheimdienste nannte. Mit einer solchen Täuschung wollte man die Verfolger aus der Deckung locken, um sie zu eliminieren und so die Verfolgung zu behindern.

Die beiden Männer erreichten das Gehöft, das aus einer kleinen Scheune und dem aus Holz und Steinen errichteten Bauernhaus bestand, ohne Zwischenfall. Ein alter Bauer, vermutlich Apu Kumar, kam heraus, um zu sehen, was der Lärm zu bedeuten hatte. Offenbar überrascht, hielt er die Hand über die Augen, um sich vor der Sonne zu schützen, und blickte zu dem Chopper hinauf. Nazir ging weiter hinunter, bis er direkt über dem Dachfirst schwebte.

»Was glauben Sie?«, fragte er. »Ist der Bauer allein?«

»Höchstwahrscheinlich«, gab Friday zurück. Geiseln, deren Gefangenschaft nur kurz gedauert hatte, waren gewöhnlich sehr aufgewühlt und gerieten leicht in Panik. Sie wollten jemanden, der sie schützen konnte. Selbst wenn weitere Geiseln, ja sogar Mitglieder ihrer eigenen Familie, in Gefahr waren, war der Selbsterhaltungstrieb stärker als alles andere. Nach einer langen Geiselhaft war das Gegenteil der Fall. Die Geiseln hatten eine Beziehung zu den Geiselnehmern aufgebaut und verhielten sich gegenüber ihren Befreiern distanziert, häufig sogar feindselig. Der Mann dort unten war weder das eine noch das andere.

Nazir hielt den Helikopter noch einen Augenblick in der Schwebe und landete dann auf einem Feld in der Nähe. Nach dem lärmenden Flug, der immerhin vierzig Minuten gedauert hatte, tat es gut, nur den Wind zu hören. Als sie zum Haus gingen, spürten sie die angenehm kühle Brise auf ihrer Haut. In einem Holster an seiner Hüfte trug Nazir eine .38, während in der rechten Tasche von Fridays Windjacke ein Derringer steckte. In der linken befand sich ein Messer. Mit Kaliber .22 besaß der Revolver keine große Durchschlagskraft, aber er passte in seine Handfläche und reichte aus, um einen Angreifer zu blenden.

Der Bauer wartete, dass die Männer zu ihm kamen. Friday schätzte Apu Kumar auf etwa fünfundsechzig. Er war klein, hatte hängende Schultern und Schlitzaugen. Seine Gesichtszüge ließen mongolische Vorfahren vermuten. Das war entlang des Himalaja nichts Ungewöhnliches. Nomaden aus vielen asiatischen Rassen wanderten seit zehntausenden Jahren durch diese Gegend und hatten sie in einen der größten Schmelztiegel der Welt verwandelt. Es war eine traurige Ironie in diesem Konflikt, dass viele der Gegner das gleiche Blut besaßen.

Wenige Meter von dem Bauern entfernt blieben die Männer stehen. Apus dunkle Augen wanderten misstrauisch über sie hinweg. Hinter dem Haus befand sich eine Scheune, in der die von dem Überflug aufgeschreckten Hühner gackerten.

»Guten Morgen«, begann Nazir.

Der Bauer nickte einmal.

»Sind Sie Apu Kumar?«

Der Bauer nickte erneut. Diesmal wirkte er etwas weniger selbstsicher. Sein Blick wanderte von Nazir zu Friday.

»Lebt hier noch jemand außer Ihnen?«

»Meine Enkelin.«

»Ist sie im Moment hier?«

Der Bauer schüttelte den Kopf, wobei er unruhig von einem Fuß auf den anderen trat. Sein Gesichtsausdruck ließ vermuten, dass er um seine Sicherheit fürchtete, aber seine Körpersprache verriet nun auch Anspannung und Angst. Er hatte etwas zu verbergen. Vermutlich ging es um das Mädchen.

»Wo ist sie?«

»Ausgegangen. Sie hat Besorgungen zu erledigen.«

»Ich verstehe. Haben Sie etwas dagegen, dass wir uns umsehen?«

»Darf ich fragen, wonach Sie suchen?«

»Das weiß ich noch nicht.«

»Von mir aus. Aber passen Sie mit den Hühnern auf, die haben Sie mit Ihrer Maschine schon genug aufgeregt.« Mit verächtlicher Geste deutete er auf den Helikopter.

Nazir nickte und wandte sich ab, doch Friday zögerte noch.

»Stimmt etwas nicht?«, fragte Nazir.

Friday ließ den Bauern nicht aus den Augen. »Ihre Enkelin gehört zu denen, nicht wahr?«

Apu rührte sich nicht. Er sagte nicht: »Zu wem soll meine Enkelin gehören?« Sein Schweigen verriet Friday eine ganze Menge.

Er trat auf den Bauern zu, der langsam zurückwich. Die Knöchel nach außen gewandt, hob Friday die Hände. Der Derringer lag so in seiner rechten Handfläche, dass ihn der Bauer nicht sehen konnte. Friday behielt den Bauern, aber auch Tür und Fenster hinter ihm genau ihm Auge. Wer garantierte ihm, dass sich niemand im Haus versteckt hielt oder dass Apu nicht plötzlich versuchte, ein Gewehr oder eine Axt zu holen?

»Mr. Kumar, es ist alles in Ordnung«, beruhigte er ihn mit leiser, sanfter Stimme. »Ich werde Ihnen nichts tun, nicht das Geringste.«

Apu verlangsamte seinen Schritt und blieb stehen. Friday folgte seinem Beispiel.

»Gut.« Friday senkte die Hände und steckte sie wieder in die Taschen, wobei der Derringer auf Apu gerichtet blieb. »Ich möchte Ihnen eine Frage stellen, aber die ist sehr wichtig. In Ordnung?«

Apu nickte einmal.

»Ich muss wissen, ob Sie nicht mit uns sprechen wollen, weil Sie und Ihre Enkelin die Terroristen unterstützen oder weil diese sie als Geisel genommen haben.«

Apu zögerte.

»Mr. Kumar, heute sind Menschen ums Leben gekommen«, drängte Hauptmann Nazir. »Polizeibeamte, Pilger auf dem Weg nach Pahalgam und Gläubige in einem Tempel. War Ihre Enkelin daran beteiligt oder nicht?«

»Nein!« Apus Ausruf klang halb wie ein Weinen. »Wir unterstützen sie nicht. Sie haben sie gezwungen mitzugehen, als sie heute Morgen aufbrachen. Wenn ich etwas verrate, bringen sie sie um, sagten sie. Wie geht es ihr? Wie geht es meiner Enkelin?«

»Das wissen wir nicht«, gab Nazir zurück. »Aber wir wollen sie finden und ihr helfen. Ist die Gruppe nach der Explosion noch einmal hergekommen?«

»Nein. Ein Mann war zurückgeblieben, um telefonisch die Verantwortung für den Anschlag zu übernehmen. Ich habe ihn belauscht. Aber um vier Uhr verschwand er plötzlich.«

»Plötzlich?«, fragte Nazir.

»Er schien sehr aufgebracht, nachdem er mit den anderen telefoniert hatte.«

»Als wäre etwas schief gegangen?«, mischte sich Friday ein. Das würde die These des Op-Centers bestätigen.

»Ich weiß nicht. Sonst war er immer so ruhig, manchmal scherzte er sogar. Aber nicht heute. Vielleicht ist etwas geschehen.«

»Wenn Sie uns nach Srinagar begleiten würden, wären Sie in der Lage uns zu sagen, wie diese Leute aussehen?«, fragte Nazir.

Apu nickte.

Friday berührte Nazir am Arm. »Vielleicht bleibt uns nicht die Zeit dafür. Die Geschehnisse scheinen sich zu überstürzen. Mr. Kumar, handelte es sich bei Ihren Besuchern um Pakistaner?«

»Ja.«

»Wie viele waren es, und wie lange waren sie bei Ihnen?«

»Fünf, und sie waren fünf Monate hier.«

»Haben Sie irgendwelche Namen gehört?« Das war Nazir.

»Nein, sie haben sie nie verwendet.«

»Hat man sie jemals alleingelassen?«, wollte Friday wissen.

»Nur im Schlafzimmer. Draußen stand immer jemand Wache.«

»Wurden Sie misshandelt?«

Apu schüttelte den Kopf. Er fühlte sich offenbar wie ein Preisboxer, dem man einen Kinnhaken nach dem anderen versetzte. Aber so wurden Verhöre geführt: Sobald die Zielperson zu reden begann, musste der Verhörende nachbohren. Friday warf einen Blick auf die steinerne Scheune.

»Wer hat sich um die Hühner gekümmert?«

»Morgens ich und am frühen Abend Nanda – das ist meine Enkelin.«

»Die Pakistaner waren dann immer bei Ihnen?«, hakte Nazir nach.

»Ja.«

»Wie wurden die Eier zum Markt gebracht?«, erkundigte sich Friday.

»Die Pakistaner übernahmen das.«

Das erklärte, wie die Terroristen ihre Ziele in Srinagar ausgekundschaftet hatten, ohne aufzufallen. Woher das Signal des Feldtelefons stammte, wussten sie damit allerdings immer noch nicht.

»Besitzen Sie oder Ihre Enkelin ein Handy, Mr. Kumar?«, fragte Friday.

Apu schüttelte den Kopf.

»Was tat sie in ihrer Freizeit?«, drängte er weiter.

»Sie las und schrieb Gedichte.«

»Hat sie schon immer Gedichte verfasst?«

Als Apu das verneinte, hatte Friday deutlich das Gefühl, auf der richtigen Spur zu sein.

»Haben Sie irgendwelche von ihren Gedichten hier?«

»Im Schlafzimmer. Sie sprach sie immer bei der Arbeit vor sich hin.«

Jetzt war sich Friday ganz sicher, auf der richtigen Fährte zu sein. Er wechselte einen Blick mit Hauptmann Nazir, und sie baten darum, die Gedichte sehen zu dürfen.

Apu führte sie ins Haus. Friday war aufs Äußerste angespannt, aber es war niemand zu sehen. Außerdem gab es nur zwei Zimmer und keinen Ort, an dem sich jemand hätte verstecken können. Bis auf ein paar Stühle und Tische waren kaum Möbel vorhanden. Es roch nach Asche und Moschus. Der Aschegeruch stammte von dem Holzofen, auf dem auch gekocht wurde, während der Moschusduft vermutlich von den Gästen stammte.

Apu führte sie ins Schlafzimmer, wo er einen Stapel Papiere aus der Schublade eines Nachttischchens nahm und Hauptmann Nazir reicht. Die mit Bleistift geschriebenen Gedichte waren kurz und handelten von allem Möglichen wie Blumen, Wolken und Regen. Nazir las das erste laut.

›»Es regnete fünf Tage, und die Blumen sprossen.
Frisch blieben sie, als hätte man sie gegossen.
Ich packte sie in meinen Wagen,
um sie schnell zum Markt zu tragen.‹

Nicht sehr tief schürfend«, meinte er.

Friday war sich da nicht so sicher, äußerte sich aber nicht.

Der Hauptmann blätterte die übrigen Seiten durch. Der

simple Versrhythmus, der an Kinderreime erinnerte, schien bei allen Gedichten identisch zu sein.

»Gehen Sie zum ersten Gedicht zurück«, sagte Friday.

Nazir blätterte zum Deckblatt.

»Mr. Kumar, Sie sagten, Nanda hätte diese Gedichte bei der Arbeit aufgesagt?«, fragte Friday.

»Ja.«

»War sie politisch aktiv?«

»Sie war eine leidenschaftliche Patriotin, die dem Andenken ihrer Eltern ergeben war. Meine Tochter und mein Schwiegersohn wurden als Widerstandskämpfer gegen die Pakistaner getötet.«

»Da haben wir es.«

»Ich kann Ihnen nicht folgen«, meinte Hauptmann Nazir.

Friday bat Apu, im Schlafzimmer zu bleiben, während er mit Nazir nach draußen ging.

»Hauptmann, es waren fünf Pakistaner. In der ersten Zeile des ersten Gedichts erwähnt die Frau die Zahl fünf. Sie blieben hier und fuhren immer mit dem Karren zum Markt, um die Eier zu verkaufen. Das lässt sich alles dem Gedicht entnehmen. Nehmen wir einmal an, jemand hat ihr ein Handy besorgt. Was, wenn die Verbindung permanent gehalten und rund um die Uhr abgehört wurde? Sie finden die Gedichte nicht sehr tief schürfend. Ich fürchte, ich bin anderer Meinung.«

»Die Worte, die wichtige Informationen enthielten, brauchte sie nur besonders zu betonen«, ergänzte Nazir.

»Ganz recht. Unterhält die SFF nicht ein Netzwerk von Freiwilligen aus der Zivilbevölkerung, den Civilian Network Operatives?«

»Stimmt.«

»Wie funktioniert das System?«

»In sensiblen Regionen oder Unternehmen werden Agenten rekrutiert, die dann regelmäßig am Arbeitsplatz oder zu Hause besucht werden«, erläuterte Nazir. »Sie melden ungewöhnliche Aktivitäten und geben von ihnen gesammelte Informationen weiter.«

»Was, wenn ein Agent einen Termin verpasst? Wenn zum Beispiel Nanda nicht zum Markt gekommen wäre?«

Nazir nickte. »Ich verstehe, was Sie meinen. Die SFF würde nach ihr suchen.«

»Genau. Nehmen wir einmal an, die Frau, Nanda, ist irgendwann von der SFF rekrutiert worden. Vielleicht während der Besetzung Kargils durch Pakistan, vielleicht auch erst später. Wenn jemand anders mit ihrem Karren auf dem Markt auftaucht, weiß der SFF-Verbindungsmann doch sofort, dass etwas nicht stimmt. Vielleicht haben sie ihr ein Feldtelefon in der Scheune hinterlassen, an einer Stelle, wo sie es finden *musste*.«

»Ja, das Bild wird immer klarer«, gab Nazir zu. »Die Frau liefert der SFF Informationen über die Zelle, und diese beschließt, das Attentat auf die Polizeistation nicht zu verhindern. Ganz im Gegenteil, sie organisiert selbst zusätzliche Anschläge, damit es so aussieht, als hätten die Pakistaner religiöse Ziele angegriffen. Dann sperrt die SFF den Ort des Attentats ab, damit sie in aller Ruhe Beweismaterial beseitigen kann, das sie mit den anderen beiden Explosionen in Verbindung bringen könnte.«

»Aber damit ist ihre Aufgabe noch nicht erledigt«, warf Friday ein. »Die Terroristen merken, dass sie in eine Falle gegangen sind, und versuchen vermutlich, nach Pakistan zu fliehen. Nanda nehmen sie als Geisel mit.«

»Vermutlich eher als Zeugin«, gab Nazir zu bedenken. »Die Terroristen haben wahrscheinlich die Verantwortung für den Anschlag übernommen, bevor sie das volle Ausmaß der Katastrophe kannten. Nanda weiß, dass sie nichts mit dem Bombenattentat auf den Tempel zu tun hatten. Sie brauchen sie, damit sie für sie aussagt.«

»Guter Punkt. Allerdings haben sie möglicherweise noch nicht gemerkt, dass sie immer noch das Telefon hat und Signale an die SFF sendet, damit diese weiß, wo sie zu finden sind.«

Nazir schwieg für einen Augenblick. »Wahrscheinlich haben sie die Terroristen noch nicht eingeholt, sonst hätte ich davon gehört. Das heißt, dass wir ihnen zuvorkommen müssen. Wenn die SFF die Terroristen hinrichtet, bevor sie aussagen können, wird sich eine Milliarde Hindus gegen Pakistan wenden. Das heißt, es gibt Krieg, einen Vernichtungskrieg, einen heiligen Krieg, bei dem Flammen aus Schiwas Nüstern schlagen.«

»Gott Schiwa, der Zerstörer«, sagte Friday. »Ein Atomkrieg.«

»Ausgelöst von der SFF und ihren radikalen Verbündeten im Kabinett und beim Militär, bevor Pakistan auf einen Gegenschlag vorbereitet ist.«

Friday rannte bereits auf den Kamow zu. »Ich setze mich mit dem Op-Center in Verbindung und finde heraus, ob die mehr wissen, als sie sagen. Schnappen Sie sich Mr. Kumar und bringen Sie ihn zum Chopper. Wir brauchen vielleicht jemanden, der Nanda davon überzeugt, dass sie in dieser Sache auf der falschen Seite steht.«

Während Friday über die Ebene rannte, kam ihm noch eine Erkenntnis, die ihm ein klein wenig Befriedigung verschaffte und sein Selbstbewusstsein aufbaute.

Hauptmann Nazir war nicht so clever, wie er sich am Hotel gegeben hatte.

20

Washington, D. C. – Mittwoch, 20 Uhr 17

Während eines Großteils seiner Geschichte hatte das National Reconnaissance Office zu den am wenigsten bekannten Geheimdiensten gehört. Anlass für seine Gründung war der Abschuss von Gary Powers U-2-Spionageflugzeug durch eine Rakete über der Sowjetunion im Mai 1960 gewesen. Daraufhin hatte Präsident Eisenhower Verteidigungsminister Thomas Gates angewiesen, ein Gremium zusammenzustellen, das den Einsatz von Satelliten bei der fotografischen Aufklärung untersuchen sollte. So wollte man die Wahrscheinlichkeit auf ein Minimum beschränken, dass die Vereinigten Staaten erneut eine Demütigung wie die Powers-Affäre erlebten.

Von Anfang an hatten Weißes Haus, Air Force, Verteidigungsministerium und CIA erbittert um die Zuständigkeit für den neuen Dienst gestritten. Als das NRO schließlich am 25. August 1960 gegründet wurde, hatte man sich geeinigt, dass die Air Force die Abschussvorrichtungen für die Spionagesatelliten zur Verfügung stellen sollte, während sich das Verteidigungsministerium um die Entwicklung von Technologie für Spionage aus dem All kümmern würde. Für die Auswertung der gesammelten Informationen sollte die CIA zuständig sein. Unglücklicherweise gab es praktisch von Anfang an Konflikte. Dabei ging es nicht nur um Finanz- und Personalfragen, sondern auch um den Informationsbedarf der verschiedenen militärischen und zivilen Geheimdienste. In den nächsten fünf Jahren entwickelten sich zwischen Pentagon und CIA solche Spannungen, dass sie den gegenseitigen Zugriff auf Daten aus dem neuen Satellitennetz sabotierten. 1965 schlug der Verteidigungsminister vor, Zeit und Ressourcen sollten von einem dreiköpfigen Führungsausschuss zugeteilt werden. Dieser bestand aus dem Direktor der CIA, dem stellvertretenden Verteidigungsminister und dem wissenschaftlichen Berater des Präsidenten. Obwohl der Ausschuss dem Verteidigungsminister berichtete, war dieser an die Entscheidungen des Gremiums gebunden. Das neue Arrangement entschärfte zwar die Situation bezüglich der heiß umkämpften Satellitenzeit, doch der erbitterte Kampf der rivalisierenden Gruppen um das so genannte »Aufklärungsprodukt« ging mit unverminderter Heftigkeit weiter. Schließlich sah man sich gezwungen, es weitgehend dem NRO zu überlassen, wie es seine Ressourcen verteilte.

Die Einrichtungen des NRO waren viele Jahre lang überall in den Vereinigten Staaten verstreut gewesen. Die Koordination des Managements erfolgte vom Büro der Air Force für Weltraumsysteme aus, das im Pentagon angesiedelt war. Für technologische Fragen war das Zentrum der

Air Force für Raumfahrt- und Raketensysteme auf der Air Force Base Los Angeles in Kalifornien zuständig. Das CIA-Büro für Entwicklung und Technik in Reston, Virginia, übernahm die Durchführung von Studien zu Aufklärungsthemen. Während sich die Satelliten in ihrer Umlaufbahn befanden, wurden sie zunächst von Technikern der Air Force Base Onizuka in Sunnyvale, Kalifornien, überwacht, später übernahm die Falcon Air Force Station in Colorado diese Aufgabe. Elektronische Aufklärung, die nicht über Satellitenbilder erfolgte, lag im Verantwortungsbereich der Nationalgarde und wurde von deren Rechenzentrum für Programme zur Unterstützung der Verteidigung des Luftraums auf der Buckley Air National Guard Base in Aurora, Colorado, übernommen. Die Aktivitäten der Marine konzentrierten sich bezüglich des NRO vor allem auf technologische Verbesserungen und Upgrades der vorhandenen Hard- und Software. Diese Aufgaben wurden von zwei rivalisierenden Gruppen innerhalb der Marine übernommen: dem Space and Naval Warfare Systems Command in Crystal City, Virginia, und dessen eigener Abteilung für Weltraumtechnologie, SPAWAR-40, die im Forschungslabor der US-Marine jenseits des Potomac im Hochsicherheitsgebäude A59 untergebracht war.

Obwohl sich der Wert des NRO bei der Erfassung und Übermittlung von Daten als unschätzbar erwies, entwickelte sich seine Verwaltung zu einem Alptraum von Intrigen und Grabenkämpfen. Dass die Regierung die Existenz der Organisation offiziell leugnete, hielt die Washingtoner Presse für einen Witz. Niemand konnte nämlich erklären, warum so viele Leute so erbittert um die Kontrolle über etwas kämpften, das gar nicht existierte.

Das änderte sich 1990 mit der Einrichtung eines ständigen NRO-Büros in Fairfax, Virginia. Doch auch wenn die Existenz des NRO endlich zugegeben wurde, wussten nur wenige Menschen aus erster Hand über seine tägliche Arbeit und die volle Bandbreite seiner Aktivitäten Bescheid.

Stephen Viens, der Direktor der fotografischen Aufklärung des NRO, war einer davon.

Der Kampf um Satellitenzeit ging trotz der Konsolidierung der Aktivitäten des NRO unter einem Dach weiter. Aber Viens war loyal gegenüber seinem Collegefreund Matt Stoll. Und für Paul Hood, der zu ihm gestanden hatte, als ihn der Kongressausschuss wegen der geheimen Kommandooperationen des NRO ins Kreuzverhör genommen hatte, hätte er alles getan. Daher kam das Op-Center stets vor allen anderen militärischen und zivilen Einrichtungen.

Bob Herbert hatte um 16 Uhr angerufen und Viens um visuelle Aufklärung bezüglich eines bestimmten Ortes im Himalaja gebeten. Viens brauchte zwei Stunden, um den OmniCom-Satelliten der Marine, der sich im geosynchronen Orbit über dem Indischen Ozean befand, freizubekommen. Der Navy, die ihn gerade nutzte, teilte er mit, es gehe um Leben und Tod. Normalerweise lauschte der OmniCom auf Sonarsignale von russischen und chinesischen Unterseebooten und bestätigte diese durch visuelle Aufklärung, wenn die Schiffe auftauchten. Dies ermöglichte es der Navy, die Bewegungen der Schiffe zu verfolgen, die Rumpfgestaltung zu studieren und sogar Blicke in die offene Luke zu werfen. Das Satellitenbild war bis auf eine Entfernung von dreißig Zentimetern vom Ziel scharf und wurde alle acht Sekunden aktualisiert. Wenn der Winkel stimmte, konnte der OmniCom nah genug heranzoomen, um Worte von den Lippen abzulesen.

Für Viens, der mit seinem kleinen Team an der OmniCom-Station in Etage 4 im Keller des NRO arbeitete, war es relativ einfach, das Signal des Telefons mithilfe des neu positionierten Satelliten bis zu seiner Quelle zurückzuverfolgen. Sie fanden es auf einer Höhe von 2700 Metern über den Ausläufern des Himalaja. Allerdings dauerte es fast zwei Stunden, bis sie den Satelliten so positioniert hatten, dass er genau auf diesen Punkt blickte. Als es ihnen schließlich gelang, dämmerte in Kaschmir bereits der Morgen. Die aufgehende Sonne erhob sich über die Berge im Osten und fiel auf eine einsame Erhebung, die eher einem schmalen Kalksinter-Stalagmiten glich als einem

Berggipfel. Was immer es auch war, an seinen Wänden spielte sich Ungewöhnliches ab.

Am Osthang der Felsnadel bewegte sich ein Dutzend in weiße Parkas gekleidete Gestalten, die offenbar mit Automatikwaffen ausgerüstet waren. Einige kletterten zum Gipfel hinauf, andere seilten sich von oben ab. Ihr Ziel schien eine kleine Öffnung nahe am Fuß des Berges zu sein.

Hastig verbesserte Viens die Feinstellung für die Ortung des Audiosignals. Es stammte nicht von den Leuten im Hang, sondern aus einer stationären Quelle. Vermutlich von einer Person im Inneren der Höhle.

Sofort rief er Bob Herbert an und leitete das Signal zum Op-Center um.

21

Basis 2E, Kaschmir – Donnerstag, 7 Uhr 01

Nichts ist mit dem Sonnenaufgang im Himalaja vergleichbar.

Durch die größere Höhe und die dünnere, sauberere Atmosphäre gelangt ein reineres Licht auf die Erde. Ishaq hätte nicht gewusst, wie er es anders hätte beschreiben können. Ein Fotograf in Islamabad hatte ihm einmal erklärt, dass die Atmosphäre wie ein Prisma funktionierte. Je geringer die Höhe, in der man sich aufhielt, desto dicker die Luft und desto stärker der Rotanteil des Sonnenlichts. Ishaq war kein Wissenschaftler, er wusste nicht, ob das stimmte.

Er wusste nur, dass das Licht hier oben so war, wie er sich immer das Auge Allahs vorgestellt hatte: hell, warm und intensiv. Der Pakistaner fragte sich, ob die Geschichte von dem Berg, der zum Propheten kam, an einem Gipfel wie diesem entstanden war, denn als die Sonne über dem Vorgebirge unter ihm höher stieg und sich die Schatten verkürzten, schien es tatsächlich, als bewegten sich die Felsen. Und in dieser Bewegung schimmerten ihre schneebedeckten Flanken heller und heller. Fast war es, als breitete sich die Erleuchtung über das Land aus. Vielleicht war es das, was die Geschichte vom Propheten sagen wollte: Das Licht Allahs und seines Propheten war stärker als alle Dinge dieser Erde. Wer ihnen sein Herz und seinen Geist öffnete, wurde stark und hatte Teil am ewigen Leben.

Es war ein tröstlicher Gedanke. Wenn dies sein letzter Morgen werden sollte, so würde er zumindest zufrieden und in der Nähe zu Gott sterben. Als er auf sein Leben zurückblickte, bedauerte er nur eins: dass er hier und jetzt sterben musste. Wie gern wäre er auf dem Rückweg in die Heimat bei seinen Kameraden gewesen. Sie hatten absichtlich eine Höhle als Waffenlager gewählt, die von der Nähe aus nicht direkt einsehbar war. Der kleine Vorposten war nicht leicht zu entdecken und zu beobachten.

Ishaq war die ganze Nacht aufgeblieben, um Vorbereitungen zu treffen. Dann hatte er gefrühstückt und dabei den Sonnenaufgang beobachtet. Schlafen wollte er nicht, ihm würde noch genug Zeit bleiben auszuruhen. Während er nun wartend in der Dunkelheit hinten in der Höhle saß, vernahm er draußen scharrende Geräusche.

Sharab hatte Recht, man war ihnen gefolgt.

Zuerst waren die Inder ganz leise gewesen, doch jetzt gaben sie sich keine Mühe mehr, ihren Vormarsch geheim zu halten. Vermutlich trugen sie Steigeisen, denn es klang, als kratzten Mäuse von außen an einer Wand. Die Geräusche steigerten sich von einem gelegentlichen Scharren an Rückwand und Seiten der Höhle zu ständiger lärmender Bewegung. Der Richtung nach zu urteilen, aus der die Laute kamen, mussten die Inder fast den Eingang der Höhle erreicht haben. Wahrscheinlich würden sie zuerst Tränengasgranaten werfen, bevor sie die Höhle stürmten. Hätte sich die Zelle noch hier befunden, hätte es kein Entrinnen gegeben.

Ishaq entschied, dass es Zeit für die Gasmaske war. Er setzte die im Iran hergestellte Maske auf, zog die Riemen um seinen Kopf und befestigte das Mundstück. Sein Atem ging in kleinen Stößen. Er war besorgt, aber nicht wegen dem, was ihm bevorstand, sondern weil er nur hoffen konnte, dass er alles richtig gemacht hatte. Um sich herum hatte er die mit Plastik ausgeschlagenen Holzkisten versammelt, wie Ehefrauen in einem Harem zur letzten Umarmung bereit. Es war einfach gewesen, die einzelnen Sprengstoffladungen mit Zündern zu versehen und sie so auf die Kisten zu legen, dass die Empfänger in seine Richtung zeigten. Allerdings hatte er nicht den gesamten Sprengstoff überprüfen können, der hier immerhin zwei Jahre lang gelagert hatte. Bei der trockenen Kälte, die in der Höhle herrschte, hätte Feuchtigkeit eigentlich kein Problem darstellen dürfen, aber Dynamit konnte launisch sein. Die Stangen, die sie in Srinagar verwendet hatten, hatten erste Anzeichen von Verklebungen gezeigt. Offenbar war Feuchtigkeit in ihr Inneres gelangt.

Trotzdem war er ziemlich sicher, dass alles klappen würde. Er hatte sieben Dynamitbündel mit C-4 kombiniert und mit Fernzündern versehen. Wenn nur eines der Bündel explodierte, war das genug. Er zog seine schweren Handschuhe aus, nahm den Zünder in die rechte Hand und lehnte sich mit ausgestreckten Beinen gegen die Felswand.

Sein Rücken war kalt, die Leinwand isolierte nicht gut. Nicht, dass es wichtig war: Lange würde er nicht mehr hier sitzen.

Das Scharren hörte auf. Durch das grünliche Sichtfeld der Maske beobachtete er die Plane, zu deren Seiten das Sonnenlicht helle Felder auf die Seitenwände der Höhle malte. Sie bewegten und wellten sich, als der Wind an der Plane zerrte, bis sie in ihren Haken rasselte.

Plötzlich fiel sie zu Boden. Eispartikel, die sich an der Außenseite angesammelt hatten, flogen im Sonnenlicht glitzernd durch die Luft. Das Schimmern verlosch, als zwei große, zylinderförmige Kanister in die Höhle geschleudert wurden. Scheppernd fielen sie auf den Boden und rollten auf Ishaq zu. Schon stiegen zischend dicke

Rauchwolken auf und wälzten sich über den Boden. Einige Gasschwaden entwichen zur Seite, während andere direkt in seine Richtung zogen.

Der Pakistaner saß da und wartete geduldig. Das heranrollende grüne Gas war noch etwa 15 Meter von ihm entfernt. Die Sicht zum nächsten Zünder durfte nicht versperrt werden. Ihm blieben noch ein paar Augenblicke.

Er begann zu beten.

Ishaq wartete, dass das scharrende Geräusch wieder einsetzte. Nach einem Augenblick begann sich das Kratzen auf den Eingang zu zu bewegen. Er beobachtete, wie sich die Gaswolken bauschten und zur Seite auswichen, als drängten sich Menschen durch sie hindurch. Das Gas hatte den Sprengstoff fast erreicht.

Es war Zeit.

Ohne sein stilles Gebet zu unterbrechen, drückte er den blauen Knopf zur Aktivierung. Oben auf dem kleinen Controller schaltete sich ein Licht ein, und Ishaq presste den roten Knopf darunter, der die Zündung auslöste.

Für einen gesegneten Augenblick schien die Sonne rund um Ishaq, und er fühlte sich, als hätte Allah ihn in seine Arme geschlossen.

22

Washington, D. C. – Mittwoch, 21 Uhr 36

»Was zum Teufel ist da gerade passiert, Stephen?«, wollte Bob Herbert wissen.

Der Chef der Aufklärungsabteilung des Op-Centers hatte seinen Rollstuhl weiter unter den Schreibtisch geschoben. Ohne das OmniCom-Bild auf seinem Computer aus den Augen zu lassen, beugte er sich über die Freisprecheinrichtung seines Telefons. Eigentlich war es eher eine rhetorische Frage gewesen, die er gerade gestellt hatte; Herbert wusste genau, was geschehen war.

»Die ganze Seite des Berges ist soeben in die Luft geflogen«, sagte Viens aus dem Telefon.

»Die ist nicht nur explodiert, sondern geradezu verdampft«, meinte Herbert. »Da muss eine Sprengkraft von tausend Pfund TNT dahinter gesteckt haben.«

»Mindestens.«

Herbert war froh, dass es keinen Ton zum Bild gab. Schon der bloße Anblick der massiven, unerwarteten Explosion weckte Erinnerungen, die sein Körper verinnerlicht hatte. Eine gespannte Trauer überflutete ihn, als ihm der Bombenanschlag auf die Botschaft in Beirut auf so schreckliche Weise ins Gedächtnis gerufen wurde.

»Was meinen Sie, Bob? Haben die mit Sensoren oder mit einem Bewegungsmelder gearbeitet?«, wollte Viens wissen.

»Ich glaube nicht, dass es ein Bewegungsmelder war. Dort unten gibt es jede Menge Lawinen, die die Explosion hätten vorzeitig auslösen können.«

»Da hatte ich nicht dran gedacht«, musste Viens zugeben.

Herbert zwang sich, sich auf die Gegenwart zu konzentrieren und die Vergangenheit zu verdrängen. Er lud noch einmal die Bilder, die der Satellit unmittelbar vor der Explosion gesendet hatte, und ließ die Bilder der Soldaten einzeln vergrößern.

»Sieht aus, als hätten die Bergsteiger Gasgranaten in die Höhle geworfen«, meinte Herbert. »Offenbar glaubten sie, dort würde jemand auf sie warten.«

»Und sie haben sich nicht getäuscht.«

»Die Frage ist, wie viele Leute hielten sich da drinnen auf, und haben sie die Bergsteiger erwartet? Oder wurden sie überrascht und wollten sich nicht lebend gefangen nehmen lassen?«

Das Bild des ersten Soldaten füllte Herberts Monitor. Der rechte Arm des Mannes war deutlich zu sehen. Ganz oben, knapp unter der Schulter des weißen Tarn-Schneeanzugs, zeichnete sich ein runder roter Fleck mit einem schwarzen Symbol ab. Die Silhouette zeigte ein Pferd, das an einem Kometenschweif entlanggaloppierte: die Insignien der Special Frontier Force.

»Eins ist auf jeden Fall klar«, erklärte Viens.

»Und das wäre?«

»Matt Stoll hat gerade angerufen, um mir zu sagen, dass er kein Signal mehr von dem Handy empfängt. Er wollte wissen, ob wir es ebenfalls verloren haben. Ich habe das überprüft: Das Signal ist weg.«

Herbert blickte immer noch auf den Monitor. Er speicherte das vergrößerte Bild mit dem Abzeichen auf der Schulter. »Ich frage mich, ob die Zelle das Kommando absichtlich dorthin gelockt hat, um von ihrer Spur abzulenken.«

»Möglich. Haben wir irgendeine Ahnung, aus welcher Richtung das indische Kommando gekommen ist?«

»Von Süden. Wie lange würden Sie brauchen, um eine Suche in den Bergen nördlich des Explosionsortes zu starten?«

»Es dauert ungefähr eine halbe Stunde, den Satelliten neu zu positionieren. Zunächst einmal möchte ich jedoch sichergehen, dass wir nicht unsere Zeit verschwenden. Falls jemand die Höhle verlassen hat, muss er zuerst aufsteigen, bevor er wieder absteigen kann. Ich würde das gern vom OmniCom näher ansehen lassen.«

»Fußspuren im Schnee?«, fragte Herbert. In diesem Moment begann das in seinen Rollstuhl eingebaute, abhörsichere Telefon zu piepen.

»Genau das«, erwiderte Viens auf seine Frage.

»Schießen Sie los, ich warte.« Herbert rollte seinen Stuhl unter dem Schreibtisch hervor, damit er an das Telefon kam, und griff nach dem Hörer. »Herbert.«

»Bob, hier ist Hank Lewis«, meldete sich der Anrufer. »Ich habe Ron Friday am Apparat. Er sagt, es wäre wichtig. Ich würde ihn gern zu diesem Gespräch dazuschalten.«

»Nur zu.« Herbert hatte sich schon gefragt, was Friday wohl bei dem Bauernhaus finden würde. Hoffentlich bestätigte sich nicht ihre Befürchtung, dass Polizei oder Regierung an dem Angriff auf dem Markt von Srinagar beteiligt waren. Die Auswirkungen wären zu entsetzlich gewesen, als dass er darüber nachdenken wollte.

»Sprechen Sie, Ron«, sagte Lewis. »Der Direktor der Aufklärungsabteilung, Bob Herbert, ist ebenfalls zugeschaltet.«

»Gut«, begann Friday. »Mr. Herbert, ich befinde mich mit meinem Verbindungsoffizier von den Black Cats bei dem Bauernhaus und muss wissen, welche weiteren Informationen Sie über den Bauern und seine Enkelin besitzen.«

»Was haben Sie herausgefunden?«, fragte Herbert.

»Was?«

»Was haben Sie bei dem Bauern gefunden?«

»Was soll das? ›Ich zeig dir meins, aber zeig mir erst deins‹, oder was wird hier gespielt?« Friday war offenkundig verärgert.

»Nein. Sie sind ein Agent im Einsatz und erstatten Bericht. Sagen Sie mir, was Sie wissen.«

»Ich riskiere an der Front meinen Arsch, und Sie sitzen sicher in Washington! Ich brauche die Informationen!«

»Ich sitze auf meinem Hintern, weil ich meine Beine nicht mehr benutzen kann«, erwiderte Herbert gelassen. »Und das liegt daran, dass damals zu viele Leute den falschen Personen vertrauten. Mr. Friday, ein komplettes Team meiner Leute ist zu Ihrer Position unterwegs und vielleicht in großer Gefahr. Für mich sind Sie ein Steinchen in meinem Puzzle, ein Feldagent. Sie sagen mir, was Sie haben, und dann erfahren Sie von mir, was Sie wissen müssen.«

Friday schwieg, und Herbert hoffte, dass er überlegte, wie er seine Entschuldigung formulieren sollte.

Nach ein paar Augenblicken meldete sich Friday erneut zu Wort. »Ich warte auf Ihre Informationen, Mr. Herbert.«

Darauf war Herbert nicht vorbereitet gewesen. Auch gut, wenn der mit Handgranaten Ball spielen wollte, das konnte er auch.

»Mr. Lewis, bitte danken Sie Ihrem Feldagenten für die

Inspektion des Bauernhauses. Teilen Sie ihm mit, dass wir uns unsere Informationen in Zukunft direkt von den Black Cats besorgen. Unsere gemeinsame Operation ist hiermit beendet.«

»Sie bürokratisches Arschloch!«, fauchte Friday.

»Friday, Mr. Herbert ist autorisiert, diese Allianz zu beenden«, mischte sich Lewis ein. »Und, ehrlich gesagt, Sie geben mir keinen Grund, darum zu kämpfen.«

»Wir brauchen einander hier draußen! Möglicherweise haben wir es mit einer internationalen Katastrophe zu tun!«

»Das ist die erste nützliche Information, die Sie mir geliefert haben«, meinte Herbert. »Möchten Sie weitersprechen?«

Friday fluchte. »Ich habe keine Zeit, mich darum zu streiten, wer am weitesten pinkeln kann. Mit Ihnen rechne ich später ab. Wir haben herausgefunden, dass sich eine pakistanische Zelle, die zur Free Kashmir Militia gehört, fünf Monate lang auf dem Hof von Apu Kumar aufhielt. Die Enkelin des Bauern, Nanda, ist die einzige Tochter eines Paares, das im Kampf gegen die Pakistaner ums Leben kam. Während des gesamten Aufenthalts der Zelle schrieb das Mädchen Gedichte, die offenbar verschlüsselte Informationen über die Aktivitäten der Zelle enthielten. Diese Gedichte rezitierte sie laut, wenn sie sich um die Hühner kümmerte. Wir vermuten, Angehörige der Special Frontier Force hörten, was sie sagte, vermutlich über ein Handy. Während des Anschlags auf den Basar hielt sie sich bei den Pakistanern auf, und wir glauben, dass die SFF hinter dem Attentat auf den Tempel steckt. Außerdem vermuten wir, dass sie sich immer noch bei der Zelle befindet und über das Handy Signale an die SFF sendet.«

»Signale sandte.«

»Was ist passiert?«

Es war an der Zeit, Friday ein wenig mit Informationen zu füttern, ihm ein bisschen Vertrauen zu zeigen. »Das indische Verfolgerteam wurde soeben von einer gewaltigen Explosion im Himalaja eliminiert.«

»Woher wissen Sie das?«

»Durch unsere ELINT-Ressourcen in der Region.«

Herbert sprach bewusst vage nur von elektronischer Aufklärung, weil er nicht wollte, dass Lewis von der Satellitenüberwachung erfuhr. Möglicherweise kam der neue NSA-Chef sonst auf den Gedanken, vom NRO selbst zusätzliche Satellitenzeit zu verlangen.

»Wie viele Tote?«, wollte Lewis wissen.

»Etwa dreizehn oder vierzehn. Offenbar wollten sie gerade einen Vorposten in den Bergen angreifen. Die Männer, der Vorposten und der gesamte Berghang sind verschwunden.«

»Konnten Sie die Kommandosoldaten identifizieren?«, fragte Friday. »Trugen sie Uniform?«

»Es waren Leute der SFF«, gab Herbert zurück.

»Ich wusste es«, erklärte Friday triumphierend. »Was ist mit der Zelle?«

»Das wissen wir nicht. Wir versuchen gerade herauszufinden, ob ihr die Flucht gelungen ist.«

Herbert blickte erneut auf den Computermonitor. Stephen Viens war soeben langsam ganz nah an die Nordseite des Steilhangs herangefahren. Die Auflösung betrug drei Meter, das war ausreichend, um Fußspuren zu erkennen. Da die Sonne immer noch relativ niedrig stand, gab es die Möglichkeit, dass die Seitenwände der Abdrücke Schatten warfen. Viens schwenkte die Kamera über die flachsten und breitesten Stellen der Hänge. Das waren die Bereiche, über die Leute in der Dunkelheit am ehesten marschieren würden.

»Falls die Zelle entkommen ist, wird die SFF nicht aufgeben«, fuhr Friday fort. »Möglicherweise hat die SFF den Terroristen eine Falle gestellt und will ihnen die Schuld an dem Bombenattentat in die Schuhe schieben.«

»Haben Sie dafür Beweise?« Herbert fand es interessant, dass Friday zu der gleichen Schlussfolgerung gekommen war wie er und General Rodgers.

»Nein«, gab Friday zu. »Aber normalerweise hätten die Black Cats die Ermittlungen übernommen, und die wurden von der SFF völlig übergangen. Außerdem war die Existenz der Zelle offenkundig bekannt.«

»Das heißt noch nicht, dass die SFF an der Zerstörung des Tempels beteiligt war«, wandte Herbert ein. »Die Free Kashmir Militia ist eine bekannte terroristische Vereinigung. Dem indischen Rundfunk zufolge hat sie bereits die Verantwortung für das Bombenattentat übernommen ...«

»Vielleicht kannte der Anrufer das volle Ausmaß des Anschlags nicht«, gab Friday zu bedenken.

»Durchaus möglich«, stimmte Herbert zu. »Trotzdem bin ich noch nicht gewillt, sie für unschuldig zu erklären. Vielleicht hat sie jemand aus ihrer eigenen Gruppe verraten und die zusätzlichen Sprengstoffladungen angebracht. Aber nehmen wir für den Augenblick einmal an, dass Sie Recht haben und die SFF die Bombenattentate organisiert hat, um ihre eigenen Ziele zu erreichen. Was sind das für Ziele?«

»Mein Partner von den Black Cats spricht von einem heiligen Krieg. Möglicherweise einem heiligen Atomkrieg.«

»Ein vorbeugender Schlag«, meinte Hank Lewis.

Erneut fand Herbert die Tatsache ermutigend, dass Ron Friday und der indische Offizier zu denselben Schlüssen gelangt waren wie er und Rodgers. Das bedeutete, dass sie vielleicht nicht ganz falsch lagen. Doch genau deswegen fühlte er sich in gewisser Weise auch entmutigt.

»Die SFF setzte Gas gegen den Schlupfwinkel der Pakistaner ein«, erklärte Herbert. »Offenbar will sie versuchen, sie lebend zu fangen.«

»Um sie der Öffentlichkeit vorzuführen und Geständnisse zu erzwingen«, meinte Friday.

»Wahrscheinlich. Allerdings bin ich der Ansicht, der Hauptgrund für die Flucht der Zelle ist nicht, dass die Leute ihr eigenes Leben retten wollten«, fuhr Herbert fort. »Selbst wenn sie sich bis nach Pakistan durchschlagen, wird ihnen niemand in Indien glauben, dass sie unschuldig sind.«

»Sie brauchen das Mädchen«, stimmte Friday zu.

»Ganz genau.« Auch Herbert war davon überzeugt. »Wenn sie bei der Vorbereitung des Anschlags mit der SFF zusammengearbeitet hat, brauchen sie eine ausführliche öffentliche Erklärung von ihr, und zwar eine, die nicht so klingt, als wäre sie erzwungen.«

»Mir scheint da etwas entgangen zu sein«, warf Lewis ein. »Warum schalten wir bei einem solchen Verdacht nicht die indische Regierung ein oder konfrontieren die SFF damit?«

»Weil wir nicht wissen, wer an dieser Operation beteiligt und wie hoch oben die Verschwörung angesiedelt ist«, erklärte Herbert. »Wenn wir mit Neu-Delhi sprechen, beschleunigen wir die Ereignisse vielleicht noch.«

»Beschleunigen?« Lewis klang erstaunt. »Schneller geht es doch kaum!«

»Bei einer Krise wie dieser können aus Tagen Stunden werden, wenn man nicht sehr vorsichtig ist«, gab Herbert zu bedenken. »Wir wollen die Verantwortlichen nicht in Panik versetzen. Wenn wir Recht haben, wird die SFF weiterhin versuchen, die Zelle gefangen zu nehmen.«

»Oder zumindest Nanda«, meinte Friday. »Vielleicht geht es ihr vor allem um sie. Stellen Sie sich eine Hindufrau vor, die mit Tränen in den Augen der Öffentlichkeit im Fernsehen erklärt, wie die FKM den Anschlag auf den Tempel plante, ohne Rücksicht darauf, wie viele hinduistische Männer, Frauen und Kinder dabei ihr Leben verloren.«

»Guter Punkt«, sagte Herbert. »Was ist mit dem Großvater des Mädchens? Meinen Sie, er wäre bereit, mit dem Mädchen zu sprechen, falls es uns gelingt, die Zelle vor der SFF zu finden, und sie zu überreden, der Öffentlichkeit zu sagen, was sie weiß?«

»Ich sorge dafür, dass er das tut«, erklärte Friday.

Noch während sie sprachen, hielt die Kamera bei etwas, das wie Fußabdrücke aussah. Viens fuhr noch näher heran.

»Was wollen Sie unternehmen, Bob?«, fragte Hank Lewis.

»Wir haben bereits zwei Mann vor Ort, und eine Einsatztruppe ist unterwegs. Wenn ich Pauls Genehmigung dafür bekomme, werde ich General Rodgers bitten, die Zelle abzufangen.«

»Und dann?«, hakte Lewis nach. »Wollen Sie erklärten Terroristen zur Flucht verhelfen?«

»Warum nicht?«, mischte sich Friday ein. »Damit gewinnen wir vielleicht Verbündete in der Welt des Islam. Das kann für uns nützlich sein.«

»Amerika ›gewinnt‹ keine Verbündeten in der islamischen Welt. Die behandeln uns allerhöchstens mit einer gewissen Nachsicht«, gab Herbert zurück.

»Wenn man klug vorgeht, lässt sich auch das nutzen«, meinte Friday.

»Vielleicht zeigen Sie uns, wie es geht.«

»Vielleicht.«

Im Laufe der Jahre hatte der Chef der Aufklärungsabteilung mit Hunderten von Agenten gearbeitet. Er war selbst einer gewesen. Sie waren eine harte, widerborstige, unabhängige Spezies. Aber bei diesem Mann war mehr im Spiel. Herbert erkannt das an seiner Stimme, seiner Gereiztheit und daran, dass er stets im Brustton der Überzeugung sprach. Normalerweise handelte es sich bei solchen Agenten um HAWs, wie es die Einsatzoffiziere der Agenten nannten, um hungrige alte Wölfe. Das waren Leute, die jahrelang auf sich selbst gestellt gearbeitet hatten und allmählich das Gefühl bekamen, sie wären für die Regierung ihres Gastlandes unsichtbar und für ihre eigene Regierung unerreichbar geworden. Nach Jahren der Einsamkeit neigten sie dazu, jeden zu beißen, der ihnen zu nahe kam.

Aber Friday hatte nicht viel Zeit allein verbracht, sondern war an einer Botschaft tätig gewesen. Das ließ Herbert vermuten, dass er es mit einem anderen Phänomen zu tun hatte: dem Ich-Spion. Das entsprach dem korrupten Cop in der Welt der Polizei, dem, der nur für sich selbst spielte. Was auch immer die Rolle der Strikers sein würde – falls Ron Friday beteiligt war, würde Herbert Mike Rodgers raten, ihn ganz genau im Auge zu behalten.

»Bob?«, fragte Viens über die Freisprechanlage. »Sind Sie noch dran?«

»Ja.« Herbert bat Lewis und Friday, am Apparat zu bleiben.

»Haben Sie den Monitor vor sich?«, fragte Viens.

»Allerdings.«

»Sehen Sie das Gleiche wie ich?«

»Ja.«

Fußspuren – und sie mussten während der vorangegangenen Nacht entstanden sein, denn sie waren noch nicht in der Sonne geschmolzen und wieder gefroren. Die Zelle hatte eindeutig die Höhle verlassen und war nach Norden unterwegs, in Richtung Pakistan. Leider ließ sich aus dem Gewirr der Fußabdrücke nicht erkennen, wie viele Leute zu der Gruppe gehörten.

»Gute Arbeit, Stephen.« Herbert speicherte das Bild ebenso wie die anderen. »Haben Sie die Zeit, sie zu verfolgen?«

»Ich kann ihnen ein Stück weit folgen, aber das wird Ihnen nicht viel sagen. Ich habe mir eines der Übersichtsbilder angesehen. Etwa zweihundertfünfzig Meter nordwestlich von dieser Stelle werden wir hinter dem Gipfel die Spur verlieren. Danach können wir nur noch zwischen den Bergen herumsuchen.«

»Verstehe. Okay, überprüfen Sie zumindest, ob sie es bis dahin geschafft haben. Vielleicht können wir uns eine bessere Vorstellung davon verschaffen, wie viele Leute dort waren und welche Lasten sie trugen.«

»Ich würde sagen, die haben nicht viel getragen. Der Schnee liegt etwa acht Zentimeter hoch, und die Eindrücke sind fünf Zentimeter tief. Das sieht nach der richtigen Tiefe für einen Menschen mit einem Durchschnittsgewicht von siebzig Kilo aus. Außerdem kann ich mir nicht vorstellen, dass sie in dem Gebiet viel mehr als Seile und Haken mit sich tragen.«

»Da haben Sie vermutlich Recht.«

»Aber ich werde sehen, ob ich herausfinden kann, aus wie vielen Personen die Gruppe besteht.«

»Danke, Stephen.«

»Keine Ursache.«

Herbert schaltete die Freisprecheinrichtung aus und wandte sich erneut Hank Lewis und Ron Friday zu. »Meine Herren, die Zelle ist tatsächlich nach Norden unterwegs. Ich schlage vor, wir verschieben die politische Debatte auf später und konzentrieren uns auf das Krisenmanagement. Ich werde mit Paul Hood reden, um herauszufinden, ob er sich überhaupt einmischen will oder ob wir die Strikers-Mission ganz abbrechen und die Sache dem Außenministerium übergeben sollen. Hank, ich schlage vor, Sie und Mr. Friday besprechen, wie Ihre eigene Beteiligung aussehen soll. Ob wir nun die ursprüngliche Mission fortsetzen oder eine neue planen – da draußen könnte es ziemlich hässlich zugehen.«

»Außerdem müssen wir uns überlegen, was wir dem Präsidenten und dem Kongressausschuss sagen«, gab Lewis zu bedenken.

»Dazu hätte ich einen Vorschlag«, meinte Herbert. »Wenn Sie Mr. Friday ab sofort an die Strikers ausleihen, bleibt der NSA diese Entscheidung erspart.«

»Kommt nicht in Frage«, erklärte Lewis. »Ich bin vielleicht neu im Amt, Bob, aber ich bin kein Greenhorn. Lassen Sie mich wissen, was Paul denkt, dann erledige ich den entsprechenden Anruf für unsere Organisation.«

»In Ordnung.« Herbert lächelte. Er respektierte Leute, die sich nicht vor der Verantwortung drückten, besonders wenn so viel auf dem Spiel stand.

»Ron«, fuhr Lewis fort. »Ich möchte, dass Sie mit dem Bauern und Hauptmann Nazir sprechen, um in Erfahrung zu bringen, ob die beiden sie gegebenenfalls auf einer Suchmission begleiten würden. Ich bin mit Bob einer Meinung. Mr. Kumar kann sich als sehr nützlich erweisen, falls es uns gelingt, seine Enkelin aufzuspüren.«

»Ich kümmere mich darum.«

»Gut«, schaltete sich Herbert erneut ein. »Hank, ich melde mich bei Ihnen, wenn ich mit Paul und General

Rodgers gesprochen habe. Mr. Friday – danke für Ihre Unterstützung.«

Friday sagte kein Wort.

Herbert legt auf. Allein bei dem Gedanken an Ron Friday fluchte er vor sich hin, doch für den Augenblick hatte er keine Zeit, sich mit dem Mann zu befassen. Wichtigeres stand auf dem Spiel.

Er vereinbarte mit Paul Hood sofort einen Termin.

23

Kargil, Kaschmir – Donnerstag, 7 Uhr 43

Bevor er aus dem Helikopter stieg, öffnete Ron Friday ein Fach zwischen den Sitzen und holte einen alten Ordner mit Karten heraus. Der Flugplan des Choppers wurde von computergenerierten Karten diktiert. Die animierten, von Gitternetzen überlagerten Landschaften erschienen auf einem Monitor über dem Hauptanzeigeschirm zwischen der Station des Piloten und der des Kopiloten. Über eine Tastatur unter dem Monitor wurden die Koordinaten eingegeben. Friday riss die Karten, die er brauchte, aus dem Ordner und stopfte sie in die Tasche seiner Windjacke.

Auf dem Rückweg zum Bauernhof boxte er wild in die Luft. In seiner Vorstellung traf der Hagel wütender Haken nicht nur Bob Herberts imaginäres Kinn, sondern ging direkt durch seine Nemesis hindurch. Für wen zum Teufel hielt sich der Kerl? Der Mann war bei der Erfüllung seiner Pflicht verwundet worden. Damit besaß er ein Anrecht auf eine Behindertenrente, aber nicht auf Respekt.

Der alte Sack. Bob Herbert war ein Lohnsklave, nichts als eine Drohne im Bienenstock.

Als er seinen Boxkampf beendet hatte, schlug sein Herz wild in seiner Brust, und er schwitzte unter den Achseln. Schwer atmend streckte und dehnte er seine Finger, während er über das felsige, unebene Gelände ging.

Es ist alles in Ordnung, sagte er sich selbst. Er war hier, im Zentrum der Aktion, und hielt sein Schicksal selbst in der Hand. Bob Herbert dagegen saß in Washington und bellte Befehle. Befehle, die leicht ignoriert werden konnten, da sich Lewis geweigert hatte, ihn dem Op-Center zu unterstellen. Friday verdrängte den Gedanken an den Bürokraten, der sich offenkundig in Selbstmitleid erging, und konzentrierte sich auf seine Arbeit.

Hauptmann Nazir war mit Apu Kumar ins Haus gegangen. Während sich der Black Cat umsah, saß Kumar ruhig auf dem abgenutzten Sofa. Beide Männer drehten sich um, als Friday eintrat.

»Was haben sie gesagt?«, erkundigte sich Nazir.

»Die pakistanische Zelle erfreut sich bester Gesundheit und zieht offenbar durch den Himalaja nach Norden. Das Op-Center und die NSA erwägen eine gemeinsame Mission, um die Zelle und Mr. Kumars Enkelin abzufangen. Man will vermeiden, dass sie der SFF in die Hände fallen. Hätten die Black Cats und ihre Verbündeten in der Regierung ein Problem mit einem amerikanischen Such- und Bergungseinsatz?«

»Glaubt Ihre Regierung, dass die Gefahr eines atomaren Schlagabtausches besteht?«, fragte Nazir.

»Wenn die nicht davon ausgehen würden, würden sie eine verdeckte Aktion noch nicht einmal in Betracht ziehen. Sieht so aus, als wollten Ihre Freunde von der Special Frontier Force die Zelle unbedingt in die Finger bekommen. Unsere ELINT-Ressourcen entdeckten einen Trupp, der die Pakistaner in den Bergen jagte.«

»Wo befinden sich die SFF-Leute jetzt?«

»Stehen Schlange für ihre Reinkarnation.«

»Wie bitte?«

»Wenn ich es richtig verstanden habe, wurde das Kommando von einem pakistanischen Selbstmordattentäter erledigt.«

»Verstehe.« Nazir überlegte einen Augenblick. »Die Anwesenheit der SFF spricht für unsere These, dass sie das Ganze organisiert hat.«

»Sieht auf jeden Fall so aus.«

»Wenn das so ist, würden die Black Cats Ihnen jede nur mögliche Unterstützung gewähren.«

»Gut.« Friday wandte sich zu Kumar. »Wir werden auch Ihre Hilfe brauchen«, erklärte er dem Bauern. »Ihre Enkelin hat offenkundig für die SFF gearbeitet. Ihre Zeugenaussage kann den Unterschied zwischen Krieg und Frieden bedeuten. Falls wir sie einholen, muss sie unbedingt die Wahrheit sagen.«

Apu Kumar zuckte die Achseln. »Sie ist ein ehrliches Mädchen und würde niemals lügen.«

»Aber sie ist auch eine Patriotin, nicht wahr?«, fragte Friday.

»Natürlich.«

»Patriotismus lullt häufig alle Empfindungen ein«, meinte Friday. »Deswegen werfen sich Soldaten gelegentlich sogar auf Handgranaten. Wenn Ihre Enkelin der SFF dabei geholfen hat, die Pakistaner als Zerstörer des hinduistischen Tempels hinzustellen, muss sie das dem indischen Volk sagen.«

Apu wirkte überrascht und höchst beunruhigt. »Glauben Sie, sie hätte das getan?«

»Ja, das glauben wir.«

»Arme Nanda.«

»Es geht nicht nur um Nanda«, warf Hauptmann Nazir ein. »Wenn sie nicht sagt, was sie weiß, müssen vielleicht Millionen von Menschen sterben.«

Apu erhob sich. »Nanda hat bestimmt nicht gewusst, was sie da tat. Sie hätte niemals für ein solches Ziel gearbeitet. Aber ich werde Ihnen helfen. Was soll ich tun?«

»Zunächst einmal warme Kleidung zusammenpacken und dann warten«, erwiderte Friday. »Wenn Sie ein Paar zusätzliche Handschuhe und lange Unterhosen besitzen, bringen Sie die auch mit.«

Apu erklärte sich einverstanden und eilte ins Schlafzimmer. Unterdessen ging Friday zu einem kleinen Tisch und holte die Karten aus seiner Tasche.

»Hauptmann?« Es war ein Befehl, keine Frage.

»Ja?«

»Wir müssen Pläne erstellen.«

»Flugpläne?«, fragte Nazir mit einem Blick auf die Karten.

»Ja.«

Aber das war nur der Anfang. Ganz gleich, wie ihre Mission ausging, Friday würde vor den Black Cats und seinen eigenen Freunden und Fürsprechern in der indischen Regierung gut dastehen. Er war überzeugt davon, dass Hank Lewis ihm gestatten würde, hier zu bleiben, wenn all dies vorüber war. Und dann würde Ron Friday frei sein, um seine Verbindungen zur Atom- und Ölindustrie zu pflegen. Dort lag die Zukunft der Nation.

Und seine eigene.

24

Siachin-Basis 3, Kaschmir – Donnerstag, 9 Uhr 16

Dass er einen Anruf von Kommandeur San Hussain erhielt, überraschte Major Dev Puri nicht. Seit er von dem Geheimplan wusste, die pakistanische Terrorzelle für die Zwecke der SFF einzusetzen, hatte er mit einem Anruf des Chefs der Special Field Force zu diesem Zeitpunkt gerechnet. Was ihm Hussain mitteilte, kam für ihn jedoch völlig überraschend. Nachdem er aufgehängt hatte, blieb Major Puri noch ein paar Augenblicke in seinem Bunker sitzen. Seit Wochen hatte er damit gerechnet, dass er bei dieser Operation eine wichtige Rolle spielen würde, nämlich für die schnelle und unauffällige Evakuierung der Waffenstillstandslinie zu sorgen.

Aber mit der Aufgabe, die man ihm jetzt übertragen hatte, hatte er nicht gerechnet. Diese Rolle hätte nämlich eigentlich der der SFF angegliederten Mountain Elite Attack Nation, der MEAN, vorbehalten bleiben sollen. Das war der Name, den schon die Widerstandskämpfer getragen hatten, die gegen die britische Kolonialherrschaft auf dem Subkontinent gekämpft hatten.

Es war die wichtigste aller Aufgaben.

Puri griff in eine Blechbüchse, die auf seinem Schreibtisch stand, rupfte einen Pfriem Kautabak heraus, steckte ihn sich in die Backe und begann, langsam zu kauen. Er hatte erwartet zu hören, dass die pakistanische Zelle in ihrem Hauptquartier in den Bergen gefangen genommen worden war. Danach sollten Puris Einheiten den Rückzug vorbereiten. Die Vorkehrungen sollten in aller Stille und ohne Hektik getroffen werden, auf den Einsatz von Handys und Funkgeräten sollten sie verzichten. Wo immer möglich, sollten sich die Aktivitäten in den unterirdischen Bunkern und am Grunde der Gräben abspielen. Den Pakistanern würde nichts Ungewöhnliches auffallen. Devis vierhundert Mann sollten bis elf Uhr morgens fertig sein, aber ihre Stellungen nicht verlassen, bis sie von Hussain Nachricht bekamen.

Stattdessen hatte Kommandeur Hussain mit einem vollkommen anderen Befehl angerufen. Major Puri sollte mit der Hälfte der vierhundert Soldaten unter seinem Befehl nach Süden, in die Berge, ziehen. Sie sollten volle Überlebensausrüstung mitnehmen und Thermo-Tarnkleidung anlegen. Hussain wollte, dass sie sich weit auseinander gefächert auf den Siachin-Gletscher zu bewegten. Wenn sich der Gletscher zum Gipfel hin verengte, sollte auch die Formation dichter zusammengezogen werden. Weit auseinander gefächert hieß, dass die Männer einander gerade eben noch sehen konnten. Damit würden die Soldaten auf einer Linie von etwa zweieinhalb Kilometern verteilt vorrücken. Da die Funkkanäle abgehört werden konnten, wollte Hussain, dass sie Feldsignale verwendeten, eine Reihe standardisierter Gesten, die die MEAN in den Dreißigerjahren des 20. Jahrhunderts entwickelt hatte und die 1947 von der indischen Armee übernommen worden waren. Viel mehr als die Befehle für Vorrücken, Rückzug, Warten, Weitermachen, Tempo verlangsamen, Tempo beschleunigen und Angriff ließen sich damit nicht übermitteln. Die Richtung des Angriffs wurde durch die Finger angegeben: der Zeigefinger bedeutete Norden, der Mittelfinger Süden, der Ringfinger Westen und der kleine Finger Osten. Der Daumen hieß »Los«. Diese Handsignale waren allgemein gebräuchlich. Die Befehle wurden von Unteroffizieren erteilt, die sich in der Mitte der einzelnen Züge aufhielten. Sie konnten von den Leutnants der Kompanien und Puri selbst, der die Operation von der Mitte des Fächers aus leiten würde, widerrufen werden. Für den Notfall besaßen die Männer Funkgeräte.

Puri griff zum Telefon und befahl seinem Adjutanten, die Leutnants im Besprechungszimmer zusammenzurufen. Er selbst werde in fünf Minuten dort sein. Die höchste Sicherheitsstufe war angesagt: Weder Telefone noch Funkgeräte waren zugelassen, ebenso wenig Laptops und Notepads.

Puri kaute noch einen Augenblick auf seinem Tabak herum, bevor er sich erhob. Hussain hatte ihm mitgeteilt, dass die pakistanische Zelle der Gefangennahme entgangen und nach Pakistan unterwegs war. Vier andere Basen entlang der Waffenstillstandslinie mobilisierten ihre Einheiten, um die Terroristen abzufangen. Jeder der Kommandeure hatte denselben Befehl erhalten: die Zelle gefangen zu nehmen, tot oder lebendig.

Diese Option bezog sich nicht auf die Geisel, eine Inderin aus Kaschmir. Hussain hatte gesagt, die SFF rechne nicht damit, dass die Frau ihr Martyrium überlebe. Er sagte nicht, sie sei misshandelt worden. Sein Ton sprach von etwas völlig anderem.

Er wollte nicht, dass sie überlebte.

Der Major wandte sich zur Tür und verließ den Unterstand. Das Morgenlicht war kalt, der Himmel dunstig. Früher am Morgen hatte er den Wetterbericht überprüft. Oben in den Bergen schneite es, dann war es in den niedrigeren Hügeln immer dunstig. Nichts war klar, nicht einmal die Wände des Grabens selbst.

Und seine Gedanken erst recht nicht.

Mit dieser Rolle hatte er nicht gerechnet: mit der Rolle

des Mörders. Auf dem Weg zu der Besprechung kam ihm der Gedanke, wie eigenartig es war, dass ein einziges Leben eine Rolle spielen sollte. Was er tat, würde in ein oder zwei Tagen zum Tod von Millionen Menschen führen. Wieso kam es da auf einen mehr oder weniger an?

Störte es ihn, dass sie Inderin war? Nein. Auch Inder würden im atomaren Feuer ums Leben kommen. Dass sie eine Frau war? Nein, denn Frauen würden mit Sicherheit ebenfalls sterben.

Das Schlimme war, dass er wahrscheinlich bei ihrem Tod zugegen sein würde. Vielleicht würde er sogar derjenige sein, der den Befehl des Kommandeurs ausführen musste.

Er würde ihr in die Augen sehen müssen, wenn ihr klar wurde, dass sie sterben würde.

Als Indien 1984 von gewalttätigen Auseinandersetzungen zwischen den Kasten erschüttert wurde, befahl Premierministerin Indira Gandhi eine Reihe von Angriffen auf bewaffnete Sikh-Separatisten in Amritsar, bei denen mehr als tausend Menschen getötet wurden. Diese Todesfälle waren bedauerlich, aber das unvermeidliche Ergebnis eines bewaffneten Konflikts. Einige Monate später wurde Mrs. Gandhi von Sikhs ermordet, die ihrer eigenen Leibwache angehörten. Ihr Tod war kaltblütiger Mord, eine Tragödie.

Er hatte ein Gesicht.

Major Puri wusste, dass es getan werden musste, aber er wünschte sich, jemand anders würde diese Aufgabe übernehmen. Seine Karriere beim Militär war zeitlich begrenzt, seine Rolle als Kombattant nur vorübergehend. Doch hatte er einmal gemordet, selbst wenn es im Namen des Patriotismus geschah, dann würde ihn diese Schuld für den Rest seines Lebens verfolgen.

Und nicht nur in diesem Leben, sondern auch im nächsten.

25

Washington, D. C. – Mittwoch, 23 Uhr 45

Paul Hood war froh, als Bob Herbert zu ihm kam.

Er hatte seine Bürotür geschlossen, eine Schachtel Kekse geöffnet und den größten Teil des Abends daran gearbeitet, das Budget des Op-Centers zu reduzieren. Bugs Benet hatte er mitgeteilt, er wolle nicht gestört werden, außer bei dringenden Angelegenheiten. Hood war nicht nach Feierabendplaudereien zumute. Denn dazu hätte er ein gesellschaftsfähiges Gesicht aufsetzen müssen, wo er sich doch nur verstecken wollte. Die Arbeit an einem Projekt half ihm, sich abzulenken – egal, um welches Projekt es sich handelte.

Vor allem aber wollte er nicht nach Hause gehen. Wenn man es denn ein Zuhause nennen konnte: die unpersönliche Suite im Days Inn am Mercedes Boulevard. Er hatte das Gefühl, es würde lange dauern, bis er irgendetwas anderes als das Haus der Familie in Chevy Chase, Maryland, als sein Heim betrachten würde. Aber er und seine Frau Sharon hatten sich getrennt, und seine Gegenwart war für sie eine Belastung. Sie fühlte sich durch ihn an ihre gescheiterte Ehe und an die einsame Zukunft, die vor ihr lag, erinnert. Spannungen dieser Art waren das Letzte, was ihre beiden Kinder brauchten. Das galt vor allem für Harleigh. Hood hatte über das Wochenende einige Zeit mit Harleigh und ihrem jüngeren Bruder Alexander verbracht. Sie hatten sich die Sehenswürdigkeiten von Washington angesehen, etwas, das Einheimische nur selten taten. Außerdem hatte Hood für sie eine persönliche Tour durch das Pentagon organisiert. Alexander war von den salutierenden Wachen, die so aussahen, als wäre nicht mit ihnen zu spaßen, schwer beeindruckt gewesen. Und es gefiel ihm, dass er den militärischen Gruß nicht erwidern musste – so fühlte er sich wie eine wichtige Persönlichkeit.

Harleigh sagte zwar, der Ausflug habe ihr gefallen, aber sonst redete sie praktisch gar nicht. Hood hatte keine Ahnung, ob das am posttraumatischen Stress-Syndrom, an der Trennung oder an beidem lag. Die Psychologin Liz Gordon hatte ihm geraten, keines dieser Themen anzusprechen, solange Harleigh sie nicht selbst erwähnte. Seine Aufgabe war es, optimistisch und fürsorglich zu sein. Nicht so ganz einfach, ohne jede Reaktion von Harleigh. Aber er tat sein Bestes.

Für Harleigh.

Dabei hatte er seine eigenen Bedürfnisse vollständig vernachlässigt. Sein Zuhause fehlte ihm. In seinem Hotelzimmer knarrten keine Dielenbretter, die Wasserleitungen ächzten nicht, und draußen waren nicht die vertrauten Geräusche zu hören. Kein Ölbrenner, der sich ein- und ausschaltete. Das Hotelzimmer roch fremd, nach anderen Menschen, temporär. Der Wasserdruck war schwächer, Seife und Shampoo klein und unpersönlich. Das Nachtlicht an der Decke war anders. Selbst die Kaffeemaschine gurgelte nicht wie die zu Hause. Er vermisste seine vertraute Umgebung und hasste die Veränderung.

Noch schlimmer war die Klemme, in die er sich selbst durch seine Beziehung zu Ann Farris gebracht hatte, der 34-jährigen Pressesprecherin. Praktisch seit ihrem ersten Tag im Op-Center hatte sie ihm nachgestellt, was er als schmeichelhaft und störend zugleich empfunden hatte. Schmeichelhaft, weil es zwischen ihm und seiner Frau seit Jahren Probleme gab. Störend, weil Ann Farris nicht gerade diplomatisch vorging. Das Pokerface, das sie bei Pressekonferenzen zur Schau trug, fiel in Hoods Umgebung vollständig von ihr ab. Vielleicht war es eine Frage des Gleichgewichts von Yin und Yang: Ihre Leidenschaftslosigkeit in der Öffentlichkeit wurde durch Aggressivität im Privatleben ausgeglichen. Auf jeden Fall irritierte ihr offen zur Schau getragenes Interesse Hood ebenso wie seine engsten Mitarbeiter, Mike Rodgers und Bob Herbert.

Und nun hatte er in seiner Verzweiflung den Fehler begangen, tatsächlich mit Ann zu schlafen. Das hatte die angespannte Situation weiter verschärft, denn sie fühlte sich ihm noch näher, und er fühlte sich noch schuldiger. Auf keinen Fall wollte er das Erlebnis wiederholen, zumindest nicht, bis er geschieden war. Ann behauptete zwar, das zu verstehen, fühlte sich aber dennoch zurückgestoßen. Das hatte ihr Verhältnis im Beruf beeinträchtigt. Jetzt verhielt sie sich ihm gegenüber kühl und der Presse gegenüber aufbrausend.

Wie war es möglich, dass Paul Hood, der in relativ jungen Jahren in mehreren Berufen die obersten Sprossen der Karriereleiter erklommen hatte, sein eigenes Leben und das der Menschen um ihn herum so gründlich zerstört hatte? Wie zum Teufel war das passiert?

Im Grunde war es Ann, die Hood heute Abend nicht sehen wollte, aber er konnte Bugs schlecht sagen, er solle nur sie fern halten. Selbst wenn sie sich denken konnte, dass das seine Absicht war, wollte er sie nicht offen beleidigen.

Ironischerweise bestand seine aktuelle Tätigkeit darin, Ann und ihre gesamte Abteilung zu eliminieren.

Hood war nicht überrascht, dass Herbert so spät noch im Büro war. Der Chef der Aufklärungsabteilung fand seine Arbeit befriedigender als Unternehmungen mit anderen. Herbert behauptete, es sei eine größere Herausforderung, sich in das Gehirn eines Spions zu versetzen, als mit einer Frau anzubandeln. Nicht gerade politisch korrekt, aber so war Herbert eben. Außerdem hatte man mehr davon, meinte er. Der Spion wurde getötet, landete im Gefängnis oder wurde sonst wie ausgeschaltet. Hood hätte sich an seinem Freund ein Beispiel nehmen sollen.

Er war froh, dass Herbert ihn besuchte. Er brauchte eine Krise, mit der er sich beschäftigen konnte – eine Krise, die er nicht selbst heraufbeschworen hatte. Was Herbert ihm mitteilte, klang allerdings nicht nach der Ablenkung, auf die er gehofft hatte. Allerdings verdrängte die schreckliche Aussicht auf einen Atomkrieg zwischen Indien und Pakistan alle anderen Gedanken.

Herbert informierte Hood über seine Gespräche mit Mike Rodgers und Ron Friday. Als er geendet hatte, fühlte sich Hood voll neuer Energie. Seine eigenen Probleme waren zwar nicht gelöst, aber zumindest war ein Teil seiner selbst aus seinem Loch hervorgekommen. Der Teil, der anderen gegenüber Verantwortung trug.

»Sieht ziemlich übel aus«, meinte er.

»Allerdings«, stimmte Herbert zu. »Was meint denn ihr Bauch dazu?«

»Er sagt mir, wir sollten uns sofort an den Präsidenten wenden und ihm die Sache überlassen.«

Herbert blickte ihn einen Augenblick lang an. »Höre ich da ein ›Aber‹?«

»Eigentlich eher drei. Zum einen können wir bezüglich der Vorgänge nur raten. Auch wenn einiges für unsere Hypothesen spricht, haben wir immer noch keine Beweise. Zweitens müssen wir uns überlegen, was geschieht, wenn Ihre Erkenntnisse richtig sind und tatsächlich ein Krieg vom Zaun gebrochen werden soll. Wenn wir den Präsidenten informieren, unterrichtet dieser das Außenministerium. Damit weiß die ganze Welt Bescheid, dafür sorgen schon Lecks, Maulwürfe und elektronische Überwachung. Das könnte die Verschwörer abschrecken – oder die Ereignisse beschleunigen.«

»Da bin ich Ihrer Meinung. Die SFF und ihre Verbündeten hätten nämlich ebenfalls mit mangelnder Verschwiegenheit zu kämpfen: ein häufiges Problem, wenn man seine eigenen Landsleute nicht einweiht.«

»Genau.«

»Also gut. Was ist das dritte ›Aber‹?«

»Wenn wir beweisen, dass es tatsächlich Pläne für einen Atomschlag gibt und diese von den Vereinigten Staaten enthüllt werden, könnte dies genau den Krieg auslösen, den wir verhindern wollen.«

»Das verstehe ich nicht.«

»Bei der Unterstützung von Militär und Geheimdienst hat sich Indien immer nach Russland hin orientiert«, gab Hood zu bedenken. »Eine ganze Generation von Indern betrachtet die Vereinigten Staaten als Gegner. Wenn wir nun einen patriotischen Plan aufdecken, werden die Inder deswegen davon Abstand nehmen?«

»Wenn es um einen Atomkrieg geht, ja. In diesem Fall würden sich sowohl Russland als auch China auf unsere Seite stellen.«

»Ich weiß nicht, ob ich Ihrer Meinung bin. Russland sieht sich an mehreren Grenzen vom Islam bedroht. Das Op-Center hat gerade erst eine Krise gelöst, die entstanden war, weil die Russen wegen des iranischen Zugangs zu den Ölvorkommen im Kaspischen Meer beunruhigt waren. Moskau hat in Afghanistan gegen die Mudschaheddin gekämpft und Angst vor aggressiven fünften Kolonnen in den eigenen Städten und den verbündeten Republiken. Wer weiß, ob die Russen eine islamische Nation gegen ihren alten Freund Indien unterstützen würden. Und die Chinesen brauchen Unterstützung für einen Schlag gegen Taiwan. Indien könnte ihnen diese sozusagen als Gegenleistung anbieten.«

Herbert schüttelte bedächtig den Kopf. »Paul, ich bin schon lange in diesem Geschäft. Ich habe Videos davon gesehen, wie Saddam Gas und Kampfhubschrauber gegen seine eigenen Leute einsetzte. Ich war bei einer Exekution in China, bei der fünf Männer durch Kopfschuss getötet wurden, nur weil sie abweichende politische Meinungen geäußert hatten. Aber ich kann nicht glauben, dass Menschen bei klarem Verstand ein Abkommen über einen Atomschlag treffen würden, der Millionen Menschen das Leben kosten würde.«

»Warum nicht?«

»Weil damit die Regeln für Konflikte aufgehoben würden. Alles wäre erlaubt, und daran kann niemand interessiert sein.«

»Da haben Sie Recht.«

»Ich bin immer noch der Ansicht, dass eine radikale Gruppe indischer Offiziere einen Atomschlag gegen Pakistan planen könnte.«

»Unabhängig davon, ob Sie Recht haben, meine drei Einwände bleiben weiterhin gültig.«

»Wir brauchen also mehr Informationen, bevor wir uns an den Präsidenten wenden.«

»Richtig. Können wir elektronisch oder über Quellen in der Regierung daran kommen?«

»Vielleicht, wenn wir die Zeit hätten. Aber nachdem die pakistanische Zelle in diesem Augenblick durch die Berge flieht und hinter sich ein totes SFF-Kommando zurückgelassen hat, werden die Inder nicht warten.«

»War schon irgendwas auf DD-1?«, wollte Hood wissen. DD-1 National war der Flagschiffsender von Doordarshan, dem staatlichen indischen Fernsehen. Zudem stand der Sender in enger Verbindung mit Prasar Bharati, dem All India Radio, das vom Ministerium für Information, Rundfunk und Fernsehen betrieben wurde.

»Einer von Matts Leuten nimmt die Nachrichten auf«, gab Herbert zurück. »Er wird mir eine Bewertung darüber liefern, wie aufgebracht die Leute sind und wie sehr die Medien die Bevölkerung aufpeitschen.«

»Können wir uns einschalten und ihren Satelliten lahm legen?«

Herbert grinste. »Sie benutzen fünf. INSAT-2E, 2DT, 2B, PAS-4 und ThaiCom. Wenn nötig, können wir alle stören.«

»Gut. Sie sind dafür, dass die Strikers eingreifen und sich die Pakistaner schnappen, stimmt's?«

»Ich will Mike Rodgers und seine Leute nicht einfach mitten im Himalaja abspringen lassen ...«

»Das ist mir klar.«

»Aber ich weiß nicht, ob uns eine andere Option bleibt, Paul. Unabhängig von dem, was die Pakistaner auf dem Gewissen haben, sie müssen unbedingt davonkommen, damit sie sagen können, was sie *nicht* getan haben.«

»Was würden wir tun, wenn die Strikers nicht bereits unterwegs wären?«

Herbert überlegte einen Augenblick und zuckte dann die Achseln. »Was wir in Korea, Russland und Spanien getan haben. Sie losschicken.«

Hood nickte nachdenklich. »Wahrscheinlich. Haben Sie Mike konsultiert?«

»Nicht ausdrücklich. Aber ich habe ihm geraten, auf

dem Flug von Alconbury nach Chushul so viel wie möglich zu schlafen. Nur für den Fall der Fälle.«

»Wie lang ist der Flug?«

Herbert blickte auf die Uhr. »Sie haben noch zirka sechs Stunden vor sich. Etwas über vier, wenn sie Rückenwind haben und wir sie in der Türkei nicht länger als ein paar Minuten auf dem Boden lassen.«

Hood klickte auf den Dienstplan und öffnete die Datei. »Matt ist noch hier«, verkündete er nach einem Blick auf die Log-in-Zeit.

»Er geht mit Stephen Viens die Überwachungsfotos durch«, erklärte Herbert. »Seit diese Sache ins Rollen gekommen ist, hat er seinen Schreibtisch nicht verlassen.«

»Das sollte er aber. Er muss uns so viel ELINT wie möglich über die Region besorgen.«

»Ich werde Gloria Gold sagen, sie soll ihn für eine Weile vertreten.«

Gold war Technikleiterin der Nachtschicht und konnte durchaus technische Operationen durchführen, auch wenn sie bezüglich der Analyse nicht das Hintergrundwissen von Stoll besaß.

»Wir sollten Lowell und Liz Gordon hinzuziehen«, gab Hood zu bedenken. Lowell Coffey war der Experte des Op-Centers für internationales Recht. »Falls sie erwischt werden, müssen wir wissen, wie die pakistanischen und indischen Gesetze aussehen. Psychologische Profile der Pakistaner könnten ebenfalls hilfreich sein. Haben wir uns für die Raketensuche der Strikers eine genaue Karte der rechtlichen Zuständigkeiten in der Region besorgt?«

»Nein, weil sich diese in einem eng begrenzten Bereich auf pakistanischem Gebiet bewegen sollte.«

»Dann brauchen wir sie jetzt. Wenn die Strikers auf chinesisches Einflussgebiet stolpern und erwischt werden, sind wir aufgeschmissen.«

»Falls Al George die Karten nicht im Archiv hat, besorge ich sie mir vom Außenministerium«, versprach Herbert. »Ich habe dort einen Freund, der den Mund hält, wenn es darauf ankommt.«

»Sie haben auch wirklich überall Freunde.« Hood grinste. Es war schön, Teil eines Teams zu sein, zu dem Leute wie Bob Herbert gehörten. Leute, die professionell und gründlich arbeiteten und das Team und seinen Führer unterstützten. Außerdem machte es Spaß zu lächeln. »Was ist mit Viens? Wie viele Satelliten gibt es in der Region?«

»Drei.«

»Werden wir sie weiter nutzen können?«

»Das dürfte kein Problem sein, im Moment braucht niemand sonst in dieser Region Aufklärung. Viens setzt sein gesamtes Team abwechselnd ein, sodass die Stationen für die Satellitenüberwachung ständig bemannt sind. Es können drei getrennte Aufklärungsaufträge gleichzeitig abgewickelt werden.«

»Gut«, sagte Hood, ohne den Blick vom Monitor zu wenden. Es gab noch mehr Leute, an die er sich wenden konnte, wenn Not am Mann war. Im Augenblick schien es jedoch am besten zu sein, die Anzahl der Beteiligten so klein wie möglich zu halten. Er würde Hank Lewis bei der NSA anrufen und ihm empfehlen, genauso vorzugehen. Er hoffte, dass der neue Mann auf diesem Posten damit einverstanden war, die Sache als so genannte »stillschweigende Operation« laufen zu lassen, bei der die Befehlskette kurz unterhalb des Präsidenten endete.

Herbert rollte davon, um seine Leute vorzubereiten und die Karten zu besorgen, während Hood Coffey anrief, der sich gerade im Fernsehen »Politically Incorrect« ansah. Da Coffeys Telefon zu Hause nicht abhörsicher war, konnte Hood ihm nicht sagen, worum es bei der spätabendlichen Besprechung ging. Er teilte ihm nur mit, der Titel der Fernsehsendung passe sehr gut, worauf Coffey erklärte, er werde so schnell wie möglich kommen.

Hood bedankte sich, fischte noch ein paar Kekse aus der Schachtel und lehnte sich zurück. Es gab noch viel zu tun, bevor er die Mission genehmigen konnte. Zum einen musste Stephen Viens die Zelle finden. Ohne diese Information hatten sie nichts in der Hand. Dann mussten Hood und Herbert entscheiden, ob die Strikers wie geplant landen und dann mit dem Hubschrauber in die Nähe der Zelle fliegen oder ob sie einen Fallschirmabsprung versuchen sollten. Aufgrund der Kälte sowie der Wind- und Sichtverhältnisse war ein Absprung in den Bergen ein höchst gefährliches Unterfangen. Vielleicht konnten sie Ron Friday zuerst dorthin schaffen, damit er Leuchtfeuer auslegte. Allerdings war die Landung auch deshalb ein Problem, weil die Strikers in Srinagar wegen einer völlig anderen Mission erwartet wurden. Möglicherweise konnten sie sich von ihren Gastgebern nicht so schnell verabschieden, wie das erforderlich war.

Außerdem war es aus Sicherheitsgründen wichtig, dass so wenige Menschen wie möglich mit der Strikers-Truppe in Berührung kamen. Lowell oder Herbert konnten sich einen Grund dafür ausdenken, warum sie mit dem Fallschirm abspringen mussten. Die indischen Luftstreitkräfte würden das schlucken müssen, wenn sie nicht riskieren wollten, dass die gesamte Mission abgeblasen wurde.

Hood dachte an Rodgers und dessen Team. Er war stolz darauf, mit diesen Leuten arbeiten zu dürfen. Unabhängig davon, wie sich die Situation entwickelte, die Strikers würden sich mit gewaltigen Schwierigkeiten konfrontiert sehen, wenn sie sich tatsächlich für diese Operation entschieden. Der Gedanke daran ließ Hoods eigene Probleme weder weniger dringlich noch weniger wichtig erscheinen. Eine solche Relativierung funktionierte nie. Harleigh litt immer noch unter den traumatischen Ereignissen bei den Vereinten Nationen. Das Wissen, dass andere Menschen dort ihr Leben verloren hatten, erleichterte den Umgang mit ihrem Zustand nicht.

Eines jedoch tat es. Es erinnerte Hood daran, was Mut war, und das würde er in den vor ihm liegenden Tagen und Stunden nicht vergessen.

26

Washington, D. C. – Donnerstag, 1 Uhr 12

»Wir haben vielleicht etwas!«, rief Stephen Viens.

Gloria Gold beugte sich in ihrem Stuhl vor. Die Aufregung in Stephen Viens' Stimme war auch über die Computer-Audioverbindung nicht zu überhören. Er hatte Recht. Nachdem die Kameras stundenlang systematisch das Gelände abgesucht hatten, hatten sie endlich ein viel versprechendes Bild entdeckt.

»Bleiben Sie dran«, sagte Viens. »Bernardo schaltet uns auf Infrarot. Die Umstellung wird etwa drei Minuten dauern.«

»Ich warte«, gab Gloria Gold zurück. »Gute Arbeit.«

»Keine verfrühten Glückwünsche. Vielleicht sind es ja nur ein paar Felsen, oder es ist ein Rudel Gebirgsziegen.«

»Eine Herde Gebirgsziegen«, korrigierte die 57-Jährige.

»Wie bitte?«

»Rudel sagt man normalerweise bei Wölfen.«

»Verstehe. Einmal Lehrerin, immer Lehrerin. Aber was, wenn es sich um bisher unbekannte Hochgebirgswölfe handelt?«

Gloria lächelte. »Dann müsste ich mich natürlich geschlagen geben.«

»Vielleicht sollten wir wetten. Ihre Mikrokamera gegen meine Anstecknadel.«

»Vergessen Sie's.«

»Warum nicht? Meine Anstecknadel hat eine große Reichweite.«

»Und meine Kamera Substanz.«

Der NRO-Aufklärungsexperte hatte ihr einmal seine Anstecknadel des Massachusetts Institute of Technology gezeigt, die er für seine persönlichen Bedürfnisse umgestaltet hatte. Sie enthielt ein punktgroßes Mikrofon, das aus gegeneinander schwingenden Molekülen bestand. Damit konnte er Geräusche über eine Entfernung von bis zu 250 Kilometern zum Audiorekorder seines Computers übertragen. Ihre Mikrokamera war allerdings weit besser: Sie übermittelte Bilder mit Millionen Pixel über eine Entfernung von bis zu 15 Kilometern zu ihrem Computer. Das war nicht nur eine überlegene Leistung, sondern auch wesentlich nützlicher.

»Na gut«, meinte Viens. »Wir könnten um ein Abendessen wetten. Passt doch super. Infrarotbilder und Mikrowellengerichte ...«

»Ich bin eine miserable Köchin.«

»Dafür koche ich umso besser.«

»Danke, lieber nicht.« Gloria war dreimal geschieden. Aus irgendeinem Grund war Viens schon immer in sie verliebt gewesen. Sie mochte ihn auch, aber er war jung genug, um ihr Sohn zu sein. »Einigen wir uns darauf, dass wir beide gewinnen, wenn Sie die Pakistaner tatsächlich entdeckt haben.«

Viens seufzte. »Aus Ihnen spricht die Diplomatin. Ich akzeptiere, wenn auch unter Protest.«

Die große, schlanke Gloria lehnte sich lächelnd in ihrem Stuhl zurück. Sie saß an ihrem Glasschreibtisch in der Technikabteilung des Op-Centers. Die Lichter in ihrem Büro waren ausgeschaltet, die einzige Helligkeit kam von dem 21-Zoll-Bildschirm. Die Gänge waren still. Sie nahm einen Schluck Wasser aus der Evian-Flasche, die sie auf dem Boden stehen hatte. Nachdem sie in ihrer zweiten Nacht im Op-Center eine Flasche umgestoßen und damit einen Kurzschluss in ihrem Computer verursacht hatte, ließ Gloria nichts Flüssiges mehr auf ihrem Schreibtisch. Zum Glück hatte ihr Chef, der stellvertretende Direktor Curt Hardaway – auch »Night Commander« genannt –, zugegeben, dass ihm das selbst auch einmal passiert war. Ob es stimmte oder nicht, auf jeden Fall war es nett gewesen, das zu sagen.

Der Scherz mit der Wette war mehr als willkommen gewesen. Sie saß erst seit einer Stunde an dieser Sache, aber Viens hatte bereits den ganzen Tag daran gearbeitet. Die Elemente in dem vom NRO eingespeisten Bild wirkten tatsächlich sehr viel versprechend. Im Moment betrug die Auflösung fünf Meter, was bedeutete, dass alles von mindestens fünf Meter Länge sichtbar war. Das simultane PAP – das fotografische Analyseprofil – des Computers hatte etwas identifiziert, das es möglicherweise für menschliche Schatten hielt. Sie gingen von einem Felsband aus, das die Sicht versperrte, und wurden vom Gelände und dem Einfallswinkel der Sonne verzerrt. Mit Infrarot ließ sich feststellen, ob die Schatten von Lebewesen oder Felsformationen geworfen wurden. Die Tatsache, dass sich ihre Position von einem Bild zum anderen verändert hatte, besagte nicht viel. Das konnte eine durch die wandernde Sonne erzeugte Illusion sein.

Die erfahrene Op-Center-Expertin beobachtete weiter und wartete ab. In der Stille der Nacht schien die Zeit noch langsamer zu verrinnen als sonst.

Die Technikabteilung bestand aus drei nebeneinander liegenden Büros, die auf der Verwaltungsebene untergebracht waren, allerdings so weit wie möglich entfernt von den hektischen vorderen Räumen. Die Stationen waren durch Computer, Webcams und drahtlose Technologie so gründlich miteinander verbunden, dass die Angestellten am liebsten die Wände eingerissen hätten, um sich durch Zuruf zu verständigen, nur um gelegentlich zwischenmenschliche Kontakte zu pflegen. Aber Matt Stoll war immer dagegen gewesen. Wahrscheinlich, weil er in der Abgeschiedenheit seines Büros Dinge tat, von denen er nicht wollte, dass der Rest der Welt davon erfuhr. Aber Gloria Gold kannte sein finsteres Geheimnis. Sie hatte ihm eines Nachts mithilfe ihrer digitalen Mikrokamera nachspioniert, die sie am Türgriff seines Mini-Kühlschranks angebracht hatte.

Vier- bis fünfmal pro Tag spülte Matt Stoll den Inhalt von ein paar kleinen Biskuitpackungen mit Gatorade hinunter.

Das erklärte die unerschöpfliche Energie und den zunehmenden Leibesumfang des beliebtesten Eierkopfes im Op-Center. Damals war ihr auch klar geworden, warum auf seinen Hemden gelegentlich gelbe Flecken prangten:

Er schüttete sich das Gatorade direkt aus der Flasche in den Mund. Selbst jetzt, wo er sich eigentlich auf seinem Sofa ausruhen sollte, las er vermutlich die letzte Ausgabe von *NuTech* oder spielte mit seinem Gameboy. Anders als sein früherer Klassenkamerad Viens schien Matt Stoll mit seinem Zucker- und Gatorade-High ständig unter Strom zu stehen.

Als das vom National Reconnaissance Office eingespeiste Bild aktualisiert wurde, war Gloria bereits wieder voll auf den Monitor konzentriert. Das fast weiße Bild hatte nun die Farbe von Feuer angenommen. Am unteren Rand des Schirms strahlten von glühend roten Objekten gelbweiße atmosphärische Verzerrungen aus.

»Sieht gut aus«, meinte Viens. »Was auch immer die Schatten wirft, es lebt.«

»Definitiv«, stimmte Gloria zu. Sie beobachteten, wie das Bild erneut aktualisiert wurde. Der rote Fleck wurde noch heißer, als er sich unter dem Felsvorsprung hervorbewegte. Die unförmige Gestalt ähnelte vage einem Menschen.

»Mist! Bernardo, schalt auf natürliches Licht zurück.«

»Das ist keine Gebirgsziege«, meinte Gloria.

»Und mit Sicherheit auch kein Wolf.«

Gloria beobachtete, wie der Satellit die Okulare wechselte. Diesmal schien die Umstellung viel länger zu dauern. Das lag nicht an dem mechanischen Umschaltvorgang, sondern an der Optikdiagnose, die der Satellit bei jedem Linsenwechsel durchführte. Das war wichtig, damit Brennpunkt und Ausrichtung stimmten. Falsche Daten – nicht zentrierte Bilder, falscher Brennpunkt, ein falsches Dezimalkomma bei der Auflösung – waren so nutzlos wie gar keine Daten.

Dann erschien das Bild in sichtbarem Licht. Durch ein weißes Feld zog sich diagonal ein graues Felsband. Gloria konnte eine Gestalt erkennen, die halb darunter stand. Weder Ziege noch Wolf: Es war eine Frau. Dahinter schien der Kopf einer weiteren Person aufzutauchen.

»Ich glaube, wir haben sie!«, meldete Viens aufgeregt.

»Sieht ganz so aus.« Gloria griff schon zum Telefon. »Ich informiere Bob Herbert.«

Bob Herbert stand neben ihr, bevor das nächste Bild erschien. Es zeigte eindeutig fünf Leute, die sich an dem schmalen Felsband entlangbewegten.

27

Kargil, Kaschmir – Donnerstag, 12 Uhr 01

Ron Friday war immer gern vorbereitet.

Bevor er ein Gebäude betrat, überlegte er sich mindestens zwei Fluchtwege. Wenn er in ein Land reiste, hatte er immer bereits das nächste im Auge, in das er sich aus freien Stücken, oder weil es die Notwendigkeit verlangte, begeben würde. Bei der Planung einer Mission überprüfte er stets, ob Ausrüstung, Genehmigungen und Verbündete, die er eventuell brauchen würde, zur Verfügung standen. Muße kannte er nicht.

Nach dem Gespräch mit Bob Herbert wurde ihm klar, dass er und Hauptmann Nazir möglicherweise in die Berge gehen mussten. Hubschrauber vertrugen Höhen von bis zu viertausend Metern und Temperaturen von bis zu minus 25 Grad Celsius. Ihnen blieb genug Treibstoff für einen Flug von 1100 Kilometern. Das hieß, dass sie 650 Kilometer weit in die Berge hineinfliegen konnten und dennoch genug Treibstoff für einen Rückflug hatten. Allerdings gab es noch das Problem, dass sie den Chopper unter Umständen in zu großer Höhe absetzen mussten, wo flüssigkeitshaltige Komponenten gefrieren konnten. Je nachdem, wohin sie fliegen mussten, konnte es ein langer und unangenehmer Fußmarsch nach Hause werden.

Friday nahm das tragbare Telefon an sich. Dann überprüfte er die Ausrüstung an Bord. Es gab eine einfache Kletterausrüstung, aber keine Winterkleidung. Das war jedoch möglicherweise kein Problem. Er war Apu Kumars

Besitz durchgegangen und hatte mehrere dicke Jacken gefunden. Die waren zwar zu klein, aber Friday konnte sie notfalls auseinander schneiden und Parkas anfertigen. Außerdem gab es Mützen und Handschuhe. Die größte Sorge bereitete ihm der Sauerstoff. Wenn er und Hauptmann Nazir in größeren Höhen viel klettern mussten, würde sich die Erschöpfung bald bemerkbar machen.

Vielleicht hatten die Strikers Zusatzausrüstung dabei. Bevor er nicht mit Bob Herbert oder Hank Lewis gesprochen hatte, würde Friday das genauso wenig wissen, wie er ihr Zielgebiet kannte.

In der Zwischenzeit sah er sich gemeinsam mit Hauptmann Nazir Karten an, um sich mit der Gegend vertraut zu machen. Apu saß bei ihnen in der kleinen Küche des Bauernhauses und erzählte ihnen, was er über das Gebiet wusste. Als er jünger war, war er in den Ausläufern des Himalaja bergsteigen gegangen.

Friday berechnete die Route vom Basar von Srinagar bis zum Ort der Explosion in den Bergen und die vom Bauernhof bis zum Explosionsort im Himalaja. Die Zelle, aber auch der Mann auf dem Hof hatten genügend Zeit gehabt, vor der Detonation die Stelle im Gebirge zu erreichen. Die Frage war, welche Richtung sie von dort aus einschlagen würden. Die Zelle musste nur etwa dreißig Kilometer zurücklegen, um über die Berge die pakistanische Grenze zu erreichen. Aber es waren dreißig Kilometer im Hochgebirge, die sowohl über die Waffenstillstandslinie als auch über den tödlichen Siachin-Gletscher führten. Der bis auf sechstausend Meter reichende Gletscher war auch unter optimalen Bedingungen nicht leicht zu erklettern. Für die erschöpften Pakistaner, die vermutlich von Bodentruppen und womöglich auch noch von der Luft aus verfolgt wurden, war es ein Wunder, wenn sie es schafften.

Das Hubschraubertelefon piepste, während sich Friday die topografischen Karten der Region ansah. Nazir antwortete. Es waren Bob Herbert und Hank Lewis. Er reichte Friday das Telefon.

»Wir haben die Zelle gefunden.«

»Wo sind sie?«, fragte Friday begierig. Er beugte sich über die auf dem Tisch ausgebreiteten Karten. »Ich habe je sieben bis zehn taktische Flugkarten von den Grenzregionen um Muzaffarabad und Srinagar sowie von dem Gebiet zwischen Srinagar und Kargil.«

»Sie halten sich in der Grenzregion um Srinagar auf«, erwiderte Herbert. »Ganz in der Nähe von Jaudar.«

»Wie lauten die Koordinaten?«, fragte Friday, während er nach dem entsprechenden Satz griff und durch die einzelnen Karten blätterte.

»Ron, wir möchten, dass Sie sich sofort zu vierunddreißig Grad dreißig Minuten nördlicher Breite, fünfundsiebzig Grad östlicher Länge begeben«, sagte Lewis.

»Das ist Jaudar«, erklärte Friday mit einem Blick auf die Karte. »Hält sich die Zelle dort auf? Im Dorf?«

»Nein«, gab Lewis zurück. »Dort werden Sie sich mit der Strikers-Truppe treffen.«

Friday erhob sich. »Ich habe einen Chopper hier. In weniger als einer Stunde kann ich vor Ort sein, während das Strikers-Team frühestens in vier Stunden landen wird. Bis dahin kann ich die Zelle schon erreicht haben.«

»Und Ihr Partner auch«, erinnerte ihn Lewis.

»Ja und?«

»Die Sicherheitsüberprüfung des Black Cat ist noch nicht abgeschlossen«, erklärte Lewis. »Wir können nicht riskieren, dass er die Pakistaner seinen Leuten übergibt.«

»Das wird nicht geschehen«, versicherte Friday dem neuen NSA-Chef. »Dafür sorge ich.«

»Sie können das nicht garantieren«, widersprach Lewis. »Außerdem sind auch wir der Meinung, dass Mr. Kamur Sie begleiten sollte. Niemand weiß, wie er sich verhalten wird. Mr. Herbert und ich haben das besprochen und sind uns einig, dass sie die Strikers in Jaudar treffen. Sie werden die aktuellen Koordinaten der Zelle haben und die Ressourcen, um Sie und Ihre Gefährten in die Berge zu bringen.«

»Wir verschwenden Zeit«, protestierte Friday. »Bis die Strikers eintreffen, hätte ich die Sache wahrscheinlich erledigt und wäre wieder zurück.«

»Ich bewundere Ihren Enthusiasmus«, mischte sich Herbert ein, »aber die Anführerin der Zelle ist nervös. Wenn möglich, bewegen sich die Terroristen im Schatten und unter Überhängen. Wir wissen nicht genau, welche Waffen sie bei sich führen. Möglicherweise besitzen sie einen Raketenwerfer. Wenn sie sehen, dass sie von einem indischen Chopper verfolgt werden, werden sie Sie vermutlich abschießen.«

»Wenn Sie uns sagen, wo sie sich aufhalten, können wir sie in einem weiten Bogen umgehen und abfangen«, wandte Friday ein.

»Außerdem besteht die Möglichkeit, dass eine pakistanische Maschine versuchen wird, unbemerkt zur Zelle zu gelangen und sie zu retten«, erläuterte Herbert. »Wir wollen nicht, dass es zu einem Feuergefecht mit einem indischen Hubschrauber kommt. Das würde den Indern noch mehr Grund für einen Großangriff liefern.«

Friday quetschte das Telefon in seiner Hand. Am liebsten hätte er den alten Schreibtischhengst erwürgt. Der hatte einfach keine Ahnung von der Arbeit draußen. Keiner von denen wusste, wie es lief. Die besten Agenten saßen nicht gern still. Und die Besten der Besten kamen aus jeder Klemme heraus, weil sie es verstanden zu improvisieren. Friday beherrschte diese Kunst. Wenn er die Zelle fand und sie nach Hause brachte, würde ihm das Kontakte zu deren Hintermännern ermöglichen. Gute Verbindungen nach Neu-Delhi, Islamabad und Washington konnten für einen Agenten in dieser Gegend von unschätzbarem Wert sein.

»Sind wir auf der gleichen Seite?«, fragte Herbert.

Friday blickte auf die Karte. »Ja.« In diesem Augenblick fiel ihm ein, dass Herbert gesagt hatte, die Explosion habe sich auf einer Höhe von etwa 2700 Metern ereignet. Danach musste sich die Zelle auf der Südwestseite der Gebirgskette befinden, denn alles nördlich davon, wie der Gletscher und die Waffenstillstandslinie, lag in größerer Höhe. Fridays Griff entspannte sich. Zum Teufel mit allen Schreibtischhengsten und insbesondere mit Bob Herbert.

»Wir informieren Sie, sobald wir Ankunftszeit und -ort der Strikers genau kennen«, fuhr Herbert fort. »Haben Sie irgendwelche Fragen?«

»Nein«, gab Friday gelassen zurück.

»Möchten Sie noch etwas hinzufügen, Hank?«

Lewis meinte, das sei alles, dankte Friday, und die Männer hängten auf. Friday legte das Telefon in seine Halterung zurück.

»Was ist los?«, erkundigte sich Hauptmann Nazir.

»Das, worauf wir gewartet haben, ist passiert.«

»Sie haben die Zelle gefunden?« Friday nickte.

»Und meine Enkelin?«, wollte Apu wissen.

»Sie ist bei ihnen.« Friday hatte natürlich keine Ahnung, ob das stimmte, aber er wollte, dass Apu sie begleitete. Der Bauer hatte der feindlichen Zelle Unterschlupf gewährt. Wenn sie einen indischen Angriff verhindern wollten, würde sich Apus Geständnis im pakistanischen Fernsehen sehr gut ausnehmen.

Friday blickte auf die Karte. Herbert hatte ihm gesagt, dass sich die Zelle an vorspringende Felsbänder hielt. Das bedeutete, dass sie sie mit Sicherheit finden würden, wenn sie der Bergkette in einer Höhe von 2700 Metern zu folgen begannen und die eine Seite hinauf- und über die andere hinunterflogen. Friday warf einen Blick auf die beigelegte konische Projektion und lächelte. Der gesamte Rundflug war nur etwa dreihundert Kilometer lang.

Er würde sie erwischen und gleichzeitig diesem Nichtstuer Herbert zeigen, was eine Harke war.

»Kommen Sie«, sagte er zu Nazir.

»Wohin? Was haben Sie vor?«

»Terroristen fangen.«

28

Washington, D. C. – Donnerstag, 4 Uhr 02

Paul Hoods Büro befand sich nur wenige Schritte vom Hochsicherheits-Besprechungsraum des Op-Centers entfernt. Der so genannte Tank war von Wänden elektronischer Wellen umgeben, die eine Statik erzeugten, durch die das Abhören mit Wanzen oder externen Parabolantennen unmöglich wurde.

Als Hood eintraf, waren alle anderen bereits anwesend. Die schwere Tür wurde mithilfe eines Knopfs an der Seite des großen, ovalen Konferenztischs betätigt. Hood drückte darauf, nachdem er sich am Kopfende des Tischs niedergelassen hatte.

Der kleine Raum wurde durch Neonröhren erhellt, die in Reihen über dem Tisch hingen. Die Count-down-Uhr an der Wand gegenüber Hoods Platz war dunkel. Wenn sie es mit einer Krise zu tun hatten und ihnen nur begrenzt Zeit blieb, blinkten die sich ständig verändernden Zahlenreihen.

Wände, Fußboden, Tür und Decke des Tanks waren mit schalldämmendem Acoustix bedeckt. Die grau und schwarz gefleckten Streifen waren je siebeneinhalb Zentimeter breit und überlappten einander, um sicherzustellen, dass es keine Lücken gab. Darunter befanden sich zwei Schichten Kork, dreißig Zentimeter Beton und eine weitere Acoustix-Schicht. In den Beton war rundum ein doppeltes Drahtgitter eingelassen, das schwankende Klangwellen erzeugte. Keine elektronische Emission verließ den Raum, ohne gründlich verzerrt worden zu sein. Falls es irgendeinem Abhörgerät tatsächlich gelingen sollte, ein in diesem Raum geführtes Gespräch zu empfangen, wurde es durch die nach dem Zufallsprinzip wechselnde Modulation unmöglich, es wieder in verständliche Form zu bringen.

»Danke, dass Sie gekommen sind«, begann Hood. Er stellte den in den Tisch eingelassenen Computermonitor dunkler ein und begann, die Dateien aus seinem Büro aufzurufen. Gleichzeitig versuchte Bugs Benet, Colonel August über das TAC-SAT zu erreichen. Um sicherzustellen, dass die Strikers stets auf dem aktuellen Stand waren, schliefen August und Rodgers auf dem Weg in die Türkei abwechselnd.

»Keine Ursache«, meinte Lowell Coffey, der Wasser aus einem Krug in die Kaffeemaschine gefüllt hatte, die auf einem Tisch in einer entfernten Ecke des Raumes stand. Das Gerät begann zu gluckern und zu gurgeln. »Die Straßen waren leer, sodass ich während der Fahrt schlafen konnte. Hat irgendwer Donuts besorgt?«

»Das war Ihre Aufgabe«, wies ihn Herbert zurecht. »Sie waren als Einziger nicht im Büro.« Er manövrierte seinen Rollstuhl auf seinen Platz rechts von Hood.

»Ich habe in meinem Büro ein paar Nachtrationen, falls Sie Hunger haben«, meinte Liz Gordon, während sie sich links von Hood niederließ.

»Nein danke.« Coffey, der einen Platz Hood gegenüber gewählt hatte, schauderte. »Da halte ich mich lieber an den Kaffee.«

»Sie haben die offiziellen Nachtrationen des Militärs bei sich im Büro?«, erkundigte sich Herbert.

»Ein Paket mit drei Gängen. Getrocknete Aprikosen und Ananas, Trockenfleischstreifen und Kekse. Eine Freundin in Langley hat sie mir gegeben. Ich glaube, Sie kennen sie – Captain McIver.«

»Wir haben bei verschiedenen geheimen Operationen zusammengearbeitet.« Herbert lächelte. »Du meine Güte, Nachtrationen. Die habe ich seit Jahren nicht gegessen. In den frühen Morgenstunden wirken die geradezu lebensrettend.«

»Nur wenn man müde und nicht gerade wählerisch ist«, verkündete Coffey, dessen professionelle Einstellung auf diesem Gebiet erklärtermaßen zu wünschen übrig ließ.

Hoods Daten waren eben geladen, als es Bugs Benet gelang, die telefonische Verbindung herzustellen. Er schickte die Datei an die anderen Computerstationen am Tisch. Liz und Coffey überflogen sie noch, als Hoods Assistent auch schon meldete, er könne jetzt Colonel Brett August von der C-130 Hercules durchstellen. Hood schaltete das Telefon auf Lautsprecher und blickte sich am Tisch um.

»Wir sind so weit«, teilte er den anderen mit.

Das sorgte für gespannte Aufmerksamkeit.

»Colonel August, können Sie mich hören?«, erkundigte sich Hood.

»So deutlich, als säßen Sie hier bei uns in der Kabine, Sir«, gab der Kommandeur der Strikers zurück.

»Gut. Bob, Sie haben mit Neu-Delhi gesprochen. Würden Sie uns bitte über den aktuellen Stand informieren?«

Herbert blickte auf den Computermonitor an seinem Rollstuhl. »Vor einundzwanzig Stunden wurde ein Anschlag auf einen Markt in Srinagar, Kaschmir, verübt.« Er sprach bewusst laut, damit die Freisprecheinrichtung seine Worte deutlich übertrug. »Eine Polizeistation, ein hinduistischer Tempel und ein Bus mit hinduistischen Pilgern wurden zerstört. Aufgrund der vom NRO und von Ihrem NSA-Kontaktmann, der sich zufällig vor Ort befand, gesammelten Informationen gehen wir davon aus, dass das Attentat auf die Polizeistation das Werk der Free Kashmir Militia ist, einer militanten Organisation mit Basis in Pakistan. Wir vermuten jedoch, dass die Angriffe auf die hinduistischen Ziele von Indien selbst organisiert worden sein könnten. Wir glauben, Elemente innerhalb der Special Frontier Force, im Kabinett und innerhalb des Militärs könnten versuchen, die Unterstützung der Öffentlichkeit für einen schnellen, entscheidenden Atomschlag gegen Pakistan zu gewinnen.«

Niemand rührte sich. Die einzigen Geräusche im Raum waren das Summen der Luft, die durch Schlitze an der Decke gepresst wurde, und das Gluckern des fast fertigen Kaffees.

»Was ist mit den pakistanischen Terroristen?«, fragte Coffey.

»In diesem Augenblick versucht die Zelle, durch die Ausläufer des Himalaja nach Pakistan zu gelangen«, erwiderte Herbert. »Sie hat eine Gefangene bei sich, eine Inderin, die offenbar die Aktionen der SFF koordinierte, um den Angriff auf die hinduistischen Ziele als das Werk pakistanischer Moslems hinzustellen. Es ist von größter Bedeutung, dass sie Pakistan erreichen und ihre Geisel sagt, was sie weiß.«

»Um den aufgebrachten indischen Mob zu beruhigen, der sonst nach pakistanischem Blut schreien wird«, warf Liz ein.

»Ganz recht«, bestätigte Herbert. »Der erste Versuch, die Pakistaner gefangen zu nehmen, ist fehlgeschlagen. Die in die Berge entsandte SFF-Einheit wurde komplett eliminiert. Wir wissen weder, ob eine weitere Verfolgung geplant ist, noch, ob sich die Zelle mit Pakistan in Verbindung gesetzt hat. Daher haben wir auch keine Ahnung, ob Islamabad einen Rettungsversuch plant.«

»Eigentlich können die nur Hubschrauber schicken, die die ganze Gegend durchkämmen«, meinte August.

»Warum sind Sie da so sicher?«, wollte Hood wissen.

»Die Zelle kann es nicht riskieren, ein Funksignal nach Pakistan zu senden oder einen Treffpunkt vorzuschlagen. Das Risiko, dass ein indischer Horchposten an der Waffenstillstandslinie mithört, wäre zu groß. Also müssten die Pakistaner einfliegen und über den vermuteten Fluchtrouten kreuzen. Hubschrauber würden sie deswegen verwenden, weil sie im Gegensatz zu Jets so niedrig fliegen können, dass sie vom indischen Radar nicht erfasst werden.«

»Hört sich plausibel an«, fand Herbert.

»Paul, eine Sache beunruhigt mich«, mischte sich Coffey ein. »Wissen wir ganz sicher, dass der NSA-Agent nur Beobachter des Attentats und nicht aktiv beteiligt war? Vielleicht wurde die Aktion schon vor Wochen geplant, um die Aufmerksamkeit von dem Putschversuch in Washington abzulenken.«

Ein guter Punkt. Jack Fenwick, der frühere NSA-Chef, hatte versucht, den amerikanischen Präsidenten Michael Lawrence zu stürzen und ihn durch den militanteren Vizepräsidenten Cotten zu ersetzen. Vielleicht hatte Fenwick die Krise mitinszeniert, um von dem erwarteten Rücktritt von Präsident Lawrence abzulenken.

»Wir glauben, Friday ist sauber, haben ihn allerdings im Augenblick gemeinsam mit dem indischen Offizier isoliert«, teilte ihm Hood mit. »Ich denke, wenn Friday in die Sache verwickelt wäre, würde er versuchen, diese Region zu verlassen und uns ebenfalls fern zu halten.«

»Das könnte aber auch ein Hinweis auf seine Beteiligung sein«, gab Liz zu bedenken.

»Warum das?«, fragte Hood.

»Wenn ich Sie richtig verstanden habe, sollen die Strikers der Zelle zur Flucht verhelfen. In diesem Fall wäre es in Mr. Fridays Interesse, sich in ihrer Nähe aufzuhalten, um sicherzustellen, dass ihnen das nicht gelingt.«

»Das gilt aber auch umgekehrt«, meinte Herbert. »Wenn die Strikers sich um die Zelle kümmern, können sie gleichzeitig Friday im Auge behalten.«

»Ich möchte betonen, dass die endgültige Entscheidung über die Mission noch nicht gefallen ist, Colonel«, erläuterte Hood. »Aber wenn wir den Pakistanern helfen wollen, müssen wir rechtzeitig eingreifen. Bob, Sie haben Kontakt mit dem Hauptquartier des Zentralkommandos der indischen Luftstreitkräfte aufgenommen.«

»Das stimmt. Wir arbeiten direkt mit General Chowdhury und seinem obersten Adjutanten zusammen. Ich habe den General bereits darüber informiert, dass die Strikers vielleicht anders vor Ort gelangen werden als geplant.«

»Sie denken an einen Absprung«, folgerte August.

»Korrekt«, gab Herbert zurück. »Ich habe den General um die entsprechende Ausrüstung gebeten. Er hat mir zugesagt, dass die AN-12 der Himalayan Eagles damit ausgestattet sein wird. Allerdings habe ich ihm nicht mitgeteilt, wie ihr Auftrag in der Region möglicherweise aussehen wird. Die gute Nachricht ist, dass die Sicherheitsvorkehrungen optimal sein werden. Das indische Militär hat über Ihre Beteiligung offenbar die höchste Geheimhaltungsstufe verhängt. Die SFF und die anderen Beteiligten an den Anschlägen von Srinagar wissen noch nicht einmal, dass sich die Strikers auf dem Weg in die Region befinden.«

»Was ist mit dem indischen Offizier in Mr. Fridays Begleitung?«, wollte Colonel August wissen. »Können wir ihm vertrauen?«

»Sicher ist gar nichts«, erwiderte Herbert. »Aber Friday zufolge legt Hauptmann Nazir nicht den geringsten Wert auf einen Atomangriff. Vor allem, wenn er und Friday gerade Richtung Pakistan unterwegs sind.«

»Der Gedanke ist mir auch schon gekommen«, meinte August. »Meinen Sie, Sie könnten bleigefütterte lange Unterhosen in die Liste der bei den Indern angeforderten Ausrüstung aufnehmen?«

»Verstecken Sie sich hinter Mike«, riet Herbert. »An dem kommt nichts und niemand vorbei, noch nicht einmal radioaktive Strahlung.«

Nervöses Gekicher wurde laut. Lachen trug immer dazu bei, die Situation zu entspannen.

»Friday und Nazir sind mit einem Chopper zu einem Ort namens Jaudar unterwegs«, erklärte Herbert.

»Ich weiß, wo das liegt«, sagte Colonel August. »Südöstlich der Gegend, die wir durchkämmen soll.«

»Wenn wir uns zu einer Such- und Bergungsaktion entschließen, werden Sie sich in den Bergen nördlich des Dorfes mit ihm treffen«, erläuterte Herbert. »Dort haben wir die Zelle lokalisiert.«

»Colonel August, falls wir uns für die Durchführung dieser Mission entscheiden, müssen Sie und Ihre Leute in der Nähe des Siachin-Gletschers im Himalaja abspringen, die Zelle aufspüren und sie sicher über die Waffenstillstandslinie bringen«, gab Hood zu bedenken. »Das Risiko ist enorm. Ich brauche eine ehrliche Antwort. Sind die Strikers bereit, es einzugehen?«

»Es steht zu viel auf dem Spiel«, lautete Augusts Antwort. »Uns bleibt keine Wahl.«

»Guter Mann«, grummelte Herbert.

»Ich muss Sie alle darauf hinweisen, dass die Inder nicht unsere einzigen potenziellen Feinde sein werden«, warf Liz ein. »Problematisch wird auch der psychische Zustand der pakistanischen Zelle sein. Diese Menschen stehen unter extremem physischem und psychologischem Druck. Möglicherweise glauben Sie nicht, dass Sie auf ihrer Seite sind. Es liegt in der Natur des Menschen, in einer solchen Situation niemandem außerhalb seiner Gruppe zu vertrauen.«

»Das ist ein wichtiger Punkt, über den wir noch sprechen müssen«, gab Hood zu.

»Noch etwas, Paul«, mischte sich Coffey ein. »Ihrer Akte nach ist die Free Kashmir Militia zumindest teilweise für diesen Anschlag sowie für all die früheren Attentate in Kaschmir verantwortlich. Das heißt, die Strikers helfen erklärten Terroristen. Zu sagen, das wäre juristisch nicht einwandfrei, wäre eine glatte Untertreibung.«

»Blödsinn«, polterte Herbert. »Die Burschen, die meine Frau in die Luft gejagt haben, sitzen immer noch in irgendeinem Rattenloch in Syrien. Terroristen von Nationen, die sich im Krieg miteinander befinden, werden nicht ausgeliefert. Und Leute, die Terroristen helfen, kommen noch nicht einmal in die Zeitung.«

»Das gilt nur für Guerillas, die von terroristischen Staaten unterstützt werden«, parierte Coffey. »Die Vereinigten Staaten haben ein völlig anderes Verantwortungsbewusstsein. Selbst wenn es der Strikers-Truppe gelingt, die Zelle nach Pakistan zu schaffen, hat Indien das Recht, die Auslieferung jeder einzelnen Person zu verlangen, die an dem Anschlag auf den Basar, der Eliminierung der SFF-Einheit und der Flucht der Terroristen beteiligt war. Wenn Neu-Delhi die FKM nicht erwischen kann, wird man sich die Strikers vornehmen.«

»Lowell, Indien bewegt sich doch selbst auf moralisch unsicherem Terrain«, hielt Herbert dagegen. »Immerhin planen die einen Atomkrieg!«

»Stimmt nicht. Offenkundig gibt es abtrünnige Elemente in der Regierung, die solche Pläne hegen. Die rechtmäßige indische Regierung wird sich von ihnen lossagen und gerichtlich gegen sie vorgehen.«

Verärgert stand der Anwalt auf und holte sich eine Tasse Kaffee. Als er sich wieder setzte und an dem Gebräu nippte, war er etwas ruhiger geworden. Hood schwieg und blickte nur Herbert an. Der Chef der Aufklärungsabteilung mochte Lowell Coffey nicht, und jeder wusste, wie sehr ihm juristische Feinheiten zuwider waren. Leider konnte Hood Coffeys Bedenken nicht einfach ignorieren.

»Meine Herren?«, meldete sich August zu Wort.

»Ja, Colonel?«, sagte Hood.

»Wir sprechen hier über einen möglichen Atomkrieg. Da gelten die normalen Regeln nicht. Wenn Sie wollen, frage ich das Team nach seiner Meinung, aber ich würde darauf wetten, dass meine Leute mit mir übereinstimmen. Angesichts dessen, was auf dem Spiel steht, müssen wir das Risiko eingehen.«

Hood wollte ihm danken, aber irgendwie blieben ihm die Worte in der Kehle stecken. Bob Herbert jedoch hatte damit kein Problem.

»Gott segne Sie, Colonel August«, verkündete er laut, während er den ihm gegenübersitzenden Coffey wütend anfunkelte.

»Danke, Bob. Mr. Coffey, wenn es Sie beruhigt, kann die Strikers-Truppe immer noch den Lone Ranger spielen.«

»Und das heißt, Colonel?«, fragte Coffey.

»Wir setzen die Pakistaner zu Hause ab und reiten in den Sonnenuntergang davon, bevor sie uns auch nur danken geschweige denn uns identifizieren können.«

Herbert lächelte. Auch Hood grinste innerlich. Äußerlich war sein Gesicht zu einer Maske erstarrt. Die Entscheidung, die er zu treffen hatte, lastete schwer auf ihm.

»Wir setzen uns später noch deswegen mit Ihnen in Verbindung«, sagte er. »Colonel, ich möchte Ihnen danken.«

»Wofür? Dafür, dass ich meine Arbeit tue?«

»Für Ihren Enthusiasmus und Ihren Mut. Sie sind uns allen ein Vorbild.«

»Danke, Sir.«

»Ruhen Sie sich aus.« Hood unterbrach die Verbindung und sah sich am Tisch um. »Bob, ich möchte, dass Sie dafür sorgen, dass jemand vom NRO die pakistanische Grenze im Auge behält. Falls tatsächlich ein Chopper nach der Zelle sucht, müssen wir die Strikers rechtzeitig warnen. Ich will nicht, dass man sie für eine feindliche Einheit hält und abschießt.«

Herbert nickte.

»Lowell, finden Sie mir eine juristische Rechtfertigung für diesen Einsatz.«

Der Anwalt schüttelte den Kopf. »Die gibt es nicht. Zumindest keine, die vor dem internationalen Gerichtshof Bestand haben würde.«

»Das meine ich auch nicht. Ich will verhindern, dass die Strikers ausgeliefert werden, wenn es hart auf hart geht.«

»Zum Beispiel, weil es sich um einen humanitären Einsatz handelt?«, fragte Coffey.

»Genau.« Das gefiel Herbert schon besser. »Ich wette, wir finden bei den Vereinten Nationen irgendeinen Mist über friedensstiftende Missionen, der für diesen Fall passt.«

»Ohne die Vereinten Nationen zu informieren?« Coffey war nicht überzeugt.

»Wissen Sie, Lowell, Bob könnte Recht haben«, meinte Hood. »Die Generalsekretärin besitzt treuhänderische Vollmachten für den Notfall, aufgrund derer sie eine Region bei einer offensichtlichen überwältigenden militärischen Bedrohung zum Krisengebiet erklären kann. Das gibt ihr das Recht, ein Team des Sicherheitsrats zu entsenden.«

»Ich habe immer noch nicht begriffen, wie uns das nützt.« Coffey war ratlos.

»Das Team muss nicht unbedingt aus ständigen Mitgliedern des Sicherheitsrats bestehen«, erläuterte Hood. »Es genügt, wenn es sich um Abgesandte von Mitgliedsstaaten des Sicherheitsrats handelt.«

»Okay. Aber niemand wird ein Team akzeptieren, das ausschließlich aus Amerikanern besteht.«

»Aber das wird es nicht. Indien ist Mitglied des Sicherheitsrats, und Inder sind dabei.«

»Hauptmann Nazir und Nanda Kumar«, warf Herbert ein. »Landsleute der Generalsekretärin.«

»Genau«, stimmte Hood zu. »Selbst wenn die Frau eine feindliche Beobachterin ist, auf jeden Fall ist sie vor Ort.«

»Ja, schließlich kann sich der Sicherheitsrat ohnehin nie auf etwas einigen«, ergänzte Liz.

»Sobald die Strikers gelandet sind, müssen wir Generalsekretärin Chatterjee hinzuziehen«, erläuterte Hood. »Wir werden ihr mitteilen, was wir wissen.«

»Und was, wenn sie sich weigert, sich auf ihre treuhänderischen Vollmachten zu berufen?« Coffey war nicht überzeugt.

»Das wird sie nicht«, erklärte Hood.

»Wie können Sie da so sicher sein?«

»Weil wir immer noch eine Presseabteilung besitzen. Und die wird dafür sorgen, dass jede Zeitung dieser Erde erfährt, dass Generalsekretärin Chatterjee untätig zusah, wie Indien den Abschuss von Atomraketen auf Pakistan vorbereitete. Wir werden ja sehen, wessen Blut die Welt dann fordert, ihres oder das der Strikers.«

Coffey und Herbert erklärten sich mit diesem Plan einverstanden. Coffey meinte, er wollte sich die Charta der Vereinten Nationen ansehen, und Herbert ging, um sich die Aufklärungsberichte zu Gemüte zu führen. Liz blieb mit Hood allein zurück. Über die auf dem Tisch gefalteten Hände blickte sie ihn prüfend an.

»Gibt es ein Problem, Liz?«

»Ein guter Plan, Paul.«

»Aber ...?«

Sie sah ihn an. »Einen Aspekt sollten Sie genau durchdenken. Sie haben bereits mehrere Zusammenstöße mit Mala Chatterjee gehabt.«

»Stimmt. Aber es geht nicht darum, sie zu etwas zu zwingen oder sie bloßzustellen. Mir geht es nur darum, die Strikers zu schützen.«

»Darauf wollte ich auch nicht hinaus. Sie haben sich mit Chatterjee und Sharon angelegt, und Sie halten Ann Farris bewusst von sich fern.« Ihr Gesicht wurde weicher. »Sie hat mir erzählt, was zwischen Ihnen beiden geschehen ist.«

»Okay.« Hood klang nun leicht gereizt. »Um was geht es?«

»Ich weiß, was Sie von Psychokram halten, Paul, aber ich will sichergehen, dass sich diese Dinge auf der professionellen Ebene abspielen. Frauen setzen Sie im Moment gewaltig unter Druck. Übertragen Sie diese Frustration nicht von einer Frau auf die andere.«

Hood erhob sich. »Werde ich nicht. Versprochen.«

»Das würde ich gern glauben.« Liz lächelte. »Aber im Augenblick sind Sie sehr wütend auf mich.«

Hood blieb stehen. Liz hatte Recht. Sein Rücken war kerzengerade, sein Mund zu einer schmalen Linie geschrumpft, und die Finger hatte er zu Fäusten geballt. Er ließ die Schultern sinken, öffnete die Hände und blickte zu Boden.

»Paul, es ist mein Job, die Leute hier zu beobachten und möglicherweise die problematischen Punkte aufzuzeigen. Mehr tue ich nicht. Ich verurteile Sie nicht. Aber seit der Krise bei den Vereinten Nationen haben Sie unter gewaltigem Druck gestanden. Außerdem sind Sie müde. Ich will nur, dass sie weiterhin fair und gerecht bleiben. Immerhin ist es Ihnen gelungen, die Situation zwischen Bob Herbert und Lowell Coffey zu entspannen.«

Hood lächelte leicht. »Danke, Liz. Ich glaube nicht, dass die Generalsekretärin in Gefahr war, aber ich bin froh, dass Sie mir den Kopf zurechtgerückt haben.«

Liz klopfte ihm aufmunternd auf den Arm und verließ den Raum. Hood blickte auf die Uhr an der gegenüberliegenden Wand.

Noch zeigte sie nichts an, aber seine innere Uhr tickte, und jede einzelne Feder war so angespannt, wie Liz es vermutet hatte.

Doch immerhin saß er im sicheren Washington, während Mike Rodgers und die Strikers in eine Region unterwegs waren, in der ihre Handlungen Millionen Menschen retten oder zum Tode verurteilen konnten – ihr eigenes eingeschlossen.

Dagegen war der Druck, unter dem er stand, gar nichts. Wirklich gar nichts.

29

Neu-Delhi, Indien – Donnerstag, 14 Uhr 06

Der 69-jährige Verteidigungsminister John Kabir saß in seinem Büro mit den weiß gestrichenen Wänden. Die beiden Gänge, an denen die Büros des Verteidigungsministeriums lagen, gehörten zum Komplex des Kabinetts, der in dem 88 Jahre alten Parlamentsgebäude an der Gurdwara Rakabganj Road 36 in Neu-Delhi untergebracht war. Vor der geöffneten Fensterreihe, die sich über die gesamte Wandbreite hinzog, schien die helle Nachmittagssonne auf weite Rasenflächen, kleine künstliche Teiche und dekorative Steinbrunnen. Hinter der hohen, kunstvoll verzierten Mauer aus rotem Sandstein, die den weitläufigen Komplex umschloss, war der Verkehrslärm kaum zu hören. Im rechten Teil des Grundstücks konnte Kabir gerade noch den Rand des Parlamentsgebäudes sehen, das die Lok Sabha, die Kammer des Volkes, beherbergte. Auf der anderen Seite des Anbaus, in dem das Ministerium untergebracht war, befand sich die Rajya Sabha, die Kammer der Staaten. Im Gegensatz zu den Abgeordneten der Lok Sabha, die vom Volk gewählt wurden, wurden die Angehörigen der Rajya Sabha entweder vom Präsidenten oder von den gesetzgebenden Versammlungen der einzelnen Bundesstaaten ernannt.

Minister Kabir liebte sein Volk und dessen Regierung, aber er verlor allmählich die Geduld. Das System funktionierte einfach nicht mehr.

Der weißhaarige Beamte hatte eben einen Bericht zu den Bewegungen von Major Dev Puris Soldaten in den Bergen zu Ende gelesen, den ihm dieser über ein sicheres E-Mail-System geschickt hatte. Puri und seine Leute waren Veteranen der Frontlinie, sie würden Erfolg haben, wo die Kommandosoldaten der SFF versagt hatten.

Kabir löschte die Computerdatei. Dann saß er da und dachte über die Entscheidung nach, vor die er seine Nation stellen würde. Sie würde entweder die triumphierende Krönung oder das schmähliche Ende seiner langen Karriere bedeuten. Begonnen hatte diese Laufbahn damit, dass er beim Militär bereits mit 37 Jahren den Rang eines Hauptmanns erreicht hatte. Doch die dürftigen sozialen und militärischen Programme von Premierministerin Indira Gandhi frustrierten ihn zunehmend. Besonders verärgert war er, als Indien 1971 Pakistan besiegte, es aber versäumte, seine Herrschaft über Kaschmir zu festigen, indem es hinter der Waffenstillstandslinie eine demilitarisierte Zone schuf. Er entwarf einen Plan für eine so genannte Sicherheitszone, in der er die Dörfer auf der pakistanischen Seite für routinemäßige Artillerie-, Hubschrauber- und Bombenübungen nutzen wollte. Dort sollte sich niemand aufhalten. Wozu gewann man einen Krieg, wenn der Sieger die Sicherheit an seinen Grenzen nicht gewährleisten konnte?

Sein Plan wurde nicht nur verworfen, Hauptmann Kabir wurde auch noch vom Verteidigungsminister getadelt. Kabir nahm seinen Abschied und schrieb ein Buch, *Das Leiden der unentschlossenen Nation*, das zu einem kontrovers diskutierten Bestseller wurde. Dann folgte *Ein Plan für eine sichere Zukunft*. Drei Monate nach der Veröffentlichung seines zweiten Buches wurde ihm das Amt des Generalsekretärs der sozialistischen Samyukta-Partei angetragen. Binnen fünf Jahren war er Vorsitzender der Nationalen Sozialistischen Partei und Präsident des Verbands der indischen Spediteure. Unter seiner Führung kam es 1974 zu einem Streik, bei dem Autobahnen und sogar Eisenbahnübergänge durch »defekte« Lastwagen lahm gelegt wurden. Daraufhin verhängte die Premierministerin Indira Gandhi im Juni 1975 den Notstand, der sie ermächtigte, die bürgerlichen Rechte auszusetzen und ihre Feinde einzusperren. Kabir wurde verhaftet und saß über ein Jahr im Gefängnis. Doch selbst aus der Zelle heraus setzte er seine Kampagne für Reformen fort. Aufgrund des Drucks von Gewerkschaften und Russland nahe stehenden sozialistischen Gruppierungen wurde er begnadigt. Den Russen gefiel besonders, dass sich Kabir für eine starke Grenzverteidigung gegenüber China einsetzte. Sich auf seine starke Hausmacht stützend, gelang es ihm, Industrieminister zu werden. Dieses Amt half ihm, seine Unterstützung bei den Arbeiterklassen auszubauen und gleichzeitig seine Verbindungen zum Militär zu stärken. Das führte wiederum zu seiner Ernennung zum Minister für Kaschmir und zum Mitglied im außenpolitischen Ausschuss. Dort freundete er sich mit Dilip Sahani an. Sahani befehligte die Special Frontier Force in Kaschmir. Die Männer fanden schnell heraus, dass sie beide gleichermaßen beunruhigt waren wegen der Bedrohung durch islamische Fundamentalisten und die nuklearen Forschungsprojekte Pakistans.

Vor zwei Jahren hatten sich hohe Offiziere und Regierungsbeamte, die viel von Kabirs geplanter Sicherheitszone hielten, zusammengetan und den Premierminister dazu gebracht, ihn zum Verteidigungsminister zu ernennen. Kabir hatte den nationalen Befehlshaber der SFF gebeten, für ihn zu arbeiten, und dann dafür gesorgt, dass Dilip Sahani dessen Amt übernahm. Gemeinsam arbeiteten sie an ihrem geheimen Plan. Neu-Delhi mochte damit zufrieden sein, zur Abschreckung ein eigenes Atomwaffenarsenal aufzubauen und durch Aufklärung Informationen zu der Bedrohung durch den Nachbarstaat zu sammeln, aber Kabir und Sahani waren es nicht. Sie wollten sichergehen, dass Islamabad niemals die Gelegenheit bekam, die sehr reale Bedrohung eines Dschihad mit Massenvernichtungswaffen Wirklichkeit werden zu lassen. Mit der unfreiwilligen Hilfe der FKM-Zelle und der jungen Agentin des Civilian Network standen sie kurz davor, ihren Traum zu verwirklichen. Wäre es der SFF gelungen, die FKM gefangen zu nehmen und zu eliminieren, sie hätten ihr Ziel in nunmehr wenigen Tagen oder gar Stunden erreicht. So aber mussten sie warten.

Major Puri würde sie nicht enttäuschen. Er würde die Terrorzelle einschließen und in einem Feuergefecht auslöschen. Die CNO-Agentin in ihrer Begleitung würde ihre Geschichte erzählen. Selbst wenn sie bei dem Kampf ums

Leben kam, würde sie Major Puri noch mit ihrem letzten Atemzug enthüllen, wie die FKM Tempel und Bus angegriffen hatte. Wie diese Hindus zu den ersten Opfern des neuen Dschihad geworden waren. Das Volk von Indien würde ihr glauben, denn in seinem Herzen wusste es, dass sie die Wahrheit sagte. Ihr trauernder Großvater würde jedes ihrer Worte bestätigen. Und dann würde die indische Regierung reagieren.

Natürlich würden Präsident und Premierminister Pakistan so angreifen, wie sie es immer taten: mit Worten. Das erwartete man von Atommächten. Wenn sie mit Waffen zurückschlugen, würde das eine Katastrophe ungeahnten Ausmaßes auslösen – zumindest wurde das immer behauptet.

Dem Rest der Welt war allerdings nicht bewusst, dass die Führer Pakistans ihren eigenen Tod durchaus in Kauf nahmen. Wenn dies die endgültige Zerstörung Indiens und der Hindus bedeutete, waren sie bereit, ihre eigene Nation zu opfern. Schließlich würde es auch ohne sie noch zehntausende Muslims geben. Ihr Glauben würde überleben und der Tod Pakistans im Paradies seine Belohnung finden.

Kabir würde nicht zulassen, dass Pakistan Indien angriff, aber er war durchaus bereit, den Pakistanern zu ihrer Reise ins Paradies zu verhelfen, und zwar mit einem Erstschlag Indiens.

Das Team der unterirdischen nuklearen Kommandozentrale war Minister Kabir treu ergeben. Die Schlüsselpositionen waren mit ausgewählten Angehörigen des Militärs und der SFF besetzt, die auf den gleichzeitigen Befehl von Minister Kabir und Kommandeur Sahani handeln würden. Wenn dieser Befehl einmal ergangen war, konnte er durch nichts auf dieser Welt widerrufen werden.

Kabir wollte Pakistan treffen, bevor das Nachbarland sein Atomwaffenarsenal vollständig stationiert hatte. Dazu würde er insgesamt 79 indische ballistische Kurzstreckenraketen mit einer Reichweite von achthundert Kilometern einsetzen. Die in Silos direkt hinter der Waffenstillstandslinie untergebrachten Raketen stellten die Hälfte des indischen Atomwaffenarsenals dar. Elf davon würden Islamabad von der Landkarte wischen und fast zwanzig Prozent der 130 Millionen Pakistaner töten. In den folgenden Tagen und Wochen würden durch die Strahlung noch einmal vierzig Millionen ihr Leben verlieren. Die übrigen Atomraketen würden militärische Einrichtungen treffen. Das beinhaltete auch sieben Standorte im Himalaja, an denen man Raketensilos vermutete. Vielleicht hatte das amerikanische Team, das im Moment unterwegs war, diese inzwischen gefunden, vielleicht aber auch nicht. Unabhängig davon ließ sich ihre Anwesenheit ausgezeichnet für Propagandazwecke nutzen, weil sie der Welt zeigte, dass Indien allen Grund hatte, die atomare Aufrüstung im Nachbarland zu fürchten. Dass die Amerikaner dabei ums Leben kamen, war bedauerlich, aber unvermeidlich.

Minister Kabir rief die verbleibenden Ziele auf seinem Computer auf. Abgesehen von den Zielen in den Bergen, sollten sämtliche Stützpunkte der Luftstreitkräfte beschossen werden. Zehn pakistanische Basen waren ständig einsatzbereit: Sargodha, Mianwali, Kamra, Rafiqui, Masroor, Faisal, Chaklala, Risalpur, Peshawar und Samungli. Jede davon würde von zwei Raketen getroffen werden. Dann gab es noch Stützpunkte, die nur im Kriegsfall voll genutzt wurden: Sukkur, Shahbaz, Multan, Vihari, Risalewala, Lahore, Nawabshah, Mirpur Khas, Murid, Pasni und Talhar. Auch diese würden beschossen werden. Schließlich waren da noch neun zusätzliche Basen, die nur für Notlandungen genutzt wurden: Rahim Yar Khan, Chander, Bhagtanwala, Chuk Jhumra, Ormara, Rajanpur, Sindhri, Gwadar und Kohat. Das waren kaum mehr als Landebahnen ohne Personal. Trotzdem würden auch sie zerstört werden. Mit ein wenig Glück würden die pakistanischen Luftstreitkräfte keine Gelegenheit haben, auch nur eine einzige Rakete abzuschießen oder einen einzigen Bomber in die Luft zu bringen. Selbst wenn Pakistan ein paar Atomschläge gelingen sollten, Indien konnte das verkraften. Die Führung des Landes würde sich ohnehin in unterirdischen Bunkern aufhalten. Den kurzen Augenblick atomaren Feuers und die folgende Phase der Erholung würde sie in der unterirdischen nuklearen Kommandozentrale überstehen.

Wenn alles vorüber war, würde Kabir entweder als Sündenbock oder als strahlender Sieger dastehen. Aber wie auch immer die Welt reagierte, einer Sache war sich Kabir sicher.

Er würde das Richtige getan haben.

30

Ankara, Türkei – Donnerstag, 11 Uhr 47

Die AN-12-Transportmaschinen der indischen Luftstreitkräfte sind eng mit dem größten Flugzeug der Welt, der russischen Antonow AN-225 Mrija, verwandt. Die AN-12 ist allerdings nur halb so groß wie das mit sechs Triebwerken ausgestattete Monster. Als Langstreckentransporter ist sie zudem um ein Drittel kleiner als die C-130, die die Strikers nach Ankara gebracht hatte. Da sich das Frachtabteil hinten befindet und die abgeschlossene Passagierkabine im Vorderteil isoliert ist, ist die Maschine auch wesentlich ruhiger. Dafür war Mike Rodgers dankbar.

Auf dem letzten Abschnitt des Fluges mit der C-130 war es Rodgers gelungen, fünf Stunden lang fest zu schlafen. Dazu hatten ihm die Ohrenstöpsel aus Wachs verholfen, die er für solche Fälle bei sich führte. Trotzdem war es sehr angenehm, dass Lärm und Vibrationen nachgelassen hatten. Besonders für Corporal Ishi Honda, der sich von seinem Sitz hinten in der kleinen, überfüllten Kabine erhoben hatte, die eigentlich nur für die Besatzung vorgesehen war. Geduckt lief er durch den schmalen Gang, der in der Mitte der Kabine verlief. Die an der Decke über dem Gang angebrachten Netze waren voll gestopft mit den Taschen, der Winterausrüstung und den Fallschirmen des Teams.

Der Kommunikationsexperte reichte General Rodgers das TAC-SAT. »Es ist Mr. Herbert.«

Colonel August saß neben Rodgers in den nach vorn gerichteten Sitzen. Die beiden wechselten einen Blick.

»Danke«, sagte Rodgers zu Honda.

Der Corporal kehrte zu seinem Platz zurück. Rodgers griff nach dem Hörer.

»Es sind Fallschirme an Bord, Bob«, fragte er. »Für uns?«

»Paul hat das Okay für eine beschleunigte Suche und Bergung der Zelle gegeben«, erklärte Herbert.

»Beschleunigt« hieß in der Agentensprache »illegal«. Eine Operation wurde eiligst auf den Weg gebracht, bevor jemand davon erfahren und sie blockieren konnte. In diesem Fall bedeutete es noch etwas anderes. Sie würden wahrscheinlich über dem Himalaja abspringen müssen. Rodgers war klar, was das hieß.

»Wir haben das Ziel lokalisiert«, fuhr Herbert fort. »Viens verfolgt sie durch die Berge. Sie befinden sich in einer Höhe von etwa dreitausend Metern und bewegen sich auf die Waffenstillstandslinie zu. Augenblicklich befinden sie sich etwa fünfzig Kilometer nördlich des Ortes Jaudar.«

Rodgers holte eines der drei »Drehbücher« unter dem Sitz hervor. Es handelte sich um ein dickes, schwarzes Spiralheft, das alle Karten der Gegend enthielt. Als er das Dorf gefunden hatte, fuhr er mit dem Finger nach oben und blätterte dann zur vorhergehenden Seite, wo die Karte weiterging. Mitten durch die braunen Berge zog sich ein großer, dolchförmiger weißer Keil bis in die untere linke Ecke.

»Demnach wären sie direkt zum Siachin-Gletscher unterwegs«, sagte Rodgers.

»Das meinen unsere Leute auch«, gab Herbert zurück. »Allzu schwer bewaffnet können sie nicht sein. Für sie ist es sinnvoll, sich einen Weg zu suchen, auf dem ihnen die Elemente zu Hilfe kommen. Kälte, Schneestürme, Lawinen, Gletscherspalten – das Gelände ist wie eine Festung und bietet ihnen hervorragende Deckung.«

»Falls sie überleben«, gab Rodgers zu bedenken.

»Eine niedrigere Route wäre auf jeden Fall ihr sicherer Tod«, erwiderte Herbert. »Die NSA hat einen SIG-INT-Bericht von einem russischen Satelliten abgefangen, der die Waffenstillstandslinie überwacht. Offenbar sind mehrere Divisionen ausgerückt und bewegen sich auf den Gletscher zu.«

»Wann werden sie die Zelle erreichen?«, fragte Rodgers.

»Das wissen wir nicht, weil nicht bekannt ist, ob die Divisionen mit Hubschraubern, Kraftfahrzeugen oder zu Fuß unterwegs sind. Wir müssen abwarten, was uns der russische Satellit noch liefert.«

»Kann uns General Orlow dabei behilflich sein?«

Sergej Orlow war Leiter des russischen Op-Centers in St. Petersburg. Zwischen ihm und Hood hatte sich privat und beruflich eine enge Freundschaft entwickelt. Während einer gemeinsamen Mission, die einen Militärputsch in Russland verhindert hatte, war der Strikers-Chef Lieutenant Colonel Charles Squires ums Leben gekommen.[5]

»Danach habe ich Paul bereits gefragt. Er will ihn nicht mit hineinziehen. Russische Technologie treibt die indische Kriegsmaschinerie, und indisches Geld schmiert russische Generäle. Orlow wird nicht garantieren können, dass sich die Personen, die er kontaktiert, an die höchste Sicherheitsstufe halten.«

»Und ich bin mir nicht sicher, dass das für die NSA zutrifft«, hielt Rodgers dagegen.

»Da bin ich ganz Ihrer Ansicht. Ich bin keineswegs davon überzeugt, dass Hank Lewis bereits alle Löcher gestopft hat, die Jack Fenwick da drüben gebohrt hatte. Deshalb bekommt Ron Friday von mir auch nur die Informationen, die er unbedingt benötigt. Er fliegt mit einem Black-Cats-Offizier und dem Großvater der CNO-Informantin, die sich bei der Zelle aufhält, nach Jaudar.«

---

[5] s. *Tom Clancys Op-Center: Spiegelbild*

»Guter Schachzug.«

»Wir bemühen uns auch, regelmäßig aktuelle Wetterberichte von den Himalayan Eagles zu bekommen. Allerdings könnte sich die Situation bis zu Ihrer Ankunft wieder völlig verändert haben. Wie werden Sie übrigens von Ihren neuen Gastgebern behandelt?«

»Ausgezeichnet. Wir haben unsere Rationen bekommen, die Ausrüstung ist hier, und wir liegen im Zeitplan.«

»Prima. Ich werde Ihnen die Koordinaten für den Absprung zur Stunde X minus fünfzehn Minuten durchgeben.«

»Bestätigt.«

Der General blickte auf seine Uhr. Noch drei Stunden. Damit blieb ihnen gerade genug Zeit, die Ausrüstung zu verteilen, zu überprüfen, anzulegen und die Karten gemeinsam mit dem Team durchzugehen.

»Ich melde mich wieder, sobald ich mehr weiß«, sagte Herbert. »Brauchen Sie sonst noch etwas?«

»Ich wüsste nicht was, Bob.«

Eine kurze Pause trat ein. Mike Rodgers wusste, was kam. Ihm war die Veränderung in Herberts Stimme bei seiner letzten Frage nicht entgangen. Die Entschlossenheit war tiefer Melancholie gewichen.

»Mike, ich brauche Ihnen nicht zu sagen, wie übel dieser Auftrag ist.«

»Nein, das ist allerdings nicht nötig«, erwiderte Rodgers, der durch die vergrößerten Ansichten des Absprunggebiets blätterte. Von dem schwierigen Gelände einmal abgesehen, sahen die Karten mit den Luftströmungen entsetzlich aus. Der Wind raste mit Geschwindigkeiten von achtzig bis hundert Stundenkilometern durch die Berge. Das war Orkanstärke.

»Allerdings muss ich Sie darauf hinweisen, dass Sie nicht zur Strikers-Truppe gehören. Sie sind ein hoher Offizier des Nationalen Krisenzentrums.«

»Kommen Sie zur Sache. Befiehlt Paul mir zurückzubleiben?«

»Das habe ich mit ihm gar nicht diskutiert. Wozu auch?

Es wäre nicht das erste Mal, dass Sie seine Befehle missachten.«

»Stimmt. Wenn mich mein Gedächtnis nicht trügt, was im fortgeschrittenen Alter immer möglich ist, habe ich dadurch Tokio vor einem Atomangriff bewahrt.«

»Das haben Sie. Aber ich dachte, es könnte nützlich sein, jemanden vor Ort zu haben, der als Verbindungsmann zur indischen Regierung fungiert.«

»Schicken Sie doch einen von den Burschen, die das FBI an der Botschaft untergebracht hat. Ich weiß, dass sie da sind, und die Inder wissen es auch.«

»Keine gute Idee.«

»Hören Sie, ich bin gern bereit, mit irgendwelchen Beamten zu sprechen, wenn das erforderlich sein sollte.« Der General beugte sich vor, bis sich sein Mund ganz nah am Mikrofon befand. »Bob, Sie wissen sehr gut, was uns hier bevorsteht. Ich habe mir die Karten angesehen. Wenn wir in den Bergen abspringen, kann uns schon der Wind allein zu Hackfleisch verarbeiten. Es sieht ganz danach aus, als könnten wir beim Absprung bereits Leute verlieren.«

»Ich weiß.«

»Zum Teufel noch mal, wenn die indische Besatzung nicht die Maschine fliegen müsste, würde ich die auch noch mitnehmen. Die könnten ruhig mithelfen, ihr eigenes Land zu retten«, fuhr Rodgers fort. »Versuchen Sie also bloß nicht, mir zu sagen, ich sollte nicht tun, was wir von den Strikers verlangen. Vor allem nicht angesichts dessen, was auf dem Spiel steht.«

»Mike, ich habe weder an die Strikers noch an den Rest der Welt gedacht. Ich dachte an einen alten Freund mit fußballgeschädigten, siebenundvierzig Jahre alten Knien. Einen Freund, der den Strikers mehr schaden als nutzen würde, sollte er sich bei der Landung auf dem Eis verletzen.«

»Falls das passiert, werde ich ihnen befehlen, mich zurückzulassen.«

»Das werden sie nicht tun.«

»Und ob. Das gilt für jeden Verletzten.« Rodgers studierte immer noch die Karte. »Wissen Sie was, Bob? Mir ist da gerade ein Gedanke gekommen. Lassen Sie mich so bald wie möglich wissen, wo wir abspringen sollen.«

»Natürlich. Warum?«

Rodgers richtete sich auf und schloss das Buch. »Weil ich vielleicht einen Weg gefunden habe, wie wir alle sicher landen können. Wir sprechen uns später.«

»In Ordnung.«

Rodgers hängte auf und gab Corporal Honda ein Zeichen, sich das TAC-SAT zu holen. Dann stand er auf. »Ich bin gleich wieder da«, sagte er zu August.

»Müssen wir irgendetwas tun?«, wollte dieser wissen.

Rodgers blickte auf ihn herab. August befand sich in einer unangenehmen Lage. Rodgers war einer seiner ältesten und besten Freunde, aber er war auch sein vorgesetzter Offizier. Das war einer der Gründe gewesen, warum August den Job zunächst abgelehnt hatte. Oft war es für den Colonel schwierig, das richtige Gleichgewicht zwischen diesen beiden Beziehungen zu finden. Dies war ein solcher Augenblick. August wusste zudem, was für seinen Freund und das Team auf dem Spiel stand.

»Ich sage dir in ein paar Minuten Bescheid«, versprach Rodgers, während er zum Cockpit ging.

Auf seinen angeschlagenen Beinen, mit denen er immer noch jeden in den Hintern treten konnte, der sich mit ihm anlegte.

31

Jaudar, Kaschmir – Donnerstag, 15 Uhr 33

Das Problem bei Helikopter-Aufklärungsflügen in niedriger Höhe ist, dass man sich in Regionen wie dem Himalaja keinen Fehler erlauben darf.

Für den Piloten ist es praktisch unmöglich, den Hubschrauber ruhig zu halten. Er schüttelt in der X- und der Y-Achse, also in horizontaler und vertikaler Richtung, mit gelegentlichen Ausschlägen entlang der Diagonale. In Sichtweite des Zielbereichs zu bleiben ist ebenfalls schwierig. Häufig muss der Pilot schlagartig über beträchtliche Entfernungen ausweichen, um gefährliche Fallwinde, Wolken, die plötzlich auftauchen und die Sicht versperren, oder Eis- und Schneeschauer zu umgehen. Mehr als den Vogel in der Luft zu halten kann man nicht erhoffen. Wenn der Beobachter auch noch Informationen sammeln kann, ist das wie ein Geschenk – garantiert ist es nicht.

Ron Friday, der eine Sonnenbrille trug, um sich gegen das grelle Licht zu schützen, und in der lauten Kabine nur über die in seinen Helm integrierten Kopfhörer mit Hauptmann Nazir kommunizieren konnte, spähte abwechselnd durch die vorderen und seitlichen Fenster des Cockpits. Auf seinem Schoß hielt er eine MP5K. Wenn sie die Terroristen entdeckten, kam es möglicherweise zu einem Schusswechsel. Er hoffte, ein paar in die Luft abgegebene Salven aus seiner Maschinenpistole würden dafür sorgen, dass sie das Feuer einstellten und ihm zuhörten. Wenn nicht, musste er auf größere Entfernung gehen und mit der 1ASL aus dem Gewehrständer hinter ihm auf einen oder zwei von denen schießen. Vorausgesetzt es gelang Hauptmann Nazir, den Chopper ruhig zu halten, besaß das große Scharfschützengewehr eine größere Reichweite als die leichten Waffen, die die Terroristen vermutlich bei sich trugen. Sobald erst ein paar Terroristen verwundet waren, würden die anderen geneigter sein, Friday landen und herankommen zu lassen. Vor allem, wenn er versprach, sie mit dem Chopper nach Pakistan zu bringen, wo sie ärztlich versorgt werden konnten.

Apu saß in dem geräumigen Frachtraum auf einem Klappsitz, der im Grunde nur aus einem Plastikquadrat mit Scharnieren und einem Kissen bestand. Der Bauer hatte sich vorgebeugt, um durch die Luke zu spähen, die den Frachtraum vom Cockpit trennte. Mit besorgtem Blick sah er aus dem Fenster. Friday war gut darin, den Gesichtsausdruck anderer Menschen zu interpretieren. Offenbar fürchtete der Alte, dass sie seine Enkelin nicht finden würden. Seine Augen und die traurig herabgezogenen Mundwinkel zeugten von Verzweiflung. Vielleicht war Apu als junger Mann in den Bergen gewesen und hatte eine Vorstellung davon, was hinter den Ausläufern des Himalaja lag. Aber so weit, bis in diese Höhe, war er mit Sicherheit niemals vorgedrungen. Nie zuvor hatte er auf die vegetationslosen Gipfel hinabgestarrt, niemals das ständige Tosen des Windes vernommen, das sogar die mächtigen 671-kW-Rotoren übertönte, nie gespürt, wie der Wind auf einen Hubschrauber einhämmerte, oder die Kälte gefühlt, die durch die mit Segeltuch verkleideten Metallwände drang. Der Bauer wusste, dass es um Nandas Überlebenschancen nicht gut stand, wenn sie sie nicht fanden.

Der Chopper hielt weiter auf die Waffenstillstandslinie zu, ohne dass einer der Insassen die Terroristen entdeckt hätte. Das beunruhigte Friday nicht weiter. Immerhin hatten sie noch den Rückflug nach Süden auf der anderen Seite der Bergkette vor sich.

Plötzlich geschah etwas, das Friday nicht erwartet hatte. Er hörte in seinem Helm eine Stimme, die nicht Hauptmann Nazir gehörte.

»Zone drei negativ«, drang es leise durch das Knistern in seinem Kopfhörer. »Wiederhole: Zone drei negativ.« Einen Augenblick später war die Stimme verschwunden.

Friday vergewisserte sich, dass der Schalter für den Kopfhörer auf der Instrumententafel auf »intern« und nicht »extern« stand. Das hieß, dass die Kommunikation nur innerhalb des Cockpits und nicht über einen externen Empfänger stattfand.

»Wer ist das?«, erkundigte sich Friday.

Nazir schüttelte langsam den Kopf. »Auf jeden Fall nicht der Kontrollturm.« Das Steuerhorn rüttelte so heftig, dass er es mit beiden Händen halten musste. »Sehen Sie den gelben Knopf unterhalb der Instrumententafel?«

»Ja.«

»Der ist für die Antenne vorn am Hubschrauber. Betätigen Sie ihn einmal, und drücken Sie dann erneut auf externes Signal.«

Friday folgte der Anweisung. Sofort wurden die Stimmen deutlicher. Andere Zonen erstatteten ebenfalls Bericht. Zudem erschien auf der kleinen grünen Richtungskarte ein leuchtender Punkt. Friday schaltete auf interne Kommunikation um.

»Wir sollten das überprüfen«, meinte er.

»Ein pakistanischer Suchtrupp kann es nicht sein«, meinte Nazir. »Die würden nicht diese Frequenz benutzen.«

»Ich weiß. Die Waffenstillstandslinie ist nicht weit von hier. Ich fürchte, das ist eine indische Einheit, die sich der Zelle nähert.«

»Verschiedene Zonen werden im Bogen durchkämmt, das ist bei Such- und Rettungsmanövern Standard. Sollen wir über sie hinwegfliegen?«

»Wozu?«

»Vielleicht wissen die mehr über den Aufenthaltsort der Zelle als wir. Möglicherweise liefert uns die Richtung, in die sie sich bewegen, einen Hinweis.«

»Nein.« Friday sah immer noch aus dem Fenster. »Ich will weder Zeit noch Kraftstoff verschwenden.«

»Was ist, wenn sie uns anrufen? Wenn wir uns dem Ende der Bergkette nähern, werden wir möglicherweise vom Radar der Waffenstillstandslinie erfasst. Vielleicht fordern sie uns auf, sie bei der Suchaktion zu unterstützen.«

»Wir sagen ihnen, wir befinden uns auf einem Routine-Aufklärungsflug und wollten gerade nach Kargil zurückkehren.«

Apu streckte seine kleine, kraftvolle Hand durch die Öffnung und tippte Friday auf die Schulter. »Alles in Ordnung?«, brüllte er.

Friday nickte. Genau in diesem Augenblick sah er, wie gut dreißig Meter unter ihnen unter einem Überhang Schnee aufgewirbelt wurde.

»Halten!«, brüllte er Nazir zu.

Der Helikopter verlangsamte die Geschwindigkeit und blieb in der Luft stehen. Ron Friday beugte sich zur Seite. Die Schneewolken konzentrierten sich auf einen kleinen

Bereich und bewegten sich langsam nach Norden. Vielleicht wurden sie durch ein Tier aufgewirbelt, das sich am Hang entlangbewegte, oder von einer Windhose. Da die Sonne hinter dem Gipfel stand, warf sie in diesem Bereich keine Schatten.

»Sehen Sie das?«, fragte Friday.

Nazir nickte.

»Langsam nach unten und auf Abstand gehen«, befahl Friday.

Der Chopper verringerte die Höhe, wobei er sich gleichzeitig von der Felswand entfernte. Jetzt, wo der Gipfel, auf den sie zugehalten hatten, nicht mehr das gesamte Fenster füllte, tauchte die gewaltige Bergkette dahinter auf. Die sich übereinander türmenden, braun und lila schimmernden Berge boten einen spektakulären Anblick. Schnee bedeckte die Gipfel, und auf einigen der näher gelegenen Berge konnte Friday es tatsächlich schneien sehen. Der gelblich weiße Niederschlag kam in eng umrissenen Bahnen herunter, die ihn an Theatervorhänge erinnerten. In einem der Unwetterzentren hatte die Sonne den größten und schönsten Regenbogen hervorgezaubert, den er je gesehen hatte. Obwohl er keine Zeit hatte, die Aussicht zu genießen, fühlte er sich für einen Augenblick wie ein Gott.

Sie gingen fast dreißig Meter herunter. Dabei kamen drei Personen in schwerer, dunkler Kleidung in Sicht, die knapp siebzig Meter von ihnen entfernt dicht hintereinander gingen. Jede von ihnen trug einen Rucksack und eine Waffe. Sie blieben erst stehen und sahen sich nach dem Hubschrauber um, als der Rotor den Schnee auf dem Felsband unter ihren Füßen aufwirbelte. Angesichts der Kapuzen und des heulenden Windes wunderte es Friday nicht, dass sie den Chopper nicht gehört hatten.

»Ist Nanda dort?«, wollte Apu wissen.

Friday hatte keine Ahnung, wer die drei waren. Er war enttäuscht, dass nur drei so weit gekommen waren. Es sei denn ...

»Sofort nach oben gehen, nördliche Richtung!«, brüllte er.

Hauptmann Nazir zog das U-förmige Steuerhorn zu sich heran, und der Chopper gewann an Höhe. In diesem Augenblick trafen kurze, harte Schläge den Heckrotor und die Steuerbordseite des Frachtraums. Friday hörte sie zwar nicht, fühlte aber, wie der Hubschrauber erbebte. Außerdem fielen plötzlich dünne Bündel weißen Tageslichts in den unteren Teil des Frachtraums.

»Was ist los?«, schrie Nazir.

»Sie halten uns für Feinde!«, brüllte Apu.

»Das ist eine Falle!«, rief Friday. »Sie haben sich in zwei Gruppen aufgeteilt.«

Der Chopper bebte, und Friday hörte den Backbord-Heckrotor scheppern. Offenbar hatte das Feuer von hinten die Rotorblätter beschädigt. Wären sie nicht sofort nach oben gegangen, würden sie vermutlich jetzt schon mit dem Heck zuerst in die felsigen, nebelverhangenen Täler unter ihnen stürzen. So konnte Hauptmann Nazir den Ka-25 auch bei Geradeausflug kaum halten, an Höhe zu gewinnen war fast nicht mehr möglich. Einen Augenblick später hörte der Chopper endgültig auf zu steigen.

»Ich verliere die Kontrolle!«, sagte Nazir. »Außerdem tritt Treibstoff aus.«

Friday blickte auf die Anzeige und fluchte. Sie hatten bereits alles Gepäck aus dem Frachtraum ausgeladen, jetzt blieb nur noch die fest eingebaute Winde. Zusätzliches Gewicht, das sie hätten abwerfen können, gab es nicht. Wahrscheinlich wäre dafür ohnehin keine Zeit geblieben.

Friday blickte aus dem Fenster, als der Chopper von einem entsetzlichen Beben erfasst wurde. Der Regenbogen verschwand, weil die Sonne nun in einem anderen Winkel stand. Er fühlte sich nicht länger wie ein Gott, sondern wie ein Vollidiot. Wie hatte er nur auf diesen alten Trick hereinfallen können! Das war wirklich etwas für Anfänger. Der Agent konzentriert sich auf das harmlos wirkende Team, während ihn eine zweite Gruppe, die sich entweder versteckt hat oder auf der anderen Seite in Stellung gegangen ist, in Schweizer Käse verwandelt.

»Sie müssen irgendwo runtergehen!«, drängte er Nazir.

»Ich suche ja schon nach einem möglichen Landeplatz, aber ich sehe keinen.«

Eine plötzliche Windböe drehte sie um nahezu 45 Grad, sodass die Vorderseite zum Hang zeigte. Eine zweite Salve, diesmal von der Gruppe vor ihnen, prasselte gegen das Fahrwerk. Der Chopper machte einen Satz und sackte ab. Sie hingen direkt über einer Schlucht. Was unter ihnen war, konnte Friday wegen des dichten Nebels nicht sehen. Auf jeden Fall wollte er nicht dort unten landen. Er wollte die Zelle nicht verlieren und auch nicht in der Gegend sein, wenn die Atomraketen losgingen.

»Ich muss runter, solange wir noch genügend Leistung für eine kontrollierte Landung haben«, sagte Nazir.

»Noch nicht.« Friday löste seinen Sitzgurt. »Apu, gehen Sie zur Seite.«

»Was haben Sie vor?«, wollte Nazir wissen.

»Ich werde in den hinteren Teil kriechen. Wie sieht es mit der Beweglichkeit vorn und hinten aus?«

»Eingeschränkt. Einer der Heckrotoren arbeitet noch.«

»In Ordnung. Wenn Sie das Heck zum Berg drehen können, gelingt es Apu und mir vielleicht, uns mit Hilfe der Winde auf eines der Felsbänder abzuseilen.«

»Bei diesem Wind? Der wird sie davonblasen!«

»Der Wind weht in südöstlicher Richtung, auf den Hang zu. Das sollte uns die Sache erleichtern.«

»Sie könnten an den Felsen zerschmettert werden ...«

»Das Risiko müssen wir eingehen! Ich muss die Zelle erreichen und sie über die Soldaten informieren.«

»Selbst wenn Sie das Felsband erreichen sollten, wird man sie niederschießen.«

»Ich seile den alten Mann zuerst ab. Vielleicht erkennt Nanda ihren Großvater, oder sie sehen uns als mögliche Geiseln. Auf jeden Fall könnte sie das davon abhalten zu schießen.« Friday zog sein Messer und schnitt den Sitzgurt los. Dann nahm er das Funkgerät aus seiner Halterung und reichte es Apu. »Mit etwas Glück gelingt es mir, mich mit den Strikers in Verbindung zu setzen. Ich werde ihnen durchgeben, wo wir uns befinden und wo Sie in etwa gelandet sind. Die Strikers werden uns nach Pakistan bringen, und die Himalaja-Patrouille kann Sie aufsammeln. Erzählen Sie ihnen, Sie hätten sich auf einem unabhängigen Aufklärungsflug befunden, die Zelle aber nicht gefunden.«

Nazir wirkte nicht überzeugt. Aber für Diskussionen blieb keine Zeit. Also tat er, wie Ron Friday ihn geheißen hatte. Die Füße gegen den Boden gestemmt, die Hände um das Steuerhorn gekrampft, drehte er vorsichtig den Chopper herum und begann, sich dem Hang zu nähern. Unterdessen steckte Friday seinen Kopfhörer aus, behielt aber den Helm auf. Dann stieg er durch die Luke zwischen den Sitzen.

»Was ist los?«, fragte Apu, der blasser als sonst wirkte. Im Gegensatz zu dem beheizten Cockpit war es im Frachtraum eisig kalt.

»Wir steigen aus«, erklärte Friday, während er aus dem Sitzgurt ein Schultergeschirr für Apu fertigte.

»Ich verstehe Sie nicht.«

»Halten Sie sich einfach nur fest.« Friday knotete den Gurt vorn zusammen und führte den Bauern dann zu der Winde. Da es ihnen schwerfiel, in dem rüttelnden Frachtraum aufrecht zu stehen, krochen sie bis ganz nach hinten. Dort war ein zweieinhalb Zentimeter starkes Nylonseil auf die Aluminiumspule der Winde gewickelt. Auf den Knien löste Friday den Haken am Ende des Seils von der Öse am Boden.

»Sie steigen zuerst aus«, verkündete Friday, während er das Seil durch das selbst gebastelte Geschirr führte.

»Aussteigen?«

»Ja, Sie wollen doch zu Ihrer Enkelin.« Der Amerikaner zog an dem Seil. Es schien fest zu sitzen. Dann ließ er Apu rückwärts kriechen, bis der Bauer auf der Bodenluke kauerte. »Das wird ein wilder Ritt«, warnte er ihn. »Packen Sie das Seil, ziehen Sie den Kopf ein, und halten Sie sich fest, bis die unten Ihnen helfen.«

»Warten Sie! Woher wissen Sie, dass die das tun werden?«

»Das weiß ich nicht, aber ich werde für Sie beten!« Damit griff Friday nach dem langen Hebel für die Bodenluke und zog daran. Mit einem Ruck begann sich die Luke zu öffnen. Schnell griff er nach der Fernbedienung für die Winde. Während eisige Luft durch die Öffnung in den Frachtraum schlug, lief das Seil von der Spule. »Sagen Sie Ihnen, ich komme als Nächster!«, brüllte Friday, während Apu nach unten glitt.

Wie Friday ihm gesagt hatte, packte Apu das Seil und presste es fest an sich, als er aus der Luke glitt. Mit der freien Hand griff Friday selbst nach dem Seil und schob sich auf die offene Luke zu. Der Wind fühlte sich an wie eine massive Wand aus Eisnadeln. Er drehte den Helm halb in den Sturm und beobachtete die Szene draußen mit zusammengekniffenen Augen. Wie er es erwartet hatte, fasste der Wind Apu von unten und riss ihn nach oben. Es war ein geradezu surrealer Anblick: ein Mann, der wie ein Drachen in der Luft schwebte. Der Chopper befand sich etwa acht Meter vom Hang entfernt und hatte Schlagseite nach Steuerbord, wo der Heckrotor ausgefallen war. Zudem wurde er vom Wind auf und ab geworfen. Doch Nazir gelang es, den Hubschrauber einigermaßen auf der Stelle zu halten, während Apu auf das Felsband zugeschleudert wurde. Wie Friday gehofft hatte, bewegte sich die vordere Gruppe in Apus Richtung, während die Nachhut die Waffen weiterhin auf den Helikopter gerichtet hielt. Je weiter er sich dem Hang näherte, wo der Wind in alle Richtungen tobte, desto stärker wurde Apu durchgeschüttelt. Doch einem der Mitglieder der Zelle gelang es, ihn zu fassen, während ein zweites seinen Kameraden hielt. Als alle in Sicherheit waren, löste der Mann das Windenseil. Friday holte es erneut ein, während er beobachtete, wie der Bauer mit den anderen sprach. Eine der Personen unten hob die Arme und kreuzte sie, als Zeichen für die Nachhut, das Feuer auf den Chopper einzustellen.

Als das Seil wieder oben war, fädelte Friday es hastig durch den Griff des Funkgeräts. Dann führte er es unter seinen Achseln hindurch und legte es um seine Taille. Das

Funkgerät gegen den Bauch gepresst, legte er sich auf den Rücken. Er wollte sich mit den Füßen zuerst abseilen, um das Funkgerät zu schützen. Im Krebsgang bewegte er sich die offene Luke hinunter und presste dann den Knopf zum Ausfahren des Windenseils. Er packte das Seil, streckte die Beine und ließ sich nach unten gleiten. Die eisig kalte Luft riss an seinen Hosenbeinen. Es fühlte sich an, als würde ihm die Haut vom Körper gerissen. Einen Augenblick später kam er sich vor wie auf einer Achterbahn. Da diesmal niemand an Bord das Seil kontrollierte, spulte es schneller ab als beim ersten Mal, was vom Wind noch beschleunigt wurde. Der Hang tauchte so schnell vor ihm auf, dass ihm kaum Zeit blieb, sich mit den Füßen abzufedern. Seine Sohlen prallten so hart auf, dass er den Stoß bis unter die Schädeldecke spürte. Dann wurde er mit einem schmerzhaften Ruck zurückgerissen und sauste in die Tiefe: Der Chopper war abgesackt.

»Mist!«, brüllte er. Er fühlte sich, als hätte man ihm einen Baumstamm gegen die Brust gerammt. Das Seil spannte sich bis zum Äußersten, als der Chopper abzustürzen begann.

Vom Felsband aus griffen Hände nach ihm. Noch hielt ihn der Wind in der Luft. Jemand packte das Funkgerät, während eine andere Person versuchte, das Seil zu lösen.

Plötzlich hob jemand vor ihm ein AK-47 und feuerte eine Salve in die Luft über seinem Kopf ab. Das Nylonseil riss, und der Wind stieß Friday nach vorn. Weitere Hände griffen nach seiner Jacke und zogen ihn auf das Felsband. Da der Wind immer noch an ihm zerrte, hatte er nicht das Gefühl, sich auf festem Boden zu befinden. Er lag einen Augenblick lang still und saugte Luft in seine malträtierten Lungen, während er zusah, wie der Helikopter in einer langsamen, trägen Spirale in der Schlucht verschwand.

Einen Augenblick später hörte die Drehbewegung auf. Der Chopper fiel mit dem Heck zuerst in gerader Linie zu Boden, wie ein Federball aus Metall. Dabei wurde er immer schneller und verschwand schließlich in den niedrigen Wolken.

Einen Augenblick später hallte ein hohler Knall durch das Tal, der von einem orangeroten Feuerstoß begleitet wurde. Die Wolken färbten sich rot.

Doch Ron Friday hatte keine Zeit, über den Tod von Hauptmann Nazir nachzudenken. Die Hände, die ihn gerettet hatten, zogen ihn in die Höhe und pressten ihn an die Felswand.

Eine Frau hielt ihm ihre Waffe unter das Kinn und zwang ihn, sie anzublicken. Ihr Gesicht war von Erfrierungen gezeichnet, und ihre Augen blickten irr. In dem unter der Kapuze hervorlugenden Haar hing Eis.

»Wer sind Sie?«, schrie sie, um den Wind zu übertönen.

»Ron Friday vom amerikanischen Geheimdienst. Sind Sie die Anführerin der FKM-Gruppe?«

»Die bin ich!«

»Gut. Genau Sie suche ich, Sie und Nanda. Ist sie bei Ihnen?«

»Warum?«, brüllte sie zurück.

»Weil sie möglicherweise die Einzige ist, die Ihr Land vor der Zerstörung bewahren kann.«

32

Washington, D. C. – Donnerstag, 6 Uhr 25

»Was zum Teufel war denn das?«, fragte Bob Herbert Viens.

Der Aufklärungschef des Op-Centers saß in seinem abgedunkelten Büro am Schreibtisch. Er hatte den Computermonitor mit halb geschlossenen Augen beobachtet, bis ihn das Bild darauf plötzlich aus dem Halbschlaf riss. Sofort drückte er die Wiederwahltaste seines Telefons, um sich mit Stephen Viens beim NRO in Verbindung zu setzen.

»Sieht so aus, als wäre der Chopper abgestürzt«, meinte dieser.

»Der Chopper?« Herberts Stimme klang fragend.

»Sie sind wohl eingenickt«, sagte Viens.

»Stimmt, mir sind die Augen zugefallen. Was ist passiert?«

»Wir haben nur gesehen, wie sich das Schwanzende eines Choppers dem Hang näherte und ein Seil mit zwei Männer herunterließ. Sieht aus, als hätte die Zelle die Männer auf das Felsband gezogen, bevor der Chopper abstürzte. Unser Sichtbereich war zu begrenzt, um das mit Sicherheit sagen zu können.«

»Friday hatte einen Hubschrauber. Könnte er das gewesen sein?«

»Wir wissen nicht, wer sich am Ende des Seils befand. Einer der Männer hatte eine Art Funkgerät bei sich, auf jeden Fall irgendeinen elektronischen Kasten. Sah aber nicht aus wie ein Gerät des amerikanischen Geheimdiensts.«

»Ich rufe Sie zurück.«

»Bob? Wenn das ein Chopper der indischen Luftstreitkräfte war, wissen die mit Sicherheit, wo er abgestürzt ist. Wenn nicht, muss die Explosion trotzdem von ihren Satellitenmonitoren oder Seismografen registriert worden sein.«

»Ich weiß.« Der Chef der Aufklärungsabteilung schaltete Stephen Viens auf Wartestellung und rief Hank Lewis an. Der NSA-Beamte war noch nicht eingetroffen. Herbert versuchte es auf seinem Handy, doch die Mailbox schaltete sich ein. Entweder sprach er gerade, oder er befand sich außer Reichweite. Fluchend entschied sich Herbert, Lewis' Privatnummer zu versuchen. Er erwischte ihn beim Rasieren.

Rasch schilderte er, was geschehen war, und fragte dann, ob Lewis genau wisse, dass sich Ron Friday in Jaudar aufhielt.

»Ich nehme es an«, gab Lewis zurück. »Seit unserer Telefonkonferenz habe ich nicht mehr mit ihm gesprochen.«

»Können Sie ihn irgendwie erreichen?«

»Nur, wenn er im Hubschrauber ist.«

»Was ist mit seinem internationalen Handy?«

»Friday wollte es ausschalten, weil seine indischen Kontakte die Nummer ebenfalls haben. Er fürchtete, es könnte undichte Stellen geben. Jemand hätte ihn anrufen und durch Triangulation seine Position bestimmen können.«

»Und das Funkgerät?«

»Er hat uns über eine NATO-Frequenz kontaktiert.«

»Dann können wir den Anruf zurückverfolgen, um uns mit ihm in Verbindung zu setzen. Danke. Ich melde mich, sobald wir ihn gefunden haben.«

Herbert beendete das Gespräch und sah auf die Computeruhr. Sechs Uhr dreißig. Kevin Custer, der Op-Center-Chef für elektronische Kommunikation, war inzwischen bestimmt in seinem Büro. Herbert wählte seine Nummer.

Der 32-jährige Custer hatte am Massachusetts Institute of Technology studiert und war über dessen Bruder Nevin entfernt mit dem berühmten General George Armstrong Custer verwandt. In der Familie Custer wurde erwartet, dass man zum Militär ging, und Kevin war zwei Jahre bei der Army gewesen, bevor er zur CIA wechselte. Dort verbrachte er drei Jahre, bis er von Bob Herbert entdeckt wurde. Custer war der unverbesserlichste Optimist, der Herbert je begegnet war. Das Wort »unmöglich« kam in seinem Wortschatz nicht vor.

Custer sagte, er werde Herbert die Information besorgen, während er am Telefon bleibe. Noch nicht einmal »Ich rufe Sie zurück«, sondern »Bleiben Sie dran, es dauert nur eine Sekunde.« Und so war es.

»Lassen Sie mich sehen. Die NSA hat den Anruf unter Eingang 101.763, PL 123,0 Hertz, umgekehrte Verzerrung 855 registriert. Wenn Sie wollen, kann ich die Quelle kontaktieren.«

»Versuchen Sie es.«

Einen Augenblick später hörte Herbert ein Piepsen.

»Ich klinke mich jetzt aus«, sagte Custer. »Sagen Sie mir Bescheid, wenn ich noch etwas für Sie tun kann.«

»Ja, das können Sie. Würden Sie bitte Paul Hood anrufen und diesen Anruf durchstellen?«

Custer sagte zu. Das Funkgerät piepste erneut und dann noch ein drittes und viertes Mal.

»Bob, was ist los?«, fragte Hood sofort, als er sich meldete. Er klang ziemlich erledigt, vermutlich war er ebenfalls eingenickt.

»Viens und ich haben soeben beobachtet, wie die pakistanische Zelle zwei Leute auf das Felsband zog, die offenbar von einem später abgestürzten Chopper abgeseilt wurden.« Das Funkgerät piepste zum fünften Mal. »Wir versuchen gerade festzustellen, ob einer davon Ron Friday ist.«

»Ich dachte, der wäre nach Jaudar unterwegs.«

»Das dachten alle.«

Das Funkgerät piepste noch zweimal, bevor jemand antwortete, aber es war definitiv nicht Ron Friday.

»Ja?«, fragte eine Frauenstimme.

»Hier 855 Basis«, meldete sich Herbert mit der verschlüsselten Identifikationsnummer. »Wer sind Sie?«

»Jemand, der Ihr Funkgerät und seinen Besitzer hat. Ich habe ihn soeben vor dem Tod gerettet, aber der Aufschub könnte vorübergehend sein.«

Dem Akzent nach stammte die Frau definitiv aus der Region. Ohne den im Hintergrund heulenden Wind hätte Herbert ihn noch besser einordnen können. Außerdem war sie klug, bis jetzt hatte sie nur gesagt, dass sie Friday das Leben gerettet hatte, ohne den Rest der Zelle oder ihren anderen Gefangenen, vermutlich Apu Kumar, zu erwähnen. Sie hatte Herbert so wenig verraten wie nur möglich.

Herbert drückte die Stummtaste. »Paul – ich würde sagen, wir reden mit ihr«, riet er eindringlich. »Wir müssen ihr mitteilen, dass die Strikers unterwegs sind.«

»Dieser Kanal ist aber nicht abhörsicher, oder?«

»Nein.«

»Friday wird ihr das vermutlich sagen.«

»Er ist dort in einem indischen Hubschrauber aufgetaucht. Möglicherweise glauben sie ihm nicht. Lassen Sie mich ihr einen kurzen Lagebericht geben.«

»Seien Sie vorsichtig, Bob«, warnte ihn Hood. »Ich will nicht, dass sie erfährt, wer genau wir sind.«

Herbert deaktivierte die Stummschaltung. »Hören Sie,

wir sind vom amerikanischen Geheimdienst. Der Mann, den Sie in Ihrer Gewalt haben, arbeitet für uns.«

»Er behauptet, sein Familienname wäre Friday«, gab die Frau zurück. »Wie lautet sein Vorname?«

»Ron.«

»Okay. Was wollen Sie von uns?«

»Sie lebend nach Hause bringen.« Seine nächsten Worte musste er sorgfältig abwägen, für den Fall, dass sie belauscht wurden. »Wir wissen, was in Srinagar geschehen ist und auch, was ihre Gruppe getan hat und was nicht.«

Mehr brauchte er nicht zu sagen. Den Rest wusste sie ohnehin. Eine kurze Pause des Schweigens trat ein.

»Warum wollen Sie uns helfen?«, fragte sie schließlich.

»Weil wir glauben, dass die Vergeltung unverhältnismäßig ausfallen wird. Sie wird sich nicht gegen Ihre Zelle, sondern gegen Ihre gesamte Nation richten.«

»Weiß dieser Friday darüber Bescheid?«

»Darüber und über anderes. Und er ist nicht allein.«

»Ja, wir haben noch einen zweiten Mann gerettet ...«

»Das meine ich nicht.«

Erneut folgte eine kurze Pause. Herbert konnte sich vorstellen, wie die Frau den Himmel nach weiteren Hubschraubern absuchte.

»Ich verstehe«, sagte sie dann. »Ich werde mit ihm sprechen. Amerikanischer Geheimdienst, ich weiß nicht, ob ich dieses Funkgerät mit mir nehmen kann. Falls ich noch etwas wissen muss, sagen Sie es mir jetzt.«

Herbert überlegte einen Augenblick. »Noch eins.« Er sprach laut und deutlich, damit ihr auch nicht ein Wort entging. »Wir helfen Ihnen, weil Untätigkeit zu einer menschlichen Katastrophe ungeahnten Ausmaßes führen würde. Für Terroristen kann ich keinerlei Respekt aufbringen.«

»Amerikanischer Geheimdienst«, sagte sie, als wäre das Herberts Name, »das ist für mich nichts Neues. Wenn die Welt uns respektieren würde, gäbe es keinen Terrorismus.«

Dann war die Leitung tot.

33

Mount Kanzalwan – Donnerstag, 16 Uhr 16

Als Sharab das Empfangsteil des Funkgeräts wieder einhängte, spürte sie ihre Finger kaum noch. Trotz der schweren Handschuhe und der ständigen Bewegung war ihr so kalt wie noch nie in ihrem Leben. Wenn sie die Hände ruhig hielt, fühlten sie sich taub und abgestorben an. Bewegte sie sie, um das Blut zirkulieren zu lassen, brannten sie wie Feuer. Für ihre Füße galt das Gleiche. Ihre Augen waren vom Wind so ausgetrocknet, dass jede Bewegung ihrer eisverkrusteten Wimpern unerträgliche Schmerzen verursachte.

Doch die schlimmste Qual war die in ihrem Herzen. Sie war am stärksten, wenn die gewaltigen Winde nachließen und die überhängenden Felsen zurückwichen, sodass die Sonne durch die mörderische Kälte drang. Wenn sie nicht mehr jeden Augenblick um ihr Überleben kämpfen musste und Zeit zum Nachdenken hatte.

Sharab hatte sich von den indischen Sicherheitskräften überlisten lassen. Sie hatte ihre Nation, ihr Volk und ihre Kameraden im Stich gelassen. Dieses Versagen hatte den tapferen Ishaq das Leben gekostet und sie selbst und die kleine, ihr treu ergebene Truppe an den Rand dieses Abgrunds gebracht. Ihretwegen befanden sie sich auf der Flucht durch ein Gebirge, in dem sie wahrscheinlich umkommen würden. Nie würde die Welt die Wahrheit erfahren, dass Indien und nicht Pakistan für den Anschlag auf die hinduistischen Ziele verantwortlich war.

Und doch hieß es im Koran: »Wahrlich, die Frevler können nicht Erfolg haben.« Vielleicht vergab Allah ihr ja. Es schien, als hätte er nach ihr Ausschau gehalten, als er diesen Mann vom Himmel fallen ließ. Sharab mochte die Amerikaner nicht und misstraute ihnen. Auf der ganzen Welt führten sie Krieg gegen den Islam und hatten sich bisher Islamabad gegenüber immer auf die Seite Neu-Delhis gestellt. Aber sie würde den Willen Gottes nicht in

Frage stellen. Es wäre wie eine Ironie des Schicksal, wenn dieser Mann zu ihrer Rettung beitrug.

Ron Friday lag immer noch auf dem Bauch. Rechts von ihm kauerte Nanda bei ihrem Großvater. Um die beiden würde Sharab sich gleich kümmern. Sie befahl Samuel, den Amerikaner hochzuziehen. Gemeinsam schubsten sie ihn unter den Felsüberhang, gegen die Wand. Hier war es noch kälter, weil die Sonne sie nicht erreichte. Dafür war die Gefahr geringer, dass sie von dem Felsband rutschten. Solange Sharab nicht gehört hatte, was der Mann zu sagen hatte, wollte sie nicht, dass er in den Tod stürzte.

Der Mann stöhnte, als sie ihren Unterarm gegen seine Schulter presste, damit er nicht umfiel.

»Also gut«, begann sie, »sagen Sie uns, was Sie wissen.«

»Was ich weiß?« Friday standen bei jeder unter Schmerzen hervorgestoßenen Silbe weiße Dampfwölkchen vor dem Mund. »Zunächst einmal, dass Sie soeben unser Fluchtmittel abgeschossen haben.«

»Sie hätten nicht unangekündigt in einem indischen Hubschrauber auftauchen sollen«, hielt Sharab dagegen. »Das war dumm.«

»Unvermeidlich«, protestierte Friday lautstark.

Zu laut, denn er krümmte sich sogleich vor Schmerzen. Sharab musste sich gegen ihn lehnen, damit er nicht zusammenklappte. Vielleicht hatte er sich bei der harten Landung ein paar Rippen gebrochen. Aber das war gar nicht schlecht, der Schmerz konnte sich durchaus als nützlich erweisen, weil er ihn wach und aufmerksam halten würde.

»Ist jetzt auch egal«, fuhr Friday fort. »Am wichtigsten ist, dass die indische SFF Ihnen und Nanda eine Falle gestellt hat. Nanda hat denen dabei geholfen, Tempel und Bus in die Luft zu jagen. Erkenntnissen unseres Geheimdienstes zufolge wollte die SFF damit sicherstellen, dass das indische Volk geschlossen hinter den Militärs steht. Vermutlich wusste Nanda nicht, dass das indische Militär auf die Attentate mit einem Atomschlag reagieren will.«

»Auf die Zerstörung des Tempels?« Sharab konnte es nicht fassen.

»Ja. Wir glauben, militante Elemente werden dem Volk erklären, es handele sich um den Beginn eines Dschihad gegen die Hindus. Unter Umständen bleibt auch den Gemäßigten unter Regierungsministern und Militärs keine andere Wahl, als sich dieser Politik anzuschließen.«

»Wenn Sie vom Geheimdienst sprechen, wen meinen Sie dann?«, wollte Sharab wissen. »Die Amerikaner?«

»Amerikaner und Inder. Der Pilot, der mich hergeflogen hat, gehörte zu den Black Cats und besaß spezielle Informationen über die Aktivitäten der SFF. Unsere Leute in Washington kamen unabhängig von ihm zu den gleichen Schlüssen. Daher wird auch die amerikanische Einsatztruppe von ihrer ursprünglichen Mission abgezogen.«

»Und die wäre?«

»Das indische Militär bei der Suche nach eventuellen Standorten von pakistanischen Atomraketen zu unterstützen.«

»Die wollten Indien helfen, und jetzt soll ich ihnen vertrauen?«

»Vielleicht bleibt Ihnen keine Wahl. Es gibt noch etwas, das Sie nicht wissen. Bei unserer Suche nach Ihnen entdeckten wir indische Einheiten, die sich Ihnen in einem weitem Bogen von der Waffenstillstandslinie aus nähern. Da kommen Sie nie im Leben durch.«

»Damit habe ich gerechnet, seit wir das Kommando in den Bergen eliminiert haben. Wie viele sind es?«

»Ich habe nur etwa einhundert Soldaten gesehen, aber es könnten mehr sein.«

»Wie viele sind die Amerikaner, und wie sollen sie uns finden?«

»Es handelt sich um etwa ein Dutzend Elitesoldaten, und sie haben Sie über Satellit beobachtet.«

»Soll das heißen, sie können uns jetzt sehen?«, wollte Sharab wissen.

Friday nickte.

»Und warum mussten Sie dann nach uns suchen?«

»Weil die uns nicht sagen wollten, wo Sie sich aufhielten. Ich bin von einem anderen Geheimdienst, da gibt es Rivalität und Misstrauen.«

»Dummheit nenne ich das.« Sie schüttelte den Kopf. »Weniger als zwanzig Soldaten gegen einhundert. Wann werden die Amerikaner eintreffen?«

»In einer Stunde.«

»Und wie?«

»Mit einer indischen Transportmaschine vom Geschwader der Himalayan Eagles. Sie springen ab.«

»Die springen über den Bergen ab? Sie werden die Hälfte ihrer Leute allein bei der Landung verlieren.«

»Für etwas anderes bleibt keine Zeit.«

Sharab überlegte einen Augenblick. Militärisch würde die amerikanische Einheit keine große Unterstützung bedeuten, aber vielleicht konnte sie ihr auf andere Art nützen. »Können Sie die amerikanische Einheit kontaktieren?«, fragte sie Friday.

»Über Washington, ja.«

»Gut. Samuel?«

»Ja, Sharab?«, erwiderte der Riese.

»Du wartest hier mit Nanda und Ali, während ich die anderen ins Tal führe. Eine halbe Stunde nach unserem Aufbruch marschiert ihr entlang der geplanten Route weiter.«

»Ja, Sharab.«

Sharab wandte sich ab, um zu Nanda und Apu zu gehen, die sich miteinander unterhielten.

»Warten Sie!«, rief Friday. »Die sind uns zahlenmäßig ohnehin weit überlegen. Warum wollen Sie die Gruppe noch einmal aufteilen?«

»Wenn wir uns über Funk mit den Amerikanern in Verbindung setzen, können wir sicherstellen, dass die indischen Bodentruppen die Nachricht mithören. Damit ziehen wir sie auf uns.«

»Wieso sind Sie so sicher, dass die Sie nicht einfach umbringen?«

»Das ist unwichtig, von Bedeutung ist nur, dass wir sie

so lange wie möglich fest halten, damit Samuels Gruppe durchkommt. Sie haben selbst gesagt, Nanda wäre die Einzige, die einen Atomangriff abwehren kann. Sie muss Pakistan erreichen. Ihr Volk wird ihrem Geständnis, ihrem Zeugnis Glauben schenken.«

»Und woher wissen Sie, dass sie Sie nicht verraten wird?«

»Weil ich etwas weiß, das Sie nicht wissen. Die Raketen, nach denen Ihr Team sucht, sind bereits stationiert. Dutzende von ihnen sind von den Bergen aus auf Neu-Delhi, Kalkutta und Bombay gerichtet. Ein Angriff auf Pakistan würde den gesamten Subkontinent in eine Wüste verwandeln.«

»Lassen Sie mich mit meinen Vorgesetzten sprechen. Sie werden die Inder vor einem Erstschlag warnen ...«

»Wie denn? Ich habe keine Beweise. Ich kenne die Standorte der Raketen nicht, und meine Regierung wird diese Information nicht preisgeben. Ich weiß nur, dass die Raketen bereits stehen. Um die Inder abzulenken, wurden Angriffe inszeniert, wenn einzelne Teile an Ort und Stelle gebracht werden sollten.« Sie holte tief Atem, um sich zu beruhigen. Wenn sie wütend wurde und zu schwitzen begann, würde der Schweiß auf ihrer Haut gefrieren. »Wenn Nanda nicht will, dass ihr Land komplett zerstört wird, muss sie mit uns zusammenarbeiten. Das heißt aber, dass wir sie nach Pakistan schaffen müssen, bevor die Inder sie töten können!«

»Also gut, aber ich gehe mit ihr. Sie wird Schutz brauchen. Außerdem muss sie vor der Weltgemeinschaft glaubwürdig wirken. Ich war Zeuge der Explosionen und kann dafür sorgen, dass Beamte unserer Botschaft ihre Aussage bestätigen.«

»Wie soll ich wissen, dass Sie sie nicht töten?« Sharab musste schreien, um den stärker gewordenen Wind zu übertönen. »Sie sind in einem indischen Hubschrauber hier aufgetaucht. Woher weiß ich, dass Sie uns nicht nach Kargil zurückschaffen wollten? Ich habe nur Ihre Versprechungen und einen Funkspruch, der von jedem hätte stammen können! Damit sind Sie noch lange nicht mein Verbündeter!«

»Ich hätte Sie vom Hubschrauber aus beschießen können!«, brüllte Friday zurück. »Das heißt, dass ich zumindest nicht Ihr Feind bin.«

Da hatte der Amerikaner Recht, das musste Sharab zugeben. Trotzdem war sie nicht bereit, ihm vollständig zu vertrauen. Noch nicht.

»Sie verschwenden die wenige Zeit, die uns noch bleibt«, fuhr er fort. »Wenn Sie mich nicht töten wollen, gehe ich mit Nanda.«

Sharab hielt Friday immer noch gegen den Hang gepresst. Sein warmer Atem wärmte ihre Nase, als sie ihm ins Gesicht blickte. Seine Augen tränten von der Kälte, aber das war das einzige Leben, das Sharab darin fand. In ihnen las sie weder Aufrichtigkeit noch Überzeugung noch Selbstlosigkeit, aber genauso wenig Furcht und Feindseligkeit. Für den Augenblick musste das genügen.

»Samuel leitet die Operation«, teilte sie ihm mit.

Friday nickte heftig, und sie ließ ihn los. Samuel hielt Friday fest, bis er sicher war, dass der Amerikaner auf seinen eigenen Füßen stand.

»Warten Sie hier«, sagte Sharab und wandte sich ab.

Mit dem Rücken zur Felswand schob sie sich auf Nanda zu, die mit ihrem Großvater in einer kleinen Felsspalte kauerte. Als Sharab bei ihnen anlangte, erhob sie sich. Ihr Gesicht war von einem schweren Schal verdeckt, der nur die Augen frei ließ.

Sharab erklärte Nanda, die Zelle teile sich auf. Nanda sei mit dem Amerikaner und ihrem Großvater in einer Gruppe, die gemeinsam mit Samuel versuchen solle, sich nach Pakistan durchzuschlagen.

»Warum tun Sie das?«, wollte Nanda wissen.

Sharab erklärte es ihr. Gewöhnlich verhielt Nanda sich herausfordernd, aber das war diesmal nicht der Fall. Als Sharab ihr alles gesagt hatte, was sie von Friday wusste, las sie in Nandas Augen Zweifel und Sorge. Vielleicht hatte die Inderin keine Ahnung gehabt, was SFF und Militär planten. Leider verriet Nandas Reaktion Sharab, was sie wissen musste.

Dass die Geschichte des Amerikaners wahr sein konnte.

Vielleicht blieben ihnen wirklich nur noch wenige Stunden bis zum Ausbruch eines Atomkrieges.

34

Washington, D. C. – Donnerstag, 6 Uhr 51

Paul Hood war nicht überrascht, dass Bob Herbert mit der Frau am Funkgerät so grob umgesprungen war. Schließlich war Herberts Frau von islamischen Terroristen getötet worden. Dass er mit der pakistanischen Zelle zusammenarbeiten musste, widerstrebte ihm mit Sicherheit zutiefst.

Allerdings war es gleichzeitig ein kluger und verantwortungsbewusster Schachzug gewesen, der Frau zu sagen, was er von ihr und ihresgleichen hielt, wenn er sie als Verbündete gewinnen wollte. Fremde werden bei übertriebener Freundlichkeit und Schmeichelei leicht misstrauisch. Sagt man ihnen jedoch klar, dass man sie nicht mag und nur aus Notwendigkeit mit ihnen zusammenarbeitet, besteht eine gute Chance, dass sie sich auf die Informationen verlassen, die man ihnen liefert.

»Alles in Ordnung, Bob?«, erkundigte sich Hood.

»Klar, aber ihre Antwort saß.«

»Sie haben ihr doch auch die Meinung gesagt.«

»Das hat sie gar nicht gemerkt. Fanatiker haben da eine Haut wie ein Panzer. Aber das kann ich wegstecken. Ich bin ein großer Junge und kenne das Spiel.«

»Manchmal trifft es einen nur an einer besonders verwundbaren Stelle«, meinte Hood.

»Ja, allerdings.«

Hood hatte schon andere Situationen dieser Art mit Herbert durchlebt. Der Aufklärungschef musste sich einfach damit auseinander setzen.

»Wir reden später noch darüber, Bob. Jetzt muss ich den Präsidenten informieren. Er muss wissen, was wir vorhaben.«

Herbert schwieg für einen Augenblick. »Ich glaube, das beschäftigt mich auch sehr. Die Frage, ob wir das wirklich tun sollten.«

»Was? Die Strikers schicken?«

»Ja.«

»Nennen Sie mir eine Alternative.«

»Überlassen wir das Problem dem Präsidenten, der kann das mit der indischen Regierung aushandeln.«

»Nicht ohne Beweise. Ich werde ihm mitteilen, welche Probleme wir sehen, und was wir dagegen unternehmen wollen. Ich weiß genau, was er sagen wird. Er wird sich damit einverstanden erklären, dass die Strikers vor Ort Informationen sammeln, vor allem, da die indische Regierung ihre Anwesenheit genehmigt hat. So weit werden wir seinen Segen haben. Alles andere bleibt Mike überlassen.«

Herbert schwieg.

»Aber Ihnen ist immer noch nicht recht wohl bei der Sache«, folgerte Hood.

»Stimmt. Lassen Sie uns noch einmal unsere Optionen durchgehen.«

»Also gut«, meinte Hood geduldig.

»Wir sind zu dem Schluss gekommen, dass die indische Regierung von dem geplanten Atomschlag vermutlich nichts weiß. Wenn wir also diese Frau aus Kargil, diese Nanda, nicht vor eine Fernsehkamera bekommen, um zu erklären, dass es sich um Verrat handelte, haben wir keinerlei Beweise, die wir dem Präsidenten und dem Volk von Indien vorlegen könnten. Ein Gespräch über Funk taugt nichts, weil jeder am anderen Ende sein könnte.«

»Genauso sieht es aus«, stimmte Hood zu. »Außerdem sind indische Truppen unterwegs, die versuchen sollen, Nanda und die Pakistaner zu eliminieren.«

»Zumindest nehmen wir das an.«

»Wir müssen davon ausgehen, dass die Zelle aufgespürt und ausgeschaltet werden soll. Die SFF hat nichts davon, wenn sie die Pakistaner gefangen nimmt und die Wahrheit durchsickert. Wir müssen ihnen unbedingt zur Flucht verhelfen.«

»Gott stehe uns bei.«

»Bob, dass wir Terroristen unterstützen, ist in diesem Fall zweitrangig. Das wissen Sie doch.«

»Ich weiß, aber es gefällt mir trotzdem nicht.«

»Bis wir den Präsidenten eingeweiht und alle diplomatischen Kanäle durchlaufen haben, könnten die Pakistaner schon tot sein.«

»Und wenn wir die Operation durchführen, könnte das die Strikers das Leben kosten.«

»Das gilt für jeden ihrer Einsätze. Sollten Mike oder Colonel August Zweifel bezüglich dieser Aktion kommen, können sie sie jederzeit abbrechen.«

»Das werden sie nicht tun, vor allem nicht bei diesem Risiko.«

»Da haben Sie wahrscheinlich Recht.«

»Außerdem fürchtet Mike nichts und niemanden.«

»Es ist mehr als das, er kennt seine Leute. Haben Sie ihn jemals Wellington zitieren hören?«

»Nicht, dass ich wüsste.«

»Eines Morgens, als ich den Strikers beim Training zusah, fragte ich Mike, woher er weiß, wann seine Leute ihre Grenzen erreicht haben. Er sagte, Wellington habe eine einfache Methode gehabt festzustellen, ob er seine Kampfeinheiten optimal gedrillt habe. ›Ich weiß nicht, wie diese Männer auf den Feind wirken werden‹, so Wellington, ›aber bei Gott, mir jagen sie Angst ein.‹ Mike meinte, er höre auf, wenn er selbst beginne, sich vor seinen Leuten zu fürchten.«

»Paul, Sie müssen mich nicht daran erinnern, wie gut die Strikers sind. Aber dieser Absprung im Himalaja gefällt mir nicht. Ich weiß nicht, wie ihre Chancen aussehen, und außerdem müssen wir uns auf Terroristen verlassen. Die Tatsache, dass sie völlig auf sich gestellt sind und, noch schlimmer, wir nicht einmal einen Rettungsplan haben, beunruhigt mich.«

»Mich auch«, gab Hood zurück, »aber ich sehe keine Alternative.«

Herbert schwieg für einen Augenblick. Es war ein unbehagliches Schweigen. Hood fühlte sich, als stünde er vor Herbert auf dem Prüfstand.

Dem anderen war das offenbar bewusst. »Ich weiß, dass wir das Nötige tun, aber das heißt nicht, dass es mir gefallen muss.« Seine Stimme klang nicht länger ärgerlich oder forschend, sondern resigniert.

Er sagte, er werde das NRO anrufen und sich den genauen Standort der Zelle durchgeben lassen, um den Strikers direkt vor dem Absprung noch einmal die aktuellen Koordinaten durchzugeben. Hood dankte ihm und hängte auf.

Der Direktor rieb sich die Augen. Herbert mochte mit seinen persönlichen Dämonen zu kämpfen haben, aber das war bei Hood nicht anders.

Im Gegensatz zum Chef der Aufklärungsabteilung hatte Hood nie sein Leben riskiert. Bevor er seinen Posten übernahm, war er Bürgermeister und Finanzbeamter gewesen. Er hatte die Strikers auch früher schon in gefährliche Situationen geschickt, aber noch nie in einen bewaffneten Konflikt. Seine Vorgehensweise erschien ihm selbst leichtfertig, heuchlerisch und feige.

Aber wie er Herbert gesagt hatte, war es unumgänglich. Paul Hoods persönliche Probleme durften seine beruflichen Entscheidungen nicht beeinflussen. Er musste leidenschaftslos bleiben, das schuldete er dem Präsidenten und der Nation.

Er hörte auf, sich die Augen zu reiben, obwohl er sich durch und durch müde fühlte. Und wenn diese Sache vorbei war, musste er seine Presseabteilung schließen. Glücklicherweise würde er bis dahin seinen Kontakt mit Ann Farris auf ein Minimum beschränken können. Da es sich um eine Militäraktion handelte, würde Hood sie anweisen, bis Mittag eine totale Pressesperre über alle Op-Center-Aktivitäten zu verhängen. Das hieß, dass sie sämtliche Telefone und Computer abschalten musste. Niemand von der Presseabteilung würde Anrufe auf seinem Handy entgegennehmen dürfen. Anfragen an die auf Anrufbeantworter geschaltete Hauptnummer würden unbeantwortet bleiben. Was Hood betraf, so würde er sich bis zum Ende der Krise mit Bob Herbert, Liz Gordon und Lowell Coffey in den Tank zurückziehen.

Danach würde er Ann Farris die schlechte Nachricht übermitteln, aber erst, wenn er sich ihr voll widmen konnte.

Das war er ihr schuldig.

35

Hauptkette des Himalaja – Donnerstag, 16 Uhr 19

Bei den Fallschirmen handelte es sich um PF 3000 »Merits« aus Mischgewebe mit Null-Porosität, die vom indischen Militär in der Region gewählt worden waren, weil sie im Sinken maximale Steuerbarkeit boten. Unabhängig von plötzlich auftretenden Luftströmungen aus verschiedenen Richtungen behielt der Stoff Form und Auftrieb. Die Kappen selbst, deren Profil zum Rand hin schmal zulief, waren leicht elliptisch, eine Form, die eine möglichst weiche Landung garantierte. Die zuerst von den französischen Luftstreitkräften militärisch genutzten Merits galten auch als besonders sicher für Anfänger.

Die Fallschirme waren in schlanken Atom-Millennium-Rucksäcken verstaut. Sie besaßen klassische Reißleinen mit Plastikgriffen und schmale Brustriemen, die Außenseite bestand aus leichtem Cordura-Stoff. Aufgrund der dünnen Riemen und des geringen Gewichts würden sie die Strikers nicht weiter behindern, falls sie sich dem Feind oder den Elementen stellen mussten, bevor sie die Rucksäcke ablegen konnten. Außerdem sorgte eine Reißleine aus Gummi dafür, dass der Schirm sofort in sich zusammenfiel, was für Landungen bei starkem Bodenwind von Bedeutung war.

Rodgers und sein Team hatten die Fallschirme entpackt und wieder neu gepackt. Der Stoff wurde ebenso untersucht, wie Leinen und Befestigungsösen. Nachdem die einzelnen Elemente des indischen Militärs offenbar gegeneinander arbeiteten, wollte Rodgers sichergehen, dass die Ausrüstung nicht manipuliert worden war.

In die weißen Nomex-Schneeanzüge gekleidet, die sie mitgebracht hatten, hockten die Strikers neben der Luke, allerdings noch nicht in der Reihenfolge des Absprungs. Aufrechtes Stehen war in dem rüttelnden Flugzeug unmöglich. Außer seinem Fallschirm trug jeder der Spezialisten einen Hüftholster, in dem ein Browning 9 mm High-Power Mark 2 steckte, eine kugelsichere Weste aus Kevlar, Lederhandschuhe und Bergstiefel. Die Ausrüstungswesten besaßen Seitentaschen für Taschenlampen, Leuchtmunition, Handgranaten, zusätzliche Pistolenmagazine und Karten. Bevor die Kommandosoldaten in die eisig kalte Umgebung sprangen, würden sie die mitgeführten Atemmasken von Leyland & Birmingham aufsetzen. Die das gesamte Gesicht bedeckenden Masken besaßen große, bruchsichere, getönte Gläser, die für optimale Sicht sorgten. Der Sanitäter William Musicant hatte zudem einen Gürtel mit medizinischer Ausstattung zu tragen. Dieser bemerkenswert kompakte Ausrüstungsgegenstand, der von den Navy SEALS für Operation Desert Storm entwickelt worden war, ermöglichte die Behandlung einer ganzen Reihe von durch Stürze oder Kampfhandlungen verursachten Verletzungen.

Gemeinsam mit den Strikers ging Rodgers die Fotos von dem Gelände durch, die Viens direkt vom NRO-Computer auf den Laptop der Strikers übertragen hatte. Rodgers hatte zwei Kopien ausgedruckt, die er herumgehen ließ, sowie einen zweiten Satz Fotos, der eben eingetroffen war.

Das Team hatte es mit einem so genannten »Hochkontrast«-Gelände zu tun. Das bedeutete, die Landung würde problematisch werden. Zielbereich war ein großer, flacher Felsvorsprung von etwa siebzig mal neunzig Metern, das einzige relativ waagrechte Gelände in der Gegend. Allerdings gab es mehrere große Felszacken, und im Norden und Westen fiel das Plateau steil ab. Im Süden und Osten erhoben sich nahezu senkrechte Felswände. Sorgen bereiteten Colonel August auch die Winde. Er deutete auf das Farbfoto.

»Je nach Windstärke in diesem Bereich könnte von dem konkaven Südosthang ein starker Abwind ausgehen, der uns womöglich daran hindert, im Zielbereich zu landen.«

»Leider bewegt sich die Zelle entlang schmaler Felsbänder«, gab Rodgers zu bedenken. »Das hier ist der einzige Bereich, wo wir sie abfangen können.«

»Warum müssen wir sie überhaupt in den Bergen erwischen?«, wollte Ishi Honda wissen. Der junge Corporal trug zusätzlich zu seinem Fallschirm in einer Tasche auf seiner Brust auch noch das TAC-SAT.

Rodgers zeigte ihnen das zweite Foto, das Viens geschickt hatte. Darauf waren dunkle Gestalten zu erkennen, die durch eine trostlose Gegend mit gelblichen Sträuchern und vereinzelten Schneeflecken zogen.

»Das sind indische Soldaten, die sich auf den Zielbereich zubewegen«, erklärte Rodgers. »Das NRO und Bob Herbert sind übereinstimmend der Ansicht, dass sie in spätestens acht Kilometern auf die Zelle stoßen werden. Es sind bis zu zweihundert Mann, wobei die Zahl nicht gesichert ist. Für die Bilder haben sich unsere Leute in einen chinesischen Satelliten eingehackt, der die Waffenstillstandslinie beobachtet. Daher können sie auch nicht die Einstellung ändern, um einen größeren Ausschnitt zu bekommen.«

»Das heißt, wenn es uns nicht gelingt, die Zelle herauszuschmuggeln, werden wir es mit weit überlegenen Kräften zu tun bekommen«, erklärte August.

»Aus verschiedenen Gründen kommen Verhandlungen nicht in Frage«, setzte Rodgers hinzu. »Wir müssen die Zelle so oder so an ihnen vorbeibringen.«

Der General blickte seinen Leuten ins Gesicht. Mit Ausnahme des Sanitäters hatten sie alle bereits im Gefecht ge-

standen. Die meisten von ihnen hatten schon Menschen
getötet. Sie hatten das Blut anderer vergossen, wenn auch
zumeist nicht im Kampf Mann gegen Mann. Sie hatten das
Blut ihrer Kameraden gesehen, was sie häufig so in Rage
brachte, dass das Blut ihrer Feinde in Vergessenheit geriet.
Auch gegen zahlenmäßig überlegene Gegner hatten sie
schon gekämpft. Rodgers war überzeugt davon, dass sie
ihr Bestes geben würden.

Er hörte, wie Colonel August ihre Strategie nach der
Landung erklärte. Normalerweise setzten sie Minen ein,
wenn sie hinter den feindlichen Linien landeten. Zwei
oder drei Soldaten des Teams bildeten eine Untergruppe,
die voranging und entlang der Route des Teams zum
Schutz vor Feinden Minen auslegte. Außerdem verteilten
sie üblicherweise Substanzen wie Zwiebelpulver und rohes Fleisch, um eventuelle Kampfhunde zu verwirren und
in die Irre zu führen. Auf den Fotos waren keine Hunde zu
sehen, und sie hofften, dass die Armee-Einheiten keine mit
sich führten.

Da die Zelle offenbar aus vier Personen bestand, hatte
August sich für eine ABBA-Formation entschieden: Vor
und hinter je zwei Pakistanern würde ein Striker marschieren. Das würde es den Strikers erlauben, das Tempo
zu bestimmen und die von ihnen eskortierten Personen im
Auge zu behalten. Weder Herbert noch Rodgers erwarteten jedoch Widerstand von Seiten der Zelle. Nach allem,
was sie gehört hatten, wollten schließlich beide Gruppen
dasselbe: Pakistan lebend erreichen. Was die indischen
Truppen anging, so waren die Amerikaner bereit, nachts
zu marschieren, einen Guerillafeldzug zu führen oder sich
einfach einzugraben und abzuwarten, ob sich eine Gelegenheit zur Flucht bot. Sie würden tun, was nötig war, um
zu überleben.

Die Strikers hatten hoch oben in den Rocky Mountains
für dieses Manöver trainiert, dem sie den Namen Rot-Weiß-Blau gegeben hatten. Innerhalb von zwei Stunden
wechselte die Farbe ihrer Finger nämlich von rot über
weiß zu blau. Zumindest wussten sie, was sie erwartete.

Sobald sie den Boden erreicht hatten, würden sie zurechtkommen. Die einzige Ungewissheit war der Weg nach unten. Dieser Punkt beschäftige auch Rodgers am meisten. Sie befanden sich in einer Höhe von etwa 3300 Metern. Das war relativ niedrig, HALO-Operationen, bei denen in großer Höhe abgesprungen, der Fallschirm jedoch erst sehr spät geöffnet wurde, begannen normalerweise bei über zehntausend Metern. Die Teams stiegen mit Atemgeräten aus, bei denen der Sauerstoffanteil sehr hoch war, um eine Hypoxie zu vermeiden. Außerdem verwendeten sie barometrische Auslöser, die die Fallschirme in einer Höhe von knapp siebenhundert Metern über dem Ziel aktivierten. Das geschah für den Fall, dass der Springer mit Problemen zu kämpfen hatte. Eines davon war ein Drucktrauma, bei dem in Darm, Ohren und Nebenhöhlen befindliche Luft diese schmerzhaft aufblähte. Bei dem anderen handelte es sich um stressbedingte Hyperventilation, die in Kampfsituationen häufig war; vor allem, wenn sich die Springer siebzig bis achtzig Minuten in der Luft befanden. Das war eine lange Zeit allein, in der einem düstere Gedanken kommen konnten, wie zum Beispiel, was geschah, wenn man das Ziel verfehlte. Bei einem durchschnittlichen Abtrieb von zehn Metern auf hundert gefallene Meter beunruhigte dieses Thema jeden Fallschirmspringer. Wurde der Sauerstoff aus der Flasche unter Stress zu schnell eingeatmet, konnte der Kohlendioxidanteil im Blut absinken, was zur Bewusstlosigkeit führte.

Obwohl in dieser relativ niedrigen Höhe keines dieser Probleme auftreten würde, stiegen sie immer noch um fast siebenhundert Meter höher aus als bei ihren Übungen in den Rocky Mountains. Und selbst dort hatte sich der Striker Bass Moore das linke Bein gebrochen.

Der schlanke Sergeant Chick Grey kaute seinen Kaugummi und wirkte so gelassen wie immer. Eiserne Entschlossenheit und Aggressivität standen dagegen in den Augen der Privates David George, Jason Scott und Terrence Newmeyer. Corporal Pat Prementine und Private Matt Bud ließen die Knöchel unter ihren Handschuhen knacken und schienen wie immer bereit, sich ins Getümmel zu stürzen. Und der reizbare Private Walter Pupshaw wirkte, als wollte er jemandem den Kopf abreißen und seinem Opfer in die Speiseröhre spucken. Aber das war für den wilden Mann vom Dienst ganz normal. Nur Sondra DeVonne und der Sanitäter William Musicant wirkten etwas besorgt. Musicant besaß nur geringe Kampferfahrung, und Sondra gab sich noch immer die Schuld an den Vorfällen, die zum Tod von Lieutenant Colonel Squires geführt hatten. Monatelang war sie bei Liz Gordon in Therapie gewesen, doch inzwischen war sie bereits mehrfach mit dem Team auf Mission gewesen. Auch wenn die junge Afroamerikanerin nicht ganz so entspannt und eifrig wie die anderen wirkte, war Rodgers sicher, dass er auf sie zählen konnte. Sonst wäre sie nicht dabei gewesen.

Als sie fertig waren, griff Colonel August nach dem Telefon neben der Luke. Der Kopilot teilte ihm mit, dass das Flugzeug das Ziel in weniger als fünf Minuten erreiche. August ließ das Team in einer Reihe antreten und stellte sich selber an die Spitze. Rodgers bemannte die Luke. Wenn alle gesprungen waren, würde er folgen.

Da die Maschine normalerweise nicht für Absprünge eingesetzt wurde, gab es keine Absprunglinie und auch keine Lichter, die anzeigten, dass sie das Zielgebiet erreicht hatten. August und Pupshaw öffneten die Luke, während Rodgers die telefonische Verbindung zum Cockpit hielt. Die hereinströmende Luft war kälter als alles, was der General je erlebt hatte. Wie von einer eisigen Faust wurden sie nach hinten gepresst. Rodgers war froh, dass sie die Atemmasken hatten. Gegen die unerbittliche Wand aus Wind hätten sie sonst unmöglich Luft holen können. Selbst so wurden August und sogar der stämmige Pupshaw umgeworfen und konnten ihre Position nur mit Hilfe der Strikers hinter ihnen wieder einnehmen.

Rodgers bewegte sich entlang des Rumpfes von der Luke weg zum Heck. Das Heulen des Windes war so laut, dass es in den Ohren schmerzte. Den Befehl zum Absprung zu hören war unmöglich. Mit der freien Hand presste er die Kapuze fest an sein linkes Ohr. Das war die einzige Möglichkeit, wie er den Kopiloten überhaupt hören konnte. Unterdessen bedeutete August den Strikers, ihre individuelle Absprungzeit über das »Black-out«-System zu bestimmen. Das war die Methode, die bei geheimen nächtlichen Absprüngen verwendet wurde. Man legte die rechte Hand auf die Schulter des Springers vor sich. Wenn die Schulter nach unten abtauchte, war man selbst an der Reihe.

Der Wind drückte die weißen Uniformen der Strikers in Richtung Flugzeugnase. Für Rodgers sahen die Soldaten wie Action-Figuren aus: Jede Falte schien wie in Plastik gegossen. Sie lehnten sich leicht vor, um den Wind abgleiten zu lassen, jedoch nicht so weit, als dass er die Person hinter ihnen getroffen hätte.

Die Zeit schien stillzustehen. Dann kam die Meldung, dass sie weniger als achthundert Meter von ihrem Ziel entfernt waren. Dann nur noch vierhundert und schließlich zweihundert.

Noch einmal blickte Rodgers die Strikers an. Wenn sie wussten, wie schwierig dieser Absprung werden würde, ließen sie es sich nicht anmerken. Nach außen hin wirkte das Team diszipliniert und zu allem bereit. Zu sagen, dass er stolz auf seine Leute war, wäre eine glatte Untertreibung gewesen. Rodgers glaubte nicht an Gebete, aber er hoffte, dass alle überleben würden, selbst wenn einige vielleicht das Ziel verfehlten.

August blickte Rodgers an und reckte den Daumen nach oben. Offenbar konnte er das kleine Plateau sehen. Das war gut, weil es bedeutete, dass es im Absprunggebiet nicht schneite. Sie würden nicht direkt darüber, sondern nordwestlich davon abspringen. Der Kopilot hatte errechnet, dass der Wind mit einer Durchschnittsgeschwindigkeit von einhundert Stundenkilometern wehte. Das mussten sie berücksichtigen, damit sie auf ihr Ziel zu- und nicht davon weggetrieben wurden.

Sie flogen über das Plateau hinweg. August hielt vier Finger in die Höhe: Er hatte die Zelle entdeckt. Rodgers nickte.

Einen Augenblick später erhielt Rodgers aus dem Cockpit den Befehl, auf den sie gewartet hatten.

»Los!«

Er gab August ein Zeichen. Während das Team die Maschine durch die Luke verließ, nahm Rodgers seine Position hinten in der Reihe ein. Aus dem Cockpit tauchte der Kopilot auf, der buchstäblich an die Backbordwand gepresst an der Luke vorüber musste, um sie von der Steuerbordseite aus zu schließen.

Rodgers hoffte, es gelang ihm. Das Letzte, was er sah, war, wie sich der kleingewachsene indische Flieger einen Lastenriemen um die Taille band, bevor er versuchte, zur Schiebetür zu kriechen.

Rodgers hielt die Beine geschlossen und presste die Arme gerade an den Körper, als er in die eisige Bergluft hinaussprang. So schnitt er wie ein Messer durch die Luft, bis er genügend Abstand von der Maschine hatte, dass er nicht mehr in das Triebwerk gesaugt werden konnte. Dann ging er sofort in eine Tragflächenposition. Er wölbte den Körper, damit die Luft an seiner Unterseite entlangströmen konnte. Gleichzeitig warf er die Arme zurück und senkte den Kopf, um seine Sinkgeschwindigkeit zu erhöhen.

Inzwischen blickte er fast senkrecht nach unten. Sofort wurde ihm klar, dass er in Schwierigkeiten steckte.

Wie die anderen auch.

36

Hauptkette des Himalaja – Donnerstag, 16 Uhr 42

Um 16 Uhr 31 entdeckte Major Dev Puris Aufklärer, der Hauptgefreite Sivagi Saigal, etwas, das ihn beunruhigte. Er meldete es dem Major, der sich höchst irritiert zeigte.

Bevor seine Leute ausrückten, hatte ihm das Büro des Verteidigungsministers John Kabir versichert, dass die

Aufklärungsflüge in der Region ausgesetzt worden waren. Weder Kabir noch Puri wollten unabhängige Zeugen oder fotografisches Beweismaterial, das die zu erwartenden Ereignisse in den Bergen festhielt: die Gefangennahme und Hinrichtung der pakistanischen Terroristen und ihrer Gefangenen aus Kargil.

Der Überflug der AN-12-Transportmaschine der Himalayan Eagles kam vollkommen unerwartet. Das Flugzeug befand sich Dutzende Kilometer von den sicheren Flugkorridoren entfernt, die von der indischen Artillerie geschützt wurden. Während der Aufklärer die Maschine weiter beobachtete, rief Puri über das abhörsichere Feldtelefon Minister Kabirs Büro an und fragte dessen ersten Stellvertreter, was das Flugzeug dort zu suchen hatte. Weder Kabir noch seine Adjutanten hatte die geringste Ahnung. Schließlich kam der Minister selbst ans Telefon. Er vermutete, dass es sich bei dem Überflug um eine unabhängige Aktion der Luftstreitkräfte handelte, die bei der Suche nach der pakistanischen Zelle und deren Gefangennahme helfen wollte. Allerdings konnte er auch nicht erklären, warum eine Transportmaschine eine solche Mission übernehmen sollte. Er befahl Puri, den Kanal freizuhalten, während er selbst sich den Flugplan der Maschine ansah.

Während er wartete, kam Puri zu dem Schluss, dass der Aufklärungsflug vermutlich keine weiteren Komplikationen mit sich bringen würde. Selbst wenn die Zelle entdeckt wurde – er und seine Einheit würden sie vermutlich zuerst erreichen. Dann mussten sie nur erklären, wie sich die Terroristen gegen ihre Gefangennahme gewehrt hatten und deswegen neutralisiert werden mussten. Niemand würde an ihrer Geschichte zweifeln.

In weniger als einer Minute war Kabir zurück. Der Minister war nicht sehr glücklich. Die AN-12 war in Ankara gewesen und sollte ursprünglich direkt nach Chushul fliegen. Offenkundig war sie umgeleitet worden. Außerdem waren nachträglich Fallschirme auf die Ladeliste gesetzt worden.

Ein paar Augenblick später wusste Puri, warum.

»Fallschirmspringer!«, sagte er in das Funkgerät.

»Wo?«, wollte Kabir wissen.

»Etwa eineinhalb Kilometer von hier entfernt«, teilte der Aufklärer Puri mit. »Sie verwenden Fallschirme der Eagles«, ergänzte er, als sich der Schirm zu entfalten begann, »aber sie tragen keine Uniform.«

Puri gab die Information an Kabir weiter.

»Die Eagles müssen die Zelle entdeckt haben«, meinte der.

»Gut möglich. Aber die Leute tragen nicht die Bergausrüstung der Eagles.«

»Vielleicht haben sie in Ankara ein ausländisches Team an Bord genommen. Möglicherweise hat uns jemand verraten.«

»Was tun wir?«

»Die Mission schützen.«

»Verstanden.«

Der Major beendete die Verbindung und befahl den Kommandeuren der einzelnen Einheiten, ihre Leute vorrücken zu lassen. An der Stelle, an der die Fallschirmspringer landen würden, sollten alle zusammentreffen. Puris Befehle waren direkt und einfach.

Die Soldaten sollten nach eigenem Gutdünken feuern.

37

Hauptkette des Himalaja – Donnerstag, 16 Uhr 46

Schon seit sie in der Grundschule gegeneinander Baseball gespielt hatten, wusste Colonel Brett August, dass er zu Höherem berufen war als sein langjähriger Freund Mike Rodgers. Allerdings hatte er sich seinen Aufstieg etwas anders vorgestellt.

Die feingerippten weißroten Fallschirme der Strikers öffneten sich in rascher Folge. Unsanft wurden die Kommandosoldaten in die Höhe gerissen, als die Kappen den raschen Fall bremsten. Je nach der Luftströmung, von der sie erfasst wurden, wurden einige Strikers weiter nach oben getragen als die anderen. Zwischen ihnen floss der Wind in schmalen Bändern, weil die zahlreichen Gipfel und Felsvorsprünge unter ihnen unterschiedliche Luftströmungen verursachten. Obwohl Mike Rodgers als Letzter gesprungen war, befand er sich in der Mitte der Gruppe, als sich die Schirme voll entfalteten, während Brett August plötzlich ganz oben schwebte.

Unglücklicherweise entsprach die Aussicht aus dieser Höhe nicht ganz seinen Erwartungen.

Mit einem Mal war seine Sicht beeinträchtigt. Als ihn der Fallschirm nach oben riss, wurde Schweiß von seinen Augenbrauen auf seine Brille geschleudert und gefror dort. Das war ein nur in großen Höhen auftretendes Problem, an das weder er noch General Rodgers bei der Planung des Sprungs gedacht hatten. August ging davon aus, dass die übrigen Strikers ebenfalls durch den Frost behindert wurden. Das war jedoch nicht ihr größtes Problem.

Kurz nach dem Absprung hatte Colonel August die Linie indischer Soldaten entdeckt, die in ihre Richtung zusammengezogen wurde. Als schwarze, sich schnell bewegende Punkte waren sie vor dem fast weißen Hintergrund gut zu erkennen. Er war sicher, dass Rodgers und die anderen sie ebenfalls sehen konnten.

Einmal gelandet, waren die Strikers durchaus in der Lage, sich zu verteidigen. Wenn so viel auf dem Spiel stand, gaben Amerikaner nicht auf. Viel mehr Sorgen bereitete August das, was bis dahin geschehen würde. Die Strikers befanden sich zwar außerhalb der Reichweite normaler Gewehre, aber die indischen Soldaten hatten die Waffenstillstandslinie vermutlich wohl vorbereitet verlassen. Schließlich hatten sie mit einem Feind gerechnet, der Hunderte von Metern entfernt auf hohen Felsvorsprüngen oder steilen Wänden in Stellung gegangen war. Die indischen Infanteristen waren daher mit Sicherheit entsprechend bewaffnet.

Für den Colonel gab es keine Möglichkeit, sich mit den anderen Team-Mitgliedern in Verbindung zu setzen. Er konnte nur hoffen, dass sie die potenzielle Bedrohung sahen und sich entsprechend auf Probleme nach der Landung einstellten.
Vorausgesetzt, sie landeten.
Während die Sekunden verstrichen, wurde der Fall brutaler, als August erwartet hatte.
Vom Bauch eines relativ warmen Flugzeugs aus gesehen, hatten die Berge Respekt einflößend gewirkt. Die braun, weiß und hellblau schimmernden Gipfel glitten langsam wie eine Karawane großer, klobiger Monster unter ihnen hinweg. Doch unter einem bockenden Fallschirm hängend, schienen sich dieselben Berge aus der Tiefe zu erheben wie Ungeheuer aus dem Meer, deren schiere Größe Furcht einflößend war. Er raste so schnell auf sie zu, dass sich ihre Ausmaße jede Sekunde zu verdoppeln schienen. Und dann war da der ohrenbetäubende Lärm. Die Berge brüllten nach den Eindringlingen, schrien mit mächtigen Winden, die sie vom Himmel rissen und mühelos in neue Richtungen lenkten. August hörte nicht nur jede Böe, er fühlte sie auch. Von den Gipfeln siebenhundert Meter unter ihm erhoben sich Stürme, die an ihm vorüberrasten, den Fallschirm nach oben und unten rissen, nach Norden und Osten, nach Süden und Westen, so dass er beständig im Kreis gewirbelt wurde. Um nicht die Orientierung zu verlieren, musste er die Augen ständig auf das Ziel gerichtet halten, wie verdreht seine Position auch sein mochte. Er hoffte, weiter unten würde der Wind nachlassen, sodass er und die Strikers ihre Fallschirme zu dem Landeplatz lenken konnten. Mit etwas Glück würden die Berggipfel sie vor den indischen Soldaten schützen, bis sie gelandet waren und sich formiert hatten.
Erbarmungslos rasten die Berge auf sie zu. Je niedriger die Strikers sanken, desto schneller näherten sich die scharfzackigen Gipfel. Als das Team den dünnen Dunst durchdrang, wurden die Farben klarer. Die Berge waren inzwischen in allen Einzelheiten zu erkennen, und die

Fallschirme schienen noch stärker zu schwingen. Das war eine Illusion, aber die Geschwindigkeit, mit der sich die Felszacken näherten, war Realität. Drei der sieben Soldaten um August herum waren auf Kurs und hatten eine gute Chance, das Plateau zu erreichen. Die anderen würden sorgfältig manövrieren müssen, wenn sie es schaffen wollten. Bei zwei von ihnen bestand die Gefahr, dass sie den Berg völlig verfehlten und im Tal dahinter landeten. Wer das war, konnte August nicht sagen, weil der Wind manche Fallschirme stärker angehoben hatte als andere und die Reihenfolge des Absprungs daher nicht mehr stimmte. Wer abgetrieben wurde, musste eben den Rest des Teams über Funk kontaktieren und so schnell wie möglich zu den anderen stoßen.

Als sie sich dem Ziel bis auf dreihundert Meter genähert hatten, hörte August durch den heulenden Wind einen schwachen Knall. Da er der indischen Infanterie den Rücken zuwandte, konnte er nicht mit letzter Sicherheit sagen, woher das Geräusch stammte.

Einen Augenblick später wurden alle Zweifel ausgeräumt.

In der Luft um ihn herum explodierten schwarzweiße Wolken: Flakraketen, wie sie gegen niedrig fliegende Maschinen eingesetzt wurden. Die Granaten wurden von schultergestützten Raketenwerfern abgefeuert, wie der Blowpipe, der tragbaren Ein-Mann-Standardwaffe der indischen Armee, und sprühten Metallschrot in alle Richtungen. In einem Umkreis von 25 Metern besaßen die 57 Schuss in jeder Granate die Durchschlagskraft von .38er-Kugeln.

Noch nie in seinem Leben hatte er sich so hilflos gefühlt. Er musste zusehen, wie die erste Granate mitten unter den Fallschirmspringern auftauchte. Wenige Augenblick später folgte die zweite, dann noch eine. Die Kappen verdeckten die Strikers selbst, aber er sah, in welcher Nähe die Explosionen erfolgten. Seine Leute mussten von den hohlen Stahlgeschossen geradezu durchlöchert werden.

Ihm kam nicht für einen Augenblick der Gedanke, dass ihn selbst das Schrapnell vom Himmel holen oder dass er das Plateau verpassen könnte.

Kälte, Wind und sogar seine Mission waren vergessen.

Für ihn zählte nur noch das Wohlergehen seines Teams. Und doch konnte er im Augenblick rein gar nichts für dessen Sicherheit tun. Sein Blick schoss zwischen den einzelnen Kappen hin und her, als die Raketen mitten dazwischen explodierten. Zwei der niedrigsten Fallschirme waren binnen Sekunden völlig durchlöchert, klappten zusammen und fielen senkrecht nach unten. Sekunden später klappten sie unter dem Gewicht der im freien Fall befindlichen Strikers wie umgedrehte Regenschirme nach oben.

Ein Fallschirm in der Mitte der Gruppe war ebenfalls beschädigt und stürzte mitsamt seiner Last auf einen anderen direkt darunter. Im wirbelnden Wind verfingen sich beide sofort, die Leinen verknoteten sich, und die Fallschirmspringer schleuderten immer schneller auf das Tal unter ihnen zu.

Selbst wenn die Soldaten nicht von Schrapnells getroffen worden waren, konnten sie den Sturz unmöglich überleben. August brüllte vor Verzweiflung. Sein Schrei vermischte sich mit dem Klagen des Windes und stieg in den Himmel über ihm.

Der Angriff hatte alle Strikers bis auf ihn selbst und drei andere vom Himmel geholt. August hatte keine Ahnung, wer sie waren, ob sie getroffen worden waren und ob sie überhaupt noch lebten. Zumindest befanden sie sich nun unterhalb der Bergkette, die sie von den Indern trennte. Vom Boden her würden sie nicht mehr beschossen werden.

Da explodierte eine vierte Granate über und vor August in schwarzweißen Wolken. Er fühlte zwei Stöße, einer traf seine Brust, der andere seinen linken Arm. Als er an sich herabsah, fühlte er zwar einen dumpfen Schmerz, entdeckte aber kein Blut. Vielleicht hatte ihn die Ausrüstungsweste geschützt. Oder aber er blutete unter dem Stoff. Nach dem ersten Treffer hatte er nichts mehr gespürt, und seine Herzfrequenz schien unverändert – beides gute Zeichen. Tief in sich war er so verzweifelt wegen der Leute, die er soeben verloren hatte, dass es ihm gleichgültig war. Doch das durfte es nicht sein. Er musste überleben und seine Mission zu Ende bringen. Nicht nur für sein Land und für die Millionen von Menschen, die auf dem Spiel standen, sondern auch für die Soldaten und Freunde, die soeben ihr Leben geopfert hatten.

Bis zu dem Plateau waren es nur noch wenige hundert Meter. Er beobachtete, wie zwei der Strikers dort landeten. Der Dritte verpasste es um wenige Meter, obwohl sich einer der Kommandosoldaten bemühte, ihn fest zu halten. Mit den Steuerleinen manövrierte sich August trotz der hohen Sinkgeschwindigkeit näher an die Felswand heran. Lieber wollte er am Gipfel hängen bleiben, als den Felsvorsprung verpassen.

In seinem linken Arm machte sich jetzt ein stechender Schmerz bemerkbar, doch er konzentrierte sich nur auf die Wand vor ihm. Inzwischen befand er sich unterhalb der Gipfel, diese stellten also keine Gefahr mehr dar. Nun ragten sie unbeweglich über ihm in die Höhe und schützten ihn vor dem Feuer der Inder. Die Feinde waren nun die Schlucht zu beiden Seiten des Plateaus und die Felszacken, die ihm die Wirbelsäule brechen konnten. Der Aufwind vom Hang verlangsamte seine Geschwindigkeit, sodass er den Fallschirm nach unten steuern konnte. Er entschied, sich dicht an dem steilen Hang zu halten und ihm nach unten zu folgen. Damit vermied er die scharfen Zacken in der Mitte des Plateaus. Immer wenn ihn der Wind in Richtung Tal treiben wollte, schwang er sich gegen die Felswand. Die von unten nach oben strömende Luft verlieh ihm zusätzlichen Auftrieb. Er kam hart auf dem Plateau auf und warf sofort den Fallschirm ab. Dieser fiel in sich zusammen und schoss davon, bis er an einem drei Meter hohen Felsblock hängen blieb.

Bevor er überprüfte, ob er verletzt war, nahm Brett August Brille und Mundstück ab. Die Luft war dünn, ließ sich aber atmen. Mit den Blicken suchte er das Plateau nach weiteren Strikers ab. Der Sanitäter William Musicant und Corporal Ishi Honda hatten es geschafft. Beide hielten sich am Rande des Plateaus auf. Musicant kniete neben dem Funker und hatte seinen Gurt mit der medizinischen Ausrüstung abgenommen. Honda rührte sich nicht.

Der Colonel erhob sich und ging zu ihnen. Dabei fühlte er unter der Ausrüstungsweste nach seiner Brust. Sie war trocken – die Kugel hatte die Schutzkleidung nicht durchschlagen. Sein Arm war zwar verletzt, doch die eisige Luft hatte die Blutung deutlich verlangsamt. Für den Augenblick ignorierte er die Wunde, doch den Gedanken an die übrigen Strikers konnte er nicht verdrängen. Sondra DeVonne. Walter Pupshaw. Mike. Die anderen.

Er konzentrierte sich auf die beiden nur wenige Meter vor ihm und zwang sich, an den nächsten Schritt zu denken. Noch hatte er seine Waffen und seine Mission. Er musste Verbindung zur pakistanischen Zelle aufnehmen.

Als August die Männer erreichte, musste er gar nicht erst fragen, wie es Honda ging. Der Funker atmete schwer, unter seiner Weste sprudelte das Blut hervor. Unterdessen versuchte der Sanitäter, zwei kleine, aber tiefe Wunden an Hondas linker Seite zu säubern. Die getönten Gläser waren in der Kälte beschlagen, sodass Hondas dunkle Augen nicht zu erkennen waren.

»Kann ich irgendetwas tun?«, fragte er Musicant.

»Ja. In Fach sieben steckt eine tragbare Infusionsausrüstung, in zwölf eine Ampulle mit Atropinsulfat. Die brauche ich beide. Außerdem das Plasma aus acht. Er hat noch zwei Löcher im Rücken. Ich muss die Blutung stoppen und ihn stabilisieren.«

Der Colonel entnahm die Gegenstände und begann, die Infusion vorzubereiten. Aus Fortbildungskursen wusste er, dass Atropinsulfat die Sekretion verringerte und damit auch den Blutverlust reduzierte. Falls der Patient innere Blutungen hatte, würde dies zu seiner Stabilisierung beitragen.

»Ist Ihr Arm in Ordnung, Sir?«, erkundigte sich der Sanitäter.

»Ja. Wen wollten Sie da am Rand des Plateaus einfangen?«

»General Rodgers.«

August spitzte die Ohren. »War der General verwundet?«

»Sah nicht so aus. Er streckte die Hand aus und versuchte, noch ein paar Meter näher heranzukommen, aber so eine verdammte Luftströmung packte den Fallschirm. Ich konnte ihn nicht erreichen.«

Dann war es möglich, dass Rodgers überlebt hatte. August würde versuchen, ihn über Punkt-zu-Punkt-Funk zu erreichen.

»Sobald wir die Infusion gelegt haben, sollten Sie dringend versuchen, die indischen Soldaten zu erreichen«, drängte Musicant. »Falls es mir gelingt, Ishi zu stabilisieren, muss er unbedingt ins Krankenhaus.«

August baute das kleine dreibeinige Gestell für die Infusion neben Honda auf und entfernte die Schutzkappe von der Nadel. Er würde über Hondas Funkgerät das Op-Center informieren, Herbert ihre Position durchgeben und ihn bitten, ärztliche Unterstützung anzufordern. Mehr konnte er nicht tun. Er und Musicant konnten unmöglich hier warten – ihre Mission war noch nicht erfüllt.

Als die Infusion gelegt war, griff August nach Hondas TAC-SAT. Musicant hatte den Rucksack, in dem es sich befand, bereits entfernt und zur Seite gelegt. Das verstärkte Material zeigte an einer Seite ein paar Treffer, doch das Telefon selbst schien nicht beschädigt zu sein. Und August fragte sich, ob Honda es unter Einsatz seines Lebens geschützt hatte.

In diesem Augenblick bäumte sich Corporal Honda von Krämpfen geschüttelt auf.

»Scheiße!«, schrie Musicant.

Als der Funker zu husten begann, spritzte Blut auf Augusts Wangen.

»Ishi, halt durch«, schrie Musicant. »Du schaffst es. Nur noch eine Minute, gib mir nur noch eine Minute.«

Das Keuchen und Husten hörte auf, und Hondas Körper entspannte sich.

»Ziehen Sie ihm die Weste aus!«, brüllte Musicant, während er selbst nach dem Gürtel mit der medizinischen Ausrüstung griff und eine Spritze und eine Ampulle mit Adrenalin aus einer Tasche holte.

Colonel August begann, Hondas Ausrüstungsweste zu lösen. Als er sich über den verwundeten Soldaten beugte, bemerkte er, dass rotes Blut zwischen den Beinen des Unteroffiziers hervorsickerte. Dass es sich schon so weit unten gesammelt hatte, hieß, dass der Blutverlust unglaublich schnell erfolgen musste.

August beobachtete, wie sich Hondas Beine bis zu den Knien rot färbten. Als er die Weste abnahm, war die ganze Vorderseite klebrig von Blut. Der Schrot aus den indischen Geschossen war im Lendenbereich eingetreten, hatte den Rumpf durchschlagen und war durch die Brust wieder ausgetreten. Honda musste sich bei einer der Explosionen ganz in der Nähe des Detonationsnullpunktes befunden haben.

Musicant kniete sich neben Ishi Honda. Aus Gründen der Stabilität hatte er die Beine weit gespreizt. Er zog Hondas blutiges Hemd zur Seite und injizierte das stimulierende Adrenalin direkt ins Herz. August hielt die Hand des Funkers. Sie war kalt und still. Immer noch tropfte Blut auf das Plateau. Musicant setzte sich auf die Fersen zurück und wartete, doch Honda reagierte nicht. Die aschfahle Farbe seines Gesichts rührte nicht allein von der Kälte her. Der Colonel und der Sanitäter beobachteten ihn noch einen Augenblick, bevor August Hondas Hand losließ.

»Es tut mir Leid«, sagte Musicant sanft zu dem Toten.

»Er war ein guter Soldat und ein tapferer Verbündeter«, erklärte August.

»Amen«, ergänzte Musicant.

Erst jetzt merkte August, wie fest sein Griff um die Hand des jungen Mannes gewesen war. Auch in Vietnam hatte er Freunde verloren, das bittere Gefühl war ihm nicht neu. Doch niemals zuvor war fast sein gesamtes Team getötet worden. Das junge, bewegungslose Gesicht vor ihm war für August der Inbegriff dieses Verlustes.

Musicant erhob sich und inspizierte Augusts Arm. In den letzten Minuten war dem Colonel erstaunlich warm geworden. Jetzt, wo das Drama vorüber war, verlangsamte sich sein Herzschlag, und viel weniger Blut strömte durch seine Adern. Binnen kurzem würde sich die Kälte erneut bemerkbar machen. Sie mussten so schnell wie möglich hier weg.

Während Musicant die Wunde reinigte und verband, griff der Colonel nach dem TAC-SAT. Er gab seinen persönlichen Zugangscode ein, um das Gerät einzuschalten. Dann tippte er Herberts Nummer ein. Während er auf die Verbindung wartete, holte er das Funkgerät aus seiner Weste und tätigte einen weiteren Anruf.

Er konnte nur beten, dass ihn jemand empfing.

38

Washington, D. C. – Donnerstag, 7 Uhr 24

»Haben wir schon etwas gehört?«, erkundigte sich Paul Hood, als er in Bob Herberts Büro kam.

Der Chef der Aufklärungsabteilung trank gerade Kaffee, ohne seinen Computerbildschirm aus den Augen zu lassen. »Nein, und das NRO hat auch noch keine Spur von ihnen entdeckt. Bis jetzt sind nur die Pakistaner zu sehen.«

Hood blickte auf die Uhr. »Inzwischen sollten sie bereits gelandet sein. Ist die Transportmaschine schon zurück?«

»Nein. Der Pilot hat nur dem Tower in Chushul über Funk mitgeteilt, sie hätten die Fracht abgeliefert. Das war alles.«

»Vermutlich hatten sie keine Lust abzuwarten, ob unsere Leute auch wirklich landen.«

»Wahrscheinlich nicht. So nah an der pakistanischen

Grenze ist die Maschine wahrscheinlich sofort nach Süden abgeschwenkt und verduftet.«

»Kann man verstehen, schließlich versuchen wir nur zu verhindern, dass ihr Land in einen Atomkrieg verwickelt wird.«

»He, der Zyniker vom Dienst bin ich«, beschwerte sich Herbert. »Außerdem wissen sie wahrscheinlich gar nicht, was auf dem Spiel steht.«

Während er sprach, piepste das Telefon: die abhörsichere Leitung. Er schaltete auf Lautsprecher.

»Hier Herbert.«

»Bob, hier ist August.« Der Anrufer war kaum zu verstehen.

»Colonel, Sie haben ziemlich viel Windgeräusche. Sie müssen lauter sprechen.«

»Bob, wir haben hier ein gewaltiges Problem«, sagte August laut und deutlich. »Nach dem Absprung wurden wir von indischen Truppen von der Waffenstillstandslinie mit Flak beschossen. Die meisten unserer Leute wurden dabei neutralisiert. Musicant und ich sind die Einzigen auf dem Plateau. Rodgers hat es verfehlt, hat es aber möglicherweise bis ins Tal geschafft. Wir wissen nicht, ob er verletzt ist. Ich versuche, ihn über Funk zu erreichen.«

»Wiederholen Sie das. Zwei Mann in Sicherheit, einer vermisst, alle anderen tot?«

»Das ist korrekt.«

Der Aufklärungschef sah zu Hood auf, der noch in der Tür stand. Herberts Gesicht wirkte eingefallen, und er murmelte mit rauer, angespannter Stimme etwas vor sich hin. Für Hood war es unmöglich, ihn zu verstehen, aber vielleicht sollte er das auch gar nicht.

Augusts Worte hatte er jedoch sehr wohl gehört.

»Colonel, sind Sie in Ordnung?«, fragte er.

»Mr. Musicant und mir geht es gut, Sir. Tut mir Leid, dass wir Sie enttäuscht haben.«

»Das haben Sie keineswegs. Wir wussten, wie schwer es werden würde.«

Immer noch hatte sein unter Schlafentzug leidendes Gehirn die volle Tragweite von Augusts Worten nicht voll erfasst, obwohl er darum kämpfte, sie irgendwie einzuordnen. Diese Leben konnten doch nicht einfach so geendet haben. Viele von ihnen hatten gerade erst begonnen. Sondra DeVonne, Ishi Honda, Pat Prementine, Walter Pupshaw, Terrence Newmeyer und die anderen ... Im Geiste tauchten ihre Gesichter vor ihm auf, nicht nur die Fotos aus ihren Personalakten, sondern Bilder von Trainingsstunden, bei denen er zugesehen hatte, von Gedenkgottesdiensten, Grillpartys und Footballspielen. Es war nicht wie beim Tod eines Einzelnen. Nachdem er Charlie Squires und Bass Moore verloren hatte, konnte sich Hood auf Einzelheiten konzentrieren, darauf, wie er der Familie half, diese schwere Zeit zu überstehen. Doch das Ausmaß dieser Tragödie war so überwältigend, dass er sich wie betäubt fühlte.

»Wie schätzen Sie die Lage ein, Colonel?« Hoods Stimme klang stark und zuversichtlich. Das war er August schuldig.

»Wir würden immer noch gern versuchen, die Zelle abzufangen«, fuhr August fort. »Mit zwei Mann Verstärkung gelingt es denen vielleicht, sich irgendwo an der Waffenstillstandslinie durchzuschlagen.«

»Dafür haben Sie unsere volle Unterstützung.«

»Allerdings ist jede Menge Infanterie in unsere Richtung unterwegs. Können Sie sich mit den Pakistanern in Verbindung setzen und ihnen mitteilen, was passiert ist?«

»Wir werden es versuchen. Die Führerin der Pakistaner hat Fridays Telefon. Allerdings ist sie nicht besonders kooperativ.«

»Weiß sie, dass wir kommen?«

»Definitiv.«

»Gibt es irgendeine Vereinbarung mit ihr?«

Der Colonel wollte wissen, wer den Befehl haben würde, wenn sie zu ihr stießen. »Darüber wurde nicht gesprochen. Ich überlasse das Ihrer Initiative.«

»Danke. Noch etwas, Sir. Es wird bald dunkel, und wir haben hier mit Sturm und Kälte zu kämpfen. Ich hoffe, Sie haben einen Notfallplan.«

»Wir waren gerade dabei, einen zu erarbeiten«, log Hood, »aber wir zählen immer noch darauf, dass Sie und Private Musicant die Sache durchziehen.«

»Wir tun unser Bestes.«

»Das weiß ich, aber passen Sie auf sich auf.«

August versprach es und sagte, er werde das Op-Center informieren, falls es ihm gelinge, Mike Rodgers aufzuspüren. Dann beendete er die Verbindung. Hood schaltete die Freisprecheinrichtung aus. Lange Zeit herrschte Stille.

»Alles in Ordnung?«, fragte er schließlich Herbert.

Herbert schüttelte langsam den Kopf. »Wir hatten elf Leute dort.«

»Ich weiß.«

»Die meisten von ihnen waren noch Kinder.«

»Meine Verantwortung«, erinnerte ihn Hood. »Ich habe die Operation genehmigt.«

»Und ich stand voll und ganz hinter Ihnen. Uns blieb keine Wahl, aber der Preis ist einfach zu hoch.«

Hood war ganz seiner Meinung, aber er wollte es nicht aussprechen, weil ihm das zu billig schien. Sie waren Profis des Krisenmanagements. Manchmal war ein menschlicher Schild alles, was das Chaos fern hielt. Auch wenn diese Barrikade einen eisernen Willen besaß, war sie letzten Endes doch nur aus Fleisch und Blut.

Er trat hinter den Schreibtisch und blickte auf den Computer herab. Trotz aller Logik fühlte er sich innerlich leer. Er und seine Leute hatten gewusst, dass die Mission riskant war. Bitter war jedoch, dass es sich um einen Angriff verbündeter Bodentruppen gehandelt hatte. Niemand hatte erwartet, dass das indische Militär auf Leute schießen würde, die aus einer ihrer eigenen Maschinen sprangen, und zwar mit Fallschirmen, die eindeutig den indischen Luftstreitkräften gehörten. In dieser Phase der Operation hätten hervorragend ausgebildete Profis gegen eine feindliche Natur kämpfen sollen und sonst gegen gar nichts. Das hätten die meisten, wenn nicht alle Strikers überlebt. Wie hatte diese Katastrophe passieren können?

»Colonel August hat Recht, wir brauchen unbedingt einen Back-up-Plan«, erklärte Herbert. »Wir haben uns nicht an die Regeln gehalten. Wir müssen uns hinsetzen und ihm ...«

»Warten Sie. Da stimmt etwas nicht.«

»Wie bitte?«

»Sehen Sie sich dieses Satellitenbild an.«

Herbert folgte der Aufforderung.

»Die Terroristen bewegen sich nach wie vor unter Felsüberhängen, wie schon die ganze Zeit seit Sonnenaufgang«, erläuterte Hood. »Inzwischen haben sie aber ein wenig mehr Bewegungsspielraum, weil sie auch diese Schatten hier nutzen können.« Hood deutete auf gezackte, dunkle Bereiche auf dem Monitor. »Sehen Sie, wie die Schatten länger werden, weil die Sonne hinter den Bergen verschwindet?«

»Das sehe ich zwar, aber ich weiß nicht, worauf Sie hinauswollen.«

»Sehen Sie sich die Richtung der Schatten im Verhältnis zur Sonne an. Die Zelle zieht nach Westen, nicht nach Nordwesten wie vorher.«

Herbert starrte einen Augenblick lang auf den Bildschirm. »Da haben Sie Recht. Warum zum Teufel tun sie das?«

»Vielleicht gibt es eine Abkürzung? Einen geheimen Weg über den Gletscher?«

Herbert rief die von der Defense Mapping Agency der NASA erstellten detaillierten Übersichtsfotos auf. Die fotografischen Karten waren mit Koordinaten versehen und wurden zur Ausrichtung von Satelliten benutzt. Herbert ließ den Computer den Bereich markieren, den Viens gerade überprüfte. Über Herberts Rollstuhl gebeugt, starrte Hood aufmerksam auf den Monitor, auf dem ein schwacher roter Cursor in dem Bereich zu pulsieren begann, den die Zelle soeben durchquerte.

»Es gibt keine Abkürzung. Was zum Teufel treiben die da? Diese Route zur Waffenstillstandslinie ist sogar länger.«

»Wird August trotzdem auf sie stoßen?«

»Ja.« Herbert deutete auf ein Gebiet etwas nördlich von dem, in dem sich die Zelle aufhielt. »Brett ist hier gelandet und bewegt sich nach Südosten. Er wird sie nur viel früher treffen als erwartet.« Er studierte weiter die Karte. »Trotzdem macht das keinen Sinn. Diese Route führt keineswegs durch einfacheres Gelände. Die Entfernung zur Waffenstillstandslinie ist größer, das Terrain liegt genauso hoch und sieht nicht weniger schwierig aus.«

»Vielleicht haben sie dort ein geheimes Waffenlager oder ein anderes Versteck«, meinte Hood.

»Möglich.« Herbert schaltete erneut auf das aktuelle NRO-Bild. »Aber sie waren bereits relativ nah an der Grenze. Warum sollten sie den Indern mehr Zeit geben, sie zu fangen?«

Auf der Standleitung, die die Behörden untereinander verband, kam ein Anruf herein. Herbert schaltete auf Lautsprecher. »Ja?«

»Bob, hier ist Viens. Im Zielbereich wird es allmählich dunkel. Das Licht ist schwach genug, um auf thermische Darstellung umzuschalten, ohne dass es uns blendet. Das wird uns die Verfolgung der Zelle erleichtern.«

»Nur zu.« Herbert drückte die Stummtaste an seinem Apparat, während er gemeinsam mit Hood weiter die Übersichtskarte studierte.

Hood interessierte sich besonders für den Bereich am Fuß des Plateaus.

»Bob, wenn wir den Satelliten neu positionieren, können wir dann in das Tal hinuntersehen?«, fragte er, wobei er auf ein Gitterfeld mit der Nummer 77 deutete.

»Das weiß ich nicht.« Herbert sah seinen Chef an. »Paul, ich will Mike auch finden, aber wir haben nur einen Satelliten in der Region. Sollen wir ihn wirklich für diese Suche blockieren?«

»Vielleicht hat Mike bei dem Sturz sein Funkgerät verloren oder beschädigt. Wenn er noch lebt, könnte er Brett helfen. Wir brauchen da drüben jeden Mann.«

»Selbst wenn dieser Mann Tausende von Metern unter den anderen in einer Schlucht steckt?«

»Wir wissen doch gar nicht genau, wo Mike ist. Das müssen wir herausfinden.«

Bevor der Aufklärungschef darüber nachdenken konnte, meldete sich Viens zurück.

»Bob, haben Sie die neuen Satellitenbilder vor sich?«

Herbert deaktivierte die Stummschaltung. »Nein«, erwiderte er, während er schon auf die vom OmniCom eingespeisten Bilder zurückschaltete. »Gibt es ein Problem?«

»Vielleicht. Selbst wenn sich die Zelle unter dem Felsüberhang bewegte, war immer mal wieder ein Arm oder ein Kopf zu sehen, sodass wir wussten, dass wir sie nicht verloren hatten. Was sehen Sie jetzt?«

Herbert und Hood beugten sich vor, während vor ihren Augen auf dem Monitor ein Bild entstand. Es wirkte wie ein psychedelisches Gemälde aus den Sechzigern. Rote, heiße Schatten ergossen sich über grüne Fels- und Schneeflächen.

Die Schatten von nur drei Personen.

»Was zum Teufel ist da los?«, fragte Herbert.

»Das weiß ich nicht. Vielleicht hat die Gruppe unterwegs Leute verloren.«

»Oder sie haben Friday und den Inder beseitigt«, überlegte Herbert laut. »Vielleicht hat es Tote gegeben. Wir sollten versuchen, über Funk Verbindung mit ihnen aufzunehmen.«

»Nein.« Hood war dagegen. »Kontaktieren Sie August, und teilen Sie ihm mit, dass er drei Personen vor sich hat. Sagen Sie ihm, sie könnten sich feindselig verhalten. Er soll selbst entscheiden, ob er sich bedeckt hält oder die Konfrontation sucht. Stephen, können Sie mir ein Bild von Gitterfeld 77 in Kartendatei OP-1017.63 besorgen?«

»Ich rufe die Karte auf und überprüfe, ob das innerhalb der Reichweite von OmniCom liegt. Es dauert nur eine Minute.«

»Danke.«

Herbert schüttelte den Kopf. »Aus welchem Grund sollte die Zelle Friday attackieren?«

»Vielleicht war es ja umgekehrt«, meinte Hood. Dann

richtete er sich auf. »Moment mal. Vielleicht liegen wir mit unseren Vermutungen völlig falsch.«

»Was meinen Sie damit?«

»Ron Friday hat der Zelle doch mitgeteilt, dass sich indische Soldaten nähern.«

»Stimmt.«

»Bevor Friday zu ihnen stieß, wussten die Pakistaner nichts von dieser Bedrohung. Sie hatten keine Ahnung, dass sich ein Atomkrieg nur verhindern lässt, wenn Nanda Pakistan erreicht. Was würden Sie mit diesem Wissen anfangen, vor allem, wenn Sie erfahren, dass in Kürze Fallschirmspringer in der Nähe Ihrer Position landen werden ...«

»... die von einer Maschine abgesetzt werden, die für die Soldaten von der Waffenstillstandslinie zu sehen sein muss«, ergänzte Herbert.

»Ganz recht. Wenn sie klug und kühn und vielleicht auch ein wenig verzweifelt wären, würden Sie etwas Unerwartetes versuchen.«

»Zum Beispiel Ihre Kräfte teilen und die Inder von einer Gruppe auf eine falsche Fährte locken lassen.«

»Richtig. Das heißt, dass die anderen vier vermutlich der ursprünglichen Route folgen.«

»Wenn das stimmt, hat es keinen Sinn, dass sich August und Musicant der Splittergruppe anschließen, weil diese vermutlich das Feuer der Inder auf sich ziehen will.«

»Korrekt. Bob, informieren Sie August.« Hood beugte sich erneut über den Computer und rief erneut die NASA-Karte auf. »Stephen, ich muss in dieses Tal schauen.«

»Ich habe Ihre Karte bereits aufgerufen«, gab Viens zurück, »und sehe nach, ob die Koordinaten im OmniCom-Computer sind.«

Unterdessen gab Herbert die TAC-SAT-Nummer der Strikers ein. »Paul, Sie denken doch wohl nicht, was ich vermute.«

»Aber sicher tue ich das.«

»Selbst wenn es ihm gut geht, wissen Sie doch gar nicht, ob Sie mit ihm sprechen können.«

»Eins nach dem anderen.«

»Es geht!«, rief Viens. »Ich schicke den Befehl sofort ab. Was die Bewölkung und die Sichtweite angeht, kann ich für nichts garantieren, Paul, aber in neunzig Sekunden habe ich Sie im Tal.«

»Danke.«

»Wonach suchen wir?«

»Nach einem Fallschirm. Einem, an dem Mike Rodgers hängen könnte.«

39

Im Mangala-Tal – Donnerstag, 17 Uhr 12

Nach dem Absetzen der Strikers war die AN-12 rasch nach Süden abgeschwenkt. Der kräftige Abwind der abfliegenden Maschine hatte Mike Rodgers in die Mitte der Fallschirmspringer getrieben, wo er einigermaßen vor dem Flakangriff geschützt war. Doch er hatte die Explosionen gehört und ihre Wirkung gesehen, als um ihn herum seine Kameraden zu Boden stürzten. Bis es ihm gelang, seinen Schirm auf das Ziel zuzulenken, waren nur noch er und Colonel August in der Luft. Trotz der tapferen Bemühungen von William Musicant war es ihm nicht gelungen, das Plateau zu erreichen. Er hatte sich beide Schienbeine und die rechte Hüfte an der Felskante angeschlagen, doch zum Glück hatte die kugelsichere Weste den Stoß gegen die Brust zum Großteil abgefangen. Aber Rodgers fiel zu schnell, um sich fest zu halten oder zu sehen, was aus Brett August geworden war. Zumindest befand sich der Colonel auf der richtigen Seite des Plateaus. Wenn es ihm gelang, seinen Fallschirm rechtzeitig loszuwerden, war vermutlich alles in Ordnung.

Während sein felsiges Ziel über ihm verschwand, begann Rodgers das Gelände direkt darunter zu studieren. Er hatte den Versuch, die anderen zu erreichen, noch nicht aufgegeben und sah sich nach einem Vorsprung um, auf dem er landen konnte. Unglücklicherweise konnte er sich nicht so nah am Berg halten, wie er sich das gewünscht hätte, weil er riskierte, an einem der zahlreichen vorspringenden Zacken hängen zu bleiben und sich den Fallschirm zu zerreißen. Widerstrebend beschloss er, bis ins Tal zu segeln.

Während des Sinkflugs suchte er unten mit den Blicken nach weiteren Fallschirmen. Er hatte den Absturz der Strikers verfolgt und glaubte nicht, dass einer von ihnen überlebt hatte. Wenn es ihm gelang, in ihrer Nähe zu landen, würde er sich vergewissern können. Rodgers weigerte sich, an die Soldaten zu denken, die er mit an Sicherheit grenzender Wahrscheinlichkeit verloren hatte. Zeit zur Trauer würde später noch genug sein. Jetzt zählte nur die Mission, und er musste einen Weg finden, sie fortzusetzen.

Je tiefer er fiel, desto schwächer wurden die Luftströmungen. Als er sich der Talsohle näherte, hörten die seitlichen Schwingungen des Fallschirms auf. Durch die Berge vor den Stürmen geschützt, die durch den Himalaja jagten, hing er gerade wie ein Senkblei nach unten, während er durch die dünnen Wolken segelte.

Er blickte auf das große, erleuchtete Zifferblatt seiner Uhr. Schon fast fünfzig Minuten in der Luft. Mittlerweile war die Höhe nicht mehr so groß, dass er Atemgerät und Brille benötigt hätte. Er nahm sie ab und hängte sie sich an den Gürtel. Der Wasserdampf in den Wolken kondensierte auf seinem bloßen Gesicht und kühlte Wangen und Stirn, auf denen noch der Schweiß stand. Die Erfrischung belebte ihn. Unter ihm wurden die Wolken immer dünner, und er sah den Boden darunter auf sich zurasen.

Einfach würde es nicht werden.

Geografisch gesehen hatte er ein Tal vor sich, eine längliche Senke zwischen zwei Bergketten, die in der Mitte durch einen seichten Fluss mit starker Strömung unterteilt wurde. Für Mike Rodgers jedoch sah das kleine, öde Stück Land aus wie eine Felsspalte in den zerklüfteten Ausläufern des Himalaja. In dem abfallenden Terrain voll scharfkantiger Felsen war eine weiche Landung unmöglich, eine sichere Landung bestenfalls problematisch. Zumindest war die Luft ruhig, und er konnte mit dem Schirm an den gefährlichsten Stellen vorbeisteuern.

Als er unter die letzte Wolkenschicht sank, sah er den ersten der Strikers-Fallschirme. Wie eine Orchidee lag er mitten im Fluss. Offenbar hatte er den Striker unter sich begraben. Einen Augenblick später entdeckte er weitere Fallschirme. Zwei lagen in einem Knäuel am Fuß eines Berges – die Strikers in blutverschmierten Schneeanzügen daneben. Darüber hatte sich ein vierter Fallschirm in etwa zehn Meter Höhe an einem kleinen Felsvorsprung verfangen. Sondra DeVonne hing darunter und schaukelte sanft an ihren Leinen hin und her.

Nicht nachdenken, warnte Rodgers sich selbst. Er musste nach vorn blicken, sich auf die Sache konzentrieren, für die diese Soldaten ihr Leben geopfert hatten. Sonst würde es noch viel mehr Tote geben.

Weiter entfernt stieg in Richtung Süden hinter einer Biegung Rauch auf. Dort musste etwas explodiert oder abgestürzt sein. Die AN-12 konnte es nicht gewesen sein. Wäre das Flugzeug getroffen worden, hätten die Strikers das vermutlich gehört. Mit Sicherheit hätten sie den Absturz gesehen. Er sah kurz nach Norden, wo der Anfang des Gletschers zu erkennen war. Darum war das Tal auch so verdammt kalt. Vermutlich hatte der Gletscher es vor Äonen aus dem Fels gesprengt.

Der Boden raste ihm entgegen. So wenig er gegen den Abhang prallen wollte, so wenig wollte Rodgers im Wasser landen. Da die Sonne schon unterging, wäre sein Anzug in wenigen Minuten gefroren. Die zerklüfteten Böschungen am Fluss wirkten noch weniger einladend, dort konnte er sich nur seinen Schneeanzug aufreißen oder sich die Knochen brechen. Leider liefen die Felswände so spitz zusammen, dass neben dem Fluss nur wenig Platz für eine Landung blieb.

Damit blieb ihm nur eine Option, obwohl sie ihm überhaupt nicht gefiel. Aber im Krieg gab es keine einfache

Wahl. Der General fasste seinen Entschluss und zwang sich selbst, ihn zu akzeptieren.

Er hielt auf den Fallschirm zu, der sich im Wasser bauschte. Der Stoff hing am Ostufer fest. Um die im Wasser liegenden Ränder herum glitzerte Eis. Es sah so aus, als wäre der Schirm steif genug, um ihn aufzufangen, ohne dass er sofort in den Fluss sank. Mit etwas Glück würde es ihm gelingen, im Stand zu landen und an das schmale Ufer zu springen, bevor sich die Kappe komplett zusammenfaltete.

Wenige Sekunden vor dem Aufprall schwebte Rodgers direkt über dem Fallschirm. Auf der einen Seite entdeckte er einen vom Wasser bedeckten Arm. Das Fleisch schimmerte blauweiß. Rodgers wollte nicht auf der Leiche des Strikers landen, sondern richtete den Blick auf die andere Seite der Kappe.

Sein Ziel wurde immer größer. Es kam so schnell auf ihn zu, dass er das Gefühl hatte, die Schwerkraft hätte ihn erst jetzt richtig gepackt. Er schwebte nicht mehr, sondern fiel.

Rodgers setzte leicht auf dem Fallschirm auf. Der steife Stoff gab an der Stelle, wo er landete, in der Mitte nach, aber die Ränder blieben flach. Es gelang Rodgers, im Stand zu landen. Sofort warf er seinen Fallschirm ab und ließ ihn wegwehen. Dann wandte er sich der Seite zu, die dem Ufer am nächsten war. Es dauerte nur gut eine Sekunde, bis die Kappe so tief eingesunken war, dass das Wasser über die Seiten floss. Inzwischen hatte Rodgers jedoch bereits mehrere Schritte zurückgelegt und war über das Wasser auf festen Boden gesprungen. Der Fuß des braunweißen Granithangs befand sich nur gut einen Meter von ihm entfernt. Rodgers ging darauf zu, um einen Blick auf das Tal hinter der Biegung zu werfen.

Durch seine Landung war der Fallschirm leicht flussabwärts abgetrieben worden. Als sich Rodgers umsah, entdeckte er die Leiche von Sergeant Chick Grey, die mit dem Gesicht nach unten im Wasser lag. Die Kleidung des Toten war vom Wasser aufgebläht. Das Einzige, was sich bewegte, waren die Leinen.

Rodgers ließ ihn liegen, seine Zeit war zu knapp, um etwas zu unternehmen. Stattdessen griff er in seine Ausrüstungsweste und öffnete eine Klappe, um sein Funkgerät herauszunehmen.

Oder vielmehr das, was davon übrig war.

Mike Rodgers starrte auf das Gerät in seiner Hand. Die Deckplatte war zerbrochen, gelbe und grüne Drähte stachen durch die Risse. Unten im Gerät klapperten Bruchstücke des schwarzen Gehäuses und kaputte Chips. Er musste es beschädigt haben, als er mit der rechten Seite gegen die Felskante geschlagen war.

Er warf einen Blick auf Greys Weste. Die Tasche für das Funkgerät befand sich unter Wasser. Selbst wenn er ihm die Uniform auszog, damit es nicht nass wurde, und das Funkgerät barg, würde es vermutlich nicht funktionieren. Er blickte flussabwärts, wo die verhedderten Fallschirme der beiden anderen Strikers lagen. Die halb geblähten Kappen schwangen in der steifen Brise vor und zurück. Die Leichen dahinter lagen auf dem schmalen, felsigen Streifen trockenen Landes auf seiner Seite des Flusses. Rodgers lief auf sie zu. Seine rechte Seite und sein Bein schmerzten, aber er verlangsamte sein Tempo nicht.

Terry Newmeyer und Pat Prementine lagen bewegungslos hinter den Fallschirmen. Private Newmeyer lag auf der rechten Seite. Sanft rollte Rodgers ihn auf den Rücken. Uniform und Wange waren durchtränkt von dickem, fast gefrorenem Blut. Sein Funkgerät war ebenso zerschmettert worden wie sein Körper, es sah aus, als wäre es von Schrapnells getroffen worden. Der General tätschelte dem Toten sanft die Schulter, bevor er zu Prementine weiterging. Der Corporal lag mit ausgestreckten Gliedern auf dem Rücken, ein Auge geschlossen, das andere halb geöffnet. Prementines linker Arm ruhte auf seiner Brust, der rechte klemmte in verdrehter Stellung unter seinem Körper. Doch das Funkgerät schien intakt zu sein. Der General nahm es aus der Tasche und ging auf die Felswand zu. Dabei schaltete er das Gerät ein. Das rote Licht in der rechten oberen Ecke brannte. Zumindest etwas in diesem gottverdammten Tal lebte, dachte Rodgers bitter.

Er hob das Funkgerät an die Lippen und drückte die Sprechtaste.

Jetzt konnte er nur noch hoffen, dass die indische Armee diese Frequenz nicht abhörte.

40

Hauptkette des Himalaja – Donnerstag, 17 Uhr 41

Brett August und William Musicant hatten begonnen, sich in südlicher Richtung am Plateau entlangzubewegen. Ein scharfer, kalter Wind schlug ihnen entgegen, weil sich die Luft abkühlte und die Thermik abriss. Die Männer mussten ihre Brillen wieder aufsetzen, damit ihre Augen nicht tränten, während sie sich zu der etwa vierhundert Meter entfernten Felskante vorarbeiteten. Dem NRO zufolge handelte es sich um den nördlichen Ausläufer des Felsbandes, auf dem sich die pakistanische Zelle bewegte.

Als das TAC-SAT piepste, blieb der Colonel stehen, ging in die Hocke und griff nach dem Empfänger. Es war Bob Herbert, der sie anwies, an Ort und Stelle zu warten.

»Was ist los?«, wollte August wissen.

»Es kann sein, dass sich die Zelle aufgeteilt hat«, sagte Herbert. »Die Gruppe, die auf Sie zukommt, will möglicherweise die indischen Soldaten nach Nordwesten locken.«

»Das würde Sinn machen«, meinte August.

»Ja, aber wir wollen nicht, dass Sie zwischen die Fronten geraten. Außerdem besteht die Möglichkeit, dass es zu einem Kampf gekommen ist. Wir wissen es einfach nicht, daher möchten wir, dass Sie eine Stellung beziehen, die Sie gegebenenfalls verteidigen können, und dort warten.«

»Verstanden.« Der Punkt, an dem sich das Plateau verengte, war dafür ideal.

»Paul hat Stephen Viens gebeten, sich nordöstlich des Plateaus umzusehen. Wir haben Grund zu der Annahme, dass der Rest der Zelle dorthin unterwegs ist.«

»Dort ist Mike runtergegangen.«

»Ich weiß. Paul meint, falls es uns gelingt, Mike aufzuspüren, könnte er uns helfen, die Splittergruppe zu finden ...«

Ein leiser, aber deutlicher, intermittierender Piepston ertönte in einer Tasche von Augusts Ausrüstungsweste.

»Bob, warten Sie!«, unterbrach August. »Ich empfange soeben eine Punkt-zu-Punkt-Funkübertragung.«

»Vorsicht, Brett«, warnte Herbert.

Der Colonel setzte das Telefon ab, riss das Funkgerät aus seiner Weste und schaltete es hastig ein. Er wagte nicht zu hoffen, dass es einer der Strikers war. Wahrscheinlicher war, dass jemand eines der Funkgeräte gefunden hatte oder dass ein Kommunikationsoffizier der indischen Armee eine ihrer Frequenzen benutzte.

»Atom«, meldete er sich mit dem von ihm gewählten Codenamen, der mit dem ersten Buchstaben seines Familiennamens begann. Wenn sie nicht sicher waren, woher ein Anruf stammte, benutzten die Strikers Codenamen. Falls einer von ihnen gefangen genommen worden war und zu einem Anruf gezwungen wurde, verwendeten sie einen zweiten Decknamen, der mit dem ersten Buchstaben des Vornamens begann.

»Atom, hier ist Reptil«, meldete sich der Anrufer.

August fühlte weder Wind noch Kälte. Die Welt, die ihm so tot vorgekommen war, begann plötzlich wieder schwach zu pulsieren.

»Geht es dir gut?«

»Ja«, gab Rodgers zurück, »aber ich bin der Einzige. Und bei dir?«

»Midnight und ich sind okay.« Noch während August sprach, holte er eine Karte der Region aus einer der Westentaschen. Diese Karten waren mit einem kodierten Gitternetz versehen. Er legte sie auf den Boden und trat mit dem Fuß auf das eine Ende, während er das andere mit der Hand hielt. »Hast du deine Karte?«

»Ich hole sie gerade heraus. Ich bin bei 37-49.«

»Drei-sieben-vier-neun«, wiederholte August. »Verstanden. Bist du dort sicher?«

»Sieht so aus.«

»Ausgezeichnet. Ich gebe diese Information nach Hause weiter. Vielleicht erhalten wir dann neue Instruktionen.«

»Verstanden.«

Colonel August legte das Funkgerät auf die Karte und griff nach dem TAC-SAT-Empfänger. Dabei reckte er den Daumen nach oben, um Musicant zu verstehen zu geben, dass alles in Ordnung war. Das Lächeln des Sanitäters wirkte etwas verkrampft, aber zumindest lächelte er.

»Bob, das war Mike«, meldete August. »Er ist unten im Tal in Sicherheit, etwa fünf Kilometer vom Fuß des Gletschers entfernt.«

»Danke, lieber Gott«, stieß Herbert hervor. »Weitere Überlebende?«

»Negativ.«

»Verstehe. Okay, Colonel, sichern Sie Ihre Stellung, und halten Sie durch. Mike soll das Gleiche tun. Ich werde Paul von der neuesten Entwicklung informieren.«

»Bob, denken Sie daran, dass das Terrain hier draußen ziemlich rau ist. In Kürze wird es dunkel und kalt werden. Falls wir Mike auf irgendeine Such-und-Rettungsmission schicken wollen, hat er nur noch etwa vierzig Minuten Tageslicht.«

»Ich bin mir der Lage bewusst. Sagen Sie ihm, er soll sich die Landschaft gut einprägen. Wir melden uns so schnell wie möglich wieder.«

August hängte ein und informierte Rodgers. Der General zeigte seine übliche stoische Gelassenheit.

»Mir geht es hier unten ganz gut«, sagte er. »Falls ich nach Norden muss, kann ich praktisch in gerader Linie zum Gletscher marschieren. Ich folge einfach dem Fluss.«

»Gut. Ist dein Anzug intakt?«

»Ja. Ich will nur eins, wahrscheinlich das Gleiche wie du.«

»Und das wäre?«

»Den Mistkerl finden, der uns verraten hat, und dafür sorgen, dass es ihm sehr, sehr Leid tut.«

41

Washington, D. C. – Donnerstag, 8 Uhr 30

Paul Hood telefonierte gerade mit Senatorin Barbara Fox, als der Anruf über die interne Leitung einging.

Jetzt, wo es zu spät war, die Mission abzubrechen, und politische Erwägungen die internationale Sicherheit nicht mehr gefährden konnten, informierte Hood die Senatorin über den Stand der Strikers-Mission. Vor einigen Jahren war die Tochter der Senatorin im Teenageralter in Paris brutal ermordet worden. Daher hatte Hood von ihr Mitgefühl erwartet und geglaubt, sie würde die Leute, die sich noch im Einsatz befanden, voll unterstützen.

Weit gefehlt. Die Senatorin kochte vor Wut.

»Das Op-Center hat bei dieser Operation zu viel auf seine Kappe genommen. Die anderen Geheimdienste hätten viel stärker involviert sein müssen.«

»Senatorin, ich habe dem Kongressausschuss gestern Morgen mitgeteilt, dass wir mit einer Krise konfrontiert sind, die sofortige Maßnahmen erfordert. Ich sagte, wir würden NRO und NSA einbeziehen, soweit der zeitliche Rahmen und das vor Ort verfügbare Personal dies erlaubten. Zu diesem Zeitpunkt hatten Sie nichts dagegen, dass wir uns darum kümmerten.«

»Weil Sie nicht weiter auf die Gefahren eingegangen sind, sondern nur betonten, welche Bedrohung die Krise darstellte.«

»Wir kannten keine Einzelheiten, bis wir mitten drin steckten.«

»Genau das ist der Punkt. Sie haben Leute ohne ausreichende Aufklärungsarbeit an einen Konfliktherd geschickt. Und das meine ich so, wie ich es sage, Mr. Hood.«

Die interne Leitung piepste erneut.

»Soll ich die verbleibenden Aktiva zurückziehen?«, fragte er die Senatorin. Zum Teufel mit ihr, wenn sie seine Urteilsfähigkeit anzweifelte, konnte er ihr genauso gut den Rest der Mission überlassen.

»Gibt es einen anderen Weg, die Krise zu lösen?«, fragte sie.

»Keinen, der uns bekannt wäre.«

»Dann sind wir unglücklicherweise an das von Ihnen entworfene Szenario gebunden.«

Natürlich, dachte Hood, die Politikerin würde in keinem Fall verlieren. Wenn die Sache funktionierte, würde sie die Lorbeeren einheimsen dafür, dass der für Aufklärung zuständige Kongressausschuss zu diesem Zeitpunkt involviert worden war. *Sie* würde man loben für die Rettung der überlebenden Strikers und zahlloser Inder und Pakistaner. Schlug die Mission fehl, traf Hood die ganze Schuld. Das war nicht die erste Krise, die sie gemeinsam durchgestanden hatten, aber noch nie hatte so viel auf dem Spiel gestanden. Hood war enttäuscht, dass sie lieber nach einem Sündenbock suchte, als sich um eine Lösung zu bemühen.

Oder brauchte er selbst vielleicht jemand, dem er die Schuld in die Schuhe schieben konnte? Hatte die Senatorin möglicherweise Recht? Was, wenn er die Operation an allen offiziellen Kanälen hatte vorbeilaufen lassen, nur weil die Strikers bereits unterwegs waren und ihr Einsatz anfänglich relativ risikolos erschien? Vielleicht hätte er die Operation abbrechen sollen, sobald bekannt war, wie gefährlich der Absprung selbst werden würde. Hatte er seine Handlungen von einer imaginären tickenden Uhr diktieren lassen, anstatt sich an die Dinge zu halten, die er sicher wusste?

Die interne Leitung piepste zum dritten Mal.

Vor Jahren hatte ihm Chad Malcolm, der scheidende

Bürgermeister von Los Angeles, einen Rat gegeben, der sich als ungeheuer nützlich erwiesen hatte. Jeder gute Führer, so Malcolm, nahm Informationen auf, verarbeitete sie und reagierte dann dennoch mit dem Bauch. »Genau wie der menschliche Körper. Oben rein und unten wieder raus, alles andere ist unnatürlich.«

Die Senatorin teilte Hood noch mit, der Kongressausschuss werde sich in einer Dringlichkeitssitzung später am Abend mit dem »Fiasko« befassen. Hood hatte nichts weiter zu sagen. Er beendete die Verbindung und nahm den anderen Anruf entgegen.

»Ja?«

»Paul, wir haben ihn«, meldete sich Herbert. »Brett hat mit Mike gesprochen.«

»Geht es ihm gut?«

»Alles in Ordnung. Er ist in dem Tal am Fuße des Plateaus gelandet.«

»Bob, vielen Dank.« Hood hätte am liebsten gebrüllt oder geweint oder beides zugleich. Er entschied sich für einen tiefen Seufzer und ein dankbares Lächeln.

»Während ich darauf gewartet habe, dass Sie ans Telefon gehen, habe ich Viens angerufen. Statt nach Mike zu suchen, überprüft er jetzt, ob sich die Zelle aufgeteilt hat. Wenn ich die Karte richtig lese, gibt es einen Punkt zwischen der Stelle, an der Ron Friday auf die Gruppe traf, und dem gegenwärtigen Standort von Colonel August, der sich hervorragend dafür eignen würde. Wenn ein Team direkt nach Pakistan marschiert, müsste es nur eine relativ kurze Entfernung von etwa vierzehn bis sechzehn Kilometern zurücklegen. Dabei müssten sie die Waffenstillstandslinie und den Siachin-Gletscher überwinden. Falls jedoch indische Soldaten von der Waffenstillstandslinie an die neue Linie vorverlegt wurden, dürfte die Grenze relativ frei sein.«

»Damit wäre der Gletscher das größere Hindernis«, fasste Hood zusammen.

»Richtig. Das heißt, Durchhaltevermögen würde mehr zählen als zahlenmäßige Überlegenheit. Unter den gegebenen Umständen würde ich mich für diese Option entscheiden.«

»Da gebe ich Ihnen Recht.«

»Die gute Nachricht ist, dass sich Mike am Fuß des Gletschers aufhält. Falls wir wirklich eine zweite Gruppe von Pakistanern finden, hat er gute Chancen, sie abzufangen.«

Hood rief die Karte auf seinem Computer auf und studierte sie einen Augenblick lang. »Wer hat Verbindung zu Mike?«

»Brett.«

»Bob, Mike muss sofort aus dem Tal raus.«

»Sie wollen ihn auf den Gletscher schicken, bevor wir sicher wissen, ob die Pakistaner überhaupt dort sind?«

»Wir haben keine Wahl.«

»Doch, die haben wir. Zuerst sollten wir die Zelle suchen. Finden wir sie, stellen wir fest, welchen Weg sie gehen. Wenn sie auf das Tal zuhalten, und wir schicken ihn auf den Gletscher, dann muss er sich völlig umsonst mit einem ziemlich üblen Gelände herumschlagen.«

»Ich sehe mir gerade die Reliefkarte der Gegend an«, sagte Hood. »Sie müssen den Gletscher nehmen. Die Route durch das Tal ist fast zwanzig Kilometer länger.«

»Zwanzig Kilometer in relativ flachem, einfachem Gelände. Hören Sie, Paul, der Gletscher reicht bis auf über sechstausend Meter.«

»Das sehe ich.«

»Die Zelle befand sich in einer Höhe von zweitausendvierhundert Metern, als Friday und Nazir zu ihr stießen. Die müssten verrückt sein aufzusteigen, wenn sie durch ein Tal marschieren können, das nur knapp siebenhundert Meter über dem Meeresspiegel liegt.«

»So wird die indische Armee mit Sicherheit auch denken.«

»Vielleicht.«

»Nein, das ist eine Tatsache. Überlegen Sie einmal doch: Wenn Ihre Kräfte an der Waffenstillstandslinie bereits geschwächt wären, würden Sie sich dann auf die Talroute oder auf den Gletscher konzentrieren? Vor allem, wenn Sie glauben, die Zelle bewegt sich ohnehin in eine völlig andere Richtung?«

»Ich finde es voreilig, Mike da oben hinzuschicken. Besonders, wenn er dann nur mit der Zelle wieder bergab marschiert. Nein, Viens muss die Zelle aufspüren und herausfinden, in welche Richtung sie marschiert. Dann erst können wir eine Entscheidung treffen.«

»Vorausgesetzt, Viens findet sie, und es bleibt Zeit, Mike hochzuschicken. Der Satellit muss einen weiten Bereich abdecken.«

»Gut, hier ist ein Alternativplan. Warum hält August der Gruppe, die in seine Richtung unterwegs ist, nicht einfach ein AK-47 unter die Nase, bis die Terroristen ihm verraten, was ihr Plan ist?«

»Würden Sie denn ihren Aussagen vertrauen?«

Das traf Herbert offenbar unvorbereitet. Er sagte nichts mehr.

»Denken Sie logisch, Bob. Wenn sich die Zelle aufteilt, dann will sie nicht den Indern in die Arme laufen. Das heißt, sie werden die Gletscherroute nehmen, und genau dort brauchen sie Mikes Hilfe am meisten. Wenn er nicht sofort aufbricht, besteht die Gefahr, dass er sie nicht mehr einholt.«

»›Wenn‹, ›vielleicht‹, ›könnte‹. Das sind mir zu viele Vermutungen, Paul.«

»Stimmt. Barbara Fox hat mir gerade fast den Kopf abgerissen, weil ich die Mission ohne ausreichende vorherige Aufklärung anlaufen ließ. Vielleicht hat sie Recht, aber ein Atomkrieg ist kein Kinderspiel. Im Moment allerdings ist das Ziel völlig klar. Die Schlüsselperson ist nicht Mike, sondern das Mädchen aus Kargil. Und unsere Mission ist, sie sicher nach Pakistan zu bringen. Wenn es eine zweite Gruppe gibt, die die Gletscherroute nimmt, können wir es uns nicht leisten, Mike unten im Tal sitzen zu haben oder auf eine Verfolgungsjagd zu schicken. Er ist unser wichtigster, vielleicht unser einziger Trumpf. Wir brauchen ihn im Spiel.«

»Also gut, Paul, die Entscheidungen treffen Sie. Ich werde Brett anweisen, Ihre Befehle an Mike weiterzugeben.«

»Danke.«

»Aber ich stehe in dieser Sache nicht hinter Ihnen«, setzte Herbert in scharfem Ton hinzu. »Mein Bauch verrät mir im Moment nicht viel, weil er nicht kann. Er besteht nämlich aus einem einzigen dicken Knoten. Aber mein Gehirn sagt mir, dass wir mehr Zeit und Informationen brauchen, um die Situation richtig beurteilen zu können, bevor wir Mike auf diesen Gletscher schicken.«

Damit hängte Herbert ein.

Langsam legte Paul Hood den Hörer auf. Dann wandte er sich seinem Computer zu und verkleinerte die Karte des Himalaja. Er wechselte zu einem anderen Programm, um die direkt vom NRO eingespeisten Bilder zu empfangen.

Die Neupositionierung des OmniCom war soeben abgeschlossen worden, und das Bild einer öden, braun und weiß gefleckten Landschaft begann den Monitor zu füllen. Aus müden Augen beobachtete Hood, wie sich die Pixel aufbauten. Am liebsten wäre er jetzt dort gewesen, bei Mike Rodgers. Hinter dem General stand geschlossen seine Organisation. Menschen beteten für ihn, und man würde stolz auf ihn sein und ihm alle Ehren zuteil werden lassen, gleich wie die Sache ausging.

Aber kaum war ihm der Gedanke gekommen, als er ihn auch schon wieder verdrängte. Zum einen hatte er kein Recht, an sich selbst zu denken. Nicht nach dem Opfer, das die Strikers gebracht hatten, und nicht angesichts des Risikos, das Mike Rodgers, Brett August und die Übrigen eingingen.

Zum anderen musste er die Operation zu Ende bringen, und das war nur auf eine Weise möglich.

Mit der Entschlossenheit, an der es zu Beginn der Operation gemangelt hatte.

42

Hauptkette des Himalaja – Donnerstag, 18 Uhr 42

Brett August war aus zwei ganz verschiedenen Gründen Soldat geworden.

Einmal wollte er dazu beitragen, dass sein Land stark blieb. Als er in der sechsten Klasse war, hatte er über Länder wie England und Frankreich gelesen, die Kriege verloren hatten. Der junge Amerikaner konnte sich nicht vorstellen, wie er sich dabei gefühlt hätte, jeden Morgen den Treueschwur zu sprechen und zu wissen, dass die Vereinigten Staaten jemals besiegt oder gar von einer Besatzungsmacht geknechtet worden waren.

Der andere Grund, warum er Soldat wurde, war, dass er das Abenteuer liebte. Aufgewachsen war er mit Cowboy- und Kriegsfilmen im Fernsehen, und die Comics, die er als Kind las, befassten sich alle mit dem Krieg. Im Winter baute er am liebsten Schneeburgen und im Sommer befestigte Baumhäuser, die er sorgfältig aus Zweigen flocht, die von den Pappeln im Garten stammten. Er und Mike Rodgers waren abwechselnd Colonel Thaddeus Gearhart bei Fort Russell oder William Barrett Travis in der Schlacht von Alamo. Rodgers gefiel es, einen jungen Offizier zu spielen, der auf dramatische Weise beim Kampf gegen überlegene Kräfte ums Leben kam.

Die Realität sah ganz anders aus, als August sie sich vorgestellt hatte.

Zum einen kam die größte Bedrohung für die Vereinigten Staaten nicht mehr von außen, sondern von innen. Das war ihm klar geworden, als er aus der Gefangenschaft in Vietnam zurückkam. Ihn erwarteten keine Ehren. Stattdessen verurteilten ihn viele seiner alten Bekannten, weil er in einem unmoralischen Krieg gekämpft hatte. Selbst Elemente innerhalb des Militärs wandten sich gegen ihn, weil August zurückkehren und seinen Job zu Ende führen wollte, während sie den Vietcong in die Kapitulation bomben wollten. Der Schmelztiegel Amerika war zum Schmelzpunkt geworden; die Menschen bekämpften sich gegenseitig, anstatt aus ihrer Verschiedenheit zu lernen.

Was das Abenteuer anging, so war zwar Tapferkeit nötig, aber Tod und Gefangenschaft waren weder dramatisch noch ruhmreich. Das Ende kam nicht mit einem großen Paukenschlag, sondern war schäbig und einsam. Die Sterbenden hielten nicht inne, um vor der stolzen Flagge von Colorado oder Texas zu salutieren, sondern schrien vor Schmerzen oder riefen nach ihren Lieben, von denen sie durch ganze Ozeane getrennt waren. August hatte stets solche Angst um sich selbst und seine Freunde, dass er sich schlicht und einfach nur dankbar fühlte, wenn sein Team zur Basis zurückgekehrt war.

Im Augenblick trieb ihn nur eine Kraft: die kampferprobte Entschlossenheit des professionellen Soldaten. Selbst sein Überlebensinstinkt trat dagegen zurück. Ein Großteil seiner Einheit war tot, und mit diesem Verlust zu leben, würde sehr schwierig werden. Unglücklich fragte er sich, ob vielleicht deswegen William Barrett Travis die mexikanische Armee zu Beginn der Schlacht von Alamo ganz allein angegriffen hatte. Nicht weil er so mutig war, sondern weil er sich den Schmerz ersparen wollte, seine Truppe fallen zu sehen.

August entschied, dass dies nicht der Augenblick war, über hoffnungslose Attacken nachzudenken. Er musste hier und jetzt präsent sein, und er musste gewinnen.

Hinter einem scharfzackigen Felsblock versteckt, der zweimal so groß war wie er selbst, beobachtete August das schmale, gewundene Felsband direkt vor ihm. Allerdings konnte er nur bis zu einer scharfen Kehre in etwa fünfzig Meter Entfernung sehen. Bald würde es zudem dunkel werden. Die Sonne war schon fast untergegangen, und er würde seine Nachtsichtbrille aufsetzen müssen. Um Batterien zu sparen, wartete er damit noch. Vielleicht mussten sie ja gegen die indischen Linien kämpfen, bevor die Nacht vorüber war.

Musicant war etwa zwanzig Meter links von August

hinter einem noch größeren Felsen in Deckung gegangen. So konnten sie das Ende des Felsbandes und das Plateau selbst ins Kreuzfeuer nehmen. Niemand würde an ihnen vorbeikommen, ohne sich zu identifizieren und, wenn nötig, entwaffnet zu werden.

Rechts von August stand das TAC-SAT. Er hatte das Telefon von akustischem auf visuelles Signal umgestellt, damit sie das Geräusch nicht verriet. Das visuelle Signal war so stark abgedunkelt, dass das Licht von der anderen Seite des Felsens aus nicht zu sehen sein würde.

Von hinten blies ein ständiger Wind, der feine Eispartikel vom Plateau und den Berggipfeln aufwirbelte. Dieser eisige Nebel erhob sich in hohen Bögen und weiten Kreisen, die bis in die letzten Sonnenstrahlen hinaufstiegen, bis sie wieder auf den dunklen Fels zurücksanken. August war froh über die Wirbel in der Luft, weil sie eingeschränkte Sicht für jeden bedeuteten, der sich auf dem Felsband näherte.

Er hatte sich gegen den kalten Fels geduckt, als das TAC-SAT aufleuchtete. Ohne den Felsvorsprung aus den Augen zu lassen, griff er nach dem Empfänger.

»Ja?« Dabei presste er eine Hand gegen die Kapuze, um sich das andere Ohr zuzuhalten.

»Brett, ich bin es, Bob. Gibt's was Neues?«

»Noch nicht. Und bei Ihnen?«

»Sie müssen Mike anfunken. Wir glauben, eine Splittergruppe der Zelle könnte zum Siachin-Gletscher unterwegs sein. Viens hält nach ihr Ausschau. Paul will, dass Mike dorthin aufbricht.«

»Das ist ein ganz schöner Marsch.«

»Das brauchen Sie mir nicht zu sagen. Falls es wirklich eine zweite Gruppe gibt, fürchtet Paul, dass Mike sie verpasst, wenn er nicht sofort losgeht. Sagen Sie Mike, dass wir ihm sofort die Position durchgeben, wenn Viens sie entdeckt.«

»In Ordnung. Und falls die Leute hier etwas wissen, informiere ich Sie und Mike.«

»Okay. Ich habe versucht, sie über Funk zu erreichen,

aber sie antworten nicht. Hören Sie, Brett, falls Mike meint, die Sache sei unmöglich, dann will ich das wissen.«

»Glauben Sie wirklich, Mike Rodgers würde sich weigern, einen Auftrag auszuführen?«

»Nie im Leben. Deswegen will ich, dass Sie ›zwischen den Zeilen‹ hören. Wenn es ein Problem gibt, sagen Sie mir das.«

»In Ordnung.«

August hängte auf und nahm das Funkgerät von seinem Gürtel. Mike hatte die beste »Pokerstimme« der gesamten US-Streitkräfte. Wenn August wissen wollte, ob er eine Mission für problematisch hielt, musste er ihn direkt fragen, und selbst dann war nicht sicher, dass er eine Antwort erhielt.

Rodgers meldete sich, und August gab Hoods Instruktionen weiter.

»Danke. Bin schon unterwegs.«

»Mike, ist das ohne zusätzliche Ausrüstung überhaupt machbar? Herbert will das wissen.«

»Wenn ich nicht mehr ans Funkgerät gehe, hat es nicht geklappt.«

»Sei kein Arschloch.«

»Wenn du deinen Hintern noch fühlst, bist du wesentlich besser dran als ich.«

»Ein Punkt für dich, Rodgers. Meld dich wieder.«

»Du dich auch.«

August schaltete das Funkgerät so, dass es nicht piepste, sonder vibrierte, wenn ein Anruf einging, und steckte es wieder in den Gürtel. Dabei beobachtete er ständig das Felsband. Der Wind hatte in den letzten Minuten zugenommen, und die Eiskristalle bildeten keine verschlungenen Muster mehr, sondern peitschten schräg an dem Felsen vorüber. Die feinen Teilchen schlugen hart gegen den Felshang und prallten im rechten Winkel davon ab, sodass sie einen regelrechten Vorhang vor dem Felsband bildeten.

Plötzlich erschien aus dem Eissturm eine schwarze Gestalt, die sich von der dämmrigen Umgebung abhob. Offenbar trug sie keine Waffe, aber es zu dunkel, um das mit Sicherheit zu sagen.

August gab Musicant ein Zeichen. Der nickte, um zu bestätigen, dass er sie ebenfalls gesehen hatte.

Für den Colonel verschwanden der Rest der Welt, die Zukunft und jede Philosophie. Nur eines zählte.

Den Augenblick zu überleben.

43

Hauptkette des Himalaja – Donnerstag, 18 Uhr 57

Sharab hatte jegliches Zeitgefühl verloren. Sie wusste, dass sie schon seit Stunden marschierten, aber sie hatte keine Ahnung, wie viele. Ihre Schenkel schmerzten vom Aufstieg und hatten jetzt unter dem Abstieg fast noch mehr zu leiden. Ihre Füße waren voller Blasen, die bei jedem Schritt einen heißen, brennenden Schmerz verursachten. Sie hatte keine Ahnung, wie lange sie noch durchhalten konnte. Ein Abstieg bis dorthin, wo sie die indische Armee vermutete, war praktisch ausgeschlossen. Sie würde einen Weg finden müssen, wie sie den Feind von oben aus aufhalten konnte.

Den Männern hinter ihr ging es auch nicht besser. Taschenlampen und schwere, auf der Schulter zu tragende Waffen hatten sie bereits weggeworfen. Bis auf einen Rest, mit dem sie die Aufmerksamkeit der indischen Soldaten auf sich lenken wollten, hatten sie den gesamten Sprengstoff zurückgelassen. Die Lebensmittel hatten sie aufgegessen, damit sie sie nicht tragen mussten. Da das Wasser in ihren Feldflaschen gefroren war, hatten sie auch diese zurückgelassen. Wenn sie durstig waren, brachen sie einfach Eiszapfen ab, die sich in den kleinen Senken bildeten. Ihre Bewaffnung bestand nur noch aus einem Gewehr und einer Tasche voll Patronen sowie je einer Handfeuerwaffe mit zwei zusätzlichen Magazinen. Falls eine Armee auf sie zumarschierte, hatten sie keine Chance, das wusste Sharab. Sie konnte nur hoffen, sie so lange wie möglich abzulenken und aufzuhalten, um dem Amerikaner, Nanda und den anderen die Möglichkeit zur Flucht nach Pakistan zu verschaffen.

Dass sie überlebten, wurde immer unwahrscheinlicher. Wenn die Inder sie nicht töteten, würden das die Elemente erledigen.

Sharab fragte sich sogar, ob sie die indische Armee überhaupt finden würden, was ihnen bis jetzt nicht gelungen war. Zuvor hatten sie eine Art Artilleriefeuer gehört. Sie fragte sich, ob die amerikanische Eliteeinheit gelandet war und den Feind angegriffen hatte. Hoffentlich nicht. Auf keinen Fall wollte sie, dass sich die Inder zur Waffenstillstandslinie zurückzogen, weil das Militär dann mit Sicherheit Verstärkung schicken würde. Andrerseits konnte es sich nur positiv auswirken, wenn einigen der Amerikaner die Landung gelungen war. Gegen die Inder konnten Sharab und ihre Leute jede Unterstützung gebrauchen.

Leider war es ihr unmöglich herauszufinden, was geschehen war. Das Funkgerät, das sie für die Kommunikation mit Washington benutzt hatte, war so schwer geworden, dass sie es zurückgelassen hatte.

Vom Wind getriebene Eiskristalle legten sich auf ihre Wollkapuze und verfingen sich darin. Ihre Kopfhaut war bereits gefühllos von der Kälte, das schweißdurchnässte Haar gefroren. Die Kapuze war so schwer, dass sie den Kopf nach vorn geneigt halten musste. Das war gut, weil es ihre Augen und Wangen vor den stechenden Eiskügelchen schützte.

Sharab fand den Weg, indem sie sich am Hang entlangtastete, der ihr gleichzeitig als Halt diente. Ali, der hinter ihr ging, hielt sich am Saum ihres Parkas fest. Hin und wieder spürte sie ein Ziehen, dann war er stehen geblieben oder gestolpert. Dahinter folgte Hassan. Sharab wusste, dass er immer noch da war, weil sie ihn beten hören konnte.

Als sich das Felsband verbreiterte, hörte Sharab ein anderes Geräusch. Zuerst klang es wie ein kurzer, heftiger Windstoß, doch vernahm sie es erneut, noch lauter. Das war nicht der Wind. Jemand rief.

Sharab blieb stehen und hob den Kopf. Die Augen mit der Hand schützend, spähte sie nach vorn.

Rechts hinter einem Felsblock bewegte sich etwas, aber die junge Frau konnte nicht erkennen, was es war. Im Geiste vergegenwärtigte sie sich noch einmal das Heulen, das sie gehört hatte. Asiatische Schwarzbären und Rotwild lebten nicht in dieser Höhe. Vielleicht war es ein wildes Schwein oder eine Bergziege.

Oder ein Mann.

Das Geräusch ertönte erneut. Sharab zog ihre Kapuze zurück und drehte ihr rechtes Ohr zum Felsblock. Gleichzeitig entfernte sie ihren Handschuh, stopfte ihn in die linke Tasche und zog die Handfeuerwaffe aus der rechten Tasche.

»Wer sind Sie?«, rief die Gestalt.

Sharab wich zurück. »Wer will das wissen?« Sie war überrascht, wie sehr sie das Schreien anstrengte. Ihr Herz raste, und ihre Stimme klang monoton durch die stickige, kalte Luft.

»Wir gehören zu dem Mann, der sich Ihnen vorhin angeschlossen hat. Wo ist er?«

»Welcher Mann? Es waren zwei«, erwiderte Sharab. Der andere sprach Englisch mit einem amerikanisch klingenden Akzent. Das war ermutigend.

»Wir wissen nur von einem.«

»Wie lautet sein Name?«

Der Mann zögerte. Es lag auf der Hand, dass einer den ersten Schritt tun musste, um zu beweisen, wer sie waren. Das würde nicht Sharab sein.

»Friday.«

Sharab trat zögernd ein wenig vor. »Er ist nicht bei uns!«

»Was ist mit ihm geschehen?«

»Er hat sich von uns getrennt. Lassen Sie uns von Angesicht zu Angesicht sprechen.«

»Kommen Sie mit erhobenen Händen näher«, befahl der Amerikaner, ohne hinter dem Felsen hervorzukommen.

Jetzt war es an ihr, ihm zu vertrauen.

Sie beschirmte erneut die Augen mit der Hand und versuchte, an dem Felsen vorbeizusehen. Rechts davon entdeckte sie einen zweiten Block, aber keine weiteren Männer. Viele Soldaten konnten sich hinter den beiden Felsen nicht versteckt haben, aber sie boten eine gute Deckung, falls jemand die Pakistaner ins Kreuzfeuer nehmen wollte.

Sie befahl Hassan und Ali zu bleiben, wo sie waren. Die beiden nickten und pressten sich mit gezogenen Waffen an den Felshang. Ali war ein wenig vorgetreten, um ihr Deckung zu geben.

»Wenn mir etwas zustößt, kämpft ihr euch frei«, fügte sie hinzu. »Ihr müsst die indische Armee ablenken.«

Die Männer nickten erneut.

Der Sprecher befand sich etwa fünfzig Meter von ihr entfernt. Sharab steckte ihre Waffe nicht weg, hob aber die Hände in Schulterhöhe und bewegte sich auf den nächsten Felsblock zu. Da ihr das Eis entgegenwehte, war er nur schwer zu sehen, und sie musste ihr Gesicht zur Seite drehen. Ihr Schal hatte sich teilweise gelöst und peitschte nun hinter ihr im Wind. Eiskristalle stachen ihr wie Nadeln ins Fleisch, und ihre Wange brannte wie Feuer. Schließlich musste sie den linken Arm senken, um sich zu schützen. Da sie sich nicht mehr an den Hang lehnen konnte, mussten ihre wunden Füße ihr gesamtes Gewicht tragen. Sie ging von Seite zu Seite schaukelnd, um sie nicht direkt mit dem vollen Gewicht zu belasten. Zumindest war das Gelände eben, eine Erleichterung für ihre Beinmuskeln.

Ihre Augen tränten vom Wind und von den Schmerzen, als sie die letzten Meter zu dem Felsblock stolperte. Sie fiel dagegen, und ihre Knie begannen zu zittern und gaben unter ihr nach. Langsam begann sie zu Boden zu rutschen. Starke, behandschuhte Hände griffen nach ihr und hielten sie fest. Sie hielt immer noch die Waffe, aber selbst wenn sie sich hätte verteidigen wollen, ihr Finger war zu kalt, um den Abzug zu betätigen.

Ein Mann zog sie hinter den Felsen, setzte sie dort ab und schützte sie mit seinem Körper vor dem Wind.

»Sind Sie die Anführerin?«, fragte er, dicht an ihr Ohr gebeugt.

»Sagen Sie mir erst, wer Sie sind.« Sharabs bebende Lippen brachten die Worte kaum heraus.

»Ich bin Colonel August von den Strikers.«

»Ich bin die Anführerin dieser FKM-Kämpfer«, erwiderte Sharab, als sie den Namen hörte, den ihr der Amerikaner Herbert genannt hatte. Während sie mit zusammengekniffenen Augen über das dunkle Plateau spähte, entdeckte sie einen weiteren Mann, der sich dort duckte.

»Das ist Mr. Musicant, mein Sanitäter. Falls jemand Ihrer Leute medizinische Hilfe braucht, kann ich ihn hinüberschicken.«

»Ich glaube, wir sind in Ordnung, bis auf die Kälte. Finger, Füße, Mund.«

Der Mann beugte sich näher zu ihr und atmete warm auf ihre Lippen. Es fühlte sich gut an. Er tat es erneut.

»Wie viele Männer haben Sie?«, wollte Sharab wissen.

»Drei.«

Überrascht blickte sie ihn an. »Nur drei?«

Er nickte.

»Die Geräusche, die wir gehört haben ...?«, fragte sie.

»Feuer indischer Bodentruppen, dem der Großteil meines Teams zum Opfer fiel. Wo ist Mr. Friday?«

»Wir haben die Gruppe aufgeteilt. Er ist bei der anderen Hälfte, die eine andere Richtung eingeschlagen hat.«

»Über den Gletscher?«

Sharab nickte.

»Wollen Sie auf diesem Weg Pakistan erreichen?«, hakte August nach.

Sie antwortete nicht sofort, sondern blickte in sein Gesicht hinauf. Da er eine Schutzbrille trug, konnte sie seine Augen nicht sehen. Sein Mund war gerade und verriet keinerlei Gefühle. Seine Haut war blass, aber rau. Er war eindeutig Amerikaner, und zwar einer, der schon viele harte Momente durchgestanden hatte.

»Was werden Sie mit dieser Information anfangen?«, wollte sie wissen.

»Der dritte Überlebende unseres Teams ist im Tal gelandet. Er wird versuchen, sich ihren Kameraden anzuschließen.«

»Ich verstehe. Ja, die anderen haben vor, den Weg nach Hause über den Gletscher zurückzulegen.«

»Können Sie irgendwie Verbindung mit ihnen aufnehmen?«

Sie schüttelte den Kopf.

»Und was hatten Sie vor? Wollten Sie die indischen Soldaten von der anderen Gruppe nach Nordwesten hin abziehen?«

»Ja. Wir tragen Sprengstoff bei uns. Wir dachten, wir könnten ihre Aufmerksamkeit erregen und vielleicht Steinschlag auslösen.«

»Das wird nicht nötig sein. Die indischen Truppen halten genau auf uns zu. Für sie wird der Aufstieg hierher nicht einfach, daher dürfte es für uns kein Problem sein, sie zu beschäftigen, bis sie von der Waffenstillstandslinie Hubschrauber kommen lassen.« August griff nach seinem Funkgerät. »Brauchen Sie und Ihre Männer Essen oder Wasser?«

»Essen wäre schön.«

August ließ das Funkgerät stecken und öffnete stattdessen eine Tasche in seiner Weste, aus der er mehrere Streifen Trockenfleisch holte. »Geben Sie Ihren Leuten etwas davon, und holen Sie sie her«, sagte er, während er ihr die flachen Portionspackungen reichte. »Wir sollten hier auf dem Plateau einen Verteidigungsring errichten. Die Inder haben uns abspringen sehen. Wenn wir warten, werden sie mit ziemlicher Sicherheit zu uns kommen. Das verschafft uns eine Erholungspause, vor allem, wenn sie mit dem Angriff bis zum Morgen warten.«

»In Ordnung.«

Sie versuchte, sich zu erheben. August half ihr auf die Beine. Dabei blickte sie zu ihm auf. »Das mit Ihren Leuten tut mir Leid.«

»Danke.«

»Durch ihren Tod für unser Volk haben sie sich einen Platz im Paradies verdient, denn es heißt ›Wer sich gänzlich Allah unterwirft und Gutes tut, wird seinen Lohn vom Herrn erhalten‹.«

Der Amerikaner lächelte angespannt. Er ließ sie an den Felsen gelehnt stehen, während er nach seinem Funkgerät griff.

Sharab zuckte vor Schmerz zusammen, als sie erneut ihre geschwollenen Füße belastete und zum Felsband zurückhumpelte. Doch zumindest wusste sie nun etwas, das ihr vor wenigen Minuten noch nicht klar gewesen war.

Der Schmerz würde bald enden.

44

Washington, D. C. – Donnerstag, 10 Uhr 30

Für Paul Hood waren es entsetzliche neunzig Minuten gewesen. Aber Leid war relativ, sagte er sich selbst. Er war physisch nicht in Gefahr, seine Kinder waren in Sicherheit. Das half ihm, die richtige Perspektive zu finden.

Nach seiner Meinungsverschiedenheit mit Bob Herbert hatte er Liz Gordon, Lowell Coffey, Ann Farris und den politischen Verbindungsmann Ron Plummer gebeten, in sein Büro zu kommen. Hood hatte ihnen mitteilen wollen, was den Strikers zugestoßen war. Außerdem musste er sie sofort mobilisieren. Liz musste Therapeuten organisieren, die dem Op-Center-Personal und den Familienangehörigen der Gefallenen halfen, ihre Trauer zu bewältigen. Coffey sollte sich um etwaige rechtliche Probleme bei der Bergung der Leichen kümmern. Zum ersten Mal seit Jahren würde Ann nichts zu tun haben. Was amerikanische Funktionäre und ausländische Regierungen anging, blieb das Op-Center nach wie vor bei dem ursprünglichen Profil der Mission. Auf Wunsch der indischen Regierung war das Team nach Kaschmir entsandt worden, um nach Standorten von Atomraketen zu suchen. Dabei war es versehentlich von indischen Soldaten abgeschossen worden, die nach den pakistanischen Terroristen suchten. Falls Ann den großen Medien einen Gefallen schuldete, konnte sie denen die offizielle Version des Op-Centers weitergeben. Das war aber auch alles. Ann verhielt sich absolut professionell und kooperativ. Falls sie den Verdacht hegte, dass zwischen ihr und Hood etwas nicht stimmte, ließ sie sich nichts anmerken.

Nur der Präsident hatte die Wahrheit erfahren. Lawrence und Hood hatten kurz miteinander gesprochen, bevor die anderen in Hoods Büro kamen. Der Präsident schien weder besonders erschüttert noch zufrieden. Er erklärte nur, dass er den Plan ab sofort unterstütze. Dieses »Kein Kommentar« überraschte Hood nicht weiter. Damit hielt sich der Präsident die Option offen, das Nationale Krisenzentrum zu loben oder zu verdammen, je nachdem, wie die Sache ausging.

Präsident Lawrence schlug jedoch vor, dem pakistanischen Botschafter in Washington umgehend die Wahrheit mitzuteilen. Er wollte nicht, dass Islamabad oder Botschafter Simathna Erklärungen zu antiislamischen Aktivitäten oder der angeblich proindischen Haltung Amerikas abgaben. Wenn Mike dann mit der Zelle auftauchte, würde das die Glaubwürdigkeit der Operation gefährden. Es würde so aussehen, als hätte Amerika Nanda zur Lüge gezwungen, um seine Beziehungen zu Pakistan und zur islamischen Welt zu kitten.

Hood übertrug diese Aufgabe Ron Plummer, den er bat, beim Botschafter zu bleiben. Offiziell sollte er ihn über die jüngsten Entwicklungen auf dem Laufenden halten, tatsächlich aber wollte Hood verhindern, dass die Wahrheit vorzeitig durchsickerte. Er fürchtete, dass Indien mit einem massiven Schlag reagieren könnte. Da sich die Terroristen noch auf der Flucht befanden und immer noch als für sämtliche Bombenanschläge verantwortlich galten, befand sich Neu-Delhi moralisch in einer starken Position und würde die Welt auf seiner Seite haben.

Gegen Ende der Besprechung erhielt Hood einen Anruf von Bob Herbert.

»Ich habe soeben mit Brett August gesprochen und ein paar gute Neuigkeiten erfahren«, erklärte Herbert. »Er ist auf die Zelle getroffen.«

Hood bedeutete Ron Plummer, noch zu bleiben und die Tür zu schließen. Der kleine, schlanke Verbindungsmann zur Politik schloss hinter Lowell Coffey die Tür und blieb abwartend stehen.

»Gott sei Dank«, stieß Hood hervor. »Bob, Ron ist hier bei mir. Ich schalte Sie auf Lautsprecher.«

»Okay. Also, wir hatten Recht. Die Pakistaner haben sich tatsächlich geteilt. Nanda Kumar und ihr Großvater gehören ebenso wie Ron Friday zur zweiten Gruppe. Und Sie hatten Recht, Paul, sie nehmen die Route über den Siachin-Gletscher.«

»Hat Brett mit Mike gesprochen?«

»Noch nicht. Sie haben elektrostatische Interferenzen, weil auf dem Plateau ein Eissturm herrscht. Brett sagt, das Eis komme in Wellen, daher wird er versuchen, ein Fenster zu finden.«

Hood hatte plötzlich ein schlechtes Gewissen wegen seines warmen Büros und des voll funktionsfähigen Telefons.

»Paul, ich habe einen Vorschlag«, fuhr Herbert fort. »Ich finde, wir sollten die Pakistaner um Hilfe bei der Rettung des Teams bitten. Schließlich holen wir für sie die Kastanien aus dem Feuer.«

»Das geht nicht«, mischte sich Plummer ein.

»Warum nicht?«, wollte Herbert wissen.

»Wenn die Situation so angespannt ist, wie Paul sie schildert, würde sich ein Eingreifen der pakistanischen Luftstreitkräfte verheerend auswirken. Dann hätte das indische Militär erst recht Grund zu einem Angriff.«

»Zumindest hätten wir es dann mit einem konventionellen Krieg zu tun«, gab Herbert zu bedenken.

»Nicht unbedingt, besonders wenn dort in den Bergen irgendwo pakistanische Silos versteckt sind. Außerdem würde Pakistan erfahren, dass möglicherweise ein Atomschlag droht. Möglicherweise würde das Islamabad veranlassen, zuerst zu handeln.«

»Ein Dschihad«, warf Hood ein.

»So würden es die Geistlichen vielleicht nennen«, lautete Plummers Kommentar. »Für die Generäle wäre es schlicht ein vernünftiges taktisches Manöver. Die Situation ist angespannt genug, ohne dass die Parteien noch weitere Armeen ins Feld schicken.«

»Was wäre, wenn die Vereinigten Staaten weitere Einheiten in die Berge entsenden würden?«, schlug Hood vor.

»Das wird nicht geschehen«, stellte Herbert sehr ernst fest. »Selbst wenn die Vereinigten Stabschefs und der Präsident eine Einsatztruppe aus der Türkei oder dem Nahen Osten genehmigen würden, bräuchte diese Stunden, um vor Ort zu gelangen.«

»Ich vermisse in dieser Diskussion ein Argument«, erklärte Plummer. »Warum benötigen wir überhaupt eine militärische Reaktion? Können wir den Indern nicht mitteilen, was die Einheit der Special Frontier Force angerichtet hat? Ich bin mir sicher, dass nur sehr wenige Regierungsbeamte von dem Komplott wussten, mit dem die Terroristen hereingelegt wurden.«

»Ich bin ebenfalls davon überzeugt, dass nur ein enger Kreis informiert war«, stimmte Hood zu. »Das Problem ist nur, dass wir keine Ahnung haben, wer dazu gehört.«

»Offenbar gibt es ein Leck in der Verbindung Op-Center/Neu-Delhi«, meinte Herbert. »Wie sonst hätten die von der Mission der Strikers erfahren können? Auf jeden Fall bestand vor den Bombenanschlägen vielleicht noch die Chance, dass moderate Inder etwas unternommen hätten, aber Kev Custer hat die Fernseh- und Rundfunksendungen dort drüben verfolgt. Die Unterstützung der militanten Elemente durch die Bevölkerung nimmt sehr schnell zu.«

»Das heißt, dass gemäßigte Politiker sich möglicherweise nicht trauen, sich zu äußern«, sagte Hood.

»Genau«, stimmte Herbert zu.

»Was ist mit der Generalsekretärin der Vereinten Nationen?«, wollte Plummer wissen. »Sie kennen sie, Paul. Vergessen Sie, dass es zwischen Ihnen beiden böses Blut gegeben hat. Sie ist Inderin und dürfte damit sehr daran interessiert sein, dass die wahren Hintergründe des Anschlags bekannt werden.«

»Mala Chatterjee?«, warf Herbert ein. »Sie ist so tolerant gegenüber dem Terrorismus, dass sie aus den sanftesten Gemütern einen Lynchmob macht. Während im Sicherheitsrat Geiseln ermordet wurden, schwang sie große Reden.«

»Chatterjee hat selbst zu viele Feinde«, stimmte Hood zu. »Zu diesem Zeitpunkt würde eine Beteiligung ihrerseits die Dinge nur noch schlimmer machen.«

»Vielleicht könnten die Russen helfen, Indien im Zaum zu halten«, schlug Herbert vor. »Ihnen liegt viel daran, als Friedenstifter ernst genommen zu werden.«

»Möglich«, meinte Hood. »Aber hätten wir da nicht ein Zeitproblem?«

»Nicht nur das«, gab ihm Plummer Recht. »Auch die jüngste Geschichte spricht dagegen. Pakistan hat sehr enge Verbindungen zu Afghanistan. Es gibt immer noch viele Russen, die beide Länder gern dem Erdboden gleichmachen würden.«

»Aber ein andauerndes Patt zwischen Indien und Pakistan sorgt für kontinuierliche Aufrüstung«, hielt Herbert dagegen. »Geld ist immer ein schlagendes Argument. Neu-Delhi müsste Waffen und Material weiterhin aus Moskau beziehen.«

»Stimmt, aber das widerlegt Pauls Argument nicht«, entschied Plummer. »Die Debatte, die wir hier führen, könnte den Kreml tage- oder gar wochenlang beschäftigen. Dafür haben wir keine Zeit.«

»Wissen Sie, Ron, mir gehen allmählich die Ideen aus, und das frustriert mich«, zischte Herbert.

»Ich spiele hier nur den Advokaten des Teufels, Bob«, verteidigte sich Plummer. »Wir können mit diesen Vorschlägen an die politische Spitze in Moskau und an die Führung des Pentagons herantreten, aber ich glaube nicht, dass wir dort die Unterstützung bekommen, die wir brauchen.«

»Das ist leider immer das Problem, wenn man nicht Krisenverhinderung, sondern Krisenmanagement betreibt«, erklärte Hood traurig. »Ist die Krise erst da, gibt es nicht mehr allzu viele Optionen.«

»Es gibt nur eine einzige«, verkündete Herbert.

Selbstverständlich hatte der Aufklärungschef Recht. Trotz aller Ressourcen, die den Vereinigten Staaten zur Verfügung standen, gab es nur einen Joker, der einen Atomkrieg zwischen Indien und Pakistan verhindern konnte. Einen Joker, der im Moment nicht zu erreichen, unzureichend ausgerüstet und vollkommen auf sich allein gestellt war.

General Mike Rodgers.

45

Siachin-Gletscher – Donnerstag, 21 Uhr 11

Während des Flugs von Washington hatte Mike Rodgers eine Reihe von Weißbüchern über den Siachin-Gletscher gelesen. Am interessantesten schien ihm eines, das von einem pakistanischen Geheimdienstoffizier verfasst worden war.

Der sowohl von der indischen als auch von der pakistanischen Presse »höchstes Schlachtfeld der Erde« genannte Gletscher besitzt keinerlei strategischen Wert. Seit langem von Pakistan beansprucht, erhebt er sich bis auf über sechstausend Meter. Die Temperaturen fallen bis unter minus 35 Grad Celsius, und durch die nahezu ständig tobenden Blizzards und den Mangel an Sauerstoff herrschen hier »subhumane« Bedingungen, wie es in einem indischen Bericht hieß. Niemand lebt hier, und niemand überquert den Gletscher zu Fuß.

Zum Kriegsgebiet wurde der Gletscher 1984, als hier indische Geheimdienstoffiziere auftauchten. Pakistan sollte gezwungen werden, menschliche Kräfte in der Region einzusetzen und damit von den bewohnbaren Teilen Kaschmirs und der Waffenstillstandslinie abzuziehen. Pakistan entdeckte die Anwesenheit der indischen Aufklärungsteams jedoch schon sehr früh, und zwar aufgrund einer Anzeige in einer indischen Illustrierten. Ganzseitig wurden dort aktuelle Fotos der Region gezeigt, ohne dass diese genannt worden wäre. Im Text wurde erfahrenen Bergsteigern eine hervorragende Entlohnung und das Abenteuer ihres Lebens angeboten, wenn sie Gruppen durch »unerforschtes Gelände« führten. Agenten der pakistanischen Gegenspionage begannen, die indischen Aufklärungsteams aufzuspüren und gefangen zu nehmen. Der Konflikt eskalierte, und schon bald mussten beide Kriegsparteien ihre Kräfte in diesem Gebiet einsetzen. Fast zwanzig Jahre später patrouillierten dort tausende Soldaten beider Seiten zu Fuß, aber auch mit Hubschraubern und Flugzeugen.

Falls sie im Moment dort draußen unterwegs waren, konnte Rodgers sie weder hören noch sehen. Während seiner langen Laufbahn beim Militär war er an vielen abgeschiedenen Orten gewesen, aber so etwas wie das hier hatte er noch nicht erlebt. Am Fuße des Gletschers stehend, war er nicht nur allein in Fels und Eis, seine Sicht reichte zudem nur so weit wie seine Taschenlampe. Zudem empfing er über sein Funkgerät nichts als elektrostatisches Knistern. Er ließ den Lichtkegel über den weißen Eishang wandern. Der Fuß des Gletschers erinnerte ihn an die Pranke eines Löwen. Durch Spalten voneinander getrennt, reckten sich ihm lange, breite Klumpen schmutzig weißen Eises entgegen, die über drei Meter hoch waren. Sie gingen in einen Hang über, der in der Dunkelheit höher und höher anstieg. Vor diesem Gebilde fühlte er sich zerbrechlich und unbedeutend. Vermutlich hatte der Gletscher schon genauso ausgesehen, als die ersten Menschen noch auf den Bäumen im Tal saßen und sich mit Stöcken und Beeren bewarfen.

Plötzlich piepste sein Funkgerät. Hastig griff er danach.
»Ja?«
»Das Ziel ist dort oben«, sagte der Anrufer.

Die Übertragung wurde immer wieder unterbrochen, und die Stimme war kaum zu erkennen, doch Rodgers hatte keinen Zweifel daran, dass es sich um Brett August handelte. Der Colonel wusste nicht, wie lange das Gerät funktionieren würde, also verschwendete er keine Worte und kam gleich zum Wesentlichen.

»Verstanden.«

»Eine Gruppe von vier. Mädchen und Großvater, Friday und ein Zellenmitglied.«

»Verstanden. Ich befinde mich am Fuß der Zone. Soll ich sofort mit dem Aufstieg beginnen?«

»Wenn du bis Sonnenaufgang wartest, könntest du sie verpassen. Tut mir Leid.«

»Das braucht es nicht.«

»Werde versuchen, den Feind abzulenken.« Augusts Stimme wurde immer wieder verschluckt. »Sturm hier... Zelle erschöpft. Kaum Munition.«

»Dann haut ab. Ich komme schon zurecht.«

Augusts Antwort ging im elektrostatischen Geknister unter.

»Ich habe einen guten Vorsprung.« Rodgers brüllte jede einzelne Silbe in der Hoffnung, dass August ihn hörte. »Selbst wenn sie jetzt ins Tal kommen würden, könnten sie mich nicht mehr einholen. Zieh dich zurück, das ist ein Befehl. Verstanden? Zurückziehen!«

Es kam keine Antwort, nur ein lautes, frustrierendes Rauschen.

Rodgers drehte die Lautstärke zurück und hielt den Kanal noch ein paar Augenblicke lang offen. Dann schaltete er das Funkgerät aus, um Batterien zu sparen, und ließ das Gerät wieder in seinen Gürtel gleiten.

Er konnte nur hoffen, dass August nicht versuchen würde, die Sache durchzuziehen. Vielleicht war der Abstieg für ihn und die anderen keine Alternative, aber sie konnten immer noch eine Höhle suchen und dort ein Feuer anzünden. Damit würden sie ihre Energie sinnvoller einsetzen, als wenn sie sich in einen Hang krallten und versuchten, die indische Armee auf sich zu ziehen. Unglücklicherweise kannte Rodgers den Colonel zu gut. Rückzug hieß für August vermutlich nicht nur, dass er seinen Freund im Stich ließ, sondern auch, dass er eine strategische Position aufgab. Keins von beiden war für August akzeptabel.

Das Plateau war auch der Ort, wo die Strikers den Tod gefunden hatten. Dadurch wurde es für August heiliger Boden, von dem er sich nicht einfach abwenden würde, um davonzumarschieren. Rodgers verstand das, weil er ähnlich fühlte. Es war sinnlos, für geografische Orte ohne strategischen Wert zu kämpfen, doch wenn dort erst einmal Blut vergossen worden war, kämpfte man für das Andenken der gefallenen Kameraden. Das verlieh dem Opfer der anderen einen Wert, den nur Soldaten im Kampf verstehen konnten.

Für einen Augenblick ging Rodgers am unteren Ende des Gletschers entlang. Es schien gleichgültig zu sein, wo er begann. Er musste sich auf eine der »Zehen« hinaufziehen und losmarschieren.

In seiner Weste steckten zusammenklappbare Steigeisen mit doppelter Spitze. Rodgers holte sie heraus und zog sie über die festen Stiefel. Die doppelzackigen Klauen würden für besseren Halt auf dem Eis sorgen.

Nachdem er sie festgezogen hatte, holte er aus einer anderen Tasche die Eishaken. Er würde sie in den Fäusten halten und als Kletterhilfe benutzen. Einschlagen würde er sie nicht, es sei denn, es war unumgänglich.

Bevor er aufbrach, befestigte er die Taschenlampe an seinem linken Schulterriemen. Die Sonderanfertigung arbeitete mit extrem leistungsfähigen Kadmiumbatterien. Die Glühbirne selbst war eine Streulampe mit niedriger Intensität, die vor einem polierten Spiegel angebracht war. Auf jeden Fall würde er die gesamte Nacht über Licht haben. Als er seine linke Stiefelspitze auf den »Zeh« des Gletschers setzte, warf er einen letzten Blick auf den Berg aus Eis.

»Ich werde dich besiegen«, murmelte er. »Ich werde dort oben hinaufsteigen und den Job zu Ende bringen, den mein Team begonnen hat.«

Sein Blick wanderte durch die Dunkelheit in die Höhe. Durch die dünnen Wolken schimmerten schwach die Sterne. Zeit spielte auf einmal keine Rolle mehr, und Rodgers fühlte sich plötzlich wie die Verkörperung aller Krieger, die von den Wikingern bis in seine Tage auf die Reise gegangen waren. Als er sein Steigeisen ins Eis rammte und die Hand mit dem Eishaken nach oben reckte, sah Mike Rodgers nicht mehr die Sterne, sondern die Augen der Krieger, die auf ihn herabblickten.

Darunter waren auch die Strikers, die über ihn wachten.

46

Washington, D. C. – Donnerstag, 12 Uhr 00

Die Botschaft der Islamischen Republik Pakistan liegt in einem kleinen, von hohen Mauern umgebenen Anwesen in der Massachusetts Avenue North West.

Ron Plummer fuhr mit seinem Saab an das Tor, das von einem Summer geöffnet wurde, nachdem er mit einer Stimme am anderen Ende der Gegensprechanlage verhandelt hatte. Er folgte der geschwungenen Betonauffahrt bis zu einer zweiten Sicherheitskontrolle hinter der Villa, wo sich ein kleiner Parkplatz befand.

Plummer rollte bis an die weißen Doppeltüren, wo er von einem Wachmann in Empfang genommen wurde. Der Mann trug einen schwarzen Stadtanzug, Sonnenbrille, Kopfhörer und unter dem weißen Hemd eine kugelsichere Weste. In seinem Schulterholster steckte eine Handfeuerwaffe. Nachdem er Plummers Ausweis überprüft hatte, dirigierte er ihn zu einem Besucherparkplatz und wartete, bis er sein Auto abgestellt hatte.

Während er zurück zur Villa eilte, fuhr sich Ron Plummer mit der Hand durch das widerspenstige, schütter werdende braune Haar und rückte die dicke, schwarz gefasste Brille zurecht. Der 39-jährige frühere CIA-Analyst für Westeuropa fühlte nicht nur die Last seiner eigenen Rolle in diesem Drama auf seinen Schultern. Dem Experten für Politik und Wirtschaft war auch klar, wie viele Probleme sie lösen mussten, wenn der indische Subkontinent nicht in die Luft fliegen sollte.

Bis jetzt hatte das Nationale Krisenzentrum nicht viel mit der pakistanischen Botschaft zu tun gehabt. Dem Botschafter, Dr. Ismail Simathna, war das Op-Center nur bekannt, weil Paul Hood und Mike Rodgers die Geiselnahme bei den Vereinten Nationen beendet hatten. Danach hatte Simathna die beiden eingeladen, die Botschaft zu besuchen, und Plummer hatte sie begleitet. Angeblich wollte sich der Botschafter bei der tapferen, brillanten Geheimdiensttruppe der Amerikaner bedanken, die unter anderem auch dem pakistanischen Botschafter bei den Vereinten Nationen und dessen Frau das Leben gerettet hatte. Aber Hood und Plummer hegten beide den Verdacht, dass Simathna nur die Leute treffen wollte, die die indische Generalsekretärin bloßgestellt hatten. Dieses Gefühl verstärkte sich, als die Medien in Islamabad ausführlich über den Besuch berichteten. Hood war damals froh gewesen, dass Plummer sie begleitet hatte, weil das Treffen so einen gewissen Arbeitscharakter erhielt, während es eigentlich nur demonstrieren sollte, wie wenig Indien zum Weltfrieden beitrug.

Der Sicherheitsbeamte übergab Plummer an den ersten Sekretär des Botschafters. Der junge Mann lächelte freundlich und führte Plummer in Simathnas Büro, in dem der weißhaarige Botschafter hinter einem Schreibtisch mit einer Glasplatte saß. Der 63-jährige, der einen braunen Anzug und eine Krawatte in gedämpftem Gelb trug, erhob sich und kam ihm entgegen. Von seiner Zeit als Frontsoldat zeugten Narben auf beiden Wangen, wo eine Kugel den Kiefer durchschlagen hatte. Später war er Geheimdienstexperte und Professor an der Quaid-E-Azam-

Universität in Islamabad gewesen, bevor er schließlich zum Vertreter seiner Nation in Washington ernannt worden war. Er begrüßte den Op-Center-Vertreter herzlich.

Plummer hatte dem Botschafter nicht gesagt, warum er ihn sprechen musste, sonder nur erklärt, es sei dringend.

Die Männer ließen sich in den modernen Sesseln an der Fensterseite des Büros nieder, wo ihre Stimmen durch das dicke, kugelsichere Glas gedämpft wurden. Als Plummer sprach, klang er fast verschwörerisch.

Das schmale Gesicht des Botschafters war ernst, verriet jedoch keine Gefühlsregung. Ohne etwas zu sagen, hörte er zu, wie Plummer die Strikers-Operation von Anfang an bis zu ihrem gegenwärtigen Stand schilderte und auch von Hoods Befürchtungen bezüglich der indischen SFF sprach. Als er geendet hatte, lehnte sich der Botschafter zurück.

»Ich bin enttäuscht, dass Sie sich wegen der Atomwaffen-Situation in Kaschmir nicht an mich gewandt haben.«

»Wir wollten Ihre Freundschaft nicht ausnutzen. Sie bedeutet uns viel.«

»Das war rücksichtsvoll«, erwiderte der Botschafter mit einem leichten Lächeln, »aber jetzt sind Sie hier.«

»Ja. Wir brauchen Ihren Rat, Ihre Zuversicht, Ihre Geduld und vor allem Ihr Vertrauen. Wir glauben, dass wir eine gute Chance haben, die Situation unter Kontrolle zu bringen, aber die nächsten Stunden werden extrem schwierig werden.«

»Eine gute Beschreibung für eine Atompolitik am Rande des Abgrunds«, erwiderte der Botschafter leise. »Es war sehr tapfer von den Strikers, auf diese Weise in die Berge vorzudringen. Und dass einige von ihnen überlebt haben, lässt hoffen. Nationen bestehen nicht aus einem einzigen Block, nicht einmal Indien und Pakistan. Wenn Menschen etwas aneinander liegt, können sie Großes vollbringen.«

»Paul Hood und ich teilen Ihren Optimismus.«

»Selbst in diesem Augenblick?«

»Besonders in diesem Augenblick.«

Während des Gesprächs hatte Plummer die dunklen Augen des Botschafters beobachtet. Simathna war mit seinen Gedanken woanders, und Plummer fürchtete, dass er seine Regierung alarmieren wollte.

Der Botschafter erhob sich. »Mr. Plummer, würden Sie mich ein paar Minuten entschuldigen?«

Plummer stand ebenfalls auf. »Exzellenz, da wäre noch etwas.«

»Ja?«

»Ich will Sie nicht unter Druck setzen, aber ich will sichergehen, dass ich die Situation klar genug geschildert habe. Es ist von größter Bedeutung, dass Ihre Regierung nichts unternimmt, bis unsere Leute die indische Agentin geborgen haben.«

»Das ist mir vollkommen klar.«

»Es besteht die sehr reale Gefahr, dass sich die Sache in einen Alptraum verwandelt, wenn auch nur ein Wort durchsickert.«

»Da gebe ich Ihnen Recht.« Mit einem leichten Lächeln trat der hoch gewachsene Pakistaner zur Tür.

»Herr Botschafter, bitte sagen Sie mir, was Sie vorhaben.« Falls Simathna nur ein Aspirin holen oder zur Toilette gehen wollte, würde er sich vorkommen wie ein Idiot, aber er musste Bescheid wissen.

»Ich werde etwas tun, für das ich Ihre Unterstützung benötige.«

»Jederzeit. Was kann ich tun?«

Der Botschafter, der bereits die Tür geöffnet hatte, sah sich um. »Sie müssen mir etwas geben, das Sie gerade von mir verlangt haben.«

»Natürlich, sagen Sie mir, was.« Während er wartete, ging Plummer im Geiste das Gespräch durch und versuchte verzweifelt, sich zu erinnern, worum er den Botschafter gebeten hatte.

»Ich brauche Ihr Vertrauen.«

»Das haben Sie, Exzellenz, deswegen bin ich ja hier. Ich muss nur wissen, ob wir im Buch der Taktik auf der gleichen Seite sind.«

»Das sind wir. Allerdings kenne ich einige Fußnoten, von denen Sie nichts wissen.«

Damit verließ der Botschafter das Büro und schloss leise die Tür hinter sich.

47

Siachin-Gletscher – Donnerstag, 22 Uhr 57

Ron Friday war so wütend, dass er die Kälte kaum spürte.

Zu Beginn dieses Abschnitts seiner Mission war das anders gewesen, da war er optimistisch. Immerhin hatte er Sharab praktisch die Kontrolle über die Mission abgenommen. Selbst wenn sie den Zusammenstoß mit der indischen Armee überlebte, würde es Friday sein, der die Zelle nach Pakistan führte. Den Triumph würde man ihm zuschreiben. Der Marsch schien durchaus machbar, zumindest den Karten des indischen Geheimdienstes nach, die er aus dem Hubschrauber mitgenommen hatte. Am Bellpora-Pass schien die Waffenstillstandslinie nicht besonders stark bewacht zu sein, da das Gebiet weit offen und daher von der Luft aus leicht zu überwachen war. Hauptmann Nazir hatte Friday erklärt, dass normalerweise jeder, der die zerklüftete, vereiste Gegend passierte, entdeckt und festgenommen wurde. Allerdings hatte Fridays Gruppe einen Vorteil. Nazir hatte gewusst, um welche Zeit Inder und Pakistaner ihre Aufklärungsmissionen flogen. Falls sich die Zelle dann immer noch im Passbereich aufhielt, würden sie sich ein Versteck suchen, bis der Überflug beendet war.

Im Laufe der Stunden hatte Fridays Enthusiasmus jedoch stark nachgelassen. Er war es gewöhnt, allein zu arbeiten. Das hatte ihm stets einen psychologischen Vorteil verschafft. Dass er sich um niemanden sorgen, sich auf niemanden verlassen musste, erlaubte ihm schnelle geistige und körperliche taktische Wendungen. Das galt auch für sein Liebesleben, da bezahlte er pro Stunde. Damit vermied er Probleme, kam gleich zur Sache und wusste, dass danach alles vorüber war, war für ihn besonders wichtig war.

Samuel, der an der Spitze ging, hielt sich wacker. Geschickt suchte er den Boden mit einem langen Stock, den er unterwegs gefunden hatte, nach Spalten ab, die sich unter einer dünnen Eisschicht verbargen. Direkt hinter ihm ging Friday, der sich zwei nicht angezündete Fackeln unter den rechten Arm geklemmt hatte. Sie bestanden aus kräftigen Ästen, die die Männer unterhalb der Baumgrenze mitgenommen hatten, und waren an der Spitze dicht mit Schlingpflanzen umwickelt, die mehr glühten als brannten. Dazwischen hatte Friday dürres Gras gestopft, das als Anzünder dienen sollte. Die Fackeln würden nur im Notfall zum Einsatz kommen. Friday hatte fünf Streichhölzer in der Tasche und wollte sie nicht verschwenden.

Nanda und ihr Großvater gingen am Ende. Nanda selbst hielt sich nicht schlecht. Da sie zierlich war, verlor sie rasch Körperwärme, aber ihr Kampfgeist glich das aus. Wäre da nicht Apu gewesen, dann wäre das Tempo für sie kein Problem gewesen. Der alte Bauer war schlicht erschöpft. Ohne seine Enkeltochter hätte er sich vermutlich in den Schnee gelegt, um zu sterben.

Als sich die Nacht über das Eis senkte und die Temperatur fiel, fing Friday an, sich zunehmend über die Kumars zu ärgern. Für Apus Schwäche hatte er keinerlei Verständnis, und Nandas Ergebenheit frustrierte ihn. Es war ihre Pflicht, die Krise zu beenden, die sie mitverursacht hatte. Jede Minute, die sie Apu mühselig über den Gletscher schleppten, verlangsamte ihr Tempo und zehrte an der Energie von Nanda, Friday und Samuel.

Das Leben des Bauern besaß keine große Bedeutung.

Bevor es endgültig dunkel wurde, hatte Friday einen letzten Blick auf die Umgebung geworfen. Die Gruppe befand sich auf einer ebenen, öden Fläche. Etwa achthundert Meter rechts von ihnen stieg der blauweiße Gletscher fast senkrecht tausende Meter in die Höhe. Die Oberfläche wirkte so rau, als hätte sich ein ganzer Hang gewaltsam gelöst. Links davon war das Gelände viel glatter, vermutlich in vielen Jahren geglättet durch Regen und Schmelzwasser von den Bergen. Offenbar fiel es zu einem in der Ferne liegenden Tal hin ab. Sicher war sich Friday nicht, denn über den niedrigeren, wärmeren Bereichen des Gletschers stieg Nebel auf.

Nicht, dass es von Bedeutung war. Pakistan lag vor ihnen im Norden. Und falls Ron Friday nicht etwas unternahm, um das Tempo der Zelle zu beschleunigen, würden sie nicht rechtzeitig dort eintreffen, falls sie es überhaupt jemals erreichten.

Friday nahm seine kleine Taschenlampe heraus und gab sie Samuel. Wahrscheinlich würde die Batterie nicht bis Sonnenaufgang reichen, daher riet er dem Pakistaner, sich das Gelände genau anzusehen, und dann die Lampe auszuschalten, bis er sie unbedingt brauchte. Dann ließ sich der Amerikaner auf der linken Seite der lockeren Formation zurückfallen. Die Luft war ruhig und die Nacht still. Der Gletscher schützte sie vor den in den Bergen tobenden Winden. Friday wartete, bis ihn Nanda und ihr Großvater eingeholt hatten. Dann ging er neben der Frau her. Sie hielt Apus Hand dicht an ihrer Taille und ging knapp vor ihm. Bei jedem Schritt blieb sie stehen und zog ihren Großvater fest, aber energisch über das Eis. Sie atmete schwer, und Apu ging tief gebeugt.

»Bei diesem Tempo schaffen wir es nicht«, erklärte Friday.

»Doch, das werden wir.«

»Nicht rechtzeitig.« Friday wusste das natürlich nicht, aber wenn er seinen Worten genügend Nachdruck verlieh, würde Nanda ihm glauben.

Sie antwortete nicht.

»Wenn eine der beiden Seiten irgendwo im Gebirge eine Atomrakete abwirft, verwandelt sich dieser Gletscher in einen Süßwassersee. Samuel kann mit Ihrem Großvater zurückbleiben, Sie kommen mit mir. Wenn wir Pakistan erreichen, können wir Hilfe schicken.«

»Ich soll meinen Großvater bei einem der Männer lassen, die uns gefangen gehalten haben? Wie könnte ich solch einem Menschen vertrauen?«

»Die Umstände haben sich verändert. Samuel will sein Volk retten, das heißt, dass er Ihren Großvater schützen muss.«

Die junge Frau half ihrem Großvater weiter. In der Dunkelheit konnte Friday ihren Gesichtsausdruck nicht sehen, aber er hörte, wie die Füße des Bauern über das Eis schleiften. Allein das Geräusch trieb ihn zur Weißglut.

»Nanda, ich brauche Ihre Unterstützung.«

»Ich unterstütze Sie doch«, erklärte sie ungerührt.

»Sie verstehen das nicht. Wir haben keine Ahnung, was draußen in der Welt vorgeht. Wir müssen so schnell wie möglich die Waffenstillstandslinie überqueren.«

Nanda blieb stehen und sagte ihrem Großvater, er sollte sich einen Augenblick ausruhen. Dankbar ließ sich der Bauer auf die Knie sinken, während sie Friday beiseite nahm. Der Amerikaner sagte Samuel, er solle weitergehen. Da er gelegentlich die Taschenlampe einschaltete, würde er ihn später wiederfinden.

»Wenn wir den Terroristen und meinen Großvater hier lassen, werden wir keinen von ihnen je wiedersehen. Ich kenne diese Grenzregion. Auf beiden Seiten des Gletschers wird äußerste Anspannung herrschen, da wird keiner eine unnötige oder provozierende Bewegung des Militärs riskieren wollen. Samuel wird ohne ihn weiterziehen.«

»Wir schicken einen zivilen Hubschrauber. Die amerikanische Botschaft kann das sehr schnell arrangieren.«

»Bis dahin sind die beiden tot. Mein Großvater schleppt sich jetzt schon nur noch dahin. Wenn ich ihn verlasse, wird er aufgeben.«

»Nanda, wenn Sie das nicht tun, könnte es das Ende zweier Völker bedeuten. Sie haben bei dieser Sache eine Schlüsselrolle gespielt, jetzt müssen Sie mithelfen, sie in Ordnung zu bringen.«

Die junge Frau schwieg. In der Dunkelheit konnte Friday sie nicht sehen, aber er hörte, wie sich ihre Atmung verlangsamte. Nanda überlegte, sie wurde weich.

Sie würde nachgeben.

»Also gut«, sagte sie. »Ich werde tun, was Sie verlangen, aber nur, wenn Sie zurückbleiben und sich um meinen Großvater kümmern.«

Das kam für Friday völlig überraschend. »Warum?«

»Sie wissen, wie man hier draußen überlebt.« Um ihre Worte zu unterstreichen, legte sie die Hand auf die Fackeln unter seinem Arm. »Ich glaube, ich habe dort im Westen ein Tal gesehen. Auch in der Dunkelheit werden Sie ihn dorthin bringen und einen Unterschlupf, Wasser und Wärme finden können. Versprechen Sie mir, dass Sie sich um ihn kümmern, dann ziehe ich mit Samuel weiter.«

Der Schweiß auf dem Gesicht des Amerikaners begann zu gefrieren. Es war ein merkwürdiges Gefühl und erinnerte ihn an erstarrendes Kerzenwachs. Die Innenseiten seiner Beine waren völlig wund und seine Lungen schmerzten von der kalten Luft. Je länger er so dastand, desto stärker wurde ihm bewusst, wie verwundbar sie waren. Wenn sie nur einen Augenblick zu lang stehen blieben, konnten sie sterben.

Friday setzte die beiden Fackeln ab und zog den rechten Handschuh aus. Er kratzte den gefrorenen Schweiß von Wangen und Stirn. Dann ließ er die Hand in seine Jackentasche gleiten. Nanda war seine Trophäe, und er hatte weder die Absicht zurückzubleiben noch sich Vorschriften machen zu lassen.

Er zog die Pistole aus der Tasche. Nanda konnte weder sehen noch ahnen, was er plante. Wenn er dem Bauern eine Kugel in den Kopf jagte, musste Nanda so schnell wie möglich weitermarschieren, selbst wenn sie ihn nur den Behörden ausliefern wollte. Friday würde natürlich behaupten, Apu habe es nicht mehr ertragen, dass er die anderen aufhielt. Er hatte versucht, an die Waffe zu kommen, um seinem Leben ein Ende zu setzen. Es kam zu einem Kampf, und die Pistole ging los.

Friday zögerte. Bestand nicht die Möglichkeit, dass ein

Schuss die Aufmerksamkeit der indischen Soldaten an der Waffenstillstandslinie auf sie lenkte? Aber dann wurde ihm klar, dass die vielen Gipfel und gewundenen, vereisten Schluchten dafür sorgen würden, dass sich nicht feststellen ließ, woher das Geräusch kam. Und die vereisten Gipfel waren so weit entfernt, dass der Schuss vermutlich auch keine Lawine auslösen würde, vor allem, wenn er durch den Parka des Toten gedämpft wurde.

Friday ging um Nanda herum. »Also gut«, erklärte er entschlossen. »Ich kümmere mich um Ihren Großvater.«

48

Washington, D. C. – Donnerstag, 13 Uhr 28

Ron Plummer war kein geduldiger Mensch. Das hatte sich im Laufe seiner Karriere für ihn als sehr nützlich erwiesen.

Geheimdienstoffiziere und Verbindungsbeamte konnten sich Geduld nicht leisten. Sie brauchten einen ruhelosen Geist und einen neugierigen Verstand, sonst konnten sie weder ihre Leute noch sich selbst dazu motivieren, über das Offensichtliche hinauszusehen und Sackgassen nicht zu akzeptieren. Selbstbeherrschung war ebenfalls unbedingt erforderlich, die Fähigkeit, auch dann ruhig zu erscheinen, wenn man es nicht war.

Normalerweise war Ron Plummer ein ruhiger Mann, doch im Augenblick wurde seine Selbstherrschung auf eine harte Probe gestellt. Nicht durch die Krise, sondern durch das, was der frühere Agent am meisten hasste.

Ungewissheit.

Mittlerweile war es fast 45 Minuten her, seit Botschafter Simathna das Büro verlassen hatte. Plummer hatte ein paar Minuten lang herumgesessen, war dann langsam auf und ab gegangen, hatte sich wieder hingesetzt, war erneut aufgestanden und in Kreisen in dem großen Büro herumgegangen. Er betrachtete die Regale, die mit Geschichtsbüchern und Biografien gefüllt waren, die meisten davon in Englisch geschrieben, einige auch in Urdu. An den holzvertäfelten Wänden hingen Tafeln, Zitate und Fotos, die den Botschafter mit verschiedenen führenden Politikern der Welt zeigten. Auf einem davon war Simathna sogar mit der Generalsekretärin der Vereinten Nationen, Mala Chatterjee, zu sehen. Keiner der beiden lächelte. Plummer konnte nur hoffen, dass das kein schlechtes Omen war. Er blieb vor einem gerahmten Dokument stehen, dass in der Nähe des Schreibtischs hing. Es war 1906 von Aga Khan III., einem indischen Muslim, unterzeichnet worden. In dem Papier wurden ausführlich die Ziele der Gesamtindischen Islamischen Liga dargelegt, einer vom Sohn des Sultans gegründeten Organisation, die sich um die Errichtung eines islamischen Staates in der Region kümmern sollte. Plummer fragte sich, ob es das letzte Mal gewesen war, dass indische und islamische Interessen zusammenfielen.

Aus der UV-Glasscheibe blickte Plummer sein eigenes Spiegelbild entgegen. Es war durchscheinend, was ihm sehr passend erschien. Ein politischer Verbindungsbeamter brauchte genügend Substanz, um zu wissen, wofür er selbst stand, aber ausreichend Flexibilität, um die Bedürfnisse anderer zu berücksichtigen. Außerdem musste er es verstehen, zwischen den verschiedenen Parteien zu vermitteln. Selbst gute, vernünftige Männer wie Hood und Simathna, die nur die besten Absichten hatten, konnten grundlegend verschiedener Meinung sein.

Er sah auf die Uhr. Paul Hood würde auf ein Update warten, aber Plummer wollte nicht im Op-Center anrufen. Zum einen, weil er nichts zu berichten hatte, zum anderen, weil die Botschaft mit Sicherheit abgehört wurde. Büro und Telefone waren bestimmt verwanzt, und jede Nummer, die Plummer in sein Handy eingab, würde von elektronischen Impuls-Interzeptoren aufgefangen werden. Diese Geräte hatte etwa Größe und Form einer Taschenuhr und fingen ausschließlich Impulse von Handys auf. Wenn die Nummer danach innerhalb des Abhörbereichs der Antenne der Botschaft benutzt wurde, konnte sich der pakistanische Geheimdienst – oder wem auch immer Islamabad die Daten verkaufte – in den Anruf einhacken und ihn abhören. Es war eine Sache, wenn Benutzer von Handys zufällig fremde Gespräche empfingen. Aber etwas völlig anderes war es, solche Anrufe routinemäßig zu überwachen.

Er überlegte, was Botschafter Simathna vorhaben konnte. Drei Möglichkeiten kamen ihm in den Sinn. Mit Sicherheit gab er die Informationen an den Präsidenten der Republik, General Abdul Qureshi, weiter. Daraufhin würde möglicherweise entweder Islamabad oder die Botschaft eine Pressemitteilung veröffentlichen, in der Neu-Delhi wegen seiner Hinterhältigkeit verurteilt wurde. Das hieß, dass sich die Völker um ihre Führer scharen würden, was die Spannungen weiter verstärken würde. Besonders im Op-Center, auf das sich Islamabad mit Sicherheit als Informationsquelle berufen würde.

Die zweite Möglichkeit war, dass es keine Pressemitteilung gab. Noch nicht. Stattdessen würden Qureshi und die Generäle im Nationalen Sicherheitsrat Pakistans einen schnellen und erbarmungslosen Atomschlag gegen Indien planen. Sie würden versuchen, so viele Raketeninstallationen wie möglich zu zerstören, bevor sie die Informationen veröffentlichten, die ihnen das Op-Center zur Verfügung gestellt hatte. Damit würden die Vereinigten Staaten als De-facto-Verbündete Pakistans in den Konflikt hineingezogen werden.

Hood und Plummer hatten von Anfang an gewusst, dass diese beiden Möglichkeiten bestanden. Sie hatten nur gehofft, dass die Vernunft siegen würde. Schließlich war Botschafter Simathna ein vernünftiger Mann.

Das ließ Plummer die Hoffnung auf eine dritte Möglichkeit, das, was er die »Einhundertachtzig« nannte. Damit meinte er eine Option, die die Experten gar nicht in Betracht gezogen hatten, eine Entwicklung, die sich um 180 Grad von dem unterschied, was allgemein erwartet wurde. Das war der Fall gewesen, als die Alliierten im Zweiten Weltkrieg an den Stränden der Normandie und nicht in Calais landeten und als Harry Truman und nicht Thomas Dewey 1948 amerikanischer Präsident wurde.

Simathnas Erwähnung von Fußnoten, von denen nur er wusste, ließ Plummer auf eine Wendung um 180 Grad hoffen.

Die Tür öffnete sich, während Plummer das neunzig Jahre alte, vom Khan unterzeichnete Dokument las.

»Ich stehe oft an dieser Stelle und sehe mir das Papier an«, erklärte der Botschafter, als er den Raum betrat. »Es erinnert mich an den Traum, den ich die Ehre habe zu hüten.«

Der Pakistaner schloss die schwere Tür und ging zu seinem Schreibtisch. Er wirkte ein wenig zerstreuter als zuvor. Das konnte sowohl gut als auch schlecht sein. Entweder hatte die Diplomatie triumphiert, und Islamabad würde Mike Rodgers Zeit geben, seine Mission zum Abschluss zu bringen. Dann würde der Botschafter am Ende entweder als Held oder als Sündenbock dastehen. Oder aber die Kinder von Aga Khan III. schrieben gerade mit Plutonium 239 an einem neuen Dokument der Islamischen Liga, das auf furchtbare Weise in die Geschichte eingehen würde.

Simathna ging mit raschen Schritten zu seinem Schreibtisch. Dabei wies er auf einen davor stehenden Stuhl. Plummer wartete, bis sich der Botschafter gesetzt hatte, und folgte dann seinem Beispiel. Simathna drehte eines der Telefone so, dass es für den Amerikaner erreichbar war.

»Würden Sie bitte Mr. Hood anrufen und ihn bitten, Sie mit General Rodgers zu verbinden? Ich muss mit beiden sprechen.«

Plummer rutschte auf die Kante seines Stuhls. »Was werden Sie ihnen sagen?«

»Ich habe mit General Qureshi und den Mitgliedern des Nationalen Sicherheitsrates gesprochen. Es herrschte tiefe Sorge, aber keine Panik. In aller Stille werden Vorbereitungen zur Aktivierung bereits vorhandener Verteidigungssysteme und politischer Maßnahmen getroffen. Wenn es stimmt, was sie über diese Inderin sagen, lässt sich eine Eskalation unserer Ansicht nach verhindern.«

»Was kann das Op-Center dazu tun?«

Der Botschafter erklärte Plummer, was die pakistanische Führung diskutiert hatte. Der Plan stellte nicht nur eine Wendung um 180 Grad dar, er bediente sich einer Option, die Plummer niemals in den Sinn gekommen wäre.

Ihm war jedoch klar, dass sie ein enormes Risiko barg. Möglicherweise suchten die Pakistaner nach einem Verbündeten für einen Krieg gegen Indien. Wenn der Botschafter Plummer hinsichtlich seiner Absichten täuschte, würden sich die Vereinigten Staaten im Zentrum des Feuersturms wiederfinden – und zwar wörtlich.

Zu seinem Glück oder Unglück musste Ron Plummer nur den Anruf tätigen.

Paul Hood war derjenige, der die Entscheidung zu treffen hatte.

49

Washington, D. C. – Donnerstag, 13 Uhr 36

Paul Hood stahl gerade ein Stück Pizza vom Schreibtisch seines Assistenten, als der Anruf von Ron Plummer einging. Hood bat Bugs, Bob Herbert zu holen. Dann eilte er an seinen Schreibtisch, um den Anruf entgegenzunehmen.

»Was haben Sie?«, fragte Hood, als er abnahm. Er hörte das leichte Echo, das anzeigte, dass der Lautsprecher eingeschaltet war, und betätigte an seinem eigenen Apparat ebenfalls die Lautsprechertaste.

»Paul, ich bin bei Botschafter Simathna. Er hat einen Vorschlag.«

»Guten Tag, Exzellenz. Sagen Sie mir, wie wir Ihnen helfen können.«

In diesem Moment rollte Herbert herein und schloss die Tür hinter sich.

»Zunächst einmal möchte ich Ihnen mein Beileid zu dem tragischen Verlust der Strikers aussprechen, Direktor Hood, und Ihnen sagen, dass meine Regierung ihren Einsatz zu schätzen weiß«, begann Simathna.

»Danke«, sagte Hood. Der Botschafter klang ein wenig zu salbungsvoll. Offenbar war ihm klar, dass das Team nicht in der Region gewesen war, um indische Aggressoren aufzuhalten.

Herbert war nicht so diplomatisch. Seine wegwerfende Handbewegung verriet eindeutig, was er von den Worten des Diplomaten hielt.

»Zum Zweiten hat meine Regierung einen Plan, der für General Rodgers und seine Leute hilfreich sein könnte. Wie ich bereits Mr. Plummer erklärt habe, ist Voraussetzung, dass sich Ihre Regierung bereit erklärt, die Einzelheiten der Operation vertraulich zu behandeln.«

»Ich kann nur für einen kleinen Teil der Regierung sprechen«, wandte Hood ein. »Wenn Sie mir Ihre Idee schildern, werde ich mich sofort mit den Leuten besprechen, die diese Zusicherungen geben können.«

Innerlich starb Paul Hood tausend Tode. Kostbare Sekunden und möglicherweise sogar Menschenleben gingen verloren, während er und Botschafter Simathna sich mit Ritualen aufhielten. Doch so lief das Spiel.

»Wir schlagen vor, dass sich Ihre Gruppe in einen der Atomwaffensilos zurückzieht, die unser Militär auf dem Gletscher errichtet hat. Die Einrichtung wird über Fernsteuerung kontrolliert, das Innere von Videokameras überwacht. Die Inderin kann ihre Aussage aus dem Inneren des Silos übertragen lassen.«

Hood starrte Bob Herbert an. Mike Rodgers wurde eingeladen, einen der Silos aufzusuchen, nach denen die Strikers ursprünglich hatten suchen sollen. Die Ironie dieses Vorschlags war geradezu schmerzlich. Es war jedoch nicht leicht, die Gefahren abzuschätzen, die dieser Plan barg.

»Exzellenz, würden Sie uns bitte für eine Minute entschuldigen?«, fragte Hood.

»Angesichts der Situation sollten Sie nicht länger brauchen.«

»Ich verstehe, aber ich muss mit einem meiner Partner sprechen.«

»Selbstverständlich.«

Hood drückte die Stummtaste. »Was sagt Ihr Instinkt, Bob? Benutzen die uns?«

»Ich weiß es einfach nicht. Mein Bauch sagt mir, das Team muss unbedingt den nächsten warmen Zufluchtsort aufsuchen. Je länger ich mir die Fotos vom Gletscher ansehe, desto mehr komme ich zu dem Schluss, dass sie es ohne zusätzliche Ausrüstung und Vorräte nicht schaffen können. Und der Wetterbericht für die Gegend sieht übel aus. Vor Mitternacht soll es bereits zehn Grad unter null werden. Aber ich muss sagen, ein pakistanischer Raketensilo wäre der letzte Ort gewesen, an den ich sie geschickt hätte.«

»Da bin ich völlig Ihrer Meinung. Doch es ist wichtig, dass wir Nanda Kumar so schnell wie möglich vor eine Kamera bringen.«

»Nanda schon. Das Problem sind Mike und Ron Friday. Wenn die Pakistaner sie auf Video bekommen, könnte Islamabad eine Räubergeschichte zusammenbrauen. Wenn sie das Video mit gelöschtem Ton an die Medien weitergeben und behaupten, Mike und Friday wären als technische Berater dort, wäre in Indien, Russland, China und Gott allein weiß, wo sonst noch, der Teufel los. Stellen Sie sich vor, ein amerikanischer General und ein Geheimdienstagent, die die Atomwaffenpolitik der Pakistaner unterstützen.«

»Sie könnten behaupten, wir wären von Anfang an an den Operationen der Pakistaner beteiligt gewesen. Ich sehe nur keine andere brauchbare Option.«

Herbert schüttelte den Kopf. »Mir fällt im Moment auch nichts ein.«

»Dann müssen wir auf den Vorschlag eingehen und

eben vorsichtig sein. Zunächst einmal müssen wir versuchen, Brett zu erreichen und herausfinden, ob er Mike überhaupt kontaktieren kann.«

»Bin schon dabei.«

»Ich lasse mir von Simathna die Koordinaten des Raketensilos geben. Dann rufe ich Hank Lewis, Senatorin Fox und den Präsidenten an und teile ihnen mit, was wir vorhaben.«

»Dafür werden Sie von Fox und dem Präsidenten keine Unterstützung bekommen.«

»Ich weiß, aber ich glaube nicht, dass sie die Operation abblasen. Wir stecken bereits zu tief drin. Wenn Mike und Friday die Waffenstillstandslinie mit der pakistanischen Zelle überqueren, wird Islamabad behaupten, die Vereinigten Staaten hätten ihr zur Flucht verholfen. Das könnte sich fast genauso schädlich auswirken.«

Herbert gab ihm Recht. Er drehte den Rollstuhl herum und gab auf dem eingebauten Telefon die TAC-SAT-Nummer ein.

Unterdessen nahm Paul Hood das Gespräch mit Botschafter Simathna wieder auf. Um Herberts Anruf nicht zu stören, schaltete er den Lautsprecher aus.

»Exzellenz?«

»Ja.«

»Danke, dass Sie gewartet haben. Wir sind übereinstimmend der Ansicht, dass Ihr Vorschlag verfolgt werden soll.«

»›Verfolgt‹? Heißt das, dass Sie noch andere Optionen in Betracht ziehen?«

»Gegenwärtig nicht.«

»Aber vielleicht später.«

»Möglich wäre es. Im Moment ist noch nicht einmal sicher, dass wir General Rodgers erreichen, geschweige denn ihn zu dem Silo bringen können. Außerdem wissen wir nicht, in welchem Zustand sich die Gruppe befindet.«

»Ich verstehe, dass Sie diese Unsicherheiten berücksichtigen müssen, aber wir können den Standort des Silos nicht verraten, wenn Ihr Offizier ihn nicht benutzt.«

Jeder hielt sich so bedeckt, dass ein kooperatives Gespräch unmöglich wurde. Das musste Hood ändern, vor allem, wenn er diesem Mann Mike Rodgers' Schicksal anvertrauen wollte.

»Ich verstehe, Exzellenz.«

Plötzlich drehte sich Herbert um und schüttelte den Kopf.

»Warten Sie bitte einen Moment, Exzellenz.« Er drückte die Stummtaste. »Was ist los, Bob?«

»Brett kann Mike nicht erreichen.«

Hood fluchte.

»Über das Funkgerät empfängt er nur elektrostatische Geräusche. Sharab meint, der Wind würde erst in fünf oder sechs Stunden nachlassen.«

»Das hilft uns nicht weiter.«

Hood überlegte einen Augenblick. Sie hatten tausende Satelliten in der Luft und überall in der Gegend Außenposten. Irgendwie musste es möglich sein, Mike Rodgers eine Nachricht zukommen zu lassen.

Oder jemandem, der mit ihm unterwegs war.

»Bob, vielleicht können wir doch etwas tun. Sagen Sie Brett, wir melden uns in ein paar Minuten wieder bei ihm, und rufen Sie Hank Lewis an.«

»Wird erledigt.«

Hood deaktivierte die Stummschaltung. »Exzellenz, können Sie am Telefon bleiben?«

»Die Sicherheit meiner Nation steht auf dem Spiel.«

»Ist das ein Ja?«, drängte Hood. Er hatte keine Zeit für große Worte.

»Ein klares Ja, Mr. Hood.«

»Ist Mr. Plummer noch bei Ihnen?«

»Ich bin hier, Paul.«

»Gut, ich brauche möglicherweise Ihre Hilfe.«

»In Ordnung.«

»Ich schalte die Freisprechanlage ein, damit Sie beide hören, was hier vor sich geht.«

Der Botschafter dankte ihm.

Hood konnte nur hoffen, dass er so aufrichtig war, wie

er klang. Sollte Simathna etwas tun, das Rodgers oder die Mission gefährdete, würde Hood das sofort erfahren.

Dafür würde Ron Plummer sorgen.

50

Siachin-Gletscher – Donnerstag, 23 Uhr 07

Es war das Letzte, was Ron Friday erwartet hätte.

Als er sich dem knienden Apu Kumar näherte, fühlte er, wie das Handy in seiner Westentasche zu vibrieren begann. Das konnte nur ein Anruf von jemandem von der National Security Agency ein, aber das Signal hätte ihn hier draußen eigentlich gar nicht erreichen dürfen. Nicht angesichts der Berge, die den Gletscher umgaben, der Entfernung von den Funktürmen in Kaschmir und dem Eissturm, der in der Dunkelheit um die Gipfel peitschte. Die Reibung der Eispartikel erzeugte elektrostatische Ladungen, die selbst Punkt-zu-Punkt-Funkverbindungen schwierig machten.

Dennoch war das Telefon definitiv aktiv. Es war absurd, das Ding vibrierte, als spazierte er durch Washington und stünde nicht auf einem Gletscher mitten im Himalaja. Friday blieb stehen und ließ die Waffe in seine Tasche gleiten. Er griff in seinen Parka, holte das Telefon heraus und drückte die Sprechtaste.

»Ja?«, meldete er sich.

»Sind Sie Ron Friday?«, erkundigte sich der Anrufer, der laut und deutlich zu verstehen war.

»Wer will das wissen?«, fragte Friday ungläubig zurück.

»Colonel Brett August von den Strikers.«

»Von den Strikers? Wo sind Sie? Wann sind Sie gelandet?«

»Ich befinde mich mit Sharab in den Bergen oberhalb Ihrer Position und rufe Sie über unser TAC-SAT an. Direktor Lewis hat uns Ihre Nummer und den Anrufcode 1272000 gegeben.«

Das war die korrekte ID-Nummer für den NSA-Direktor bei verschlüsselter Kommunikation. Trotzdem blieb Friday misstrauisch.

»Wie viele sind Sie?«

»Nur drei.«

»Drei? Was ist passiert?«

»Wir gerieten ins Feuer der indischen Armee. Ist General Rodgers bei Ihnen?«

»Nein.«

»Sie müssen unbedingt nach ihm Ausschau halten und sich ihm anschließen.«

»Wo ist er?«

»Der General hat das Mangala-Tal erreicht und ist nach Osten unterwegs. Er kennt durch Satellitenaufklärung Ihre ungefähre Position.«

»Das Tal«, erwiderte Friday. Sein Blick schweifte in die Richtung, in der sich Samuel durch die Dunkelheit bewegte. »Das liegt direkt vor uns.«

»Gut. Sobald Sie zusammengetroffen sind, gehen Sie zu den folgenden Koordinaten auf der Pilotenkarte, die Sie bei sich haben.«

»Warten Sie, ich muss sie erst holen.«

Der Amerikaner ging in die Hocke und legte das Telefon auf das Eis. Dann holte er die Karte und einen Stift aus der Tasche. Er versuchte, die Karte im grünen Schein des Handydisplays zu lesen, doch das erwies sich als unmöglich. Er sah sich gezwungen, eine der Fackeln anzuzünden. Die plötzliche Helligkeit ließ ihn zusammenzucken. Er versuchte, den Ast in den Gletscher zu rammen, aber die Oberfläche war zu hart. Apu streckte die Hand aus und hielt die Fackel für ihn, während Friday vor der ausgebreiteten Karte hocken blieb.

»Ich bin so weit«, erklärte er, als sich seine Augen an das Licht gewöhnt hatten.

»Gehen Sie zu siebzehn Komma drei Grad Nord, einundzwanzig Komma drei Grad Ost.«

Friday sah auf die Koordinaten, entdeckte jedoch auf der Karte nichts als Eis.

»Was ist dort?«, fragte er.
»Das weiß ich nicht.«
»Wie bitte?«
»Ich weiß es nicht.«
»Und wer weiß es?«

»Das ist mir auch nicht bekannt. Ich gebe nur Befehle von unseren Vorgesetzten im Op-Center und bei der NSA weiter.«

»Na, ich halte nichts von blindem Gehorsam.« Friday studierte die Karte. »Außerdem führen uns die von Ihnen durchgegebenen Koordinaten weiter von der Waffenstillstandslinie weg.«

»Hören Sie, Sie wissen, was in der Region auf dem Spiel steht, und Washington weiß das auch. Wenn es nicht wichtig wäre, würde man Sie nicht auffordern, dorthin zu gehen. Ich sitze hier ohne Leute und Munition, während im Tal unter mir die indische Armee wartet. Das ist im Moment mein dringendstes Problem. Entweder ich oder William Musicant werden Sie in zwei Stunden mit weiteren Informationen zurückrufen. So lange dürfte es in etwa dauern, bis Sie von der Einmündung des Tals aus die Koordinaten erreicht haben.«

»Vorausgesetzt, wir gehen.«

»Ich nehme an, Sie werden Ihre Befehle ebenso befolgen, wie es meine Strikers taten. August out.«

Dann war die Verbindung tot. Friday schaltete sein Telefon aus und steckte es weg. Arroganter Mistkerl.

Aus der Dunkelheit kam Nandas Stimme. »Was ist los?«

Friday blieb hocken, wo er war. Die Fackel schmolz das Eis neben ihm, aber die Wärme war angenehm. Offenbar hatte die Frau nicht gesehen, was er vorgehabt hatte, als das Telefon vibrierte.

»Diese Besserwisser in Washington haben einen neuen Plan für uns, aber sie wollen uns nicht sagen, worum es geht. Wir sollen zu einem Fleck auf der Karte gehen und dort auf Instruktionen warten.«

Nanda trat zu ihm. »Wohin schicken sie uns?«

Friday zeigte ihr die Stelle.

»Das ist mitten auf dem Gletscher«, meinte sie.

»Haben Sie eine Ahnung, was dort sein könnte?«, fragte er.

»Nein.«

»Mir gefällt das nicht. Ich weiß nicht einmal, ob das am Telefon wirklich Colonel August war. Vielleicht wurde der ja von der indischen Armee gefangen genommen und gezwungen, den Code zu verraten.«

»Ganz bestimmt nicht«, erklärte eine Stimme aus der Dunkelheit.

Friday und Nanda fuhren zusammen. Der Amerikaner griff nach der Fackel und leuchtete damit nach links, von wo die Stimme gekommen war.

Ein Mann im weißen Parka hielt auf sie zu. Er trug eine Ausrüstungsweste der US Army und hielt eine Taschenlampe in der Hand. Dicht hinter ihm folgte Samuel. Friday wechselte die Fackel in die linke Hand und ließ die rechte in die Tasche mit der Waffe gleiten. Dann erhob er sich.

»Ich bin General Rodgers von den Strikers«, stellte sich der Neuankömmling vor. »Ich nehme an, Sie sind Mr. Friday und Miss Kumar.«

»Ja«, sagte Nanda.

Friday freute sich keineswegs über die Gesellschaft. Zum einen musste er sich erst vergewissern, dass der Mann tatsächlich der war, für den er sich ausgab. Prüfend blickte er den sich Nähernden an. Inder schien er nicht zu sein. Seine Wangen und der Bereich um die Augen waren vom Wind gerötet. Er wirkte durchaus wie jemand, der mit dem Fallschirm in Höhen abgesprungen war, in denen eisige Minustemperaturen herrschten, und zudem einen langen Marsch hinter sich hatte.

»Woher wissen Sie, dass der Anrufer tatsächlich Colonel August war?«, wollte Friday wissen.

»Colonel August war mehrere Jahre lang Gast der Nordvietnamesen und hat denen nie etwas verraten. Er hat sich nicht verändert. Warum hat er sich mit Ihnen in Verbindung gesetzt?«

»Washington will, dass wir uns an einen Punkt nordöstlich von hier begeben und uns damit von der Waffenstillstandslinie entfernen, aber sie sagen uns nicht, warum.«

»Natürlich nicht. Falls wir gefangen genommen werden, können wir dem Feind nicht verraten, was unser Ziel ist.« Rodgers holte sein Funkgerät hervor und probierte es aus, hörte jedoch nur elektrostatisches Knistern. »Wie hat Colonel August Sie kontaktiert?«

»TAC-SAT an Handy.«

»Clever. Geht es ihm gut?«

Friday nickte. Solange ihm August die Inder vom Hals hielt, war es ihm völlig gleichgültig, wie es ihm ging.

Rodgers trat zu Apu und streckte ihm die Hand hin. Um die Füße des Inders begann sich bereits eine Wasserpfütze zu bilden.

»Ich schlage vor, wir gehen weiter, bevor wir hier festfrieren«, sagte Rodgers.

»Einfach so?«, meinte Friday. »Sie haben also beschlossen, dass wir uns tiefer in den Gletscher hineinbegeben sollen?«

»Nicht ich, sondern Washington.« Rodgers half Apu auf die Beine, ohne jedoch Friday aus den Augen zu lassen.

»Selbst wenn wir nicht wissen, wohin wir gehen.«

»Besonders deswegen. Wenn sie das Ziel geheim halten wollen, muss es wichtig sein.«

Nicht dass Friday anderer Meinung gewesen wäre; er war nur nicht davon überzeugt, dass die Leute in Washington taten, was für ihn persönlich am besten war. Außerdem hasste er Rodgers. Militärs hatte er noch nie leiden können. Sie waren Herdentiere, die erwarteten, dass jeder dem Befehl des Anführers folgte und sich den Interessen der Herde unterordnete, selbst wenn das hieß, für die Allgemeinheit zu sterben. Widerstand zu leisten, wenn man gefangen genommen wurde, anstatt zum Wohle aller zu kooperieren, das lag ihm nicht. Deswegen arbeitete er auch allein. Ein einzelner Mann fand immer einen Weg.

Nanda und Samuel gingen zu Rodgers und Apu. Hätte die Inderin beschlossen, weiter zur Waffenstillstandslinie zu marschieren, dann hätte Friday sie begleitet. Wenn sie sich jedoch Rodgers anschloss, blieb ihm keine Wahl: Er musste den anderen folgen.

Zumindest für den Augenblick.

Friday löschte die Fackel, indem er sie in das geschmolzene Eis steckte. In wenigen Sekunden würde das Wasser gefrieren. Wenn sie die Fackel wieder brauchten, konnte er das Eis abschlagen.

Die Gruppe setzte ihre Wanderung über das Eis fort. Samuel ging wieder an der Spitze, Rodgers und Nanda halfen Apu. Fridays rechte Hand steckte in der Tasche mit der Waffe. Sollte ihm die Entwicklung der Dinge irgendwann nicht gefallen, würde er dafür sorgen, dass sie wieder den ursprünglichen Kurs einschlugen.

Mit oder ohne General Rodgers.

51

Himachal-Gruppe – Donnerstag, 23 Uhr 08

Für Major Dev Puri und die zweihundert Mann des Eliteregiments von der Frontlinie war es ein harter Tag gewesen. Aufgebrochen waren sie zu einer einfachen Suchaktion in den Ausläufern der Hauptkette des Himalaja. Dann hatten unerwartete Geheimdienstberichte, überraschend aufgetauchte Feinde, neue Strategien und sich ständig ändernde Ziele dafür gesorgt, dass daraus ein Gewaltmarsch wurde.

Die neueste Entwicklung war besonders riskant, weil sie die Gefahr barg, dass sie die Aufmerksamkeit der pakistanischen Grenztruppen erregten. Puris Mission würde es dem Feind beträchtlich erleichtern, die Waffenstillstandslinie bei Basis 3 zu überschreiten.

Seit sie ihre Gräben verlassen hatten, waren die indischen Soldaten praktisch ohne Pause marschiert. Zuerst hatten sie nur mit dem zerklüfteten Gelände zu kämpfen gehabt, in größerer Höhe waren dann Wind und Kälte dazugekommen. Der erfolgreiche Angriff auf die Fallschirmspringer hatte die Moral der Truppe stark gehoben. Das war auch dringend notwendig gewesen, damit sie die Suche fortsetzen konnten. Aber Dunkelheit und Schneeregen hatten ihnen beim Aufstieg schwer zu schaffen gemacht. Jetzt standen sie vor einer Kletterpartie, die ihre gesamte Kraft fordern würde. Dazu gab es noch einen unbekannten Faktor: die Stärke und den genauen Standort des Feindes. Alles in allem verlief der Einsatz nicht so, wie Major Puri sich das gewünscht hätte.

Fast acht Stunden zuvor hatten die indischen Soldaten begonnen, am Fuße des Gompa Tower in der Himachal-Gruppe die Reihen zu schließen. Soweit Puri wusste, hätten die Amerikaner den Terroristen helfen sollen, über die Waffenstillstandslinie nach Pakistan zu gelangen. Dort war das Ziel der Fallschirmspringer gewesen und mit an Sicherheit grenzender Wahrscheinlichkeit auch das der Terroristen. Dabei musste die Zelle an den indischen Soldaten vorbei, einen anderen Weg gab es nicht. Die Pakistaner waren mit Sicherheit erschöpft und, da sie ohne die Amerikaner auskommen mussten, relativ schlecht bewaffnet. Dennoch hütete sich Major Puri, sie zu unterschätzen. Ein Feind, dessen Stellung höher als die der eigenen Truppen lag, stellte immer eine Bedrohung dar. Er und seine Leutnants hatten beschlossen, 25 Mann aufsteigen zu lassen, während die Übrigen ihnen von unten mit Hochleistungsgewehren und Teleskopsichtgeräten Deckung gaben. 15 weitere Soldaten sollten sich für den Notfall als Verstärkung bereithalten. Eine der beiden Gruppen würde auf jeden Fall mit der Zelle fertig werden. Allerdings mussten sie dabei mit Verlusten rechnen. Leider wollte Minister Kabir nicht warten, bis die Pakistaner von ihrem Berg herabstiegen. Da Amerikaner getötet worden waren, würden Washington und Neu-Delhi unangenehme Fragen über das Schicksal der Fallschirmjäger stellen. Der Minister tat sein Bestes, um Aufklärungsflüge hinauszuzögern, die nach den sterblichen Überresten der Amerikaner suchen sollten. Er hatte den Premierminister bereits davon informiert, dass sich Major Puris Team in der Gegend aufhielt und den Himalayan Eagles die genaue Position der Toten durchgeben würde. Bei Aufklärungsflügen bestand nämlich die Gefahr, dass nicht nur die Fallschirmspringer, sondern auch die Pakistaner entdeckt wurden, und der Minister wollte nicht, dass die Zelle lebendig gefangen genommen wurde.

Nachtsichtgeräte und abgeschirmte Taschenlampen erleichterten es den Indern, ihre Bergsteigerausrüstung anzulegen. Über sich hatten sie schwache Wärmesignale entdeckt und wussten daher, wo der Feind lauerte. Leider halfen ihnen Überflüge in dieser Situation nicht weiter; die tobenden Eisstürme behinderten die Sicht und erschwerten die Navigation. Wenn sie die Gegend wahllos bombardierten, war es nicht gesagt, dass sie die Zelle erwischten. Es gab Höhlen, in denen sie sich verstecken konnte. Außerdem lebten in den Ausläufern der Hauptkette und in einigen der höher gelegenen Höhlen Gebirgsstämme und Einsiedler, die besonders frommen religiösen Sekten angehörten. Keine der beiden Seiten wollte bei einem Angriff irrtümlich die Wohnungen und Tempel dieser Bevölkerungsgruppen zerstören und damit ihrer neutralen Haltung ein Ende setzen. Ein solcher Vorfall hätte sie und ihre internationalen Verbündeten zu politischen oder militärischen Aktionen treiben können.

Die indischen Soldaten steckten mitten in den Vorbereitungen für das Erklettern des Steilhangs, als Major Puri über Funk eine erstaunliche Mitteilung empfing. Während des Tages hatte ein Helikopter bei einer Routinepatrouille im Mangala-Tal das Wrack eines Hubschraubers entdeckt. Für den Chopper gab es jedoch nicht ausreichend Raum, um zu landen und nach Überlebenden zu suchen. Major Puri hatte daraufhin einen vierköpfigen Trupp ausgeschickt, der sich die Sache ansehen sollte. Vor zwei Stunden hatten die Männer gemeldet, sie hätten einen abgestürzten Hubschrauber entdeckt, der wie ein Ka-25 aussah, jedoch so stark verbrannt war, dass sie nicht sicher waren. Puri rief die Kommunikationszentrale von Basis 3 an, die sich mit dem Luftfahrtministerium in Verbindung setzte. In der Gegend waren keine Hubschrauber-Sondereinsätze geflogen worden.

Da der Chopper in einer Schlucht lag, würden erst am nächsten Tag Bergungstruppen entsandt werden. Ein Fallschirmabsprung in der Dunkelheit war zu riskant, und Überlebende gab es ohnehin nicht.

Eine Stunde später entdeckten Puris Leute die Leichen fünf amerikanischer Fallschirmspringer. Major Puri gab diese Information an den Verteidigungsminister weiter, der erklärte, er würde sie bis nach der Gefangennahme der Zelle für sich behalten. Er hatte bereits ein Szenario entworfen, demzufolge Puris Soldaten die Amerikaner bedauerlicherweise für Pakistaner gehalten und sie deswegen abgeschossen hatten.

An der Leiche einer schwarzen Amerikanerin machte das indische Aufklärungsteam eine überraschende Entdeckung. Die Soldatin baumelte an ihrem Fallschirm von einem Felsvorsprung herab. In ihrem Ausrüstungsgürtel steckte ein Punkt-zu-Punkt-Funkgerät, dessen rotes »Verbindungslicht« gelegentlich blinkte. Eines der zu ihrer Gruppe gehörenden Funkgeräte versuchte, sie oder jemand anders aus der Gruppe zu kontaktieren. Das hieß, dass nicht alle Soldaten tot waren. Leider konnten die indischen Soldaten dafür keine Bestätigung einholen, denn aus dem Funkgerät drangen nur elektrostatische Knistergeräusche.

Puri rechnete damit, diese Leute bei den Pakistanern in den Hängen über ihm zu finden, doch der Trupp aus dem Mangala-Tal hatte die Gegend mit Infrarot-Sichtgeräten abgesucht und war zu einem anderen Schluss gelangt.

»Wir haben eine starke Wärmequelle mehrere Kilometer nordöstlich von hier entdeckt«, hatte Unteroffizier Baliah, der Anführer des Aufklärungstrupps, gemeldet. »Auf dem Gletscher bewegt sich eine einzelne Wärmequelle.«

»Vielleicht Eingeborene«, gab Puri zu bedenken.

In den oberen Regionen der Berge um den Gletscher

lebten verschiedene Gebirgsstämme. Sie jagten häufig bei Nacht, wenn sich das Kleinwild und die größeren Gazellen in ihre Verstecke und Bauten zurückgezogen hatten. Außerdem legten sie nachts Fallen für die Raubtiere aus, die in den frühen Morgenstunden jagten. Die Tarari aßen Wölfe und Füchse zwar nicht, verwendeten die Felle jedoch, um daraus Kleidung zu fertigen. Die Fallen sorgten auch dafür, dass die Räuber nicht so zahlreich wurden, dass sie die Beutetiere zu stark dezimiert hätten.

»Dafür sind sie sehr weit im Westen«, gab Baliah zurück. »Außerdem ist das Wärmesignal für Fackeln zu schwach. Vielleicht sind es überlebende Amerikaner. Falls ihre Ausrüstung beim Absprung beschädigt wurde, könnten sie ein Lagerfeuer errichtet haben.«

»Was heißt ›mehrere Kilometer‹?«, fragte Puri.

»Etwa sechs. Ich verstehe nur nicht, warum die Amerikaner das Tal verlassen haben sollten, wo das Wetter viel milder ist. Das Eis müssen sie doch gesehen haben.«

»Vielleicht haben die Überlebenden das Hubschrauberwrack entdeckt. Da sie mit einem Bergungstrupp rechneten, zogen sie weiter.«

»Aber warum hätten sie das Funkgerät zurücklassen sollen? Das hätten sie leicht herunterholen können. Dann hätte niemand erfahren, dass es Überlebende gibt.«

»Vielleicht sollten wir es finden, weil sie uns Fehlinformationen zukommen lassen wollten.« Noch während er sprach, wurde dem Major klar, dass das keinen Sinn ergab. Die Amerikaner hatten nicht wissen können, dass ein Aufklärungstrupp unterwegs war.

Er begann, sich wahrscheinliche Szenarien zurechtzulegen. Vermutlich sollte der Hubschrauber im Tal die Geheimoperation der Amerikaner unterstützen. Vielleicht wartete er auf die Soldaten, um sie nach Ende der Mission auszufliegen. Das erklärte auch, warum kein Flugplan vorlag. Vielleicht sollten die Amerikaner die Pakistaner nur bis zur Grenze begleiten.

Wie ein Donnerschlag traf ihn die Erkenntnis. Was, wenn das nach wie vor der Plan war?

»Unteroffizier, können Sie im Laufschritt zu der Wärmequelle vorrücken?«

»Natürlich, Sir. Was, glauben Sie, geht hier vor?«

»Ich bin mir nicht sicher. Möglicherweise haben sich einige der überlebenden Amerikaner der pakistanischen Zelle auf dem Plateau angeschlossen, aber andere Fallschirmspringer könnten weiter abgetrieben worden sein.«

»Und Sie meinen, beide Gruppen könnten versuchen, einander über Punkt-zu-Punkt-Funkverbindungen zu erreichen?«

»Das ist zumindest möglich.«

Der Major blickte zu dem Plateau hinauf, das seine Männer ersteigen sollten. Das obere Ende der Steilwand lag im Dunkeln, aber er konnte die Umrisse erkennen, die die Wolken verdeckten. Wären nicht die amerikanischen Fallschirmspringer gewesen, hätte er die Zelle niemals dort oben vermutet. Was, wenn er sich täuschte und der Absprung der Amerikaner nur eine Finte gewesen war? Der kürzeste Weg von hier nach Pakistan führte über den Siachin-Gletscher, und zwar über den Bereich, in dem Basis 3 lag.

Mitten durch seinen Kommandobereich.

»Unteroffizier, verfolgen Sie die Gruppe auf dem Siachin-Gletscher«, entschied Puri. »Ich werde sofort Luftunterstützung für diesen Bereich anfordern.«

»In der Dunkelheit?«

»In der Dunkelheit. Hauptmann Anand kennt das Gebiet und kann einen Kampfhubschrauber in den Zielbereich bringen. Sie brauche ich dort für den Fall, dass der Feind bereits vor Ort ist und sich in einer Stellung verschanzt, wo ihn die Raketen nicht erreichen können.«

»Wir sind schon unterwegs, Sir. Wir erstatten in etwa zwei Stunden Bericht.«

»Um diese Zeit dürfte auch der Chopper eintreffen«, gab Puri zurück. »Viel Glück.«

Baliah dankte ihm und beendete die Verbindung.

Der Major ging zu seinem Kommunikationsoffizier und bat ihn, einen Anruf zum Basislager zu tätigen. Er würde Hauptmann Anand informieren und einen Aufklärungsflug organisieren. Dabei war Diskretion oberstes Gebot. Anand sollte nur einen einzigen Chopper mitnehmen und jede unnötige Kommunikation mit dem Basislager vermeiden. Selbst wenn die Pakistaner die verschlüsselten Botschaften nicht verstanden, konnten sie durch eine plötzliche Zunahme des Funkverkehrs gewarnt werden.

Während der Major auf Hauptmann Anand wartete, befahl er dem für den Aufstieg zuständigen Leutnant, die Vorbereitungen abzuschließen, mit der Operation selbst jedoch noch zu warten. In zwei Stunden konnten sie den Aufstieg immer noch riskieren. Die Pakistaner auf dem Plateau würden sich nicht von der Stelle rühren.

Wenn dort oben tatsächlich Pakistaner waren.

52

Siachin-Gletscher – Freitag, 0 Uhr 00

Als Mike Rodgers Rekrut gewesen war, erzählte ihm sein Ausbilder etwas, das ihm damals völlig unglaubwürdig erschien.

Sein Name war Glen »Hammer« Sheehy. Der »Hammer« behauptete, wenn man bei einem Angriff getroffen werde, spüre man das mit hoher Wahrscheinlichkeit gar nicht.

»Der Körper ignoriert eine Attacke, solange sie nicht tödlich ist. Irgendwelche Körpersäfte mobilisieren die letzten Reserven, betäuben den durch einen Schlag, Stich oder sogar Schuss verursachten Schmerz und sorgen dafür, dass man zurückschlägt.«

Rodgers hatte das für Blödsinn gehalten, bis er in Vietnam in seinen ersten Mann-zu-Mann-Kampf verwickelt wurde. Bei einer Patrouille nördlich von Bo Duc in der Nähe der kambodschanischen Grenze waren Aufklärungseinheiten der Amerikaner und des Vietcong buchstäblich übereinander gestolpert. Rodgers war am linken Oberarm durch einen Messerstich verletzt worden, hatte das aber erst nach dem Ende des Kampfes bemerkt. Einer seiner Freunde hielt durch, obwohl ihn ein Schuss in den Hintern getroffen hatte. Als die Einheit ins Lager zurückkehrte, wo die Überlebenden von den Sanitätern zusammengeflickt wurden, gab einer von Rodgers Kumpeln ihm ein schwarzes Bandana, auf das er mit rotem Fettstift geschrieben hatte: »Es tut nur weh, wenn ich aufhöre zu kämpfen.«

Das stimmte. Außerdem hatte man keine Zeit, sich um seine eigenen Schmerzen zu kümmern, wenn das Leben anderer von einem abhing.

Die Tatsache, dass er die Strikers verloren hatte, war Rodgers vollauf bewusst, doch der Schmerz hatte noch nicht eingesetzt. Er war zu sehr auf das Ziel konzentriert, das sie hergeführt hatte.

Seine Beine waren völlig erschöpft, während er sich mit der Gruppe durch eine der ödesten Gegenden kämpfte, die er je gesehen hatte. Das Eis war glatt wie Glas, und Nanda und Samuel rutschten immer öfter aus. Rodgers war froh, dass er noch seine Steigeisen hatte, obwohl sie sehr schwer waren. Er musste Apu Kumar helfen. Der Bauer hatte den linken Arm um Rodgers' Hals geschlungen. In dem ständig ansteigenden Gelände musste Apu praktisch ständig gezogen werden, da er kaum noch die Kraft hatte, einen Fuß vor den anderen zu setzen. Vermutlich trieb ihn nur noch der Wunsch, seine Enkelin in Sicherheit zu sehen. Der Amerikaner hätte ihm ohnehin geholfen, aber der Gedanke rührte ihn.

Ron Friday schien dieses Gefühl nicht zu teilen.

Friday hielt sich mehrere Schritte hinter Rodgers, Apu und Nanda, während Samuel an der Spitze ging und in regelmäßigen Abständen die Taschenlampe einschaltete. Nachdem sie knapp eine Stunde marschiert waren, trat Friday neben Rodgers. Er atmete schwer, wobei kleine weiße Dampfwölkchen vor seinen Mund traten.

»Ihnen ist doch klar, dass Sie den Erfolg der Mission gefährden, indem Sie den alten Mann mitschleppen.«

Obwohl der NSA-Agent leise sprach, trug seine Stimme in der ruhigen, kalten Luft weit. Rodgers war überzeugt davon, dass Nanda ihn gehört hatte.

»Das sehe ich anders«, gab er zurück.

»Die Verzögerung wächst exponentiell. Je länger wir brauchen, desto schwächer werden wir, was wiederum bedeutet, dass wir noch langsamer werden.«

»Dann gehen Sie vor.«

»Das werde ich. Ich werde mit Nanda die Grenze überqueren.«

»Nein«, sagte sie kategorisch.

»Ich habe keine Ahnung, warum Sie beide diesen Gestalten in Washington so bereitwillig vertrauen. Wir waren noch nie so nah an der Grenze, sie liegt nur zwanzig bis dreißig Minuten nördlich von hier. Die Truppen dort wurden vermutlich für die Suchaktion abgezogen.«

»Teilweise«, erklärte Rodgers, »aber nicht alle.«

»Das genügt. Über die Grenze zu gehen macht viel mehr Sinn, als eine weitere Stunde nach Nordosten weiß Gott wohin zu marschieren.«

»Die Leute, denen wir verantwortlich sind, sehen das anscheinend anders.«

»Aber die sind nicht hier und haben ihre Informationen nicht aus erster Hand. Sie stecken nicht in unserer Haut.«

»Weil sie keine Feldagenten sind. Wir sind für diese Missionen ausgebildet.«

»Für blinden Gehorsam? Haben Sie das in der Ausbildung gelernt, General?«

»Nein, aber Vertrauen. Ich verlasse mich auf das Urteil der Menschen, mit denen ich arbeite.«

»Vielleicht liegen deshalb dort unten im Tal haufenweise Ihre toten Soldaten.«

Mike Rodgers ließ die Bemerkung durchgehen, weil er nicht anders konnte. Er hatte weder die Zeit noch die Energie, um Friday den Unterkiefer zu brechen.

Friday hielt weiterhin mit Rodgers Schritt. Der NSA-Agent schüttelte den Kopf. »Wie viele Katastrophen müssen geschehen, bevor ein Militär selbst zu denken anfängt? Hood ist ja noch nicht einmal ihr vorgesetzter Offizier. Sie nehmen von einem Zivilisten Befehle entgegen.«

»Und Sie gehen zu weit.«

»Ich möchte Sie etwas fragen. Wenn Sie wüssten, dass Sie die Waffenstillstandslinie überqueren und Nanda an einen Ort bringen könnten, von dem aus ihre Geschichte im Fernsehen übertragen wird, würden Sie dann den Gehorsam verweigern?«

»Nein.«

»Warum nicht?«

»Weil es eine Komponente geben könnte, die wir nicht kennen.«

»Und was könnte das sein?«

»Sie möchten ein Beispiel? Sie flogen mit einem indischen Offizier hierher, statt sich an Ihre Anweisungen zu halten und zu warten, bis wir die Zelle erreicht hatten. Sie lassen sich nicht gern etwas sagen. Vielleicht waren Sie nur eigensinnig, vielleicht arbeiteten Sie aber auch mit der SFF zusammen. Möglicherweise erreichen wir Pakistan niemals, wenn wir uns auf Ihren kurzen Ausflug über die Grenze einlassen.«

»Gut möglich, aber warum habe ich Sie dann nicht gleich in der Nähe des Tals erschossen? Damit wäre sichergestellt gewesen, dass ich meinen Willen bekomme.«

»Weil Nanda dann gewusst hätte, dass sie so gut wie tot ist.«

»Können Sie dafür garantieren, dass sie eine Rutschpartie auf dem Gletscher mit Ihnen überlebt?«

Rodgers antwortete nicht. Friday hatte einen messerscharfen Verstand. Was auch immer der General sagte, Friday würde es so drehen und wenden, dass es ihm in den Kram passte, und es dann als Gegenargument verwenden. Rodgers wollte alles vermeiden, was in Nanda Zweifel aufsteigen lassen konnte.

»Denken Sie doch einmal nach. Wir folgen den Anweisungen Washingtoner Bürokraten, ohne zu wissen, wohin wir gehen und warum. Seit Stunden laufen wir ohne Pause und ohne Nahrung durch die Berge. Vielleicht erreichen wir das Ziel gar nicht, vor allem, wenn wir uns gegenseitig tragen müssen. Ist Ihnen schon in den Sinn gekommen, dass das beabsichtigt sein könnte?«

»Mr. Friday, wenn Sie die Waffenstillstandslinie überqueren wollen, werde ich Sie nicht aufhalten.«

»Genau das will ich.« Friday beugte sich vor, um an Rodgers vorbeizusehen, und blickte Nanda an. »Wenn sie mit mir geht, bringe ich sie nach Pakistan in Sicherheit.«

»Ich bleibe bei meinem Großvater«, erklärte die junge Frau.

»Aber vorhin wollten Sie ihn doch auch zurücklassen!«

»Das war vorhin.«

»Und wieso haben Sie Ihre Meinung geändert?«

»Ihretwegen. Wegen dem, was Sie taten, als mein Großvater auf dem Boden kniete.«

»Ich wollte ihm nur helfen.«

»Das glaube ich nicht. Sie waren wütend.«

»Woher wollen Sie das wissen? Sie konnten mich doch gar nicht sehen ...«

»Ich habe Ihre Schritte auf dem Eis gehört.«

»Meine Schritte?«, fragte Friday verächtlich.

»Wir saßen oft im Schlafzimmer und lauschten darauf, was die Pakistaner im anderen Zimmer taten. Was sie sagten, konnten wir zwar nicht hören, aber ich erkannte an der Art, wie sie auf dem Holzboden herumliefen, wie sie sich fühlten. Langsam, schnell, leicht, schwer. Manchmal blieben sie immer wieder stehen. Jedes Muster verriet uns etwas über die Stimmung der einzelnen Terroristen.«

»Ich wollte ihm helfen«, wiederholte Friday.

»Sie wollten ihm schaden, das weiß ich.«

»Ich kann es nicht fassen. Vergessen Sie endlich Ihren Großvater! Millionen Menschen könnten durch Ihre

Schuld ihr Leben verlieren, und wir stehen hier und diskutieren ›Schrittmuster‹.«

Mike Rodgers wollte sich zwar nicht in die Debatte einmischen, sie aber auch nicht eskalieren lassen. Außerdem war er sich gar nicht so sicher, ob er Ron Friday in seiner Nähe haben wollte. Im Laufe seiner Karriere hatte Rodgers mit Dutzenden von Geheimagenten zusammengearbeitet. Sie waren von Natur aus einsame Wölfe, missachteten aber selten, wenn überhaupt, Befehle von Vorgesetzten. Offener Ungehorsam wie in diesem Fall war undenkbar. Einer der Gründe, warum man als Agent ins Feld ging, war die Herausforderung, die es bedeutete, Befehle auch unter größten Schwierigkeiten auszuführen.

Ron Friday war nicht nur ein Einzelgänger, er war auch eigensinnig. Rodgers hegte den Verdacht, dass er ganz persönliche Ziele verfolgte. Ob es ihm gefiel oder nicht, das würde er möglicherweise herausfinden müssen.

»Wir werden Nandas Großvater genauso retten wie die Millionen Menschenleben, um die Sie sich solche Sorgen machen«, erklärte Rodgers fest, »und zwar, indem wir von hier aus nach Nordosten marschieren.«

»Verdammt noch mal, sind Sie denn blind?«, Friday brüllte jetzt. »Ich war von Anfang dabei. Ich war auf dem Markt, als die Bomben hochgingen. Dass es mehrere Sprengladungen gab, fiel *mir* zuerst auf. Ich hatte meine Zweifel bezüglich der Rolle, die die SFF und diese Frau hier spielten.« Wütend fuchtelte er in Nandas Richtung. »Heben Sie sich Ihr Misstrauen für die Leute auf, die die Strippen ziehen! Ich war vom ersten Augenblick an am Detonationsnullpunkt.«

Friday war dabei, die Beherrschung zu verlieren. Rodgers hatte keine Lust, Energie darauf zu verschwenden, sich ihm entgegenzustellen. Außerdem wollte er sehen, wohin dieser Wutausbruch führte; vielleicht sagte er mehr, als er wollte.

Friday zündete erneut seine Fackel an und baute sich

vor den anderen auf. Rodgers kniff die Augen in der plötzlichen Helligkeit zusammen und verlangsamte das Tempo.

»So läuft das also, ja?«, begann Friday.

»Aus dem Weg«, befahl Rodgers.

»Paul Hood bellt, Mike Rodgers gehorcht, und das Op-Center reißt die ganze Mission an sich.«

»Ist *das* Ihr Problem? Meinen Sie, das könnte sich in Ihrem Lebenslauf nicht gut ausnehmen?«

»Mir geht es nicht darum, wer die Lorbeeren einheimst. Ich rede von unserem Job: Wir sammeln Informationen und setzen sie entsprechend ein.«

»Das ist *Ihr* Job.«

»Also gut, mein Job. Ich gehe an Orte, an denen ich Menschen treffen und Dinge erfahren kann. Aber unsere Nation braucht Verbündete in Pakistan, in der islamischen Welt. Wenn wir auf dem Gletscher bleiben, befinden wir uns immer noch hinter den indischen Linien. Das bringt uns nicht weiter.«

»Das können Sie gar nicht wissen.«

»Korrekt. Wenn wir aber in Islamabad als Amerikaner, die Pakistan vor der nuklearen Vernichtung gerettet haben, auftreten, schaffen wir neue Möglichkeiten für Aufklärung und Kooperation im islamischen Teil der Welt, so viel ist sicher.«

»Mr. Friday, das ist ein politisches, kein taktisch-militärisches Thema. Sollten wir Erfolg haben, kann sich Washington um diese neuen Kanäle kümmern.«

Mit Apu, der sich immer noch an ihn klammerte, schickte Rodgers sich an, um Friday herumzugehen. Der NSA-Agent streckte die Hand aus und hielt ihn auf.

»Washington ist hilflos. Politiker leben nur an der Oberfläche. Sie sind Schauspieler, die sich in öffentlichen Diskussionen ergehen und große Gesten vollführen, solange das Volk ihnen dabei zusieht. Wir sind die Leute, die zählen, diejenigen, die im Untergrund arbeiten. Wir graben die Tunnel und kontrollieren die Kanäle.«

»Treten Sie beiseite, Mr. Friday.«

Hier ging es um persönliche Macht. Für solche Spielchen hatte Rodgers keine Zeit.

»Ich werde mit Nanda zur Waffenstillstandslinie gehen. Zwei Leute können sich durchschlagen.«

Rodgers wollte ihn gerade zur Seite stoßen, als er in seinen Fußsohlen ein schwaches, schnelles Vibrieren fühlte. Einen Augenblick später verstärkte es sich so, dass er es bis zu seinen Knöcheln spürte.

»Geben Sie mir die Fackel!«, befahl er abrupt.

»Was?«

Rodgers beugte sich vor. »Samuel – schalten Sie auf keinen Fall die Lampe an!«, sagte er zu dem hinter Friday stehenden Pakistaner.

»Nein. Ich spüre es auch.«

»Was?«, wollte Nanda wissen.

»Mist«, fluchte Friday plötzlich. Offenbar hatte er das Vibrieren ebenfalls bemerkt und wusste, was es bedeutete. »Verdammter Mist!«

Rodgers riss ihm die Fackel aus der Hand. Der NSA-Agent war so überrascht, dass er keinen Widerstand leistete. Rodgers hielt die Fackel über seinen Kopf, so dass das Licht auf ihre Umgebung fiel. Etwa vierhundert Meter rechts von ihnen erhob sich ein Berg aus Eis, der sich kilometerweit in beide Richtungen erstreckte. Sein Gipfel blieb in der Dunkelheit verborgen.

Rodgers reichte Nanda die Fackel.

»Laufen Sie zu diesem Berg! Samuel, folgen Sie Nanda!«

Samuel rannte bereits auf sie zu. »In Ordnung!«

»Mein Großvater ...!«, wandte Nanda ein.

»Ich kümmere mich um ihm.« Rodgers blickte Friday an. »Sie wollten die Kontrolle? Jetzt haben Sie sie. Schützen Sie das Mädchen, Sie Arschloch.«

Friday wandte sich um und folgte Nanda, über das Eis rutschend und rennend.

Rodgers beugte sich dicht an Apus Ohr. »Wir müssen so rasch wie möglich hier weg. Halten Sie sich gut fest.«

»Gut.«

So schnell sie konnten, gingen die beiden auf den Berg

zu. Die Vibrationen waren inzwischen so stark, dass sie Rodgers' ganzen Körper erschütterten. Einen Augenblick später hörten sie, wie die Rotoren eines indischen Helikopters durch die Luft schnitten, der im Tiefflug über dem Horizont erschien.

53

Siachin-Gletscher – Freitag, 0 Uhr 13

Der mächtige russische Mikojan Mi-35-Hubschrauber fegte in geringer Höhe über den Gletscher, während die beiden Soldaten an Bord das Eis fünfzig Meter unter ihnen genau beobachteten. Die Beleuchtung hatten sie auf ein Minimum reduziert, damit der Chopper von der Erde aus nicht so leicht entdeckt und beschossen werden konnte. Ihr Radar würde dafür sorgen, dass sie nicht gegen die Eistürme prallten. Die Helme mit den Nachtsichtgeräten und die niedrige Flughöhe stellten sicher, dass ihnen ihre Beute nicht entkommen würde.

Der Mi-35 ist der wichtigste Kampfhubschrauber der indischen Luftstreitkräfte. Mit einem unter dem Bug montierten, vierläufigen, großkalibrigen Maschinengewehr und sechs Panzerabwehrraketen ausgerüstet, wird er eingesetzt, um sämtliche Bodenoperationen vom Großangriff bis zur Infiltration aufzuhalten.

Die Besatzung flog so schnell wie möglich, weil die Männer nicht länger als unbedingt nötig hier draußen bleiben wollten. Selbst in dieser relativ geringen Höhe herrschte auf dem Gletscher bittere Kälte. In den starken Windböen, die sich immer wieder von den Bergen lösten, konnten Schläuche und Ausrüstung schnell einfrieren. Bodentruppen konnten vielleicht anhalten, um verstopfte Leitungen oder vereiste Gangschaltungen aufzutauen; Hubschrauberpiloten konnten sich diesen Luxus nicht leisten. Wenn sie merkten, dass es ein Problem gab, war es häufig schon zu spät, und Haupt- oder Heckrotor rührten sich nicht mehr.

Zum Glück entdeckte die Besatzung das »wahrscheinliche Ziel« schon knapp siebzig Minuten nach dem Start. Der Kopilot berichtete Major Puri von seiner Entdeckung.

»Fünf Personen, die über das Eis rennen.«

»Rennen?«

»Ja. Sehen mir nicht wie Einheimische aus. Einer von ihnen trägt einen Anzug, wie sie bei Fallschirmabsprüngen aus großer Höhe verwendet werden.«

»Weiß?«

»Ja.«

»Das ist einer der amerikanischen Fallschirmspringer. Können Sie sehen, wer noch bei ihm ist?«

»Er hilft jemandem in einem Parka über das Eis. Vor den beiden laufen drei weitere Personen, von denen zwei Parkas tragen, die dritte Bergsteigerkleidung. Die Farbe kann ich mit der Nachtsichtbrille nicht erkennen, aber sie scheint dunkel zu sein.«

»Der in der Höhle in den Bergen getötete Terrorist trug dunkelblaue Kleidung. Ich muss wissen, welche Farbe es ist.«

»Warten Sie.«

Der Soldat im Helikopter streckte die Hand nach den Schaltern für die Außenbeleuchtung aus, die sich auf der Instrumententafel zwischen den Sitzen befanden. Er wies den Piloten an, seine Nachtsichtbrille vorübergehend abzunehmen, damit ihn das Licht nicht blendete. Beide schalteten ihre Nachtsichtbrillen aus und schoben sie nach oben. Dann knipste der Kopilot das Licht an. Die Windschutzscheibe füllte sich mit einem weißen Gleißen, das vom Eis reflektiert wurde. Aus einem Ablagefach in der Tür nahm der Soldat ein Fernglas und richtete es auf den betreffenden Mann. Mit zusammengekniffenen Augen sah er sich dessen Anzug an.

Dunkelblau. Er gab die Information an Major Puri weiter.

»Das ist einer der Terroristen. Alle neutralisieren. Danach melden Sie sich wieder.«

»Bitte wiederholen Sie das, Sir.«

»Sie haben die Terroristenzelle gefunden und erhalten den Befehl, diese zu neutralisieren.«

»Major, wird dieser Befehl vom Hauptquartier der Basis bestätigt werden?«

»Dies ist ein Notfallbefehl mit dem Autorisierungscode Gamma-Null-Rot-Acht.«

Der Pilot sah auf das Heads-up-Display, während der Kopilot auf der Tastatur in der Instrumententafel den Code eingab. Es dauerte einen Augenblick, bis der Bordcomputer die Daten verarbeitet hatte. Gamma-Null-Rot-Acht war der Autorisierungscode von Verteidigungsminister John Kabir.

»Autorisierung Gamma-Null-Rot-Acht wird bestätigt«, gab der Pilot zurück. »Mission wird ausgeführt.«

Schon setzte der Pilot seine Nachtsichtbrille wieder auf. Der Kopilot schaltete die Außenbeleuchtung aus und folgte seinem Beispiel. Dann ging er von fünfzig auf sechzehn Meter hinunter. Er schob das am Helm angebrachte Zielerfassungsgerät vor seine Nachtsichtbrille, legte die linke Hand um den Joystick, der die Maschinengewehre steuerte, und nahm die fliehenden Gestalten ins Visier.

54

Siachin-Gletscher – Freitag, 0 Uhr 22

Den Arm fest um Apus Rücken gelegt, beobachtete Mike Rodgers, wie das Gelände von den Scheinwerfern des Helikopters erhellt wurde. Hilflos musste er zusehen, wie Nanda stürzte, über das Eis rutschte und nur mühsam wieder auf die Beine kam.

»Weiter!«, brüllte er ihr zu. »Selbst wenn sie krabbeln müssen, versuchen Sie, näher an die Berge zu kommen!«

Mehr würde er Nanda wahrscheinlich nicht sagen können, denn die Rotoren des anfliegenden Choppers wurden mit jedem Augenblick lauter. Das schwere Dröhnen hinter ihnen wurde von dem geschwungenen Eishang vor ihnen zurückgeworfen.

Ron Friday befand sich mehrere Schritte vor Nanda, Samuel an der Spitze. Bevor die Lichter des Helikopters erloschen, sah Rodgers, wie sich beide Männer umsahen und zurückliefen, um der jungen Frau zu helfen. Bei Friday stand vermutlich sein großer Plan zur Kontrolle der Geheimdienste dahinter, oder was auch immer es war, wovon er gefaselt hatte. Im Augenblick war es Mike Rodgers jedoch gleichgültig, welche Gründe Ron Friday hatte, Hauptsache, er half ihr.

Fridays Stiefel hatten Profilsohlen, sodass er weniger rutschte als Nanda. Als die Scheinwerfer ausgingen, griff er nach ihr, stellte sie auf die Beine und zog sie auf den Berg zu.

Obwohl die Eisfläche erneut im Dunkeln lag, war Rodgers klar, dass sie keineswegs unsichtbar waren. Der Hubschrauber war mit Sicherheit mit Infrarotgeräten ausgestattet, was bedeutete, dass die Maschinengewehre sehr bald zum Leben erwachen würden. Rodgers hatte nur eine Hoffnung, sie alle zu retten. Dazu mussten sie weiterlaufen.

Einen Augenblick später begann das Maschinengewehr zu hämmern. Die Luft schien sich zu einer festen Masse zu verdichten, als der Lärm von allen Seiten auf sie eindröhnte. Rodgers fühlte, wie hinter ihm die ersten Kugeln ins Eis schlugen. Er riss Apu zu Boden. Sofort begannen sie, parallel zu der Eiswand den Abhang hinunter zu rollen und zu rutschen.

Die einschlagenden Kugeln sprengten scharfe, harte Eissplitter los, die sein Gesicht und seinen Hals trafen. Er fühlte einen brennenden Schmerz. Wie immer in der Schlacht schien die Zeit langsamer zu laufen. Jede Einzelheit war ihm überdeutlich bewusst: die kalte Luft in seiner Nase und in seinem Nacken, der warme Schweiß auf dem

Rücken unter seinem Thermo-T-Shirt. Geruch und Struktur von Apus Wollparka, den Rodgers fest gepackt hielt, um den alten Mann ziehen zu können. Der feine Eisnebel, der aufstieg, als er und Apu über den Gletscher rollten. Er hoffte, sie beide zu retten und möglicherweise auch Nanda und Ron Friday helfen zu können. Jede einzelne Wahrnehmung seiner Augen, seiner Ohren, seines Fleisches spürte er, als gehörte sein Körper gar nicht zu ihm. In diesen sich hinziehenden Augenblicken hatte der General das Gefühl, am Ende seines Lebens zu stehen.

Sie fielen auf einen flacheren Abschnitt und hörten auf zu rutschen. Das Gewehrfeuer brach ab.

»Auf die Knie!«, schrie Rodgers.

Sie mussten unbedingt in eine andere Richtung kriechen. Der Schütze würde einen Augenblick brauchen, um die Waffe neu einzustellen. Rodgers zog Apu auf die Knie. Wenn das Feuer wieder begann, durften sie nicht mehr hier sein.

Mit dem Gesicht zueinander kauerten beide in der Dunkelheit. Apu saß auf den Knien und lehnte sich halb gegen Rodgers Brust. Plötzlich packte er ihn an den Schultern und stieß ihn um. Da es hinter ihm keinerlei Halt gab, fiel Rodgers auf den Rücken.

»Retten Sie Nanda«, flehte Apu.

Dann setzte das Maschinengewehrfeuer erneut ein. Die Patronen wirbelten das Eis auf und gruben sich in den Rücken des Bauern, der Rodgers fest umklammert hielt. Eine warme Feuchtigkeit spritzte auf Rodgers Gesicht. Durch den Körper Apus hindurch fühlte er den Einschlag jeder einzelnen Kugel. Instinktiv zog er das Kinn auf die Brust, sodass sein Kopf unter Apus Gesicht zu liegen kam. Er hörte, wie der Alte stöhnte, als die Kugeln einschlugen, aber es waren keine Schmerzensschreie, sondern nur die Luft, die aus den perforierten Lungen gepresst wurde. Für Apu gab es keinen Schmerz mehr.

Rodgers zog leicht die Knie an, sodass er ganz durch Apus Körper geschützt wurde. Inzwischen konnte er wieder denken und reagierte nicht nur. Ihm wurde klar, dass

Apu dies geplant hatte. Er hatte sich selbst geopfert, damit Rodgers am Leben blieb und Nanda schützen konnte. Die Hingabe und das Vertrauen, die er mit dieser Geste bewies, waren von einer Reinheit, wie Rodgers sie kaum je erlebt hatte.

Mehrere Kugeln pfiffen an seinem Kopf vorbei und in seiner rechten Schulter spürte er einen brennenden Schmerz. Einer der Schüsse musste ihn gestreift haben. Warmes Blut strömte über das kalte Fleisch an seinem Arm und Rücken.

Er lag ganz still. Ihre Flucht und Apus Opfer hatten den Helikopter eine Weile beschäftigt. Hoffentlich lang genug, dass Nanda, Friday und Samuel den Berg erreicht hatten.

Das MG-Feuer verstummte. Nach wenigen Augenblicken hörte er den Hubschrauber über seinen Kopf fliegen. Er hielt auf den eisigen Berghang zu. Zeit zu handeln.

Apu hielt ihn noch immer umklammert. Sanft nahm Rodgers den alten Mann an den Ellbogen und löste seinen Griff. Dann glitt er nach rechts unter dem Toten hervor. Das Blut aus Apus Hals lief über Rodgers' linke Wange und hinterließ dort einen Streifen, der wie eine Kriegsbemalung wirkte. Sein Opfer sollte nicht umsonst sein.

Rodgers erhob sich, blieb kurz stehen, um dem Inder den Parka auszuziehen, und lief dann auf den Abhang zu. Der Helikopter flog so langsam, dass er mit ihm Schritt halten konnte, wobei er darauf achtete, hinter dem Cockpit und außer Sicht zu bleiben. Sobald der Mi-35 ein wenig näher heran war, würde er handeln.

Da spie das Maschinengewehr am Bug erneut Feuer. Die rotgelben Blitze zuckten wie winzige Stroboskope über den Hang. Rodgers sah, wie Nanda und die beiden Männer am Fuß des Berges entlangliefen. Eine leichte Biegung versperrte dem Chopper die Sicht.

Der Hubschrauber verringerte die Geschwindigkeit und ging näher an den Hang heran, um seine Beute zu verfolgen. Das MG verstummte. So nah am Berg mussten die Piloten genau auf Rotor-Freigang, Wind und durch die Rotoren erzeugte Luftstrudel achten. Rodgers hoffte, dass sie sich voll und ganz darauf konzentrierten. Das würde ihr Verderben sein.

Als er den Fuß des zerklüfteten Hangs erreicht hatte, ertastete er sich seinen Weg. Der Abwind der Heckrotoren ergoss sich in Wellen über ihn wie eisiges Wasser. Mit der Hand schützte er, so gut es ging, seine Augen. Wenn das MG erneut feuerte, würde er genug sehen können. Dann hieß es schnell handeln.

Der Chopper kroch weiter über den Gletscher. Das kehlige Brüllen der Rotoren wirbelte loses Eis aus den Spalten auf, das gegen Rodgers ungeschützte Wangen schlug.

Sehr gut. Vielleicht funktionierte sein Plan wirklich.

Wenige Augenblicke später erwachte das Maschinengewehr zum Leben. Als sich der Hang erhellte, rannte Rodgers auf die anderen zu. Wie erwartet, lösten sich durch den Lärm des Feuers und der Rotoren Eispartikel aus der Wand, die den Bereich um den Helikopter herum schnell in ein weißes Laken hüllten. Und die Flocken fielen nicht zu Boden, sondern wurden vom Wind in der Luft herumgewirbelt, wobei sich eine Schicht über die andere legte. Binnen weniger Augenblicke hatte sich die Sicht auf null verringert.

Genau in dem Augenblick, als Rodgers vor den Bug des Hubschraubers rannte, verstummte das Maschinengewehr. Selbst mit Nachtsichtbrillen würde die Besatzung weder ihn noch ihre Opfer sehen.

Rodgers hatte die Entfernung zwischen ihm und den anderen ungefähr kalkuliert. Jetzt ließ er eine Hand über den Hang gleiten, um den Weg zu ihnen zu finden. Trotz seiner von Krämpfen geschüttelten Beine zwang er sich weiter.

»Wir müssen hier weg!«, brüllte er, als er sich der Stelle näherte, an der er die Gruppe zuletzt gesehen hatte.

»Was ist los?«, rief Nanda zurück.

»Weiter!«

»Geht es meinem Großvater gut?«

Dem Klang ihrer Stimme nach musste sie etwa dreißig Meter von ihm entfernt sein. So schnell er konnte, rannte er weiter. Wenige Sekunden später prallte er gegen einen der Fliehenden. Der Größe nach musste es Friday sein. Die anderen hatten angehalten. Rodgers rannte um Friday herum und streckte die Hand nach Nanda aus, die hinter diesem stand. Sie blickte ihm entgegen.

»Großvater!«, schrie sie.

»Weiter!«, brüllte Rodgers zurück.

In Krisensituationen kommt es zu Konflikten zwischen dem Kampf- und dem Fluchtinstinkt. In diesem Fall genügt normalerweise der gebrüllte Befehl einer Autoritätsperson, um den Kampfinstinkt auszuschalten. Der Überlebensinstinkt sorgt dafür, dass die Anweisung befolgt wird. In diesem Fall jedoch hatte Rodgers' Befehl auf Nanda die gegenteilige Wirkung. Friday blieb ganz stehen, als Nanda ebenso aggressiv wurde wie Rodgers.

»Wo ist er?«, schrie sie.

»Ihr Großvater hat es nicht geschafft.«

Sie rief erneut nach dem alten Mann und schickte sich an zurückzugehen. Rodgers klemmte sich Apus Parka unter den Arm und packte Nandas Schultern. Mit festem Griff drehte er sie in die Gegenrichtung.

»Ich lasse ihn nicht zurück!«

»Nanda, er hat mich mit seinem Körper geschützt! Er flehte mich an, Sie zu retten!«

Die junge Frau rang immer noch mit ihm und versuchte umzukehren. Für Diskussionen blieb keine Zeit. Rodgers riss sie buchstäblich von den Beinen, drehte sie herum und zog sie in die andere Richtung. Sie kämpfte darum, nicht das Gleichgewicht zu verlieren, aber zumindest ließ ihr das keine Zeit, sich gegen ihn zu wehren.

Das Mädchen halb tragend, halb ziehend rannte er weiter. Schließlich fand sie ihr Gleichgewicht wieder. Rodgers nahm ihre Hand und zog sie hinter sich her. Obwohl er sie durch das Dröhnen des anfliegenden Hubschraubers schluchzen hörte, folgte sie ihm. Solange sie nicht stehen blieb, konnte sie ruhig weinen.

Der Hang machte eine scharfe Biegung nach Nordosten. Samuel lief immer noch an der Spitze, während sie versuchten, außer Sichtweite des Helikopters zu bleiben. Doch ohne das zusätzliche Hämmern des Maschinengewehrs, das immer neue Eisteilchen löste, würde der Pilot sie bald wieder sehen können. Dagegen musste Rodgers etwas unternehmen.

»Samuel, nehmen Sie Nandas Hand und laufen Sie weiter!«

»Ja, Sir.«

Der Amerikaner hielt Nandas Arm gestreckt nach vorn, während der Pakistaner hinter sich griff. Als er Nandas Hand gefunden hatte, ließ Rodgers los. Die beiden rannten weiter, während Rodgers anhielt. Friday lief in ihn hinein.

»Was tun Sie da?«, wollte er wissen.

»Geben Sie mir Fackeln und Streichhölzer, und folgen Sie den anderen«, befahl Rodgers, während er Apus Parka unter seinem Arm hervorholte.

Der NSA-Agent tat, wie er ihm geheißen hatte. Als Friday verschwunden war, holte Rodgers eine der Fackeln hervor, zündete sie an und rammte sie in einen kleinen Spalt im Hang. Dann hängte er Apus Mantel an einen Felsvorsprung direkt darüber. Während er von der Eiswand zurückwich, holte er seine Waffe aus der Ausrüstungsweste. Er stellte ein Knie auf, legte die andere Fackel über seinen Stiefel, damit sie nicht nass wurde, und richtete seine Automatik im Sechzig-Grad-Winkel nach oben. Damit konnte er bis zu zwanzig Meter den Hang hinauf schießen. Oberhalb von etwa sieben Metern konnte er zwar nichts mehr erkennen, aber das brauchte er auch nicht.

Noch nicht.

Nach wenigen Augenblicken kroch der Hubschrauber um die Biegung. Die Piloten hielten an, um ihre Nachtsichtbrillen auszuschalten, weil sie die Fackel blendete. Dann knipsten sie die Scheinwerfer an und leuchteten damit den Hang aus. Sobald der Chopper das Feuer auf die Gestalt des vorgeblichen Terroristen eröffnete, begann Rodgers ebenfalls zu schießen. Sein Ziel waren Eisnasen direkt oberhalb des Helikopters. Das Maschinengewehr zerfetzte die Fackel und löschte die Flamme. Gleichzeitig löste sich durch den Schusslärm noch mehr Eis, während Rodgers Sperrfeuer große Eisbrocken auf den Rotor schleuderte. Die Blätter zerhackten sie zu einem wässrigen Matsch, der auf das Cockpit regnete und auf der Windschutzscheibe sofort gefror.

Der Chopper stellte das Feuer ein.

Rodgers ebenfalls.

Für einen Augenblick überlegte er, ob er auf das Cockpit schießen sollte, solange die Scheinwerfer noch eingeschaltet waren. Aufgrund ihrer Erfahrungen in Afghanistan und Tschetschenien hatten die Russen jedoch viele der neueren Mikojan-Kampfhubschrauber zum Schutz vor Heckenschützen mit kugelsicherem Glas ausgerüstet. Auf keinen Fall wollte er riskieren, dass das Mündungsfeuer seine Position verriet.

Im offenen Gelände hockend, wartete er ab, was der Helikopter tun würde. Seiner Schätzung nach musste er mindestens neunzig Minuten in der Luft gewesen sein. Für den Rückflug zur Basis brauchte der Pilot ebenso lange. Das bedeutete, dass der Kraftstoff allmählich knapp wurde. Außerdem wurde der Temperaturausgleich immer schwieriger, vor allem, wenn die Besatzung jedes Mal, wenn sie das Maschinengewehr am Bug abfeuerte, mit einem Eissturm zu kämpfen hatte. Auch wenn die Windschutzscheibe in ein bis zwei Minuten abtaute, vereiste mit Sicherheit das äußere Rotorgehäuse.

Mit vor Aufregung und Kälte klopfendem Herzen beobachtete Rodgers den auf der Stelle schwebenden Hubschrauber. Er kam sich vor wie der Schafhirte David, nachdem er mit seiner Schleuder den Stein auf Goliath abgeschossen hatte. War er erfolgreich, bedeutete das für sein Volk den Sieg. Versagte er jedoch, stand dem Jungen ein hässlicher, ruhmloser Tod im Staub des Tales von Elah bevor.

Die Scheinwerfer des Choppers verloschen, und der Gletscher lag erneut im Dunkeln. Rodgers konnte nur noch warten und lauschen. Nach genau 15 Herzschlägen vernahm er, worauf er gehofft hatte. Plötzlich heulte der Motor auf, der Mi-35 wendete und flog entlang des Gletschers zurück. Hinter der Eiswand wurde der Lärm der Rotoren schnell leiser.

Rodgers wartete, bis er ganz sicher war, dass der Helikopter wirklich weg war. Nach etwa einer Minute kehrte auf dem Gletscher Stille ein. Er ließ die Waffe in seine Weste gleiten, holte die Streichhölzer hervor und entzündete die Fackel. Als er sie vor den Körper hielt, warf die Flamme einen tropfenförmigen orangeroten Schein auf das Eis. Ein dämmriges Licht fiel auf den Hang, die zerstörte Fackel und den zerfetzten Parka.

»Danke, Apu. Du hast mir ein zweiten Mal das Leben gerettet«, sagte er. Nachdem er kurz salutiert hatte, wandte er sich ab und folgte den anderen nach Nordosten.

55

Washington, D. C. – Donnerstag, 16 Uhr 30

Paul Hood beobachtete, wie die Uhr auf seinem Computer umschaltete. »Rufen Sie an, Bob«, sagte er dann.

Bob Herbert hielt sich ebenso wie Lowell Coffey III. in Hoods Büro auf. Die Tür war geschlossen, und Bugs Benet hatte Anweisung, nur zu stören, wenn sich der Präsident oder Senatorin Fox meldeten. Herbert griff nach dem Telefon an seinem Rollstuhl, um Brett August anzurufen. Neben ihm saß Coffey auf einem Ledersessel. Für den Rest der Mission sollte der Anwalt ständig zugegen sein, um Hood bei eventuellen internationalen Rechtsfragen zu beraten. Er hatte ihm bereits deutlich gesagt, dass ihm der vorliegende Plan überhaupt nicht gefiel. Ein amerikanischer Offizier führte eine Gruppe, die aus einem pakistanischen Terroristen, einem NSA-Agenten und zwei indischen Geiseln bestand, zu einem pakistanischen

Atomwaffensilo, der auf umstrittenem Territorium errichtet worden war.

Hood sagte Botschafter Simathnas Plan ebenfalls nicht besonders zu. Leider war es der einzige. Bob Herbert und Ron Plummer unterstützten ihn in dieser Sache.

Die TAC-SAT-Nummer, die Herbert eingeben musste, bestand nicht nur aus der Nummer des Geräts, sondern enthielt auch einen Zugangscode für den Satelliten. Dadurch war das TAC-SAT nur schwer zu erreichen und ließ sich kaum verwenden, falls jemand es zufällig fand. Hood wartete, bis Herbert die lange Nummer ganz eingetippt hatte.

Wie erwartet, hatten sich weder der Präsident noch der für Aufklärung zuständige Kongressausschuss bei ihm gemeldet. Vor über neunzig Minuten hatte Hood beiden per E-Mail eine Zusammenfassung des pakistanischen Plans geschickt. Die Chefassistenten von Präsident Lawrence und Senatorin Fox behaupteten, die beiden »prüften« den Vorschlag des Op-Centers noch. Nach einer kurzen, hitzigen Debatte mit Coffey hatte sich Hood entschieden, weder dem Präsidenten noch Fox zu erklären, welcher Art die pakistanische Militäreinrichtung war, die Rodgers aufsuchen sollte. Er legte keinen Wert darauf, dass die CIA überall in der Region herumschnüffelte. Dagegen meinte Coffey, der Präsident müsse über alle Fakten und Vermutungen informiert werden, sobald die Ereignisse nicht mehr direkt der Kontrolle des Op-Centers unterständen. Das war Hood ihm seiner Ansicht nach schuldig. Dann war es die Aufgabe des Präsidenten und nicht die Hoods zu entscheiden, ob die CIA hinzugezogen werde sollte. Hood war anderer Ansicht. Bis jetzt hatte er nur Simathnas Wort dafür, dass es diesen Raketensilo gab. Falls es sich um einen Trick der Pakistaner handelte, wollte er der Sache nicht dadurch Gewicht verleihen, dass er sie über das Weiße Haus laufen ließ. Außerdem konnte die Nachricht von der Existenz eines Raketensilos einen indischen Atomschlag auslösen, während sich Rodgers noch in dem Gebiet aufhielt. Das würde ebenfalls den Pakistanern in die Hände spielen, weil es den Vereinigten Staaten eine Konfrontation mit Indien aufzwang.

Obwohl er den Bericht gewissermaßen zensiert hatte, erwartete Hood nicht, vor der vereinbarten Zeit vom Präsidenten oder der Senatorin zu hören. Wenn die Operation fehlschlug, würden sie behaupten, Hood hätte eigenmächtig gehandelt. Das kannte man ja aus der Affäre um Oliver North. Hatten die Strikers Erfolg, würden sie eiligst auf den Zug aufspringen, wie die Sowjets, die Japan gegen Ende des Zweiten Weltkriegs noch schnell den Krieg erklärt hatten.

Nach allem, was Paul Hood für Präsident Lawrence getan hatte, hätte er ein wenig mehr Unterstützung erwartet. Allerdings hatte er im Grunde nur seine Arbeit getan, als er die Regierung vor einem Staatsstreich bewahrte. Jetzt erfüllte der Präsident *seine* Pflicht: Er spielte auf Zeit. Durch die Verzögerung hielt er sich die Option frei, gegebenenfalls alles abzustreiten. Das würde die Vereinigten Staaten vor internationalen Verwicklungen schützen, falls die Situation in Kaschmir außer Kontrolle geriet. Dass er Hood im Stich ließ, war nicht persönlich gemeint, auch wenn dieser das Gefühl hatte.

Hood konnte es sich nicht leisten zu warten. Mike Rodgers sollte nach zwei Stunden wieder von Brett August hören, und die waren vorüber. Es war Zeit, den Anruf zu tätigen.

Selten hatte sich der Direktor des Op-Centers so isoliert gefühlt. Normalerweise wurden sie vor Ort von anderen Agenten oder internationalen Organisationen, wie Interpol oder dem russischen Op-Center, unterstützt. Selbst als er sich bei den Vereinten Nationen mit den Terroristen herumgeschlagen hatte, hatte das Außenministerium hinter ihm gestanden. Bis auf die eher theoretische Unterstützung durch den neuen Leiter der NSA und die Hilfe von Stephen Viens vom NRO waren sie diesmal allein. Ganz auf sich gestellt, versuchten sie mithilfe eines Handys, einen Atomkrieg zu verhindern. Selbst das National Reconnaissance Office konnte ihnen nicht mehr helfen. Die hohen Gipfel des Gletschers versperrten die Sicht auf einen Großteil des »Spielfeldes«, wie Geheimdienstexperten aktive Regionen nannten. Eisstürme verdeckten den Rest, sodass Viens nicht hatte feststellen können, ob es an den vom pakistanischen Botschafter angegebenen Koordinaten mehr als Eis gab.

Herbert und August hatten seit fast einer Stunde nicht miteinander gesprochen, weil Herbert den Colonel nicht ablenken wollte. Hood konnte nur hoffen, dass jemand am anderen Ende der TAC-SAT-Verbindung das Telefon abnahm.

Colonel August antwortete rasch, und Herbert legte das Gespräch auf Lautsprecher. Abgesehen vom Heulen des Windes, war Augusts Stimme klar und deutlich zu vernehmen.

Ron Plummer und der pakistanische Botschafter waren immer noch zugeschaltet. Wie versprochen, ließ Hood auch sie über die Freisprechanlage teilnehmen.

»Colonel, Paul und Lowell Coffey sind hier«, teilte Herbert ihm mit. »Der pakistanische Botschafter und Ron Plummer sind auf der anderen Leitung zugeschaltet. Alle Gespräche sind auf Lautsprecher gelegt.«

»Verstanden.«

August würde sich jetzt hüten, irgendetwas zu sagen, das amerikanische Sicherheitsinteressen oder Operationen gefährden konnte.

»Was ist bei Ihnen los?«, erkundigte sich Herbert.

»Offenbar gar nichts.«

»Nichts?«

»Wegen des Eissturms und der Dunkelheit können wir nicht viel sehen, aber die Inder schalten von Zeit zu Zeit Licht an. Soweit wir das beurteilen können, halten sich am Fuß des Plateaus immer noch etwa zweihundert Soldaten auf. Wir haben beobachtet, wie sie den Aufstieg vorbereiteten, aber vor etwa neunzig Minuten wurden diese Aktivitäten abgebrochen. Anscheinend warten sie.«

»Auf Verstärkung?«

»Möglich. Die Verzögerung könnte auch mit dem Wetter zu tun haben. Hier tobt ein ziemlich übler Eissturm, da wäre der Aufstieg kein großer Spaß. Sharab sagt, der Wind legt sich normalerweise unmittelbar nach Sonnenaufgang. Vielleicht warten die Inder darauf. Wenn der Sturm nachlässt, könnten sie außerdem Tiefflieger zu Hilfe holen. Oder sie denken, wir erfrieren ohnehin.«

»Sie haben also nicht das Gefühl, unmittelbar in Gefahr zu sein?«, mischte sich Hood ein.

»Nein, Sir, sieht nicht so aus. Bis auf die Kälte geht es uns gut.«

»Ich hoffe, wir können Sie bald dort herausholen. Colonel, bitte setzen Sie sich mit Mike und seinem Team in Verbindung. Falls sie die angegebenen Koordinaten erreicht haben – und nur dann –, teilen Sie ihnen mit, dass sie sich an einem unterirdischen Atomraketensilo der Pakistaner befinden. Die Einrichtung ist unbemannt und wird über Fernsteuerung kontrolliert. Bitten Sie die Gruppe, sich bereitzuhalten. Dann rufen Sie mich zurück. Der Botschafter wird uns die Passwörter mitteilen, mit deren Hilfe das Team ins Innere des Silos gelangt. Dort wird es Instruktionen zum Gebrauch der Videoausrüstung erhalten, mit deren Hilfe das pakistanische Militär die Anlage überwacht.«

»Ich verstehe. Ich setze mich sofort mit General Rodgers in Verbindung.«

»Informieren Sie uns, falls er die Koordinaten nicht erreicht hat, und fragen Sie ihn, in welchem Zustand sich sein Team befindet«, ergänzte Herbert.

August bestätigte den Befehl und beendete dann die Verbindung.

Hood hatte keine Ahnung, ob Botschafter Simathna bis jetzt die Wahrheit gesagt hatte. Doch nachdem Herbert aufgelegt hatte, sagte Simathna etwas, dem er nur zustimmen konnte.

»Der Colonel ist ein mutiger Mann.«

56

Siachin-Gletscher – Freitag, 2 Uhr 07

Erschöpft und halb erfroren erreichten Rodgers und sein Team die von Brett August durchgegebenen Koordinaten.

Rodgers hatte halb erwartet, einen provisorischen Außenposten der Pakistaner vorzufinden. Vielleicht ein paar mobile Raketen-Abschussrampen, Landelichter für Helikopter und einen oder zwei getarnte Schuppen. Doch er hatte sich getäuscht. Vor ihnen lag eines der unwegsamsten Gelände, das er je gesehen hatte. Er fühlte sich in eine eiszeitliche Landschaft zurückversetzt.

Ein Kreis hoher Gipfel umschloss ein etwa zehn Morgen großes Gebiet, das die Gruppe durch einen breiten, runden, offenbar künstlich in einer Felswand angelegten Tunnel erreicht hatte. Die umliegenden Hänge stiegen sofort sehr steil an. Irgendwann mussten an den Steilwänden Eisplatten losgebrochen sein, die jetzt den Boden bedeckten. Vielleicht war dies auch eine Höhle im Eis gewesen, deren Decke eingestürzt war. Der Talkessel selbst war extrem zerklüftet und uneben, mit scharfkantigen Eisklumpen bedeckt und von schmalen, im Zickzack verlaufenden Rissen durchzogen. Das raue Gelände deutete darauf hin, dass es nicht viel Sonne abbekam. Wäre das Eis geschmolzen und wieder gefroren, hätten die Oberflächen viel glatter sein müssen. Außerdem befanden sie sich in wesentlich größerer Höhe als an der Einmündung des Tals, und er bezweifelte, dass die Temperaturen weit über minus zwanzig Grad Celsius stiegen.

Samuel und Friday waren noch relativ fit, aber Nanda wirkte wie betäubt. Kurz nachdem der Mi-35 abgeschwenkt war, war sie vollkommen verstummt. Ihre Muskeln und ihr Gesicht entspannten sich, sie schien geradezu in Trance zu versinken. Wenn er an ihrer Hand zog, folgte sie ihm zwar, doch ihr Gang wirkte gummiartig und unkonzentriert. Rodgers kannte diese Art des emotionalen Abschaltens aus Vietnam. Normalerweise trat dieses Phänomen auf, wenn ein GI einen guten Kameraden im Gefecht verloren hatte. Er hatte keine Ahnung, wie lange diese Wirkung wissenschaftlich gesehen anhielt, aber er wusste, dass er auf die betreffenden Soldaten tagelang nicht mehr zählen konnte. Nach allem, was geschehen war, wäre es tragisch gewesen, wenn sie Nanda nicht einmal dazu bringen konnten, ihre Geschichte zu erzählen.

Samuel und Friday gingen einige Schritte vor Rodgers und Nanda. Nachdem die beiden mit Fackeln und Taschenlampen Hänge und Boden abgeleuchtet hatten, kamen sie nun auf den General zu. Friday reichte ihm das Handy.

»Hier sind wir also«, fauchte er wütend. »Die Frage ist nur, *wo* sind wir?«

Rodgers ließ Nandas Hand los. Sie starrte in die Dunkelheit, während Rodgers die auf dem Handy angezeigte Zeit überprüfte. In der intensiven Kälte sprang das LCD-Display, und die digitale Anzeige verschwand sofort.

»Herzlichen Glückwunsch«, lautete Fridays Kommentar.

Rodgers antwortete nicht. Er war wütend auf sich selbst. Das Handy war ihre einzige Verbindung zur Außenwelt, und er hätte sich denken können, welche Wirkung die intensive Kälte haben würde. Er klappte das Telefon zu und steckte es in seine Tasche, wo es relativ warm war. Dann wandte er sich Nanda zu und wärmte ihre ungeschützten Wangen mit seinem Atem. Ermutigt stellte er fest, dass sie ihn anblickte.

»Sehen Sie sich um, und versuchen Sie herauszufinden, warum man uns hergeschickt hat.«

»Wahrscheinlich, um uns loszuwerden«, nörgelte Friday. »Ich traue den Pakistanern genauso wenig wie den Indern.«

»Und Ihrer eigenen Regierung erst recht nicht«, mischte sich Samuel ein.

»Das haben Sie also mitgehört? Na, Sie haben ganz Recht. Ich traue auch den Politikern in Washington nicht. Sie benutzen uns alle nur für ihre eigenen Zwecke.«

»Um Frieden zu schaffen«, beharrte Samuel.

»Und das tun Sie in Kaschmir?«, fragte Friday.

»Wir versuchen, einen Feind zu schwächen, der uns seit Jahrhunderten unterdrückt. Je stärker wir sind, desto größer ist unsere Fähigkeit, den Frieden zu bewahren.«

»Der Kampf für den Frieden, der große Widerspruch. Was für ein Schwachsinn, Sie wollen doch nur Macht, wie jeder andere auch.«

Rodgers hatte bis jetzt nicht in die Diskussion eingegriffen, weil Ärger Körperwärme erzeugte. Jetzt aber war es genug. Er stellte sich zwischen die Männer.

»Sie müssen die Umgebung absuchen, und zwar sofort«, verlangte er.

»Wonach?«, wollte Friday wissen. »Nach einem Sesam, öffne dich oder nach Supermans Festung der Einsamkeit?«

»Mr. Friday, Sie provozieren mich.«

»Wir sitzen dank Ihrer Bürokraten in einem riesigen, kalten Schießstand fest, und ich provoziere Sie? Das ist wohl ein Witz.«

Das Handy in Rodgers Tasche summte. Der General war dankbar für die Unterbrechung. Er hatte kurz davor gestanden, das Gespräch zu beenden, indem er Friday niederschlug. Das wäre zwar keine vernünftige Lösung im Sinne Hegels gewesen, aber Rodgers hätte sie trotzdem zugesagt. Sehr sogar.

Der General holte das Telefon heraus und schützte es mit seinem hohen Kragen.

»Hier Rodgers.«

»Mike, hier ist Brett. Habt ihr die Koordinaten erreicht?«

»Gerade eben. Geht es dir gut?«

»So weit schon. Und dir?«

»Ich lebe noch.«

»Halt dich warm.«

»Danke.«

Der General klappte das Telefon zu und steckte es in seine linke Tasche zurück. Da seine Finger schon fast gefühllos waren, ließ er die Hand in der Tasche. Friday und

Samuel hatten die Fackeln in einen schmalen Spalt gesteckt und wärmten sich daran. Beide blickten zu ihm auf, als er den Anruf beendete.

»Das war kurz«, meinte Friday.

»Das Op-Center brauchte die Bestätigung dafür, dass wir hier eingetroffen sind. Der Rest des Plans wird uns so schnell wie möglich mitgeteilt.«

»Kennt das Op-Center diesen Plan bereits, oder besorgt es sich den irgendwo in Pakistan?«

»Das weiß ich nicht.«

»Es ist eine Falle, das spüre ich.«

»Erzählen Sie.« Rodgers mochte den Mann vielleicht nicht, aber das hieß ja noch nicht, dass er Unrecht hatte.

»Jack Fenwick hatte ein Wort für Agenten, die halbe Codes und Ausschnitte aus Karten akzeptierten. ›Tot‹ nannte er sie. Wenn man seine eigene Zeit, seine eigenen Bewegungen nicht mehr kontrolliert, tut das jemand anders für einen.«

»In diesem Fall hat das seine Gründe«, erinnerte ihn Rodgers. »Es geht um Sicherheitsfragen.«

»Das gilt vielleicht für Islamabad und Washington, aber nicht für uns. Fenwick hätte sich niemals auf einen solchen Handel mit einer feindlichen Regierung eingelassen.«

Alle Geheimagenten waren sehr vorsichtig, aber dieser Mann wirkte geradezu paranoid. Vielleicht hatte der mörderische Marsch an ihnen beiden gezehrt. Oder der Mistkerl war einfach nur psychisch gestört. Vielleicht ging sein Misstrauen gegenüber Washington viel weiter, als er zugab.

Fenwick war auch so gewesen.

»Hatten Sie engen Kontakt zu Direktor Fenwick?«

Rodgers' Frage schien Friday unvorbereitet zu treffen. Es dauerte einen Augenblick, bis er antwortete.

»Nein, ich habe nicht sehr eng mit Jack Fenwick zusammengearbeitet. Er war Direktor der NSA, ich ein Agent im Feld. Bei unseren Stellenbeschreibungen gab es nicht allzu viele Überschneidungen.«

»Aber offensichtlich hatten Sie Kontakt mit ihm. Sie waren in Aserbaidschan stationiert, wo er seine letzte Operation durchführte. Dabei war er selbst direkt involviert.«

»Wir haben einige Male miteinander gesprochen«, gab Friday zu. »Er bat mich um Informationen, und ich besorgte sie ihm. Daran ist nichts Ungewöhnliches. Warum fragen Sie?«

»Sie verlassen sich in hohem Maße auf Ihren Instinkt, das tun wir alle, wenn wir im Einsatz sind. Ich frage mich nur, ob Ihr Instinkt Sie jemals davor gewarnt hat, dass Fenwick ein Verräter war.«

»Nein.«

»Also haben Sie sich damals getäuscht.«

Friday zog ein merkwürdiges Gesicht, als wäre ihm allein die Vorstellung zuwider, dass er sich getäuscht haben könnte.

Vielleicht stört ihn auch etwas anderes, dachte Rodgers plötzlich. Möglicherweise konnte der Mann nicht zugeben, dass sein Instinkt ihn getrogen hatte, weil das gar nicht der Fall gewesen war. Vielleicht hatte Friday genau gewusst, dass Jack Fenwick die Regierung der Vereinigten Staaten stürzen wollte. Das konnte er allerdings erst recht nicht eingestehen.

Fridays Schweigen gewann eine höchst beunruhigende Bedeutung. Ein Schlüsselelement in Fenwicks Plan war gewesen, Aserbaidschan, den Iran und Russland in einen Krieg um die Ölvorkommen im Kaspischen Meer zu treiben. Zu diesem Zweck waren an der US-Botschaft stationierte CIA-Agenten ermordet worden. Den Killer des einen Agenten hatte man nie gefunden.

Das Telefon summte erneut. Rodgers und Friday ließen sich nicht aus den Augen. Friday hielt seine Hände immer noch über die wärmende Flamme, Rodgers Rechte steckte in seiner Tasche. In aller Stille lief zwischen beiden ein Dialog ab, bei dem der Führungsanspruch geklärt wurde. Friday begann, seine rechte Hand zurückzuziehen. Offenbar wollte er sie in die Tasche mit seiner Waffe stecken. Rodgers stieß die eigene Rechte tiefer in die Tasche, bis sich diese vorwölbte. Friday konnte nicht wissen, wo der General seine Waffe hatte. Die befand sich zufällig in der Ausrüstungsweste, aber das war Friday offenbar nicht klar. Dessen Rechte blieb sichtbar.

Unterdessen beantwortete Rodgers den Anruf. »Ja?«

»Mike, stehst du auf einem freien Feld, das von Eishängen umgeben ist?«, fragte August.

»Ja.«

»Gut, dann sieh dir bitte die Nordwestseite des Talkessels an. Am Fuß eines der Hänge müsstest du eine völlig ebene Eisplatte finden, die etwa zwei mal zwei Meter groß ist.«

Rodgers wies Friday an, eine der Fackeln zu nehmen, und befahl Samuel, bei Nanda sitzen zu bleiben. Gemeinsam gingen Rodgers und Friday zum Nordwestende des Kessels.

»Wir sind unterwegs. Brett, hast du eine Ahnung, wie der Eisblock, den wir suchen, genau aussieht?«

»Das hat Bob nicht gesagt. Ich nehme an, Platte heißt rechtwinklig.«

Die Männer arbeiteten sich weiter durch das zerklüftete Gelände. Es war schwer, bei all den kleinen Löchern, Spalten und gelegentlich spiegelglatten Eisflächen nicht das Gleichgewicht zu verlieren. Rodgers hielt sich mehrere Schritte hinter Friday. Selbst wenn er nicht stolperte, war ein Mann mit einer brennenden Fackel ein furchtbarer Gegner.

Plötzlich entdeckte Rodgers ein rechteckiges Stück Eis, das genau die von August angegebenen Maße hatte. Sie gingen darauf zu.

»Ich glaube, wir haben es gefunden!«

»Gut. Ihr müsst die Platte bewegen und dann auf meinen Rückruf warten.«

»Worauf warten wir?«

»Auf den Code, der die Luke darunter öffnet.«

»Und wohin führt diese Luke?«

»In einen unbemannten pakistanischen Raketensilo. Offenbar überwachen die Pakistaner die Anlage über ein

Videosystem, das ihr für eure Ausstrahlung benutzen könnt.«

»Ich verstehe. Warte einen Augenblick.«

Mike Rodgers fühlte, wie ihm von innen eisig kalt wurde. Die Szene wirkte nicht länger prähistorisch, sondern wohl geplant, wie eine Attraktion in einem Themenpark. Das Eis mochte echt sein, aber es war vermutlich so arrangiert worden, dass es besonders abweisend und verwirrend wirkte. Luft- und Bodenpatrouillen sollten von vornherein abgeschreckt werden. Dabei mussten hier monate-, vielleicht jahrelang pakistanische Soldaten in getarnten Zelten kampiert und an dem Silo und seiner Umgebung gearbeitet haben. Wahrscheinlich hatten die pakistanischen Luftstreitkräfte Teile und Versorgungsmaterial eingeflogen, vermutlich mit einzelnen Maschinen und während der Nacht, um das Risiko einer Entdeckung zu verringern. Wenn das stimmte, war es eine eindrucksvolle Leistung.

Rodgers trat gegen die Kante der Platte. Sie war schwer, also würden sie Hilfe benötigen. Der General wandte sich um und bedeutete Samuel, herzukommen und Nanda mitzubringen.

Genau in diesem Augenblick fiel ihm an der im Dämmerlicht liegenden Wand hinter Samuel eine Bewegung auf. Auf dem Eis in der Nähe des Nordosthangs flackerten dunkle Schatten. Die Bewegung wurde durch das Licht der Fackel verursacht, aber die Schatten gehörten nicht zu Eisblöcken. Die Schatten, die das vor den Hängen aufgetürmte Eis warf, tanzten auf und ab, doch diese Schatten zuckten in seitlicher Richtung hin und her.

Und zwar direkt am Eingang zum Tal.

»Friday«, befahl Rodgers leise, aber energisch, »löschen Sie das Licht, und entfernen Sie sich so schnell wie möglich von mir.«

Rodgers' drängender Ton schien Ron Friday zu beeindrucken. Er stieß die Fackel mit der Spitze zuerst in einen Spalt und sprang nach links, weg von Rodgers.

»Samuel, in Deckung!«, brüllte dieser.

Die Stimme des Generals hallte noch durch das Tal, als er auch schon selbst vorstürmte. Da er fürchtete, das Telefon könnte ihm aus der Tasche fallen, stopfte er es in seine Ausrüstungsweste. Einen Augenblick später stolperte er in eine kleine Grube und schlug sich die linke Schulter an einem Eisblock an. Anstatt aufzustehen, krabbelte er auf Füßen und Händen weiter. Das war die einzige Art, in dem unebenen Gelände voranzukommen, ohne zu stürzen. Er hielt weiter auf die Stelle zu, an der er Samuel und Nanda zuletzt gesehen hatte. Schmerz fühlte er keinen, für ihn zählte nur, dass er Nanda erreichte. Er konnte nur hoffen, dass er sich mit seiner Entdeckung getäuscht hatte.

Leider war das nicht der Fall.

Einen Augenblick später hallte das Feuer automatischer Waffen durch das Tal und schlug Funken aus den Eiswänden.

57

Washington, D. C. – Donnerstag, 17 Uhr 00

Als Herberts Telefon piepste, herrschte in Hoods Büro eine unnatürliche Stille. Herberts Herz hatte schon Augenblicke vorher zu rasen begonnen, als hätte er gewusst, dass der Anruf kam. Vielleicht wurde er auch nur immer nervöser, als eine Minute nach der anderen verstrich. Selbst wenn überhaupt nichts geschah, mochte Herbert es nicht, von allem abgeschnitten zu sein.

Der Aufklärungschef drückte den Audioknopf. Aus dem winzigen Lautsprecher heulte ein Wind, der Herbert in den Himalaja zu versetzen schien. Vielleicht fühlte er sich auch nur ausgeliefert, entblößt. Der Ton wurde von Herberts Armlehne in die Freisprechanlage auf Hoods Schreibtisch gesaugt. Der Geheimdienstmann war es nicht gewöhnt, vor Publikum zu arbeiten, und es gefiel ihm gar nicht.

»Sprechen Sie«, brüllte er.

»Bob, ich glaube, an dem Raketensilo ist gerade etwas passiert«, teilte August ihm mit.

Herbert warf einen durchdringenden Blick auf Hoods Telefon, dann sah er Hood an. Wann würde sein Chef endlich die Stummschaltung betätigen?

»Mikes Leben steht auf dem Spiel«, zischte er durch die zusammengebissenen Zähne.

»Das Kind ist bereits in den Brunnen gefallen«, erklärte Hood leise, wobei er mit dem Kopf auf die Freisprecheinrichtung auf seinem Schreibtisch deutete. »Colonel, wie ist die Lage?«, fragte er dann mit erhobener Stimme.

»Ich bin mir nicht sicher, Sir. Ich habe Gewehrfeuer und Rufe gehört. Dann nichts mehr. Ich wartete ein paar Minuten, bevor ich mich entschloss, Sie anzurufen. Vielleicht können Sie die Zeit nutzen, um die Codes durchzugeben, falls Mike sich wieder meldet.«

»Colonel, gab es irgendeinen Hinweis darauf, wer da auf wen schießt?«, wollte Herbert wissen.

»Nein. Bevor es losging, hörte ich nur, wie General Rodgers den anderen zurief, sie sollten in Deckung gehen.«

»Sind Sie immer noch in Sicherheit?«

»Hier hat sich nichts verändert.«

»Okay. Bleiben Sie dran.«

Hood wandte sich der Freisprecheinrichtung zu. »Exzellenz, haben Sie den Bericht des Colonels gehört?«

»Jedes Wort. Klingt höchst unerfreulich.«

»Wir wissen nicht genug, um Aussagen darüber machen zu können, was dort wirklich vor sich geht. Ich finde, Colonel August hat Recht, wir sollten die Codes für Mike Rodgers bereithalten. Wenn er ins Innere des Silos gelangt, kann er vielleicht ...«

»Da bin ich anderer Ansicht«, unterbrach ihn Simathna.

»Warum, Exzellenz?«

»Weil die Gruppe des Generals höchstwahrscheinlich von indischen Truppen angegriffen wird.«

»Woher sollen wir wissen, dass es sich nicht um pakistanische Soldaten handelt, die die Anlage schützen?«, wandte Herbert ein.

»Weil sich die Gebirgstruppen, die den Gletscher überwachen, noch auf unserer Seite der Waffenstillstandslinie befinden. Sie wurden über Ihr Eindringen unterrichtet.«

»›Unser Eindringen‹.« Herbert gab sich keine Mühe, seinen Widerwillen zu verhehlen. »Zu dem Team gehört auch ein Pakistaner.«

»Der unter dem Kommando eines amerikanischen Offiziers steht«, erinnerte ihn Simathna.

»Woher sollen wir wissen, dass Ihre Truppen Ihre Anweisungen befolgt haben?«, bohrte Herbert nach.

»Weil ich es sage.«

Hood setzte eine grimmige Miene auf und fuhr sich mit der Rückseite des Daumens über die Kehle: Herbert sollte dieser fruchtlosen Diskussion ein Ende setzen. Herbert dagegen hätte lieber dem Botschafter ein Ende gesetzt. Sie versuchten, das Land dieses Mannes vor der totalen Vernichtung zu retten, und er rührte keinen Finger, um Mike Rodgers zu helfen.

»Exzellenz«, sagte Hood, »wir müssen davon ausgehen, dass General Rodgers und seine Leute sich durchsetzen. In diesem Fall müssen sie so schnell wie möglich ins Innere des Silos gelangen. Es wäre sinnvoll, Colonel August die Codes mitzuteilen.«

»Das kann ich leider nicht zulassen. Schlimm genug, dass unsere Feinde möglicherweise von der Existenz dieser strategischen Einrichtung erfahren. Zumindest funktionieren die Sicherheitsvorkehrungen noch.«

»Welche Sicherheitsvorkehrungen meinen Sie?«

»Wenn der Eisblock oben auf dem Silo entfernt wird, wird ein Zeitzünder innen an der Luke aktiviert. Wird nicht innerhalb weniger Minuten der richtige Code eingegeben, detoniert die Bombe. Dadurch wird eine Reihe konventioneller Explosionen ausgelöst, die den Oberflächenbereich zerstören.«

»Der Feind wird getötet, aber der Silo bleibt intakt«, kommentierte Herbert.

»Das ist korrekt.«

»Exzellenz, wir haben es immer noch mit einem drohenden Atomangriff auf Pakistan zu tun«, gab Hood zu bedenken.

»Das ist uns klar, und genau deswegen müssen wir unsere Silos vor der Entdeckung schützen.«

Das schien Herbert eine höchst interessante Bemerkung. Hoods Gesichtsausdruck nach zu urteilen, ging es ihm ebenso. Der Botschafter hatte ihnen soeben verraten, dass es weitere Silos gab, vermutlich in ebenso abgelegenen Gegenden. Das war kein Zufall. Er wollte, dass das Op-Center davon erfuhr, und zwar genau zu diesem Zeitpunkt.

Herbert war klar, dass es sinnlos war zu fragen, wie viele Silos es gab und wo sie sich befanden. Die Frage war, ob die Weitergabe dieser Information an Neu-Delhi einen sofortigen Atomschlag auslösen oder ob Indien von einem Angriff absehen würde. Wahrscheinlich Letzteres. Sofern der indische Geheimdienst noch nicht in Erfahrung gebracht hatte, wo sich die Silos befanden, würden die Inder nämlich nicht wissen, welche Orte sie angreifen sollten. Vielleicht hatte Simathna das Thema deswegen angesprochen. Die Information würde authentischer wirken, wenn sie über einen amerikanischen Geheimdienst nach Neu-Delhi gelangte.

Natürlich hatten sie keine Garantie dafür, dass Simathna die Wahrheit sprach, wie bei allem, was er bis jetzt gesagt hatte. Vielleicht gab es ja nur den einen Silo. Niemand wusste, ob sich darin überhaupt eine Rakete befand. Möglicherweise war er noch im Bau.

»Exzellenz, ich werde Colonel August jetzt bitten, seine Telefonleitung freizugeben«, sagte Hood. »Er wird uns Bescheid geben, sobald er von General Rodgers hört.«

Hood blickte Herbert an. Der nickte und bat August, die Verbindung zu beenden. Wenn er von Rodgers gehört hatte, sollte er sich wieder melden. Dann legte Herbert ebenfalls auf und lehnte sich zurück.

»Danke. Bitte versuchen Sie, unsere Position zu verstehen«, sagte Simathna.

»Das tue ich«, gab Hood zurück.

Herbert verstand ihn auch, sehr gut sogar. Er verstand, dass Rodgers und August ihr Leben für Menschen riskierten, die nichts tun würden, um ihnen zu helfen. Er war lange genug im Geschäft, um zu wissen, dass Geheimagenten als entbehrlich galten. Sie wurden zuallererst abgeschrieben.

Außer man kannte sie.

Außer sie hatten Namen und Gesichter, und man kam jeden Tag mit ihnen in Berührung.

Wie bei Rodgers und August.

Wie bei den Strikers.

Im Raum herrschte erneut vollkommene Stille.

Bis auf Herberts verzweifelt klopfendes Herz.

58

Siachin-Gletscher – Freitag, 2 Uhr 35

Am Himmel über dem Talkessel explodierte weiße und rote Leuchtmunition. Jetzt konnte Rodgers die Männer sehen, die auf sie feuerten: vier oder fünf Soldaten der regulären indischen Armee, wahrscheinlich von der Waffenstillstandslinie. Sie waren hinter den Eistürmen in der Nähe des Eingangs in Deckung gegangen.

Sofort ließ er sich auf den Bauch fallen und schob sich wie ein Wurm durch das zerklüftete Gelände. Friday hatte sich hinter der Eisplatte am Eingang des Silos verschanzt und feuerte auf die Inder, um sie daran zu hindern, selbst ihre Deckung zu verlassen. Mit den Blicken suchte Rodgers den Eingang nach weiteren Soldaten ab, sah aber nichts.

Im Licht der Leuchtmunition entdeckte er Samuel und Nanda, die etwa zehn Meter von ihm entfernt auf der Seite hinter einem Eisblock lagen, der um die neunzig Zentimeter hoch und drei Meter breit war. Der Pakistaner hatte sich hinter der Frau ausgestreckt. Er drückte sie mit dem

Gesicht gegen das Eis und hatte den Arm um sie gelegt, um sie von allen Seiten zu schützen. Obwohl ihm nicht viel Zeit zum Nachdenken blieb, entging Rodgers nicht, welche Ironie darin lag, dass ein pakistanischer Terrorist eine indische Zivilagentin schützte.

Von oben peitschten Kugeln herab, die die beiden mit einem Eisregen überschütteten. Während der schützende Block vor ihnen zerfetzt wurde, blickte sich Samuel suchend um. Mike Rodgers befand sich hinter den beiden und leicht rechts von ihnen. Offenbar hatte der Pakistaner ihn nicht entdeckt.

»Samuel!«, brüllte Rodgers.

Der Pakistaner sah sich nach ihm um. Rodgers ging rechts von ihm hinter einem Gebilde in Deckung, das an einen Felsblock erinnerte. Für den Fall, dass sie es bis ins Innere des Silos schafften, wollte er Nanda so dicht wie möglich bei sich haben.

»Kommen Sie hierher zurück!«, schrie er. »Ich gebe Ihnen Deckung!«

Samuel nickte, zog Nanda an sich und nahm sie wie ein Bündel auf seine Arme. So tief geduckt wie nur möglich, rannte er auf Rodgers zu. Der stand auf und gab mehrere Schüsse auf die Inder ab. Doch als das Licht der Leuchtkugeln zu verlöschen begann und die letzten glühenden Teilchen zur Erde hinabregneten, stellten die Soldaten das Feuer ein. Offenbar wollten sie weder Leuchtkugeln noch Munition verschwenden. Obwohl Rodgers seine Automatik weiter auf den Eingang gerichtet hielt, gab es keinen weiteren Schusswechsel. Selbst der Wind wurde von den Eishängen abgehalten, sodass sich eine unheimliche Stille ausbreitete. Nur Samuels Stiefel knirschten auf dem Eis, und die alles durchdringende Kälte brannte schmerzhaft auf der ungeschützten Haut um Rodgers Augen.

Als Samuel und Nanda den Eisblock, hinter dem Rodgers in Deckung gegangen war, erreicht hatten, ließ sich der Pakistaner neben dem General auf die Knie sinken. Schwer atmend, setzte er Nanda mit dem Rücken zum Eis ab. Inzwischen befand sich die junge Frau nicht mehr in dem fast katatonischen Zustand von vorhin. Ihre Augen waren rot und tränten, wobei Rodgers nicht wusste, ob das auf die Kälte oder auf ihren Kummer zurückzuführen war. Auf jeden Fall bewegten sie sich und schienen ihre Umgebung bis zu einem gewissen Grad wahrzunehmen.

Samuel kroch zu Rodgers. »General, als die Leuchtkugeln losgingen, ist mir etwas aufgefallen.«

»Und was war das?«

»Ein Gegenstand direkt hinter der Stelle, an der Sie und Mr. Friday sich aufhielten. Auf einem der unteren Felsvorsprünge, in einer Höhe von etwa drei Metern. Es sah aus wie eine Satellitenschüssel.«

Ein Uplink, dachte Rodgers. Natürlich.

»Vielleicht wurden wir deswegen hergeschickt«, meinte Samuel.

»Gut möglich. Steht die Antenne im Freien?«

»Nicht richtig. Sie scheint um etwa eineinhalb bis zwei Meter zurückgesetzt in einer kleinen Höhle untergebracht zu sein.« Mit einem Seufzer schüttelte er den Kopf. »Ganz sicher bin ich nicht, dass es wirklich eine Antenne ist. Ich habe weißes Gitterwerk gesehen, aber das könnten auch Eiszapfen gewesen sein, die im Licht wie ein Gitter wirkten.«

»Ist die Stelle aus der Luft zu sehen?«

»Nicht direkt von oben.«

Rodgers sah hinter sich, aber es war jetzt zu dunkel, um den Eishang zu erkennen. Trotzdem schien ihm Samuels Beobachtung durchaus logisch. Wenn es im Inneren des pakistanischen Raketensilos ein Videosystem gab, musste irgendwo draußen ein Uplink vorhanden sein. Eine solche Schüssel oder Antenne musste nicht unbedingt auf einem Gipfel montiert werden, solange die Sicht auf einen Bereich am Himmel unverstellt blieb, auf einen einzigen Fleck, an dem sich ein Kommunikationssatellit – vermutlich russischer oder chinesischer Herstellung – im geosynchronen Orbit befand. Die Verbindungskabel zum Silo verliefen vermutlich in relativ großer Tiefe in einem der Eishänge. In dieser Gegend brachte niemand Kabel zu dicht an der Oberfläche an, wo sie Wind, Schneeregen und anderen korrosiven Einflüssen ausgesetzt waren, wenn das Eis schmolz. Außerdem konnten sie dort bei Aufklärungsflügen entdeckt werden.

»Samuel, eines wüsste ich gern. Haben Sie nicht Bomben und Fernzünder für Sharab verkabelt?«

»Ja.«

»Verstehen Sie etwas von Funkgeräten?«

»Ich habe mit allen möglichen elektronischen Geräten gearbeitet. Zum Beispiel habe ich Reparaturarbeiten für die Miliz in Islamabad ausgeführt ...«

»Auch an Handgeräten?«

»Funkgeräten?«

»Ich meine nicht nur Funkgeräte.« Rodgers hielt inne, um seine Gedanken zu sammeln. Seine Fragen und Pläne kamen zu schnell für die Antworten, die er erhielt. »Mein Gedanke war folgender: Falls sich auf dem Felsvorsprung tatsächlich eine Satellitenschüssel befindet, wären Sie dann in der Lage, ein Handy daran anzuschließen?«

»Verstehe. Ist es ein Regierungstelefon, das besonders gesichert ist?«

»Das glaube ich nicht.«

»Dann kann ich vermutlich was zusammenbasteln. Allerdings müssten Sie dafür die Satellitenkabel freilegen.«

»Was für Werkzeug würden Sie brauchen?«

»Wahrscheinlich nur mein Taschenmesser.«

»Ausgezeichnet. Jetzt muss ich nur noch mehr über diesen Felsvorsprung wissen. Kann man die Antenne irgendwie erreichen? Gibt es Vorsprünge, Zacken, Griffe?«

»Ich glaube nicht. Es sah nach einer senkrechten Kletterpartie an einer glatten Wand aus.«

»Verstehe.«

Bei dem eiligen Rettungsmanöver, um Nanda in Sicherheit zu bringen, hatte der General etwas die Orientierung verloren. Jetzt musste er sich erst wieder zurechtfinden. Er drehte sich vollständig herum, bis er in die Richtung blickte, in der er den hinteren Teil des Geländes vermutete. Dann hockte er sich auf die Fußballen.

»Friday, sind Sie noch an der Platte?«, brüllte er.
Schweigen.
»Sagen Sie etwas!«
»Ich bin hier!«
Rodgers merkte sich die Stelle, von der Fridays Stimme gekommen war, und hielt die Augen auf den dunklen Fleck gerichtet. Gleichzeitig griff er in seine Weste, holte das Handy heraus und gab es Samuel.

»Wenn Colonel August anruft, sagen Sie ihm, er soll die Leitung offen halten«, wies er Samuel an.

»Was haben Sie vor?«

»Ich will versuchen, die Antenne zu erreichen. Wie sieht es bei Ihnen mit Munition aus?«

»Ich habe ein paar Schuss übrig und ein zusätzliches Magazin.«

»Gehen Sie sparsam damit um. Möglicherweise brauche ich bei meiner Kletterpartie Deckung.«

»Ich werde sehr vorsichtig sein.«

Mike Rodgers beugte und streckte seine trotz der Handschuhe eiskalten Finger. Dann legte er die Hände auf die Erde. Er machte sich Sorgen. Sein Plan war sehr tollkühn, und ungeheuer viel hing davon ab. Außerdem beschäftigte ihn das Thema Ron Friday immer noch. Selbst wenn sie sich aus dieser Sackgasse herausmanövrierten, konnten noch tödlichere Gefahren vor ihnen liegen. Im Moment allerdings konnte er es sich nicht leisten, darüber nachzudenken. Eine Schlacht nach der anderen.

Nachdem er tief Luft geholt hatte, um sich zu beruhigen, begann er erneut, wie eine Krabbe über das zerklüftete Gelände zu kriechen.

59
Siachin-Gletscher – Freitag, 2 Uhr 42

Ron Friday hörte, wie sich jemand näherte. Das musste entweder Rodgers oder Samuel sein.

Wahrscheinlich Rodgers, entschied er, der mutige Krieger. Der General hatte bestimmt einen Plan, um die Mission zu retten. Dagegen hatte Friday nichts, niemand wollte einen Atomkrieg. Davon abgesehen, interessierte ihn vor allem, wie er von diesem Gletscher herunter und nach Pakistan kam. Und von Pakistan weiter in irgendein Land, das vor den Winden geschützt lag, die den indischen Subkontinent mit radioaktivem Fall-out überziehen würden.

Nicht, weil er Angst vor dem Tod gehabt hätte, aber das hier war einfach zu blöd. Nicht für einen Preis oder Juwelen zu sterben, sondern weil jemand die Sache vermasselt hatte. Genau das war der Fall: Sie steckten in einem einzigen großen Schlamassel. Nur, weil sie einen Abstecher unternommen hatten, den es nie hätte geben dürfen, weil sie den Bürokraten in Washington und Islamabad vertraut hatten.

Friday wartete hinter der Eisplatte. Offenbar hatten die Inder die Bewegung auch gehört, denn es peitschten erneut Schüsse durch das Tal, allerdings nicht sehr viele. Wahrscheinlich wollten sie Munition sparen und feuerten deswegen nur so oft, dass ihre Gegner in Deckung bleiben mussten.

Mit gezogener Waffe spähte Friday in die Dunkelheit hinaus. Seine Nasenlöcher und Lungen schmerzten von der schneidenden Kälte. Trotz der schweren Handschuhe und Stiefel waren seine Zehen und Fingerspitzen taub. Er fragte sich, wie lange es dauern würde, bis sein Blut gefror, falls er erschossen wurde.

Vor allem aber war Friday wütend. Vielleicht sollte er die Pistole auf Rodgers richten und den Abzug betätigen. Ob es ihm wohl einen Vorteil brachte, wenn er sich den Indern ergab? Vorausgesetzt, die gesamte Gruppe wurde nicht sofort erschossen, würden sich diese vielleicht dankbar erweisen, wenn er ihnen zwei der Verantwortlichen für das Attentat am Markt übergab. Eine solche Kapitulation konnte durchaus den befürchteten indischen Atomschlag gegen Pakistan auslösen, aber möglicherweise würde sie ihm das Leben retten.

Jetzt erkannte er die Gestalt – es war Rodgers, der hinter die Eisplatte kroch und sich neben ihn kniete.

»Was ist los?«

»Möglicherweise können wir Nandas Geständnis senden, ohne den Silo zu betreten.«

»Wie das?«

»Samuel meint, er hätte in etwa drei Meter Höhe am Hang eine Satellitenschüssel entdeckt.«

»Das wäre logisch.«

»Erklären Sie mir das.«

»Als die Leuchtkugeln losgingen, habe ich mir den Hang über dem Eingang genau angesehen. Aus etwa drei Meter Höhe kann man von dieser Seite aus den gegenüberliegenden Hang ungehindert beschießen.«

»Auf so etwas hatte ich gehofft. Falls sich dort eine Antenne befindet und wir an das Satellitenkabel herankommen, gelingt es Samuel möglicherweise, das Handy daran anzuschließen.«

Auf der anderen Seite des Geländes bewegte sich etwas. Friday nahm zwar nicht an, dass die Inder angreifen würden, weil sie wahrscheinlich die Rückkehr des Hubschraubers abwarten wollten, aber sie konnten versuchen, die Gruppe ins Kreuzfeuer zu nehmen. Wenn Nanda den Indern in die Hände fiel, war das Spiel vorüber, und sie waren so gut wie tot.

»Bevor wir etwas unternehmen, müssen wir uns diese Schüssel genau ansehen«, erklärte Friday.

»Warum?«

»Weil wir wissen müssen, wo sich die Stromversorgung befindet. In dieser Gegend würde sich eine batteriebetriebene Antenne anbieten, wie sie die Ölfirmen in besonders kalten Gegenden verwenden. Die Stromversorgung dient gleichzeitig als Heizung und verhindert, dass die Mechanik einfriert. Sollte das der Fall sein, müssen wir gar nicht auf den Vorsprung. Wir können das Kabel überall freilegen und wissen, dass es sich um das Kommunikationskabel handeln muss.«

»Falls sich die Stromversorgung aber im Inneren des Silos befindet, müssen wir zur Antenne und herausfinden, welches Kabel welches ist.«

»Bingo.«

»Okay, Sie bleiben in Deckung und behalten den Vorsprung im Auge.«

»Und was tun Sie?«

»Ich sorge dafür, dass Sie genügend Licht haben.«

60

Siachin-Gletscher – Freitag, 2 Uhr 51

Mike Rodgers lief bis ans äußerste Ende des Kessels. Dort tastete er sich geduckt und möglichst geräuschlos am Hang entlang. Je weiter er sich von der Eisplatte entfernte, desto geringer war die Gefahr für Friday. Gefährlich war allerdings nicht Rodgers' Aktion, sondern die Reaktion der Inder.

Rodgers hoffte, dass sich Friday die Satellitenschüssel genau würde ansehen können. Ihm selbst würde vermutlich nicht viel Zeit dazu bleiben, weil er dringend ein Versteck suchen musste.

Etwa zwanzig Meter von Friday entfernt, blieb er stehen. Diese Entfernung war sicher genug. Er öffnete seine Jacke und holte eine der beiden Flashbang-Granaten hervor, die er bei sich trug. Die Waffe hatte etwa die Größe und das Aussehen einer Rasierschaumdose. Er zog seine Handschuhe aus und klemmte sie sich zwischen die Zähne. Dann legte er die rechte Hand über den Sicherheitshebel, steckte den linken Zeigefinger durch den Pullring, stellte den Kanister auf den Boden und hockte sich daneben. Mit dem rechten Fuß tastete er nach dem Eishang, den er zur Orientierung brauchen würde. Dann zog er den Ring, ließ den Hebel los und stand auf. Er drehte sich um und legte die bloße linke Hand gegen den Hang, um sich an dicken Eisnasen und öden Flächen entlangzutasten. Am liebsten wäre er gerannt, aber falls er stürzte, explodierte die Granate vielleicht, bevor er in Deckung gehen konnte.

Während des Laufens zählte er. Als er bei zehn angelangt war, ging die Granate hoch.

Flashbang-Granaten wirken nicht tödlich, sondern sollen in geschlossenen Räumen den Gegner mit gleißendem Magnesiumlicht und ohrenbetäubendem Knallen verwirren. In diesem Fall konnte Rodgers nur hoffen, dass die Granate ausreichte, um den Talkessel so weit zu erhellen, dass Friday die Antenne sehen konnte – und dass er selbst ausreichend Deckung fand.

Knapp einen Meter vor sich sah er ein paar runde Eiskuppen, die etwa taillenhoch und so dick wie Brückenpfeiler waren. Vermutlich waren sie einst wesentlich höher gewesen, schmolzen und froren aber täglich neu. Das hatte dazu geführt, dass sie an Höhe verloren, was sie an Breite gewannen. Rodgers versuchte erst gar nicht hinzulaufen, sondern entschied sich für einen Hechtsprung.

Er prallte so hart auf dem Boden auf, dass ihm der Atem stockte. Die Handschuhe fielen ihm aus dem Mund. Ganz hatte er es nicht bis hinter die Erhebungen geschafft, aber er war nah genug. Im Handumdrehen rutschte er über das Eis in Deckung, während hinter ihm die Kugeln der Inder einschlugen, wo er eben noch gestanden hatte. Kaum war er in Sicherheit, sah er sich nach Ron Friday um. Hinter die Eisplatte geduckt, gab ihm der Agent mit dem Daumen das Okay-Zeichen. Rodgers blickte auf den Felsvorsprung, wo hinter dem Sockel der Satellitenschüssel ein großes schwarzes Gehäuse zu erkennen war. Ein Glück, dass Friday wusste, was es war. Er selbst hätte hinaufklettern und die Verkleidung abnehmen müssen, um herauszufinden, wozu die Kabel gut sein mochten.

Im ersterbenden Licht der Granate blickte er zu Samuel und Nanda hinüber. Der Pakistaner lag immer noch flach auf dem Boden, hatte sich jedoch nach den anderen beiden Männern umgedreht. Rodgers musste ihn und Nanda mit dem Handy zum Silo holen. Wahrscheinlich war jetzt der beste Zeitpunkt dafür.

Er zog seine Waffe und bedeutete Friday, es ihm gleichzutun. Dann schob er sich zum äußersten Ende der eisigen Barrikade vor, von wo aus er Samuel am besten sehen konnte. Er streckte drei Finger in die Luft. Der Pakistaner verstand: Auf drei sollte er loslaufen. Einen Augenblick gab Rodgers ihm noch, damit er sich vorbereiten konnte.

Samuel schob Nanda von dem Eisblock weg, hinter dem sie lagen, half ihr auf die Knie und in die Hocke. Offenbar verstand sie, was von ihr verlangt wurde, und half mit. Samuel blickte Rodgers an. In schneller Folge streckte der General einen Finger nach dem anderen aus. Bei drei sprang Samuel auf und zog Nanda mit sich. Sie lief vor ihm, so dass der Pakistaner sie mit seinem Körper decken konnte. Als die beiden losrannten, erhoben sich Rodgers und Friday und eröffneten das Feuer auf die Inder. Die indischen Infanteristen befanden sich außer Reichweite, wussten dies aber offenkundig nicht, denn sie duckten sich sofort. Das verschaffte Samuel genügend Zeit, um den Großteil des Weges zurückzulegen.

Als sich wieder Dunkelheit über den Talkessel senkte, feuerten die Inder ein paar Schüsse ab.

»Nicht zurückschießen!«, rief Rodgers Friday zu.

In der Dunkelheit hätten sie leicht Samuel und Nanda treffen können.

Die Männer lauschten auf das Knirschen sich nähernder Schritte. Der Gang wirkte ungleichmäßig, was vermutlich auf das vereiste, unbekannte Gelände zurückzuführen war. Dann schwenkte das Geräusch nach rechts ab und entfernte sich vom Silo. Rodgers kroch in diese Richtung und wartete.

Wenige Sekunden später fiel jemand neben ihm zu Boden. Der General streckte die Hand aus, um den Neuankömmling in Sicherheit zu bringen. Es war Nanda. Immer noch kniend, schlang Rodgers seine Arme um sie und zog sie heran, bis er sie hinter sich legen konnte. Dann wandte er sich erneut nach rechts. Ein paar Schritte entfernt stöhnte jemand. Der General kroch in diese Richtung und fand Samuel dicht vor der Barrikade auf dem Bauch liegend. Als Rodgers ihn unter den Armen packte, spürte er auf seiner nackten rechten Hand eine dickliche Flüssigkeit. Mühsam zog er den Pakistaner hinter die Eisstumpen.

»Samuel, können Sie mich hören?«

»Ja.«

Rodgers tastete seine linke Seite ab. Der feuchte Fleck hatte sich weiter ausgebreitet. Es war eindeutig Blut.

»Sie sind verwundet.«

»Ich weiß. General, ich habe alles verdorben ...«

»Nein, Sie haben sich tapfer geschlagen. Wir werden das hier verbinden ...«

»Das meine ich nicht. Ich ... habe das Telefon verloren.«

Die Worte trafen Rodgers mit der Gewalt einer Kugel.

Plötzlich wurden links von ihm Schüsse laut: Ron Friday hatte eine kurze Salve abgegeben.

»Unsere Freunde sind wieder unterwegs!«, meldete er.

»Gehen Sie in Deckung!«, brüllte der General zurück.

Rodgers hatte jetzt keine Zeit, sich mit ihnen herumzuschlagen. Er griff in seine Weste und holte eine der beiden zylinderförmigen scharfen Granaten hervor, die er bei sich führte. Das war die Sorte, die man tunlichst vermied: Granaten, die Schrapnells verschossen. Ohne zu zögern, zog er den Sicherungsstift heraus, wartete, bis der Deckel aufsprang, und schleuderte das Geschoss mit ausgestrecktem Arm in Richtung des Feindes. Auch wenn er die Inder nicht töten wollte, er konnte es sich nicht leisten, Zeit zu verschwenden. Nicht wenn Samuel verwundet war.

Er duckte sich und zog Nanda ebenfalls in Deckung. Wenige Sekunden später explodierte die Granate. Das Echo prallte von den Wänden ab und erschütterte den Boden. Bevor noch der Widerhall verstummt war, hatte Rodgers schon das Neun-Zoll-Messer aus seiner Ausrüstungsweste gezogen. Seine Prioritäten waren klar: die Inder aufhalten, Samuels Blutung stoppen. Danach würde er sich mit dem Telefon befassen.

»Kümmern Sie sich nicht um mich«, bat Samuel. »Mir geht es gut.«

»Sie sind verletzt.«

Der General schnitt Samuels Jacke auf, steckte die rechte Hand durch den Schlitz und tastete nach der Wunde.

Knapp unter dem linken Schulterblatt fand er das Einschussloch. Rechts von ihm mussten seine Handschuhe liegen. Er nahm sie, schnitt das weiche Innenfutter heraus und presste es auf die Wunde. Etwas anderes fiel ihm beim besten Willen nicht ein.

Als das Echo der Granate verhallte, breitete sich Schweigen aus. Von der anderen Seite war kein Stöhnen zu vernehmen, kein Ruf, nur eine tödliche Stille, während ihm die Minuten und damit die Möglichkeit zur Rettung entglitten. Ohne das Handy konnten sie weder August erreichen noch die Verbindung zur Satellitenschüssel herstellen. Das Gerät in der Dunkelheit zu finden, würde viel Zeit kosten, falls es ihnen überhaupt gelang. Mit einer Fackel auf die Suche zu gehen war Selbstmord. Und wenn sie Samuel verloren, zählte das alles ohnehin nicht mehr.

Der Plan war gut gewesen. Ironischerweise wären sie besser dran gewesen, wenn sie dem Instinkt eines Mannes gefolgt wären, der mit großer Wahrscheinlichkeit ein Verräter war.

Mit gesenkten Armen hockte Mike Rodgers da. Wenn er weiter Druck auf den improvisierten Verband ausübte, würde das Blut darunter gefrieren, hoffte er. Dann musste er versuchen, das Telefon zu finden, selbst wenn es ihn das Leben kosten würde.

Während er wartete, stieß er mit dem rechten Ellbogen gegen etwas in seinem Gürtel.

Er wusste sofort, was es war.

Möglicherweise ihre Rettung.

61

Siachin-Basis 3, Kaschmir – Freitag, 2 Uhr 52

Der Mikojan Mi-35 landete auf dem kleinen, dunklen Landeplatz. Der quadratische Hubschrauberlandeplatz bestand aus einer Schicht Asphalt, die mit Baumwolle bedeckt war. Darüber hatte man eine zweite Asphaltschicht aufgebracht. Der Stoff sorgte dafür, dass sich Eis von der unteren Schicht nicht auf die obere ausbreitete.

Kaum hatte der Pilot die Zwillingsrotoren abgestellt, als er auch schon über Kopfhörer eine Meldung empfing.

»Hauptmann, wir haben soeben eine Nachricht von Major Puri empfangen«, teilte ihm der Kommunikationsdirektor der Basis mit. »Sie sollen auftanken, enteisen und sofort wieder losfliegen.«

Der Hauptmann wechselte einen verärgerten Blick mit dem Kopilot. Das Cockpit war schlecht geheizt, und beide Männer waren von dem schwierigen Flug erschöpft. Keiner von ihnen hatte Lust, auf eine neue Mission zu gehen.

Hinter seinem Kameraden sah der Pilot durch das Steuerbordfenster des Cockpits bereits das Bodenpersonal herbeieilen. Zwei Lastwagen überquerten den Landebereich. Einer davon war ein Tankwagen, der andere mit dicken Schläuchen und Fässern mit einer Lösung aus Kochsalz und einem dreiwertigen Eisensalz beladen.

»Was ist das Ziel?«

»Die Zelle, die sie vorhin verfolgt haben«, gab der Kommunikationschef zurück. »Eine von Major Puris Einheiten hat sie in die Enge getrieben. Sie vermuten, dass es sich um vier Personen handelt, wissen aber nicht, wie gut sie bewaffnet sind.«

Der Hauptmann spürte ein Gefühl der Befriedigung. Obwohl er Bewunderung für den einzelnen Mann empfand, der sie nur mit einer Pistole bewaffnet zur Umkehr gezwungen hatte, ließ er sich nicht gern überlisten.

»Wo sind sie?«, erkundigte er sich, während er auf seinem Computer die topografische Karte aufrief.

»Auf dem Oberen Chittisin-Plateau.« Der Offizier gab ihm die Koordinaten durch.

Der Pilot tippte die Zahlen ein. Die Verbrecher waren einfach dem Berg gefolgt. Dieser Bereich des Gletschers war besonders hoch gelegen, kalt und ungastlich. Ob sie wohl zufällig dort gelandet waren? Falls diese Gegend von Anfang an ihr Ziel gewesen war, konnte er sich kaum vorstellen, was es dort gab. Vielleicht einen Zufluchtsort, ein Versteck oder ein Waffenlager.

Was auch immer es sein mochte, er konnte den Ort mit dem Chopper über die Südwestseite des Gletschers innerhalb von 45 Minuten erreichen.

»Wenn wir sie finden, wie lautet dann der Befehl?«, erkundigte er sich.

»Major Puris Team aufnehmen und dann die Mission von vorhin zu Ende führen.«

Der Hauptmann bestätigte.

Zehn Minuten später war er wieder in der Luft und zu seinem Ziel unterwegs. Diesmal würde er seinen Auftrag erfolgreich ausführen.

62

Siachin-Gletscher – Freitag, 3 Uhr 00

In seinen Fingerspitzen spürte Rodgers, wie Samuels Blut anfing zu gefrieren. Das war auch der einzige Teil seiner Hand, der noch einigermaßen warm war.

Sofort griff er nach seinem Messer und beugte sich zu Nanda. »Sie kommen mit mir.«

»Ja.«

Gemeinsam krochen sie über das offene Feld zwischen der Eisbarrikade und dem Eingang zum Silo.

»Ich komme jetzt mit Nanda zu Ihnen«, kündigte Rodgers sie in lautem Flüsterton an. Er wollte nicht, dass Friday sie für Inder hielt.

»Ist alles in Ordnung?«, fragte dieser.

»Samuel wurde getroffen.«

»Wie schlimm ist es?«

»Sehr schlimm.«

»Sie Volltrottel. Und ich bin noch blöder, weil ich hinter euch Idioten hergelaufen bin.«

»Ganz recht«, meinte Rodgers, während er sich neben Friday niederließ und diesem das Messer reichte. »Wenn wir mit der Berichterstattung fertig sind, gehe ich zu Samuel zurück. Inzwischen möchte ich, dass Sie anfangen, seitlich vom Silo-Eingang ein Loch ins Eis zu graben.«

»Um an das Kabel zu kommen?«

»Genau.«

»Das könnte drei Meter tief vergraben sein!«

»Ist es sicher nicht. Das Eis schmilzt und gefriert hier in ständigem Wechsel, Leitungen dürften also des Öfteren brechen. Folglich haben die das Kabel bestimmt nicht so tief verlegt, dass sie es im Reparaturfall nicht mehr erreichen können.«

»Kann sein. Aber selbst dann wird es ewig dauern, sich durch einen Meter Eis zu graben.«

»Tun Sie es einfach.«

»Sie können mich mal. Wenn Sammy-Boy den Löffel abgibt, sind wir ohnehin geliefert. Vielleicht sollte ich mich mal mit unseren indischen Nachbarn unterhalten und sehen, ob wir uns nicht einigen können.«

Klirrend fiel das Messer auf das Eis.

Einen Augenblick später hörte Rodgers die Klinge über das Eis schaben.

»Ich werde es tun«, erklärte Nanda, während sie vor sich hin hackte.

Ihre Stimme klang erstaunlich stark. Es war der erste Hinweis darauf, dass sie »zurück« war. Zum ersten Mal schien sich das Schicksal zu wenden. Der Zeitpunkt hätte nicht besser gewählt sein können.

Rodgers konnte Friday nicht sehen, hörte aber seinen rauen Atem. Die rechte Hand des Generals steckte in seiner Jackentasche. Wenn nötig, war er bereit, Friday zu erschießen. Nicht, weil er sie im Stich ließ. Das war sein gutes Recht. Aber er hatte Angst davor, was ein frierender, erschöpfter und ausgehungerter Mann über ihre Situation sagen würde.

Ron Fridays Atem rührte sich nicht von der Stelle. Vielleicht hatte ihn Nandas Handlungsweise beschämt, oder er hatte Rodgers nur auf die Probe stellen wollen. Manchmal war Schweigen gefährlicher als eine aggressive Erwiderung.

»Ich komme gleich mit Samuel zurück«, erklärte Rodgers gelassen.

Dann wandte er sich um und überquerte erneut die kleine offene Fläche zwischen beiden Positionen. Die Inder verhielten sich weiterhin ruhig. Inzwischen war Rodgers zu dem Schluss gekommen, dass es sich um die Vorhut eines größeren Trupps handelte. Offenkundig sollte sie den Feind festhalten, bis Verstärkung eintraf. Hoffentlich war das nicht in der nächsten halben Stunde der Fall. Wenn sein improvisierter Plan klappte, brauchte Rodgers nicht mehr Zeit.

Samuels Atem ging sehr schnell. Da der General kein Arzt war, hatte er keine Ahnung, ob das ein gutes oder ein schlechtes Zeichen war. Unter den gegebenen Umständen war es schon positiv, dass er überhaupt atmete.

»Wie geht es Ihnen?«

»Nicht sehr gut«, erwiderte Samuel pfeifend. Es klang, als hätte sich in seinem Hals Blut gesammelt.

»Das ist nur der Schock«, log Rodgers. »Sobald wir hier fertig sind, kümmern wir uns um Sie.«

»Was können wir ohne das Handy tun?«

Rodgers fasste mit den Händen unter die Achseln des Pakistaners. »Wir haben immer noch mein Funkgerät. Funktioniert es damit auch?«

»Müsste es eigentlich. Im Grunde ist die Verkabelung die gleiche.«

»Das habe ich mir gedacht. Wir gehen jetzt zu dem Kabel, und ich nehme die Rückseite des Funkgeräts ab. Sie

müssen mir dann erklären, wie ich es an die Satellitenschüssel anschließen soll.«
»Warten Sie.«
Rodgers zögerte.
»Hören Sie, Sie müssen unter der Erde nach dem roten Kabel suchen. Rot ist immer Audio. Im Funkgerät brauchen Sie den größten Chip, daran werden zwei Kabel befestigt sein. Eines führt zum Mikrofon, das andere zur Antenne. Schneiden Sie das Antennenkabel durch, und verzwirbeln Sie es mit dem roten Kabel von der Satellitenschüssel.«
»In Ordnung.«
»Haben Sie alles verstanden?«
»Ja.«
»Dann gehen Sie.«
Die Stimme des Pakistaners war immer schwächer geworden. Rodgers widersprach ihm nicht. Er hielt nur kurz inne, um Samuels Hand zu drücken, dann wandte er sich ab und eilte zu der Eisplatte über dem Eingang zurück.

63

Siachin-Gletscher – Freitag, 3 Uhr 05

Nanda konnte sich nicht mehr an viel von dem erinnern, was seit dem Hubschrauberangriff geschehen war. Sie wusste noch, dass ihr Großvater ums Leben gekommen war, doch danach schien ihr Geist auf eine lange Wanderung gegangen zu sein. Obwohl sie wach war, hielt sich ihr Geist außerhalb ihres Körpers auf. Der Schock, den der Tod ihres Großvaters bedeutete, musste ihre Kundalini, ihre Lebenskraft, betäubt haben. Das wiederum rief die Shakti auf den Plan. Diese weiblichen Gottheiten schützten die Frommen in Zeiten des Unfriedens. Mithilfe ihrer geheimen Mantras und Mandalas, den mystischen Worten und Zeichnungen, hatten die Shakti ihre Lebenskraft für sie bewahrt, bis sich Nandas natürliche Energien wieder erholt hatten.

Die letzten Explosionen und das Knattern des Gewehrfeuers hatten den Prozess beschleunigt, und General Rodgers hektische Aktivität während der letzten Minuten hatte ihn zum Abschluss gebracht. Nanda fühlte sich wieder hellwach, wie damals, als sie für die SFF gearbeitet hatte. Und das war gut so. Offenbar hatte ihr Eingreifen die Spannungen zwischen Rodgers und dem anderen Amerikaner entschärft.

Nanda meißelte, hackte und stemmte Eisbrocken heraus. Sie arbeitete von links nach rechts, schlug mit der Rechten immer neue Rinnen, während sie mit der Linken das lose Eis herausräumte. Gleichzeitig tastete sie nach einem Kabel oder einer Leitung. Bei dem Glück, das sie hatten, stießen sie bestimmt auf eine Leitung aus Stahl oder einer anderen Verbindung, die sie nicht durchtrennen konnten.

Wie immer es auch ausgehen mochte, für den Augenblick war es ein gutes Gefühl, auf das harte Eis einzudreschen. Es regte die Durchblutung an, sodass sich ihr Oberkörper und ihre Arme relativ warm anfühlten.

Rodgers blieb nur ein bis zwei Minuten fort. Als er zurückkehrte, war er allein.

»Wo ist unser Goldjunge?«, erkundigte sich Friday.

»Es geht ihm nicht besonders, aber er hat mir erklärt, was zu tun ist.« Der General schob sich näher an Nanda heran. »Warten Sie einen Augenblick, damit ich sehen kann, wie tief Sie gegraben haben.«

Nanda unterbrach ihre Arbeit, während General Rodgers die Umrisse der Eisplatte abtastete.

»Sehr gut«, lautete sein Kommentar. »Danke. Bitte gehen Sie jetzt beide an den Hang. Ziehen Sie die Beine ans Kinn, halten Sie die Arme dicht am Körper, und legen Sie die Hände über die Ohren. Es darf so wenig wie möglich ungeschützt bleiben.«

»Was haben Sie vor?«, wollte Nanda wissen.

»Ich habe noch eine Flashbang-Granate übrig. Die werde ich hier anbringen. Ein ausreichender Teil der Kraft wird sich nach unten richten, und die Hitze der Explosion sollte das Eis in allen Richtungen schmelzen lassen.«

»Hat Ihnen unserer Terroristenfreund auch gesagt, was Sie tun sollen, wenn das Kabel im Inneren einer fünf Zentimeter dicken Leitung verlegt wurde?«

»In dem Fall vergraben wir meine letzte Handgranate. Das dürfte reichen, um ein Loch in jedes Gehäuse zu reißen. Verschwinden Sie jetzt, das Ding geht gleich los.«

Mit ausgestreckten Händen rutschte Nanda auf den Knien auf den Hang zu. Das war sehr unangenehm, denn der Untergrund war voll scharfer Kanten und Klumpen. Doch der Schmerz war ihr hochwillkommen. Vor Jahren hatte ihr ein Töpfer, ein Handwerker aus der niedrigen Sudra-Kaste, in Srinagar gesagt, es sei immer besser, etwas zu fühlen, selbst wenn es nur Hunger war, als gar nichts zu spüren. Wenn sie an ihr eigenes Leid und an ihren toten Großvater dachte, verstand Nanda, was er damit gemeint hatte.

Als sie den Hang erreicht hatte, rollte sie sich auf dem Eis zusammen, wie Rodgers es gesagt hatte.

Ihr war nicht entgangen, dass sich der Amerikaner die Zeit genommen hatte, sich für ihre Arbeit zu bedanken. Inmitten von Aufruhr und Zweifel und angesichts des Schreckens, der hinter und vielleicht auch noch vor ihr lag, besaßen seine Worte die Schönheit einer Rose.

Dieses bezaubernde Bild hatte sie vor Augen, als sich der Boden unter ihr aufbäumte. Ihr Rücken wurde durch den Parka hindurch heiß. Die Explosion schien durch ihre Hände zu rasen und dröhnte in ihrem Schädel.

64

Siachin-Gletscher – Freitag, 3 Uhr 10

Rodgers entfernte sich nicht so weit vom Detonationsnullpunkt wie die anderen. Er wusste, dass die Explosion ihn nicht verletzen, aber unangenehm heiß werden würde. Das hatte er jedoch einkalkuliert. Seine ungeschützten Finger waren gefühllos. Wenn er damit arbeiten wollte, musste er sie aufwärmen. Er ging bis an den Rand der Platte und vergrub dort das Gesicht zwischen den aufgestellten Knien. Mit den Innenseiten der Knie schützte er seine Ohren, die Arme hatte er um seine Beine geschlungen. Wenn die Granate losging, konnte er so einen ziemlichen Stoß abfangen.

Zuvor hatte er sich vergewissert, dass das Messer wieder in seiner Ausrüstungsweste steckte und das Funkgerät sicher in seinem Gürtel verstaut war. Zur Sicherheit lehnte er sich so weit wie möglich nach links. Falls ihn die Explosion wirklich umwarf, stürzte er so hoffentlich nicht auf das Funkgerät.

Die unterirdische Explosion fiel noch heftiger aus, als Rodgers erwartet hatte. Das Eis unter ihm bäumte sich auf, warf ihn aber nicht um. Allerdings riss die Druckwelle ein Stück der Eisplatte weg. Rodgers hörte, wie der Brocken durch die Luft flog, mit einem schrillen Geräusch, das selbst den Lärm der Detonation übertönte. Irgendwo links von ihm fiel der Klumpen zu Boden. Wahrscheinlich dachten die Inder, sie würden mit Mörsergranaten angegriffen, bis sie merkten, dass es sich nur um eine weitere Flashbang-Granate handelte.

Es folgten ein paar weniger grelle Blitze und ein peitschenähnliches Knallen, denn die Granate feuerte weiter. Noch bevor sie erstarben, stand Rodgers bereits am Ort der Explosion. Sie hatte ein ungefähr einen Meter zwanzig mal einen Meter zwanzig großes Loch ins Eis gerissen, in dem das Schmelzwasser stand. Ungefähr in der Mitte entdeckte er ein durchtrenntes Kabel.

Während am Rand des Lochs noch die letzten Reste der Granate glühten, ließ sich Rodgers auf den Bauch fallen und griff nach dem antennenseitigen Kabel. In einem halbzölligen Plastikmantel steckte ein Strang mit drei Kabeln, von denen eines rot, das zweite gelb und das dritte blau war. Rodgers holte sein Messer hervor und trennte das rote Kabel von den anderen. Er schnitt den nassen Rand ab und kerbte die Gummi-Ummantelung mit der Spitze seines Messers ein. Als er fertig war, war auch die Glut fast erloschen.

»Friday, Streichhölzer!«, sagte er.

Keine Antwort.

»Friday!«

»Er ist nicht hier!«, gab Nanda zurück.

Rodgers sah sich um, konnte jedoch in der Dunkelheit nichts erkennen. Entweder versteckte sich der NSA-Agent, bis er sah, wie die Sache ausging, oder er war von ihrem Scheitern so fest überzeugt, dass er schon unterwegs war zu den Indern auf der anderen Seite des Kessels. Rodgers konnte es sich jedoch nicht leisten, auch nur einen weiteren Gedanken an ihn zu verschwenden. Er legte das Kabel so ab, dass das freigelegte Ende das Schmelzwasser nicht berührte. Dann holte er schnell, aber mit einem Minimum an Bewegung die Karte aus seiner Westentasche. Noch nie war er so angespannt gewesen. Um keine Luftströmung zu verursachen, entfaltete er das Blatt weit weg von der verlöschenden Glut. Dann hielt er den Atem an, beugte sich vor und legte den Rand der Karte an den kaum noch glühenden Magnesiumfaden. Fiel die Berührung zu kräftig aus, würde die Glut endgültig erlöschen, war sie zu schwach, passierte gar nichts.

Das Schicksal zweier Nationen hing davon ab, wie ein Mann den Umgang mit der ältesten und primitivsten Technik der Menschheit meisterte. Vierzigtausend Jahre menschlicher Entwicklung waren wie ausgelöscht. Die menschliche Rasse kauerte als Fleischfresser mit Revierverhalten in dunklen Höhlen.

Das Papier begann zu rauchen und wurde an den Rändern rot. Einen Augenblick später schlugen triumphierend rote Flammen aus dem gedruckten Abbild Kaschmirs. Sehr passend.

»Nanda, kommen Sie her!«

Sie eilte zu ihm. Wenn die Inder ihre Stellungen nicht verließen, waren sie beide für den Augenblick sicher. Der verbleibende Teil der Platte bot genug Schutz, solange sie sich nicht von der Stelle rührten.

Rodgers reichte Nanda das Papier. Dann zog er seine Jacke aus, legte sie auf das Eis neben dem Loch und befahl Nanda, die Karte darauf zu legen. Die Jacke würde nicht Feuer fangen, aber sie brauchten etwas anderes, das brannte.

»Und zwar sehr schnell«, setzte er hinzu.

»Warten Sie.«

Sie griff in ihre Jackentasche und holte den kleinen Band der Upanischaden heraus, den sie immer bei sich trug.

»Die heiligen Texte werden mehr Seelen retten, als die Brahmanen es sich hätten träumen lassen.«

Offenbar spürte Nanda ähnliche spirituelle und atavistische Anwandlungen wie Rodgers. Vielleicht waren sie auch nur beide erschöpft.

Als das Papier brannte, holte der General das Funkgerät aus der Schlaufe an seinem Gürtel und legte es auf die Jacke. Dann beugte er sich dicht darüber.

Da das Funkgerät ein vakuumgeformtes, einteiliges Gehäuse hatte, ließ es sich nicht aufbrechen, ohne dass Rodgers Gefahr lief, die benötigten Bauteile zu beschädigen. Deshalb setzte er das Messer an der Verbindungsstelle zwischen Gerät und Mundstück an und löste dieses vorsichtig heraus. Was er brauchte, waren das Kabel dahinter und der Chip, zu dem es führte.

Während er lauschte, ob sich im Tal etwas tat, fischte er mit dem Messer nach dem Chip, der an dem Mundstück befestigt war. Auf keinen Fall durfte er den Chip vom Gerät lösen, weil er damit dessen Stromversorgung unterbrochen hätte. Schließlich stammte der Strom von der Batterie des Funkgeräts, nicht von der Batterie hinter der Satellitenschüssel. Er musste sichergehen, dass er das richtige Kabel für die Verbindung durchtrennte. Nachdem er das Mundstück so weit wie möglich herausgezogen hatte, hielt er die Öffnung schräg gegen das Licht. Zwanzig Jahre früher wäre es eine hoffnungslose Aufgabe gewesen. Damals waren Funkgeräte mit Transistoren und Drähten voll gestopft, die nur dem Fachmann etwas sagten. Das Innere dieses Geräts war jedoch relativ sauber und übersichtlich, nur ein paar Chips und Kabel.

Rodgers entdeckte die Batterie und das Kabel, das Mikrochip und Mundstück damit verband. Durchtrennen musste er das andere Kabel, das zur Antenne des Funkgeräts führte.

Nachdem er das Gerät vorsichtig auf die Jacke zurückgelegt hatte, schnitt er das Kabel mit dem Messer so dicht wie möglich an der Antenne durch. So blieben ihm ungefähr fünf Zentimeter Kabel, mit denen er arbeiten konnte.

In der Hocke legte er das verbleibende Kabelstück frei, wobei er seine Stiefelspitze als Unterlage benutzte. Dann griff er nach dem eingekerbten Kabel der Satellitenantenne und entfernte mit den Fingernägeln die Plastikummantelung. Als ein guter Zentimeter Draht freilag, verzwirbelte er die beiden Kupferdrähte miteinander und schaltete das Gerät ein. Dann wich er zurück und schob Nanda sanft vor.

Es war der absurdeste Notbehelf, den Mike Rodgers in all den Jahren seiner Laufbahn je gesehen hatte. Aber das zählte nicht. Wichtig war nur eines.

Dass es funktionierte.

65

Washington, D. C. – Donnerstag, 18 Uhr 21

Für Ron Plummer war es eine völlig neue Erfahrung. Einem Augenblick größter Euphorie folgte eine Ernüchterung, die so brutal war, dass ihm körperlich übel wurde.

Als der Anruf aus Islamabad einging, lauschte Botschafter Simathna einen Augenblick. Dann lächelte er breit. Schon bevor der Lautsprecher eingeschaltet wurde, wusste Plummer, wie die Nachricht lautete.

Mike Rodgers hatte es geschafft. Irgendwie hatte er seine Nachricht an die pakistanische Basis übermittelt, die den Silo überwachte. Diese wiederum hatte sie an das Verteidigungsministerium weitergegeben. Von dort war das Band zu CNN gelangt und weltweit gesendet worden.

»Mein Name ist Nanda Kamur«, erklärte die hohe, kratzige Stimme auf der Aufnahme. »Ich bin aus Kaschmir, indische Staatsbürgerin und Civilian Network Operative. Mehrere Monate lang arbeitete ich mit der indischen Special Frontier Force bei der Unterwanderung einer Gruppe pakistanischer Terroristen zusammen. Die Special Frontier Force behauptete, die Terroristen sollten mit meiner Hilfe verhaftet werden. Stattdessen wurden die von mir gesammelten Informationen dazu verwendet, den Pakistanern eine Falle zu stellen. Die Terroristen sind für viele schreckliche Akte verantwortlich, aber nicht für den Bombenanschlag, der am Mittwoch auf dem Markt von Srinagar auf einen Bus voller Pilger und einen hinduistischen Tempel verübt wurde. Das war das Werk der Special Frontier Force.«

Botschafter Simathna strahlte immer noch, als er das Telefon ausschaltete und sich zu einer zweiten Freisprecheinrichtung beugte. Es war die offene Leitung zu Paul Hoods Büro im Op-Center.

»Direktor Hood, haben Sie das gehört?«

»Allerdings. Es läuft gerade auch über CNN.«

»Das ist höchst erfreulich. Ich gratuliere Ihnen und Ihrem General Rodgers. Wie er die Botschaft übermittelt hat, weiß ich zwar nicht, aber es war eine höchst eindrucksvolle Leistung.«

»General Rodgers ist ein sehr eindrucksvoller Mann«, stimmte Hood zu. »Wir wüssten selbst gern, wie er das geschafft hat. Bob Herbert sagt, Colonel August könne ihn nicht erreichen. Das Handy muss defekt sein.«

»Solange das das einzige Opfer bleibt«, scherzte Simathna. »Die Inder werden natürlich behaupten, die Pakistaner hätten Miss Kumar das Gehirn gewaschen, aber General Rodgers kann diese Behauptungen ja entkräften.«

»General Rodgers wird die Wahrheit sagen, wie auch immer die aussieht«, lautete Hoods diplomatische Erwiderung.

Noch während er sprach, piepste das andere Telefon. Simathna entschuldigte sich, um den Anruf entgegenzunehmen.

Das Lächeln auf dem Gesicht des Botschafters zitterte einen Augenblick lang, bevor es in sich zusammenfiel. Aus seinem schmalen Gesicht wich die Farbe. Ron Plummer mochte sich gar nicht vorstellen, was der Botschafter soeben erfuhr. Der Gedanke an einen pakistanischen Atomangriff raste durch sein verzweifeltes Gehirn.

Simathna sagte gar nichts, sondern lauschte nur. Nach ein paar Sekunden hängte er ein. Als er Plummer ansah, stand in seinen Augen tiefe Traurigkeit.

»Mr. Hood, ich fürchte, ich habe schlechte Nachrichten für Sie.«

»Wie sehen die aus?«

»Offenbar wurde die Platte über dem Silo bei General Rodgers Aktion entfernt oder schwer beschädigt.«

»Sagen Sie es nicht. Sagen Sie es bloß nicht!«

Das brauchte Simathna auch nicht. Sie wussten alle, was das bedeutete.

Der zum Schutz des Silos angebrachte Sprengstoff war

automatisch aktiviert worden. Da sich niemand im Inneren des Silos befand, der diesen Befehl widerrufen konnte, würde er in wenigen Minuten explodieren.

66

Washington, D. C. – Donnerstag, 18 Uhr 24

Paul Hood konnte nicht glauben, dass Mike Rodgers so weit gekommen war, sein eigenes kleines Wunder vollbracht hatte, nur um jetzt in die Luft gesprengt zu werden. Dabei wäre es so einfach zu verhindern gewesen, aber dafür hätte er erreichbar sein müssen. Obwohl weder Hood noch Herbert oder Coffey etwas sagten, schwelte unter der Oberfläche eine gewaltige Frustration. Trotz aller Technologie, die ihnen zur Verfügung stand, waren die Männer so hilflos, als lebten sie in der Steinzeit.

Hood war in seinem Ledersessel zusammengesunken. Gedemütigt durch das ungewohnte Gefühl der Hilflosigkeit, starrte er auf den Boden. In der Vergangenheit hatte es immer einen Alternativplan gegeben, auf den sie zurückgreifen konnten. Jemand, den sie zu Hilfe holen konnten, Zeit, um sich die nötigen Ressourcen zu beschaffen oder zumindest Kommunikationsmittel. Diesmal war das anders. Und er fürchtete, dass Mike, Nanda und der Pakistaner ihre Schutzengel bereits überbeansprucht hatten, als es ihnen gelang, einen Atomkrieg zu verhindern. Folglich brachte es wohl nicht viel, wenn er jetzt für ihre Rettung betete. Vielleicht war ihr Leben und das der Strikers der Preis, den sie zu zahlen hatten. Ganz im Stillen jedoch flehte er die christliche, hinduistische oder islamische Gottheit an, die sie bis jetzt bewahrt hatte, sich noch ein wenig länger ihrer anzunehmen. Paul Hood war nicht bereit, Mike Rodgers zu verlieren. Noch nicht.

»Vielleicht haben Mike und das Mädchen das Gebiet

verlassen, nachdem sie ihren Job erledigt hatten«, meinte Coffey.

»Möglich wäre es«, stimmte Herbert zu. »So wie ich Mike kenne, hat er aber noch eine Weile weitergesendet. Vielleicht wissen sie gar nicht, ob ihre Botschaft angekommen ist.«

Coffey zog ein finsteres Gesicht.

»Selbst wenn sie bereits aufgebrochen sein sollten, bezweifle ich, dass sie sich weit genug vom Silo entfernt haben.«

»Was meinen Sie damit?«

»Dort drüben ist es tiefste Nacht und stockfinster. Nach allem, was sie erlebt haben, sucht sich Mike bestimmt ein Plätzchen, an das sie sich bis nach Tagesanbruch zurückziehen können, wenn es etwas wärmer ist. Falls jemand verwundet wurde, wird er erste Hilfe leisten wollen. Besonders schlimm ist, dass wir nicht einmal wissen, wie viel Zeit uns bis zur Explosion noch bleibt. Offenbar ist Mike in den Silo eingedrungen, um die Übertragung vorzunehmen. Als er die Platte bewegte, wurde der Sprengstoff geschärft. Das heißt, der Count-down läuft.«

»Ich kann einfach nicht glauben, dass diese Mistkerle in Pakistan den Prozess nicht aufhalten.«

»Ich schon. Und ich kann Ihnen auch sagen, was genau in diesem Augenblick vor sich geht. Jede Wette, dass sich dort oben ein Netzwerk unterirdischer Silos befindet, die durch Tunnel miteinander verbunden sind. Im Moment wird die Rakete gerade automatisch in einen anderen Silo verlegt.«

»Wie bei den unterirdischen Scud-Stellungen meinen Sie?«

»Genau. Sobald die Rakete außer Reichweite ist, fliegen der Silo und sein Entdecker in die Luft. In den Trümmern findet sich nicht der geringste Hinweis auf eine Rakete. So können sie immer behaupten, es wäre ein Schutzbunker für Gletscherforscher oder für Soldaten, die in der Region patrouillieren, gewesen oder sich sonst ein Märchen ausdenken.«

»Das hilft uns aber nicht dabei, Mike dort herauszuholen.« Coffeys Stimme klang sehr ernst.

Noch während Herbert sprach, hatte das Telefon gepiepst. Hood nahm ab. Es war Stephen Viens vom National Reconnaissance Office.

»Paul, die Weitwinkelkamera hat etwas entdeckt, das Mike wissen sollte, falls er sich noch auf dem Chittisin-Plateau aufhält«, meldete er sich.

Hood schaltete den Lautsprecher ein und richtete sich gespannt auf. »Sprechen Sie, Stephen.«

»Vor wenigen Minuten sahen wir, wie sich ein Punkt dem Gebiet näherte. Wir glauben, es handelt sich um einen indischen Mi-35, vermutlich den, mit dem sie bereits aneinander geraten sind. Wahrscheinlich stürzt er sich frisch aufgetankt in die nächste Runde.«

Bei Viens Worten hatten Hood und Herbert hoffnungsvolle Blicke gewechselt. Viel zu sagen brauchten sie nicht. Plötzlich gab es wieder eine Option. Die Frage war nur, ob ihnen genügend Zeit blieb, sie zu nutzen.

»Stephen, bleiben Sie bitte in der Leitung. Und vielen, vielen Dank.«

Mit kaum verhohlener Eile griff Herbert nach dem Rollstuhltelefon und gab die Kurzwahl seines Verbindungsmannes beim indischen Militär ein.

Hood tat auch etwas, aber nur ganz privat in seinem Inneren.

Er schickte einen stummen Dank an das Wesen, das über Mike Rodgers wachte.

67

Siachin-Gletscher – Freitag, 4 Uhr 00

Mit gezogener Waffe hockte Rodgers hinter der Platte und starrte ins Tal hinaus. Während Nanda ihre Botschaft sendete, hatte er das Feuer ausgehen lassen. Bis jetzt hatten sich die Inder zwar nicht gerührt, aber er wollte ihnen kein Ziel bieten, falls sie ihre Meinung änderten und doch noch angriffen. Dafür konnte es mehrere Gründe geben.

Wäre Nandas Nachricht durchgekommen, hätten die Soldaten es Rodgers inzwischen bestimmt wissen lassen. Die Inder wollten schließlich genauso wenig erschossen werden wie er. Ihr Schweigen deutete darauf hin, dass sie entweder lauerten, dass Rodgers ein Fehler unterlief, oder mit Verstärkung rechneten. Wahrscheinlich warteten sie für ihren Angriff die Morgendämmerung ab. Da sie die Waffen mit der größeren Reichweite besaßen, brauchten sie nur auf die Hänge zu klettern, um ihre Ziele abzuschießen. Durchaus denkbar war auch, dass die Inder bereits langsam und vorsichtig vorrückten. Vielleicht hatte Ron Friday ihre Position verraten, um selbst freies Geleit zu erhalten. Das hätte Rodgers nicht im Geringsten überrascht. Der Mann hatte sich verraten, als er nicht danach fragte, warum Fenwick zurückgetreten war. Nur Hood, der Präsident, der Vizepräsident, die First Lady und Fenwicks Assistent hatten gewusst, dass dieser ein Verräter war.

Und Friday. Wahrscheinlich, weil er Fenwicks Mann in Baku, Aserbaidschan, gewesen war. Durchaus denkbar, dass er bei den Angriffen auf die dort stationierten CIA-Agenten seine Hand im Spiel gehabt hatte. So oder so würde Ron Friday dafür zur Verantwortung gezogen werden. Wenn Rodgers ihn nicht gleich zur Strecke bringen konnte, würde er über das Funkgerät eine Nachricht an Hood senden.

Ohne Feuer stellte sich jedoch ein neues Problem. Mike Rodgers hatte Handschuhe und Jacke geopfert. Jetzt waren seine Hände gefühllos, Brust und Arme eiskalt. Wenn er nicht schnell etwas unternahm, würde er an Unterkühlung sterben.

Er vergewisserte sich kurz, dass Nanda durch die Überreste der Eisplatte ausreichend vor Gewehrfeuer geschützt war. Dann kroch er zu der Stelle, an der er Samuel hinter der Barrikade aus Eis zurückgelassen hatte.

Der Pakistaner war tot.

Für Rodgers kam das nicht überraschend. Erstaunlich fand er jedoch die Trauer, die er angesichts des leblosen Körpers empfand. Terroristen waren Mike Rodgers in tiefster Seele zuwider. Er hatte sogar eine idiotensichere Methode entwickelt, mit ihnen fertig zu werden. Allerdings war den Vereinigten Staaten ihr Image zu wichtig, als dass diese zum Einsatz gekommen wäre. Wäre es nach Rodgers gegangen, hätte das Pentagon nach Identifizierung des Schuldigen die Hauptstadt seines Landes mit Atomraketen beschossen. Schlugen die Terroristen erneut zu, wurde die zweitgrößte Stadt des Landes ausradiert. Binnen kurzem gab es entweder keinen Terrorismus oder keine Feinde der USA mehr. Auf jeden Fall wurden die Leben von Amerikanern gerettet, und darauf kam es Rodgers an.

Aber an Samuel war etwas gewesen, das nicht in das Schema vom blinden Fanatiker passte. In den letzten Augenblicken seines Lebens, wo er eigentlich zu Allah um die Rettung seiner Seele hätte beten sollen, hatte er Rodgers erklärt, wie er die Satellitenschüssel an sein Funkgerät anschließen musste. Das und sein verbissener Marsch an der Seite zweier historischer Feinde hatten Rodgers schwer beeindruckt.

Jetzt, im Tod, rettete Samuel auch noch Rodgers das Leben. Voller Dankbarkeit entfernte der General Jacke und Handschuhe des Toten. Die Leichen der Feinde zu plündern hatte immer schon zum Krieg gehört, aber normalerweise nahmen sich Soldaten nicht einmal Dinge, die sie brauchten, von gefallenen Verbündeten. Doch in diesem Augenblick fühlte er sich nicht wie ein Plünderer, sondern als hätte er ein Geschenk erhalten.

Neben der Leiche kniend, zog er sich an. Kaum war er damit fertig, spürte er ein Kribbeln in den Knien. Zuerst dachte er, das käme von der Kälte, doch dann wurde ihm klar, dass der Untergrund leicht vibrierte. Einen Augenblick später hörte er ein leises Dröhnen.

Es fühlte sich an und klang wie eine beginnende Lawine. Er fragte sich, ob die Explosionen die Eishänge so erschüttert hatten, dass sie über ihnen zusammenstürzten. In diesem Fall war der Fuß eines Hangs nicht gerade der sicherste Ort.

Rodgers sprang auf und lief zu Nanda zurück. Dabei fühlte er ein Grollen in seinem Bauch, das ihm bekannt vorkam.

Das war keine Lawine. Schlimmer, es war der Grund, warum die Inder mit ihrem Angriff solange gewartet hatten.

Einen Augenblick später wurden die Gipfel um sie herum von Norden her angestrahlt. Der Rhythmus des sich nähernden Grollens und Dröhnens war nun unverkennbar: der indische Helikopter. Eigentlich hätte er damit rechnen müssen. Die Soldaten hatten dem Mi-35, der bereits einmal versucht hatte, sie zu eliminieren, über Funk ihre Position durchgegeben.

Rodgers glitt an Nandas Seite und kniete sich vor sie. In der Dunkelheit tastete er nach ihren Wangen und nahm sie in seine Hände. Ihren Kopf haltend, hielt er seine Lippen dicht an ihr Ohr, damit sie ihn trotz des Lärms verstehen konnte.

»Sie müssen versuchen, den Eingang zu erreichen, während ich den Hubschrauber ablenke. Es wird nicht einfach werden, an den Soldaten vorbeizukommen, aber es könnte Ihre einzige Hoffnung sein.«

»Woher wissen wir, dass die uns töten wollen?«

»Das wissen wir nicht. Wenn wir fliehen, können wir es aber ebenso gut herausfinden, wie wenn wir uns ergeben.«

»Leuchtet mir ein.«

Rodgers konnte das Lächeln in ihrer Stimme geradezu hören.

»Arbeiten Sie sich entlang der Wand hinter mir vor. Mit etwas Glück löst der Hubschrauber auf der anderen Seite eine Lawine aus.«

»Das hoffe ich nicht, schließlich sind es meine Landsleute.«

Da hat sie Recht, dachte Rodgers.

»Trotzdem vielen Dank«, fuhr sie fort. »Danke dafür, dass Sie diesen Kampf zu Ihrem gemacht haben. Viel Glück.«

Der General tätschelte ihr die Wange. Dann war sie verschwunden, während er weiter die Landung des Choppers beobachtete. Plötzlich hielt der russische Vogel in der Mitte des Tals an, wo er gleich weit von Rodgers und den Indern entfernt war. Nach etwa zwanzig Sekunden gewann er plötzlich wieder an Höhe, schwenkte nach Süden ab und verschwand hinter den Gipfeln in der Nähe des Eingangs. Durch den schmalen Tunnel drang von draußen das Licht der Scheinwerfer herein.

Rodgers spähte über die Platte. Der Chopper war gelandet. Vielleicht fürchteten sie, eine Lawine auszulösen, und hatten beschlossen, Bodentruppen einzusetzen. Dann war der Eingang so gut wie blockiert. Sofort sprang er auf und lief Nanda nach. Er musste sie zurückholen und sich eine neue Strategie ausdenken. Vielleicht konnte er ja mit den Leuten verhandeln und erreichen, dass sie sie herausließen. Wie sie gesagt hatte, waren es schließlich ihre Landsleute.

Doch im Laufen machte er eine erstaunliche Entdeckung. Über ihm rannten drei der indischen Soldaten auf den Eingang zu. Die wollten nicht angreifen, die wurden evakuiert.

Und dann geschah etwas noch Erstaunlicheres.

»General Rodgers!«, rief eine Stimme.

Westlich des Eingangs stand jemand halb verborgen hinter einem Eisgebilde.

Na gut, dachte Rodgers, nehme ich den Köder eben an. »Ja?«, rief er zurück.

»Ihre Botschaft ist durchgekommen! Wir müssen sofort hier weg!«

Rodgers fühlte sich, als hätte man ihm eine Adrenalinspritze verpasst. Von den Beinen über seinen Geist bis zu seinem Verstand – er fühlte sich komplett neu belebt. Über Spalten springend und Eiswächten ausweichend, rannte er weiter. Entweder war Ron Friday noch raffinierter, als er gedacht hatte, oder der Mann sagte die Wahrheit. Das würde er bald herausfinden, ihm blieb ohnehin keine Wahl.

Vor sich sah er Nanda, die den Eingang erreicht hatte und auf das Licht zulief. Wenige Augenblicke später traf Rodgers gleichzeitig mit dem indischen Soldaten, einem Unteroffizier, dort ein. Der Inder hatte sich das Gewehr über die Schulter gehängt, in seinen behandschuhten Händen war keine Waffe zu sehen.

»Schnell«, drängte der Inder, während sie in den Tunnel liefen. »Der ganze Kessel ist eine pakistanische Zeitbombe. Anscheinend befindet sich hier ein Waffenlager. Irgendwie haben Sie den Zeitzünder aktiviert.«

Vermutlich durch die Manipulation der Satellitenschüssel, dachte Rodgers. Noch wahrscheinlicher war allerdings, dass die Pakistaner sie allesamt auslöschen wollten, um den Standort des Atomwaffensilos nicht zu verraten.

»Ich kann gar nicht glauben, dass Sie nur zu zweit waren«, keuchte der Unteroffizier, während sie durch den Tunnel hetzten. »Wir dachten, Sie wären viel mehr.«

»Das waren wir auch.« Vor sich sah Rodgers den Chopper. Indische Soldaten halfen Nanda beim Einsteigen. »Die anderen sind tot.«

Die Männer verließen den Tunnel, rannten die letzten 25 Meter und sprangen durch die offene Tür in den Mi-35. Der Hubschrauber stieg sofort auf, wobei er sich gleichzeitig von der gefährlichen pakistanischen Basis entfernte.

Als die Helikoptertür hinter ihnen zugeschoben wurde, taumelte Rodgers auf die Wand des überfüllten Laderaums zu. Es gab keine Sitze, nur die Umrisse frierender, erschöpfter Menschen. Der Adrenalinkick ließ nach, seine Beine versagten, und er fiel zu Boden. Ohne große Überraschung stellte er fest, dass Nanda bereits an einer Munitionskiste lehnte. Während der Hubschrauber, der seine Flughöhe erreicht hatte, nach Norden abdrehte, rutschte Rodgers auf den Platz neben sie. Er kuschelte sich an sie und nahm ihre Hand, wobei jeder den anderen stützte.

Die Inder um sie herum zündeten sich Zigaretten an und bliesen auf ihre Hände, um sie zu wärmen.

In der Kabine war es kaum über null Grad warm, aber im Vergleich zu den Temperaturen draußen war das geradezu gemütlich. Rodgers Haut kribbelte angenehm. Unwillkürlich schloss er die Augen. Auch sein Verstand begann sich abzuschalten.

Bevor er endgültig einschlief, spürte er in sich eine tiefe Befriedigung darüber, dass Samuel an einem Ort gestorben war, der zumindest dem Namen nach seinem Land gehört hatte. Silo, Waffenlager, wie Islamabad es auch nennen mochte, zumindest war es von Pakistanern errichtet worden.

Was Friday anging, freute es ihn, dass der Mann in weiter Ferne von dem Land umkommen würde, das er verraten hatte.

Tiefer Respekt für einen Terroristen, während er für den Amerikaner nur Hass empfand.

Zum Glück musste er sich mit diesem Gedanken nicht jetzt auseinander setzen.

68

Siachin-Gletscher – Freitag, 4 Uhr 07

Zuerst war Ron Friday verwirrt gewesen, als der Chopper den Talkessel verließ.

Sein Plan war einfach gewesen. Falls Oberpfadfinder Rodgers die Auseinandersetzung wider Erwarten gewann, wollte er ihm erzählen, er hätte von der Seite aus nach einem indischen Angriff Ausschau gehalten. Setzten sich die Inder durch, womit Friday fest rechnete, hätte er eben versucht, sie zu erreichen, um der Pattsituation ein Ende zu setzen.

Auf gar keinen Fall hatte er diese plötzliche Entspannung erwartet, und dass alle gemeinsam verschwanden, während er auf der anderen Seite des Kessels festsaß, wo der Hubschrauberlärm seine Rufe übertönte.

Doch als der Hubschrauber abgeflogen war, fühlte er weder Enttäuschung noch Ärger. Er war allein, aber das war für ihn nichts Neues. Jetzt brauchte er erst einmal Ruhe und musste den Rest der kalten Nacht überleben. Danach konnte er sich am nächsten Tag bis zur Waffenstillstandslinie durchschlagen.

Das war schließlich von Anfang an sein Ziel gewesen.

Einmal dort angelangt, würde ihm schon ein Weg einfallen, die Sache zu seinem Vorteil zu drehen. Immerhin hatte er bei der Verhinderung eines Atomkriegs um Kaschmir eine wichtige Rolle gespielt. Bei dieser Operation hatte er zudem Dinge erfahren, die für beide Seiten interessant sein würden.

Als das Licht des aufsteigenden Hubschraubers hinter den Gipfeln verschwand, hielt sich Friday etwas nordöstlich vom Zentrum des Talkessels auf. Nur zwei Personen hatten sich den Indern angeschlossen. Das hieß, dass die dritte, vermutlich Samuel, tot in der Nähe des Eingangs zum Silo liegen musste. Der Pakistaner würde seine Kleidung nicht länger brauchen. Wenn es Friday gelang, eine Nische zu finden, konnte er aus den Kleidungsstücken eine Klappe fertigen, um die Kälte abzuhalten. Außerdem hatte er ja noch die Streichhölzer. Vielleicht entdeckte er etwas, womit er ein kleines Lagerfeuer anzünden konnte. Solange er lebte, bestand Hoffnung.

Einen Augenblick später ging diese Hoffnung in einem Chaos aus Eis und Feuer unter.

69
Himachal-Gruppe – Freitag, 4 Uhr 12

Hinter die Felsblöcke am Rand des Plateaus geduckt, sahen und hörten Brett August und William Musicant die ferne Explosion. Sie ließ den Felsvorsprung erbeben und übergoss Berge und Himmel im Nordosten mit einer tiefroten Helligkeit, die August an die Glut von Holzkohle erinnerte, die man mit einem Stock vorübergehend wieder anfachte. Es war ein dünnes, blutrotes Licht, das überall die gleiche Intensität besaß.

August hielt vergeblich nach einem Kondensstreifen Ausschau. Also war es kein Raketenabschuss gewesen. Die Explosion kam aus der Richtung, in die Mike Rodgers gezogen war. Hoffentlich steckte sein alter Freund dahinter und war ihr nicht zum Opfer gefallen.

Das Inferno tobte ein paar Augenblicke lang und erstarb dann schnell. Draußen auf dem Gletscher gab es vermutlich nicht viel brennbares Material. Er richtete seine müden, brennenden Augen wieder auf das Tal unter ihm. Dort hielten sich die Leute auf, die seine Soldaten getötet, sie vom Himmel geholt hatten, ohne dass diese auch nur die Waffe hätten ziehen können. Obwohl er einerseits natürlich nicht wollte, dass die Situation eskalierte, wünschte er sich andererseits geradezu, dass die Inder den Berg stürmten, damit er sein Team rächen konnte.

Der Eissturm hatte sich gelegt, aber der Wind blies unvermindert stark. Erst die Sonne würde die Luft erwärmen und umlenken. Im Augenblick jedoch fegte der Sturm mit unerbittlicher Gewalt und eisiger Kälte ohne Unterlass von den Bergen herab. Am schlimmsten war das ständige Pfeifen. August fragte sich, ob die Legende von den Sirenen, die die Seefahrer mit ihrem Lied in den Wahnsinn trieben, von solchen Winden inspiriert war. Er konnte sich das durchaus vorstellen.

Sein Gehör war so geschädigt, dass er noch nicht einmal das Piepsen des TAC-SAT-Telefons hörte. Zum Glück sah er das rote Licht blinken. Er knöpfte den Kragen auf, der sein Gesicht bis zur Nasenwurzel bedeckte, und drehte die Lautstärke auf, bevor er abnahm. Wenn er Bob Herbert hören wollte, war das dringend nötig.

»Ja?«, brüllte er in das Mundstück.

»Colonel, es ist vorbei.«

»Bitte wiederholen Sie!« Er hatte sich tatsächlich eingebildet, Herbert hätte gesagt, es sei vorbei.

»Es ist Mike gelungen, seine Botschaft zu senden«, erklärte Herbert laut und deutlich. »Die indischen Truppen von der Waffenstillstandslinie werden zurückgezogen. Bei Sonnenaufgang holt Sie ein Chopper ab.«

»Verstanden. Vor einer Minute gab es im Nordosten eine Explosion. Steckte Mike dahinter?«

»In gewisser Weise. Wir informieren Sie, sobald man Sie abgeholt hat.«

»Was ist mit den Strikers?«

»Das muss noch geklärt werden.«

»Ohne sie gehe ich nicht.«

»Colonel, hier ist Paul«, schaltete sich Hood ein. »Wir müssen noch ermitteln, in wessen Zuständigkeit das Tal fällt ...«

»Ohne sie gehe ich nicht.«

Ein langes Schweigen folgte. »Ich verstehe«, sagte Hood schließlich.

»Brett, können Sie sich dort bis zum Vormittag halten?«, fragte Herbert.

»Ich werde tun, was nötig ist.«

»In Ordnung«, gab Herbert zurück. »Der Chopper kann Corporal Musicant abholen. Ich verspreche Ihnen, wir klären die Situation so schnell wie möglich.«

»Danke, Sir. Wie lauten die Befehle bezüglich der drei Pakistaner?«

»Sie kennen mich ja. Jetzt wo sie ihren Zweck erfüllt haben, würde ich ihnen gern eine Kugel in ihre mörderischen kleinen Köpfe jagen. Meine Frau wird sich da oben darum kümmern, dass der Bus ins Paradies zurückgeschickt wird.«

»Von den moralischen Aspekten einmal abgesehen«, mischte sich Hood ein, »gibt es rechtliche und politische Erwägungen, die zu berücksichtigen sind. Außerdem besteht die Möglichkeit, dass sie bewaffneten Widerstand leisten. Das Op-Center besitzt hinsichtlich der FKM keinerlei Zuständigkeit. Bis jetzt hat sich Indien nicht offiziell nach dem Rest der Zelle erkundigt. Die Leute können tun, was sie wollen. Wenn sie sich ergeben, werden sie von den Indern verhaftet und vor Gericht gestellt werden. Sollten sie sich gegen Sie wenden, liegt es in Ihrem eigenen Ermessen, wie Sie reagieren.«

»Paul hat Recht«, stimmte Herbert zu. »Das Wichtigste ist, dass Sie und Corporal Musicant sicher nach Hause kommen.«

August sagte, er habe verstanden und werde sich von dem Hubschrauber mit Lebensmitteln und Wasser versorgen lassen. Danach werde er ins Mangala-Tal absteigen, um die übrigen Strikers zu suchen.

Nachdem er aufgehängt hatte, erhob August sich. Das ging nur langsam, weil seine Beine von der Kälte steif waren. Er schaltete die Taschenlampe ein und arbeitete sich über das eisbedeckte Plateau zu Musicants Stellung vor, um dem Sanitäter die gute Nachricht zu überbringen. Dann ging er zu der Stelle zurück, an der Sharab und ihre beiden Kameraden kauerten. Im Gegensatz zu den Strikers waren sie nicht für kaltes Wetter ausgebildet, und ihre Kleidung war auch nicht so warm wie die von August und Musicant.

August hockte sich neben sie. Als das Licht auf sie fiel, zuckten sie zusammen. Der Colonel fühlte sich an Aussätzige erinnert, die die Sonne scheuen. Sharab zitterte. Ihre geröteten Augen blickten glasig, in Haar und Augenbrauen hing Eis. Ihre Lippen waren aufgesprungen, die Wangen feuerrot. August konnte nicht anders, als sie zu bemitleiden. Ihre beiden Kameraden waren noch schlechter dran. Ihre Nasen waren wund und bluteten, die erfrorenen Ohren würden sie vermutlich verlieren. Ihre Handschuhe waren so dick vereist, dass August sich nicht vorstellen konnte, dass sie auch nur die Finger bewegen konnten.

Bei ihrem Anblick wurde dem Colonel klar, dass Sharab und ihre Leute weder fliehen noch kämpfen würden. Er beugte sich zu ihnen.

»General Rodgers und Nanda haben ihre Mission erfüllt.«

Sharab starrte vor sich hin. Tränen traten in ihre geröteten Augen, und die ungeschützten Lippen bewegten sich stumm. Wahrscheinlich betete sie. Die anderen Männer fassten sie kraftlos am Arm und sprachen ebenfalls lautlose Worte.

»Bei Sonnenaufgang wird ein indischer Helikopter eintreffen, der Corporal Musicant abholt. Ich selbst werde ins Tal hinabsteigen, um den Rest meines Teams zu suchen. Was wollen Sie tun?«

Sharab richtete die tränenden Augen auf August. In ihrem Blick stand tiefe Verzweiflung, und ihre Stimme klang rau und zittrig. »Wird Amerika uns bei unserem Kampf für ein pakistanisches Kaschmir unterstützen?«

»Ich denke schon, dass sich die Lage aufgrund der Entwicklungen der letzten Tage verändern wird, aber ich weiß nicht, wie sich mein Land verhalten wird.«

Sharab legte ihren vereisten Handschuh auf seinen Unterarm. »Werden Sie uns helfen?«, stieß sie mühsam hervor. »Die haben Ihr Team getötet.«

»Der Wahnsinn zwischen Ihren Ländern hat mein Team getötet.«

»Nein.« Mit einer wilden Geste deutete sie auf den Rand des Plateaus. »Die Männer dort unten haben sie getötet. Sie sind gottlos und böse.«

August hatte nicht die Absicht, diese Diskussion weiterzuführen. Nicht mit jemand, der berufsmäßig öffentliche Gebäude und Polizeibeamte in die Luft sprengte.

»Sharab, ich habe bis jetzt mit Ihnen zusammengearbeitet. Mehr kann ich nicht tun. Es wird Gerichtsverfahren und eine Verhandlung geben. Wenn Sie sich stellen, können Sie die Sache Ihres Volkes vertreten.«

»Das hilft uns nicht weiter.«

»Zumindest könnte es ein Anfang sein.«

»Und wenn wir wieder den Berg hinuntergehen?« Das Sprechen fiel ihr schwer. »Was werden Sie dann tun?«

»Mich verabschieden, nehme ich an.«

»Sie werden uns nicht aufhalten?«

»Nein, aber jetzt müssen Sie mich entschuldigen. Ich will zu meinem Team.«

Für einen Augenblick verweilte sein Blick auf der Frau, die sich nicht geschlagen geben wollte. Hass und Wut waren stärker als Kälte und physische Erschöpfung. Er hatte in seinem Leben viele zu allem entschlossene Kämpfer gesehen: Vietcong, kurdische Widerstandskämpfer. Menschen, die ihr Heim und ihre Familie verteidigten. Aber dieser Fanatismus war entsetzlich.

Dann wandte er sich ab und ging über den schlüpfrigen, vom Wind gepeitschten Fels davon. Gerichtsverhandlungen waren vielleicht ein guter Anfang, aber sie würden mit Sicherheit nicht ausreichen, um den Konflikt zwischen Indern und Pakistanern zu lösen. Das konnte nur der Krieg, den sie gerade eben noch vermieden hatten. Oder die andauernden Bemühungen der internationalen Staatengemeinschaft über Generationen hinweg, eine Anstrengung, die ihresgleichen suchte.

Einen kurzen, traurigen Augenblick lang hatte August etwas mit Sharab gemeinsam.

Die tiefe Verzweiflung, die ihn gepackt hielt.

70

Washington, D. C. – Dienstag, 7 Uhr 10

Paul Hood saß allein in seinem Büro und ging auf dem Computer noch einmal die Ansprache durch, die er um zehn Uhr beim Gedenkgottesdienst für die Strikers halten wollte.

Wie versprochen, hatte Herbert die Inder dazu gebracht, Hubschrauber von der Waffenstillstandslinie zu entsenden, die die Leichen der Strikers aufnahmen. Seine Argumentation war einfach gewesen. Die Pakistaner versprachen, sich aus der Region herauszuhalten, obwohl sie das Tal für sich beanspruchten. Dafür überzeugte Herbert Neu-Delhi davon, dass es keine gute Idee war, wenn die Pakistaner die Leichen von Amerikanern einsammelten, die von Indern getötet worden waren. Die politischen Implikationen einer solchen Aktion wären sowohl für Indien als auch für die Vereinigten Staaten höchst unerwünscht gewesen.

Colonel August nahm die beiden Mi-35 unten im Tal in Empfang, als sie dort am späten Freitagnachmittag eintrafen. Die Toten lagen bereits nebeneinander aufgereiht unter ihren Fallschirmen. Bis sie am Sonntag nach Quantico geflogen wurden, blieb August bei ihnen. Erst dann erklärte sich der Colonel bereit, ins Krankenhaus zu gehen, wo er auf Mike Rodgers traf.

Seit der Gründung des Op-Centers hatten Hood und Rodgers an viel zu vielen solcher Gottesdienste teilgenommen. Mike Rodgers hielt dann immer mitreißende Reden, die von Pflicht und Soldatenleben, Heldentum und Tradition handelten. Dagegen versuchte Hood das Opfer in einen Zusammenhang zu stellen. Die Rettung eines Landes und von Menschenleben oder ein verhinderter Krieg. Jedes Mal gelang es ihnen, den Trauernden ein Gefühl der Hoffnung zu vermitteln. Der Tod ihrer Lieben war nicht umsonst gewesen, und das erfüllte sie mit einem Stolz, der die Trauer linderte.

Diesmal aber war alles anders. Es war ein Abschied nicht nur von den Strikers.

Neu-Delhi hatte sich beim Op-Center offiziell für die Entdeckung einer pakistanischen Zelle bedankt. Am Fuß der Himachal-Gruppe im Himalaja waren die Leichen dreier Terroristen gefunden worden. Offenbar waren sie auf einem Felsband ausgerutscht und in den Tod gestürzt. Anhand der Akten der Special Frontier Force hatte man sie identifizieren können.

Dagegen hatte sich Islamabad beim Op-Center offiziell für die Abwendung eines Atomschlags gegen Pakistan bedankt. Obwohl Major Dev Puri und andere den indischen Verteidigungsminister als Urheber der Verschwörung genannt hatten, stritt dieser alles ab und erklärte, er werde sich gegen alle Anschuldigungen verteidigen. Vermutlich würden der Minister und andere Verantwortliche zurücktreten, und damit war die Sache erledigt. Neu-Delhi würde lieber reale Vergehen unter den Tisch kehren, als Pakistan mehr Glaubwürdigkeit in der Weltöffentlichkeit zu verschaffen.

Sogar von Nanda Kumar hatte Hood einen Anruf erhalten. Die junge Frau rief aus Neu-Delhi an, um sich zu bedanken. General Rodgers war für sie nicht nur ein Held, sondern auch ein Gentleman. Selbst wenn er ihren Großvater nicht hatte retten können, so hatte er doch alles getan, um ihm den Marsch zu erleichtern. Sobald sie das Krankenhaus verlassen konnte, wollte sie nach Washington kommen, um Hood und Rodgers zu besuchen. Obwohl sie genau genommen eine indische Geheimagentin war, würde sie bestimmt eine Einreisegenehmigung erhalten, davon war Hood überzeugt. Durch ihre Rundfunkansprache hatte sie internationale Berühmtheit erlangt. Für den Rest ihres Lebens würde sie Bücher schreiben und Reden halten. Hoffentlich war sie reifer als ihre 22 Jahre und nutzte ihre Beliebtheit, um sich für Toleranz und Frieden in Kaschmir einzusetzen, und nicht, um die Ziele Indiens oder Nanda Kumars zu erreichen.

Aus dem Ausland kam einstimmiges Lob. Selbst wenn es dem Op-Center gelang, eine Katastrophe abzuwenden, gab es normalerweise große Aufregung, weil Hood und seine Leute sich angeblich in die inneren Angelegenheiten Spaniens, Koreas[6], des Nahen Ostens oder anderer Staaten eingemischt hatten, wenn sie dort eine Krise lösten.

Trotz der Zustimmung aus dem Ausland hatte das Op-

---

[6] s. *Tom Clancys Op-Center 5: Machtspiele* und *Tom Clancys Op-Center*

Center an der Heimatfront schwere Schläge einstecken müssen. Das war in diesem Maße noch nie der Fall gewesen. Sie kamen hauptsächlich von Hank Lewis und dem für Aufklärung zuständigen Kongressausschuss, die wissen wollten, warum Rodgers Friday auf dem Siachin-Gletscher zurückgelassen hatte. Warum waren die Strikers am helllichten Tag in einem militärischen Krisengebiet abgesprungen und nicht während der Nacht? Warum war das NRO in die Operation involviert, aber nicht die CIA und die NSA nur teilweise, obwohl sie doch einen Agenten vor Ort hatte? Hood und Rodgers waren im Kapitol angetreten, um Lewis, Fox und den übrigen Ausschussmitgliedern alles zu erklären.

Sie hätten ebenso gut Urdu sprechen können. Der Ausschuss hatte bereits entschieden, dass nicht nur der geplante Personalabbau in vollem Maße umgesetzt werden sollte, das Op-Center sollte auch keinen militärischen Flügel mehr unterhalten. Die Strikers-Truppe wurde offiziell aufgelöst. Colonel August und Corporal Musicant würden neue Aufgaben erhalten, und General Rodgers' Rolle sollte »neu bewertet« werden.

Außerdem sollte Hood dem Ausschuss in Zukunft täglich anstatt wie bisher zweimal wöchentlich Bericht erstatten. Man wollte genau wissen, woran das Krisenzentrum arbeitete, von der Situationsanalyse bis zur fotografischen Aufklärung.

Hood vermutete, dass das Op-Center nur deshalb nicht aufgelöst wurde, weil der Präsident der Vereinigten Staaten hinter ihnen stand. Präsident Lawrence und die Generalsekretärin der Vereinten Nationen, Mala Chatterjee, hatten eine gemeinsame Erklärung abgegeben, in der sie Paul Hood zu dem unparteiischen Einsatz seines Teams für Menschlichkeit und Frieden gratulierten. Das war ein Dokument, das der Ausschuss nicht ignorieren konnte, vor allem angesichts der scharfen Kritik, die Chatterjee an Hoods Umgang mit der Krise beim Sicherheitsrat geübt hatte. Hood konnte sich kaum vorstellen, welchen Druck Lawrence ausgeübt hatte, um sie zu dieser Erklärung zu veranlassen. Er fragte sich auch, was sie wirklich fühlte, eine indische Pazifistin, deren Land einen Atomkrieg gegen seinen Nachbarn hatte anzetteln wollen. Wenn sie nicht völlig verblendet war, musste das für sie sehr schwer unter einen Hut zu bringen sein. Möglicherweise gab sie ihr Amt auf, um in ihrer Heimat in die Politik zu gehen. Zumindest wäre das ein Schritt hin zum Frieden in der Region.

All das verlieh diesem Gedenkgottesdienst eine ungeahnte Qualität. Zum letzten Mal würden Paul Hood und seine Teamkollegen vom alten Op-Center zusammen sein. Die anderen wussten das noch nicht, aber Paul Hood sehr wohl. Deshalb wollte er etwas sagen, das dem Verlust gerecht wurde, der ihnen allen bevorstand.

Noch einmal las er die erste Zeile seiner Ansprache.

»Das ist die zweite Familie, die ich in ebenso vielen Monaten verloren habe ...«

Er löschte sie. Das war zu persönlich, zu sehr auf das gemünzt, was er selbst verloren hatte.

Aber es gab ihm zu denken. Auch wenn er nicht mehr mit Sharon und den Kindern zusammenlebte, fühlte er sich ihnen immer noch verbunden. Vielleicht nicht körperlich, doch zumindest in Gedanken.

Und dann stand es klar vor ihm. Hood wusste, dass es die richtigen Worte waren, weil es ihm so schwer fiel, sie auszusprechen.

Mit zwei zitternden Fingern tippte er vor sich hin, während der Bildschirm vor seinen Augen verschwamm. Die Tränen kamen ihm, wo er doch eigentlich nur seinen Job erledigte.

»Eines habe ich gelernt«, schrieb er, ohne zu zögern. »Wohin uns auch das Schicksal führt, wir werden immer eine Familie sein ...«

Tom Clancy

Kein anderer Autor spielt so gekonnt mit politischen Fiktionen wie Tom Clancy.

»Ein Autor, der realistische Ausgangssituationen spannend zum Roman verdichtet.«
Der Spiegel

01/13041

Operation Rainbow
01/13155
Auch im Heyne-Hörbuch
26/2 (5 CD)
26/1 (4 MC)

Tom Clancy
Steve Pieczenik
**Tom Clancys OP-Center 6
Ausnahmezustand**
01/13042

**Tom Clancys OP-Center 7
Feindbilder**
01/13130

**Tom Clancys Net Force 1
Todesspiel**
01/13219

**Tom Clancys Net Force 3
Ehrenkodex**
01/13043

**Tom Clancys Net Force 4
Nachtjagd**
01/13541

Tom Clancy
Martin Greenberg
**Tom Clancys Power Plays
Politika**
01/10435

**Tom Clancys Power Plays 3
Explosiv**
01/13041

**Tom Clancys Power Plays 4
Planspiele**
01/13248

HEYNE-TASCHENBÜCHER